BRUNO HEINI

Teufelssaat

BRUNO HEINI

Teufelssaat

Thriller

GMEINER SPANNUNG

Besuchen Sie uns im Internet:
www.gmeiner-verlag.de

Im Ehnried 5, 88605 Meßkirch
Telefon 07575/2095-0
info@gmeiner-verlag.de

1. Auflage 2016

Lektorat: Claudia Senghaas, Kirchardt
Herstellung: Mirjam Hecht
Umschlaggestaltung: U.O.R.G. Lutz Eberle, Stuttgart
unter Verwendung eines Fotos von: © scubaluna / shutterstock.com,
© Skymountain.de / photocase.de
Druck: CPI books GmbH, Leck
Printed in Germany
ISBN 978-3-8392-1974-4

Personen und Handlung sind frei erfunden.
Ähnlichkeiten mit lebenden oder toten Personen
sind rein zufällig und nicht beabsichtigt.

KAPITEL 1

Am Morgen nach dem Tag, an dem sein neues Leben begann, lag sie unter dem zerwühlten Bettlaken und schlief. Einfach süß, das Sandmännchen musste wohl einen ganzen Sack Müdigkeit über ihr ausgeschüttet haben. Sein Herz schlug ihm bis zum Hals und er traute sich kaum zu atmen. Er biss sich in den Mundwinkel, denn er wollte sie auf keinen Fall mit einem Geräusch aus ihren Träumen reißen. Obwohl er diesen Raum bis in den letzten Winkel kannte, hatten seine Augen einige Minuten benötigt, um in der Finsternis die verschiedenen Dinge auszumachen. Denn die Lampe brannte nicht, nur ein Hauch vom tausendmal gefilterten Licht der Morgensonne kroch über Umwege durch Spalten und ließ ihn die junge Frau schemenhaft in Grautönen erkennen. Ein leises Lächeln legte sich über sein Gesicht, denn in einer, höchstens zwei Minuten, wär's wieder soweit. Staubiger Geruch des alten Holzes drang in seine Nase und er genoss die beinahe göttliche Ruhe. Er schloss das eine Auge und neigte seinen Kopf zur Seite, um sie mit seinem anderen Auge zu betrachten. Für einen Augenblick sorgte er sich, das laute Pochen des Bluts in seinen Adern würde sie aufwecken. Er spürte, wie sich sein Atem beschleunigte und sogleich bemühte er sich, seine Aufregung im Zaum zu halten. Gleich würde es für eine halbe Minute etwas heller werden. Dann aber schoss völlig unerwartet Panik in sein weit aufgerissenes Auge. Mit dem Handrücken wischte er sich Schweiß von der Oberlippe. Was, wenn sich ausgerechnet jetzt eine Wolke vor die Sonne schob und das Schauspiel ausfallen ließ? Noch während er sich einredete, wie unwahrscheinlich dies war, da sich der Himmel eben noch ungetrübt gezeigt hatte, begann das Spektakel.

Seit Stunden hatte er sich wie ein Kind darauf gefreut, nun schoss Adrenalin in sein Blut. Einige Sonnenstrahlen stahlen sich durch eine schmale Ritze zwischen aufrechten Brettern, mit welchen er das Fenster von innen versperrt hatte, durchquerten den Gang und huschten dann durch eine Spalte in der Innenwand. Wie auf einer senkrechten Scheibe tanzten in der Luft golden glimmende winzige Staubpartikel vor dem schwarzen Hintergrund, als ob ein Lichtschwert den Raum teilte, der ansonsten in völliger Finsternis lag. Ein prachtvolles Bild, das ihn bereits in seiner Kindheit fasziniert hatte, wenn er wach in seinem Bettchen lag. Aber heute, als das Licht die Kleine traf, war der Augenblick magisch. Die Reflexionen tauchten auch die nähere Umgebung in hauchzartes Hell. Er lächelte, während er ihr schlafendes Gesicht betrachtete, das sich wie zum Anfassen nah aus dem Dunkel abhob. Das Licht schmeichelte ihren weichen Gesichtszügen, ihre Haut war so jugendlich, dass sich nicht der kleinste Schatten um die Augen abzeichnete. Bewegungslos lag sie auf dem Rücken im zerknitterten Bettzeug, den Kopf seitlich auf das Kissen gelegt. Einige Haare waren ihr über die Stirn gerutscht. Fast unmerklich langsam wanderte der Lichtstreifen vom Mund her über die Nasenwurzel und exakt in dem Moment, als er eines ihrer Lider erreichte, schlug sie die Augen auf.

»Hast du gut geträumt?«

Fragend starrte sie ins Leere, als sie seine Worte vernahm. Sie fühlte ein kaltes Kribbeln im Nacken und zuckte innerlich zusammen. Es gelang ihr, den Körper völlig reglos zu halten, einzig ihre Augen blickten sich nervös um. Erstarrt hielt sie die Handflächen mit gespreizten Fingern flach auf das staubige Bettzeug gepresst.

»Ich hab dir was mitgebracht«, sagte die Männerstimme.

Sie erkannte, wie er mit seinem Kopf einige Zentimeter zurückwich. Das winzige Guckfensterchen in der Tür klackte, als er es zuklappte. Von außen betätigte er den Lichtschalter für den Raum, ohne dass es heller wurde im Innern.

Sie hörte, wie er mit knarzigem Geräusch den Eisenschlüssel drehte. Dann wuchtete er den Türhebel aus dem Verschluss. Dunkles Schlagen von Metall auf Metall dröhnte, hohles Quietschen hallte durch den Raum, als er die schwere Holztür gerade so weit in den Gang hinaus wuchtete, um durchzuschlüpfen. Von innen zog er sie unter einem Wummern in den Riegel. Nun stand er vor ihr, durch nichts von seiner Prinzessin getrennt.

Das Schauspiel des Lichts war längst vorüber, die Sonne war weitergewandert, sodass deren Strahlen keinen Weg mehr durch die Ritzen fanden. Für einige Sekunden stand er wie angewurzelt in der Dunkelheit.

Dann durchmaß wie aus dem Nichts der weiße Strahl seiner Taschenlampe die Umgebung, mit wenigen huschenden Bewegungen, bis deren Lichtkegel erst auf der Matratze, dann auf ihrem Gesicht haften blieb.

Schützend kniff sie die Augen zusammen, schnellte eine Hand vors Gesicht und drehte den Kopf ab. Am Knirschen kleinster Steinchen auf dem Betonboden erkannte sie, auf welcher Seite er bedächtig an ihr vorüberschritt. In der hinteren Ecke machte er die Taschenlampe aus.

»Gleich bin ich soweit«, hörte sie ihn sagen.

Sie riss den Kopf herum, um in der Dunkelheit in jene Richtung zu blicken, aus welcher sie seine Stimme vernahm. Hastig setzte sie sich auf und strampelte sich auf der Matratze zurück. Mit dem Rücken gegen die Wand kauernd hielt sie die bis zum Kinn gezogene Wolldecke so fest umklammert, dass sich ihre Fingergelenke bereits nach wenigen Sekunden taub anfühlten.

Er schnippte mit dem Daumen an einem Feuerzeug. Beim vierten Versuch flackerte eine kleine Flamme auf, die sofort kräftiger wurde, als sie Nahrung fand am öligen Docht der

Petroleumlampe. Nun griff er in seine Hosentasche, dann ächzte die Glühbirne, als er sie in die Fassung drehte.

Aus weit aufgerissenen Augen fiel ihr Blick auf das Werkzeug, das er jetzt mit kräftiger Faust umklammert hielt.

Er bewegte sich langsam auf sie zu.

Ein Schrei blieb ihr im Halse stecken. Gebannt starrte sie auf das Ding. Angst wühlte in ihrem Magen, doch sie unterdrückte das starke Bedürfnis, sich zu übergeben. Ein Ratschen drang an ihre Ohren, als die beiden rostigen Klingen aufeinanderrieben.

Unaufhörlich öffnete und schloss er nun die riesige Heckenschere in seinen Fäusten.

Sie hörte, wie er mit ruhiger Stimme sagte:

»Ach, wie ich dein wunderschönes Gesicht liebe.« Sachte schüttelte er den Kopf. »Aber wenn ich es nicht haben kann, soll es auch niemand anderem gehören. Das verstehst du doch?«

Sein Lächeln verstärkte sich. Er musste erkannt haben, wie die Angst ihr Gesicht verzerrte.

Schlagartig war ihr, als gefriere der Schweiß auf ihrer Haut zu Eis. Ihr schien, als schlängen sich Hände um ihren Hals. Sie rang nach Atem.

»Willkommen in der Hölle«, sagte er.

Sie steckte sich eine Faust in den Mund, streckte ihm abwehrend die andere Handfläche entgegen und zog den Kopf ein.

»Tu's nicht«, wimmerte sie. »Bitte. Ich will nicht sterben!«

»Wo denkst du hin?« Er lächelte gütig. »Der Spass hat eben erst begonnen.«

KAPITEL 2

»Verdammt, wo steckt Palmer? Diesen Termin haben wir bereits vor vier Tagen vereinbart.« Sein Gesicht verhärtete sich, während Direktor Schober den Empfangsraum vor seinem Büro durchquerte. »Ich bestehe auf Pünktlichkeit. Eine solche Respektlosigkeit lass ich mir nicht länger bieten.«

Seinen zwei Sekretärinnen stockte der Atem, als sie Direktor Schober hinterherblickten. Ohne von ihnen eine Antwort zu erwarten, stürmte er in sein Büro und knallte die Tür zu, als ob die Damen eine Schuld träfe.

Gut eine Minute später hörte er das Türschloss knacken und Palmer betrat sein Reich.

»Morgen, Herr Schober.« Ein Lächeln war in der Stimme erkennbar.

Schober stand beim kleinen Tisch mit Mineralwasser und Espressomaschine, den Rücken der Tür zugewandt. Er antwortete nicht. Die Maschine surrte, und Palmer roch frisch gebrühten Kaffee. Schober kippte sich Zucker in die Tasse und rührte viel zu angestrengt. Dann meinte er, immer noch mit dem Getränk beschäftigt: »Ich besteh darauf, dass auch Sie anklopfen, bevor Sie eintreten. Wo sind wir denn?« Als Chef war er es gewohnt, die Leute hereinzubefehlen. Jemanden zu bitten gehörte nicht in sein Repertoire.

Eben noch in allerbester Stimmung aufgrund eines liebenswürdigen Dankeschöns von einer betagten Kundin, welcher die Einkäufe zur Bushaltestelle getragen worden waren, blieb Palmer nun kerzengerade vor dem Besprechungstisch stehen.

Mit der Tasse in der Hand drängelte sich der Chef hinter Palmer vorbei zu seinem Sessel, wobei sich ein Kontakt nicht vermeiden ließ. Palmer verkrampfte die Schultern – er hasste es, von irgendwem berührt zu werden. Palmer setzte sich, ohne Aufforderung, was den Chef veranlasste, kurz beim Rühren in seiner Tasse innezuhalten.

Auch nachdem sich beide gesetzt hatten, gelang es Palmer nicht mehr, sich zu entspannen.

»Hören Sie«, gebot Schober, »ich will offen sein. Eigentlich hatten wir vereinbart, heute über die von Ihnen gewünschte Beförderung zu sprechen. Aber mir gefällt ganz und gar nicht, wie Sie hier aufkreuzen. Es ist nicht das erste Mal, dass Sie mich zu diesem Ton zwingen. Bald reicht's. Es gibt Tage, da sind Ihre Qualitäten offensichtlich. Andererseits bin ich mir nicht sicher, ob Sie uns mit Ihrer Arbeit nicht sogar mehr schaden als nützen. Mir scheint, Ihnen ist manchmal nicht klar, worin Ihre Aufgabe besteht. Sie sollen dafür sorgen, dass niemand etwas klaut. Punkt.« Er rollte mit seinem Bürosessel zurück und vergrößerte somit den Abstand zwischen sich und Palmer. Man musste kein Psychologe sein, um dieses Zeichen zu deuten. »Nehmen Sie sich ein Beispiel an Niedermann, den Sie zurzeit einarbeiten. Der hat Manieren.«

»Der will's bloß allen recht machen. Insbesondere Ihnen, wenn Sie erlauben«, sagte Palmer. »Der wird sich auch in einem Jahr nicht getrauen, auf Missstände hinzuweisen. Was ja eigentlich sein Job wäre.«

»Schluss jetzt. Geben Sie bloß acht, dass ich nicht gleich ihn statt Sie zum neuen Abteilungsleiter befördere.« Um den dampfenden Kaffee etwas zu kühlen, pustete er kurz in die Tasse, dann gönnte er sich einen kleinen Schluck. Sogleich verzog er sein Gesicht und setzte den Becher so energisch auf dem Tisch ab, dass Kaffee überschwappte. Mit zusammengekniffenen Augen gab er einen stillen Fluch von sich, während er seine Hand in der Luft hin- und herwarf. Dann lehnte er sich in seinen Sessel zurück, blickte Palmer in die Augen und ließ eine künstliche Pause entstehen.

Palmer starrte auf die kleine Kaffeepfütze.

Schober zog seinen Sakko etwas zurück und tupfte mit dem freigelegten Hemdärmel die kleine Kaffeelache vom Pult. Palmer hätte dankend abgelehnt, falls der Direktor einen Kaffee angeboten hätte. Aber das hatte er noch nie getan.

Nun neigte sich Palmer vor, wobei sich eine Strähne des langen Haars zwischen ihre Augen schob. Palmer war jener Typ Frau, die fantastisch aussah – auch ohne Make-up. Vielleicht etwas Wimperntusche und Eyeliner, aber zu überdecken gab's nichts. Sie streifte sich das dunkelblonde Haar hinters Ohr, dann legte sie beide Unterarme auf den Tisch und faltete die Hände, wobei sich die glatte Oberfläche durch den Stoff ihres schlichten Kostüms hindurch kühl anfühlte. Mit einem frostigen Lächeln meinte sie: »Das hör sich einer an. Für diesen Job scheint Ihnen Anbiederung wichtiger zu sein als Leistung. Niedermann hat noch nichts zustande gebracht und Sie wollen ihn bereits zu meinem Vorgesetzten befördern.« Sie schob den Unterkiefer vor und machte eine heftige Handbewegung. »Die Zahlen sprechen für mich. Seit ich hier arbeite, haben sich die Inventurdifferenzen halbiert. Damit habe ich einen großen Teil dazu beigetragen, dieses Warenhaus in die Gewinnzone zurückzuführen. Offensichtlich verrichte ich einen guten Job. Übrigens hab ich kein Problem damit, dass Ihnen die Komplimente etwas harzig über die Lippen gehen. Mir ist jedoch nicht klar, wieso ich ein Problem darstellen soll.«

»Nun überschätzen Sie sich mal nicht«, meinte Schober mit säuerlichem Lächeln.

»Moment. Sie wissen genau, dass die Zentrale diese Othello-Filiale dicht gemacht hätte, falls wir nicht innert zwölf Monaten schwarze Zahlen ausgewiesen hätten. Dann wären alle 220 Arbeitsplätze futsch gewesen. Auch Ihrer, nebenbei bemerkt.«

»Jetzt reicht's!«, explodierte er und schnellte hoch. »Beherzigen Sie eines: Ihre Arbeitskleidung ist im Pflichtenheft genau vorgeschrieben. Ihre Bluse ist okay. Aber knöpfen Sie sich gefälligst den Blazer zu. Warenhausdetektive haben jederzeit Korrektheit auszustrahlen.« Er setzte sich, lehnte sich weit zurück und atmete tief ein. »Sie haben unauffällig die Abteilungen im Auge zu behalten, um Kundinnen und Kunden beim Diebstahl zu erwischen.«

Palmer hatte sich tatsächlich die Freiheit rausgenommen, den Blazer ihres dunkelblauen Kostüms auch mal offen zu tragen. Wie auf sein Stichwort hin rutschte sie etwas nach vorne und wand sich aus ihrem Blazer. Diesen hängte sie über die Rückseite der Lehne ihres Sessels.

Seine Augen folgten ihrem Tun.

Ihr war, als bliebe sein Blick etwas zu lange auf ihrer Bluse hängen.

Unter ihrem Arbeitsdress verbarg sich eine schlanke, gut trainierte Figur einer Frau Ende 20. Schober war dies nicht entgangen. In Designermode wär sie als Model durchgegangen, hätte sie etwas darauf gegeben. Er erinnerte sich gut, wie er ihr ein gut gemeintes Kompliment gemacht hatte, sie sei eine attraktive Frau mit einem Gesicht, das ihr alle Möglichkeiten offen lasse und ihr viele Ziele zu erreichen erlaube. Palmer hatte ihm aber unmissverständlich klargemacht, dies sei nicht ihre Art. Sie wolle aufgrund ihrer Leistung punkten und keinen Job innehaben wegen ihres Äußeren, erst recht nicht, um eine Quote zu erfüllen.

Palmer schüttelte den Kopf und holte ihn in die Gegenwart zurück.

»Ich verfolge eine andere Strategie. Alle Leute im Haus sollen mich rechtzeitig entdecken. Statt Diebe zu überführen sollen sie erst gar nichts klauen. Mit meiner Präsenz will ich sie vertreiben. Möglichst zu unserer Konkurrenz.« Sie lächelte.

»Was war das gestern, diese katastrophale Vorstellung, als sich ein Kunde über Ihren Auftritt beschwerte, weil er von der Verkäuferin zu wenig Wechselgeld erhielt? Wie mir zu

Ohren gekommen ist, haben Sie sich alles andere als freundlich verhalten.«

»Ich werde nicht dafür bezahlt, nett zu sein, sondern misstrauisch. Offensichtlich lesen nicht mal Sie meine Betrugswarnungen am Schwarzen Brett.«

»Ihre 100 beliebtesten Betrügertricks hab ich höchstpersönlich entfernt.« Er schnaubte. »Es kann doch nicht sein, dass wir allen unseren Mitarbeitern eine pfannenfertige Gebrauchsanweisung liefern, wie man den Arbeitgeber ausnimmt. Ihre Auflistung brachte Ihnen von mir eine schriftliche Verwarnung mit Kündigungsandrohung ein. Machen Sie es mir nicht noch einfacher, Sie auf die Straße zu stellen.«

»Ausgerechnet mit einem der Tricks auf meiner Liste hätte sich dieser Kerl vorgestern in der Handtaschenabteilung beinahe einen Tausender in bar ergaunert. Wäre ich nicht energisch dazwischengetreten, wäre das Geld jetzt flöten.« Sie sah ihn an, als hätte er sie verprügelt. »Ich bin völlig anderer Meinung als Sie. Unsere Mitarbeiter müssen wissen, dass wir alle ihre Tricks, aber auch jene der Betrüger kennen. Sie müssen sich im Klaren sein, dass wir sie kontrollieren, ihnen aber bei Bedarf auch zur Seite stehen. Jeder muss wissen, dass wir bei Betrügereien alle erwischen. So naiv darf doch die Freundlichkeit unserer Leute an der Kundenfront nicht sein, dass sie einem Kunden Geld aushändigen, nur weil dieser lauthals behauptet, es gehöre ihm. Aber gut, Ihnen verrate ich gerne, was vorgestern abgelaufen ist, obwohl Sie als Chef auch dieses Mätzchen längst kennen müssten.« Sie seufzte. »Der Kunde hat sich für eine goldfarbene Geldbörse für neun Franken entschieden. Als er das Wechselgeld auf seinen Fünfziger in seine Hand herausgezählt erhielt, protestierte er lauthals, er habe mit einem Tausender bezahlt. Damit hat er die Aufmerksamkeit der anderen Mitarbeiterinnen und der anwesenden Kundinnen erlangt. Mit empörter Stimme hat er seinem Publikum erklärt, was ihm eben zugestoßen ist. Alle Erklärungsversuche und Beteuerungen der betroffenen Kassiererin wischte er mit entrüsteter Handbewegung beiseite. Nach kurzem Hin und Her beruhigte er sich etwas und ein wissendes Lächeln breitete sich auf seinem Gesicht aus. Denn er erinnere sich, dass er am Tag zuvor einen Anruf aufs Handy erhalten habe. Seine Schwester hätte ihm ihre neue Telefonnummer mitgeteilt. Und weil er keinen Zettel greifbar hatte, um sie sich aufzuschreiben, hätte er sie kurzerhand auf seine Tausendernote im Portemonnaie notiert. Nun bat er die Verkäuferin, sie möge doch bitte so freundlich sein und ihre Tausendernoten in der Kasse kontrollieren. Rechts oben, mit blauem Kugelschreiber. Gebannt haben nun alle auf die Kassiererin geblickt. Sie hat die Geldschublade geöffnet und ihr den einzigen Tausender entnommen. Und tatsächlich hat sie die Telefonnummer gefunden. Genau wie der Kunde es vorausgesagt hatte. Eine unbeteiligte Kundin ist hierauf für den netten Herrn in den Ring gestiegen. Zwei andere Verkäuferinnen haben sich sofort für das Missgeschick ihrer Kollegin entschuldigt. Und an diesem Punkt bin ich eingeschritten und habe unser Haus vor Schaden bewahrt.«

»Solche Peinlichkeiten sind unverzeihlich. Und nicht mal entschuldigt haben Sie sich für Ihr Fehlverhalten.«

»Quatsch. Ich habe dem Kerl klargemacht, dass er sich besser verzieht, weil ich andernfalls die Polizei rufe.«

»Welcher verfluchte Teufel hat denn Sie geritten? Kaum ziehe ich einen freien Tag ein, gerät hier alles drunter und drüber. Ich werde mich persönlich bei ihm entschuldigen müssen. Ich hoffe für Sie, der bringt das nicht in die Medien. Verdammt.«

»Auf diesen uralten Trick darf doch heute keiner mehr reinfallen. Das geht gegen meine Berufsehre.«

»Fehler mit dem Wechselgeld sind zwar unverzeihlich, aber passieren schon mal.«

»Blödsinn. Klar passiert sowas. Aber dies war ein klarer Betrugsversuch.«

»Hören Sie auf. Bloß, weil Sie hinter jedem Menschen einen Betrüger vermuten, müssen Sie nicht meine Kunden vergraulen. Ich hab die Schnauze voll von Ihren Auftritten.« Er atmete tief durch. »Wie haben wir uns schließlich mit dem Kunden geeinigt?«

»Ich habe ihm deutlich gemacht, dass ich seine Masche durchschaut hatte. Er hat sich heftig empört, unterstützt durch die Kundinnen, die sich auf seine Seite geschlagen hatten. Zwei Kundinnen haben ihm beteuert, er habe sich eine solche Behandlung nicht bieten zu lassen. Entschlossen hab ich ihm erklärt, er habe nun exakt eine Minute Zeit, sich bei der Verkäuferin zu entschuldigen und seinen Irrtum einzugestehen. Sonst finde er sich in den Fängen der Polizei wieder. Jede unserer Kassen sei mit mindestens zwei versteckten Kameras gesichert. Mit knallscharfer Bildauflösung, die keine Fragen offen lassen.«

»Und das hat er sich gefallen lassen?«

»Na klar. Entschuldigt hat er sich zwar nicht, aber er hat ein Missverständnis eingeräumt und zügig den Laden verlassen. Mit eingezogenem Schwanz.«

Schober hob die Augenbrauen. »Aber …, das versteh ich nicht.«

»Einige Minuten vor diesem Kunden hatte sein Kumpel für einen Kleineinkauf an der gleichen Kasse mit dem erwähnten, bereits mit der Telefonnummer markierten Tausender bezahlt. Total unauffällig. Später kommt unser Typ, kauft die Geldbörse und bezahlt mit einem Fünfziger. Dann tut er so, als wäre der Tausender, der bereits in der Kasse lag, von ihm gekommen. Aber nicht mit mir. Wir wären auf einen Schlag 950 Piepen los gewesen.« Palmer lächelte. »Sie brauchen sich übrigens nicht zu bedanken. Ist schließlich mein Job. Im Übrigen wär's toll, wir hätten tatsächlich solche Kameras. Zur Sicherheit aller.«

Während Palmers Erklärungen wippte Schober in seinem Drehsessel langsam hin und her. Dann beugte er sich vor, stützte die Ellbogen auf das Pult und berührte mit der Fingerspitze seine Unterlippe. Er schien nachzudenken.

Palmer legte nach: »Die Erfolge meiner Arbeit sprechen für mich. Die Diebstähle sind in drei Kategorien gesunken: Kunden klauen weniger, seit ich hier arbeite. Dasselbe bei den Mitarbeitern. Und auch die Lieferanten senden uns seltener zu geringe Mengen oder überhöhte Rechnungen. Darüber hinaus nahmen die unbeabsichtigten Fehler in unserem Unternehmen ab. Wie beispielsweise, dass wir bei einem Produkt aus Versehen einen zu tiefen Preis aufklebten. Aber noch einmal: Davon, dass ich gute Kunden vertreibe, weiß ich nichts.« Palmer verschränkte die Arme vor der Brust. »Ich nehme meinen Job sehr ernst.«

»Aber meine Aufgabe ist, alles zu unternehmen, dass dieser Laden brummt. Verunsicherte oder erzürnte Kundinnen kommen nicht wieder. So sinkt der Umsatz. Und ich verlier meinen Job.«

»Hier und jetzt verspreche ich, für Ihren Nachfolger genauso pflichtgetreu zu arbeiten.« Palmer beobachtete, wie an seinem Hals die Schlagader hervortrat.

Sein Gesicht lief dunkelrot an.

Er riss die Augen auf, und als er sprach, spuckte er kleine Speicheltröpfchen. »An der Infotafel hat jemand einen Zettel angeschlagen, ich sei eine Niete. Was wissen Sie darüber?« Als Palmer nicht antwortete, fuhr er fort: »Ich kann mir nicht vorstellen, dass da jemand anders dahintersteckt als Sie.«

Rückblickend war sich Palmer nicht mehr sicher. Aber damals meinte sie, ihm bloß in Gedanken und nicht mit vernehmbarer Stimme geantwortet zu haben: »Nein, am Schwarzen Brett hab ich ausschließlich Neuigkeiten mitgeteilt.«

KAPITEL 3

»Christa? Spreche ich mit Christa Palmer?« Das Telefon hatte wohl schon sechs Mal geläutet, bevor Palmer den Hörer ertastete.

»Ja?«, fragte sie mit belegter Stimme. Palmer holte tief Luft, sammelte ihre Gedanken und räusperte sich. Sie war es nicht gewohnt, dass jemand sie aus dem Tiefschlaf riss.

»Hier von Moos. Julia von Moos' Mutter. Du musst mir helfen.«

Palmer kniff die Augen zusammen, aber es gelang ihr nicht, den Nebel zu vertreiben. Ihre Zunge fühlte sich pelzig an. Sie hob den Kopf einige Zentimeter vom Kissen. Mit müden Blicken suchte sie nach etwas Flüssigem in einem Glas oder in einer Flasche.

»Hallo, Christa?«, erschallte es wieder aus dem Hörer.

Stille.

Palmer blinzelte Richtung Fenster. Am Tageslicht, das zwischen zwei dunklen Vorhängen durchsickerte, erkannte sie, dass es zumindest nicht mehr Nacht war. Sie blickte auf den Wecker. Halb elf.

»Liegst du etwa noch im Bett?«, fragte Julias Mutter, wobei ihre Stimme sich beinahe überschlug.

»Weshalb klingt das bei Ihnen so, als sei dies etwas Schlechtes?«

»Christa, weißt du, wo Julia steckt? Ist sie bei dir?«

Palmer hörte, wie Julias Mutter schnell atmete, aber sie gab keine Antwort.

»Jetzt sag schon!« Dem Klang der Stimme war inzwischen eine gehörige Portion Angriffslust beigemischt.

Palmer rieb sich den Schlaf aus den Augen und setzte sich

auf: »Ich weiß nicht, wo Juli ist. Und, liebe Frau von Moos, mein Name ist nicht Christa.«

»Hat sie eine Bekanntschaft, von der wir nichts wissen?«

»Hätte Juli denn einen Grund, vor Ihnen etwas zu verheimlichen?«

»Julia ist verschwunden. Was weißt du darüber? Jetzt red schon.«

»Verschwunden? Ich hab doch erst vor einigen Tagen mit ihr telefoniert, bevor sie nach Luzern zurückkehren wollte.«

»Du weißt also nicht, wo sie ist?«

Palmer hörte, wie die Mutter erst tief durchatmete, dann feuchte Geräusche von sich gab, als sie zu heulen begann. »Du bist meine letzte Hoffnung gewesen. Julia nimmt meine Anrufe seit Tagen nicht entgegen und ruft auch nicht zurück.«

»Wie sind Sie denn an meine Telefonnummer gekommen?«

»Julias Hausmeister ist so hilfsbereit gewesen. Er hat sich eben darangemacht, in die Ferien zu fahren. Auf mein Drängen ist er noch kurz in Julias Wohnung gegangen und hat deine Nummer in ihrem Adressbuch gefunden. Ein gütiger Mensch. Wir kennen ihn von damals, als wir selbst noch dort gewohnt haben.«

»Ich kann mir nicht vorstellen, dass Juli etwas zugestoßen ist.« Dann aber, nach einigen Momenten des Nachdenkens: »Aber falls doch, wäre nicht ich, sondern die Polizei dafür zuständig.«

»Die will keine Vermisstenanzeige aufnehmen. Wir sollen erst mal abwarten, ob sie nicht von selbst wieder auftaucht, haben sie gesagt. Vielleicht habe sie ganz einfach vergessen zu erwähnen, dass sie für einige Tage verreist. Aber Julia würde nie einfach so verschwinden. Sie weiß, dass uns dies umbringen würde.«

Palmer hatte Mühe, den Worten zu folgen. Sie versuchte, ihre Gedanken zu sammeln, und atmete tief durch.

»Wo haben Sie sonst noch nach ihr gefragt?«

»Sie ruft auch nicht zurück, wenn wir sie auf dem Beantworter darum bitten. Ich wende mich an dich, weil wir sonst in Luzern niemanden mehr kennen.« Sie zögerte. »Wir wohnen seit elf Jahren in Ascona. Nach Luzern zu reisen ist mir nicht möglich, da mein Mann erkrankt ist und jetzt meine Pflege benötigt. Aber du arbeitest doch bei der Luzerner Polizei. Finde bitte deine Jugendfreundin. Ist das denn zu viel verlangt?«

»Ich bin keine Polizistin. Ich habe bloß einen Teil der Ausbildung gemacht. Dann hab ich mich anders entschieden.« Palmer griff sich kurz an die Nase und schluckte leer. Sie verspürte überhaupt keine Lust, Julis Mutter Einzelheiten oder die ganze Wahrheit zu erklären. Überdies hatte sie den Rauswurf aus der Polizeischule eben erst verdaut und wollte nicht, dass ihr alles nochmals hochkam. Damals, nach dem Vorfall, war sie abgeglitten ins Hochprozentige. So richtig viel hatte sie jeweils nur getrunken, wenn sie Enttäuschungen zu verarbeiten hatte. Dann aber war sie schon mal knöcheltief durch Gin gewatet. Oder noch tiefer. Der Alkohol hatte jedoch nur für kurze Zeit geholfen. Manchmal nur bis zum nächsten Aufwachen. Als sie sich dessen bewusst geworden war, hörte sie einfach damit auf, verlagerte sich auf Bier und blieb dabei. Denn so viel Bier, wie es brauchte, um so richtig zugedröhnt zu sein, konnte sie gar nicht trinken.

»Hören Sie, Frau von Moos, ich spüre Ihre Verzweiflung. Aber um Juli braucht sich niemand zu sorgen.« Palmer atmete durch. »Weshalb Sie gerade mich anrufen, verstehe ich nicht. Für Sie bin ich nie für irgendwas gut genug gewesen. Ich hab im Moment eigene Probleme. Juli geht's sicher gut. Ich passe.«

Palmer drückte den Anruf weg und legte das Handy auf den Boden, denn sie spürte kein Bedürfnis, irgendwem irgendwas zu erklären. Noch während sie sich die Decke über den Kopf zog, ertönte wieder der Klingelton. Sie packte ihr Handy und schob es unter die Matratze. Erst jetzt fiel ihr wieder ein, dass sie neuerdings ohne Job dastand. Sie wusste, diesen Mangel musste sie so rasch als möglich beheben. Aber ihre Stimmung fiel dadurch nicht ins Bodenlose. Denn Palmer war in einfachsten Verhältnissen aufgewachsen. Wenn sie jetzt unten durch musste, würde sie dies nicht so heftig erschüttern wie Leute, die stets abgeschottet von Problemen auf der Sonnenseite gelebt hatten. Sie wollte versuchen, es mit eigener Anstrengung wieder nach oben zu schaffen. Darüber hinaus plagten sie jetzt Kopfschmerzen. Sie drehte sich zur Seite und schlief mit offenem Mund ein.

Ihr Handy vibrierte unter der Matratze, endlich kramte sie es hervor.

»Was ist jetzt. Darf ich auf deine Hilfe zählen?«, bellte Julis Mutter. »Was hast du in der Zwischenzeit unternommen?«

Stille.

»Nun sprich schon.« Dann schniefte sie. »Die Zeitungen sind doch voller Meldungen über Mädchenhandel. Viele Männer würden alles tun für … Sex.« Nur zögernd brachte sie dieses Wort über die Lippen. Aber in Palmer traf es einen Nerv. Mit einem Mal war sie hellwach.

»Powerscheiße«, entfuhr es ihr, als sie sich aufsetzte.

»So sprichst du nicht mit mir. Ich finde dein Verhalten unerhört. Einzig Julia verdankst du, dass du heil rausgekommen bist aus der brenzligen Sache damals mit den Jungs. Ich weiß Bescheid. Und jetzt, da Julia deine Hilfe benötigt, wo verkriechst du dich da? Drücken willst du dich! Kommt nicht in Frage. Du hast etwas gutzumachen. Du hilfst Julia. Sind wir uns da einig?«

Was wie eine Frage tönte war als Befehl gedacht. Aber Palmer war es leid, nach der Pfeife anderer zu tanzen. Erst gestern im Job hatte sie sich für ihre Freiheit entschieden. Sie war nicht bereit, blind zu tun, was andere von ihr verlangten. Im Übrigen musste sie sich zuallererst einen neuen Brötchengeber suchen.

»Mein Gott, Sie nerven.« Palmer unterbrach erneut die Verbindung. Sie war zu benommen, um dagegen zu protestieren, dass diese streitlustige Frau sie duzte, selbst aber, soweit sich Palmer zurückerinnerte, strikt mit »Frau von Moos« angesprochen werden wollte. Abgesehen davon hatte es Palmer bereits als Kind gehasst, von ihr herumkommandiert zu werden.

Palmer schlich ins Bad. Mit etwas Wasser aus ihrer Handfläche spülte sie Kopfschmerztabletten runter. Danach spritzte sie sich Wasser ins Gesicht und blickte nicht in den Spiegel. Sie hielt die Augen geschlossen und den Kopf in den Nacken gelegt. Nach einigen Sekunden zog sie sich aus und stellte sich unter die Dusche. Den Kopf vornübergebeugt stützte sie sich mit beiden Armen an der Wand ab und genoss die sanften Wasserstrahlen.

Ihre Gedanken kreisten um Juli, wie sie als Kind ihre Freundin zu Hause besuchte. Wenngleich nur in der Erinnerung, stach ihr der Geruch von Mottenkugeln in die Nase. Dieser hatte sich damals in die Nasenwände eingebrannt. Vor ihren geschlossenen Augen erschienen dunkle Zimmer, schwere Holzmöbel, zwei Ölgemälde mürrischer Vorfahren, und sie hörte die Standuhr neben dem Kruzifix laut ticken. Gottesfürchtig, wie sie waren, wachte vermutlich auch ein Bild von Jesus, wie er als Kind in den Armen von Maria das Meer segnet, über dem Ehebett von Julis Eltern. Palmer konnte dies nicht mit Bestimmtheit wissen, weil ihr ein Blick ins Schlafzimmer nie vergönnt gewesen war.

Nie hatte sie Julis Mutter anders angetroffen als mit eiserner Maske, liebloser Autorität und unerbittlicher Stimme. Und mit Lachfalten, welche sich Palmer jedoch nicht erklären konnte. Die Mutter billigte die Freundschaft ihrer Tochter mit Palmer in keiner Weise. Sie ließ Juli als Kind nur zögerlich mit ihr spielen, lediglich, wenn es sich nicht vermeiden ließ. Im Alter von acht Jahren klärte Palmer ihre Freundin auf, dass nicht das Christkind die Geschenke unter den Baum legte. Juli brach in Tränen aus und ihre Mutter beharrte auf ihrer Version und bezichtigte Palmer der Lüge. Für längere Zeit spielte Juli nicht mehr mit Palmer.

Als später halbwegs Gras darüber gewachsen war, fiel Palmer beim nächsten Besuch auf, dass nicht der Vater, sondern die Mutter den Platz an der Kopfseite des Tisches einnahm. Um sie herum herrschte ein Klima des Schuldigseins. Sündern drohten ewige Verdammnis und Höllenqualen. Erst viel später wurde ihr die Unlogik bewusst, dass nämlich genau für jene, für welche die Hölle gedacht war, sie keine abschreckende Wirkung zeigte, weil die bösen Jungs gar nicht dran glaubten.

Julis Vater war anders. Ihn hatte Palmer als netten Kerl in Erinnerung, der Juli gewähren ließ, Diskussionen mit seiner Frau jedoch möglichst aus dem Weg ging.

Die Wassertropfen, die über ihre Haut perlten, zeigten Wirkung. Palmers neblige Gedanken lichteten sich. Nun regte sich das schlechte Gewissen angesichts ihres ruppigen Verhaltens Julis Mutter gegenüber. Ihr dämmerte, dass Angehörige einer vermissten Person unsäglich litten, wohl nicht viel weniger als die Verschollene selbst. Die Fragen der Angehörigen suchten nach Antworten. Statt aber Klärung zu erhalten, stellten sich zusätzliche neue Fragen, je länger man sich mit dem Verschwinden auseinandersetzte. Sie hätte Julis Mutter moralisch zur Seite stehen müssen.

Sie wickelte sich in ein Badetuch und setzte sich aufs Bett. Die Haare tropften, als sie die Nummer von Julis Mutter wählte.

»Also, hier ist sie nicht. Wenn sie nicht grad einen Job hat, wird sie irgendwo abhängen und die Pause genießen«, sagte Palmer.

»Meine Tochter hängt nirgendwo ab, wie du dies nennst. Der Herr hat sie fleißig gemacht, also arbeitet sie. Als Fotografin oder so. Als Freundin wirst du doch wohl wissen, wo.«

Palmer massierte sich den Nacken. Mütter schienen eine angeborene Neigung zu haben, nur Gutes und Schönes in den Tätigkeiten ihrer Kinder zu sehen. Und Palmer hatte echt keine Lust, Julis Mutter zu erklären, wie und wo genau ihre Tochter sich ihren Lebensunterhalt verdiente. Zumal Juli gut auf sich selbst aufzupassen wusste.

»Na gut. Ich werde ein paar Leute anrufen.«

Das Gespräch zog sich noch etwas hin, da Palmer über ihren Schatten sprang und sich echt Mühe gab, Julis Mutter mit netten Worten aufzumuntern. Zum Ende versprach sie, sich die Sache mit der Suche zumindest zu überlegen. Sie strengte sich an und brachte sogar eine halbwegs freundliche Verabschiedung zustande.

Juli war 17 gewesen, als ihre Eltern nach Ascona zogen. Für ihre Mutter war es keine Frage gewesen, dass auch Juli sie begleiten würde. Doch damals hatte Juli sich das erste Mal gegen die peniblen Vorgaben der Mutter durchgesetzt, wenn auch mit Hilfe einer List. Sie erklärte der Mutter, sie habe sich umgehört und wolle entweder in London eine Coiffeusenlehre oder in Hamburg eine Ausbildung zur Schaufensterdekorateurin antreten. Sie werde alles dafür tun, eine dieser beiden Lehrstellen zu erhalten. Die Mutter war der klaren Ansicht, Koch- und Haushaltskünste würden ihrer Tochter in einer katholischen Zukunft genügen. Sie hatte auch bereits begonnen, einige mögliche Kandidaten heimlich zu prüfen. Julis schulische Ausbildung hatte sich auf ein Minimum beschränkt. Nicht, dass Juli für mehr zu doof gewesen wäre. Aber Juli sah gut aus und wusste für sich schon bald, dass sie daraus Kapital schlagen wollte. Ihrer Mutter gegenüber, in deren Weltbild ein Job als Fotomodell nie gepasst hätte, hatte sie diese Karriereabsichten nie durchblicken lassen. Nach heftigen Wortwechseln über Wochen ließ sie anklingen, dass allenfalls auch die Lehre bei einem bekannten und seriösen Fotografen in Luzern infrage komme. Wobei Juli von Anfang an klar war, mit dem Ausland drohen zu müssen, damit sich die Mutter möglicherweise mit diesem kleinsten der drei Übel abfand. Nach mühsamen Verhandlungen, aber auch heftigen Drohungen fand sich die Mutter schließlich damit ab, dass Juli nun doch einen Beruf erlernte. Sie tröstete sich damit, dass Julis Chancen dann möglicherweise stiegen, indem sie dadurch einen so tollen Mann fände, dass sie den Beruf eh nicht mehr auszuüben brauchte.

Mit ihrem Entscheid, aber erst recht mit Beginn der Ausbildung löste sich Juli aus der Umklammerung der Mutter. Fotografie wurde dann auch tatsächlich ihr Lebensinhalt, jedoch nicht hinter, sondern vor der Linse. Sie startete die Lehre bei einem Fotografen in Luzern, kreuzte aber bereits nach zwei Monaten in Zürich den Weg des Scouts einer Fotomodell-Agentur. Erst Probe-Shooting, dann Ausbildung, und bereits nach 18 Monaten stöckelte sie in Paris und Mailand über die Laufstege. Juli wusste, was sie wollte.

Das Handy schepperte laut, als es auf dem Boden aufschlug, und riss Palmer aus den Gedanken. Sie hob ihr Handy auf und wählte nochmals Julis Nummer. Nach dem siebten Läuten sprang die Sprachbox an.

»Sie sind verbunden mit Juli von Moos' Mailbox. Leider bin ich zurzeit nicht erreichbar. Sprechen Sie bitte den Grund Ihres Anrufs und Ihre Nummer auf Band, damit ich zurückrufen kann. Falls ich Lust dazu hab. Tschüssi.«

Palmer bat um einen Rückruf.

Es war alles andere als üblich, dass Juli sich nicht innert Minuten meldete, wenn Palmer darum bat. Okay, bei ihrem letzten Treffen vor zwei, drei Wochen waren sie im Streit auseinandergegangen. Einige von Julis Bemerkungen hatten Palmer schon länger genervt. Palmers Kommentar musste damals einfach raus. Jetzt bedauerte sie den Vorfall. Obwohl es nicht Palmers Art war, sich zu entschuldigen, wäre sie jetzt dazu bereit gewesen, hätte sie im Gegenzug sichergehen können, dass Juli sich unversehrt meldete. Palmer simste und wartete auch hier vergeblich auf eine Antwort.

Palmer legte sich eine Hand ans Kinn und dachte schweigend nach. Sie versuchte sich einzureden, mit Juli sei alles in Ordnung. Trotzdem: Dass Juli niemanden zurückrief, verunsicherte sie. Je länger sie darüber nachdachte, desto mehr ging die Phantasie mit ihr durch, was alles mit Juli passiert sein könnte. Ein mulmiges Gefühl breitete sich in ihrem Magen aus.

Sie erhob sich und verknotete den Gurt des Bademantels vor ihrer Brust. Um auf andere Gedanken zu kommen, drehte sie das Radio an, ohne wahrzunehmen, was lief.

Sie drehte das Radio wieder aus, trat in die Küche, schaltete die Espressomaschine ein, verzog das Gesicht und machte sie wieder aus, denn ihr war klar geworden, dass ihr Magen jetzt keinen Kaffee vertrug. Sie füllte eine Pfanne mit Wasser, setzte sie auf den Herd, kramte einen Teebeutel und eine Tasse aus dem Küchenschrank und lehnte sich mit der Hüfte an die Anrichte. Eine Ameise erregte ihre Aufmerksamkeit. Sie mochte Tiere, aber dort, wo sie hingehörten. Spinnen konnte sie im Bad nicht leiden und Ameisen nicht in der Küche. Sie beobachtete den Zickzackgang, spannte mit dem Daumen ihren Zeigefinger und platzierte ihn an jenem Platz auf der Anrichte, wo die Ameise voraussichtlich durchkrabbeln würde. Sie schnippte das emsige Tierchen ins Waschbecken und spülte es weg. Jetzt war ihr auch die Lust auf Tee vergangen. Sie schob das Wasser vom Herd und schüttete es weg. Palmer ging ins Wohnzimmer, ließ sich aufs Sofa plumpsen, griff nach der Fernbedienung und zappte sich durch einige Vormittagssendungen. Doch keines der Programme weckte ihr Interesse länger als einige Sekunden. Ihre Gedanken waren ruhelos. Die Ungewissheit über Julis Verbleib fraß sich langsam in ihre Seele.

Solange sie keine Sicherheit hatte, dass alles in Ordnung

war, würde sie keine Ruhe finden. Mit der flachen Hand klatschte sie auf das Sofatischchen. Vor Schmerz in der Hand neigte sie den Kopf und legte ihre Stirn auf die Armablage des Sofas. Dann holte sie tief Luft und hielt den Atem an, so lange sie es aushalten konnte. Als vor ihren Augen schwarze Felder tanzten, stieß sie die Luft wieder aus. Nach einigen Sekunden fühlte sie sich etwas klarer im Kopf.

Du kannst rumsitzen und dich fragen, was in dieser Welt falsch läuft. Oder du kannst dich erheben und gegen Unmenschen kämpfen.

Palmer wollte Gewissheit. Falls Juli ihre Hilfe benötigte, wollte sie ihr helfen, weil sie ihre Freundin war. Schmerzhaft wurde ihr bewusst, dass Juli eigentlich ihre einzige Freundin war. Von allen anderen hatte sie sich zurückgezogen. Nirgends gehörte Palmer mehr dazu. Kein Freund, keine Familie, die Mutter tot, der Vater hatte sich nie richtig für sie interessiert. Und seit gestern ohne Arbeitskollegen. Die Musikerfreunde hatte sie schon längst aus den Augen verloren. Und nun war ihre einzige Freundin verschwunden. Palmer fasste einen Entschluss. Sie wollte alles tun, um Juli zurückzuhaben. Sollte Juli tatsächlich verschwunden sein, würde die Suche zu ihrer persönlichen Sache werden. Sie ertrug den Gedanken nicht, Juli in der Gewalt anderer Leute nur schon zu vermuten. Einen kurzen Moment lang durchzuckte sie der Gedanke, Juli könnte ermordet worden sein. Palmer starrte mit leerem Blick in ihren Schrank. Sie schüttelte den Kopf und befreite sich von diesem Gedanken. Dazu gab es keinen Anhaltspunkt. Es sprach auch nichts dafür, dass Juli tot war, also lebte sie.

Palmer musste sie finden.

Das Böse siegt, wenn die Guten gleichgültig zusehen.

Sie zog sich ein Metallica-Tanktop über, griff sich eine verwaschene Jeans und einen Gurt mit breiter Silberschnalle und stieg in ihre abgelatschten Turnschuhe. Immerhin musste sie sich nicht seriös für die Arbeit kleiden. Sie schritt in die Küche und ließ sich von der Maschine einen Espresso brühen. Diesen schlürfte sie heiß und schwarz und fühlte sogleich, wie das Koffein in ihrem Blut zu arbeiten begann. Sie war bereit.

KAPITEL 4

Stockdunkel. Wadenkrämpfe quälten sie. Im Halbschlaf war sie sich nicht mal sicher, ob sie die Augen schon aufgeschlagen hatte, denn geöffnet oder geschlossen, sie sah nur schwarz. Sollte es in diesem Raum Fenster geben, waren sie verdunkelt. Oder es war finstere Nacht. Trotz Erschöpfung hatte sie elend schlecht geschlafen.

Ihr Mund war ausgetrocknet. Ihre Kehle fühlte sich kratzig an. Durst quälte sie. Seit er sie hier eingesperrt hielt, gönnte er ihr nichts zu trinken. Sie wagte kaum den Mund zu öffnen, aus Angst, die spröde Haut der aufeinander klebenden Lippen würde reißen.

Etwas sagte ihr, es sei Vormittag. Oder war es schon Abend? Sie hatte das Gefühl für Zeit verloren. Und noch immer hatte sie keine Ahnung, weshalb man sie entführt hatte, wer dahintersteckte und wo er sie gefangen hielt. Sie schlang sich schützend die Arme um den Körper, als sie sich an seinen ersten kurzen Besuch erinnerte. Im Anblick seines rostigen Werkzeugs in seiner Hand war sie in Todesangst erstarrt. Später war sie in elendes Heulen ausgebrochen, als er sie allein im Kerker zurückließ. Es waren Tränen der Erleichterung gewesen, dass er sie nicht getötet hatte. Den Verlust eines Teils ihres Schönheitskapitals, ihrer Haare, die er mit der Heckenschere grob kurzgeschnippelt hatte, nahm sie kaum wahr. Denn an ihren Job verschwendete sie in ihrer jetzigen Situation keine Gedanken.

Wieso tut er das? Geht es ihm darum, mich zu demütigen? Oder ist dies seine Art, mich zu dominieren?

Bisher hatte er seine Hände von ihr gelassen. Sie hoffte, dass er gar kein persönliches Interesse an ihr haben würde. Andererseits, weshalb sonst hätte er sie fast nackt ausgezogen und alle Kleidungsstücke bis auf Slip und Shirt aus dem Verlies entfernt?

Als sie gestern nach der Entführung aus dem künstlichen Schlaf erwacht war, hatte sie sich benebelt und orientierungslos gefühlt. Ihr war speiübel. Ihre Sinne funktionierten nur verzögert, sodass es ihr auch nach Stunden schwer fiel, klare Gedanken zu fassen. Angetrieben durch ihren Überlebenswillen, zwang sie ihren Verstand zu arbeiten. Sie wollte keinesfalls in diesem Wagen ihr Leben aushauchen.

Nur knapp erinnerte sie sich an ihre letzten Sekunden in Freiheit, wie sie beim Joggen in den Park eingebogen war. Sie hatte sich gewehrt und um sich geschlagen. Vor lauter Schreck hatte sie vergessen zu schreien. Dann dröhnte ihr der Kopf. Etwas hatte sie hart an der Schläfe getroffen. Den Motorgeräuschen und dem Holpern nach hatte sie in einem fahrenden Wagen gelegen. Sehen konnte sie nichts, er hatte etwas Schwarzes über ihren Kopf gezogen. Sie japste nach Luft und geriet in Panik, auch weil die Hände ihren Befehlen nicht gehorchten. Erst schnaubte sie noch, aber dann gelang es ihr, regelmäßig und in bedächtigeren Zügen Luft zu holen. Sie hatte sich zum Nachdenken gezwungen, welche Chance zur Flucht sich ihr bot. Vielleicht, dass der Entführer seine volle Konzentration der Straße widmete und sie sich aus dem fahrenden Fahrzeug werfen könnte? Aber sie war völlig kraftlos. Also hatte sie beschlossen, ihn glauben zu machen, sie läge noch immer ohne Bewusstsein auf dem Fahrzeugboden. Tatsächlich aber nahm sie alle Kräfte zusammen und begann um sich zu tasten. Aber in ihren Fingern pikste es, als ob 1.000 Nadeln darin steckten. Sie begriff, dass sie auf den Händen gelegen hatte und erst jetzt wieder Blut durch die Bahnen strömte. Alles, was sie mit den fast tauben Fingern zu tasten bekam, war ein rauer Teppichboden. Einer, wie er sich in allen Fahrzeugen findet. Nur, dass dieser hier etwas nach Gülle roch und nach Zigarettenrauch. Fast unmerklich langsam drehte sie sich auf den Bauch. Sie versuchte zu erkennen, wohin er fuhr. In ihren Gedanken legte sie die Straßenkarte von Luzern aus und bemühte sich, anhand der Kurvenfolge dahinter zu kommen, welche Richtung er einschlug, ausgehend vom Park. Nachdem sich das Fahrzeug jedoch zum x-ten Mal in Kurven geneigt hatte, welche auf dem Plan in ihrem Kopf nicht existierten, gab sie verwirrt auf. Sie hatte keine Ahnung, wohin er sie brachte. Der eng um ihren Hals geschnürte Sack über ihrem Kopf ließ ihr kaum genügend Luft zum Atmen. Sie sog so viel Luft ein, wie ihre Lungen fassen konnten. Denn sie wollte bereit sein für einen überraschenden Spurt in die Freiheit, sobald er sie als vermeintlich Bewusstlose aus dem Wagen zog.

Das Surren im Kopf wurde so laut, dass sie kaum mehr den Motor hörte. Das tiefe Schwarz unter der Kapuze wurde auch bei geöffneten Augen einzig erhellt durch goldfarbene Punkte, die in ihren Augen wirr umhertanzten.

Der Wagen wurde langsamer, bog nach links ab und kam schließlich zum Stehen. Sie spürte, wie sich Adrenalin in ihrem Körper ausbreitete.

»Wenn ich dir jetzt den Sack vom Kopf ziehe, will ich keinen Mucks hören.«

Jeglicher Mut entwich ihr.

»Ist dies klar?«, fragte er wirsch, als er den Sack enger zog.

Juli nickte heftig, was sie besser nicht getan hätte, denn dadurch schnürte das Band noch stärker in ihren Hals, und ihre Lungen schrien noch lauter nach Sauerstoff.

Sie spürte, wie er am Sack rumnestelte, und sogleich löste sich der Druck auf ihre Atemwege. Juli keuchte und sog die Lungen voller Sauerstoff.

»Hilfe«, schrie Juli, so laut es ihre Stimmbänder ermöglichten. »Hil…« Weiter kam sie nicht, denn seine Pranke ergriff ihren Hals und drückte zu. Juli wand sich unter ihm, doch sie erlahmte.

»Dummerchen«, sagte er mit hörbarem Lächeln in seiner Stimme und übertönte ihre Würgegeräusche. »Na, dann will ich dich mal etwas besser vertäuen, nicht dass du mir wegrennst.«

Als er sie zu Boden drückte, fühlte sie, wie er ihr die Beine zusammenpresste. Noch bevor die Last wich, stellte sie fest, dass er ihr erst die Hände auf dem Rücken, dann die Füße zusammengeschnürt hatte. Mit einem Mal brannte es in ihren Augen, denn er hatte ihr den schwarzen Sack vom Kopf gerissen. Sie kniff die Augen zusammen und wandte das Gesicht ab, als gelänge es ihr damit, sich ganz aus seiner Nähe zu lösen. Sogleich stopfte er ihr einen fauligen Lappen in den Schlund und klebte ein Band von einer Wange zur andern darüber. Hätte er ihr den Mund nicht zugeklebt, sie hätte sich erbrochen ob des ekelhaften Fetzens auf ihrer Zunge. Jetzt aber brachte sie nur noch ein Wimmern zustande, während sich ihre Augen langsam an die Helligkeit gewöhnten.

»Glaub ja nicht, dass du mir je entkommen wirst«, schrie er ihr so laut ins Gesicht, dass sich Speichelfäden von seinen Lippen lösten.

Sie spürte, wie er ihr etwas auf die Nase drückte.

»Ich hab's mir anders überlegt. Ich will kein Risiko eingehen«, sagte er.

Sie war bäuchlings auf dem nackten Betonboden gelegen, den Kopf zur Seite verdreht, wie dahingeworfen, als sie erwachte. Auch unter Aufwendung all ihrer Kraft gelang es ihr anfangs nicht mal, ihre Glieder zu bewegen, geschweige denn, sich aufzurichten. Mit größter Willensanstrengung vermochte sie lediglich, einige Zentimeter ihre Finger zu krümmen. Später spürte sie jedes Staubkörnchen, als sie mit dem Arm über den kühlen Boden strich. Es dauerte ewig, sich auf die Matratze zu wälzen, welche sie mit der Hand ertastet hatte. Noch immer hatte sie einen chemischen Geruch in der Nase. Aber nicht dieser, sondern ihre hoffnungslose Lage trieb ihr Tränen in die Augen.

Nur schleppend fand sie zu Kräften. Ihre trockene Kehle verlangte nach Wasser. Sie erstarrte. Mit einem Mal war ihr, als nehme sie den Hauch eines Parfums wahr. Dieser Duft hatte ihr auf Anhieb gefallen, als ihr Freund ihn zum ersten Mal benutzte. Ihr Magen verkrampfte sich.

Nein. Er war's nicht. Er konnte es nicht sein. Seine Stimme hätte sie erkannt. Aber wie war es möglich, dass ein so übler Mensch wie der Entführer sich für das gleiche Aftershave entschied?

Aber was verschwendete sie ausgerechnet jetzt ihre Gedanken an Düfte? Wenn der Kerl das nächste Mal die Tür zu ihrem Verlies öffnete, musste sie bereit sein, davonzurennen. Nur so sah sie für sich eine Chance. Selber zu kämpfen, insbesondere gegen einen Mann, wäre hoffnungslos. Und sollte es ihr nicht gelingen wegzulaufen, könnte sie zumindest um sich treten und ihm ihren Fuß in die Weichteile setzen. Und um Hilfe schreien wollte sie, so laut sie nur konnte. Das eine oder das andere würde ihr das Leben retten.

Da sie die Augen geschlossen hatte, nahm sie die im Sonnenstreifen tanzenden Staubpartikel nicht wahr.

Ihr Herz setzte einen Schlag aus. Erschrocken warf sie im Dunkeln den Kopf Richtung Tür, von wo sie seine Stimme vernahm. Er sprach durch das Guckfensterchen.

»Du bist aufgewacht«, stellte er fest.

»Wer sind Sie? Was wollen Sie von mir?« Beklemmende Stille. »Wo bin ich?« Nichts. Auch jetzt keine Antwort. Der Knoten in ihrem Magen nahm ihr die Luft. Nach einigen Sekunden hörte sie, wie er, noch immer draußen vor der Tür, in väterlichem Ton erklärte:

»Wir kennen uns.«

Sie erstarrte. Ihr Herz hatte bereits vorher zu rasen begonnen, jetzt aber drohte ihr Brustkorb zu zerreißen.

»Dir wird es bei mir gefallen. Mit der Zeit wirst du dich an mich gewöhnen.«

Sie suchte fieberhaft in ihren Erinnerungen, konnte jedoch die Stimme niemandem zuordnen. Aber davon wollte sie sich jetzt nicht ablenken lassen. Jetzt, wo er hier war, musste sie ihm irgendein Angebot unterbreiten, um sich aus ihrer misslichen Lage zu befreien. Ihre Gedanken überschlugen sich.

»Hallo? Sind Sie noch hier?« Sie horchte. »Hallo?«

Totenstille.

Er musste wohl gegangen sein.

Panik ergriff sie. Sie zerfloss in stillen Tränen, das Gesicht in die Hände vergraben.

Dass Böses in dieser Welt geschah, wusste sie. Die Medien waren voll davon. Bisher waren stets andere betroffen, sie selber war verschont geblieben. Allerdings hatte sie auch ihren Teil dazu beigetragen, dass das Niederträchtige nie ein Teil ihres Lebens wurde. Sie hielt sich von zwielichtigen Gestalten fern, von gefährlichen Orten und dem ganzen Drogensumpf. Jetzt hatte es sie erwischt. Sie konnte sich nicht andeutungsweise erklären, weshalb irgendjemand sie wie ein Tier im Käfig hielt.

Will der Kerl rausfinden, wie lange es ein Mensch aushält ohne Nahrung und Licht? Will er sich für irgendwas rächen? Beabsichtigt er, mich zu missbrauchen? Oder ist das für ihn alles nur ein Spiel und er wird mich gleich ziehen lassen?

»Erkennst du mich wieder?«

Sie zuckte zusammen. Ihr Blick flog zur Tür.

Der Kerl stand noch immer draußen.

Seine Stimme wirkte völlig ruhig. Seine Worte aber durchfuhren sie wie ein Blitz.

»Das Urteil hab ich bereits ganz zu Beginn gefällt. Du wirst mir nicht entkommen.«

Ihr dämmerte, er würde sie nicht gehen lassen. Niemals. Er würde ihr so lange Leid und Schmerz zufügen, wie ihr Körper es ertrug. Für einen kurzen Moment drohte sie an diesem Gedanken zu zerbrechen. Nicht der geknickte Geist würde ihn zum Aufhören bewegen, sondern erst das stillstehende Herz.

KAPITEL 5

Da Palmer noch vor dem grossen Abendansturm in der Bar eingetroffen war, konnte sie sich einen freien Hocker an einem hohen Tischchen am hinteren Ende der Theke erobern. Es gibt Leute, die sagen, es sei ein schlechtes Zeichen, wenn man damit begann, alleine zu trinken. Aber hier ein Bierchen zu zischen, ganz für sich, anonym in der Masse, das liebte sie. Nicht jeden Tag, aber ab und an war dies besser, als sich zu Hause einsam zu fühlen. Sie nippte ihren ersten Schluck Bier direkt aus der Flasche.

Den ganzen Tag hatte sie genutzt, um zu telefonieren und überall nach Juli zu fragen. Niemand wusste, wo sie steckte.

Palmer hatte Julis Agentin nicht gekannt. Auf Umwegen hatte sie diese aufgespürt, und auch sie fand es ebenfalls höchst eigenartig, dass Juli ihre Anrufe nicht entgegennahm oder zurückrief. Sie bestätigte, dass Julis letzter Job längst abgeschlossen und sie davon ausgegangen war, dass Juli zu Hause sei.

Der Raum füllte sich, der Geräuschpegel stieg. Gläsergeklirr und wirres Geplauder. Einige wippten mit dem Kopf, als der Barkeeper einen Song von Caroline Chevin startete und lauter stellte. Palmer mochte nicht von fremden Typen mit Anmachsprüchen zugemüllt werden und zog es vor, wenn man sie in Ruhe ließ. Deshalb bestellte sie jeweils zwei Bierchen. Das andere stellte sie auf dem Tisch sich selbst gegenüber hin, damit es so aussah, als kehrte ihr Begleiter gleich zu seinem Bier zurück.

»Du bist die einzige beachtenswerte Person in dieser Bar«, sagte der Typ, der sich neben Palmer hinpflanzte und sich durch das zweite Bier in keiner Weise beeindrucken ließ.

»Da hast du mehr Glück als ich«, antwortete Palmer. Sie wusste, sie hatte eine Stinklaune. Aber sie hatte den Typen auch gar nicht darum gebeten, sie anzusprechen.

»So ein hübsches Mädel ganz alleine? Wie find ich das? Ich hab mir überlegt, zu welchem Drink ich dich wohl einladen darf?«

Palmer mied den Blickkontakt und entgegnete, noch bevor er seinen ganzen Hintern auf den Hocker geschoben hatte: »So, hast du?« Sie verdrehte die Augen. »Du fragst mich, was du mir ausgeben darfst? Und ich sag dir, was du mich kannst.« Nun drehte sie ihren Kopf ganz weg und demonstrierte gähnendes Desinteresse.

Für einen kurzen Moment stand er da mit leicht geöffnetem Mund. Dann musste er sich bewusst geworden sein, wie dämlich das aussah, denn er lächelte verlegen.

»Mann, das Kätzchen hat Krallen«, sagte er und nickte

anerkennend. »Die Sache ist die: Ich bin mit einigen Kumpels hier. Schau nicht rüber, sie stehen weiter vorne an der Bar. Ich hab gewettet, dass es mir mit links gelingt, mit dir die Bar zu verlassen. Du willst mich doch nicht wie ein Arsch aussehen lassen?«

»Das kriegst du gut ohne meine Hilfe hin«, antwortete Palmer, wobei sie ihr Glas vom Untersetzer hob, mit der anderen Hand danach griff und ihn als Deckel auf ihr Glas legte. »Sabber mir nicht ins Bier, Romeo« sagte sie, denn sie ekelte sich vor Leuten, die beim Sprechen Spucketröpfchen versprühten. Sie widmete sich wieder der Bierflasche, um die Etikette abzupulen.

Sein Gesicht schien wie eingefroren.

»Ich bin der Dame wohl nicht gut genug. Blöde Schlampe«, sagte er mit säuerlichem Lächeln und baute sich in voller Größe vor ihr auf.

»Du hast recht, es liegt tatsächlich an dir. Nun geh nach Hause und spiel mit deinen Puppen.« Als Abschiedsgruß salutierte sie mit einer zuckenden Bewegung von Zeige- und Mittelfinger an ihrer Schläfe.

Palmer fragte sich keinen Moment, ob sie etwas zu weit gegangen war.

Er stand ihr noch immer mit wütendem Blick gegenüber, als sie neben sich eine neue Stimme vernahm.

»Dein Espresso, schwarz, wie du ihn am liebsten magst.«

Ein Typ in Anzug und Krawatte, den sie noch nie zuvor gesehen hatte, stellte zwei Espressi mit wunderschönem Schäumchen auf das Tischchen, einen davon vor Palmer, den andern vor den Hocker, auf welchen er sich nun schob. Langsam drehte Palmer den Kopf in seine Richtung und zog die rechte Augenbraue in die Stirn. Für einen kurzen Moment blickten sie sich in die Augen. Sofort wandte sie ihre ab.

»Was will denn dieser Anzug hier?«, fragte Romeo. Dann wandte er sich direkt an ihn: »Ist das deine Schnalle?«

Der Anzug ging auf diese Frage gar nicht ein, sondern sprach zu Palmer. »Und, wie war dein Tag?«

Romeo runzelte die Stirn, so wie es jemand tut, der nicht schlau wird aus der Situation. Immerhin merkte er, dass er hier und heute nicht würde landen können. Nach einigen Sekunden verdrückte er sich.

Der Neue genehmigte sich in aller Ruhe einen kleinen Schluck Kaffee.

Palmer betrachtete ihn mit ausdruckslosem Gesicht. Im Job als Warenhausdetektivin war sie darin geübt, sich blitzschnell einen Eindruck über einen Menschen zu verschaffen: Er war ungefähr Mitte 30 und damit mehr als fünf Jahre älter als sie, etwa einen halben Kopf größer, sauber rasiert, mit wachen Augen unter dichtem, leicht gewelltem dunklen Haar, das bald einen Schnitt nötig hatte. Palmer fragte sich, was wohl Typen wie ihn antrieb, sich auch im Sommer und privat in einen Anzug zu stürzen. Sie hasste Anzüge. Wobei sie zugeben musste, dass er ihm gut stand. Den obersten Knopf seines gebügelten weißen Hemds trug er offen. Ihr war klar, dass er auf seine Art auf sein Äusseres achtgab, und zwar mit Erfolg. Er machte auf sie einen intelligenten Eindruck. Palmer bevorzugte kluge Leute, auch wenn sich diese ebenfalls dann und wann dämlich benahmen. Ihr war andererseits noch nie ein Depp untergekommen, der je etwas Kluges tat. Das Herausstechendste an ihm aber war sein Lächeln. Es schien von Herzen zu kommen und ließ sein ganzes Gesicht erstrahlen. Und es formte ein Grübchen in die linke Wange. Palmer wandte ihre Augen ab und beobachtete, wie ein Pärchen an einem entfernten Tisch gleichzeitig ihre kelchförmigen Gläser an die Lippen führte, erst etwas Salz vom Rand leckte, bevor beide sich behutsam einen Schluck gönnten. Der Typ sagte etwas, das Palmer wegen der lauten Musik nicht verstand, und das Girl lachte übertrieben laut, wobei der Drink in ihrem Glas überschwappte.

Zurück zum Typen an ihrem Tisch. Zwar war sie insgesamt positiv überrascht, spürte aber instinktiv, dass diese Geschichte hier sowieso nichts werden würde.

»Echt jetzt. Weshalb setzt du dich her? Brauchst du Geld?« Die Frage schien ihr sehr gelungen, denn egal, ob er ihr nun eine Räubergeschichte oder die Wahrheit auftischte, solange er ihr etwas erzählte, würde sie nicht selber reden müssen.

»Mein Name ist Alex.« Er lächelte.

Palmer blickte ihm schräg ins Gesicht. »Und, was machst du so?«

»Ich bin Spezialist für Markenpositionierung.«

»Eben warst du mir noch halbwegs sympathisch«, sagte sie und nahm einen Schluck aus ihrer Flasche. Er musste gespürt haben, wie ihm das Blut in die Wangen stieg und sein Kopf rot leuchtete, denn er wischte sich Schweißperlen von der Stirn.

Irgendwie tat er ihr leid und sie bemühte sich, nicht völlig unfreundlich zu wirken, schließlich hatte er ihr eben noch Unannehmlichkeiten erspart.

»Nun erzähl schon. Was macht denn ein Markenpositionierer?«

Seine Antwort fiel ziemlich ausführlich aus. Dann und wann nickte sie, schließlich sollte es so aussehen, als folgte sie seinen Ausführungen. In Wirklichkeit aber dachte sie sich, er müsse irgendein Chef sein, so wie der redete. Nur Manager verwenden so viele Fremdworte. Jedenfalls wurde sie nicht klug aus dem, was er erzählte. Sie fragte sich sogar, ob er sie beleidigte oder sie für dumm hielt, ohne dass sie es merkte. Aber sie wollte ihn nicht unterbrechen. Sie betrachtete seine gepflegten Hände. Er trug eine schlichte Stahluhr mit Aufschrift Patek so und so. Noch nie gehört.

Palmer begann sich umzublicken.

Als er sagte: »... zur strategischen Neuorientierung ziehen wir die Portfolio-Analyse zu Rate ...«, platzte ihr der Kragen.

»Soll ich das jetzt googeln oder was?« Sogleich aber versuchte sie, die angespannte Situation etwas zu entschärfen. »Nimm's nicht tragisch.« Sie schenkte ihm ein unsymmetrisches Lächeln mit nur einer Seite des Mundes. »Ich hatte einen harten Tag.«

Sie musterte ihren Espresso, griff dann aber zur Bierflasche. Palmer hob sie an ihren Mund, erkannte, dass sie leer war, reckte sie in die Höhe und wackelte damit, bis der Barkeeper mit dem Pferdeschwanz sie wahrnahm. Er nickte stumm und schaute zu Alex. Als dieser nicht reagierte, brachte er eine Flasche an den Tisch.

Als Alex nun stumm in ihre Augen blickte, musste ihm klar geworden sein, dass er auf das ganze Fachchinesisch verzichten musste, wollte er sie für seine Arbeit interessieren. »Falls du noch magst, geb ich mir Mühe, meine Arbeit in verständlichen Worten zu erklären.« Da er aber gespürt haben musste, dass sie genug von seinen Erklärungen hatte und er sich offensichtlich nicht abwimmeln lassen wollte, ergänzte er: »Ein andermal.«

Palmer blickte sich im Lokal um, jedoch darauf bedacht, keinen Typen zu lange anzublicken. Sie amüsierte sich über die schlanke Frau, die an der Bar auf Bedienung wartete und langsam die Geduld verlor.

Woran es lag, dass die eine Bar brummte, während andere kaum Gäste sahen, wusste Palmer nicht mit Sicherheit. Das musste ein Zusammenspiel vieler Facetten sein. Aber eines war ihr im Laufe vieler Barbesuche klargeworden. Wer nur heiße Ladys hinter dem Tresen arbeiten ließ, kriegte die Plätze im besten Fall voll mit Männern. Wer dahinter auch coole Jungs beschäftigte, zog zusätzlich Besucherinnen an. Und in der zweiten Reihe etliche Jungs, die um die Besucherinnen herum Aufstellung bezogen.

»Hey, Lexi, gratuliere nochmals. Toller Erfolg.« Ein Typ mit Krawatte war an ihren Tisch getreten und klapste die flache Hand auf Alex' Schulter. Dann drehte er sich zu Palmer und erklärte:

»Guter Kerl hier. Ein Freund von George Clooney. Pass gut auf ihn auf.« Wieder zu seinem Freund gerichtet: »Bis bald. Und lieben Dank. Lass uns nächstes Mal drauf anstoßen. Dein Erfolg muss gefeiert werden.« Dann trat er mit seinen zwei Kollegen bestens gelaunt aus dem Lokal.

»Lexi?« Palmer zog einen ihrer Mundwinkel zu einem mitleidigen Lächeln hoch.

»Eigentlich Alex, von Alexander. Nur Freunde, die mich ärgern wollen, nennen mich Lexi.«

Palmer ließ für den Bruchteil einer Sekunde die Andeutung eines amüsierten Lächelns auf ihren Lippen erkennen. Oder zumindest, was sie sich darunter vorstellte.

Nicht, dass sie George Clooney speziell toll fand, aber sie musste sich zugestehen, dass diese Bemerkung ihre Aufmerksamkeit erregte. Sie hatte Clooney oft in Werbespots für Kaffeekapseln gesehen und leistete sich den Luxus dieser Kapseln schon seit längerem. Sie war es leid, sich Kaffeefilter aus Klopapier zusammenzustückeln, wenn sie wieder mal vergessen hatte, Filter einzukaufen.

Sie wandte sich Alex zu.

»Wie kommst du eigentlich auf die Idee, du müsstest mich beschützen?« Sie genehmigte sich einen tiefen Schluck aus der Flasche.

»Bist du immer so abweisend?«, fragte er.

»Nur, wenn ich wach bin.«

Alex hob seine Tasse und prostete ihr mit dem Espresso zu. Die Antwort schien ihm für den Moment zu genügen. Nach zwei Schlucken fragte er: »Meinen Namen kennst du jetzt. Und wie heißt du?«

»Palmer. Chris Palmer, aber nenn mich einfach nur Palmer«, sagte sie und strich sich eine Haarsträhne hinters Ohr.

Alex blickte sie mit fragendem Gesicht an, sodass sie ergänzte: »Nein echt, so heiße ich. Frag nicht.«

In der kurzen Pause, die hierauf folgte, verbuchte er bei ihr einen klitzekleinen Punkt. Denn er unterließ es tatsächlich, weiter nach ihrem vollständigen Namen zu bohren.

»Okay, Palmer, erklär mir mal: Was hat deine reizvolle Seele so übel gelaunt?«

»Du meinst, dieser Affenpups von eben? Muss ich denn zu allen Leuten freundlich sein, die mich nicht interessieren?« Sie griff zur Flasche und wechselte das Thema. »Auf dich und deinen Superjob«, und genehmigte sich einen Schluck.

Er sagte: »Ich frage mich, ob es mir gelingt, deine Seele aufzuheitern, wenn ich dich kommenden Samstag zum Nachtessen einlade.«

»Da hab ich was vor. Ich heirate.« Sie wischte ihn mit einer schwenkenden Handbewegung in der Luft weg.

»Gratuliere. Wie wär's demnach mit Donnerstagabend?«, konterte Alex.

Sie hoffte, er würde den minimalen Anflug eines Lächelns auf ihren Lippen nicht bemerken. Konnte es sein, dass dieser Typ üble Launen mit Humor ertrug? Mal was anderes.

Sie griff nach ihrer Flasche, er zu seinem Espresso, und sie prosteten einander zu.

Weil Palmer feststellte, dass die Erdnussschale leer war, wischte sie sich die Salzkörner von der Hose und begann, mit dem Daumennagel auch den Rest der Etikette von der Flasche zu kratzen.

»Ne, ne, Hochzeitskleid, Job aufgeben, kochen für ihn, Babygeschrei und sonntags steht er am Gartengrill. Da krieg ich zu wenig Luft. Ich muss für mich einen anderen Weg finden. Einen besseren.«

Sie rechnete es Alex hoch an, dass er von jeglicher Anspielung auf ihre tickende biologische Uhr absah.

»Du glaubst gar nicht, wie es mich angurkt, wenn Frauen mich zu überzeugen versuchen, dieser Wunsch nach Kindern komme schon noch, da müsse bloß der richtige Mann auftauchen.« Palmer schob die Flasche von sich und blickte ihn ernst an. »Ich ärgere mich, dass Mütter sich schlicht nicht vorstellen können, dass eine Frau tatsächlich nicht Mutter werden will«, schnaubte sie. »Zur Genüge bin ich Frauen begegnet, die sich überfordert fühlten. Und wie oft musste ich zusehen, wie sich die Beziehung zwischen den Ehepartnern abgekühlt hat nach der Geburt des Sprösslings. Sollte ich je meinen Prinzen finden, wäre ich nicht bereit, die Beziehung wegen eines Kindes auf's Spiel zu setz…« Abrupt hielt sie inne und starrte ihn einige Sekunden lang unverwandt an. Sie fragte sich, was mit ihr passiert ist, dass sie einem Wildfremden von sich und ihren Gedanken erzählte und schüttelte ihren Kopf.

Sie hatte keine Lust ihm zu erklären, dass auch Erlebnisse in ihrer eigenen Kindheit eine gewisse Rolle spielten. Nun nagte sie an der Unterlippe. Tatsächlich hatte sie Mühe, sich vorzustellen, nur schon in einer Partnerschaft genügend Platz zum Atmen zu finden. Andererseits hatte sie bei ihrer Mutter hautnah miterlebt, wie ein Mensch an Einsamkeit zugrunde gehen konnte.

Alex ließ ihren Gedanken etwas Zeit, schließlich fragte er: »Wie wär's mit Essen *heute* Abend? Ich bestimme das Restaurant.«

Sie starrte ihn mit zusammengekniffenen Augen an und trommelte unter dem Kinn ihre Fingerspitzen aneinander. Nun, Appetit hätte sie, aber kochen war heute nicht. Wie meistens. Am häufigsten verpflegte sie sich mit Sandwiches, praktischerweise meist während der Fahrt im Auto, um möglichst wenig Zeit damit zu verlieren. Denn Palmers Geduld war begrenzt. Sie hasste es, im Restaurant aufs Essen zu warten. Aber auch Lebensmittel einzukaufen war ihr zuwider. Sie fand, das Leben sei zu kurz, um vor der Kasse in einer Schlange zu stehen. Abgesehen davon natürlich, dass sie ganz einfach nicht gerne kochte. Schließlich meinte sie: »Nee. Essen macht dick.«

»Na komm, Kaffee hatten wir schon.«

Sie dachte eine Weile nach.

»Essen? Nur Hauptgang? Ohne Nachspeise?« Sie zögerte. »Ich weiss nicht.«

»Ich jedenfalls setz mich jetzt irgendwo in die Abendsonne, vielleicht mit Blick auf den See.«

»Wie langweilig.«

»Vielleicht möchtest du dich heute auch während des Essens langweilen?«

Beide schmunzelten. Er wegen ihrer kratzigen Absagen, sie, weil er sie mit seinem Lachen ansteckte. Palmers Augen verwandelten sich hierbei in zwei zerbrechliche und schillernde Schlitze.

Sie schob sich vom Hocker. »Worauf wartest du?«, fragte sie ihn, während sie sich die abgepulten Schnipsel in die Handfläche schob und sie zu einem Häufchen knüllte, das sie in ihr leeres Bierglas kippte. Richtung Barkeeper sagte sie: »Er bezahlt«, und schritt aus der Bar.

Er holte sie ein, sie überquerten die Pilatusstraße, schlenderten am Stadttheater vorbei und dann an der Reuss entlang. Er steuerte auf eines der Restaurants zu, hielt jedoch inne, als er merkte, dass sie stehen geblieben war. Als er ihr fragend ins Gesicht blickte, nickte sie in Richtung des Flusses. Auf der breiten Treppe, die vor der Jesuitenkirche ins Wasser der Reuss hinunterführte, suchten sie sich eine Stelle ohne Taubenkot und setzten sich nebeneinander, um schweigend in der Abendsonne ins langsam vorbeifließende Wasser zu blicken. Sie genossen das beeindruckende Farbenspiel des Sonnenuntergangs, das den Himmel erst in Gold, dann in Flieder und schließlich in glühendes Rot verwandelte. Bald würde sich die Dunkelheit ausbreiten über Luzern.

Palmer neigte den Oberkörper leicht nach vorn, die Hände auf die Stufen gestützt.

»Erzähl mir was«, forderte sie Alex auf und ließ ihr Gesicht mit geschlossenen Augen auf den Händen ruhen. Sie fühlte sich wohl in den letzten Sonnenstrahlen.

Er setzte sich aufrecht hin, ließ den Blick über die Szene gleiten, überlegte einige Momente und begann:

»Schon vor Hunderten von Jahren hatte alles seine Ordnung in dieser Stadt. Man hat nicht nur Buch geführt über die Einnahmen und Ausgaben, sondern auch bis ins Detail, was man alles getrieben hat im Wasserturm.« Dabei deutete er mit dem Kinn auf den achteckigen Turm mitten im Fluss, obwohl er bemerkt hatte, dass Palmer die Augen geschlossen hielt. »Trotzdem hat er ein schauerliches Geheimnis gehütet.« Er schaltete eine kurze Pause ein, fuhr aber fort, als er sah, dass sie immer noch zuhörte. »Als Befestigung war er zur Abwehr kriegerischer Angriffe vom See her geplant. Weil's alles andere als einfach war, dort rein-, aber auch wieder rauszukommen, hat man darin nicht nur das Archiv und den Staatsschatz gelagert für die kostbaren Beutestücke, sondern den Wasserturm auch als Kerker genutzt. Und um alles Notwendige unter demselben Dach zu vereinen wurde er mit einem Verhörzimmer ergänzt, inklusive gut bestückter Folterkammer. Hier hat man Räubern, Mördern, Kriegsgefangenen, Verrätern und Hexen die volle Aufmerksamkeit geschenkt, bevor man sie zum Richtplatz geführt hat. Die Aufzeichnungen zeigen, dass fast ausnahmslos Auswärtige hingerichtet wurden. Luzerner waren kaum je darunter.«

Palmer zog ihre Beine an, schlang die Arme um die Knie, legte den Kopf seitwärts darauf und fragte: »Hexen?«

»Da es um nichts Geringeres ging, als die Gottesordnung durchzusetzen, hat man sie so kurz wie möglich gefangen gehalten und sich beeilt, sie bei lebendigem Leib auf dem Scheiterhaufen zu verbrennen.« Alex schielte zu Palmer. Sie rümpfte angewidert die Nase, trotzdem setzte er seine Erklärungen fort. »Die Hinrichtung der dreiköpfigen Bettlerfamilie Strypperg hat am 12. August 1560 auf der Sentimatt stattgefunden, einige 100 Meter weiter die Reuss runter. Du musst wissen, dass sich einige Tage zuvor über Luzern ein schweres

Hagelwetter mit schrecklichen Verwüstungen entladen hatte. Verängstigt haben die Luzerner nach einer übersinnlichen Erklärung gesucht und in der Stadt die drei Unglücklichen aufgegriffen. Der Ratsrichter überführte die Mutter, Margaretha, der Hexerei. Unter Folter hatte sie nämlich zugegeben, Hagel über die Stadt gebracht und sich dem Teufel hingegeben zu haben. Als Hexe hat man sie bei lebendigem Leib den Flammen übergeben. Diese Strafe wurde als notwendig betrachtet, denn einzig so ließ sich deren Seele vom Teufel reinigen und retten. Die Folter hatte für das Opfer durchaus ihr Gutes. Denn nur wer ein Geständnis abgelegt und seine Sünden gestanden hatte, dem konnten diese erlassen werden. Hannes, ihr Ehemann, wurde verantwortlich gemacht für den Tod eines Bürgers. Deshalb hat man ihm alle Knochen gebrochen, ihn auf ein großes Wagenrad geflochten und ihn den Raben überlassen. Und Urban, den elfjährigen Sohn, hat der Scharfrichter mit dem zweiten Schwerthieb geköpft. Schließlich hatte er unter Folter Mutters Hexenkünste bezeugt. Ein solcher Verrat an der Mutter hatte nach damaligem Rechtsempfinden nichts anderes als den Tod verdient.

In anderen Fällen, in welchen man sich nicht sicher war, ob man es mit einer Hexe zu tun hatte, hat der Hexentest Klarheit gebracht. Der Verdächtigen wurden Hände und Füße zusammengebunden, bevor sie unterhalb der Kapellbrücke ins Wasser geworfen wurde. Ist sie ertrunken, war sie unschuldig und man hat sie in geweihter Erde begraben. Hat sie aber überlebt, bewies sie magische Kräfte und endete als lebende Fackel auf dem Scheiterhaufen.«

Palmer schluckte trocken. Nach einigen Momenten nickte sie als Zeichen dafür, dass er fortfahren soll.

»Über das alles weiß man heute so gut Bescheid, weil damals peinlichst genau Buch geführt wurde: Wie die armen Seelen geheißen haben, welche Daumenschraube man ihnen angelegt hat, wie viele Tage man sie im Verlies hat modern lassen und auf welche Art man sie ins Jenseits befördert hat. Ordnung musste sein.« Alex setzte ein sarkastisches Lächeln auf. »Umso erstaunter waren die gnädigen Herren, als man bei Reinigungsarbeiten im Verlies auf Gebeine gestoßen ist, die dort eigentlich nichts zu suchen hatten. Da war jemand schlicht vergessen worden.«

Nun schwieg Alex. Sein Blick glitt übers Wasser. Beide beobachteten die Enten, die um Brotstücke kämpften.

Zögerlich berührte Palmers Hand seinen kleinen Finger, während sie spürte, wie ihr der Magen kribbelte. Alex bewegte seine Hand. Für einen kurzen Moment wollte sie ihre Hand zurückziehen, da sie dachte, er wolle sie ganz mit seiner eigenen umschließen. Dann aber begann sie sich zu entspannen, als sie spürte, dass ihr diese Nähe gefiel.

Nach einigen Momenten verwob sie ihre Finger mit seinen. Sie mochte ihn. Das erkannte sie daran, dass sie sich fragte, wie vielen anderen Frauen er dieses lauschige Plätzchen vor ihr schon gezeigt haben mochte. Sie zog ihre Hand zurück. Darin war sie noch nie gut gewesen, einfach den Moment zu genießen.

So etwas wie eine richtige Beziehung hatte Palmer noch nie erlebt, denn das Leid ihrer Mutter hatte all ihre Gefühle verschlungen. Für jemand anders war da kein Platz, sodass es keiner lange mit ihr aushielt. Jedenfalls nie so lange, bis man auch nur ansatzweise über eine gemeinsame Wohnung nachdachte. Irgendwann verdrückten sie sich, und Palmer verübelte es ihnen nicht. An Männerbekanntschaften hätte es ihr nicht gemangelt, wenn sie nur gewollt hätte. Was sie in einer Beziehung brauchte und nie in genügendem Maß antraf, waren Raum zum Atmen, Geduld, möglicherweise auch tiefgründige Gespräche. Aber ein Kerl musste darüber hinaus ein Gespür dafür haben, im richtigen Moment die Klappe zu halten.

Rückblickend mit etwas Abstand hätte sie nicht einmal mehr zu sagen vermocht, was genau sie bei den zwei oder drei Typen empfunden hatte. All ihre Sinne waren stets bald überdeckt worden von der Trauer um ihre Mutter. Gefühle wie Verliebtsein, Glücksempfinden und Lebensfreude waren im Ansatz vorhanden, vermutlich angeboren. Sie entfalteten sich jedoch nicht infolge ihrer inneren Zerrissenheit. Ein Teil wollte ihr erlauben, sich mit einem echten Freund einzulassen. Der andere kämpfte dagegen an und wollte keinem Mann vertrauen. Vielleicht hatte das damit zu tun, dass der einzige Mann, den Palmer richtig kannte, ihr Vater war. Ein schlechtes Vorbild.

Alex blickte sie an, sagte aber kein Wort. Nach langer Pause meinte er: »Du hast was Sympathisches an dir.«

Da sträubte sich etwas in ihr. Trotzdem traf es sie für einen flüchtigen, magischen Moment. Bei seinen Worten fühlte sie sich gut, zumindest erdrückten sie nicht ihr Selbstbewusstsein. Sie machte bei ihm etwas Vertrauensvolles aus. Sie wusste nicht, ob es sein Gesichtsausdruck war, seine Wortwahl oder die Ruhe, die er ausstrahlte. Es schien ihr, als wüsste er viel, hätte aber nicht das Bedürfnis, dies der ganzen Welt mitzuteilen. Palmer war beeindruckt von seiner Rücksicht.

Beide schwiegen.

Sie holte Luft. »Enttäuschungen haben mich misstrauisch gemacht. Ich hinterfrage alles und glaube kaum noch irgendwem etwas. Ich brauche Zeit, bis ich merke, ob es jemand gut mit mir meint. Das schreckt die Leute ab.« Sie blickte zu Boden. Es verging ein mehr als angemessener Zeitraum, bevor sie Alex wieder anblickte und ergänzte: »Dann trink ich mein Bier halt alleine.«

Sie redeten noch über dies und das, während sie durch die Gassen der Altstadt bummelten und ein Sandwich verdrückten. Sie ließ sich nicht anmerken, dass sie längst wahrgenommen hatte, wie er mit sich rang, ihr einen Kuss auf die Wange oder zumindest die Hand zu drücken.

Als sie vor dem Parkhaus Kesselturm ankamen, atmete er tief ein und sagte: »Dann fahr ich jetzt mal nach Hause.«

Palmer nickte: »Bis bald mal. Pass gut auf dich auf.«

»Einen einzigen Wunsch hab ich.«

Sie nickte und gab ihm ihre Handynummer, war sich aber im nächsten Augenblick nicht mehr sicher, ob dies eine gute Entscheidung war. Immerhin schenkte sie ihm zum Abschied ein zaghaftes Lächeln, und ihre Gesichtszüge wurden ganz weich.

Sie drehte sich ab und machte sich auf den Weg. Im Spiegelbild einer Glastür sah sie, wie er ihr nachblickte.

Palmer spürte bei ihm eine echte Zuneigung. Aber wie sie sich kannte, würde sie diese nicht erwidern können. Sie war sich sicher, diese aufkeimende Beziehung abzubrechen, bevor sie weiter wuchs. Sie würde ihn noch vor einem nächsten Treffen anrufen und ihm klarmachen, dass er sich was Besseres suchen solle.

KAPITEL 6

Am nächsten Morgen stieg Palmer die Holztreppe hinunter und verriegelte ihre Haustür. Während sie zur Gartentür schritt, kamen ihr einige kräftige Jungs entgegen. Durch nichts, weder durch sengende Hitze noch durch Regen oder Schnee, ließen sie sich von ihrem Morgentraining abhalten. Man kannte sich vom Sehen. Trotzdem hielt es Palmer bei einem knappen Gruß. Sie wollte sich auf keinen Fall in ein Gespräch verwickeln lassen.

Als Palmer in ihrem Pickup wegfuhr, war die Spätsommersonne eben erst aufgegangen und strahlte gutmütig flach zwischen den Häusern hervor, sodass die Gehwege noch in violettem Licht lagen. Auf der Fahrt zur Polizei drehte sie die Anlage voll auf und wippte mit dem Kopf zu *Personal Jesus* von Marilyn Manson. Während die Gitarren rattenscharf jaulten, fragte sich Palmer, wie stark sie selbst noch daran glaubte, dass mit Juli alles in Ordnung war.

In ihrem Magen machte sich ein ungutes Gefühl breit.

Gestern war sie panisch gewesen. Gegen Abend hatte sie sich entspannt, dank Alex, sodass sie sogar gut geschlafen hatte. Nun aber kam die Angst mit voller Wucht zurück.

Sie war sich nicht im Klaren, was sie der Polizei überhaupt sagen sollte. An der roten Ampel an der Moosstraße blickte sie auf die Gehsteige und hielt Ausschau nach einem Typen, der aussah, als habe er Juli entführt. Sie wusste, dies war albern. Noch bevor sie weiterfuhr, entschied sie sich für einen Umweg über den Bahnhof, um sich im Lokal neben der Hauptpost eine Haselnussschnecke und einen Laugengipfel zu besorgen, welche sie später zu Mittag essen wollte. Aber die Schnecke schaffte es nicht mal bis zur Polizei. Sie parkte direkt neben dem Eingang, wo noch alle Besucherplätze frei waren. Marilyn Manson verstummte, als sie den Motor ausdrehte. Am Schalter erkundigte sie sich, weshalb die Polizei die Vermisstenmeldung von Julis Eltern nicht entgegennehmen wollte. In aller Ruhe hörte sich der Polizist hinter dem Glas Palmers Anliegen an. Aus irgendeinem Grund musste man ihn zu diesem Bürojob verdonnert haben. Palmer erklärte, dann wolle eben sie selbst diese Anzeige aufgeben. Das sei sie ihrer Freundin schuldig, und offensichtlich sei etwas ganz und gar nicht in Ordnung mit ihr.

»Hören Sie, wenn Sie Ihre Freundin als vermisst melden wollen, dann kommen Sie bitte später vorbei, wenn unsere Büros besetzt sind. Was Sie mir da eben erzählt haben, klingt reichlich schwammig. Das Mädchen tobt sich doch bestimmt in irgendwelchen Betten aus. Die wird schon von selbst zurückfinden. Und Sie werden verstehen, dass wir nicht einfach so Polizisten in der Stadt rumrennen lassen, ohne dass die erwähnte Person offiziell vermisst wird.«

»Aber gestern ist die Polizei nicht bereit gewesen, eine Vermisstenanzeige der Eltern entgegenzunehmen.«

»Eben haben Sie doch erklärt, dass sich diese im Tessin aufhalten. Wir nehmen Vermisstenmeldungen nicht per Telefon auf. Da muss sich jemand schon zu uns bemühen.«

»Jetzt bin ich doch hier. Und trotzdem bewegt sich keiner.« Palmer schnaubte. »Für mich sieht es so aus, als sei meine Freundin entführt worden. Wenn die Polizei nichts tut, dann muss ich halt selbst die Suche übernehmen.«

»Wie war doch gleich Ihr Name?«, fragte der Diensthabende.

Palmer hatte genug gehört, um sich ihre Meinung zu bilden.

»Palmer«, sagte sie. »Einfach nur Palmer.« Dann verkniff sie den Mund und drehte sich grußlos Richtung Ausgang.

»Warten Sie. Offiziell sind unsere Büros noch nicht besetzt. Aber ich will mal nachfragen. Gerade eben hab ich jemanden kommen gehört.«

Er hob den Telefonhörer und tippte eine dreistellige Nummer ein. Nachdem er aufgelegt hatte, wandte er sich wieder zur Glasscheibe und meinte: »Heute ist Ihr Glückstag. Fünfter Stock, Zimmer 503.«

An der Glastür klickte es, als sich das Schloss öffnete. Palmer salutierte mit zwei Fingern an der Schläfe und deutete ein Lächeln an. Im fünften Obergeschoss vor dem Büro drückte sie die Klingel und sogleich forderte das Display sie auf, einzutreten. Noch bevor sie hinter sich die Tür geschlossen hatte, nahm sie eine Stimme wahr, die ihr sofort ein unangenehmes Gefühl im Zwerchfell hervorrief. Schlagartig drehte sie ihren Kopf Richtung Schreibtisch.

»Aha, die Dame mit dem schönen langen Haar. Ich hoffe doch stark, du hast dein Hasch draußen versteckt, bevor du dich hier reinwagst?« Mit einem Lächeln, welches sich in seinen Augen nicht widerspiegelte, saß der Polizeibeamte im Sessel hinter dem Schreibtisch und lehnte sich langsam zurück, während er seine Arme vor der Brust verschränkte.

Palmer schüttelte ungläubig den Kopf. Es fiel ihr schwer, sich ruhig zu geben. »Obrist, du bist mutig.« Sie starrte ihm in die Augen.

Er erhob sich, steckte die Hände in seine Achselhöhlen und sah sie eindringlich an.

Als er wortlos nickte, fuhr sie fort: »Doch doch, diese Verkleidung steht dir. War ein guter Entscheid, zur Polizei zu gehen. Hier wird einem sicher viel beigebracht in der Ausbildung. Umgangsformen, Anstand und so. Was meinst Du, sprichst du schon an darauf?«

Seine Stimme drohte zu versagen, also räusperte er sich.

»Ach komm, Chris, wie geht's dir?« Er senkte den Blick auf die Tischplatte. »Wir könnten doch mal auf einen Kaffee oder so.«

»Auch für dich heiß ich nur noch Palmer! Ist das klar?« Sie verspürte sofort einen merklichen Temperaturrückgang auf ihrer Haut und blickte schräg in seine Augen. »Deine damals servierte Kröte schlucke ich bis heute nicht.« Sie reckte das Kinn. »Ich hab dir nichts mehr zu sagen«, meinte sie und bemühte sich, ruhig zu klingen. Aber in ihren Augen flackerte Wut. Sie drehte sich zur Tür, stapfte auf den Gang und eilte zum Aufzug. Sie drückte die Taste für das Erdgeschoss, stellte sich mit dem Rücken zur Wand und lehnte den Kopf zurück. Sie wollte später zurückkehren und versuchen, bei jemand anderem die Vermisstenanzeige aufzugeben.

»Nun warte doch«, rief Obrist und eilte durch den Flur zum Aufzug. Sie blickte nicht in seine Richtung und hielt auch nicht den Arm in die Lichtschranke, um die beiden Türflügel offenzuhalten. Er kriegte grad noch seinen Arm in den Spalt, sodass die Türen wieder auseinander glitten. Er trat ein, wusste aber nicht, was er sagen sollte.

Während der Aufzug nach unten gondelte, blickte sie zur Decke und meinte nur: »Arschloch.«

Im Erdgeschoss verließ sie stramm die Hauptwache.

Er holte sie gleich außerhalb wieder ein. »Wolltest du nicht eine Anzeige aufgeben?«

Palmer starrte verächtlich auf seine Hand, griff sich seinen Daumen und löste seinen Griff von ihrem Oberarm. Dann drehte sie sich ab und ging weiter.

»Wenn ich dir helfen kann, ruf mich an. Ich hab da wohl was gutzumachen«, rief er ihr hinterher.

Palmer stach zu ihrem Wagen, schoss ruppig rückwärts in die Straße und brauste davon. Sie konnte nicht sehen, wie er ihr nachblickte.

An einer roten Ampel ließ sie ihren Kopf sinken. Wie gern wäre sie Polizistin geworden. Aber mit diesem Gedanken hatte sie abgeschlossen. Sie war enttäuscht von Obrist, aber auch von allen anderen Polizeiaspiranten ihres Kurses an der Polizeischule. Als die unsägliche Geschichte sich ereignet hatte, wäre sie auf die Hilfe ihrer Kurskameraden angewiesen gewesen. Denn alle hatten gewusst, was Sache war, aber niemand hatte Stellung bezogen und war ihr beigestanden. Als sie sich vor dem Ausbildungschef rechtfertigte, legte er ihre Erklärungen sogar als Beweis für ihren ungeeigneten Charakter aus, indem sie die Schuld auf jemand anderen zu lenken versuche.

Hinter ihr hupte einer. Sie hob den Kopf, trat aufs Gaspedal und wischte sich Tränen aus den Augen. Die anfängliche Wut war in Trauer umgeschlagen, die Tränen hatten eine beruhigende Wirkung. Und während der Fahrt reifte sogar eine Idee. Falls Obrist tatsächlich ein schlechtes Gewissen hätte, könnte er ihr nützlich sein. Sie griff zum Handy und ließ sich durchstellen.

»Wenn du was gutmachen willst, kannst du was für mich abklären.«

Mit kühlem Lächeln, das sie übers Telefon hören konnte, antwortete er: »Schuldig bin ich dir gar nichts.«

Palmer schnaubte und wollte bereits auflegen, als Obrist ergänzte: »Nun sei mal nicht so empfindlich. Welchen Freundschaftsdienst soll ich dir denn erweisen?« Seine Stimme klang jedoch, als schielte er währenddessen auf die Armbanduhr. »Aber ich tu's aus freien Stücken. Ich brauch dir wohl kaum zu erklären, dass dies eine einmalige Ausnahme ist und dass alles unter uns bleiben muss. Ich muss mich absichern. Es darf nicht danach aussehen, als hätte ich einer Zivilistin auch nur im Geringsten geholfen.«

Ohne ein Versprechen abzugeben, legte ihm Palmer dar, wonach sie suchte, dann klickte sie ihn raus, ohne sich zu verabschieden.

Während sie ihren Wagen Richtung Bahnhof lenkte, überlegte sie, wer einen Vorteil aus Julis Verschwinden ziehen könnte. Dann vibrierte ihr Handy. Ein kurzer Blick reichte ihr, um zu erkennen, dass es eine Unternummer der Polizei sein musste. Sie konnte sich nicht vorstellen, dass Obrist in dieser kurzen Zeit bereits etwas herausbekommen hatte. Da sie ihn hasste und nicht eine einzige unnötige Sekunde mit ihm plaudern wollte, legte sie das Telefon auf den Nebensitz. Sollte er sich doch mit ihrer Sprachbox unterhalten.

Anfangs war's ganz romantisch gewesen mit ihm. Gemeinsam hatten sie die Ausbildung bei der Polizei begonnen. Er kassierte bereits in einem der ersten Kurse eine strenge Verwarnung, da er bei einer Prüfung geschummelt hatte. Als man in einem späteren Kurs in einer Abstellkammer der Polizeischule eine versteckte Tüte mit Hasch entdeckte, fiel der Verdacht auf ihren Freund, weil sich ein Ausbilder erinnerte, mal aus dem geöffneten Fenster seines vorbeifahrenden Privatfahrzeugs einen verdächtig süsslichen Geruch wahrgenommen zu haben. Da er ihn aber nicht zum Anhalten bewegen konnte, war's dem Ausbilder nicht möglich, seinem Verdacht weiter nachzugehen. Mit den neuen Anschuldigungen konfrontiert, verzweifelte ihr Freund, denn ihm drohte der Rausschmiss wegen Besitzes von Rauschgift. Palmer war Klassenbeste und Liebling einiger Lehrer. Sie beide waren ein Paar. Zugunsten dieser Partnerschaft war sie bereit, ein Opfer zu bringen, und entschloss sich spontan, die Schuld auf sich zu nehmen. Einige demütige Entschuldigungen, und sie würde die zünftige Verwarnung überstehen, da war sie sich sicher. Der Schock saß umso tiefer, als sie von der Schule flog. Das Grauen schlug in Verzweiflung um, als Obrist die Situation nicht richtigstellte, indem er die Schuld wie ein Mann auf sich genommen hätte. An diesem Punkt platzte ihr Lebenstraum. Sie wär so gern Polizistin geworden. Auf einen Schlag war sie ihre Zukunft los. Nur äußerst schleppend vernarbte diese Wunde. Obrist selber war für sie kein Verlust. Erst wollte sie sich rächen. Zurück zur Polizei hätte sie das jedoch nicht gebracht. Als ihr aber nach Wochen noch immer keine geeignete Gemeinheit einfiel, verlor sich die Wut auf ihn. Sie wollte schlicht mit ihm nichts mehr zu tun haben. Und auch nicht mit ihren damaligen Schulkameraden.

Später einmal hatte Obrist sie angerufen. Auf der Sprachbox appellierte er an die gute, alte, gemeinsame Zeit. Er versicherte ihr, sich bewusst zu sein, eine riesige Dummheit begangen zu haben. Es tue ihm leid und sie solle ihm doch bitte eine zweite Chance zugestehen. Er könne sich übrigens durchaus vorstellen, wieder bei ihr einzuziehen. In ihren Ohren klang er ziemlich pleite. Sie rief ihn nicht zurück. Aber sein harmloser Versuch hatte ihr geholfen, diesen Typen zu vergessen, denn sie hasste ihn umso mehr. Von diesem Zeitpunkt an war sie sicher, ihn nicht mehr zurückhaben zu wollen.

Erst zu Hause hörte sie die Sprachbox ab. Leicht beeindruckt, was er in den wenigen Minuten bis zum Anruf bereits rausgefunden hatte, verriet ihr Obrists jämmerliche Stimme, niemand habe sich bei der Polizei gemeldet, um eine verdächtige Handlung, wie etwa eine Entführung, zu melden.

Dann schluckte Palmer leer, als er kundtat, Juli sei auch weder im Luzerner Kantonsspital noch in irgendeiner andern Schweizer Klinik eingeliefert worden. Und auch nicht im Leichenschauhaus.

KAPITEL 7

Als Palmer wieder in ihrem Wagen saß, hatte sie keine Ahnung, wie und wo sie mit der Suche nach Juli beginnen sollte. Aber sie konnte nicht tatenlos zu Hause rumsitzen.

Sie blickte in den Rückspiegel und musterte ihre drei Zentimeter lange, nicht sehr auffällige Narbe quer über ihrem linken Auge. Diese stand in erfrischendem Kontrast zu ihren grazilen Gesichtszügen. Als Leute immer wieder ihr Bedauern ausdrückten über diesen Makel in ihrem hübschen Gesicht, begann sie die Narbe zu lieben als ihre Besonderheit. Jetzt schlug Palmer mit der Stirn mehrmals gegen das Lenkrad, und zwar so stark, dass es knackte im Armaturenbrett.

Verdammt. Alles lief schief. Die Freundin verschwunden, den Job verloren und Obrist über den Weg gelaufen.

Sie schürzte die Lippen und dachte über ihre Situation nach. Ihr wurde klar: Entweder sie suhlte sich in ihrem Leid oder sie unternahm etwas, die Dinge zum Besseren zu wenden. Nur hatte sie im Moment keine Ahnung, was.

»Du weißt gar nicht, wie ich deine langen Haare geliebt habe«, hatte Obrist gesagt, dieser Popelfresser. Palmer verspürte Lust, ihn zu schlagen.

Sie hasste ihn.

Und sie hasste sich.

Sie stemmte die Hände gegen das Lenkrad und blickte unbestimmt durch die Windschutzscheibe, während sie nachdachte.

Endlich schob sie entschlossen das Kinn vor und griff zum Handy.

Sie hatte sich entschieden.

Wenn sie jetzt gleich vorbeikomme, sei das okay, sagte der Friseur.

Die langen Haare mussten weichen. Sie wusste, dass sie sich so besser fühlen würde.

Als der Hairstylist endlich seine Schere aus der Hand legte und ihr zur Einholung des Kompliments den Spiegel in den Rücken hielt, saß sie völlig regungslos im Stuhl, mit starrem Blick.

»Toll siehst du aus. Wie Halle Berry«, meinte die Kollegin des Friseurs, »halt mit hellerem Teint statt Karamell.«

»Powerscheiße«, entfuhr es ihr. Obwohl sie diesen Look ausdrücklich gewünscht hatte, fühlte sie sich jetzt, als ob der Friseur ihre Identität weggeschnitten hätte. Sie wollte nur noch raus.

Palmer überquerte auf dem Weg zum Wagen den Franziskanerplatz. Kinder kreischten, während sie sich gegenseitig mit Wasser aus dem Barfüsserbrunnen bespritzten. Wütend stapfte Palmer durch die riesige Pfütze. Jetzt hasste sie ihr Spiegelbild.

Als Palmer ihre Wohnungstür aufstieß, fand sie auf dem Boden einen Brief, der unten durchgeschoben war. Sie stieß mit dem Hintern die Tür ins Schloss und riss den Umschlag auf, noch bevor sie die Treppe hochstieg. Der Verwalter des Bootshauses machte sie in wenigen Worten auf den ausstehenden Mietzins für ihre Wohnung aufmerksam und verband dies mit der Hoffnung, den Betrag bald zu erhalten, um sich nicht gezwungen zu sehen, ihr die Wohnung zu kündigen. Knausriger Kerl, dachte Palmer, der hatte noch immer sein Geld rechtzeitig erhalten. Meistens jedenfalls.

Ihr gefiel es im Gebiet der Ufschötti. Das Gepolter frühmorgens störte sie nicht, wenn die kräftigen Jungs des Ruderclubs unter ihrer Wohnung ihre Boote schulterten, um sie auf den Steg zu tragen, um schließlich auf dem See zu trainieren. Jetzt aber spürte Palmer, wie sich ihr Magen verkrampfte. Sie brauchte dringend einen Job. Eigentlich hatte sie gegenwärtig gar keine Zeit, Juli hinterherzuforschen.

Darüber hinaus waren ihre Nachforschungen ein Schlag ins Wasser. Die Anrufe wie auch der Besuch bei der Polizei waren vergeblich.

Palmer fragte sich, ob ihr überhaupt eine andere Wahl blieb, als die Suche nach Juli hinzuschmeißen und sich ihren eigenen Bedürfnissen zu widmen. Sie musste sich um eine Stelle bewerben. Sie zerknüllte den Brief und warf ihn durch die offene Tür zum Bad in den kleinen Abfalleimer. Sie verfehlte. Aber Palmer verspürte keinen Drang, das Briefknäuel aufzuheben und in den Abfall zu geben.

Man sagte, Ordnung sei das halbe Leben. Sie interessierte sich aber auch für die andere Hälfte. Sie hatte noch immer alles gefunden, wenn auch nicht stets auf Anhieb. Seit ihrem Einzug war sie nie ganz damit fertig geworden, die Wohnung einzurichten. In einem Zimmer stapelten sich noch heute volle Umzugskartons. Sie hatte sich schon mal überlegt, die gefüllten Kisten gleich so zu entsorgen, denn offensichtlich vermisste sie die Dinge darin seit 14 Monaten nicht.

Nun kickte sie sich im Wohnzimmer die Turnschuhe von den Füßen, griff sich die abgenutzte Fender vom Sessel und lehnte die Gitarre an den Verstärker gleich daneben. Dann schob sie das Rolling-Stones-Magazin von ihrem Lieblingsplätzchen, dem uralten Ohrensessel, fläzte sich rein, drückte den Fernseher an, schwang ein Bein über die Armlehne und griff in die Schale mit Honig-Erdnüssen und Gummibärchen. Kurz überlegte sie, ob sie sich in der Mikrowelle eine Fertigpizza wärmen sollte, verwarf aber den Gedanken.

Während sie sich Nüsse in den Mund kippte, verfolgte sie mit starrem Blick die umtriebigen Köche auf dem Bildschirm, die ihr vormachten, wie man richtiges Essen zubereitete. Aber so richtig Spaß machten Palmer zurzeit weder die Sendung, noch die würzig süßen Nüsse. Sie schaltete um auf Fashion-TV, platzierte sich den Laptop auf den Oberschenkeln, drückte sich ein Kissen in den Nacken und ging auf Google Earth.

Juli verschwand nicht aus ihren Gedanken.

Sie zoomte sich Luzern heran und besichtigte per Luftaufnahme das Vögeligärtli mit dem Haus, in welchem Juli wohnte. Dann nahm sie die Nachbarshäuser unter die Lupe, ohne genau zu wissen, wonach sie suchte. Nach irgendeinem Hinweis halt.

Hat Juli eine Bar besucht und diese in Begleitung verlassen? Dann war das keine Entführung. Außer, der Kerl hätte ihr etwas in den Drink geschüttet. Dann würde Juli tatsächlich Hilfe brauchen.

Ob sie nun wollte oder nicht, sie musste Juli finden.

Die Entscheidung war gefallen. Sie würde nach Juli suchen. Für Juli, aber auch für sich. Schließlich wollte sie bereits als Kind üble Kerle zur Strecke bringen und Gemeinheiten bekämpfen. Das war im übrigen Palmers Motivation, selber Polizistin zu werden.

Ein Büro hatte sie keins, ihr MacBook Air musste reichen, um sich eine Vorgehensweise zu notieren. Also tippte sie in ihren Laptop, dass sie in den Lebensmittelgeschäften um Julis Wohnung nachfragen wollte, ob Juli zu ihren Kundinnen zählte. Vielleicht war dem Personal dort jemand aufgefallen, der sich herumgetrieben oder ihr nachgestellt hatte.

Sie wollte Fakten sammeln, jeden einzelnen Punkt auf dessen Wahrheit prüfen und chronologisch auf einer Zeitlinie eintragen. Dies war der springende Punkt. Denn was auch immer auf der Welt geschah, der kleinste gemeinsame Nenner war die Zeit, welche für alle gleich tickte. Auf einer Zeitlinie erkannte man eine Reihenfolge, was zuerst, und was danach geschah. Die Hinweise konnten noch so unterschiedlich sein und scheinbar absolut nichts miteinander zu tun haben. Die Einordnung nach der Zeit würde helfen. Dennoch war die Wahrscheinlichkeit groß, das entscheidende Teilchen zu übersehen. Von 100 gesammelten Informationen würde sich möglicherweise am Ende nur eine einzige als jene Spur erweisen, die zur Lösung führte. Die Kunst eines guten Ermittlers bestand darin, diesen einen Hinweis als solchen zu erkennen. Palmer wollte also damit beginnen, Julis üblichen Tagesablauf zu rekonstruieren. Würde sie das Normale kennen, stieße sie vielleicht auf eine auffällige Abweichung.

Palmer kaute auf der Unterlippe. Dann nickte sie, gab einige Begriffe bei Google ein und machte sich auf die Suche nach einem Stellenangebot für Warenhausdetektive, denn sie wollte keinesfalls aus dieser Wohnung fliegen. Nach einigen Minuten war sie lediglich auf eine einzige freie Stelle gestoßen, ausgerechnet bei ihrem bisherigen Arbeitgeber. Das musste wohl ihr eigener Arbeitsplatz sein, der hier ausgeschrieben war. Palmer überlegte, welch andere Beschäftigung für sie ebenfalls in Frage käme. Sie brauchte dringend ein Einkommen.

Sie wurde von Wut über sich selbst gepackt, sodass sie auf ihre Füße schnellte und zum Boxsack raste, der neben dem Büchergestell von der Decke hing. Körperlich ausgepowert würde ihr die Erschöpfung helfen, auch ihrem Innenleben eine Atempause zu verschaffen. Normalerweise nahm sie ihn sich morgens und abends vor der Dusche für einige Minuten vor. Linker Fuß vor, rechte Faust neben das Ohr. Nun tänzelte sie und parierte. Rechter Haken, linke Gerade, um die Deckung aufzubrechen. Sie wich aus, konterte, stieß weg, deckte, suchte Nähe, stach mit dem Knie zu, ging sofort auf Distanz. Sie hielt sich ständig in Bewegung, ähnlich Muhammad Ali auf dem Video. Jedoch dienten ihr in erster Linie Knie und Rist als Waffen statt nur die Fäuste wie bei Ali. Ihr Trainer hatte damals große Stücke auf sie gehalten, aber Palmers Ehrgeiz war beschränkt. In Technik und Schnelligkeit war sie unglaublich talentiert. Aber an ihrer Ausdauer hätte sie massiv zu arbeiten gehabt. Brennende Schläge war sie bereit zu ertragen, aber ihre Muskeln an die Schmerzgrenze zu bringen, widerstrebte ihr. Kondition zu trainieren war nicht ihr Ding. Zum Kickboxen war sie auf Anraten ihrer Mutter gelangt, als Palmer schon wieder mit blauem Auge von der Schule kam. Die Mutter hatte zu arbeiten, während ihre Tochter als Kind mit Jungs aus dem Quartier rumhing. Sie sollte lernen, sich unter Einsatz des Körpers zu wehren, statt nur mit rauen Sprüchen. Streitereien waren der Mutter zwar zuwider. Erst recht, wenn sie in körperliche Gewalt ausarteten. Ihr war klar, dass nicht alle Jungs mit der Widerborstigkeit ihrer Tochter umzugehen wussten. Aber verprügeln lassen musste sie sich trotzdem nicht. Also schickte sie ihre Tochter zum Kickboxen. Dort konnte sie sich abreagieren und lernte, sich selbst zu verteidigen. Kickboxen war wie geschaffen für sie. Denn im Gegensatz zum Boxen kommt die Schlagkraft aus den Beinen. Mit Fäusten hätte ein Mädchen gegen Jungs keine Chance. Schnell fand die Kleine raus, dass sie nicht mal auf Kopfhöhe mit dem Fuß zuzuschlagen brauchte. Jungs hörten die Glocken schon auf halber Höhe läuten.

Auch später in der Polizeiausbildung lernte Palmer, sich zu schützen. Allerdings machten ihr die Ausbilder klar, sich nicht allzu stark auf ihre Kickboxkünste zu verlassen. Statt einen Kampf aufzunehmen sei es klüger, einen Angreifer erst gar nicht so nahe an sich heranzulassen. Also lernte sie mit der Pistole umzugehen, um einen Gegner auf Distanz zu halten. Heute aber, da sie keine Polizistin war, hatte sie keine solche Waffe.

Nachdem sie einige Minuten auf den Boxsack eingedroschen hatte, hielt sie jäh inne und starrte schwitzend auf das Bild im Fernseher. Tele 1 zeigte ein Porträtfoto von Juli. Palmer griff hastig zur Fernbedienung und stellte lauter. Jetzt war's offiziell. Endlich hielt auch die Polizei Juli für vermisst, auch wenn sie noch im Dunkeln tappte. Ein schlechter Tag für das Opfer bedeutete einen guten Tag für Journalisten. Die Meldung wurde alle 30 Minuten wiederholt.

Diese Meldung sollte Palmer keine Ruhe lassen. Julis Verschwinden piekte Palmer ab jetzt wie ein spitzer Kiesel im Schuh, der erst Ruhe gibt, wenn man ihn entfernt.

Palmer kämpfte mit sich, schloss die Augen. Vor ihr erschien Julis lächelndes Gesicht. Palmer erinnerte sich an die gemeinsamen Abenteuer als Kinder, an die vielen kleinen Geheimnisse, welche beide hüteten. Ihre Gedanken blieben an jenem verhängnisvollen Abend hängen, als beide die Teenie-Party mit anderen Mädchen und vielen aufregenden Jungs besucht hatten, obwohl Julis Mutter die Teilnahme ausdrücklich verboten hatte. Der Empfang durch die Jungs war vielversprechend. Alles startete gesittet, mit dezenter Musik und Chips. Wer Sekt nicht mochte, für den stand Cola bereit. Juli erklärte später, wie sie schon bald eigenartige Gefühle beschlichen, als man das Licht schummriger und die Musik lauter drehte. Erst recht, als auch noch die Cola ausging.

Alle kifften und becherten und es wurde eifrig nachgeschenkt. Lange schien es, als könnte der Alkohol Palmer nichts anhaben, während Juli von Anfang an nur so tat, als trinke und rauche sie. Sie lachte mit und gab gute Stimmung vor, aber stets mit wachem Auge, denn sie traute der Sache nicht. Es ging nicht lange, und einige der Mädchen sanken in Schlaf. Die Jungs zerrten sie in noch dunklere Ecken und begannen, an ihnen rumzumachen. Für Juli war sonnenklar, dass den Mädchen irgendwas in die Drinks geschüttet worden war. Auch Palmer. Sie lag mit offenem Mund auf einem abgegriffenen Sofa, den Kopf seitlich über das Sitzkissen dem Boden zugewandt. Juli musste handeln. Sie legte sich einen von Palmers Armen über die Schultern, fasste sie am Gurt und stemmte sie so gut sie's eben hinbekam hoch. Als sie mühsam ihre Freundin aus der Wohnung zerrte, protestierte einer der Kerle lauthals aus dem Wohnzimmer: »Halt, ihr zwei. Es ist noch nicht Zeit zu gehen. Die Party findet hier bei uns statt. Wo wollt ihr hin?«

»Aufs Scheißhaus, du Penner. Besser du hilfst mir. Oder soll sie dir deine Spielkonsole vollkotzen?«

Er drehte den Kopf zu seinem Mädchen, denn er hatte Besseres zu tun, als den beiden aufs Klo zu helfen. So gelang es Juli, Palmer aus der Wohnung und in Sicherheit zu bringen. Diese Party war dann für längere Zeit in den Medien. Denn einigen der Girls ging's echt übel. Aber nur zwei von ihnen hatten den Mumm, die Jungs wegen Missbrauchs anzuzeigen. Allerdings befragte die Polizei die Burschen nur kurz, das war's dann schon. Als die Eltern der Mädchen über einen Anwalt Druck machten, schob man die Schuld den Opfern zu. Man ließ durchblicken, die Mädchen hätten gewusst, was auf solchen Partys abgeht. Nur schon teilzunehmen sei stillschweigende Einwilligung für so einiges.

Fuck, dachte Palmer. Eine Träne kullerte ihr über die Wange und zerplatzte auf dem Teppich. Palmer bat darum, Juli möge wieder auftauchen. Unversehrt.

Noch immer stand Palmer neben dem Boxsack und starrte gedankenverloren in den Fernseher, als sie vor Schreck zusammenfuhr, da er unvermittelt vor ihr stand.

Er kam jeweils nur nachts, und sie billigte dies. Ganz zu Beginn hatte sie es schon etwas sonderbar gefunden, als sie ihn einfach so in der Wohnung antraf. Sie war nicht vorbereitet. Aber es war Liebe auf den ersten Blick, und er blieb die ganze Nacht. Von da an kam er zwar nicht täglich, aber oft, und sie nahm es ihm nicht übel, wenn er sich davonmachte, während sie schlief. Sandman hatte sie ihn getauft, nach dem für sie ganz klar besten Rock-Song aller Zeiten. Dieser kleine schwarze Panther aus der Nachbarschaft verhalf ihr zum Gefühl, nicht völlig allein zu sein. Allerdings ließ er sich seine Gesellschaft und seine Liebe bezahlen mit Fressalien. Anfangs hatte sie's mit Billigfutter versucht. Ist eh überall dasselbe drin, hatte sie gedacht. Sandman war anderer Meinung und beehrte sie nach einem flüchtigen Blick in den Fressnapf nur noch alle paar Tage mit einer Kurzvisite. Sie holte Rat bei *We love your Pets*, dem Fachgeschäft für Hunde- und Katzennahrung, und siehe da: Seit sie sich für die Gourmetlinie entschied, machte er fast jede Nacht seine Aufwartung und kuschelte sich im Bett an ihre Füße.

Nun strich ihr der Kater um die Beine. Sein Schnurren versetzte Palmer zurück in die Kindheit. Ihre Mutter hatte ihr ein junges Tigerchen mit weißen Pfötchen gestattet. Nach nur einigen Wochen war es eines Morgens verschwunden und tauchte den ganzen Tag nicht wieder auf. Ihre Mutter machte sich auf die Suche, fand es jedoch nicht. Einige Anrufe später hatte sie über das Straßeninspektorat die Gewissheit, dass jemand es totgefahren hatte. Die Mutter hatte dann die undankbare Aufgabe, diese Nachricht ihrer untröstlichen Tochter zu überbringen.

Palmer seufzte, als ihre Gedanken wieder in der Gegenwart ankamen.

Sie entschloss sich, doch ein kleines Abendessen zuzubereiten, als ihr Handy klingelte. Eine Frauenstimme sagte: »Ihre Freundin hat mir gesagt, Sie bräuchten dringend ein neues Dampfbügeleisen.«

»Sie sprechen von Juli?«

»Ja genau, sie hat mir gesagt, dass Sie sich auch interessieren könnten für das neue Aquaexpress-Bügeleis…«

»Moment, wann haben Sie mit Juli gesprochen?«

»Och, das war vor einigen Tagen. Das Aquaexpress zeichnet sich aus durch eine überaus gleichmäßige Erhitzung der Bügelsohle, sodass es wie von selbst über die Wäsche gleitet. Das Aquaexpress liegt wunderbar in der Han…«

»Powerscheiße. Sie behaupten, Sie hätten mit Juli gesprochen, und wollen mir ein Dampfbügeleisen andrehen? Während ich auf Julis Anruf warte? Schieben Sie sich Ihr Aquaexpress in Ihren A… Nein, vermutlich steckt dort bereits Ihr geräuschloser Hochleistungs-Staubsauger.« Da Palmer erkannte, dass sie von dieser Anruferin keine Hinweise auf den Verbleib von Juli erhalten würde, drückte sie die Frauenstimme aus der Leitung und knallte das Handy in die offenstehende Umhängetasche auf dem Boden. Allerdings verfehlte sie, sodass das Gerät über den Holzboden schepperte. Entsetzt stürzte sie ihm nach und vergewisserte sich, dass es noch funktionierte.

Noch in derselben Sekunde erschrak sie über sich selbst und fragte sich, wozu sie denn noch fähig wäre, wenn sie bereits bei so einer Lappalie ausrastete.

Dann aber spürte sie Schmetterlinge im Bauch.

Obwohl er sich noch nicht gemeldet hatte, waren ihre Gedanken wie aus dem Nichts zu Alex gewandert. Sie lächelte. Sie hätte nicht erwartet, dass ihre patzige Hintergründigkeit ihm gefiel, ihre Bissigkeit und Respektlosigkeit allem und jedem gegenüber. Vielleicht war er auch nur beeindruckt, weil sie locker mithielt beim Biertrinken und sich nicht beklagte, die Musik sei ihr zu laut.

Gleichzeitig fühlte sie sich verunsichert durch seine positive Aufregung. Sie wusste nicht, ob sie sich freuen sollte, denn sie war sich nicht im Klaren darüber, ob sie für eine Beziehung mit ihm bereit war. Sie glaubte es. Aber da sollte sie sich täuschen.

KAPITEL 8

Nachdem Palmer am nächsten Morgen den Wecker zum Verstummen gebracht hatte, erlaubte sie sich, noch einige Minuten im Dämmerzustand liegen zu bleiben. Bereits nach einigen Sekunden spürte sie auf dem Handrücken etwas Feuchtes. Palmer lächelte. Sie liebte es, von Sandmans feuchter Nasenspitze in den Tag begrüßt zu werden. Ihr war klar, dass dieser Stupser weniger ein Ausdruck von Zuneigung, als vielmehr die Aufforderung war, Fresschen zuzubereiten. Sie wusste, Katzen betrachteten Menschen bloß als Büchsenöffner.

Palmer kam es gelegen, sich nicht täglich um ihn sorgen zu müssen. Sie liebte diesen kleinen Kerl, auch oder trotz seiner Unzulänglichkeit. Er stellte sich zuweilen tollpatschig an. Da war sie sich sicher: Könnten Katzen lesen, Sandman hätte es nicht gekonnt. Palmers Vormieterin hatte für ihre Katze ein Türchen einbauen lassen. Als sie wegzog, nahm sie ihre Katze mit. Aber das Türchen im Küchenfenster blieb zurück und Palmer verbarrikadierte es nicht. So fand Sandman eines Nachts zu ihr.

Sie schlug die Decke zur Seite, schlurfte in die Küche und stellte die Espressomaschine an. Dann schritt sie zielstrebig ins Wohnzimmer und rammte ihr Knie in den Boxsack. Sie ließ einige Faustschläge folgen, welche aber den schweren Sack kaum ins Schlingern brachten. Diesbezüglich waren ihre seitlichen Fußtritte erfolgreicher, immer und immer wieder auf die gleiche Stelle. Aber so richtig ins Baumeln brachte sie das Ding erst, wenn sie mit dem Knie zustach. Fünf Minuten Training und sie war nass geschwitzt. Dann ging's ab unter die Dusche. Sie griff sich ins Haar und wollte es mit einem Gummiband zum Pferdeschwanz binden. Ihr stockte der Atem.

Sie hatte ins Leere gefasst. An ihre Kurzhaarfrisur sich noch nicht gewöhnt. Sie drehte den Wasserstrah ließ ihm einige Sekunden, sich zu wärmen, dann trat s unter. Sie genoss die Wärme, welche über ihr Gesicht p Kurz rang sie in Gedanken mit sich. Dann tat sie etwas, bisher für sie völlig undenkbar war. Mit einer entschlossen Bewegung drehte sie den Regler voll auf kalt. Mit zusammen gekniffenen Lippen stellte sie sich drunter, obwohl die Kälte ihr fast alle Luft aus den Lungen presste. Sie hielt es eine halbe Minute aus, bevor sie raussprang und nach dem Tuch fasste. Im weit geöffneten Schrank griff sie nach sauberen Sachen, einem Baumwollshirt und einer Jeans. Sie führte sie zur Nase und begutachtete den frischen Duft, denn sie liebte den Geruch frisch gewaschener Wäsche. Sie schlüpfte rein und kontrollierte ihre Erscheinung im Spiegel. Erschreckt starrte sie auf ihr Abbild. Sie rannte zurück ins Zimmer und während sie bereits das erste Shirt wieder über den Kopf auszog, riss sie ein anderes T-Shirt aus dem Schrank. Dann marschierte sie in die Küche, warf das Werbeshirt mit dem Logo ihres bisherigen Arbeitgebers in den Abfalleimer und genehmigte sich einen frischgebrühten Espresso. Einer reichte ihr nicht. Aber den zweiten würde sie sich wie immer in ihrem Lieblingscafé servieren lassen. Diesen Luxus leistete sie sich, obwohl sie schon immer knapp bei Kasse gewesen war. Ihre Rechnung ging so: Dort kriegte sie das Getränk umsonst. Wofür sie bezahlte, waren die drei Tageszeitungen, welche sie über Aktuelles auf dem Laufenden hielten. Überdies fühlte sie sich inmitten der vielen Leute weniger einsam, auch wenn sie sich dort von niemandem in ein Gespräch verwickeln ließ. Sich anonym in der Masse aufzuhalten, gefiel ihr. Wie leicht wär's ihr hier gefallen, neue Freunde zu finden oder Leute kennenzulernen. Aber es reichte ihr, links heimlich einem Gespräch zwischen zwei Verliebten und rechts einem kleinen Streit zu lauschen. Unterhaltung pur.

zur Wohnungstür runterstieg, hatte sein Türchen verabschiedet. Noch almer die quietschende Vollbremsung .. Ihr stockte der Atem. Nicht die Katze, te aus dem Haus. Auf der Straße blickte sie kte jedoch Sandman nicht. Auch keine Spuren. ieß sie einen Seufzer aus und griff abermals ins sie sich eine Haarsträhne hinters Ohr schieben wollte. ser Schreck ließ sie ihre Tagespläne umstellen. Als Ers- musste sie Gewissheit haben, was mit Juli war. Sie fuhr zu ulis Wohnung.

Juli wohnte in der Nachbarschaft des Bahnhofs in einem eher ruhigen Quartier. Dieser Stadtpark wies zweckmässige Häuser auf, die zu Zeiten gebaut worden waren, als es hauptsächlich galt, Winterkälte und Blicke der Nachbarn draußen zu halten, statt möglichst viel Sonnenlicht durch die Fenster zu lassen.

Die Haustür war nicht verschlossen. Im Treppenhaus roch es nach Kernseife. Palmer stieg hoch und drückte ihren Daumen auf Julis Klingel. Palmer hatte Juli selten besucht. Sie trafen sich meist im Café auf einen Schwatz oder gingen essen. Nach dem zweiten Klingeln polterte Palmer mit der Faust gegen die Tür und drückte schließlich die Türklinke. Abgeschlossen. Wär ja auch zu schön gewesen, wenn Juli sie persönlich eingelassen hätte. Palmer wählte zum x-ten Mal Julis Handynummer und drückte gleichzeitig das andere Ohr an die Tür. Tatsächlich hörte sie, wie im Innern Mickey-Mouse-Musik erklang und wie sie in dem Moment verstummte, als sie die Verbindung unterbrach. Palmer wölbte die Brauen. Sie wusste, Juli würde nie verreisen ohne ihr Handy. Oder hatte sie zwei davon? Das eine mit der Nummer, die sie kannte, und ein anderes, vielleicht für Geschäftliches? Nein, das hätte sie gewusst. Aber diesem Gedanken würde sie nachgehen. Sie kramte ihren Laptop aus der Umhängetasche und notierte

»zweites Handy?« in die Datei, welche sie zu Hause bereits vorbereitet hatte. Aber wozu brauchte man heute noch zwei separate Handys, wenn man doch jeder einzelnen Nummer einen anderen Klingelton und auch den Anrufernamen zuordnen konnte? Juli nahm Anrufe mit unterdrückter Nummer ausnahmslos nicht entgegen.

Palmer untersuchte die Wohnungstür. Weder am Holz noch am Schloss fand sie Spuren für ein gewaltsames Eindringen, auch keine Kampf- oder Schleifspuren im Treppenhaus. Sie wandte sich an die gegenüberliegende Wohnungstür, wo laut Schildchen eine Louise Krummenacher wohnte. Als Palmer die Klingel drückte, rasselte es unmusikalisch von jenseits der Tür, dann wartete sie. Irgendwer musste anwesend sein, denn durch die geschlossene Tür konnte sie den Fernseher brüllen hören, in welchem eine inszenierte Gerichtsverhandlung lief. Sie läutete wiederholt und jedes Mal ausgiebiger, aber nichts tat sich. Palmers Miene versteinerte sich. Dann stieg sie hoch ins obere Geschoss und läutete auch hier. Nichts. Sie presste ihr Ohr an beide Türen dieser Etage, konnte im Innern aber keine Geräusche ausmachen. Zurück bei Frau Krummenacher klopfte sie nochmals mit der flachen Hand, diesmal aber ziemlich heftig. Sie wollte nicht aufhören, ehe die Tür geöffnet würde. Tatsächlich vernahm sie Knarzen auf altem Parkett, dann drehte sich ein Schlüssel im Schloss.

Als die Tür nach innen aufgezogen wurde, wunderte sich Palmer, dass Frau Krummenacher die Kette an der Tür nicht vorgelegt hatte.

»Kommen Sie bitte rein«, sagte die alte Dame mit gütigem Lächeln. Sie war fast einen Kopf kleiner als Palmer und sehr schlank, trat halb hinter die geöffnete Türe und schwenkte ihren Arm sanft einladend ins Innere ihrer Wohnung. Sie hielt ein Geschirrtuch in der Hand, um sich diese zu trocknen. Palmer blieb im Flur stehen und fragte sich, ob die Dame allen Leuten so spontan die Tür öffnete.

»Sie sind also die Neue von der Hauspflege«, meinte die alte Dame mit einem gütigen Lächeln.

Palmer drehte sachte ihren Kopf, um die alte Dame im Lärm des Fernsehers mit ihrem unversehrten Ohr etwas besser zu verstehen.

»Sie sind früh dran. Ich hab Sie erst um zehn erwartet«, sagte Frau Krummenacher.

»Mein Name ist Palmer«, stellte sie sich vor. Dann machte sie ihr klar, dass sie nicht gekommen war, um sie zu pflegen.

»Julia von gegenüber und ich sind Freundinnen. Aber Julia ist seit drei Tagen verschwunden. Ihre Eltern haben sie bei mir als vermisst gemeldet und mich mit der Suche beauftragt.«

»Jesses, Maria und Josef!« Mit aufgerissenen Augen und geöffnetem Mund drückte sich die alte Dame die flache Hand aufs Herz, schluckte leer und bemühte sich, diese Nachricht zu verdauen.

»Haben Sie eine Ahnung, wo Juli stecken könnte?«, fragte Palmer.

»Gütiger, was ist passiert?« Sie drehte ihren Kopf weg. »Arme Julia. So ein nettes Ding. Und so ordentlich.« Sie biss sich auf die Unterlippe und hielt ihre beiden Ellbogen umschlungen.

Palmer bemerkte, dass Frau Krummenacher einiges auf ihr Äußeres gab. Ihre leicht bläulichen Haare hatte sie zu einer tadellosen Frisur zurechtgemacht und trug ein hübsches Baumwollkleid mit Blumenmuster. Der Lippenstift war etwas daneben geraten, Palmer entdeckte etwas davon an einem Schneidezahn, als sie miteinander sprachen. Palmer mochte die charmante Dame auf Anhieb. Im Duft, der aus der Wohnung strömte, erkannte sie Lavendel und Jasmin. Palmer erhaschte einen Blick ins Wohnzimmer und entdeckte einen Fernsehsessel mit gehäkeltem Spitzendeckchen, das über dem Kopfteil ruhte.

Frau Krummenacher hatte sich gefangen und fragte: »Wie kann ich Ihnen helfen?«

»Ich würde gerne einige Dinge von Ihnen erfahren.«

Frau Krummenachers Blick glitt langsam an Palmers Kleidung hinunter, während sich ihr Lächeln versteinerte. Aber dann erinnerte sie sich an Palmers gute Absicht. Es stellte sich rasch heraus, dass sie Juli gut kannte.

»Ein liebenswürdiges Ding. Aber etwas Ungewöhnliches habe ich in letzter Zeit nicht festgestellt. Und verdächtige Geräusche hab ich keine gehört. Auch sind mir im Treppenhaus keine Unbekannten begegnet.« Sie schüttelte ihren Kopf, als würde ihr dies helfen, irgendetwas ungeschehen zu machen. Dann bekreuzigte sie sich. »Wissen Sie, mein Gehör lässt zwar etwas nach und die Beine wollen auch nicht mehr so recht. Aber was darf ich schon anderes erwarten mit meinen 86 Jahren. Vor drei Tagen begegnete ich Juli noch unten bei den Briefkästen. Das war nach 22 Uhr. Sie müssen wissen, mittwochs tätige ich meine Wocheneinkäufe und dann halten wir unseren Jassabend. Spätabends rannte Juli runter, zum Joggen.«

»Hört man, wenn jemand zum Joggen das Haus verlässt?«, fragte Palmer.

Frau Krummenacher stemmte eine Hand in die Hüfte und hob das Kinn.

»Ich bin nicht Ihr Dummchen.«

Palmer nickte verunsichert. Schnell aber kehrte das Lächeln ins Gesicht der alten Dame zurück.

»Joggen geht sie, wenn sie in der engen Trainerhose, in Turnschuhen und im Hemdchen die Treppe runterhetzt. Ist sie zu Hause, tut sie das fast jeden Abend. Auch spät, um runterzukommen, wie sie es nennt, wenn etwas sie belastet.«

Palmer schwieg und versuchte sich an einem aufmunternden Lächeln.

»Da ich meinen Schlüssel am Briefkasten habe stecken lassen, war ich nochmals unten, um ihn zu holen. Da ist sie an mir vorbeigehuscht. Wie immer mit einem Gruß. Zum Glück hat mir in den paar Stunden niemand den Briefkastenschlüssel stibitzt. Ich sollte ihn gelegentlich an den Schlüsselbund nehmen. Aber Juli?« Die alte Dame drehte ihren Kopf ab und ihr Blick glitt durch die Mauern in die Unendlichkeit.

»Wissen Sie, wann sie danach zurückgekehrt ist?«, fragte Palmer.

»Das könnte ich Ihnen beim besten … das weiß ich leider nicht. Ich hab nichts gehört. Aber ich bin ja auch eingenickt vor dem Fernseher.« Dann blickte sie Palmer direkt in die Augen. »Seither habe ich Juli nicht mehr gesehen. Und gehört auch nicht. Vermutlich ist sie wieder irgendwo auf der Welt bei einem Shooting.« Beim letzten Wort zog sie ihre Augenbrauen weit nach oben und presste die Lippen zu einem schelmischen Lächeln aufeinander.

Palmer war klar, die alte Dame mochte vielleicht nachlassende Augen und Ohren haben, aber sie war nicht von gestern.

»Welchen Weg ist Juli normalerweise gelaufen?«

»Mal hier, mal dort. Oft dem See entlang, Richtung Verkehrshaus. Sie hat gesagt, das Wasser kühle so angenehm. Hat's geregnet, ist sie in der Neustadt geblieben, unter dem Schutz der vorstehenden Hausdächer. Ich bin ihr aber auch schon im Maihofquartier begegnet.«

»Und welchen Weg hat sie vor drei Tagen eingeschlagen?«

»Ojemine, darauf habe ich nicht geachtet.«

»Erinnern Sie sich, was für Farben sie trug?«

»Ein gelbes, ärmelloses Hemdchen und graue, hautenge Hosen, grad bis zu den Knien«, sagte sie. »Ach ja, und schwarze Sportschuhe.«

Palmer klappte ihren Laptop auf und tippte diese Informationen im Stehen mit der freien Hand ein. »Kennen Sie Julis Freund?«

»Meinen Sie den vorherigen oder den aktuellen?«

Palmer zögerte, dann sagte sie: »Beide.«

»Also, gesehen hab ich den Jetzigen noch nicht. Aber Juli hat mir einiges erzählt.«

»Erinnern Sie sich, wie er heißt?«

Die alte Dame überlegte.

Palmer ließ ihr etwas Zeit. Dann fragte sie: »Ist sein Name vielleicht Giorgio?«

»Muss wohl sein, sie nannte ihn Gio. Und ich glaub, sie verstehen sich ganz gut. Bei seinem Vorgänger gab's eher mal laute Worte.«

»Auch am Abend ihres Verschwindens?«

»Nein. Da war niemand bei Julia.«

»Denken Sie, dass Juli neben Gio gleichzeitig noch andere Eisen im Feuer hatte?«

Die alte Dame war irritiert.

»Blödsinn«, sagte sie und drehte den Kopf ab. »Juli ist keine dieser Trullas, sondern der aufrichtigste und liebenswürdigste Mensch, den ich je kennengelernt habe. Und zielstrebig. Sie weiß, was sie will. Nicht wie diese Jungen, die erst mitten in der Nacht ausgehen und womöglich noch Haschisch spritzen.« Sie schüttelte energisch den Kopf. »Ich kann mir beim besten Willen nicht vorstellen, dass es jemanden gibt, der sie nicht mag.« Nachdenklich ergänzte sie: »Aber wenn Sie sagen, sie werde vermisst?«

»Wie hat denn der Exfreund geheißen?«, fragte Palmer.

Als gute Freundin wusste sie natürlich Bescheid über Julis Liebesleben. Dies musste aber nicht heißen, dass Juli ihr nicht das eine oder andere Abenteuer hätte verschweigen können.

Die alte Dame wandte ihren Kopf ab und schien an der Wand nach dem Namen zu suchen. Dann schüttelte sie sanft den Kopf.

»An seinen Namen erinnere ich mich nicht. Und Juli hatte nie ein Wort über ihn verloren. Aber da war noch ein weiterer Verehrer. Oder besser, er wollte was von Juli. Sie hat ihn aber zurückgewiesen. Der hat einige Male vor ihrer Tür gestanden. Auch, wenn sie gar nicht hier war. Aber das wusste der arme Kerl offenbar nicht. Ich hab ihn durch meinen Türspion beobachtet. Allerdings hab ich auch nie gesehen, dass sie ihn in die Wohnung eingelassen hätte, wenn sie hier war. Bin ihm vielleicht zweimal kurz begegnet im Treppenhaus. Jedenfalls war er einer jener Typen, die nur blöd gucken, wenn man sie grüßt.«

Palmer fragte sich, ob Maxi, Julis Exfreund, hier vergeblich um Einlass gebeten hatte, bevor sie mit Gio zusammengekommen war. Allerdings war Maxi viel zu freundlich, als dass er diese alte Dame nicht gegrüßt hätte.

»Wie hat er denn ausgesehen?«

»So ein Edel-Grüner. Guter Stoff, buntes Tuch theatralisch um den Hals, knalliges Käppi. Und er roch süßlich.«

Palmer nickte. Maxi konnte es nicht sein. Aber sie hatte eine Vermutung, wen sie meinte.

»Jetzt, wo Sie es sagen … Für mich sah er tatsächlich aus wie ein Verdächtiger.«

»Ich suche keinen Verdächtigen, ich will den Entführer«, sagte Palmer, schenkte Frau Krummenacher sogleich ein Lächeln, denn die liebenswürdige alte Dame hatte Palmers schlechte Laune nicht verdient. Und genau betrachtet war Palmer um jeden Verdächtigen dankbar. Dann wüsste sie, wo sie mit der Suche beginnen konnte. Palmer dachte nach. Ihr war aufgefallen, dass sie mittlerweile ganz sicher davon ausging, dass Juli entführt worden war. Und solange sie keinen Beweis hatte, dass Juli tot war, lebte sie. Allerdings hatte sie zur Stunde nicht mal einen einzigen Verdächtigen. Oder umgekehrt: Jeder musste für sie verdächtig sein. Sofort hoffte sie, diese nette Dame hätte ihr mit ihrer Bemerkung einen entscheidenden Hinweis gegeben. Palmer notierte wieder etwas im Laptop.

»Wohnen Sie alleine hier?«, fragte sie dann.

»Ich bin vor 18 Jahren eingezogen, zwei Monate nach dem Tod meines Mannes.«

»Oh, das tut mir leid.«

Die alte Dame stieß ein künstliches Lachen hervor.

»Papperlapapp.« Sie schnaubte verächtlich. »Eine furchtbare Person.« Sie verstummte und blickte kurz durch das Fenster im Treppenhaus. »Der Kerl ist ein Lump gewesen. Fleißig zwar und klug, aber ein Unmensch. Wissen Sie, er hatte ein einnehmendes Wesen. Ich war seine Trophäe, die er vorzeigen konnte, wenn er sich geschäftlich etwas davon versprach. Wenn er aber erhalten hatte, was er wollte, kam sein wahres Ich durch. Dauernd seine Lügen. Er hielt mich an kürzester Leine, sein Geld hat er sich für seine Weibergeschichten aufgespart. Irgendwann sind diese mir aber ganz gelegen gekommen. Dann hatte ich wenigstens meine Ruhe. Schließlich war ich es von jung an gewohnt, mit wenig auszukommen. Zwar hab ich in St. Niklausen in einer Villa mit riesigem Umschwung am See gelebt, hatte aber nichts anderes zu tun, als von früh bis spät Kreuzworträtsel zu lösen. Er wollte nicht, dass ich arbeiten ging. Völlig unerwartet ist er an einem Herzinfarkt gestorben. Hätte er um sein frühes Ende gewusst, er hätte sein Geld sicherlich rechtzeitig irgendwo in Sicherheit gebracht, weit weg von meinem Zugriff. Als Erbin war ich dann von seinem Reichtum überrascht. Mir hatte er immer vorgegaukelt, die Zeiten seien hart, deshalb müsse er so streng arbeiten. Nach seinem Tod brauchte ich die Einsamkeit am See nicht weiter zu ertragen. Ich bin hierher zurückgezogen, ins Quartier, wo ich aufgewachsen bin. Hier fühle ich mich zu Hause.« Sie faltete ihre Hände. Doch mit einem Mal fuhr sie hoch. »Herrje, Kindchen, was stehen wir hier im Flur? Setzen Sie sich zu mir ins Wohnzimmer, ich hab gerade Tee gekocht.«

Eigentlich wollte Palmer weiter, um die Suche nach Juli fortzusetzen. Aber sie nickte, betrat die Wohnung und setzte sich aufs Sofa.

»Was wissen Sie noch über Juli?«, fragte Palmer.

Aber die Dame verschwand in der Küche. Dort hantierte sie einige Momente. Die kleinen Löffel klimperten in den Tassen, als sie diese auf das Salontischchen stellte. Dann wieselte sie nochmals raus. Palmer blickte sich um. Alles war sauber, nicht ein Krümel auf dem Tisch. Von der Küche her brummte der alte Kühlschrank, ansonsten nahm Palmer keine Geräusche oder Anzeichen dafür wahr, dass sich sonst noch jemand in der Wohnung oder im ganzen Gebäude aufhielt.

»Sodeli.« Die alte Dame legte einen Teller mit Plätzchen auf den Salontisch, schob ihn zu Palmer hin und schenkte Tee ein. Es war offensichtlich, dass ihre Freude über einen Gast die Bestürzung über Julis Verschwinden übertraf. Eine Sprungfeder knarrte, als sich die alte Dame Palmer gegenüber in den Ohrensessel setzte.

»Eine dumme Sache«, sagte sie und schüttelte den Kopf. »Fragen Sie, was immer Sie wissen müssen.« Dabei lehnte sie sich nach hinten, sodass ihre kurzen Beine vom Boden abhoben. Gespannt, aber doch mit erwartungsfroher Mimik wippte sie mit den Fußspitzen. Als der buttrige Geruch der Guetzli in Palmers Nase stieg, sah sie sich unvermittelt an ihre wenigen Besuche bei ihrer Großmutter erinnert. Sie verband das gütige Lächeln der alten Dame mit dem Bild von getrockneten Eiresten zwischen den Zinken der Speisegabeln ihrer Großmutter.

Palmer zog ihr Handy hervor und blickte auf die Uhr des Displays.

»Das ist wirklich nett von Ihnen und ich weiß Ihre Zuvorkommenheit zu schätzen. Aber bevor ich nicht sicher bin, was mit Juli ist, möchte ich keine unnötige Pause einlegen.« Sie ließ zwei Zuckerwürfel in den Tee plumpsen und rührte mit dem Löffel. Sie hob die Tasse und blies Luft auf den Tee, dann trank sie in kleinen Schlucken die Tasse leer.

»Ich muss weiter«, sagte sie, als sie die Tasse auf die Untertasse zurückstellte. »Und ganz lieben Dank für den heißen Tee.« Palmer ergriff ihre Tasche auf dem Boden. »Wenn Ihnen noch etwas einfällt, rufen Sie mich bitte an.« Sie wühlte kurz in ihrer Tasche, nahm einen Kugelschreiber und einen zerknitterten Zettel hervor und kritzelte ihren Namen mit Telefonnummer drauf. Dann verabschiedete sie sich von der liebenswürdigen Dame und hoffte, sie würde ein andermal mehr Geduld aufbringen, um ihr etwas Gesellschaft zu leisten. Andererseits schien ihr, als würde die alte Dame mit ihrer Einsamkeit ganz gut zurechtkommen. Sie fragte Frau Krummenacher, ob sie einige Guetzli mitnehmen dürfe. Die alte Dame eilte vergnügt in die Küche und als sie zurück war, wickelte sie einige Plätzchen in Papier ein. Palmer bedankte sich und stopfte das kleine Paket in ihre Tasche. Während Palmer die Treppe runterstieg, überlegte sie, den Postboten ausfindig zu machen und ihn zu fragen, ob ihm irgendetwas aufgefallen war. Viel weiter hatte sie das Gespräch mit der alten Dame leider nicht gebracht. Höchstwahrscheinlich war Juli während des Joggens verschwunden. Sie würde sich später die beiden Ansatzpunkte notieren: Die ungefähre Zeit und den ungefähren Ort der Entführung.

Vor dem Haus blieb Palmer stehen. Während sie überlegte, was sie als Nächstes tun konnte, drehte sie sich um und blickte nochmals zu Julis Wohnung hoch. Dann wanderte Palmers Blick zu den Bäumen des Parks gleich gegenüber. Ein kleiner Buchfink ließ sich auf einem Ast nieder. Palmer kam es vor, als blickte ihr dieser kleine Kerl tief in die Augen, um sie dann anzublinzeln. Unvermittelt erhob er sich und flog weg. Mit einem Mal war sich Palmer im Klaren, dass sie dieses Vöglein nie mehr wiedersehen würde. Und Juli? In diesem Moment beschlich sie das Gefühl, dass Juli tot sein musste.

KAPITEL 9

Er hatte seinen Wunsch per SMS geäußert. Erst zögerte sie, da sie dringend Juli und einen neuen Job finden musste. Dann aber willigte sie ein. Sie hoffte, er könnte sie von ihrer Angst um Juli ablenken. Und es kam ihr gelegen, Alex in ihrer gewohnten Umgebung und unter vielen Leuten, statt alleine zu treffen. Aber 30 Minuten mussten reichen. Sie erinnerte sich, wie er erwähnt hatte, dass er ein Dessert bereits zum Frühstück verspeisen könnte. Er war sogar der Meinung, die ganze Welt würde in Frieden leben, sollten alle Menschen jeden Tag ein Stück Torte essen, weil dies nicht nur satt, sondern auch glücklich mache.

Als sie das Lokal am Falkenplatz betrat, war sie mehr als zehn Minuten verspätet. Zuerst holte sie sich in der Konditorei ihre heiß geliebte Haselnussschnecke, schnappte sich dann drei Zeitungen, suchte nach einem freien Tisch, erblickte Alex, heute im maßgeschneiderten Anzug, jedoch ohne Krawatte, und setzte sich zu ihm, als er gerade an einem Espresso nippte. Sie begrüßten sich mit Küsschen auf die Wange. Nicht dass sie unbedingt all diese Zeitungen hätte lesen wollen. Es war ihr einzig wichtig, ihm nicht das Gefühl zu geben, sie würde sich von nun an voll und ganz auf ihn konzentrieren.

Noch bevor sie ihre Bestellung aufgeben konnte, fragte die Kellnerin mit den hochaufgesteckten schwarzen Haaren und einem herzlichen Lächeln: »Wie letztes Mal?«

Da Palmer den Mund voll hatte, quittierte sie nur mit einem Kopfnicken, worauf die Dame den Macchiato servierte, welchen sie bereits auf dem Servicetablett bereithielt. Palmer leckte sich den Rest der Zuckerglasur von den Lippen und orderte zusätzlich, ohne erst in die Karte zu blicken, für sich und Alex einen Zmorgeturm für Zwei. Er sah verwundert auf. Sie vermutete, dass er bereits zu Mittag gegessen hatte, änderte jedoch die Bestellung nicht. Und auch den Grund ihrer Verspätung erklärte sie ihm nicht. Aber er fragte auch gar nicht danach.

»Doch, steht dir gut, die neue Frisur«, waren seine ersten Worte.

Palmer zwinkerte ihm zu, ging aber nicht weiter darauf ein, sondern lehnte sich auf der Bank zurück und bemühte sich um eine Konversation. Zwar waren ihre Gedanken bei Juli, aber sie gab sich Mühe, zumindest so zu tun, als interessierte sie sich für Details seiner Arbeit. Und er erklärte in gut verständlichen Worten, was er so tat als Berater in Marketingfragen. Und sie erzählte in knappen Worten von ihrer Arbeit als Warenhausdetektivin.

Beide beobachteten das lebhafte Treiben im Lokal, gaben sich knusprigen Brötchen und anderen Gebäcken hin und ließen sich Zeit mit dem Frühstück am Mittag.

Nach weniger als einer halben Stunde erklärte sie, sie wolle sich heute noch mit der Suche nach Juli beschäftigen und dass sie sich deshalb verabschiede.

Er meinte bloß: »Na gut, aber lass uns vorher noch einige Minuten am See entlangspazieren.«

Sie flanierten zum Schwanenplatz und von dort im Glitzern des Sonnenlichts am Ufer entlang Richtung Lido. Auf halbem Weg blieben sie stehen und blickten über das glasklare Wasser zur Altstadt und zum Pilatus. Wer einmal diese Sicht genießen durfte, fühlte sich in der Vermutung bestätigt, dass Gott an diesem Ort die Welt erschaffen hatte.

Palmer ahnte, dass sie für Alex etwas empfand, was sie bis dahin nicht gekannt hatte. Als könnte er ihre Gedanken lesen, legte er von hinten seine Arme um Palmer und verschränkte seine Hände vor ihrem Bauch. Bewegungslos standen sie da und genossen den Blick zum Alpenkamm. Heimlich roch er an ihrem Haar.

»Ich fühle mich wohl bei dir«, meinte Alex und schmiegte seine Brust an ihre Schultern.

Sie drehte sich in seiner Umarmung um, stellte sich auf die Zehenspitzen und küsste ihn auf die Wange. Sofort hielt sie sich verwundert die Fingerspitzen an ihre Lippen. »Paah, deine Stoppeln piken.«

Vielleicht hatte er gespürt, wie ihm Blut ins Gesicht gestiegen war, denn er wechselte das Thema. »Du hast etwas Unwiderstehliches von einer Einzelkämpferin. Und die kleine Narbe über deiner Augenbraue find ich neckisch.« Er konnte sich gerade noch zurückhalten, mit dem Finger darüber zu streichen. »Woher rührt sie?«, fragte er.

»Kriegsverletzung«, antwortete Palmer. Als er sie fragend anblickte, meinte sie nur: »Ein ewiges Andenken an einen Schulkameraden. Wir waren uns kurz nicht einig.« Sie bedachte ihn mit einem langen Blick und ergänzte: »Ich hab gewonnen.«

Sie neigte den Kopf und schmiegte sich an ihn. Er sah nicht, dass sie ihn aus den Augenwinkeln studierte und dabei erkannte, dass er sie unauffällig musterte. Sie fragte sich, ob er ihre Verletzlichkeit hinter ihrer schützenden Fassade wahrnahm.

»Früher habe ich fast jeden freien Tag auf dem See mit Segeln verbracht«, sagte Alex. »Ich bin mal verheiratet gewesen. Das war die Zeit, als wir weitere gemeinsame Zukunftspläne geschmiedet haben. Als der Krebs ausgebrochen ist, blieben Moni gerade noch drei Monate.« Er hielt inne. Sein Blick glitt über die Berge ins Unendliche. »Seither mag ich nicht mehr an Boote denken.«

So sehr Palmer innerlich darauf drängte, alles über seine Vorgeschichte zu wissen, war ihr klar, dass sie ihn keinesfalls drängen durfte. Sie würde es ihm überlassen, von sich zu erzählen. Gleichzeitig fragte sie sich, wie weit sie es ertragen würde, ihn über seine Liebe zu einer anderen Frau sprechen zu hören. Als sie sich dessen bewusst wurde, schämte sie sich. Dazu hatte sie kein Recht. Dieses Jetzt und Heute sollte ihm gehören und seinem Schmerz, nicht ihrer aufkeimenden Eifersucht. Für etliche Minuten beobachteten beide das Glitzern des Wassers, bis Palmer die melancholische Stille unterbrach.

»Und, wie viele Beziehungen hast du seither gehabt?«

»So wild war das nicht, hätten mehr sein können«, sagte er und grinste. Sie stieß ihm den Ellbogen sanft in die Seite und verzog einen Mundwinkel zu einem Lächeln.

Er atmete tief ein. »Moni ist vor sechs Jahren gestorben. Die ersten zwei Jahre hatte ich nicht das geringste Interesse an Frauen. Der Schmerz hat jede Leidenschaft gelöscht. Danach hab ich die eine oder andere Frau kennengelernt. Aber nichts Ernstes. Vor jedem Treffen hab ich den Ehering vom Finger gezogen und im Geiste Moni um Zustimmung gefragt. Bis ich dann vor gut einem Jahr den Ring gar nicht mehr angezogen habe. Trotzdem trage ich ihn bei mir, in meiner Brieftasche.«

»Und jetzt hast du dich für die Zukunft entschieden?«

»Weißt du, noch einige Zeit hab ich das Abo ihres Handys weiterlaufen lassen. Eine Kündigung wäre mir vorgekommen wie Verrat an unserer Liebe. Die Nummer aufzugeben war mir zu endgültig. Wer weiß schon, an wen die Swisscom eine frei werdende Nummer neu vergibt. Die Nummer hab ich auswendig gekannt und dann und wann Monis Ansage auf der Sprachbox abgehört. Im Laufe der Zeit bin ich immer öfter nicht mehr sicher gewesen und musste die Nummer nachschauen. Dann ist sie im Gedächtnis ganz verblasst, ohne dass es geschmerzt hat. Es war ja nur eine Telefonnummer. Diese Erkenntnis hatte ich vergangene Woche. Und nun hab ich dich getroffen.« Er drückte sie fest an sich.

Palmer ging durch den Kopf, dass ihr jemand mal erzählt hatte, eine richtig tiefe Liebesbeziehung habe man höchstens einmal im Leben. Palmer hatte sie zweifellos noch vor sich. Die vergangenen Jahre war bei ihr alles nur lose gewesen. Aber wie war's bei ihm? Hatte er sie mit seiner verstorbenen Frau bereits hinter sich? Sie überlegte, ob jedem eine zweite Chance zustand.

Ihre Augen spähten unverwandt zu den schneebedeckten Spitzen des Pilatus hoch, als ob sie dort die Antwort zu finden hoffte. Dann sagte sie: »Andere haben Ängste, ohne diese genauer in Worte fassen zu können. Bei mir ist's klar: Mir mangelt es an Vertrauen. Ich tu mir schwer, Zutrauen zu jemandem zu finden.« Er hob schweigend die Augenbrauen. Palmer fuhr fort: »Der einzige Mensch, der mein Vertrauen nicht missbraucht hat, ist tot. Meine Mutter.«

Beide schwiegen.

Als er sie sanft auf die Wange küsste, spürte er salzige Feuchtigkeit auf seinen Lippen. Da wusste er, dass sie weinte. Um ihre Mutter, die verlorene Freundin.

Sie standen sich noch eine Zeit lang schweigend gegenüber, bevor sich Palmer mit dem Handrücken die Tränen von der Wange wischte.

»Ich muss ein schreckliches Bild abgeben«, sagte sie und zwang sich zu einem Lächeln.

»Nein. Auch wenn du weinst, siehst du toll aus.« Er drückte sie so stark an sich, dass ihr Rücken knackste.

»Ich wünsche mir, meine Schwäche zu überwinden. Wie ich das in den Griff kriegen soll, weiß ich allerdings nicht.« Langsam hob sie ihre Augen und blickte ihm ins Gesicht.

Er nickte, vielleicht weil er fühlte, wie sie sich ihm öffnete. Schließlich lächelte er und legte seine Hand sanft an ihre Wange, sodass diese wie angegossen in seine Handfläche passte. Dann beugte er sich vor und küsste sie auf die Stirn, während sie die Augen schloss.

»Du musst los. Wenn wir uns das nächste Mal treffen, koche ich für dich«, schlug er vor. »Übermorgen?«

Sie legte die Stirn in Falten, dann nickte sie.

»Magst du Ossobuco?«, fragte er.

»Osso was?«

»Du wirst es mögen.«

Palmer fragte sich noch in der gleichen Sekunde, unter welchem Vorwand sie absagen würde. Als sie sich dessen aber bewusst wurde, entspannte sie sich. Sie wollte ihm eine Chance geben.

»Und bevor du jetzt gehst, verrätst du mir deinen vollen Namen«, bat Alex.

»Den willst du nicht kennen.«

»Muss ein enormes Problem für dich sein«, meinte er sanft. »Jetzt, wo wir uns doch bereits etwas nähergekommen sind, könntest du mir ein klein wenig mehr vertrauen. Also?« Er beobachtete schweigend, wie sie mit sich kämpfte.

Sie öffnete den Mund, hielt nochmals inne, als hätte sie sich endgültig entschieden, doch nichts zu sagen, biss sich auf die Unterlippe und sagte leise: »Christabel.«

Obwohl nur gedämpft, ließ ihr Tonfall ihn die Warnung erahnen, dieses Thema nicht weiter zu vertiefen.

Als hätte sie sich für diesen Namen zu entschuldigen, überkam sie das Gefühl, ihm einige Erklärungen nachreichen zu müssen. »Bereits als Kind hab ich unter diesem schrecklichen Namen gelitten. Die Kinder im Quartier haben mir vorgehalten, ich wolle was Besseres sein. Wird man dauernd gehänselt, hinterlässt dies mit der Zeit eine Wunde. Nicht dass ich mich nicht zu wehren gewusst hätte. Erst hab ich gelernt, Worte wie Waffen einzusetzen. Wo diese nicht weiterhalfen, hab ich die Wirkung eines gezielten Fußtritts gekannt.« Palmer kratzte sich kurz an der Narbe über dem Auge. »Noch als Kind hab ich während eines Nachtessens meine Mutter wegen meines Namens zur Rede gestellt. Sie zuckte nur mit den Schultern und wies mit dem Kinn in Richtung meines Vaters. Als er sich später am Abend in die Kneipe verzogen hatte, verriet sie mir, dass er sich eigentlich innig einen Jungen gewünscht hatte. Als klar war, dass er Vater einer Tochter wurde, hat er einige Zeit gebraucht, um sich an dieses Schicksal zu gewöhnen. Einige Wochen später hat er meiner Mutter stolz diesen Mädchennamen präsentiert und hat darauf bestanden. Als überzeugter Atheist verehrte er den Revolutionär Che Guevara wie andere den Sohn Gottes. Che hatte zwei Schwestern. Mein Vater hatte in einem Interview mit Ches Mutter gelesen, dass sie, wäre Che ein Mädchen geworden, ihn Christabel getauft hätte. Diese gedankliche Verbindung zu seinem Idol hat ihm so gut gefallen, dass er sich bedenkenlos für diesen christlichen Namen entschieden hat. Natürlich hat meine Mutter ihn darauf hingewiesen, dass mir dieser Name später vielleicht unangenehm sein könnte. Aber das war ihm egal. Ab diesem Tag hab ich mich Chris genannt, aus Protest gegen meinen Vater. Und wer mich Christabel rief, bekam meine Schuhspitze zu spüren.« Sie klang leicht gereizt. »Auch die Idee, mir meine Brötchen bei der Polizei zu verdienen, ist einer Auflehnung gegen meinen Vater entsprungen. Als er davon erfahren hat, war ich für ihn gestorben. Klar ist meinem Verlangen auch mein Gerechtigkeitssinn zugrunde gelegen, und dass man Unrecht nicht widerspruchslos hinnehmen darf.« Einen Moment lang starrte sie Alex nur an.

Dann atmete sie langsam und tief ein und ihm wurde klar, dass sie sich nun auf den Weg machen würde.

Sie schlang zur Verabschiedung ihre Arme um ihn und sie küssten sich, als ob es das Selbstverständlichste der Welt wäre.

Tief drinnen spürte sie eine innere Ruhe.

Als sie sich lösten, sagte sie: »Untersteh dich, mich irgendwann Christabel zu nennen oder dieses Geheimnis irgendwem zu verraten.«

»Was dann?«

»Dann isst du dein Osso ohne mich.«

KAPITEL 10

Palmer fand ganz in der Nähe von Julis Wohnung einen Parkplatz. Sie saß noch immer in ihrem Wagen, als sie ihr Handy aus der Tasche zog. Dann aber musste sie zuerst Krümel vom Display wischen, denn sie hatte Frau Krummenachers Guetzli in der Tasche vergessen. Sie wählte die Nummer.

»Bis wann könnten Sie mir Julis Wohnungsschlüssel senden?«, fragte sie Julis Mutter. Da sie nicht sofort eine Antwort hörte, drückte sie ihr Handy stärker ans Ohr, da sie vermutete, die Mutter hätte vielleicht nur leise geantwortet. Dann aber vernahm sie deren Stimme fast zu laut:

»Ich bin mir nicht sicher, wie gut das Juli gefallen würde, wenn jemand ohne ihr Wissen die Wohnung betritt und in ihren Sachen rumwühlt. Der Hauswart kann dich leider nicht begleiten. Der ist inzwischen in den Ferien«, antwortete Julis Mutter.

»Na toll, mir trauen Sie nicht über den Weg. Aber den Hauswart in Julis Wohnung rein zu bitten, um an meine Telefonnummer zu kommen, ist für Sie kein Problem gewesen. Weshalb überrascht mich dies nicht? Vielleicht beauftragen Sie besser den Hauswart mit der Suche nach Juli.«

»Ich könnte vielleicht übermorgen nach Luzern fahren und dann geh'n wir gemeinsam in die Wohnung.«

»Gestern noch haben Sie gemeint, es sei Ihnen nicht möglich, herzukommen. Wissen Sie was? Rufen Sie mich an, wenn Sie sich entschieden haben, ob ich mit der Suche fortfahren soll oder nicht. Oder noch besser: Rufen Sie mich nicht mehr an.«

Sie drückte die Trenntaste, schmiss ihr Handy auf den Beifahrersitz und versuchte, durch tiefes Einatmen ihren stark beschleunigten Herzschlag zu drosseln.

Sie brauchte nicht lange zu überlegen, was sie trotz allem als Nächstes zu tun hatte. Sie wollte und würde Juli auch ohne Hilfe der Mutter finden. Die alte Dame von gestern musste ihr weiterhelfen.

Dann stockte sie.

War es möglich, dass Frau Krummenacher selber etwas zu tun hatte mit Julis Verschwinden? Solange Palmer nichts über Julis Verbleib wusste und nicht mal eine Spur hatte, durfte sie keine Möglichkeit außer Betracht lassen.

»Quatsch. Aber doch nicht so eine liebe Omi«, sagte Palmer laut zu sich selbst, als ob sie jemand anders davon hätte überzeugen müssen.

Der Sommer hielt dieses Jahr lange an. Die Sonne brannte bereits fast senkrecht, als Palmer zu Julis Haus schritt. Aber es war nicht die Sonne, sondern eher fremde Blicke, welche sie auf ihrem Rücken spürte. Sie blieb stehen und drehte sich blitzschnell um. Einzig ihre Augen bewegend suchte sie die Umgebung ab, konnte jedoch keinen Beobachter ausmachen. Sie blickte hoch zu Julis Wohnung und erkannte wie am Vortag durch ein Fenster den Bananenbaum mit seinen riesigen Blättern.

Palmer rieb sich das Kinn.

Dann schritt sie zum Eingang, klingelte bei Frau Krummenacher und trat ins Haus. Im Treppenhaus genoss Palmer die angenehme Kühle. Sie blickte sich um. An der Wand erkannte sie die Hausordnung, welche besagte, dass ab 20 Uhr die Haustür mit dem Schlüssel zu schließen sei. Als sie sich anschickte hochzusteigen, öffnete sich hinter ihr die Haustür und Frau Krummenacher trat ein. Die alte Dame lächelte, als sie Palmer erblickte.

Nach kurzer Begrüßung fragte Palmer: »Ich hab gehört, Sie haben hier einen Hauswart. Glauben sie, dass ich ihn um den Schlüssel für Julis Wohnung bitten könnte?«

»Den haben wir tatsächlich, aber der ist gestern nach Italien verreist.«

Ohne die Körperhaltung zu verändern senkte Palmer den Blick zu Boden.

»Den brauchen wir aber nicht herzubemühen«, ergänzte Frau Krummenacher. »Nehmen Sie meinen. Juli hat auch einen für meine Wohnung, für den Notfall, bin ja nicht mehr die Jüngste. Sollte sie länger nichts von mir hören, würde sie bei mir nachschauen kommen. Und ich gieße dafür ihre Pflanzen, wenn sie unterwegs ist.« Sie schmunzelte. »Nach ihrem Besuch gestern schaute ich kurz bei ihr rein. Aber Juli ist nicht zu Hause.«

»Haben Sie für alle Wohnungen einen Schlüssel, auch für oben?«

»Nein, die organisieren sich selber. Sind aber alles nette Leute. Direkt über mir die Da Silvas aus Portugal. Und daneben ein junges Paar. Sie hinterlassen keinen Schmutz im Treppenhaus. Die beiden sind grad auf Hochzeitsreise auf einer teuren Insel im Indischen Ozean. Und die Familie aus Portugal führt den Quartierkiosk an der Hirschmattstraße. Was sind das für liebe Leute. Sie trennen zwar den Abfall nicht immer korrekt, aber stellen ihn immerhin zuverlässig raus. Aber zurzeit sind auch sie in Urlaub. In Portugal, vermute ich. Die gehen eigentlich immer nach Hause.«

»Wär's Ihnen recht, wenn ich jetzt bei Juli reinschauen würde?«

Die alte Dame nickte. Palmer ergriff wortlos die gefüllte Einkaufstasche, welche Frau Krummenacher neben sich abgestellt hatte. Zusammen stiegen sie die Treppe hoch und betraten Frau Krummenachers Wohnung. Palmer stellte die Einkaufstasche in die Küche, während die alte Dame den Schlüssel hervorkramte. Dann sperrte sie Julis Wohnung auf.

Vom Flur in der Mitte ging's in zwei Schlafzimmer nach rechts. Geradeaus lag das Bad, dessen Tür offen stand und einen Blick auf Abstellflächen bot, die allesamt mit Kosmetika und Parfüms vollgestellt waren. Palmer betrat die Wohnung. Links lagen das Wohnzimmer und die Küche, welche Platz für einen kleinen Esstisch bot. Ein dunkles Stoffrollo hielt die Sonne draußen. Alles war sehr ordentlich, bis auf die verschrumpelten Früchte im Korb neben der Spüle. Palmer zog einige Schubladen auf, wusste aber nicht, wonach sie eigentlich suchte. Jedenfalls fand sie nichts Bemerkenswertes. Sie betrat das Wohnzimmer, wo eine breite Couch mit abgewetztem Leder stand und ein niedriges Tischchen mit einem geschlossenen Laptop drauf und einem Buch, die aufgefalteten Seiten nach unten. Eines dieser Taschenbücher mit dem Bild eines vor Sehnsucht zerrissenen Liebespaars, in Kleidern, die an *Vom Winde verweht* erinnerten. Auf dem Teppich lagen verstreut drei Kissen. Die eine Wand wurde geziert von einem Poster von Jimmy Hendrix in kräftigen Farben, gegenüber hing ein großer Flachbildschirm mit schwarzer Mattscheibe, auf dem Boden davor lag ein Stepper. Das eine Zimmer nutzte Juli offensichtlich als begehbaren Schrank. Zwei fahrbare Kleiderstangen standen an der Wand, rappelvoll mit an Kleiderbügeln hängenden Kleidchen, schön der Farbe nach geordnet. Daneben ein offenes Regal mit sorgsam zusammengefalteten Pullis und Unterwäsche. Das Schlafzimmer lag im Dunkeln, dennoch erkannte Palmer an der Wand eine vergrößerte Titelseite der Vogue mit Julis Gesicht. Weiter standen da eine flache Kommode mit viel Schnickschnack und einigen gerahmten Fotos. Palmer langte nach einem eleganten Parfümfläschchen. Joe Malone. Sie drehte den Deckel ab, hielt es sich an die Nase und schnupperte. Der Duft gefiel ihr. Aber Malone hätte sie sich nie leisten können. Sie verschloss das Fläschchen, stellte es an seinen Platz zurück und suchte mit den Augen das Zimmer ab. Einen Nachttisch gab es nicht, dafür einen gut 15 Zentimeter hohen Stapel mit Reiseprospekten. Darauf stand ein Wecker, eine umgefallene Nachttischlampe daneben auf dem Boden. Und da war noch die riesige Matratze, die direkt auf dem Boden lag. Die Decke breitete sich flach darüber aus, einige Illustrierte waren über den Boden verstreut.

Mit einem Mal spürte Palmer, wie ihr heiß wurde.

Ein kleiner, blutroter Fleck auf dem Parkett stach ihr ins Auge. Sie ging in die Hocke und besah sich den glänzenden Tropfen. Sie stülpte die Unterlippe vor, klappte sie wieder ein und befühlte den Spritzer. Ein Seufzer der Erleichterung, denn Blut war's nicht. Dieses wird dunkelbraun, fast schwarz, wenn es trocknet. Ihre Augen suchten den Boden ab. Nachdem sie das Nagellackfläschchen neben einem Elle-Magazin entdeckt hatte, erhob sie sich und schritt zur Kommode. Palmer griff nach dem Bilderrahmen und betrachtete das Foto von Juli, als ob sie sich davon einen Hinweis auf ihren Aufenthalt erhoffte. Wenn's auch nur ein Schnappschuss war, Juli sah trotzdem blendend aus. Gedankenverloren studierte Palmer die anderen Fotos.

Dann setzte sie ihre Untersuchung von Julis Wohnung fort und entschied sich für ein aktuelles Portrait. Sie drehte den Rahmen, schob den Schnapper beiseite, lupfte den Karton heraus und fasste das Foto. Während sie dieses eingehend betrachtete, stellte sie den Rahmen zurück auf die Kommode, jedoch nicht konzentriert genug, sodass der Rahmen keinen Stand fand, sondern nach vorne kippte und zu Boden krachte, wobei das Glas klirrend in große Stücke zerbrach.

»Sacco di cemento nochmal«, entfuhr es Palmer.

Erst wollte sie keine Zeit mit dem Einsammeln der Scherben verlieren, sondern sie mit dem Schuh unter die Kommode wischen. Dann bückte sie sich doch, schob sie eilig mit den Fingern zusammen und hob sie auf. Hätte sie sich etwas mehr Zeit genommen, hätte sie sich nicht in den Daumen geschnitten, und sogleich tropfte Blut auf das Parkett. Palmer bückte sich noch einmal und wischte mit der Handfläche einen Blutstropfen vom Parkett weg, dann steckte sie sich den verletzten Daumen in den Mund. Sie brachte die Bruchstücke in die

Küche und warf sie in den Abfallsack unter der Spüle. Auf der Toilette riss sie sich etwas Papier von der Rolle und wickelte es sich um den blutenden Finger. Das reichte.

Angespannt blickte sich Palmer um. Sie überlegte, ob es hier so aussah, als wäre etwas von Julis Sachen verschwunden. Geld, Wertsachen, Fotos? Je nachdem, was fehlte, könnte es ihr einen Hinweis geben auf Julis Verbleib. Sie fragte sich, ob sie hier Spuren oder zumindest das Motiv eines möglichen Entführers finden würde. Aber wie hätte sie denn eine Unregelmäßigkeit feststellen können, so selten wie sie hier war? Und das letzte Mal war vor Monaten.

Palmer konzentrierte sich. War irgendetwas auffallend anders als beim letzten Besuch? Oder stand etwas in der Wohnung, das sie hier noch nie gesehen hatte? Sie betrachtete jeden Gegenstand eingehend und prägte sich alles genau ein. Aber da war nichts Auffälliges. Außer, dass sie Julis Handy, am Ladekabel angeschlossen, auf der Kommode im Flur fand und ihre Geldbörse gleich daneben in der Handtasche. Also hatte es niemand auf ihre Wertsachen abgesehen. Die Wohnung sah auch nicht im Geringsten durchwühlt aus. Hinter ihrem Verschwinden konnte kein Dieb stecken. Alles Indizien, die Palmer bestätigten, dass Juli beim Joggen verschwunden war. Und falls sie entführt worden war, dann nicht aus der Wohnung, denn dann müsste doch irgendetwas runtergefallen oder verschoben sein, weil Juli sich bestimmt gewehrt hätte. Palmer erkannte auch keine Schleifspuren auf dem Holzboden. Wenn etwas passiert war, dann außerhalb. Oder jemand war so gerissen gewesen und hatte keine Spuren hinterlassen. Vielleicht hatte der Täter einen Kampf umgangen, indem er ihr eine Pistole in die Rippen gestoßen hatte?

Julis Hausschuhe standen schön geordnet unter der Garderobe. Auch ein Zeichen dafür, dass Juli die Wohnung in Schuhen oder Turnschuhen verlassen hatte. Also eher freiwillig. Das Einzige, was Palmer nicht fand, war der Wohnungsschlüssel. Juli musste wohl die Wohnung ganz normal verlassen und abgeschlossen haben. Nicht unwahrscheinlich, dass sie ohne ihr iPhone zum Joggen ging, obwohl Palmer Juli eher zu jenen Menschen zählte, die ohne Mobiltelefon keine fünf Minuten überleben zu können glaubten.

Ihre bisherigen Beobachtungen waren an sich beruhigende Feststellungen. Andererseits war Juli wie vom Erdboden verschluckt. Und anhand des Mobiltelefons, das in der Wohnung lag, würde es auch der Polizei nicht möglich sein, Juli zu orten.

Palmer ergriff Julis Handy. Sie beabsichtigte, aus Julis zuletzt gewählten Nummern möglicherweise auf ihren Aufenthalt zu schließen. Auf dem Display erkannte sie einige unbeantwortete Anrufe, abwechslungsweise von den Eltern und Palmer, einmal von jemand mit dem schlichten Kürzel »G« und zweimal von Elite Models. Sie drückte eine Taste und sogleich erhellte sich das Display. Aber sofort zeigte sich, dass das Gerät gesperrt war. Palmer kannte den Code nicht. Sie legte das Gerät hin, schritt ins Wohnzimmer, kniete sich vor Julis Laptop. Der Bildschirm ging an, sodass Palmer direkt auf die Daten zugreifen konnte, denn diese waren nicht passwortgeschützt, möglicherweise, weil Juli den Computer nicht heruntergefahren hatte. Als Erstes ging sie die Mails der letzten sieben Tage durch. Nichts Auffälliges. Anschließend durchstöberte sie dessen Papierkorb und schließlich auch den Spamordner. Nichts Ungewöhnliches. Sie öffnete den Safari-Browser und machte sich schlau, welche Sites Juli zuletzt besucht hatte: Fashion Guide, Impressionen und andere Shoppingsites. Keine Spur. Immerhin fand sie im Laptop Julis synchronisierte Handynummern. Diese wollte sie später durchgehen, denn dafür müsste sie sich mehr Zeit einräumen. Worüber der Computer jedoch keine Auskunft gab, waren die zuletzt gewählten Nummern.

Nun suchte Palmer in der Wohnung nach Rechnungsquittungen. Sie öffnete eine Kartonbox, dann eine Kommodenschublade und mit dem ersten Griff zog sie einen dicken Ordner heraus mit der Überschrift »Rechnungen«. Palmer hoffte, einen Lauf zu haben. Sie blätterte oberflächlich durch und stieß sofort auf Swisscom.

Sie lächelte.

Sie griff nach ihrem eigenen Handy und wählte die Swisscom-Hotline. Artig gehorchte sie der Computerstimme und drückte die geforderten Tasten. In der Warteschleife hatte Palmer genug Zeit, sich darüber zu wundern, dass ausgerechnet eine Kommunikationsfirma, die davon lebt, Menschen miteinander zum Gespräch zu verbinden, hierfür unpersönliche Computer einsetzte. Als sich endlich eine leicht gereizte Dame meldete, bat Palmer, sie möge ihr doch bitte den Telefoncode durchgeben, nämlich jenen ihres zweiten Handys, und sie diktierte Julis Nummer.

»Machen wir nicht. Aus Sicherheitsgründen«, sagte die Stimme.

»Aber wenn ich ihn doch vergessen hab?«

»Wir senden ihn per Post an Ihre Adresse, wenn's Ihnen recht ist.«

»Gut. Bis wann darf ich damit rechnen?«

»Also etwas Zeit müssen Sie uns schon lassen.«

Palmer schwieg.

Als die Stimme merkte, dass die Anruferin immer noch auf eine brauchbare Antwort wartete, fuhr sie fort: »Bis morgen, spätestens übermorgen sollten Sie den Code in Ihrem Briefkasten finden. Was darf ich sonst noch für Sie tun?«

»Geht das nicht schneller? Ich könnte heute in einem Ihrer Shops vorbeikommen. Oder Sie mailen mir den Code. Oder senden ihn per SMS.«

»Das ist mir leider nicht möglich, aber wir senden Ihnen den Code gerne per Post. Darf ich sonst noch was für Sie tun?«

»Wenn Sie mir bitte auch gleich eine Auflistung aller meiner Anrufe senden könnten vom vergangenen und von diesem Monat, das wäre wirklich nett.«

»Die Liste legen wir ebenfalls bei.«

Palmer drückte die Trenntaste und ließ ihr Handy in ihre Umhängetasche gleiten.

Palmer durchfuhr der Gedanke, Juli könnte spontan verreist sein, so viele Reiseprospekte wie sie hier vorfand. Eine Kleinigkeit aber passte nicht in dieses Bild. Die Wohnung zeigte sich halbwegs aufgeräumt und sauber, abgesehen von der Wäsche auf dem Boden im Bad. Aber eines hätte Juli nicht getan, nämlich die Geschirrwaschmaschine unausgeräumt zurückzulassen. Palmer wusste, dazu war Juli zu pingelig. Schließlich verdrängte Palmer den Gedanken an eine spontane Reise ganz. Auch Kurzentschlossene brauchten dafür ihren Pass. Diesen fand sie im Ordner mit der Überschrift »Dokumente«. Gleich als nächstes stieß sie auf die Mappe mit der Aufschrift »Zweitschlüssel«. Davon gab's zwei. Einen für die Wohnung und der andere, viel kleiner, vermutlich für den Briefkasten. Palmer trat aus der Wohnung, stieg die Treppe runter und leerte den Briefkasten. Sie beabsichtigte, anhand eines Poststempels zu erfahren, ab wann dieser nicht mehr geleert worden war. Aber auch das brachte sie nicht weiter, weil sich drin nur Werbesendungen mit Langsampost befanden. Zurück in der Wohnung forschte sie nach einem A-Post-Brief, vielleicht abgestempelt am Vortag des Verschwindens. Aber da war keiner. Immerhin stieß sie in der Küche auf eine Tüte Pastmilch im Kühlschrank. Diese war gemäß Ablaufdatum frisch gekauft. Und im Abfall fand Palmer die Quittung für die Milch mit Datum des Tags, an welchem die alte Dame Juli zuletzt gesehen hatte. Palmer suchte weiter. Aber auf eine Agenda stieß Palmer nicht, denn sie hatte gehofft, dass Juli ihre Termine nicht im Handy speicherte. Wieder ein Fehlschlag. Aber immerhin entdeckte Palmer Notizen, die Juli mit Sternchen-Magneten an der Kühlschranktür befestigt hatte. Geburtstagsgeschenk für Moni stand auf einem Zettel, Coiffeur auf einem anderen. Nichts Verdächtiges. Auch drei offene Rechnungen fanden sich dort. Aber keine Kreditkartenabrechnungen, aus welchen ersichtlich würde, wo sich Juli die letzten Tage vor ihrem Verschwinden aufgehalten hatte. In einem Hotel vielleicht, wo sie jemanden kennenlernte. Oder in einer Bar, wo Palmer hätte nachfragen können.

War Juli womöglich schwanger und ihr Freund alles andere als begeistert? Und weil sie's nicht wegmachen wollte, beseitigte er Juli kurzerhand? Palmer wollte keine These ausschließen und durchwühlte nochmals den Müll, fand jedoch nichts Aussagekräftiges. Sie stieß weder auf einen Schwangerschaftstest noch auf einen Katalog für Babykleider. Leider auch nicht auf irgendeine Notiz oder einen Zettel mit einer Telefonnummer. Im Bad schließlich fand sie im Zahnputzglas eine Monatsration der Pille. Auch diese bis zum Datum ihres Verschwindens rausgedrückt. Damit verflüchtigte sich auch gleich Palmers leiser Verdacht gegen ihren Freund.

Mit ihm wollte sich Palmer als nächstes treffen.

Unbestimmt betrachtete Palmer die Wand im Bad, schritt dann ins Wohnzimmer, packte den Telefonhörer und drückte die Wiederwahl-Taste. Es läutete und läutete. Aber niemand nahm ab, es sprang auch kein Beantworter an. Leider hatte das Gerät kein Display, welches die gewählte Nummer anzeigte.

Palmer ging ins Schlafzimmer. Hier wollte sie sich etwas mehr Zeit nehmen. Dies war vermutlich jener Ort in der Wohnung, wo jede Frau die intimsten Sachen vor fremden Blicken verbarg. Vielleicht führte Juli ein Tagebuch. Palmer stellte das Nachttischlämpchen zurück auf seinen Platz und machte es an. Ohne Erfolg. Die Glühbirne hatte wohl den Sturz auf den Boden nicht überstanden. Und es sah danach aus, als sei sie zwar defekt, aber bloß noch nicht ausgewechselt worden.

Mit einem Mal zögerte sie. Sie wühlte in den Sachen ihrer Freundin. Hatte sie ein Recht dazu? Sie stellte sich vor, wie sie reagieren würde, wenn jemand anders dies in ihrer Wohnung täte. Sie biss sich auf Ihre Unterlippe. Doch dann sagte sie sich, dass sie einen guten Grund für ihr Tun hatte.

Sie suchte weiter.

Glücklicherweise stieß Palmer auch nicht auf Spuren von Drogen. Oder auf irgendeinen Hinweis darauf, dass Juli etwas mit Begleitservice oder Prostitution zu tun hatte. Wenn sie's auch nicht erwartet hätte, schien ihr dieser Gedanke gar nicht so abwegig bei all diesen Girls, die sich ihre Einkünfte auf Biegen und Brechen alleine mit ihrem Aussehen zu verschaffen versuchten. Nicht alle brachten es bis in die Champions League, wollten aber trotzdem ans große Geld. Aber Juli schien allem Anschein nach seriös zu leben.

Palmer ließ sich Zeit und blickte sich weiter um.

Das Internet.

Zurück im Wohnzimmer starrte sie sekundenlang auf den Laptop. Sie brachte ihre Gedanken nicht davon los. Wollte ein übler Kerl mit einem Mädchen Kontakt aufnehmen, war dies heute viel einfacher als früher, als er sich hinter einer dunklen Ecke auf die Lauer legen musste. Heute spazierte er über den Computer direkt ins Schlafzimmer. Viele Mädchen stellten arglos Fotos ins Netz. Sie chatteten was das Zeug hielt, verrieten wildfremden Leuten Dinge, die sie sonst nicht mal Freundinnen anvertrauten. Die Anonymität wiegte sie in falscher Sicherheit. Sie schienen sich keine Sekunde zu überlegen, was passieren konnte, wenn einer rausfand, wer sich hinter einem Namen oder Pseudonym versteckte. Palmer setzte sich auf eines der Kissen im Wohnzimmer und legte sich das Notebook auf die Oberschenkel. Sie wusste, dass Juli bei Facebook mit dabei war. Sogar dreimal. Obwohl alle drei Accounts Julis Bild und Namen zeigten, hieß dies noch lange nicht, dass das Profil von ihr selbst angelegt war, denn irgendjemand auf der Welt konnte dies in ihrem Namen tun, mit oder ohne Einwilligung. Palmer hielt nichts von solchen Netzwerken. Online wollte sie erst recht niemandem trauen. Leute chatteten mit irgendwem, weil sie dachten, es wären ihre Freunde. Aber niemand konnte mit Bestimmtheit sagen, ob es diese Freunde auch tatsächlich gab. Vielleicht versteckte sich jemand ganz anderes hinter einem Namen oder diese Person gab sich im Netz völlig anders als in Wirklichkeit. Blöd, wenn man wegen eines Chatrooms sogar seine bisherigen Freunde vernachlässigte, um eines Tages mit Schrecken festzustellen, dass man völlig beziehungslos lebte, zwar mit 1.000 Facebook-Freunden, aber trotzdem alleine.

Nach einigen Klicks erkannte Palmer, dass zumindest in einem Konto Juli ihr eigenes Profil verwaltete. Dort hatte sie sich am Tag vor ihrem Verschwinden letztmals eingeloggt. Juli hatte nicht oft Einträge gepostet, vielleicht einmal pro Woche, meist ein Hinweis darauf, wo sie grad ein Shooting hatte. Oder ein Bild von ihr, wenn es den Weg in die Elle oder ein anderes Magazin gefunden hatte. Juli gehörte also nicht zu denjenigen, die meinten, sie müssten der ganzen Welt mitteilen, man müsse heute noch mit Regen rechnen und sie seien deswegen voll depro.

Ein neuer Gedanke kam ihr.

Sie blätterte die Ordner durch, fand jedoch die gesuchten Unterlagen nicht. Sie ging zurück und nahm sich eine alte Rechnung mit Telefonnummer zur Hand und wählte sie.

»Guten Tag, äh, hier Juli von Moos. Ich hab eine Haftpflichtversicherung bei Ihnen. Darf ich Sie fragen, welche Ihrer Produkte Sie mir sonst noch empfehlen?«

Die Dame bat nach der Policennummer, welche Palmer bloß abzulesen brauchte.

Die Stimme im Handy sagte: »Gerne würde ich bei Ihnen vorbeikommen, um Sie in aller Ruhe zu beraten. Wie passt Ihnen zum Beispiel der neunze…«

»Nein danke, so meinte ich das nicht. Wär's Ihnen nicht möglich, mir einfach zu sagen, welche Versicherungsleistung mir Ihrer Meinung nach fehlt?«

Die nette Dame verschaffte sich im Schnelltempo einen Überblick über Julis Dossier. Als sie begann, Palmer die Vorzüge einer Lebensversicherung schmackhaft zu machen, hatte Palmer genug gehört. Palmer hätte sich vorstellen können, dass für einige 10.000 aus der Lebensversicherung wohl mancher bereit wäre, sogar einer Freundin beim Sterben zu helfen. Aber Juli war wohl nicht in Händen von jemandem, der es auf die Auszahlung einer Lebensversicherung abgesehen hatte, da zumindest bei dieser Versicherungsgesellschaft keine entsprechende Police bestand. Das hatte sie bereits vermutet, als sie in den Unterlagen keine Police gefunden hatte. Es hätte immerhin auch sein können, dass sich der oder die Begünstigte die Police gekrallt hat, um keinen Verdacht auf sich zu lenken. Palmer überlegte sich, inwiefern es überhaupt realistisch war, dass eine so junge Frau wie Juli sich eine Lebensversicherung zulegte, und vor allem, für wen. Palmer hatte für sich selber ebenfalls keine Lebensversicherung abgeschlossen. Wozu auch, sie hinterließ niemanden, den sie vorsorgen musste. Abgesehen davon wär's ihr auch dann lieber, wenn alle aufrichtig traurig wären, wenn sie starb.

Noch einmal griff sie zum Ordner mit den Unterlagen und zum Telefon. Mit dem gleichen Trick erfuhr sie von der Bank, dass vom Konto seit Julis Verschwinden kein Geld abgehoben worden war. Sie war selbst erstaunt, wie einfach das ging. Nebenbei erkannte Palmer, dass Juli weiß Gott nicht am Hungertuch nagte. Da floss regelmässig ein mächtiger Batzen auf ihr Konto, allerdings auch wieder ein beträchtlicher Teil davon weg. Offensichtlich hatte Juli für ihre Reisen und andere Spesen selber aufzukommen.

Dann wählte Palmer zuerst die Nummer der einen Kreditkartenfirma, dann jene der andern. So wie's aussah, hatte Juli getrennte Karten für private Ausgaben und den Modeljob. Jedoch gab's keine Bewegungen auf beiden Konten seit dem Tag ihres Verschwindens. Sie legte den Ordner zurück in die Schublade.

Noch immer war Palmer nicht wesentlich weitergekommen.

Als Nächstes würde sie jede von Julis Betätigungen zurückverfolgen, sowohl beruflich wie privat. Sie würde fortfahren, ihre Angewohnheiten zu prüfen und ihren gewohnten Tagesablauf zu rekonstruieren, bis sie eine Spur fand.

Für Palmer gab es kein Zurück mehr. Alles andere, wie Jobsuche und Liebesleben, musste jetzt hintenanstehen.

Sie erhob sich, suchte kurz nach dem Drucker und verkabelte ihn mit Julis Laptop, um alle Telefonunterlagen auszudrucken. Dann klappte sie den Computer zu, griff sich die beiden Ordner aus der Schublade und klemmte sich alles unter den Arm, denn es war zu viel für ihre Tasche. Sie wollte die Unterlagen diesen Abend noch zu Hause durchgehen.

Als die Haustür hinter ihr im Schloss einklinkte, erblickte sie aus dem Augenwinkel hinter einem Fenster des schräg gegenüberliegenden Hauses eine Bewegung. Sie blieb stehen. Wohnte dort womöglich eine dieser überdrehten Nachbarinnen, deren Blicken im Quartier nichts entging? Überhaupt wollte sich Palmer in der Nachbarschaft umhören. Etwas anderes hätte sie zurzeit gar nicht zu tun gewusst. Sie beobachtete das Fenster, konnte aber nichts weiter erkennen, außer, dass das Fensterglas zerbrochen war und sogar ein kleines Stück davon fehlte. Aber sie hätte schwören können, für einen kurzen Moment ein Gesicht wahrgenommen zu haben, das sofort wieder verschwand, als sie hinblickte. Palmer wandte ihren Blick zu den Fenstern der anderen Häuser. Sie hielt Ausschau danach, ob vielleicht jemand mit zwei Fingern die Lamellen der Jalousien auseinanderspreizte, wie im Krimi. Aber sie konnte nichts dergleichen entdecken.

Palmer rückte sich Julis Sachen unter dem Arm zurecht. Wenn sie schon mal hier war, konnte sie auch eine kleine Runde durch den Park spazieren.

Der Park.

Alle Alarmglocken sprangen an.

Aller Wahrscheinlichkeit nach war Juli hier verschwunden.

Hier musste Palmer rein.

All ihre Gedanken waren bereits bei der Spurensuche, sonst wäre sie kaum beim Einbiegen in den Park mit einem jungen Kerl zusammengestoßen. Mit einer Reflexbewegung gelang es Palmer, Julis ausgeborgte Sachen unter dem Arm festzuklemmen, ohne dass sie zu Boden fielen. Ihn schien dieser gegenseitige Rempler nicht weiter zu kümmern. Er schlurfte ohne Kommentar weiter. Palmer blickte dem jungen Typen nach. Er war annähernd gleich groß wie sie, allerdings hatte er hängende Schultern und seine Hose stand auf Halbmast. Die Kapuze seines Shirts hatte er sich nicht über den Kopf gezogen, jedoch trug er eine verspiegelte Sonnenbrille, als ob er etwas zu verbergen hätte, denn seine Haut war so blass, dass sie in Widerspruch zu einer Sonnenbrille stand. Die dunklen Gläser sollten offensichtlich die Augen nicht vor Sonnenstrahlen, sondern vor anderen Blicken schützen. Versteckte er sich vor irgendwem? Und diese riesigen Kopfhörer auf den Ohren. Palmer wunderte sich, worin wohl der Reiz bestand, sich mit Musik vollzudröhnen, während man seine Einkäufe nach Hause trug. Seine eigenen Gedanken mussten ihm wohl zu langweilig sein. Oder vielleicht wollte er einfach jedem klarmachen: Sprich mich nicht an.

Sie widmete sich wieder ihren eigenen Problemen.

Palmer sah sich im Park um. Da waren spielende Kinder und Mütter, die auf sie aufpassten. Zwei Männer blickten gedankenverloren auf die Situation am Boden. Eine Hand am Kinn, schienen sie sich den nächsten Zug des Gartenschachs zu überlegen.

Nicht eine Spur von Juli.

Es war zum Verzweifeln.

Zwar hatte Palmer noch keinen einzigen Anhaltspunkt, wo Juli sich aufhalten könnte. Sie konnte sich nicht mal sicher sein, ob sie bloß abgetaucht oder tatsächlich einem Verbrechen zum Opfer gefallen war. Aber immerhin wusste sie Folgendes, und das machte ihr Mut: Kriminelle arbeiten alles andere als stets raffiniert und fehlerlos. Alle Ganoven hinter Gitter hatten offensichtlich einen Fehler begangen. Und diesen wollte sie aufspüren.

Palmer glaubte, über das Böse Bescheid zu wissen. Aber sie wusste überhaupt nichts.

KAPITEL 11

Juli hätte nicht zu sagen vermocht, wie lange sie geheult hatte. Sie wischte sich die Tränen aus den Augen und horchte, vernahm jedoch nichts mehr. Irgendwann siegte die Müdigkeit über Resignation und Angst.

Es war der beißende Geruch ihres Gefängnisses, der sie weckte und ihre Nase quälte. Sie überlegte, wo sie solch muffiger Luft schon mal begegnet war. Abgestanden wie in einer alten Garage, modrig und metallisch stank es nach Maschinenöl und Schimmel. Endlich erinnerte sie sich. Genau so hatte es in einer stillgelegten Fabrik anlässlich eines Modeshootings gerochen. Aber das war in Brooklyn gewesen.

Wo bin ich? Was will der Kerl von mir?

Dann und wann drang das dumpfe Gebrumm eines losfahrenden Lastwagens an ihre Ohren, ansonsten nur stark gedämpfte Verkehrsgeräusche. Eine Straße führte wohl in einiger Distanz am Gebäude vorbei.

In der Stille hörte sie ihren Atem.

Doch da – was war das? Sie schreckte hoch, stützte sich mit den Ellbogen auf der Matratze ab. Mit weit aufgerissenen Augen starrte und horchte sie in die Dunkelheit. Da, schon wieder. Ein Tropfen zersprang mit einem Platschen auf dem Boden. Vielleicht von einem undichten Wasserhahn oder einer lecken Leitung. Sie verging vor Durst, ein Hoffnungsschimmer, trotzdem zögerte sie. Er hatte ihr mit harter Strafe gedroht, falls sie sich von der Matratze wegbewegte. Sie malte sich aus, sich mit geöffnetem Mund unter die tropfende Stelle zu legen. Möglicherweise war's gar kein Wasser. Vorerst wollte sie deshalb kein Risiko eingehen und auf der Matratze verharren.

Nicht nur der Durst, sondern auch die Bauchschmerzen und Wadenkrämpfe steigerten sich in ein unerträgliches Maß. Sie wusste, sie würde ins Koma fallen, falls sie sich nicht bald ihre tägliche Ration ihres Medikaments spritzen konnte.

Der Durst zerriss sie, sodass sie eine Stunde später nicht anders konnte, als sich aufzumachen, den Raum zu erkunden. Mit ausgestreckten Armen und wie in Zeitlupe tastete sie sich behutsam vor, um nirgendwo anzustoßen. Trotzdem fuhr sie vor Schmerz zusammen, als sie mit dem Knie auf einen harten Gegenstand schlug. Mit schmerzverzerrtem Gesicht untersuchten ihre Hände den riesigen, kalten Gegenstand. Es schien sich um eine mit öligem Staub bedeckte, mannshohe Maschine zu handeln. Als sie sich weiter im Raum vorantastete, strich ihr etwas sanft über ihre Wange. Angeekelt schreckte sie zurück und ließ sich platschend auf den Boden fallen. Kleine Steinchen vom Betonboden bohrten sich in ihre Kniescheiben, sie kippte vor Schmerz vornüber, sodass der grobe Schmutz des Bodens eine Wange schürfte. Sie stemmte sich auf. Tränen bahnten sich ihren Weg über die Spinnweben auf ihrer Wange, sodass das Salzwasser in der Wunde brannte. Panisch rieb sie sich so lange mit den Händen über Gesicht und Kopf, bis sie sicher war, jede Spinne, egal wie kräftig sie sich festgekrallt hatte, weggewischt zu haben.

Nun weinte sie nicht vor Schmerz, sondern vor Wut über ihre Ausweglosigkeit. Sachte wischte sie sich mit ihren staubigen Fingern die Tränen aus den Augen. Dann schob sie sich behutsam auf ihrem Hintern sitzend seitwärts, mit den Händen wie ein Scheibenwischer über den Boden streichend, in jene Richtung, in welcher sie das tropfende Wasser vermutete. Aber statt feuchter Stellen am Boden oder gar einem Wasserhahn, ertastete sie bloß Krümel und hoffte, es möge sich hierbei eher um Giftkörner als um Rattenkot handeln.

Frustriert gab sie die Suche nach Wasser auf und fand über den Boden tastend zu ihrem Nachtlager zurück. Sie wollte sich hinlegen, um zu neuen Kräften zu kommen. Draußen war Sommer, trotzdem fröstelte sie. Sie kroch unter die stinkende Decke und breitete sie über sich aus. Allerdings wirbelte sie dabei Staub auf, der sie zum Husten zwang, was ihre trockene Kehle schmerzte.

Sie durfte nicht aufgeben. Deshalb kroch sie wieder unter der Decke hervor und stieß bald auf eine waagrechte Leitung an der Wand, an welcher feuchte Luft kondensierte. Mit der Zunge leckte sie die Wassertropfen vom Rohr. Dies stillte bloß ihren ärgsten Durst. Dann ertastete sie ein dickes Metallrohr, welches von der Decke in den Boden führte. Ein solches Abwasserrohr kannte sie von ihrem früheren Bad. Sie hatte darin jedes Mal ein Rauschen vernommen, wenn jemand die Spülung betätigt hatte. Aber dieses Rohr hier blieb die ganze Zeit stumm. Schmerzlich wurde sie sich bewusst, der einzige Mensch in diesem Gebäude zu sein.

Zurück auf der Matratze igelte sie sich ein.

Je länger sie sich an die Stille gewöhnte, desto stärker vernahm sie ein stetes Surren, nur ab und zu unterbrochen durch leises Rumpeln. Sie dachte nach und erkannte, dass dies ein

Ventilator sein musste, der Sauerstoff in den Raum presste oder verbrauchte Luft absog.

Sie verlor jegliches Zeitgefühl. Die einzige sichere Zeitangabe war der kurze Moment, in welchem sich ein Sonnenstrahl an allen Hindernissen vorbei in ihr abgeriegeltes Verlies schummelte, wie am ersten Morgen, als er sie in den Tag begrüßt hatte. Nur während dieser kurzen Zeit nahm sie andeutungsweise die Umrisse der großen Maschinen in ihrem Verlies wahr.

Einmal erwachte sie, als kaum vernehmbar das fröhliche Gezwitscher eines Vogels an ihre Ohren drang. »Eine Amsel«, sagte sie leise in die Dunkelheit, setzte sich auf und strahlte. Aber es war ein trauriges Lächeln, und niemand konnte es sehen. Sie fühlte sich, als hätte ihr jemand in den Bauch getreten. Angestrengt lauschte sie nach weiterer Ablenkung, bis sie sich wieder hinlegte und in einen unruhigen Schlaf fiel.

Mit einem Mal verfolgten ihre Ohren etwas, das durch den Raum schwirrte. Wenn es nur nichts war, das krabbelte oder flog, bangte sie. Vor die Wahl gestellt, hätte sie dennoch eine fette Fliege jeder Wespe vorgezogen. Einen Stich hätte sie nicht überlebt, sie war allergisch auf Wespengift. Mit leisem Krachen stieß das Tier hier gegen die Wand, dort an die Decke, bis nach einigen Minuten das Surren ganz in ihrer Nähe verstummte. Sie schauderte. Es verstrichen bange Momente, ohne dass sie weitere Geräusche vernahm. Endlich begann sie sich zu entspannen. Sie dachte an Essen. Eigentlich seltsam, denn dieses Thema hatte sie aus ihrem Berufs- und Privatleben verdrängt, nicht zuletzt aufgrund ihrer Krankheit. Auch jetzt, obwohl er ihr noch keinen einzigen Bissen gegönnt hatte, verspürte sie kaum Hunger. Aber Angst. Lähmende Angst. Sie fiel in einen schlafähnlichen Dämmerzustand zurück und träumte von Orangen, Milchschokolade und Freiheit.

Entsetzt fuhr sie auf. Wie wild riss sie sich die Decke vom Leib, zappelte von der Matratze und wischte sich mit dem dicken Stoff panisch die Beine. Etwas krabbelte ihr an der Innenseite der Oberschenkel hoch. Sogleich brummte das aufgeschreckte Tier unsichtbar durch die Dunkelheit. Sie versuchte, ihren Atem unter Kontrolle zu bringen. Sie legte sich nieder, zog sich die Decke bis zum Hals und wimmerte. Dann sagte sie sich tapfer, solange sie das Brummen und das Aufschlagen an den Wänden vernahm, sei sie vor diesem Dreckskerl in Sicherheit.

Die Wolldecke bot ihr nur ungenügend Schutz vor Feuchtigkeit und dem zunehmenden Kältegefühl. Immerhin schirmte sie Blicke ab. Denn ihr war, als hätte die Dunkelheit 1.000 Augen. Selbst wenn er nicht anwesend war, spürte sie, wie seine Blicke sie niederdrückten. Sie meinte gar, seinen Atem im Nacken zu spüren. Ihr sträubten sich die Haare. War sie irre, weil sie seine Präsenz spürte, auch wenn er nicht hier war?

Nein, nicht sie war irre, sondern er – darauf deutete sein sich ständig veränderndes Verhalten hin. Sie fragte sich, ob er selber wusste, wie viele verschiedene Typen in ihm wohnten. Wenn er sie morgens besuchte, wenn die Staubflocken in den Sonnenstrahlen tanzten, sprach er laut und so, als ob er sie seit Langem kennen würde. Und er roch nach uraltem Schweiß. Dem entgegen gab es Besuche, bei denen er nach Davidoff duftete und bloß flüsterte. Dann bestand er darauf, dass sie sich den schwarzen Sack über den Kopf zog, bevor er reinkam und sich jeweils grausam aufführte. Mit den Fingerkuppen strich sie sich sanft um die noch unverheilte Narbe an ihrem Schulterblatt. Sie stammte von einem Besuch, bei dem er feierlich eine Kerze angezündet, dann seine Zigarette auf ihrer Haut ausgedrückt hatte. Als sie sich unter ihm wand und sich wehrte, griff er sich die Kerze und hielt ihr die Flamme vor ihr rechtes Auge.

»Du verhältst dich still, sonst …« Kräftig hatte er die Flamme ausgeblasen.

Bevor er sie wieder alleine zurückgelassen hatte, hatte er

gemeint: »Ach, übrigens hab ich dir noch was anderes mitgebracht. Nun bin ich auch bei dir, wenn ich weg bin.«

Im Licht der schwachen Glühbirne hatte sie ein dünnes Kabel erkannt, welches sich von der Türritze her bis etwa einen halben Meter neben der Tür wand. Er hatte ein altmodisches Handy eingestöpselt und es auf den Boden gelegt.

»Du wirst dich hüten, dieses Handy anzurühren. Ansonsten müsstest du dir die Strafe dafür selber aussuchen. Diese Strippe ist auf Freisprechen eigestellt, sodass wir beide uns jederzeit hören können. Du sprichst mit mir und hörst mich über den Lautsprecher.«

Er hatte gelächelt und war sichtlich stolz auf seine Idee gewesen.

»Übrigens: Sollte mir die Polizei entgegen aller Wahrscheinlichkeit auf die Spur kommen, können die Beamten dich über die Ortung *meines* Handys nicht finden. Weil dies hier gar nicht meines ist, hab's geklaut.«

Noch während er gesprochen hatte, war in Juli Hoffnung aufgestiegen. Ein Handy. Sie hatte unterwürfig zu seinen Erklärungen genickt, währenddessen aber bereits einen Plan geschmiedet.

»Noch etwas: Das Tastenfeld hab ich entfernt. Du kannst keine Nummern wählen. Aber das willst du gar nicht, jetzt wo du nicht mehr allein bist. Jetzt, wo ich immer bei dir bin.«

Juli war vornüber gekippt und hatte ihre Stirn gegen die staubige Matratze gelehnt, während er von außen die Tür verriegelt und ihr versichert hatte: »Schrei, Baby, schrei so laut du kannst. Oder bitte mich, so bald wie möglich zu dir zurückzukommen.«

Es hatte daraufhin Stunden gedauert, bis sie endlich eingeschlafen war.

Da, Schritte vor der Tür! Die Geräusche holten sie zurück in die Gegenwart. Ein stechender Schmerz durchfuhr sie. Zu spät hatte sie die Augen zusammengekniffen, als er die Glühbirne von außen angedreht hatte. Dann knarrte die kleine Klappe in der Tür.

»Juli?«, fragte er. »Juli, bist du bereit für mich?« Durch das offene Fensterchen vernahm sie seinen Atem. »Sei ein liebes Mädchen, dann brauch ich dich nicht zu bestrafen.«

Unter Getöse rieb die schwere Tür über die Holzschwelle, als er sie nach außen aufzog.

Sie spürte, wie ihre Körpertemperatur anstieg. Er hatte sie Juli gerufen. Woher kannte er ihren Namen? Was wusste er sonst noch über sie? Sie musste sich beinah übergeben. Auch weil sie ihn roch, als er sich näherte, denn sein säuerlicher Körpergeruch ging ihm mehrere Meter voraus. Sie erstarrte, als er neben sie trat und in die Knie ging. Mit einer Handfläche strich er ihr sanft über die Wange. Sofort wandte sie ihr Gesicht ab, ihre Augen zuckten in schnellenden Bewegungen vom einen Augenwinkel in den anderen. Jetzt erhellte die Glühbirne, welche nackt an einem Kabel von der Decke hing, sein Gesicht, doch sie wagte es nicht, ihn anzublicken. Er trat einige Schritte zurück.

»Wie fühlen wir uns heute?«

Als Juli sich anschickte, ihm zu antworten, gebot er ihr mit erhobenem Finger zu schweigen.

»Dazu hab ich dich nicht aufgefordert. Falls du mir antworten sollst, geb ich dir das vorher zu verstehen.«

Dann schien er nachzudenken.

»Ich hab mich noch gar nicht entschieden, ob ich dich behalten soll. Es gäbe sicher noch andere, die sich für dich interessieren.« Er erkannte, wie sich ihr Mund bewegte, ohne dass er Worte hören konnte.

Doch dann nahm Juli allen Mut zusammen und setzte sich aufrecht hin. »Lass mich laufen. Ich versprech dir, ich geh nicht zur Polizei.«

Er lächelte entspannt und legte mitleidig seine Stirn in Falten: »Weiss ich doch.« Er blickte auf seine Hand und klimperte mit dem Schlüsselbund.

KAPITEL 12

Luzern strahlte nachts Ruhe und Geborgenheit aus und gehörte zu den wenigen Städten, die nicht nur unter dem Schleier der Dunkelheit ihren Charme ausspielten, sondern auch bei Tageslicht einen unglaublichen Reiz entfalteten mit der malerischen Altstadt, dem See und der Alpenkette am Horizont. Vielleicht waren die Bewohner dieses Fleckens deshalb bekannt dafür, ruhiger, zufriedener und gelassener zu handeln als Leute anderswo. Viele der Einwohner wussten um den hohen Lebensstandard und die niedrige Kriminalitätsrate. Luzern war in der Tat groß genug, um die Vorteile einer kleinen Stadt von Welt zu bieten, gleichzeitig aber so überschaubar, dass sich Schurken und Ganoven nicht allzu viele Freiheiten rausnahmen, immer der Gefahr bewusst, früher oder später ihren Opfern wieder über den Weg zu laufen. Palmer konnte es nicht fassen, dass ausgerechnet hier ein übler Kerl mit Juli etwas angestellt haben soll.

Direkt nach ihrer Runde im Park war Palmer zum Libellenrain gefahren, hinter dem Maihofschulhaus, denn sie meinte zu wissen, wo Julis Freund sein Fotostudio hatte. Nun stand sie vor dem Fabrikgebäude und erkannte, dass sie sich geirrt hatte. Sie klappte Julis Laptop auf dem Beifahrersitz auf, suchte in den Kontakten nach Adresse und Nummer von Julis Freund

und wählte die Nummer auf ihrem Handy. Persönlich getroffen hatte sie ihn nur ein Mal. Sie war nie scharf darauf gewesen, Julis jeweiligen Aktuellen kennenzulernen. Nach zweimal Läuten meldete sich eine junge Dame mit cremiger Stimme.

»Natalie bei Gio Pazolini.«

Palmer überlegte kurz. »Ich möchte mit Gio sprechen«, sagte sie.

»Gio ist mitten in einem Shooting.«

Da die Stimme offenbar auf eine weitere Bemerkung von Palmer wartete, wiederholte diese: »Ich möchte mit Gio sprechen.«

»Er lässt sich jetzt durch niemanden stören. Was darf ich ihm ausrichten?« Da die Dame ahnte, dass es nicht um einen neuen Fotoauftrag ging, wurde ihre Stimme merklich rauer. Auf Palmers Frage stellte sie etwas gereizt klar, sie sei Gios Assistentin.

»Ich kann nicht warten«, sagte Palmer. »Wenn er meinen Anruf nicht entgegennimmt, dann komm ich halt vorbei.« Palmer vernahm ein dumpfes Gebrummel. Offensichtlich hielt die Assistentin die Sprechmuschel an die Schulter gedrückt und sprach mit jemandem.

Dann war sie wieder klar und deutlich zu verstehen: »Ich bedaure, sein Terminkalender lässt kein Treffen zu.«

»Wir werden sehen. Er wird mit mir sprechen.«

»Vergessen Sie's, reine Zeitverschwendung, einfach so bei uns reinzuplatzen.«

»Es ist meine Zeit, die ich verschwende«, sagte Palmer und legte auf. Ihr Datsun Pickup, Baujahr 1973, strahlte weiß Gott nicht in voller Pracht. Die Karosserie war von langer Sonneneinstrahlung matt, auch an Stellen, wo keine Spachtelmasse oder Farbe aufgepinselt war. Die Scheibenwischer hatten zu wenig Kraft, um sogar bei starkem Regen die platten Mückenleichen von der Frontscheibe zu wischen. Als Palmer in ihren Wagen stieg, brannte die Sonne fast senkrecht. Sie kurbelte das Fenster runter, stöpselte ihr Handy ein und legte es in die Ablage. Das Kabel führte ins Kassettengerät, sodass sie über diesen Umweg die auf dem Handy gespeicherten Songs abspielen konnte. Denn sie erwartete schon gar nicht mehr, dass ein Radiosender auch nur halbwegs Anständiges spielte. Sie startete den Motor. Als die Musik ansprang breitete sich ein Lächeln über ihre Lippen aus. Palmer hatte die Gabe, bereits nach dem allerersten Akkord die jeweilige Band zu erkennen. Metallica. Liebend gerne hätte sie nun die Klimaanlage voll aufgedreht, aber über diesen Luxus verfügte ihr Gefährt nicht. Pickups wurden für echte Männer gebaut, nicht für Krawattenträger. Immerhin funktionierte die Handkurbel und sie drehte das Fenster runter. Palmer fuhr zu Gios Fotostudio, jenseits der Langensandbrücke an der Fruttstraße. Der Straßenname war ihr nicht geläufig. Aber sie hatte sich noch nie schwergetan, eine Adresse zu finden, obwohl ihr Fahrzeug nicht mit einem Navigationsgerät bestückt war. Palmer brauchte niemanden, der ihr dazwischenredete. Abgesehen davon ahnte sie wohl, dass sie sogar dem Navigationsgerät widersprochen hätte.

Als es im Wageninnern trotz offenen Fensters nicht abkühlte, stellte sie die Lüftung auf volle Kraft. Doch so richtig erfrischend wurde es erst, als der Fahrtwind beim Überqueren der Seebrücke durch das offene Fenster wirbelte. Aber diese Abkühlung verflog umgehend, als sie an einer roten Ampel anhielt. Während sie ihren Kopf Richtung See drehte, umspielte ein Lächeln ihre Lippen beim Beobachten zweier Badender. Was gäbe sie darum, jetzt ins Wasser zu springen. Für eine Sekunde überlegte sie sich, die Suche nach Juli sausen zu lassen und sich stattdessen eine Erfrischung zu gönnen. Ein Hupen hinter ihr riss sie aus dem Traum. Auf der Nebenspur zog ein Fahrzeug vorbei. Das kleine Mädchen auf dem Rücksitz drückte ihre Nase an der Scheibe platt und streckte Palmer die Zunge raus. Trotz des Hupens ließ sich Palmer nicht hetzen. Bevor sie auf die Tube drückte, streckte sie ihren Arm zur Anlage und drehte die Musik voll auf.

Nach wenigen Minuten erreichte sie die Fruttstraße. Aber einen freien Besucherparkplatz fand sie nicht. Unter dem leeren Blick eines bettelnden Junkies, dem sie schon oft begegnet war, lenkte sie ihren Wagen auf einen Privatparkplatz. Sie würde ihn nicht lange besetzen. Sie machte den Motor aus und Metallica verstummte.

Als sie die Wagentür zuschlug und aufblickte, erschrak sie zu Tode. Wie versteinert starrte sie auf die fremde Hand vor ihrem Gesicht. Einige schnelle Herzschläge lang versuchte sie, den Vorfall zu verarbeiten.

»Nur zwei Stutz«, bettelte der Junkie mit unterwürfigem Blick.

»Ich muss mir meine Hobbys auch selber finanzieren«, wies ihn Palmer ab.

»Ach komm, letztes Mal hast du was springen lassen.«

Palmer entfernte sich mit abgewandtem Kopf.

»He, ich brauch das Geld«, rief er ihr hinterher.

»Willkommen im Club«, beendete Palmer die Konversation. Mit einer kleinen Spende war heute nichts. Er hätte sie besser nicht erschreckt.

Eine junge Frau öffnete Palmer die Tür, nachdem sie die Klingel mit Aufschrift »Gio L. Pazolini, Modefotograf« gedrückt hatte. Sie hielt ein Klemmbrett umklammert und blickte Palmer fragend ins Gesicht. Palmer wusste auf der Stelle, dass sie diese Tusse nicht mochte. Was ihre Aufmerksamkeit wie magisch auf sich zog, waren die zwei Spielbälle, die sich unter der nicht vollständig zugeknöpften Bluse der jungen Frau in Palmers Augen drängten. Wahrscheinlich nicht mal fertig abbezahlt, vermutete Palmer. Sie fragte sich, wie es sich mit diesen Brustdingern wohl schwimmen ließ, denn sie hegte den Verdacht, dass sie die nette Dame unweigerlich auf den Rücken drehten, so, wie wenn man versucht, sich im Wasser bäuchlings auf einem aufgeblasenen Ball zu halten.

»Wie kann ich Ihnen helfen?« Ihre Stimme klang jedoch, als ob sie nach Hilfeleistung absolut kein Verlangen hätte.

»Ich bin gekommen, um mit Gio zu sprechen.«

Die Assistentin musterte Palmer missbilligend und sparte sich ein Lächeln.

»Ich erwähnte es bereits am Telefon. Er hat keine Zeit, Sie zu empfangen.« Mit hochgetragenem Näschen musterte die Empfangsdame Palmers legeren Kleidungsstil. Mit einem einzigen Blick in Palmers Augen kommentierte sie jegliche fehlenden Statussymbole.

Palmer wollte nachsichtig sein und führte ihr Gehabe auf Unterernährung zurück, welche ihre schlechte Laune verursachte. »Wenn ihm lieber ist, dass die Polizei ihn abholt für eine Befragung, dann teilen Sie ihm bitte mit, dass mir dies auch recht sei«, sagte Palmer.

Natalie überlegte, drehte sich um und stöckelte aus dem Vorzimmer. Während Palmer alleine zurückblieb, musterte sie den Empfangsraum. Zwei Designersessel und ein riesiges abstrakte Gemälde fielen ihr ins Auge. Wände, Decke und Boden waren in kühlem Weiß gehalten, passend zur klimatisierten Luft. Immerhin machte Palmer darin einen angenehmen Hauch von Jasmin aus. Beherrscht wurde der Raum von einem imposanten, metallfarbenen Empfangsmöbel, zweifellos von allerbester Qualität. Alles spiegelte sich darin, jedoch befand sich nicht ein einziger Gegenstand darauf. Palmer fuhr sich mit dem Handrücken über die Stirn und genoss, wie die Kühle die feinen Schweißperlen auf ihrer Hand trocknete.

Aus dem Nebenraum vernahm sie Anweisungen, da die Assistentin die Tür nicht ins Schloss gezogen hatte. Palmer gab ihrer Neugier bereits nach einigen Sekunden nach, schlenderte wie zufällig zum Eingang ins Atelier und stieß mit dem Fuß sachte die Tür auf.

»Nee, Martina, gib's auf. So kriegst du das nicht hin.« Der Typ hinter der Kamera blickte entnervt zu Boden. »Stell dir vor, die Kamera ist der Mensch, den du am allermeisten magst. Und nun lass ihn spüren, wie sehr du ihn liebst. Dass dir echt viel an ihm liegt. Zeig es durch deine Augen, benütze deine Körpersprache. Vergiss alles andere auf der Welt. Beim Shooting gibt es nur noch dich und deinen Liebsten.«

Er schüttelte den Kopf.

»So wird das nichts. Für heute hören wir auf. Aber bleib noch eine Weile und schau gut zu, wie Justina das macht. Lerne.« Dann ergriff er seinen Fotoapparat und gab mit einer Kopfbewegung dem wartenden Model zu verstehen, wo es sich hinzustellen hatte.

Die Assistentin stand noch immer hinter ihm und schien sich nicht zu trauen, ihn zu unterbrechen.

Und tatsächlich: Das modegerecht abgehungerte Mädel warf sich in Pose und blickte erotisch in die Kamera. Sie lächelte, schmiss mit Schwung ihre lange Mähne über den Kopf nach hinten, beugte sich vornüber, stützte sich mit der einen Hand auf dem Knie ab und verzog die Lippen zu einem Schmollmund. Sie ließ dabei ihr Kleidchen so aussehen, als fühle sie sich darin so richtig glücklich. Den Kopf streckte sie unnatürlich weit nach vorne, damit sich das Gesicht gut vom Körper abhob. Zwischen jedem aufflammenden Blitz veränderte sie ihre Stellung, samt Blick und Gesichtsausdruck. Sie fasste sich ins Haar, dann lächelte sie, gefolgt von einem bestürzten Ausdruck, um sofort ganz erstaunt in die Kamera zu blicken.

Palmer erhielt richtiggehend vor Augen geführt, was es ausmachte, sexy zu wirken. Nicht Brustumfang oder Hintern zählten, sondern die Persönlichkeit und die selbstsichere Ausstrahlung. Palmer wurde klar, dass Mädchen noch so viel Make-up auftragen, in superteure Kleider schlüpfen und in High Heels rumstöckeln konnten. Wenn sie nichts ausstrahlten, wirkten sie trotzdem unsexy.

So gut es dieses Mädchen auch hinkriegte, jede Pose völlig natürlich aussehen zu lassen und jederzeit begehrenswert zu wirken, war trotzdem alles gestellt. Diese Reduktion auf das Äußere und der ganze Schönheitswahn waren Palmer zuwider. Was für eine Scheinwelt, dachte sie. All diese Mädchen würden zeitlebens keine Spuren hinterlassen. Welch leeres Dasein. Wenn sie irgendwann sterben, werden sie vergessen sein, sobald die Tränen getrocknet sind. Dann aber traf es Palmer wie ein Hammerschlag. Sie fragte sich, inwiefern denn ihr eigenes Dasein irgendeinen Wert für die Nachwelt darstellte. Mit einem Mal war ihr klar, dass sich nach ihrem Ableben niemand an sie erinnern würde.

Sie biss sich auf die Lippen.

Ihr Blick fiel auf die Titelseite eines Lifestyle-Magazins auf einem Stapel. Vielleicht unterschätzte sie deren Stellenwert. Manche Frauen bewahrten solche Magazine auf wie andere eine Erstausgabe von Goethe und nahmen sie später wieder zur Hand. Palmer wurde sich bewusst, dass Julis Auftritte in solchen Magazinen immerhin für einige Menschen erhalten bleiben würden, während ihr eigenes Leben keine Spuren hinterließ. Sie schluckte leer.

Doch dann räusperte sie sich. Zurück zu Juli. Deren Freund war täglich umgeben von Mädchen, die dem aktuellen Schönheitsideal voll entsprachen. Er mochte ein toller Fotograf sein. Aber Palmer hatte ihn als arroganten Arsch kennengelernt. Das war dann auch der Grund gewesen, nicht ein zweites Mal auf ihn treffen zu wollen. Dass er seine Hände von diesen Mädels lassen könnte, glaubte sie keine Sekunde.

Palmer konnte ihn nicht leiden, aber das störte Juli nicht. Palmer fragte sich, was ihre Freundin an ihm fand. Möglicherweise hatte er Geld. Aber Juli war nicht auf Geld fixiert. Es musste etwas anderes sein.

»Hallo, schöne Frau, ich fühle, wir sind uns schon mal begegnet«, sagte der Typ in den 30ern, mit breitem Lächeln auf den Lippen, als er mit schnellen Schritten durch den Raum auf Palmer zuhielt. Zu schnell für seine Sekretärin in seinem Schlepptau, die, mit einer Hand am Ausschnitt ihrer Bluse, sich sputete, den Anschluss nicht zu verpassen.

»Hmja. Juli stellte uns mal vor. Ich bin Palmer. Gio, ist das dein richtiger Name?«

»Gio von Giorgio. Armani nennt sich auch so.« Er sprach mit italienischem Akzent. Sollte wohl sexy klingen und in der Damenwelt eine gewisse Wirkung erzielen. Von Juli jedoch wusste sie, dass Gio seit seiner Geburt in Luzern lebte. Mit eleganter Bewegung griff er in die Brusttasche und überreichte ihr seine Visitenkarte. Giorgio L. Pazolini, Modefotograf.

Er trug einen mitternachtsblauen Blazer mit weißem, nicht vollständig zugeknöpftem Hemd. Seine blau-weiß-rot karierten Golfhosen stachen ins Auge und erfüllten damit ihren Zweck. Auch wenn er Palmer nicht sympathisch war, musste sie doch zugeben, dass er toll aussah. Modisch unrasiert mit schwarzem, bloß mit den Fingern wie zufällig nach hinten gekämmtem Haar. Einige wohl platzierte Strähnchen hingen ihm in die hohe Stirn. Insgesamt sah er nach Fitnessstudio aus.

»Ach, Natalie-Schätzchen, bring doch äh …, bring doch dieser Dame einen Espresso.«

»Gerne«, antwortete Natalie, ohne Andeutung eines Lächelns. Möglicherweise konnte sie gar nicht, dachte Palmer, wahrscheinlich lahmgespritzt.

»Ich bin nicht zum Kaffeeschwatz hier«, sagte Palmer, ohne ihren Blick von Gio abzuwenden.

»Ich wusste gar nicht, dass du bei der Polizei arbeitest. Stürmt ihr überall einfach so rein?«, fragte Gio.

»Das muss ein Missverständnis sein. Ich arbeite nicht bei der Polizei. Ich hab deiner Pamela Anderson bloß klargemacht, der Polizei würde es keine Umstände machen, dich für eine Befragung zu sich zu bitten.«

»Aha«, sagte er und sein Lächeln verstarb. »Ich wüsste nicht, weshalb.«

Da er dachte, Palmer wolle ihm nun die Hand reichen, streckte er ihr zur Begrüßung seine hin.

Palmer aber drückte ihm ein Foto in die Hand. »Ist das deine aktuelle Freundin?«

Er warf einen kurzen Blick auf das Foto und Palmer machte ein leichtes Zucken im Auge aus.

»Soll das ein Witz sein?«, meinte er mit einem verächtlichen Lächeln.

»In welchem Verhältnis stehst du zu ihr?«

»Ich weiß nicht, weshalb du so blöde Fragen stellst. Aber okay, das ist Juli, meine Freundin.«

Palmer hatte herausfinden wollen, ob er in der Zwischenzeit bereits zu einer anderen Blume gewechselt hatte. Diese Frage brachte sie nicht weiter. Ihm traute sie zu, gleichzeitig mehrere Mädchen als Freundin zu halten. »Wann hast du sie das letzte Mal gesehen?«

»Vor etwa zehn Tagen, bevor sie zum Job nach … wohin auch immer flog.«

»Gab es letzthin Streit?«

Er zog eine Braue in die Stirn und fragte mit leicht abgewinkeltem Kopf: »Moment mal, verhörst du mich? Weshalb willst du all das wissen?«

»Juli wird vermisst und ich tue alles, um sie zu finden.«

Er ließ sich langsam auf den Sessel sinken und blickte ins Leere.

Palmer fragte: »Ist es möglich, dass sich Juli bei einer Freundin aufhält?«

Sein Mund stand offen und gedankenverloren schüttelte er den Kopf.

Als er immer noch nicht antwortete, doppelte Palmer nach: »Es wäre echt hilfreich, wenn du mir ein paar Infos gibst.«

»Juli ist verschwunden? Das kann ich nicht glauben.« Er

stieß einen kurzen Lacher aus, der sich in der Mimik nicht widerspiegelte. »Ich habe sie gestern angerufen, ohne sie zu erreichen. Okay. Aber das ist nicht außergewöhnlich. Sie ruft jeweils später zurück oder kommt vorbei, wenn sie wieder in der Stadt ist.«

»Hat sie einen anderen?«

»Waaas?« Er quiekte beinahe und sprang auf die Beine.

»Soll anderswo schon vorgekommen sein«, meinte Palmer.

»Juli hätte keinen Grund.« Er wandte seinen Kopf langsam ab und blickte unverwandt in den Raum. Offensichtlich wäre Gio nie im Leben auf so einen Gedanken gekommen. Er schien es gewohnt zu sein, selber Beziehungen zu beenden. Nicht umgekehrt.

Palmer erkannte, dass die Polizei offensichtlich die Suche nach Juli noch immer nicht aufgenommen hatte, sonst hätte Gio sicher einen Besuch oder Anruf der Polizei erhalten.

Palmers Blick war zur Kommode gewandert, auf welcher unzählige Bilderrahmen mit Fotos standen. Sie suchte sie ab und fand unter den vielen Mädchengesichtern tatsächlich ein Portrait von Juli. Alle Rahmen waren gleich groß, bis auf einen, der die Menge überragte. Ein Selbstportrait von Gio.

»Juli gehört zu den Menschen, zu welchen alle schnell Zutrauen finden. Alle lieben sie.« Noch während er dies sagte, wurde ihm und Palmer gleichzeitig klar, dass es zumindest einen Menschen geben musste, der Juli nicht liebte, falls sie entführt worden war. Er und Palmer richteten ihre Blicke zu Boden.

Gio musste Palmers guten Willen erkannt haben, denn er zeigte sich jetzt bereit, Antworten zu liefern. Offenbar war es ihm nun auch ein Anliegen, Näheres zu erfahren.

»Liebst du Juli?«, fragte Palmer.

»Was für eine Frage? Selbstverständlich.« Er starrte auf seine Handrücken. Dann lächelte er traurig.

»Wo bist du Mittwochabend nach 22 Uhr gewesen?«, fragte Palmer.

Er kniff die Augen zusammen, gleichzeitig zeigten sich darüber senkrechte Stirnfalten. Dann entspannte er sich. »Wie kommst du denn auf die hirnverbrannte Idee, dass ich damit etwas zu tun habe, falls Juli tatsächlich verschwunden sein sollte?« Seine Stimme war inzwischen in lupenreinen Luzerner Dialekt übergewechselt.

»Alles, was ich tue, ist, Informationen zu sammeln, damit ich Leute wie dich ausschließen und von meiner Liste streichen kann. Also, wo warst du Mittwochabend?«

Schräg aus den Augen blickend meinte er zögerlich:

»Ich war in … Como.«

Palmer lächelte. »Schöne Stadt. Wo genau denn?«

Gios Augen leuchteten. »Im Scala Hotel, nur einige Schritte vom See.«

Palmer nickte, als würde sie Como und das Hotel kennen.

»Ich hab Juli das letzte Mal vor einigen Tagen gesehen, grad bevor sie nach Barcelona geflogen ist. Seither hab ich ein paar Mal mit ihr telefoniert.«

»Wann zuletzt?«

Seine Assistentin erschien, goß Red Bull aus der Dose in ein Glas und überreichte es ihm. Er nahm einen Schluck, bevor er antwortete. »Ursprünglich haben wir vergangenen Mittwoch beabsichtigt, gemeinsam nach Zürich zu einer Party zu fahren. Leider musste ich absagen. Angerufen hab ich sie dann vorgestern und gestern, aber sie ging nicht ran.«

»Und sie hat nicht zurückgerufen, als du sie auf ihrer Sprachbox darum gebeten hast?«

»Dies ist nicht außergewöhnlich. Manchmal tut sie's, manchmal nicht.«

»Erinnerst du dich an irgendetwas Außergewöhnliches in letzter Zeit?«

»Was zum Beispiel?«

»Eine sonderbare Erwähnung, seltsame Leute vor dem Haus, eine Veränderung ihres normalen Tagesablaufs, alles Mögliche halt.«

Palmer trat ungeduldig von einem Fuß auf den andern. Als er noch immer nicht reagierte, sagte sie: »Mann, vielleicht hat Juli erzählt, wie sich jemand ihr gegenüber in letzter Zeit unmöglich verhalten hat. Unerwartet hilfsbereit oder überaus nervig. Möglicherweise hat sie früher jemanden sehr selten getroffen, aber in letzter Zeit ständig. Sie hat in den Ferien jemanden kennengelernt und ist dieser Person zufällig hier wieder begegnet. Sie hat in letzter Zeit neue Freunde getroffen. Überleg mal!«

»Nein, nicht dass ich wüsste. Außer vielleicht, dass Maxi sie nicht vergessen kann. Den kennst du sicher, ihren Exfreund. Juli ist viel zu nachsichtig mit ihm gewesen. Mit einem heftigen Tritt in den Hintern hätte sie alles klären können. Im Suff hat er mir mal am Telefon geschworen, er hole sie sich zurück. Aber diese Flachzange kannst du abhaken.« Mit abfälligem Lächeln schüttelte er seinen Kopf. »Mit Typen wie diesem wird Juli locker fertig.«

Palmer gab sich noch nicht zufrieden und wollte von ihm wissen, was er nach der Tatzeit getan hatte. Sie wollte herausfinden, ob er seinen üblichen Tätigkeiten nachging, oder ob er sich von einer anderen Eva trösten ließ. Denn bei Gio schien für Palmer vor allem auffallend, was er nicht tat. Er erwähnte nicht, bei gemeinsamen Freunden nachgefragt zu haben. Unternimmt einer, der seine Freundin vermisst, nicht mehr? Oder vermisste er sie gar nicht, weil er wusste wo sie war? Hatte er sie, rasend vor Eifersucht, entführt, weil sie offensichtlich bei der ganzen Männerwelt so gut ankam? Oder war's umgekehrt? Er war es leid, sich dauernd Julis Szenen anzuhören wegen der vielen Mädchen um ihn herum?

»Wie war das nun vergangenen Mittwochabend?«

»Noch einmal: Ich war in Como. Aber ich habe mich nicht

sonderlich gut gefühlt und hab den Abend im Zimmer verbracht. Ohne Zeugen. Sorry.«

»Dann stehst du also ohne Alibi da?«

»Na hör mal. An diesem Abend hab ich doch nicht wissen können, dass ich heute eins brauche. Was für ein Problem hast du eigentlich?«

»Ich hab keins, aber vielleicht du. Es sieht so aus, als habe jemand Juli entführt. Wir wissen nicht weshalb. Könnte doch sein, dass du als Nächster dran bist?«

Verwundert ließ er sich mit dem Rücken in die Lehne fallen.

»Oder hast du etwas mit ihrem Verschwinden zu tun?«, fragte Palmer.

Er neigte sich blitzartig nach vorne und rieb sich die Schläfen. »Jetzt hör aber auf. Ich liebe Juli. Sonst hätt ich sie nicht zu dem gemacht, was sie heute ist.«

»Eine Vermisste?«

»Quatsch, ein begehrtes Fotomodell.«

Palmer beobachtete, wie ihm trotz Klimaanlage der Schweiß ausbrach.

Dann stach er mit dem Finger nach ihr. »Sollte sie tatsächlich entführt worden sein, machst du einen riesigen Fehler, wenn du deine Zeit hier mit mir verplemperst, statt dich auf die Suche nach dem tatsächlichen Entführer zu machen.«

»Und was tust du dafür, deine Freundin zu finden?«

»Ich würde gerne alles stehen und liegen lassen, wenn ich wüsste, wie ich Juli helfen kann. Aber versteh doch, dieser Job hier muss heute noch über die Bühne. Und gleich danach muss ich zu einem Shooting nach Hamburg.« Er schluckte leer. »Du, finde Juli bitte, ja? Ich liebe sie und will sie zurück. Vielleicht hab ich mich mal nicht ganz lupenrein verhalten. Aber sie hatte keinen Grund, sich zu verdrücken.«

Palmer musterte ihn fragend.

Er fuhr fort: »Falls sie eine Affäre hat, diese Kröte könnte ich schlucken. Aber sie soll bitte zurückkommen.«

Palmer klaubte seine Visitenkarte vom Tresen und fragte: »Wofür steht eigentlich das L. bei Gio L. Pazolini? Für Lügner?«

Er warf seinen Kopf zu ihr herum.

Aber Palmer ließ sich nicht beirren. Sein kurzes Zögern zuvor hatte sie hellhörig gemacht. Sie kannte in Como keine Hotels. Aber Scala verband sie statt mit Como eher mit Milano, wo die berühmte Oper steht. »In Como gibt's kein Hotel Scala«, behauptete Palmer auf gut Glück. »Und jetzt will ich, dass du mir sagst, wo du Mittwochabend tatsächlich warst.«

Er erwog eine geraume Zeit lang die Situation, dann senkte er seinen Blick auf seine Schuhe, lächelte angestrengt und tat so, als schnippte er sich eine Fluse von der Hose. Er räusperte sich und sagte, nach einem diskreten Kontrollblick zu seiner Assistentin, mit gedämpfter Stimme an Palmer gewandt: »Aber dann will ich, dass du niemandem erzählst, was ich dir verrate. Auch nicht Juli.«

Schließlich gestand er, in Mailand seine Ex getroffen zu haben, da es noch das eine oder andere zu besprechen gegeben habe, was Palmer sicher verstehe. Palmer zog Luft tief in ihre Lungen.

»Verdammtes Yoga«, meinte Gio, wobei er kläglich mit den Schultern zuckte. Er schien das Gefühl zu haben, Palmer gegenüber seinen Seitensprung rechtfertigen zu können. »Ich hatte die Nase voll von Julis schlechten Launen. Erst recht, seit sie es noch stärker mit Hungern verbunden hat. Wie sich dann gezeigt hat, waren Yoga und diese esoterischen Therapien für Juli nicht die Lösung, sondern das Problem.« Er lachte verächtlich. »Unmöglich, dieser Kerl in seinen Birkenstock-Latschen. Und zu guter Letzt hat er sogar gemeint, er könne bei Juli landen. Als sie ihm klargemacht hat, er solle sich schleichen, hat er gedroht, so lasse er nicht mit sich umspringen, sie werde ihn noch kennenlernen.«

»Wie heißt der Typ?«

Gio warf seine Hand weg. »Was weiß ich. Aber hör mir auf mit dieser Erleuchtungsgymnastik. Ich hab mich doch bloß deshalb in einer Falschaussage verfangen, um das Treffen mit Monique unter dem Deckel zu halten. Und Monique wollte ich treffen, um … von ihr einen Rat zu holen, wie ich mein belastetes Verhältnis mit Juli retten könnte. Die Beziehung mit Juli hab ich nie gefährden wollen. Auch aus Rücksicht auf Juli. Sie würde das nicht verkraften.«

Seine Beichte überraschte Palmer nicht. Unsympathisch war er ihr von Anfang an gewesen. Aber eins musste sie ihm lassen: Ein besseres Alibi konnte er kaum haben, sollte es sich bestätigen. Trotzdem musste sie sich fragen: Wenn er in diesem Punkt log, wo tat er es dann ebenfalls? Steckte womöglich doch er hinter Julis Entführung? Gio, der gekränkte Freund? Vielleicht, weil Juli in Wirklichkeit den Lockungen ihres Exfreunds erlag und zurückging zu Maximilian, und Gio dies mit allen Mitteln zu verhindern suchte?

Sie drückte ihre Finger an die Oberlippe und wandte den Kopf ab. Oder war's Monique, die Exfreundin von Gio? Vielleicht machte sie sich Hoffnungen, ihn zurückzuerhalten, wenn Juli von der Bildfläche verschwand? Nee, wohl eher nicht. Die würde ihre Nachfolgerin wohl eher um die Ecke bringen als zu entführen. Und Palmer wollte davon ausgehen, dass Juli noch lebte.

Sie seufzte.

Letztlich klangen Gios Erklärungen plausibel. Er hatte gelogen, weil er tatsächlich mit seiner Ex zusammen war. Falls diese seine Aussage bestätigt, hätten er und Monique ein hieb- und stichfestes Alibi.

Was war mit dem Yogalehrer, der gemäß Gio die Abfuhr von Juli nicht verkraftet hatte? Und welchen vermutlich Frau Krummenacher vor Julis Wohnung angetroffen hatte? Oder steckte womöglich doch Maximilian hinter der Tat, Julis

Exfreund? Palmer musste herausfinden, wo dieser zur Tatzeit gewesen war, was er wusste und zu was er bereit wäre, weil er sie noch immer nicht vergessen konnte.

Da Palmer sich von Gio keine weiteren Hinweise mehr erwartete, erhob sie sich. Dabei ließ sich ein kleiner Schubser an den Tisch nicht vermeiden, sodass der Rest seines Red Bulls über den Glasrand schwappte und einige Tropfen auf sein weißes Hemd spritzten, noch bevor er mit seinem Stuhl aufgeschreckt nach hinten geschossen war. Wortlos starrten sich die beiden an, denn natürlich wusste er, dass dies kein Versehen war. Palmer meinte in seinen Augen eine Feindseligkeit zu erkennen. Er schien ihr jener Typ Mann, bei welchem aus Mädchen Schlampen wurden, wenn bei ihm die Stimmung umschlug.

Mit fester Stimme sagte er: »Ruf mich an, wenn du was Neues weisst. Und ich zähle auf dich. Ist das klar? Zu Juli kein Wort.«

»Ich mach keine solchen Deals«, sagte Palmer und ließ ihn grußlos stehen.

KAPITEL 13

Eigentlich hätte sie jetzt Maximilian, Julis Exfreund, aufsuchen wollen. Aber der Beantworter in dessen Galerie machte klar, dass heute geschlossen war. Seine Privatnummer oder -adresse fand Palmer nicht.

So änderte sie ihre Pläne, parkierte im Wesemlinquartier,

schritt zu einer gut erhaltenen 40er-Jahre-Villa und drückte die Klingel unter dem Schild »Institut für Esoterik, Selbsterkenntnis, Klangmassage und Maltherapie«. In Julis synchronisierten Laptopdaten war sie auf eine Nummer gestoßen, bei welcher schlicht »Esoterik« stand. Sie hatte die Nummer in »local.ch« eingegeben und erhielt diese Adresse.

Nach einer Minute stand Palmer noch immer vor der Tür. Unruhig wippte sie mit einem Fuß. Ding-Dong, Ding-Dong, Ding-Dong. Endlich öffnete jemand, aber zaghaft langsam. Im Spalt erschien zuerst nur sein Gesicht. Trotz seines breiten Lächelns ahnte Palmer, dass der Mann sich gestört fühlte. Das eine Bein hielt er hinter die Tür gestellt für den Fall, dass es nötig sein würde. Denn Leute in Eile schienen ihm grundsätzlich verdächtig zu sein. Er war um die 50, schmächtig gebaut, trug ein ausgeleiertes Shirt im Ethnolook, und die sichtbare Gesichtshälfte erstrahlte in krebsrotem Sonnenbrand. Unter der weiten Baumwollhose sichtete Palmer nackte Füße. Am rechten Unterarm verdeckten verschiedenfarbige Bändel um das Handgelenk ein Tattoo nur zur Hälfte. Bis auf eine kleine Stirnglatze hatte er noch alle Haare. Sie waren angegraut und aus der Frisur rausgewachsen. Wohl nicht aus modischer Entscheidung, sondern eher aus Gleichgültigkeit. Viele Gesichter bergen eine Besonderheit, irgendwas, das den Blick des Betrachters unweigerlich auf sich zieht. Was dies betraf, war in seinem Gesicht das Besondere, dass es diese Auffälligkeit nicht gab – allenfalls seine Augen, die ausdruckslos und etwas glasig aus den Höhlen guckten.

Der Duft von Patchouli-Öl erreichte Palmers Nase. Sie konnte sich des Eindrucks nicht erwehren, als mühe er sich, jegliche Aggressivität unter dem Deckel der Gelassenheit zu halten. Seine Stimme war dann unerwartet sanft. »Sie wünschen?« Er dehnte seine Worte. Aus Bern, vermutete Palmer.

»Julia von Moos hat Sie mir empfohlen. Bin ich hier richtig?«

Er legte seine Stirn in Falten und zögerte mit der Antwort. »Julia schickt Sie?« Er blickte zu Boden. »Das kommt unerwartet. Aber ja, hier sind Sie richtig.«

»Darf ich reinkommen?«

»Ich bin mir nicht sicher, ob ich Sie so kurzfristig zwischen zwei Termine schieben kann.«

Als Palmer keine Anstalten machte, ihre Absicht zu ändern, schaute er einen Moment lang starr in ihr Gesicht, ehe er sich einen Ruck gab, von der Tür zurücktrat und sie mit einer Kopfbewegung zum Eintreten aufforderte. Er führte sie durch den Flur in die Küche. Ihr erster Eindruck hatte sie getäuscht. Palmer erkannte im kurzen Wortwechsel, dass er nicht aus Bern, sondern aus dem Kanton Wallis stammte. Deren Bewohner waren allesamt sehr stolz darauf, dass die meisten andern Schweizer ihren Dialekt kaum verstanden. Palmer ließ sich ihre Mühe nicht anmerken. Wenn sie auch nicht jedes einzelne Wort begriff, so vertraute sie darauf, dass ihr im Satzzusammenhang alles klar wurde. Sie würde sich aber im Notfall auch trauen zu fragen.

»Ich war eben dabei, mir einen ungezuckerten Kräutertee zuzubereiten. Ich hab genug für zwei. Der wird Ihnen guttun.«

Palmer lehnte mit einer Handbewegung ab, weil sie ungezuckerten Tee nicht mochte. Offensichtlich war er stolz darauf, gesund zu leben. Für sie war es bereits eine Krankheit, zu meinen, strikt gesund leben zu müssen.

Sie trat aus der Küche und blickte sich um. Die Wohnung, oder besser das Institut, war spartanisch eingerichtet mit schlichten Möbelstücken. Sie erkannte auf der Kommode seine offen daliegende Agenda. Palmer verlagerte ihr Gewicht auf das andere Bein und erhaschte einen Blick in den Terminkalender. Aufgeschlagen war diese Woche. Palmer hätte sich mehr für letzte Woche interessiert.

Er folgte dem Blick ihrer Augen und erkannte ihre Absicht.

Eilig hastete er zur Kommode und klappte die Agenda zu. »Meine Termine sind vertraulich.«

»Wie läuft's denn so?«

»Bin ganz zufrieden mit dem Geschäftsverlauf.«

In Tat und Wahrheit hatte er für den heutigen Vormittag eine einzige Klientin eingetragen, am Nachmittag ließ es dann etwas nach.

»Setzen wir uns.« Mit ausgestreckter Handfläche zeigte er Richtung Wohnzimmer, schritt voraus und ließ sich im Schneidersitz beim großen Fenster zum Garten auf den am Boden gruppierten Kissen nieder, unweit einer Liege. Palmer tat es ihm gleich. Als Erstes griff er zu Papierchen, dann Tabak, Karton und einem kleinen Klumpen und begann tatsächlich, sich einen Joint zu bauen. Er zog ein Feuerzeug hervor, zog tief an seiner Tüte, wobei deren Spitze rot glühte, hielt mit geschlossenen Augen die wertvollen, bewusstseinsverändernden Stoffe, solange er es ertrug, in der Lunge zurück und meinte dann beim Ausatmen mit gepresster Stimme: »Ich spüre negative Energien von Ihnen ausgehen.« Mit einem mitleidigen Lächeln ergänzte er: »Ihr Karma schwingt in die falsche Richtung.«

Na toll, dachte Palmer. Sie war sicher, dass er ihr gleich seine Hilfe anbieten würde. Aber sie konnte ihm dies nicht übel nehmen. Immerhin war sie zu ihm gekommen. Ebenfalls im Schneidersitz schielte sie mit einem Auge auf die andern Dinge im Raum. Sie überlegte, ob er Juli in dieser Wohnung oder vielleicht auf dem Dachboden oder im Keller gefangen hielt.

Zwei flache Gummimatten lagen in der Mitte des Raums, exakt parallel ausgerichtet zur Längswand, welche von zwei großen Kartons geziert wurde, knallig bemalt wie von Kinderhänden. Auf dem Boden davor lächelte ein rundgesichtiger Buddha, und ein Räucherstäbchen kokelte vor sich hin, das nach fauligem Heu miefte. Der Joint stand irgendwie im Gegensatz zum Ordnungssinn, der in diesem Raum unverkennbar war. Sie spürte, wie er sich alle Mühe gab, locker und über den Dingen stehend zu wirken. Dennoch strahlte er jene Unsicherheit aus von Menschen, die meinen, sie hätten zu Hause den Herd angelassen. Da der Rubel mit seinen Therapien wohl kaum übermäßig rollte, überlegte Palmer, ob der Joint allenfalls ein Hinweis auf einen Nebenerwerb darstellen könnte.

»Was genau tun Sie hier?«

Am Klang ihrer Stimme erkannte er, dass sie sich nicht für Esoterik, Klangmassage und dergleichen interessierte. Er wies mit langsamer Bewegung auf die mit Wasser gefüllte Schale neben sich. Dann strich er mit einem Schläger behutsam auf dem Rand der Schale entlang, bis das Wasser darin zitterte, erst Blasen bildete und dann zu springen begann.

»Genau das hier geschieht mit dem Wasser in Ihrem Körper, denn dieser besteht zu mehr als 80 Prozent aus Wasser. Meine Behandlung stimmt die Zellen wieder richtig, um im Einklang zueinander weiter zu schwingen.« Dabei nickte er.

Er hatte einen etwas speziellen Sprechrhythmus, der es ihr erschwerte, sich auf den Inhalt seiner Worte zu konzentrieren. Denn wenn Palmer etwas fragte, dauerte es jeweils einige Augenblicke länger als üblich, bis er endlich mit seiner Antwort rausrückte.

»Ich spüre Ihre Skepsis.« Langsam atmete er aus, lächelte und gab sich alle Mühe, gütig in Palmers Gesicht zu blicken. »Macht nichts. Meine Technik funktioniert auch, wenn Sie nicht dran glauben.« Beide schwiegen eine Weile. »Sie legen sich auf diese Liege. Ich bringe die gespannten Saiten darunter und auch einige Klangschalen zum Schwingen. Sie werden spüren, wie sie sich aus den Zwängen dieser Welt lösen und sich entspannen. Ich bringe Sie mit der Welt und sich selbst in Einklang. Und in Einklang mit der Natur.« Wieder nickte er sanft.

»Mir hilft dabei Johnnie Walker«, sagte Palmer und hob sogleich eine Augenbraue, denn ihr war etwas ganz anderes aufgefallen. Die sphärischen Esoterikklänge, welche zart ihre Seele umspielten, überzuckerten offenbar auch seine Ohren, sodass er nicht erkannte, dass sie von einem Synthesizer stammten. In Bezug auf diese Computermusik legte er seine strikte Liebe zur Natur offenbar etwas großzügiger aus. Ihre Augen weiteten sich, als sie etwas völlig Unerwartetes erblickte: den Weihwasserspender beim Türrahmen.

Ein Zischen, begleitet von gleißender Helligkeit, erregte ihre Aufmerksamkeit, als er eine Kerze anzündete. Er ließ etwas Wachs in ein Tellerchen tropfen und klebte darauf die Kerze fest. Palmer starrte einige Sekunden wie hypnotisiert in das flackernde Licht der Flamme.

Wie aus einem Tagtraum zuckte sie auf, und er beobachtete, wie ihr Blick langsam durch den Raum glitt und an den beiden bunten Plakaten hängen blieb.

»In meiner Maltherapie begleite ich Personen in ihrem Malprozess. Wir wissen, dass das Innere jedes Menschen angefüllt ist mit Bildern, die sehnlichst darauf drängen, sich zu entfalten und Gestalt annehmen zu dürfen. Zu Papier gebracht erfreuen sie dann unser Herz, fordern uns heraus und führen uns zu Erkenntnissen. Wichtig ist hierbei, seinen inneren Impulsen zu vertrauen, sie unvoreingenommen zu akzeptieren und dann zu verwirklichen.«

»Aha«, meinte Palmer und zog dabei die Stirn in Falten.

Mit einem sanften Nicken beendete er seine Ausführungen und signalisierte damit, jetzt gerne auf Fragen einzugehen. Palmer blieb jedoch stumm. Dies nahm er als Zeichen dafür, dass sie weitere Erklärungen wünschte. »Ohne vorherige Idee eines Konzepts greift die Klientin zu einem Farbton, gesteuert nur von ihrem Bauchgefühl. Wie von Geisterhand führen die Hände Farben über den Untergrund. In mitgefühlten Bewegungen erzeugen sich Formen, entstehen farbige Flächen, werden zu Mustern geformt. Die Gebilde erzeugen in uns eine Resonanz, die wiederum neue Kräfte in uns freisetzen, um das entstehende Bild weiter zu gestalten. Die Impulse wogen hin und her, von innen nach außen auf das Papier, und umgekehrt vom Bild nach innen, wo sie neue Reize stimulieren. Die Klientin weiß auch intuiti…«

»In welchem dieser beiden Werke hat sich Juli Einblick in die Abgründe ihrer Seele verschafft?«, unterbrach ihn Palmer und wies mit dem Kinn in die Richtung der zwei Plakate.

Beleidigt von ihrer Unterbrechung neigte er seinen Kopf zu Boden und presste seine Lippen aufeinander. Nach einigen Augenblicken atmete er tief ein, setzte ein Lächeln auf, hob den Kopf und meinte: »Julia besucht mich, um unter meiner Anleitung und den geeigneten Übungen zu ihrer inneren Mitte zu finden.« Sogleich veränderte er seine Körperhaltung in den Lotussitz und ergänzte: »Ich verhelfe ihr zur Ruhe, damit sie ihren Herausforderungen gelassen gegenübertreten und sie entspannt angehen kann. Ihre innere Mitte war destabilisiert durch Störungen in ihrem beruflichen, aber auch privaten Umfeld, wenn Sie mir diese indiskrete Ergänzung erlauben.«

»Privat?«

»Sie werden verstehen, dass ich meine Erläuterungen nicht weiter ausführen kann. Aber einer so reizenden Dame wie Ihnen will ich immerhin so viel verraten: Ich lindere Julis Anspannungen, indem ich ihr mein Ohr schenke.«

Palmer neigte ihren Oberkörper zurück. Jeder Blinde hätte bemerkt, dass sie die Distanz zu ihm zu vergrößern suchte.

Er aber interpretierte dies als bloßen Ausdruck ihres Erstaunens. »Julia hat jemanden gebraucht, der ihr zugehört hat. Ihr Freund scheint dazu nicht willens zu sein. Das war das eine Problem. Ein anderes war, dass sie ihm nichts hat glauben können.«

Upps, dachte Palmer, dem müsste sie später nachgehen. Ihr war aufgefallen, dass er, sobald er über Juli sprach, zwar noch immer lächelte, aber etwas verkrampft und mit veränderter

Mimik. Seine Augen gingen hin und her. Palmer erschrak. Diesem Mann würde sie nicht freiwillig den Rücken zukehren.

»Was ist mit Ihren Joints? Ist sie deswegen gekommen?«

Er lachte. Zuerst herzhaft, dann säuerlich. »Nein, mit … Drogen hat Julia nichts am Hut.« Er verfiel wieder in Schweigen. Dann schüttelte er den Kopf und fuhr in abschätzigem Ton fort. »Sie finden das hier alles Hokuspokus, nicht wahr?« Er breitete seine Arme aus und ließ seinen Blick durch den ganzen Raum schweben. »Dies ist ein Ort der Liebe und des Respekts. Würde übrigens auch Ihnen gut anstehen. Nur wer seine Augen verschließt, verhält sich so verächtlich wie Sie. Für die Schweiz wär's eine große Bereicherung, auch nur einige wenige Errungenschaften der indischen Kultur zu übernehmen. Von dort können wir viel lernen.«

Palmer schob entschlossen ihr Kinn vor. »Sie glauben, Luzern sei bereits reif für Witwenverbrennungen?«

Er starrte sie entsetzt an.

»Gemäß Aussagen von Julis Nachbarin und ihrem Freund scheint Ihr Interesse an Juli weit über eine Therapie hinausgegangen zu sein. Haben Sie nicht viel eher sich selbst zu Julis inneren Mitte führen wollen?«

Er errötete.

»Wo ist Juli jetzt?«

»Ich hab sie seit Wochen nicht mehr gesehen.«

»Wann zuletzt?«

»Daran kann ich mich beim besten Willen nicht erinnern. Ich pflege mich viel wesentlicheren Fragen zu widmen.«

»Weshalb hab ich das Gefühl, Sie wissen mehr, als Sie zugeben?«

»Vielleicht weil Sie von Natur aus nichts glauben?«

»Juli ist verschwunden und ich gehe davon aus, dass man sie entführt hat.«

»Jetzt hören Sie aber auf«, blaffte er angewidert. »Was geht Sie das überhaupt an?«, fragte er kämpferisch.

»Das muss doch eigentlich jeden etwas angehen, wenn ein solches Verbrechen im Raum steht.«

»Julia interessiert mich schon lange nicht mehr.« Er schlug sich mit der flachen Hand aufs Knie.

Das klang in Palmers Ohren fast wie eine geprobte Antwort. Sie wollte nicht lockerlassen. Sie spürte allerdings, dass die Stimmung im Raum wohl nicht mehr zu einem konstruktiven Gespräch führen würde.

»Wo waren Sie Mittwochabend letzter Woche?« Sie musterte ihn. Er drehte den Kopf und tat, als blicke er aus dem Fenster. Sie wartete, er aber gedachte nicht, ihr zu antworten. Sie konnte warten. Die Wahrheit oder auch eine aufgedeckte Lüge konnte sie weiterbringen, sie auf eine neue Spur führen.

»Was, wenn ich keinen Bock mehr auf Ihre blöden Fragen habe?«

Ihre Befragung kam nicht vom Fleck. Sie wollte ihn nun aus der Reserve locken, um wenigsten einen klitzekleinen Hinweis auf Julis Verbleib von ihm zu erhalten. Falls er denn etwas damit zu tun hatte. »Wie wollen Sie damit zurechtkommen, wenn Juli tot ist?«

Unvermittelt schien jegliches Gefühl aus seiner Miene zu weichen. Mit leerem Blick in die Ferne stieß er die Luft durch den Mund aus und stützte sich seitwärts auf den Parkettboden.

Palmer setzte noch einen drauf. »Sie würden es sich nie verzeihen, wenn Sie es in der Hand gehabt hätten, sie zu befreien, sie stattdessen jedoch haben sterben lassen.« Sie entdeckte ein verräterisches Flackern in seinen Augen, kaum zu erkennen, so flüchtig. Sie schien da auf einen wunden Punkt gestossen zu sein.

Schlagartig mochte er keine Bäume mehr umarmen. »Sind Sie übergeschnappt. Die Phantasie geht mit Ihnen durch.« Er gestikulierte heftig, sein Gesicht lief rot an. »Mit Julis verdammtem Verschwinden hab ich nicht das Geringste zu tun.«

»War es nicht so, dass Juli Ihnen das Herz geöffnet hat und

Sie ihr haben näher kommen wollen, aber Juli hat Sie abgelehnt, was Sie nicht ausgehalten haben? Nochmal: Wo sind Sie vergangenen Mittwoch nach 22 Uhr gewesen?«

»Da bin ich hier gewesen und hab meine Übungen gemacht.«

»Kann dies jemand bezeugen?«

»Bob Dylan war bei mir. Die ganze Zeit. Und zwei Selbstgedrehte.«

»Jetzt ist nicht die Zeit für Späßchen.« Es erstaunte Palmer, dass nun er die Quelle negativer Energie war, er, der Meister der inneren Ruhe. Sie fragte sich, wozu diese Flachpfeife denn noch so alles im Stande war, wenn etwas ihn wütend machte.

»Sie glauben, ich hätte Julia entführt?«, fragte er mit vorgeschobenem Unterkiefer.

»Ich glaube gar nichts. Ich frage bloß.«

»Sie verdächtigen den Falschen.«

»Zeigen Sie mir den Richtigen.«

»Ich hab damit nichts zu tun. Ich kann es gar nicht gewesen sein. Ich hab ein Alibi und etwa zehn Zeugen.« Entschlossen blickte er ihr in die Augen.

Nun war Palmer erstaunt. »Ich warte. Rücken Sie jetzt damit raus. Oder wollen Sie warten, bis die Polizei das gesamte Haus auf den Kopf stellt?«

Er seufzte, verzog das Gesicht und atmete tief ein. »Ich hab an einem Treffen der Anonymen Alkoholiker teilgenommen.« Er kniff die Lippen zusammen und entspannte sie wieder.

Palmer schluckte leer und ließ seine Beichte kommentarlos stehen. Später würde sie sich verfluchen, ihm dieses Alibi einfach so abgekauft zu haben. Nur ein Anfänger prüfte nicht weiter nach. Jeder könnte eine Geschichte erfinden. Aber zuerst die Notlüge und dann das Zögern schienen ihr im Moment so menschlich, dass sie ihm Glauben schenkte.

Es waren nur wenige Schritte zu ihrem Wagen. Gut so, denn sie hatte es eilig. Sie wollte dringend noch zu Gio, bevor er nach Hamburg flog.

Als sie jedoch die Tür des Wagens aufriss, musste sie zwei Schritte zurücktreten. Die Sonne hatte das alte Ding wie einen Ofen aufgeheizt. Sie gab sich einige Augenblicke, damit sich die Hitze aus dem Innern verflüchtigte. Als sie sich dann reinsetzte, brannte sich das schwarze Plastikpolster dennoch durch die Jeans, und das Steuerrad ließ sich kaum mit zwei Fingerspitzen berühren. Aber darauf konnte sie jetzt keine Rücksicht nehmen. Sie wollte los. Sie überlegte, wie groß die Spannungen wohl waren zwischen Juli und Gio. Sie fragte sich, ob es da um mehr ging, als dass er sich auswärts umsah. Es war bloß eine Ahnung.

KAPITEL 14

Ossobuco kannte sie in der Zwischenzeit, aber nur aus Wikipedia. Gegen ein ordentliches Stück Fleisch hätte sie zwar nichts einzuwenden, aber auf Gespräche hatte sie heute keine Lust. Sie war ernüchtert, da sie auf ihrer Suche nach Juli nicht weitergekommen war. Und da sie befürchtete, sie müsste zusätzliches Privates preisgeben. Überhaupt war sie der Meinung, reden werde überschätzt.

Sie fragte sich, ob sie sich Vorwürfe machen würde Juli gegenüber, wenn sie einen genüsslichen Abend einlegte.

Ihr lief die Zeit davon. Sie musste etwas tun.

Auch war ihr nicht zu Ohren gekommen, dass die Polizei aktiv geworden wäre. Denen musste sie Feuer unterm Dach machen. Und was war mit Julis Eltern? Weshalb kamen von dieser Seite keinerlei Nachfragen mehr?

Palmer war wieder nach Hause gefahren und fläzte sich aufs Sofa, die Füße in den Turnschuhen auf dem Salontisch, während sie Alex' Nummer wählte. Sie hatte sich entschieden, ihm abzusagen, ohne Ausrede. Es läutete. Sie wartete, aber es läutete endlos. Endlich legte sie auf und erhob sich, um ihn gleich nochmals anzurufen. Palmer verlagerte das Gewicht auf das andere Bein, während sie sich ihr Handy ans Ohr drückte. Es läutete sicher schon das neunte Mal und er nahm noch immer nicht ab. Je länger es klingelte, desto überzeugter war sie, dass Alex ihren Anruf absichtlich nicht entgegennahm. Wieder klingelte es. Palmer wollte gerade die Trenntaste drücken, als sie gerade noch vernahm, wie er sich meldete.

»Äh …, du hast gesagt, du willst heute kochen für mich …«, begann sie.

»Geht leider nicht«, antwortete er. »Entschuldige. Ich hätte dich schon früher anrufen sollen. Wir fahren nach Zürich.«

Wie eine beleidigte Halbwüchsige schob sie die Unterlippe vor. Sie schnappte nur die Hälfte seiner Erklärungen auf, bevor sie sich dürftig verabschiedete. Diese unerwartete Absage hatte sie zu verdauen. Sie schluckte leer, weil sie sich zurückgewiesen fühlte. Wen um Himmels Willen meinte er mit »wir«? Offensichtlich war er nicht alleine. Herrgottstärne. Sie kam nicht los von diesem »wir«. Wo mochte er jetzt sein? Was tat er? Und vor allem, mit wem tat er es? Sie wollte Klarheit. Sie griff nochmals zum Handy, verbot es sich dann aber und warf es ins Sesselpolster. Sie legte sich auf die Couch und vergrub ihren Kopf unter dem großen Kissen. Sie konnte sich tatsächlich vorstellen, bei Alex auf einen Mann gestoßen zu sein, der in ihrem Leben eine Bedeutung haben könnte.

Sie zwängte die Hand in die Tasche ihrer hautengen Jeans und umfasste den Schlüssel, durch dessen Loch einzig ein schlichter Ring gezogen war. Dieser Schlüssel passte zu keinem Schloss. Er hatte zur Tür der spärlichen Wohnung gehört, in welcher sie damals mit ihrer Mutter gehaust hatte. Die Mutter war tot, Palmer war umgezogen. Trotzdem trug sie diesen Schlüssel ständig bei sich. So, als müsste sie ihn nur zu gegebener Zeit hervorziehen und eine bestimmte Tür aufschließen, um auf ihre Mutter zu treffen. Sie umklammerte dieses letzte verbliebene Erinnerungsstück. Fotos hatten sie, soweit sie sich zurück erinnerte, nie geknipst. Dieser Schlüssel war das einzige, das sie vor dem Vater hatte retten können. Dieser hatte ohne ihr Wissen Mutters gesamten Krimskrams entsorgt, als Palmer mit der Gewerbeschulklasse auf einem Ausflug im Ausland war. Der Vater hatte ihr befohlen mitzugehen, um dort auf andere Gedanken zu kommen.

Es kam vor, dass sich Palmer aufgrund eines Stichworts, eines Geruchs oder während einer Tätigkeit urplötzlich an ihre Mutter erinnerte. In solchen Momenten verfiel sie in Schockstarre und wünschte sich nichts sehnlicher, als Mutters sanfte Hand zu spüren, wie sie über ihre Haare strich. Dies war die Erinnerung an ihre Mutter, welche sie in ihrem Gedächtnis mit sich trug. So wurde dieser Schlüssel Symbol ihrer Verbundenheit. Sie drehte sich auf dem Sofa und drückte ihr Gesicht ins Rückenpolster. Ihre Faust umklammerte den Schlüssel. Sie drückte ihn sich ans Herz und schloss die Augen. Wie gerne hätte sie jetzt den Tränen freien Lauf gelassen, doch weinen konnte sie seit langem nur noch innerlich. Manchmal fühlte sich Palmer, als sei ihr eigenes Herz gleichzeitig mit jenem ihrer Mutter gestorben.

Palmer schreckte hoch.

Sie musste eingenickt sein. Sie kramte ihr Handy aus der Gesäßtasche und prüfte, ob sie es aus Versehen ausgeschaltet hatte. Es zeigte die Uhrzeit an und der Akku war noch zur Hälfte geladen. Sie erkannte, dass er gar nicht versucht hatte, sie zu erreichen.

Palmer spürte, wie ihre Gedanken langsamer wurden, denn sie konnte seit zwei Nächten nicht mehr richtig schlafen und war zum Umfallen müde. Sie legte sich ins Bett, schloss die

Augen, fand aber trotzdem keinen Schlaf, weil sie Julis Foto nicht aus dem Kopf kriegte. Julis sehnsüchtiger Blick bei dieser Modeaufnahme drang bis in Palmers innersten Kern.

Palmer wälzte sich im Bett hin und her.

KAPITEL 15

Irgendwann musste sie trotzdem eingeschlafen sein, denn ein unsäglicher Alarm schreckte sie aus dem tiefsten Schlaf. Sie brauchte einige Sekunden, um zu erfassen, was los war. Mit einem Stöhnen schob sie sich aus dem Bett und taumelte zur Kommode an der gegenüberliegenden Wand. Hier hatte sie abends zuvor geistesgegenwärtig den Wecker gestellt, damit sie gezwungen war, am Morgen aufzustehen, um den Weckruf auszuschalten. Sie setzte sich aufs Bett, schloss die Augen, genoss die Ruhe und gab sich einige Momente, um wach zu werden. Langsam fanden ihre Gedanken in geordnete Bahnen.

Sie ging nochmals ihr bisheriges Vorgehen durch. Nein, sie musste sich nichts vorwerfen. Sie hatte nochmals die Gegend um den Park abgesucht, aber nichts gefunden. Sie hatte bei Nachbarn, die auf ihr Klingeln hin öffneten, nachgefragt. Mit der Polizei wollte sie per Telefon sprechen, erhielt jedoch keinerlei Antwort. In Gedanken fasste sie ihre bisherigen Erkenntnisse zusammen. Die Wohnung zeigte keine Anzeichen eines Einbruchs. Bei der Arbeit erfuhr sie nur lobende Worte über Juli. Das Bankkonto war nicht geplündert. Seit ihrem Verschwinden tätigte niemand Einkäufe mit ihrer Kreditkarte. Mit Drogen schien Juli nichts am Hut zu haben. Eine Erbschaft hatte sie nicht in Aussicht. Und eine Lebensversicherung hatte sie auch keine abgeschlossen.

Die einzigen beiden Erkenntnisse lagen darin, dass die Polizei langsam tätig wurde, Gio jedoch merkwürdig untätig blieb. Die Polizei hatte immerhin damit begonnen, in der Nachbarschaft Erkundigungen über Juli einzuziehen. Gio hingegen riss sich bei der Suche nach seiner Freundin kein Bein aus.

Es war zum Heulen.

Vielleicht sollte sie ihre Energie besser doch in die Suche nach einem neuen Job investieren.

Das Handy vibrierte. Ohne die Augen zu öffnen, streckte Palmer den Arm Richtung Nachttisch und nahm den Anruf entgegen mit einem schlichten: »Hmmmja?«

»Chris? Hab ich dich geweckt?«

Palmer erschrak. Doch dann erkannte sie die Stimme von Julis Vater.

Weil dieser keine Antwort erhielt, fuhr er fort: »Die Polizei hat bei uns nachgefragt, ob ein Erpresserschreiben oder ein Anruf eingegangen ist. Ich hab erklärt, dass dem nicht so sei. Das war schon alles. Einen Moment lang hatte ich das Gefühl, der Polizist sei unglücklich darüber, dass es keine Lösegeldforderung gibt. Eigentlich eine bodenlose Frechheit. Das müsste uns doch hoffnungsvoll stimmen.«

Palmer schüttelte den Kopf. Das Gesicht wieder mehr als zur Hälfte im Kissen vergraben, überlegte sie, was sie Julis Vater antworten sollte. Doch dann fuhr sie hoch. Mit dem Ellbogen auf der Matratze abgestützt, sagte sie: »Dass weder Sie noch sonst jemand etwas vom Entführer vernommen haben, können wir als gutes oder schlechtes Zeichen deuten.« Sofort wurde sie sich ihrer Worte bewusst und verstummte. Sie wollte Julis Vater nicht unnötig belasten.

Schon als Kind hatte sie ihn gemocht. Er war eine liebenswerte Person, wenn sie auch nie verstand, weshalb er sich von Julis Mutter wie ein Soldat herumkommandieren ließ.

»Die Enttäuschung der Polizei über das Ausbleiben einer Lösegeldforderung kann ich durchaus nachvollziehen. Eine Erpressung bietet dem Entführungsopfer eine verhältnismäßig hohe Überlebenschance, wenn der Entführer denkt, er kriege sein Geld nur gegen Ware.« Palmer biss sich auf die Lippen. »Äh …, indem er Juli laufen lässt.« Sie zögerte und überlegte, wie sie ihre Antwort besser formulieren könnte. Es fiel ihr schwer, denn nette Worte waren ihr nicht angeboren. Und da sie schon mal begonnen hatte, fuhr sie fort: »Hört man jedoch nichts vom Entführer, könnte dies bedeuten, dass das Opfer bereits nicht mehr lebt. Oder aber dem Entführer geht es gar nicht darum, sich zu bereichern. Dann hätte er an Juli persönliches Interesse und widmet ihr seine ganze Aufmerksamkeit. Vielleicht über Jahre.«

Palmer schluckte leer. Sie dachte an das Schicksal von Natascha Kampusch. Palmer hätte sich ohrfeigen können. Diese Direktheit hatte Julis Vater nicht verdient.

Als er wieder sprach, hörte sich seine Stimme erstaunlich gefasst an. »Gibt es Hinweise, dass es sich um einen … Triebtäter … Kann es sein, dass er sie …?«, fragte der Vater.

Als Palmer nicht antwortete, meinte sie durch den Hörer ein Schniefen zu vernehmen.

»Könnte Julia nicht ein Zufallsopfer sein? Vielleicht eines Kokainsüchtigen, dem zu Ohren gekommen ist, dass Julia als Fotomodell arbeitet, und der sich gedacht hat, er könne sich bei ihr zu Hause etwas Geld ausleihen? Als er dann nichts gefunden hat und sie nach Hause gekommen ist, hat er sie als Geisel genommen, um auf diese Weise Geld von ihren Angehörigen zu erpressen?«

»Quatsch«, antwortete Palmer und schüttelte den Kopf. »Ich glaube nicht an Zufälle. Würde es um Geld gehen, hätte uns sicher eine Forderung erreicht.« Und wieder vernahm Palmer aus dem Hörer feuchte Geräusche.

»Sie könnten mir einen echt großen Gefallen tun«, sagte Palmer.

»Ja?«, erkundigte sich Julis Vater mit erstickter Stimme.

»Bitte fragen Sie bei all Ihren Verwandten nach Juli, bei Julis Großmutter, den Tanten, den Paten, den Cousinen. Könnten Sie dies für mich tun? Und dann rufen Sie mich bitte zurück. Darf ich mich auf Sie verlassen?« Palmer wollte ihn beschäftigen, um ihn halbwegs auf andere Gedanken zu bringen. »Eine Frage hab ich noch: Hat Juli eine größere Erbschaft in Aussicht gehabt?«

Der Vater antwortete nicht sofort. Vermutlich versuchte er zu ergründen, worauf Palmer hinauswollte. Dann aber sagte er, ohne weiter nachzufragen, dass sie einzig eine Hinterlassenschaft von ihren Eltern zu erwarten hätte. Aber nicht so bald, so Gott wolle, und unter dem Strich bliebe nicht allzu viel. Dann verabschiedeten sie sich und Palmer wünschte Julis Vater viel Kraft. Und er solle die Hoffnung nicht aufgeben.

Palmer hockte mit hängenden Schultern da, mit dem Handy in der Hand, und fragte sich, was wohl schlimmer wäre für Juli: tot zu sein, oder lebend in den Fängen eines Entführers.

Andererseits: Gerade weil sie nichts gehört hatte von einer Lösegeldforderung, sprach dies doch eher gegen eine Entführung - dafür umso mehr für Mord, mit einer Leiche, die bisher lediglich noch nicht gefunden wurde.

Palmer schüttelte sich, um die Bilder in ihrer Vorstellung zu löschen. Sie ließ sich auf die Matratze sinken und starrte unbestimmt an die Decke.

Ihre Gedanken kreisten um Julis Mutter. Sie war eine starke Frau, die immer ganz genau wusste, was richtig oder falsch war. Palmer erinnerte sich an Julis Worte, als diese vor einiger Zeit einen Anruf ihrer Mutter erhielt. »Nur weil du nicht weißt, was Liebe ist, hasst du die Liebe. Du magst sie mir nicht gönnen. Du bist eine Killerin der Liebe. Du bist die schlechteste Mutter der Welt. Ich will nichts mehr mit dir zu tun haben.«

Palmer musste raus. Ihre Wohnung erdrückte sie. Sie wollte ihre Stimmung heben, indem sie den Tag an einem Ort begann, an welchem sie sich wohl fühlte.

Als Palmer vor das Haus trat, war kaum eine Menschenseele zu sehen. Nur eine alte Frau mit Moped knatterte gemächlich an ihr vorüber. Viele Vögel stimmten ihren Gesang an, jeder mit einem anderen Lied, vor lauter Freude über den sonnigen Tag. Trotzdem zeigte die friedliche Morgenstimmung kaum Wirkung bei Palmer.

Auf dem Weg zum Bahnhofplatz klatschten ihr die Flipflops bei jedem Schritt an die Fußsohlen. Die Morgenluft hielt noch einige Fetzen der nächtlichen Kühle fest. Palmer setzte sich auf die Terrasse des Cafés am Bahnhofplatz, ließ sich einen Latte Macchiato servieren, knabberte schon bald an einer Haselnussschnecke und begann, die aufkeimende Wärme der Morgensonne zu genießen.

Von ihrem Tischchen aus beobachtete sie die Stadtgärtner, die sich redlich mühten, keine ihrer Pflanzen in ausgetrockneter Erde um ihr Leben kämpfen zu lassen.

Bis Mittag würde der asphaltierte Boden sich so stark aufheizen, dass das sengende Gleißen die Luft verzerrte und sie das Feuer durch die Sohlen spürte.

Der immer regere Verkehr minderte den Genuss des Morgens in keiner Weise. Er war für Palmer ein sicht- und hörbares Zeichen, nicht alleine zu sein auf dieser Welt. Sie schlürfte ihren Milchkaffee und griff zur Morgenzeitung. Große Buchstaben und üppige Bilder ließen kaum Platz für Texte. Aber offenkundig bekamen die Leser dadurch genau das Gewünschte geboten. Wenn auch nicht Informationen über Wichtiges in der Welt, vermittelte die Zeitung den Lesern immerhin das beruhigende Gefühl, informiert zu sein. Gestern noch hatte ein Schlagersänger mit seinem weißen Schoßpudelchen die Frontseite geziert. Ohne Hund war der Sänger offenbar zu wenig interessant.

Aber heute hielt Palmer in ihren Kaubewegungen auf einen Schlag inne, als sie einen ersten Blick in die Zeitung warf. »Topmodel verschwunden«, teilten die großen Buchstaben auf der Frontseite mit. Neben dem Portraitfoto erklärte der Kurztext: Seit Fotomodel Julia von Moos (27) vergangenen Mittwochabend zum Joggen ihre Wohnung verließ, fehlt jede Spur von ihr. Wurde sie entführt? Fiel sie in die Hände eines Mädchenhändlerrings? Oder ist sie abgetaucht, weil sie etwas zu verstecken hat? Was ist ihr Geheimnis?

Palmer fragte sich, wie die Zeitung zu dieser Info gelangt war. Hatte sich die Polizei eingeschaltet und Juli wurde jetzt offiziell vermisst?

Palmer legte das abgezählte Kleingeld auf den Tisch und erhob sich, denn sie kannte ihr Ziel.

KAPITEL 16

Bis zum Vögeligärtli waren es bloß zwei Minuten. Nun stand Palmer an einer der Ecken des Parks vor Julis Haus und blickte daran hoch. Hier in der Umgebung des Parks hoffte sie, auf eine Spur zu stoßen. Als sie sich umdrehte, entdeckte sie in der dritten Etage des schräg gegenüberliegenden Gebäudes einen älteren Herrn, der hinter dem geschlossenen Fenster an etwas rumkaute. Blaues Flackern eines Fernsehers war an der

Decke erkennbar. In dem Moment, als ihm bewusst wurde, dass ihn von der Straße her jemand beobachtete, machte er einen Schritt zurück ins Dunkel. Juli entschloss sich, mit ihm zu sprechen. Vielleicht war er einer dieser Fenstergucker, die alle Bewegungen im Quartier wahrnahmen.

Ein Fensterladen hing schief in den Angeln und ein zerbrochenes Fenster war mit einem Stück Karton zugeklebt. Das Haus machte einen schäbigen Eindruck, untypisch für dieses Quartier. Die Eingangstür hatte sich verzogen, sodass sie gar nicht mehr abschließbar war. Als Palmer das Haus betrat, verschlug es ihr fast den Atem. Neben allen möglichen Altbaugerüchen, die sich in diesem vernachlässigten Treppenhaus über Jahrzehnte angesammelt hatten, nahm sie Nagellackentferner wahr. Sie drückte den Lichtschalter, aber es blieb dunkel. Palmer bahnte sich ihren Weg zwischen Abfallsäcken hindurch, schob mit dem Fuß auf der Treppe liegende Werbesendungen zur Seite und stieg hoch. Im dritten Stock, wo sie den alten Herrn vom Fenster vermutete, läutete sie. Der helle Punkt im Türspion verdunkelte sich erst nach dem zweiten Klingeln.

»Zeuge Jehovas?«, krächzte jemand von innen durch die geschlossene Tür. Aber weiter regte sich nichts.

Palmer drückte nochmals auf den Knopf.

»Hau ab!« Wieder die gepresste Männerstimme.

Als sich auch jetzt die Tür nicht öffnete, klatschte Palmer mit der flachen Hand dagegen.

Ruckartig flog sie auf und es erschien ein Alter mit Boxervisage und schütterem, seitlich an den Schädel gepapptem Haar, wie wenn man mit einem Kamm durch nasse Haare fährt. Die Hornbrille, mit Gläsern so dick, dass sie die blutunterlaufenen Augen übernatürlich vergrösserten, drohte ihm jeden Moment von der Nase zu rutschen. Haare sprossen ihm aus den Ohren und seine Wangen waren blau geädert. Im fettig glänzenden Mundwinkel machte Palmer etwas Senf aus, auf dem nackten Unterarm ein halb verwischtes Gefängnis-

Tattoo. So stand er vor Palmer, ließ sie wortlos in den Lauf einer alten Flinte starren und zog sich mit der freien Hand den runtergerutschten Hosenträger über die Schulter hoch.

»Verschwinde!«, sagte er drohend langsam. Indem er sein Schießeisen kurz anhob, unterstrich er seine Aufforderung. Palmer hatte trotz Polizeiausbildung zu wenig Erfahrung im Umgang mit Schusswaffen, um sicher zu erkennen, ob diese hier geladen und entsichert war. Das Ding war alt, sah aus wie ein besserer Hasentöter, aber Palmer wollte kein Risiko eingehen. Trotzdem hatte sie nicht vor, einfach so abzuziehen.

»Was wissen Sie über das Verschwinden Ihrer Nachbarin von gegenüber?« Palmer schrie förmlich. Jedoch nicht vor Schreck, der sämtliches Adrenalin in ihre Blutbahnen gepresst hatte, sondern weil in der Wohnung der Fernseher plärrte.

»Weiß nichts darüber.« Mit der Schrotflinte stach er in ihre Richtung, als wolle er sie wegschubsen, dann trat er einen Schritt zurück und schickte sich an, die Tür zu schließen. Palmer kriegte gerade noch ihren Schuh dazwischen.

»Himmel-Herrgott-Sakrament«, fluchte er. Ohne zu blinzeln, ließ er seinen Blick an ihr herabgleiten.

»Fuß raus!«, befahl er und warf ihr einen finsteren Blick zu. »Zieh Leine!«

»Die Frau ist entführt worden«, schrie Palmer durch die Lücke, »und zwar unter Waffengewalt. Mit einem Gewehr, genau wie sie eins haben«, improvisierte sie.

Jäh zog er die Tür wieder auf und machte einen kraftvollen Schritt auf sie zu. »Geht uns nichts an.«

»Was heißt ›uns‹? Und wo sind Sie Mittwochabend nach 22 Uhr gewesen?«

»Pass auf, ich schieß dir gleich die Rübe weg.«

Palmer machte eine hilflose Bewegung nach links, um nicht direkt in der Schussbahn zu stehen. Palmer hoffte bei ihm auf einen gutmütigen Kern – und dass er nicht schießen würde. Sie wollte mehr erfahren. »Wissen Sie, was Sie grad noch verdächtiger macht? Sie streiten eine Beteiligung am Verschwinden nicht mal ab.«

»Wer bist du überhaupt?« Aber bevor sie antwortete, ergänzte er: »Scher dich zum Teufel!« und drückte ihr mit dem kalten Lauf des Gewehrs den Unterkiefer hoch.

Metallgeruch stieg in ihre Nase. Wie versteinert stand Palmer da, mit zusammengebissenen Zähnen, den Kopf nach hinten gedrückt, und presste zwischen ihren Lippen einige Worte hervor. »Wollen Sie mich abknallen oder wollen Sie, dass ich gehe? Sie nehmen jetzt die Knarre runter, und ich verzieh mich.«

Zögernd zog er sein Gewehr zurück, hielt es aber weiterhin auf Palmer gerichtet.

»Ich hab gewusst, Sie sind ein Mann, der seinen Verstand zu nutzen weiß.« Palmer strich sich mit den Händen über ihr Shirt, so als wollte sie sich von Schmutz säubern. »Ich darf doch reinkommen?« Ohne die Antwort abzuwarten, zwängte sie sich am Alten vorbei in die Wohnung, wobei sein Körpergeruch ihr Tränen in die Augen trieb. Drinnen roch es nach nassem Hund, was Palmers Wachsamkeit steigerte. Ihre Augen blickten sich hastig um in diesem Loch.

Ihr Kompliment hatte ihn wohl überrumpelt, denn er starrte sie einige Sekunden unverwandt an und vergaß, ihr zu folgen. Vielleicht fand er es auch aufregend, eine junge Frau in seiner Wohnung zu wissen. Er ließ die Tür offen stehen und schlurfte ihr hinterher.

»Haben Sie etwas Seltsames beobachtet vergangenen Mittwoch? Etwas, das mit dem Verschwinden dieser Frau zu tun haben könnte? Jemand, der gewartet hat vor dem Haus oder im Park? Ein merkwürdiges Kommen und Gehen?« Während sie weitere Fragen stellte, blickte sie sich um. Sie besah sich den rissigen Putz der Decke und eine notdürftig geflickte Tür. Diese könnte bei einer lauten Auseinandersetzung in die Brüche gegangen sein. Palmer überlegte kurz, ob dies in Zusammenhang mit Juli stehen konnte, verwarf aber den Gedanken, da dies nichts wirklich Außergewöhnliches war für eine solche Bruchbude. Ihr Blick glitt über die Wände und blieb an einer Stelle hängen, wo ein Bild an der Wand fehlte. Die helle Fläche zeichnete sich deutlich von der vergilbten Tapete ab. Aber keine Spur von Juli. Im Wohnraum gammelte ein weiterer alter Knabe in einem abgewetzten Sessel. Die nackten Füße in Adiletten, den Bademantel halb geöffnet, ließ er freie Sicht auf behaarte Beine. Zwischen den Trägern seines fleckigen Rippunterhemds stach ein grauer Brustpelz hervor. Palmer vernahm Geräusche wie von scheuernder Stahlwolle, als er sich den behaarten Bauch kratzte, während er seinen Blick fix auf die Glotze gerichtet hielt, aus welcher nun höhnisches Gelächter erschallte, was den Bewaffneten dazu bewog, den Kopf abzudrehen, um im Kasten zu erkennen, was er gerade verpasste. Es lief einer dieser Müllsender, welcher Leute zu Wort kommen ließ, die in ungemein ausführlicher Weise nichts zu sagen hatten.

Palmer entdeckte eine Kippe zwischen seinen vergilbten Fingern, welche das Wohnzimmer einnebelte. Vor ihm auf dem Tisch standen eine geöffnete Bierflasche mit Bügelverschluss, zwei Döschen mit Medikamenten und ein halber Landjäger lag daneben, von dem er sich jetzt ein Stück mit dem Messer zwischen die Zähne schob. Neben dem Alten im Bademantel stand eine nicht zum Sessel passende Couch in erbärmlichem Zustand. Eine Sprungfeder ragte durch die Sitzfläche, jedoch auf der andern Seite jener Vertiefung, in welcher wahrscheinlich der wehrhafte Mann hockte, wenn er nicht grad am Fenster zum Park Wache schob. Denn auf der Fensterbank lag tatsächlich ein eingedelltes Kissen, daneben ein Sandwich auf fettabweisendem Papier. Offensichtlich hatte Palmer ihn beim Frühstück gestört.

Noch immer hatte er nicht auf ihre Frage geantwortet. Sie überlegte sich, ihm anzubieten, etwas zu trinken zu besorgen, da sie vermutete, dass beide für diesen Vorschlag sofort zu haben wären. Alkohol könnte helfen, seine Worte sprudeln zu lassen. Sie ließ es aber bleiben, weil sie nicht davon ausgehen konnte, dass er sie ein zweites Mal in die Wohnung lassen würde. Aber vor allem wollte sie keine Zeit verlieren.

»Man hat mir gesagt, Sie seien ein guter Beobachter. Ihren Augen entgehe nichts. Wann haben Sie Ihre junge Nachbarin von schräg gegenüber zum letzten Mal gesehen?«

»Das Mannequin, die wo in Nummer 15 wohnt?«

»Julia von Moos, genau.«

Sein Gewehr hielt er noch immer in Händen, jedoch ließ er es langsam gegen den Boden sinken. Er runzelte die Stirn, zog einen Mundwinkel nach hinten und machte sich daran, mit dem Daumennagel etwas von den Backenzähnen zu lösen. Das gelang ihm nicht auf Anhieb, sodass er mit der Zunge nachhalf. Ein Schnalzen entfuhr ihm, als er sein Gebiss vom Gaumen löste. Nun bearbeitete er geschickt mit der Zunge seine Zahnprothese. Palmer zwang sich wegzusehen. So genau wollte sie gar nicht wissen, womit sein Sandwich gefüllt war. Trotzdem konnte sie ihren Blick nicht völlig abwenden. Er schob die künstlichen Zähne zurück an ihren Ort. Es war Fleischkäse.

»Nun, wann haben Sie Julia gesehen? War's am Montag, Dienstag, Mittwoch, Donne…?«

»Die Namen der einzelnen Wochentage kenne ich. An die brauchen Sie mich nicht zu erinnern. Es war Mittwoch, der Zwote«, unterbrach er sie.

»Wie kommen Sie darauf?«

»Wenn heute der Siebte ist, dann war vor sechs Tagen der Zwote. Und da hab ich sie gesehen, wie sie das Haus verließ.«

»Um welche Uhrzeit?«

»Ist doch einerlei.«

Palmer starrte in seine Augen und nickte auffordernd.

»So nach zehn am Abend«, sagte er.

»Was für Kleidung trug sie?«

»Ein gelbes Unterleibchen.«

»Und sonst nichts?«

»Donnerwetter.« Er atmete tief ein und wandte entnervt den Blick ab. Dann rang er sich doch zu einer Antwort durch.

»Turnschuhe und enge Hosen.«

Palmer nickte. Zeitangabe und Kleidung stimmten mit der Beobachtung der Wohnungsnachbarin überein. Palmer wollte somit die alte Dame aus dem Kreis der Verdächtigen entlassen, wenn sie diese auch nie ernsthaft dazugezählt hatte. Während Palmer überlegte, welche Fragen ihr jetzt weiterhelfen konnten, vernahm sie die Klospülung von der Wohnung darüber. Erst dann fiel ihr das regelmäßige Wummern auf, das von weiter unten im Haus aus Basslautsprechern dröhnte. »Als sie das Haus verlassen hat, wohin ist sie dann gegangen?«

»Sie ist über die Straße in den Park gerannt.«

Palmer trat zum Fenster und erkannte, dass man von hier wegen der Bäume kaum mehr als den Eingang einsehen konnte. »Wollen Sie mithelfen, das Mädchen zu finden? Dann halten Sie weiterhin die Augen offen und rufen mich an, wenn Sie etwas Verdächtiges bemerken.« Sie bat um einen Kugelschreiber.

Er reichte ihr einen angekauten Filzstift, mit welchem sie ihre Handynummer auf das Papier unter dem Sandwich kritzelte.

»Ihre Beobachtung, welche Kleider Julia getragen hat, bestätigt die Aussage eines anderen Zeugen. Aber ist Ihnen klar, dass sie mächtig in der Klemme sitzen? Denn Sie sind der Letzte, der sie lebend gesehen hat. Das wird eng für Sie. Welche Informationen haben Sie noch?«

»Raus jetzt«, schrie er, wobei er wieder seine Schrotflinte auf Palmer richtete und sie damit in den Bauch stieß.

Als Palmer in den Hausflur stolperte, erschallte hinter ihr ein krächzendes Lachen aus dem TV-Lautsprecher, gefolgt von einem rasselnden Geräusch, als versuchte einer erfolglos, Schleim abzuhusten. Dann wurde die Tür zugeschlagen.

Palmer verließ das Haus und betrat den Park.

Hier also war Juli reingejoggt. Bis jetzt hatte Palmer niemanden getroffen, der sie wieder rauskommen sah, wahrscheinlich auf der andern Seite. Höchstwahrscheinlich war etwas mit ihr in diesem Park geschehen. Palmer verließ den Weg und durchstreifte das Gebüsch. Sie stieß weder auf Juli, noch auf irgendwelche Spuren, auch nicht auf einen Erdwall, unter welchem Juli begraben sein konnte.

Die Büsche, welche den Park abgrenzten, könnten einem Täter als Sichtschutz dienen, auch von der Straße aus. Doch völlig gefahrlos war die Sache nicht. Jeder Parkbesucher hätte den Täter überraschen können. Gab es vielleicht Zeugen, welche der Täter auch gleich mit überwältigt und mitgenommen hatte? Dann müsste es aber mindestens zwei Vermisste geben. Das wäre der Polizei zu Ohren gekommen. Überdies hätte man dazu mindestens zwei Entführer gebraucht.

Bald schon sollte Palmer mehr erfahren.

KAPITEL 17

Sollte die Entführung Julis geplant gewesen sein, musste sich der Entführer mit ihrem Tagesablauf vertraut gemacht haben. Andernfalls hätte er sich mit seinem Fahrzeug viele Abende lang im oder vor dem Park auf die Lauer legen und darauf warten müssen, dass sie zufällig vorbeikam. Die Gefahr, dabei einem Passanten aufzufallen, schätzte Palmer als zu hoch ein, als dass sie ein Entführer einging. Nein, der Kerl wusste vermutlich, wann und wo er zu warten hatte. Aber woher? Zumal es bei einem Fotomodel ja kaum eine feste Routine gibt. So in ihre Gedanken versunken, nahm Palmer nicht wahr, wie sich ihre Hand in die Umhängetasche schob und nach den Zigaretten tastete, allerdings fand sie keine, da Palmer vor einigen Wochen mit Rauchen aufgehört hatte. Schon zum x-ten Mal. Aber diesmal sollte es klappen.

Wo und wie hatte er Juli beobachtet?

Der Park lag direkt vor Julis Wohnung. Palmer versetzte sich in die Haut des Entführers. Wollte er sie sich greifen, müsste er warten, bis sie aus dem Haus trat. Und dann gleich noch schnell seinen Wagen im Park bereitstellen? Nein, dafür war die Zeit zu kurz. Falls der Kerl aber über Julis Gewohnheiten am Abend Bescheid wüsste, könnte er sich vielleicht ausrechnen, wie viel Zeit zwischen ihrer Heimkehr und ihrem Aufbruch zum Joggen lag. Dann müsste er nur mitbekommen, wann sie das Haus betrat und könnte sich dann in der errechneten Zeitspanne an einem geeigneten Punkt in Stellung bringen. Dazu müsste er sich bereits im Quartier aufhalten, um zu erkennen, wann sie ihr Haus betrat. Wohnte er im Quartier mit Blick auf ihren Hauseingang?

Palmer stellte sich vor Julis Haustür, drehte sich zum Park und prüfte ihre Theorie. Sie fing links an und blickte an den Häusern hoch. Okay, jeder, der hier wohnte, brauchte bloß seinen Kopf aus dem Fenster zu strecken. Dies galt für fast alle Wohnungen in den Gebäuden, die um den rechteckigen Park standen, ausgenommen jene, bei welchen Bäume die Sicht verdeckten. Obwohl die eine Seite von einer Kirche abgeschlossen wurde, konnten, grob geschätzt, immer noch an die 100 Wohnungen infrage kommen.

Palmer hauchte alle Luft aus den Lungen und ließ die Schultern hängen. Diesen Dämpfer hatte sie erst mal zu verdauen, denn sie hatte weder Zeit, noch Mumm, all diese Wohnungen abzuklappern. Und woran sollte sie denn einen Entführer erkennen, wenn sie vor ihm stünde?

Ihre Augen tasteten den Park ab. Der Mistkerl könnte sich auch auf eine dieser Bänke gesetzt, gewartet und dann sein Fahrzeug geholt haben. Nein, auch hier ein zu großes Risiko, von jemandem wiedererkannt zu werden. Welche weitere Möglichkeit bot sich noch? Palmer schritt zum Hauseingang zurück und musterte, diesmal auf der andern Seite beginnend, Gebäude um Gebäude. Halb rechts gegenüber lag eine Bar und gleich daneben ein Gasthaus. Wenn Palmer von hier aus dorthin sehen konnte, war eine Beobachtung dieses Hauseingangs auch umgekehrt möglich. Während sie zur Bar marschierte, spürte sie Hoffnung aufkeimen. Diese erstickte allerdings sofort, als sie erkannte, dass die Bar jetzt geschlossen war und erst um 17 Uhr öffnete. Hier müsste sie später nochmals vorbeikommen. Palmer blickte zum Gasthaus, ihrem nächsten Ziel. Aber ihre Schritte gerieten vor dem Gebäude ins Stocken, welches genau dazwischen lag. Hier standen zwei große Töpfe mit immergrünen Sträuchern, links und rechts des Eingangs. Vermutlich ein Bürogebäude, obwohl nicht auf den ersten Blick ersichtlich war, welche Firmen oder Branchen hier ansässig waren. Sie blickte in den ersten Topf und hob eine Augenbraue.

Tamisiech. Hier musste einer gestanden haben. Lange und ziemlich oft. Sie zählte mehr als ein Dutzend Zigarettenkippen im Pflanzenkübel. Weitere dahinter auf dem Boden. Ihr Herz schlug heftig und sie spürte, wie sich Hitze in ihrer Brust ausbreitete. Hatte sie tatsächlich seinen Beobachtungsposten gefunden? Je länger sie die Zigarettenstummel musterte, desto enttäuschter war Palmer. Auszuschließen war ihre Theorie nicht, aber dies war eher nicht der Warteplatz des Spähers. Die Kippen stammten von Zigaretten unterschiedlichster Marken. Und fast jede wurde anders ausgedrückt, oder sogar brennend in den Topf oder dahinter geschnippt. Palmer folgerte, dass sich hier viele verschiedene Menschen zum Rauchen aufhielten. Was Palmer entdeckt hatte, war offensichtlich nichts anderes, als der Zufluchtsort der aus dem Gebäude verbannten Raucher.

Sie seufzte und benötigte einigen Sekunden, um sich zu sammeln. In diesem Moment trat ein Herr im Anzug auf den Eingang zu, nahm einen letzten Zug, ließ diskret seine Zigarette auf den Boden fallen und drehte sie mit der Sohle in den Asphalt.

Sie betrachtete ein letztes Mal die Kippen im Kübel. Ihr fiel ein Stummel auf, der um einiges länger war als die andern. Der Filter war zwar etwas zusammengebissen, aber die Zigarette nicht mal bis zur Hälfte geraucht. Sie überlegte, blickte weg, sah wieder hin. Sollte sie? Schließlich gab sie's auf. So hoffnungslos verzweifelt war sie dann doch nicht.

Sie schlurfte die paar Meter zum Rössli, dem Wirtshaus gleich nebenan. Als sie die Tür öffnete, strömte ihr eine wohltuende Kühle entgegen, jedoch roch Palmer sofort, dass hier drin jemand rauchte. Tatsächlich stieg hinter dem Buffet Zigarettenqualm hoch. Im Lokal war kein einziger Tisch besetzt. Palmer trat zur einsamen Bar, ohne sich jedoch auf einen Hocker zu setzen. Die Schiefertafel darüber pries »bewährt Schweizerisches« an. Ein Blick auf die Bedienung ließ Palmer jedoch vermuten, dass die Dame sich eher flüssig ernährte. Sie stand hinter der Theke und rieb Weingläser mit einem Lappen unbestimmbarer Farbe aus, ohne in ihre Richtung zu blicken.

Nun ließ die Dame, deren Alter Palmer nicht ohne Probleme hätte schätzen können, ihren Lappen auf die Theke fallen, knickte mit einer Hüfte ein, knipste ein Lächeln an und sofort wieder aus und fragte mit von vielen Jahren Alkohol und Zigaretten tiefer Stimme: »Was darf es sein?«

»Ich hab bloß ein paar Fragen. Hätten Sie kurz Zeit?«

Ein unangenehmes Schweigen breitete sich im Raum aus. Schließlich sagte die Dame: »Nein. Ich hab zu tun. Und ich wär dankbar, wenn Sie den Platz frei machen für Leute, die hier etwas konsumieren wollen.« Sie griff zum Lappen und wischte damit die Theke.

Mit einem Blick durchs Fenster erkannte Palmer, dass man von hier Julis Wohnhaus problemlos beobachten konnte. »Erinnern Sie sich an einen Gast, der auffällig oft oder lange aus dem Fenster gestarrt hat? Jeweils am späteren Nachmittag oder Abend, insbesondere am vergangenen Mittwoch nach 22 Uhr?«

»Was geht Sie das an?« Der Blick der Bedienung schweifte von Palmers Kopf bis zu den Schuhen. »Ich mach doch meine Gäste nicht madig, indem ich wildfremden Leuten wie Ihnen, die nicht mal etwas bestellen, indiskrete Fragen beantworte.« Ihre Worte waren noch nicht verhallt, da setzte sie nach: »Und, was trinken Sie?«

Die Idee war nicht mal schlecht, wenn sie schon mal hier war, dachte Palmer. Zwar hatte sie schon was Kleines im Magen, aber trotzdem quälte sie ein Mordshunger, da sie gestern fast nichts gegessen hatte. Sie bestellte zwei Bio-Spiegeleier mit gebratenem Speck und Brot und dazu ein Mineralwasser. Die Kellnerin schritt zur Kasse, haute ein paarmal in die Tasten, schob mit dem Hintern die Pendeltür zur Küche auf und klatschte wortlos den Bon auf den Metalltisch.

Palmer schob sich auf einen Hocker.

Als die Bedienung mit der Bestellung aus der Küche schlurfte, ergriff Palmer voller Vorfreude Messer und Gabel, zögerte dann aber aufgrund ihres ersten optischen Eindrucks. »Was haben Sie gesagt, ist Ihr Koch von Beruf?«, fragte Palmer. Die Servicemitarbeiterin verstand jedoch die Frage nicht. Palmer bemühte sich, dem Koch zu vertrauen, und schob eine Portion auf die Gabel.

Die Dame hatte in der Zwischenzeit eine unglaubliche Verwandlung durchlaufen: Sie lächelte. »Ihr Besuch bei uns freut mich. Wissen Sie, junge Leute finden den Weg kaum mehr hier rein. Obwohl wir doch genau dasselbe bieten wie das Lokal zwei Häuser weiter. Nur kostet's dort einiges mehr. Das soll einer verstehen. Dort ist abends rappelvoll und hier herrscht Flaute.«

Im Gegensatz zu dieser Dame war Palmer klar, dass die Leute am Feierabend Lokale besuchen, in welchen etwas los ist. Sie suchen die Gesellschaft Gleichgesinnter. Und wenn sie diese finden, lassen sie es sich etwas kosten. Palmer hatte jedoch keine Lust, ihr solche Zusammenhänge zu erklären.

»Kennen Sie diese Frau?« Palmer schob das Foto von Juli über den Bartresen.

Die Kellnerin beugte sich mit verschränkten Armen Richtung Foto. »Julia von Moos«, sagte die Kellnerin. »Wird vermisst, hat in der Zeitung gestanden.« Dann schwieg sie.

Palmer nickte und wartete.

»Also, kennen wär übertrieben«, sagte die Bedienung. »Man liest halt ab und zu über sie. Lebt gleich gegenüber.« Sie wies mit ihrem Kinn Richtung Park. »Sie müssten mal hören, was vor dem Lokal nebenan abgeht, wenn sie vorüberjoggt. Da kommt bei den Jungs Stimmung auf.«

Palmer lächelte gequält. »Sie haben mir noch von einem Gast erzählen wollen, der auffällig oft aus dem Fester guckt«, startete Palmer versuchshalber.

Die Dame überlegte. »Tatsächlich, da kommt einer immer wieder. Zuerst hab ich gemeint, er spähe immer raus, um sein neues Auto im Auge zu behalten. Dann aber hab ich gemerkt, dass er immer dann einen Anruf getätigt hat, nachdem Juli von Moos nach Hause gekommen ist.«

Palmer glitt die Gabel aus der Hand. »Was für ein Auto fährt er? Haben Sie sich die Autonummer gemerkt?«

Die Bedienung wandte ihren Kopf ab und beobachtete zwei Passanten vor dem Lokal. Als klar war, dass sie nicht reinkamen, meinte sie: »Keine Ahnung, was das für eine Marke ist. So ein dunkler halt. Sehen doch alle gleich aus.«

»Aber Sie müssen sich doch was gedacht haben bei einem Kerl, der ein Mädchen offensichtlich belauert.«

»Ich dachte halt, dass er zu wenig Mumm hat, das Mädel direkt anzusprechen.« Sie hob ihr Kinn: »Sind nicht alles üble Kerle, jene, die noch gewisse Hemmungen kennen. Und im Übrigen hab ich anderes zu tun, als mir Autonummern zu merken.« Sie griff wieder zum Lappen.

»Wie sah er denn aus?«

»Ich bin gar nicht gut darin, mir das Aussehen von Leuten zu merken. Der ist völlig unscheinbar, vielleicht knapp unter 30.«

»Weiter?« Palmer setzte sich noch aufrechter hin. Die Kellnerin aber schüttelte ihren Kopf.

Als Palmer klar wurde, dass sie keine weiteren Informationen zu erwarten hatte, zählte sie ihr Geld raus, griff nach ihrem Glas und ließ sich den Rest des Mineralwassers durch die Kehle strömen.

»Hat es Ihnen nicht geschmeckt?«

Palmer blieb nicht nur die Antwort, sondern auch ein Trinkgeld schuldig. Sie verließ das Rössli. Draußen vor der Tür stoppte sie, eilte nochmals rein und legte wortlos einen Einfränkler neben ihren Teller. Sie salutierte mit zwei Fingern an der Schläfe und verschwand.

KAPITEL 18

Palmer betrat den Park, um ihn zu erkunden. Es gab mehrere Flächen mit Rasen, der frisch gemäht war. Ein Maler überpinselte an einem Stromverteilerkasten ein unfertiges Graffito.

Als er bemerkte, dass Palmer näher trat und seine Arbeit beobachtete, hielt er inne und sagte: »Der wenig inspirierte Riesenphallus dort drüben wäre zwar viel älter, aber die Stadt hat mich beauftragt, diese Sprayerei hier wegzumachen.« Er schüttelte seinen Kopf. »Hier hat sich ein wahrer Künstler verewigt. Ist noch fast frisch, bloß einige Tage alt. Die Jungen haben halt keinen Respekt mehr vor dem Eigentum anderer. Aber talentiert ist er, das muss man K.I.N.G. lassen.«

»Sie kennen ihn?«, fragte Palmer.

»Mit der Zeit weiß man, welche Werke von welchem Sprayer stammen. So rein vom Stil und von der Ausführung her. Die müssten nicht mal mit ihrem Künstlernamen signieren. Dies hier ist klar ein Unvollendetes 3D-Style von K.I.N.G. Genau wie die beiden fertigen Werke noch weiter hinten. Er selber muss auch ganz zufrieden sein damit, sonst hätte er nicht sein Kürzel darunter gesetzt.«

Palmer blickte zu den beiden älteren, dann zurück zum neuen Werk. Es zeigte einen Laptop, der irgendwie in sich gekehrt war, unter der Überschrift »Laptop im Gebet«. Eine unglaublich realistische, räumliche Tiefe, in unterschiedlichen Rottönen. Die Farbe erinnerte Palmer an Blut. Sie rieb sich das Kinn und suchte den Boden ab, fand aber nichts Auffälliges auf den Gehwegen, auch nicht auf dem Platz. Dann durchstreifte sie noch einmal die Gebüsche, und wanderte die Wege Meter für Meter ab, stieß aber auch hier auf nichts, das sie als Spur zu Juli hätte deuten können. Ernüchtert blieb sie stehen und kickte enttäuscht das Erstbeste, was sie vor ihren Füßen fand, noch weiter ins Dickicht. Eine Dose Farbspray ohne Deckel. Sie wunderte sich ob des Gewichts der Sprühdose. Die musste noch fast voll sein. Welcher Sprayer ließ denn eine Dose an seinem Tatort zurück, erst recht, wenn sie noch fast voll war? Das war nicht nur verschwenderisch, sondern auch gefährlich als Beweismittel. Palmer kratzte sich am Kinn. Weshalb warf er die Dose hier ins Gebüsch? War es möglich, dass sein Werk deshalb unvollendet blieb, weil er sich gestört gefühlt hatte? Wurde er Zeuge einer Entführung? Ihr Hirn ratterte, versuchte, verschiedene Fäden miteinander zu verbinden. Dann schreckte sie auf. Mit einem Satz stand Palmer wieder auf dem Weg und rannte aus dem Park.

Zurück bei der Adresse der beiden alten Knaben, eilte Palmer die Treppe zum zweiten Stock hoch, eine Etage unter jener der beiden Pensionäre. Wie bereits während ihres vorherigen Besuchs, dröhnte aus der Wohnung ein wummernder Bass, sodass ihr Bauch vibrierte und die Scheiben im Türrahmen leise klirrten. Sie kannte den Geruch von Farbe aus der Sprühdose. Wie zuvor roch sie den Lack, der aus dem Türspalt drang, denn auch diesmal war die Wohnungstür nur angelehnt und nicht ins Schloss gedrückt. Palmer presste ihren Daumen auf den Klingelknopf. Kein Ton. Sie klopfte und wartete. Keine Reaktion, außer, dass sich die Tür aufgrund ihres Klopfens zwei Zentimeter öffnete. Noch immer keine Antwort. Mit dem Fuß stieß Palmer so behutsam die Tür auf, als ob sich dahinter eine Sprengladung befände, blieb jedoch draußen stehen. Noch vom Treppenhaus aus erkannte sie, dass in der Wohnung alle Zimmertüren offen standen. Der Flur war ganz und gar vollgestellt. Aus der Wohnung strömte ein Geruch nach vergammeltem Essen, Abfällen und Farbe.

Palmer fragte sich, ob es etwas kostete, hier zu wohnen. Die Mieter hatten wohl nur wenige Wochen gebraucht, um die Bude so stark zu ruinieren, bis sie sich darin sauwohl fühlten. Im spärlich möblierten Zimmer links am Ende des Flurs machte sie einen Typen aus. Die Baseballkappe verkehrt herum aufgesetzt, hockte er auf dem Boden zwischen umgekippten Bierdosen, kaute auf einer Pizza rum, während seine Ringe im Ohr mit dem Kopf im Takt des Bassgrooves wippten. Seine Augen fixierten einen Bildschirm und seine Hände drückten an einer Spielkonsole rum. Palmer hatte keine vollständige Sicht auf die Mattscheibe. So viel sie aber mitbekam, ging es darum, sich Frauen zu greifen, sie in Käfige zu stecken oder mit einem sauberen Schwerthieb zu köpfen. Das Spiel schien ihm einen Heidenspaß zu bereiten. Während sie ihn beobachtete, erzählte ihr sein Gesicht die ausführliche Geschichte seiner Niederlage im Kampf gegen Akne.

Im Zimmer rechts daneben lag ein weiterer Typ auf einem riesigen, ungemachten Bett auf dem Rücken. Mit einer Hand balancierte er eine Dose Red Bull aufrecht über der Matratze. In der andern hielt er ein Buch, in welchem er las. Palmer entzifferte den Titel: Über die Spezielle und die Allgemeine Relativitätstheorie. Palmer wusste nicht, ob sie ihren Augen trauen konnte. Albert Einstein. Alle Achtung.

Eine junge Frau hatte sich an ihn gekuschelt, den Kopf auf seine Brust gelegt. Ihr T-Shirt war hochgerutscht und gab die Sicht frei auf das symmetrische Tribal-Tattoo im Kreuz. Palmer hatte sich schon immer gewundert, dass ausgerechnet Mädels, die sich täglich lieber fünf statt nur drei Mal umziehen, um ihr Äußeres zu verwandeln, sich Tattoos stechen ließen für alle Ewigkeit. Was wohl ihre Mutter dazu meinte? Quatsch, alle Mütter sind dagegen. Palmer hatte selbst mal den Gedanken gehabt, sich ein Muster verewigen zu lassen. Sie konnte sich aber nie richtig für ein Motiv entscheiden. Ein asiatisches Schriftzeichen vielleicht. Auch über die Platzierung war sie sich unschlüssig. So wurde ihr klar, dass sie es offensichtlich nicht brauchte, sonst hätte sie genau gewusst, was und wo. Abgesehen davon, dass sie sich nie hätte sicher sein können, ob sich der Tattoo-Künstler einen Spaß erlaubte, indem er ihr aus Jux ein Zeichen in die Haut gravierte mit abstruser Bedeutung, vielleicht »klebriger Rotz einer verfaulenden Kröte«.

Unvermittelt erschauerte Palmer, als sie das Werk im Kreuz des Mädchens nochmals musterte. Was hatte der Pfuscher von einem Künstler getan? Palmer fragte sich, wie oft dieses Mädchen wohl schon darauf angesprochen worden war. Ihr Tattoo prangte nicht mittig auf der Wirbelsäule, sondern im Gesamten etwas nach links verschoben.

Ihr Typ führte die Dose an den Mund und nahm einen Schluck. Dann ließ er mit einem langgezogenen »Öörps« die Kohlensäure entweichen und lachte so laut über seinen Rülpser, dass er hustete. Palmers Blick fiel auf den Boden des Zimmers, wo sich zwei Haufen getragener Kleidungsstücke abzeichneten. Palmer verstand. Der eine Berg schmutzig, der andere schmutzig, aber noch tragbar. Dazwischen entdeckte sie einen Schlagring. Was aber Palmers Aufmerksamkeit noch stärker auf sich zog, war etwas ganz anderes. Sie lächelte.

»Kannst du nicht anklopfen?«, schrie der Kerl am Computergame. »Wer bist du überhaupt?«

Palmer antwortete laut, um gegen Eminem anzukommen. »Hab geläutet und geklopft.«

Er aber widmete seine Aufmerksamkeit bereits wieder dem Spiel. Palmer betrat die Wohnung, wobei sie die Tür weit offen ließ, und stellte sich in den Türrahmen seines Zimmers. »Etwas unordentlich hier«, meinte sie.

»Die Putzfrau kommt erst nächste Woche.«

Ironie? Respekt. Eigentlich liebte Palmer bissige Bemerkungen. Sie selber bediente sich oft dieses Stilmittels, auch wenn sie festgestellt hatte, dass viele Leute Ironie nicht ohne Hilfe von der tatsächlichen Meinung unterscheiden konnten. Ihr hingegen war's egal, ob man sie richtig verstand oder nicht. Es war ihr schon peinlich, wie die Leute bei ironisch gemeinten Bemerkungen mit Fingern Häkchen in die Luft zeichneten.

»Was willst du? Und schliess die Tür«, schrie der Typ am Boden.

»Ich will K.I.N.G. sprechen.«

»Wer will das?«

»Ich. Und wer bist du?«

»TwoPees. Höchstpersönlich.« Dabei hob er den Arm und vollführte mit der Hand eine kreisende Bewegung, wobei er seine Finger spastisch abspreizte und mit dem Körper pumpende Bewegungen im Takt der Musik vollführte.

»Du bist also TwoPees?«, fragte Palmer, diesmal gehörig lauter. An der Art, wie sie sich erkundigte, begriff er, dass sie weitere Informationen erwartete. Aber er hatte seine Augen wieder dem Spiel zugewandt. Am Schild unter der Türglocke hatte sie den Namen Pius Pfister gelesen. Aha, zwei »P«s. Sogleich dämmerte ihr, dass auch K.I.N.G. hier wohnte, denn der zweite Name auf dem Schild lautete Krstan Najdan Gavranovic. Das fehlende »I« hatte er womöglich vom Namen irgendeines heldenhaften Vorfahren ausgeborgt.

Unerwartet erhob sich TwoPees, griff sich seine Bierdose, hielt sie sich vor den Mund, imitierte damit ein Mikrofon und rappte den Text des Meisters aus den Lautsprechern mit. Etwas holprig zwar, aber immerhin.

Dann beendete er seine Show.

»Das Mik vor meinen Lippen lässt meine Fantasie sprudeln, wenn du weißt, was ich meine«, erklärte er Palmer.

Sie hatte keine Ahnung, nickte aber trotzdem.

»Und ich kann meiner aufgestauten Wut freien Lauf lassen. Hab keine Knete. Jobmäßig find ich auch nichts, was mir genügend Luft zum Atmen lässt. Klar?«

»Wut, worauf? Auf das Geld der Arbeitslosenkasse?«, fragte sie. Aber gleichzeitig wurde sie sich schmerzlich bewusst, dass sie zurzeit selber ohne Job dastand. Sie schluckte leer. Vielleicht frustrierte ihn auch bloß, dass er niemanden mehr mit seiner lauten Musik nervte, seit er zu Hause ausgezogen war.

»Umweltschutz. Wichtiges Thema. Klar?«, sagte er. Noch immer wippte er mit dem Kopf zur Musik.

Palmer fragte: »Tust du persönlich was dafür? Oder reicht es dir, von den andern Taten zu fordern?« Ihr ging dieser stressige Rapper durch den Kopf, der neulich den Leuten gegen ordentlich Kies im TV bezüglich Umweltschutz ins Gewissen redete, sich aber nicht zu blöd war, mit dem Heli zum Interview zu fliegen. »Deine Wut muss also raus.« Sie blickte ihn mitleidig an. »Und wenn du wütend bist, wirst du dann rabiat?«

»Rabiat? Meine Fresse. Du wirfst vielleicht mit Worten um dich.«

»Echt jetzt. Wenn du richtig sauer bist, an wem lässt du deine Wut dann aus? Vielleicht an Julia?«

»Du, wix mich nicht an. Klar?«, brüllte er. »Ich schlage keine Frauen. Von deiner Kacke krieg ich Ohrenkrebs. Und jetzt schleich dich. Klar?«

Er war wohl nicht die hellste Kerze auf der Torte. Palmer stand noch immer im Flur und zuckte bloß die Schultern. Aber statt die Wohnung zu verlassen, betrat sie nun sein Zimmer.

»He, soll'n der Scheiß?«

Sie stellte sich breitbeinig hin und verschränkte die Arme.

»Möchtest du reinkommen?«, fragte er. Palmer lächelte. Das riesige Wandgemälde hinter seinem Bett hatte Palmers Blick magisch angezogen. Ein Graffito, das die ganze Wand einnahm, unverkennbar im Stil des großen Meisters vom Park, jedoch ohne Signatur.

»Entweder K.I.N.G. wohnt hier oder du kennst ihn zumindest«, sagte Palmer, wobei sie mit dem Kinn zur Wand deutete.

Jetzt latschte der andere von nebenan ins Zimmer, wahrscheinlich, um seinem Kumpel zur Seite zu stehen. Schwarzes Shirt, weggerissene Ärmel, mit Farbe bekleckerte Hose. Er baute sich vor Palmer auf und wartete ab.

»Bist du der Sprayer aus dem Park gegenüber?«

»Bist du deswegen hier?« Er verschränkte seine Arme vor der Brust.

Palmer atmete seinen mörderischen Mundgeruch ein.

»Weshalb fragst du?«, wollte er wissen.

Palmer ging etwas auf Distanz. »Mir gefallen deine Werke.« Das meinte sie tatsächlich so.

Wegen der lauten Musik hatte er Mühe, sie zu verstehen. Deshalb machte er einen Schritt auf Palmer zu.

So beeilte sie sich, das Gespräch zu Ende zu bringen. Nicht nur, um Julis Befreiung voranzutreiben. »Ich suche Julia von Moos. Sie ist im Park verschwunden, exakt zu der Zeit, als du während der Fertigstellung deines Werks dort gestört wurdest.« Etwas zu bluffen hatte ihr schon bei den Alten geholfen.

»Hat jemand sie platt gemacht?«, fragte er.

»Was weißt du darüber?«

»Shit. Weshalb habe ich bereits damals gewusst, dass diese Sache auf mich zurückfallen wird?« Er zögerte eine Sekunde und fragte dann mit einem Lächeln, das vertraulich aussehen sollte, aber hilflos entschuldigend wirkte: »Hat die Sprühdose mich verraten?« Als Palmer nicht antwortete, fuhr er fort: »Ich wollte nichts wie weg. Hätte ich sie doch später geholt.«

Einige Augenblicke lang blickte er sie an und beide gaben sich Mühe, keine Miene zu verziehen. Dann ließ er es sein und sagte: »Ich weiß nichts. Du hast von ihr angefangen. Von wem sprichst du überhaupt?«

Palmer reichte ihm das Portrait von Juli. »Klingelt da was bei Dir?«

Er würdigte das Foto keines Blicks, sondern schnauzte etwas in einer Sprache, die Palmer nicht verstand. Aber das brauchte sie gar nicht, denn einen Fluch, und was er damit zum Ausdruck bringen wollte, verstand sie auch so.

Dann aber dämmerte ihm, dass er es als Kompliment verstehen durfte, dass man sein Werk auch ohne Signatur erkannte.

»Stilistisch kommt es tatsächlich hin. Das Werk auf dem

Kasten im Park könnte von K.I.N.G. stammen«, sagte er, wobei er nickte. Als Palmer nichts entgegnete, sondern ihn bloß fragend ansah, fuhr er fort: »Ja, ich war da, hab aber nichts gesehen.«

»Du könntest dich als Schiedsrichter bewerben, so wenig wie du siehst.«

»Weshalb machst du dir einen Kopf wegen der Kleinen?«

Palmer konzentrierte sich auf sein Gesicht. Sie nahm jedoch keine verräterische Miene wahr, sondern bloße Gleichgültigkeit, während er sich alle Mühe gab, cool zu wirken. Eine Strähne seines langen, blonden Haars, das am Ansatz jedoch schwarz war, verdeckte ein Auge.

TwoPees meldete sich zu Wort.

»Er hat diese Wohnung seit sieben Tagen nicht verlassen. Übrigens mag ich die Art, wie du hier rumfragst, gar nicht. Dieser ganze Scheiß geht ihn nichts an. Er hat ein verficktes Alibi. Mit dieser Julia-Schlampe hat er nichts zu tun. Und auch ich hab nichts am Laufen mit ihr.«

Ein neuer Song mit hammerharten Tanzgrooves fetzte los.

»Ah, das haut galaktisch rein.« TwoPees begann in Wellenbewegungen zu tanzen, stellte sich neben seinen Kumpel und sagte mit anzüglichem Lächeln zu Palmer: »Dieses Ding kriegt er von dir nicht angehängt.« Doch seine Augen funkelten, als wüssten sie mehr, als er verriet.

»Wenn du die ganze Zeit hier am Pennen und Gamen warst, wie willst du dann wissen, worum's geht? Und wann dieses Ding über die Bühne ging?«

Schlagartig wich jede Bewegung aus seinem Körper. »Mittwochabend hast du gesagt?«

Palmer hob eine Augenbraue.

»War doch so?«, fragte TwoPees. Das spannungsgeladene Schweigen, das nun folgte, hielt mehrere Sekunden an.

»Jetzt raus mit der Sprache. Du sagst mir alles, was du weißt. Oder willst du in den Bau?«

»Meine Fresse, setzen die Cops jetzt auf so aufgedirndlte Feger wie dich?«, fragte TwoPees so 50-Cent-mässig wie er's grad hinkriegte. Dann drehte er sich zu K.I.N.G. und sie vollführten ein kompliziertes Abklatschritual mit verzwickten Handschlägen.

Palmer konnte es fast nicht glauben, aber der Junge meinte, sie sei ein Freund und Helfer. Sie fühlte sich geschmeichelt. Sie würde sich jedoch hüten, ihm gegenüber etwas in dieser Richtung zu behaupten. Damit würde sie sich bei der Polizei mächtig in die Nesseln setzen. Aber im Moment kam's ihr nicht ungelegen.

»Du mit deinen Fragen. Hast du überhaupt einen verfickten Ausweis oder so?«, fragte er.

»Hab ich. Aber den werde ich doch wohl nicht brauchen. Ich hab ein ehrliches Gesicht.« Palmer spürte, wie TwoPees sie musterte.

Jetzt, wo die Stimmen etwas gereizter klangen, erhob sich die Kleine im Nebenzimmmer, ging durch den Flur, während sie sich den Kaugummi im Mund zurechtschob, ließ eine Blase platzen, drückte die Tür hinter sich ins Schloss und drehte mit lautem Knarzen den Schlüssel.

»Kennt ihr Julia von Moos?« Palmer hielt beiden das Foto vor die Nase.

»Die kennt doch jeder. Echt scharfes Gerät. Aber was geht das dich an?«

»Hat sie dich beim Sprayen überrascht, du hast sie blöd angemacht, das hat ihr nicht gepasst und ihr seid in Streit geraten?«

»Laber mir nicht die Ohren voll.«

»K.I.N.G., dich hat man im Park gesehen.«

Nur eine seiner Augenbrauen schoss in die Höhe.

»Wo hast du sie hingebracht?«, fragte Palmer.

Er schob den Unterkiefer vor, musterte sie von oben bis unten und ließ weiter nichts von sich hören.

»Ist eine Behauptung falsch, dann sag Nein, sonst interpretiere ich dies als Ja. Jedenfalls scheinst du etwas zu wissen«, sagte Palmer.

»Hast wohl 'n Irren im Gebälk. Verfickte Schlampe. Du tickst doch nicht sauber.«

»Was sagt denn deine Mutti, wenn du dauernd so böse Worte benutzt?« Aber gleichzeitig wurde sich Palmer klar, dass ihre eigene Wortwahl nur wenig hinter jener dieser Jungs nachhinkte. Sie wusste, dass sie damit viele Leute vor den Kopf stieß. Aber für sie war es eine Art Abwehrmechanismus. Sie wollte einfach nicht, dass ihr die Leute zu nahekamen.

Palmer überlegte für einen kurzen Moment, ob tatsächlich Typen wie diese beiden auf die Idee kamen, Juli zu kidnappen, um vielleicht aus einer Erpressung Kapital zu schlagen. Immerhin schienen sie keinen festen Job zu haben und sich sonst wie über Wasser zu halten. Aber in dieser Wohnung gab es keine Anzeichen auf ein Kidnapping. Hielt man Juli gefangen, müsste zumindest noch eine andere Tür als jene der Toilette verschlossen sein.

»Weshalb rückt ihr zwei Kleinhirnis nicht mit der ganzen Wahrheit raus?«, fragte Palmer.

»Nerv mich nicht an. Wir haben mit dem Verschwinden nichts zu tun. Beweisen müssen wir gar nichts. Nicht mal, wenn wir tatverdächtig wären, müssten wir unsere Unschuld beweisen. In unserem Rechtssystem hat der Ankläger den Beweis für die Schuld des Angeklagten zu erbringen. Und gelingt ihm dies nicht zweifelsfrei, wird er vor Gericht freigesprochen.«

Hoppla, dachte Palmer, dieser kleine Scheißer hatte doch tatsächlich Justizerfahrung gesammelt. Wahrscheinlich betreut von Papis Anwalt. Ganz so falsch konnte dieser Ort nicht sein auf der Suche nach Juli. Aber noch immer wusste sie nicht mehr als zuvor.

Obwohl es in dieser Wohnung eher kühl war, bildeten sich auf Palmers Stirn Schweißtropfen. Sie war aufgebracht über sich selbst, da sie augenscheinlich nicht das Zeug dazu hatte, die entscheidenden Fragen zu stellen. Aber jetzt durfte sie nicht aufgeben. Sie wollte Juli zurückhaben.

»Also nochmal: Du bist im Park gewesen, als Julia vorbeijoggte. Du hast sie ausgecheckt und als nicht gefährlich abgehakt. Was geschah dann?«

»Was willst du eigentlich? Langsam gehst du mir echt auf die Eier.«

Palmer starrte in K.I.N.G.s Gesicht, ohne sich anzuschicken, etwas zu entgegnen.

»Willst du bei mir einen fetten Batzen abcashen, weil du mich ansonsten bei den Bullen verpfeifst?« Verächtlich wischte er sie in der Luft weg. Dann blickte er ihr scharf in die Augen. »Kack mir besser nicht dazwischen.«

»Sonst was? Stopfst du mir dann mit deinem Schlagring den Mund? Wen willst du damit umbringen?«

»Ich hab das Recht, mich zu verteidigen, sollte mich jemand angreifen.«

»Wer hätte denn einen Grund dazu?«

»Quatsch, aber ich geh doch nachts nicht im Röckchen auf die Straße.«

»Ich frag dich ein letztes Mal: Was ist im Park passiert, als Julia verschwunden ist?«

K.I.N.G. schüttelte seinen Kopf, aber zu ungestüm in Palmers Augen. Das hieß eher »frag mich nicht« als »ich hab keine Ahnung«.

Palmer ging ganz nah an ihn heran. »Hat jemand sie entführt?«

»Ich weiß nichts.«

»Verkohl mich nicht, kleiner Poolpisser.« Mit voller Wucht trat sie ihm mit dem Stiefel gegen das Schienbein. Er wäre fast zu Boden gegangen, als er das Bein zurückzog.

»Ich erzähl keinen Scheiß, dumme Nutte. Du trittst mich noch einmal und ich …«

Weiter kam er nicht, da Palmer mit dem Stiefel an die gleiche empfindliche Stelle nachtrat. Er sackte vornüber, sank nieder und umklammerte schützend sein Schienbein, als er auf dem Boden lag. Noch bevor TwoPees einen Schritt nach vorne machen konnte, stach Palmer mit dem Zeigefinger in seine Richtung und zischte mit geschürzten Lippen: »Du bleibst, wo du bist.«

Er hielt schlagartig in seiner Bewegung inne.

Palmer senkte ihren Blick zu K.I.N.G. »Du hast zehn Sekunden. Jetzt will ich was hören. Neun, acht …«

Er lächelte verkrampft. »Ich weiß nichts«, sagte er schließlich verbissen, mit einem Ansatz von Panik in der Stimme.

»Hör gut zu. Alles, was ich von dir will, ist eine Info, die mich Julia näherbringt. Du hilfst mir weiter, und ich verpfeif dich nicht bei der Behörde. Sag noch einmal, dass du nichts weißt, und du wirst deine kleine Lady für längere Zeit nicht mehr bestäuben.« Andeutungsweise zuckte sie mit dem Stiefel.

»Scheiße. Ich weiß fast nichts, aber du kriegst es.«

Die eine Hand noch immer am Schienbein, hielt er die andere abwehrend Richtung Palmer. Dann spähte er hastig zu seinem Kumpel für ein stummes »Hilf mir«.

»Sieben, sechs …«

TwoPees und K.I.N.G. blickten sich an. Palmer hörte regelrecht, wie sie nachdachten. Dann kam es ihr vor, als erkenne sie ein bewegungsloses Nicken.

»Okay, da war jemand. Genau hab ich ihn nicht gesehen, ich meine Gesicht und so. Ziemlich dunkel und zu weit weg. Jedenfalls muckte die Lady auf, deshalb hab ich hingesehen. Der Typ zerrte sie in ein Fahrzeug. Wann er damit in den Park gefahren war, weiß ich nicht. War grad mit was anderem beschäftigt.«

Palmer bückte sich zu ihm nieder und stieß ihn mit dem Finger auf die Brust. »Da wird vor deinen Augen eine Frau in ein Fahrzeug gezerrt und du unternimmst nichts? Und nicht mal, als die Medien über die Vermisste berichtet haben, hast du's der Polizei gemeldet?« Palmer schnaufte.

Er zog seinen Kopf so weit wie möglich zurück und blickte aus den Augenwinkeln zu ihr hoch.

Palmer atmete durch. »Ist er alleine gewesen?«

»Ich hab keinen zweiten gesehen.«

»Was macht dich so sicher, dass es sich um eine Entführung handelte?«

»So wie die sich gewehrt hat.«

»Hast du ihn erkannt?«

»Nein, den Typen hab ich noch nie zuvor gesehen.«

Palmer rümpfte die Nase, kreuzte die Arme vor der Brust und kniff die Augenbrauen zusammen. »Das heißt also, du hast ihn immerhin so gut sehen, um zu erkennen, dass du ihn nicht kennst.«

»Nee, versteh mich nicht falsch. Die Szene war zu weit weg, und eine Laterne steht da keine in der Nähe.«

Palmer schüttelte irritiert den Kopf. Trotz Einstein ging dieser Junge ziemlich unbewaffnet in jeden geistigen Kampf.

»Ich bin mir nicht mal sicher, ob das Julia war«, sagte K.I.N.G.

»Was trug sie?«

Er verdrehte die Augen. »Mein Gott, muss ich dir ne Liste schreiben?«

Palmers rechter Fuß zuckte und sogleich schnellte eine seiner Hände in seinen Schritt und er zog die Beine an.

»Okay, okay, beruhige dich. Graue Radlerhose, helles Tanktop, dunkle Sneakers.«

»Weshalb hast du nicht um Hilfe gerufen?«

»Meine Fresse. Kapierst du's nicht? Damit sie mich beim Sprayen schnappen? Das kann ich mir echt nicht mehr leisten. Werden langsam teuer, die Rechnungen der Maler, die sie mir aufbrummen.«

»Hast du dir das Nummernschild gemerkt?«

»War nicht möglich, er ist in einem Höllentempo davongerast, ohne Licht.«

»Was für eine Marke war's? Wie viele Leute sind drin gesessen?«

»Ich hab sonst nur den Fahrer gesehen. Er ist jedenfalls links eingestiegen.«

»Marke?«

»Ich tippe auf einen fetten Range Rover, neue Form, grün.«

»Eben hast du gesagt, es sei dunkel gewesen. Wie willst du dann wissen, dass der Wagen grün war?«

»Als er auf die Straße eingebogen ist, ist er unter der Beleuchtung durchgefahren. Klar? Mehr hab ich nicht. Da kannst du mich treten, so oft du willst«, sagte er und reckte ihr sein Kinn entgegen.

Ein großes Fahrzeug. Da könnte was dran sein, dachte Palmer. Denn in einen kleinen Wagen bringt man ein Opfer, das sich wehrt nicht ohne Weiteres rein. Palmer stieß Luft aus ihrer Nase und sagte kein Wort. Sie spürte, wie sich ihr Magen zusammenzog. Sie hatte einiges erfahren, aber ob ihr dies weiterhelfen würde, wusste sie nicht. Immerhin sah es nun so aus, als sei Juli tatsächlich entführt worden.

Als Palmer kehrtmachte und die Wohnung verließ, streckten ihr beide als Abschiedsgruß einen Finger in die Höhe. Es waren nicht die Daumen. Als ob sie's gespürt hätte, sagte sie, ohne sich umzudrehen: »Setzt euch selber drauf.« Sie trat ins Treppenhaus und ließ die Wohnungstür offenstehen.

Noch während sie das Treppenhaus runterstieg, ging ihr durch den Kopf, dass es vielleicht noch andere Leute gab, die das Fahrzeug gesehen hatten, als es aus dem Park preschte. Oder existierten gar irgendwo Aufnahmen von Überwachungskameras, auf denen das Fahrzeug zu sehen war?

Zurück auf der Straße machte sie sich daran, in der Umgebung nach Kameras Ausschau zu halten.

Bezüglich Überwachungskameras fand sie nichts, sodass sie nach Hause ging, um sich in Ruhe einen Plan für ihr weiteres Vorgehen zurechtzulegen.

Sie ließ sich auf ihr Sofa fallen. Obwohl erst Nachmittag, hätte sie sogleich einschlafen können.

Aber jetzt biss sie die Zähne zusammen, ballte die rechte Hand zur Faust und rammte sie mit lautem Klatschgeräusch in die linke, offene Handfläche.

Sie wählte die Hauptnummer der Polizei und wollte sich zum Kommandanten durchstellen lassen. Der war aber besetzt. Also ließ sie ihm ausrichten, dass sie auf der Suche nach der entführten Juli von Moos auf eine Spur gestoßen sei. In wenigen Worten diktierte sie dem Wachhabenden, was sie in Bezug auf einen grünen Wagen herausbekommen hatte.

Was von dieser Seite her später geschah, hätte Palmer nie erwartet.

KAPITEL 19

Palmer tippte ihre neusten Erkenntnisse in ihren Laptop ein. Aber es ging ihr mies. Sie wusste nicht, ob es an ihrer Müdigkeit lag oder an der ganzen Geschichte mit Juli, oder daran, dass sie heute kaum etwas Anständiges gegessen hatte. Sie schlurfte zum Kühlschrank, obwohl sie wusste, dort nichts Brauchbares zu finden. Sie prüfte ihn dennoch auf übersehene Lebensmittel, kehrte schließlich ohne etwas Essbares, aber mit einem eiskalten Bier ins Wohnzimmer zurück.

Gerade als sie sich die kühlende Dose an die Stirn drückte, rief Alex an.

»Ich fahr zu dir und koch dir was.«

Palmer fragte sich, ob sie ihn auf das abgesagte Date ansprechen sollte, auf das Weshalb und mit wem. Sie ließ es bleiben. Stattdessen antwortete sie: »Lieber nicht. Ich muss sowieso raus, Essen einkaufen, Kaffee, Äpfel und Katzenfutter.«

»Vielleicht solltest du deine Ernährungsgewohnheiten ändern.«

Palmer verzog einen Mundwinkel. »Ach, lass nur. Ich muss meine verschwundene Freundin Juli suchen. Wir sehen uns.«

Palmer stellte ihre Karre auf einen der beiden Parkplätze vor *We Love Your Pets*, denn nur dieser Laden führte exakt jenes Futter, welches Sandman duldete. Als sie die Tür aufstieß, ertönte eine Glocke und eine Verkäuferin tauchte aus dem Hinterraum auf.

Palmer schaute sich im Laden kurz um, bevor sie zur Kasse schritt.

»Haben Sie dieses neue Catfit nicht mehr, welches gerade in der Werbung läuft und so lecker aussieht?«

Die Verkäuferin hatte bereits zur Antwort angesetzt, als ihr der Chef ins Wort fiel, während er aus dem Büro auftauchte. »Wir kriegen das heute wieder rein.« Er bemerkte, wie sie auf die zusammengefaltete Boulevardzeitung starrte, die neben der Kasse lag, mit der fetten Überschrift »Julia von Moos entführt«. Er zog die Schublade auf, ließ die Zeitung etwas beschämt darin verschwinden und bemerkte: »Schlimme Sache, nicht?«

Palmer hatte jedoch keine Lust, irgendwen in ihre Suchbemühungen einzuweihen. Trotzdem war sie gerührt von seiner Anteilnahme. Und weil sie sich Juli gegenüber verpflichtet fühlte, sagte sie: »Wer Juli kennt, mag sie.«

»Sie kennen Sie persönlich?«, fragte er und hielt in seinen Bewegungen inne.

»Weshalb meinen Sie?«

»Die Frau heißt Julia, Sie aber nennen sie Juli. Das tönt für mich, als ob Sie die Frau näher kennen.«

»Ich weiß auch nicht mehr als Sie. Hoffen wir, dass man sie bald findet. Lebend.« Dabei ließ sie's bewenden, denn sie hatte keine Lust, das Thema zu vertiefen. Palmer kaufte ein kleines Katzenspielzeug, das in einem Korb neben der Kasse lag. Sie blickte auf das Kassendisplay und legte den genauen Betrag hin.

»Ich bin heut Abend eh noch in Ihrer Gegend unterwegs. Sie sagen, wie viele Dosen Sie brauchen und ich bringe sie zu Ihnen nach Hause«, bot der Chef Palmer an.

Die Verkäuferin drehte ihr Gesicht zu ihm. Zwischen ihren Brauen bildeten sich tiefe Falten.

»Woher wissen Sie, wo ich wohne?«, fragte Palmer.

»Ich bin in der ganzen Stadt unterwegs. Da fahr ich automatisch bei Ihnen vorbei, egal in welchem Quartier Sie wohnen.«

»Ach, lassen Sie nur«, sagte Palmer. Er war zwar nicht unsympathisch, aber sein Angebot irritierte sie doch ein wenig.

Sie griff sich ihren Einkauf, ging zu ihrem Wagen und klappte den Laptop auf.

»Maximilian …«, sagte Palmer laut vor sich hin, als sie die Datei mit ihren Notizen checkte. Hatte böse geendet damals, seine Beziehung mit Juli, erinnerte sie sich. Sie überlegte, inwiefern er etwas mit ihrem Verschwinden zu tun haben konnte.

Als nach dem vierten Versuch seine Nummer noch immer besetzt war, googelte sie mit dem Handy seinen Namen und fand *Ars Moderna*, Maximilian Graf. Da Palmer an der Maihofstraße war, mochte es zu seiner Galerie etwas mehr als einen Kilometer sein, eigentlich in Gehdistanz. Trotzdem nahm sie ihren Wagen, fand dann aber an der Haldenstraße keinen Parkplatz. Sie wollte sich heute keine Parkbuße einhandeln, also kurvte sie genervt einige Minuten im Quartier herum, bis sie letztlich ihren Wagen doch außerhalb eines Parkfeldes abstellte. Immerhin in einer Querstraße, wo man von den Politessen am ehesten in Ruhe gelassen wurde.

Die Galerie sah aus wie fast überall, makellos sauberer Betonboden, schwarz gestrichene Decke, kräftige Spots auf grellweiße Wände mit abstrakten Bildern. Palmer hatte es nicht so mit gegenstandsloser Kunst. In der Galerie traf sie auf keine Kunden. Hinter einem ausladenden Glastisch saß eine Dame in eng anliegendem, schwarzem Kostüm, die angestrengt etwas in ihren breiten Apple-Laptop tippte und sich alle Mühe gab, Palmer nicht zur Kenntnis zu nehmen. Palmer tat so, als missfiele ihr dies nicht im Geringsten und gab vor, die großformatigen Bilder zu studieren. Als ihr aber nach einigen Minuten klar wurde, dass die Dame sich durch ihre Anwesenheit in keiner Weise gestört fühlte, räusperte sie sich, allerdings ohne eine Reaktion auszulösen. Nun trat Palmer zum Glastisch und klappte ihr den Laptopbildschirm um einige Zentimeter zu. Mit entsetzten Augen riss die Dame ihre Finger von der Tastatur, schnellte aus dem Bürosessel hoch und starrte Palmer mit einem wütenden Flackern in den Augen nieder.

»Ich muss Maxi sprechen«, sagte Palmer.

»Wer sind Sie, wenn ich fragen darf?« Ihre Stimmlage zitterte dabei vor Entrüstung und sie fügte an: »Mir ist nicht bekannt, dass Maximilian Umgang mit so ungehobelten Menschen pflegt.«

»Melden Sie einfach Palmer.«

»Er ist heute den ganzen Tag nicht in der Galerie anwesend.«

»Dann rufen Sie ihn an. Ich warte.«

Palmer erkannte die hervorgetretene Halsschlagader und es schien, als leite sie fast das gesamte Blut der Frau in den Schädel. Deshalb erläuterte sie: »Er scheint da in eine gröbere Sache verwickelt zu sein. Ich werde ihm nur ein paar Fragen stellen.«

»Ich versteh echt nicht, weshalb ihr immer wieder mit dieser alten Geschichte auftauchen müsst.« Dabei rieb sie sich die Schläfen und blickte Palmer entsetzt an.

Palmer konnte sich eben noch zurückhalten zu fragen, worum es dabei ging. Die erneute Bestätigung ihrer Autorität schmeichelte ihr. Die Galerieaufsicht schien darüber nachzudenken, wie sie das, was sie sagen wollte, am besten verpackte. Nach einigen Sekunden ließ sie sich in ihren Sessel fallen, griff zum Hörer und sprach mit verhaltener Stimme. Als sie aufgelegt hatte, schrieb sie auf einen Firmenblock eine Adresse. Diese hielt sie Palmer wortlos entgegen.

Als Palmer zu ihrem Wagen marschierte, wurde ihr klar, dass sie zu Fuß nicht nur schneller gewesen wäre, sondern sich auch die Parkbuße hätte sparen können, welche sie bereits von weitem unter dem Scheibenwischer anlächelte. Mannmannmann.

Jetzt parkte sie kaum 50 Meter von Maximilians Adresse entfernt. Ganz korrekt diesmal, in der blauen Zone. Sein Haus lag am Hang und war umgeben von einer mannshohen Mauer, welche Passanten zu verstehen gab, dass die Bewohner es vorzogen, wenn sie draußen blieben. Was die Sicherheit der Bewohner betraf, war sie so gut wie nutzlos, wenn man vom guten Gefühl, sich geschützt zu glauben, mal absah. Denn es musste jedem klar sein, dass sich kein Ganove von einem Hindernis abhalten ließ, das innert Sekunden zu überwinden war. Palmer blieb vor dem schweren Tor stehen und schaute sich um. Das Dreilindenquartier lag wie ausgestorben da, wäre nicht ein Jogger die Straße entlang gekeucht. Palmer schüttelte den Kopf. Für sie sahen alle Jogger aus, als wären sie auf der Flucht. Sie drückte hastig viermal die Taste der Sprechanlage. Achtung bissiger Hund, las sie auf der Tafel neben der Klingel. Na toll, war ihr erster Gedanke. Der zweite erkannte in dem Schild einen Hinweis, dass hier jemand auf eine Alarmanlage verzichtete, was sie sich merken wollte. Sie suchte mit den Augen den Eingang ab, bis sie in die Linse einer eingebauten Kamera blickte. Einige Sekunden später schwang das Tor auf. Die mit edlen Steinplatten belegte Zufahrt führte etwa 20 Meter zur Villa hinauf. Das überbreite Tor der Mehrfachgarage war geschlossen und davor stand kein Fahrzeug. Alles piekfein, nirgends ein verwelktes Blatt, weder zwischen den Sträuchern, noch auf dem Weg. Einzig die riesige Tanne störte die Perfektion, indem sie mit ihren kräftigen Wurzeln vor Jahren begonnen hatte, den Rand der Zufahrt aufzuwerfen.

Palmer betrat den Pfad aus Steinplatten, die in den Rasen gelegt waren. Deren Abstand zueinander hätte Palmer unnatürlich kleine Schritte aufgezwungen, hätte sie sich angestrengt, nicht ins Grün zu treten.

Maximilian lag am nierenförmigen Pool im Liegestuhl auf der Rückseite des Hauses, inmitten eines manikürten Rasens. Die italienischen Slipper hatte er achtlos abgestreift, Socken trug er keine. Er sah gut aus in seinen teuren Jeans und dem hellblauen, sauber gebügelten Seidenhemd, welches er nicht vollständig zugeknöpft trug. Auf dem Tischchen stand ein orangefarbener Drink mit schwimmenden Fruchtstückchen. Am Fußende der Liege hockte ein großes Tier mit kurzen, schwarzen Haaren und wartete aufmerksam mit aus der Schnauze wackelnder Zunge auf einen Befehl seines Herrchens. Palmer mochte ihn auf Anhieb, obwohl er eigentlich zur Kategorie jener Hunde gehörte, angesichts derer man besser die Straßenseite wechselte.

In Maximilians Ohren steckten kleine Kopfhörer, mit einem Fuß wippte er und tat so, als bemerke er sie nicht. Aber wer hatte den Türöffner gedrückt, wenn nicht er? Palmer war bereit, ihm längstens 30 Sekunden Wartezeit einzuräumen.

Doch noch vor Ablauf der Frist sagte er: »Ach, du bist es. Wir hatten längere Zeit nicht mehr das Vergnügen. Hallo,

Chris.« Sein Gesicht zeigte leichtes Erstaunen. »Meine Vertretung in der Galerie hat mir jemanden Unbestimmtes angekündigt.« Er schob sich mit der Linken die Sonnenbrille von der Nase und streckte ihr zur Begrüßung die Rechte hoch, ohne aufzustehen. Er hatte eines jener hübschen Gesichter, bei welchen sich Mütter nicht zurückhalten können, die kunstvoll zerzausten Haare zu richten und Strähnen aus der Stirn zu streichen.

»Schlimme Sache, das mit Juli«, sagte Maxi. »Hab's in der Zeitung gelesen.«

Palmer verengte ihre Augen zu Schlitzen. »Was weißt du darüber? Ist sie hier?«

»Quatsch. Juli hab ich schon lange nicht mehr getroffen. Wo sie ist, weiß ich nicht. Hat die Polizei sie bereits gefunden?«

»Bin mir nicht mal sicher, wie ernsthaft sie nach ihr suchen.« Palmer schüttelte den Kopf. »Wie lange seid ihr beide ein Paar gewesen?«

»Bis, Moment mal, wir haben den Hiltl-Club am Abend zuvor besucht, so um Ostern, glaub ich …«

Palmer hatte damals Juli mehr als einmal gefragt, ob sie sicher sei, dass er sich nicht eher für Männer interessierte. In Palmers Augen hätte er für das eine oder andere Team spielen können. Auch heute sah er blendend aus, und es war unübersehbar, dass er hart daran arbeitete, attraktiv, aber auch finanzkräftig zu wirken. Trotzdem beschlich Palmer das Gefühl, er mime den Glücklichen. Sie fragte sich, ob er wohl noch immer unter der Trennung von Juli litt. Er und Palmer waren seinerzeit nie warm miteinander geworden. Sollte er heute über ihren unerwarteten Besuch verärgert sein, ließ er es sich jedoch nicht anmerken.

Auf seinem linken Hemdärmel entdeckte Palmer einen dunklen Fleck. Als er Palmers Blicke darauf bemerkte, deckte er ihn wie beiläufig mit der Hand ab. Versuchte er, ihn zu verbergen?, fragte sich Palmer. Könnte er von der Entführung Julis stammen? Palmer schüttelte den Kopf. Vielleicht war ihm der Klecks einfach unangenehm. Meistens ist ein Fleck nichts weiter als ein Fleck. Die Entführung lag ja auch schon einige Tage zurück.

Palmer wandte sich dem Hund zu. Dieser hatte nun den Kopf auf seine Pfoten gelegt, seine Augen aber beobachteten sie. Sie trat näher und er erhob sich. Als sie in die Hocke ging, um ihn zwischen den Ohren zu kraulen, fletschte der Rottweiler sofort die Zähne und Palmer wich zurück. Sie fragte sich, ob sie die Zeichen seiner Ablehnung persönlich nehmen sollte oder ob der Hund heute bloß einen schlechten Tag einzog.

»Ist er Vegetarier?«, fragte sie. Bei einem Ja hätte sie seine schlechte Laune verstanden.

»Lass nur, Tiere spüren, wenn man sie mag«, sagte Maximilian.

Nun gut, dachte Palmer, der Hund war immerhin an der Kette. Allerdings achtete sie nicht darauf, ob die Kette gespannt war oder nicht.

»Wie kann ich dir helfen?«, fragte Maximilian und biss auf den Bügel der Brille, welche er abgenommen hatte.

Auch Palmer gab sich nun alle Mühe, einigermaßen entspannt zu wirken, obwohl ihr Hirn auf Hochtouren arbeitete. Sie überlegte krampfhaft, welche alte Geschichte, wie es seine Assistentin in der Galerie genannt hatte, in Gang gewesen sein mochte und wie sie ihn jetzt dazu bringen konnte, darüber zu sprechen, ohne dass er mitbekam, dass sie keinen blassen Schimmer davon hatte.

»Deine Galerievertretung hat gesagt, man solle die leidige Sache endlich auf sich beruhen lassen. Wie siehst du das?« Palmer tat so, als wisse sie, worum es sich damals gehandelt hat.

»Materiell ist Juli nicht zu Schaden gekommen.« Er atmete tief ein und langsam aus. »Gibt es denn nicht irgendeine Möglichkeit, dass Juli ihre Anzeige zurückzieht?«

»Hast du dich bei ihr bereits entschuldigt?« Stille. »Siehst du, das wär doch der allererste Schritt, die Geschichte zu einem Ende zu bringen. Ob Juli darauf eingeht, musst du allerdings ihr überlassen. Deine Wortwahl muss überzeugend sein. Vielleicht möchtest du mit mir das Ganze durchgehen und ich erkläre dir aus Sicht einer Frau, wo du einhaken könntest.« Palmer wusste, dass sie an diesem Punkt des Gesprächs ihren Blick nicht von ihm abwenden durfte, obwohl sie wie auf Nadeln saß. Sie musste die Führung des Gesprächs behalten. Sie hatte einen Glückstreffer gelandet und musste jetzt auf der Hut sein, damit er ihren Bluff nicht aufdeckte. Als sie als Warenhausdetektivin überführte Diebe vernahm, traf sie immer wieder auf Leute, die sich selber weiter und weiter reinritten, während sie verzweifelt versuchten, sich rauszureden. Vor Verlegenheit griff sie sich an die Nase, versuchte aber sogleich einen Ausdruck aufzusetzen, der sagte: Ich weiß Bescheid, aber ich lass dir einen Versuch, mir deine Sicht der Dinge zu erklären. So viel war Palmer bereits jetzt klar. Es ging um den Grund, weshalb Juli die Beziehung zu Maximilian beendet hatte. Palmer gegenüber war Juli nicht bereit gewesen, darüber zu reden.

Er neigte den Kopf nach vorn und antwortete leise. Es klang wie das Eingeständnis eines Straffälligen, der vor dem Richter seine Taten bereut.

»Damals hab ich nur meinen Vorteil im Kopf gehabt. Juli hat vieles recht locker genommen. So bin ich gar nicht auf die Idee gekommen, damit etwas ach so Schlimmes zu tun. Klar bin ich nicht der Meinung gewesen, sie hätte Freude daran. Aber ich hab gedacht, sie stecke das locker weg. Dass diese paar Fotos ihre Karriere gefährden könnten wegen mangelnder Seriosität, hab ich nie in Betracht gezogen. Das tut mir natürlich leid. Obwohl: Ästhetisch sind sie, diese Fotos, auch wenn ich sie selber geschossen hab. Aber gut, inzwischen sollten auch die letzten Fotos von allen Sites und Blogs entfernt sein. Diese Spezialisten brauchen halt ihre Zeit. Aber sie arbeiten gut.«

»Und du selber hast dabei keinen Schaden genommen?«

»Nein. Gerade deshalb hab ich die Fotos doch ins Netz gestellt. Sie beweisen eindeutig, dass ich weder schwul noch impotent bin. Das ganze dumme Geschwätz ist verstummt. So gesehen hab ich mein Ziel erreicht. Nur bin ich leider auch Juli los.«

Palmer beobachtete, wie sich seine Kinnmuskulatur verkrampfte.

»Mein Schaden ist immerhin, dass ich die Entfernung aus dem weltweiten Netz berappen musste. Diese Spezialisten sind verdammt teuer. Das kannst du mir glauben.«

Palmer rollte die Augen, dann dehnte und streckte sie sich zum Zeichen ihrer Langeweile, um ihm auf ironische Art klar zu machen, dass nicht er es sei, der zu jammern hatte.

Aber effektiv wunderte sie sich über Juli. Mit keinem Wort hatte sie diese ganze Geschichte Palmer gegenüber erwähnt. Sie spürte einen Kloß im Hals. Sie zweifelte an der Freundschaft mit Juli und lächelte traurig.

Palmer atmete tief ein.

Dann blickte sie sich unauffällig im Garten um.

Das Haus war sehr geräumig. War es möglich, mochte es sein, dass er darin etwas verbarg? Die ganze Villa war unterkellert. Auf Bodenhöhe erkannte sie niedrige, vergitterte Kellerfenster.

Palmer fragte sich, ob in diesem Moment Juli da drin steckte, gefesselt und geknebelt, und mit hilflosen Augenbewegungen um ihre Aufmerksamkeit bettelte. Palmer wurde schwarz vor Augen. Sogleich trat sie einen Schritt auf Maximilian zu und schlang die Arme fest um ihre Brust, bis der Schwindelanfall vorüber war.

»Deshalb bin ich nicht hier«, sagte Palmer und bohrte ihren Blick in seine Augen. »Juli ist verschwunden. Was weißt du darüber?«

Seine Lippen formten einen Kreis. »Was heißt schon verschwunden? Hab's gelesen. Aber du weißt doch, was die Zeitungen alles schreiben.«

Palmer regte sich keinen Millimeter.

»Wenn sie nicht in Luzern ist, dann ist sie halt irgendwo auf der Welt bei einem Shooting«, sagte er. »Logg dich bei Facebook ein, dort lässt sie die ganze Welt wissen, wo sie gerade für wen posiert.« Er fuhr sich mit beiden Händen durch die Haare. »Falls tatsächlich niemand weiß, wo sie ist, hab ich damit nichts zu tun.« Dabei wandte er seinen Oberkörper von Palmer ab.

»Ist da nicht noch eine Rechnung offen?«

»Schluss jetzt.« Er schlug die Hände über dem Kopf zusammen. »Ist das deine Masche? Du belästigst mich so lange, bis ich gestehe, nur um Ruhe vor dir zu haben?«

Als sie spürte, dass er ihre Frage nicht beantworten würde, setzte sie nach: »Was jetzt?« Sie wollte ihn zum Reden bringen. Diese kurze Frage schien ihr geeignet, da sie alle möglichen Richtungen offen ließ. Und das Wichtigste: Sie ließ sich weder mit Nein, noch mit Ja beantworten. »Also?«, versuchte es Palmer erneut, weil der erste Versuch fehlgeschlagen war.

Ein feuchter Film hatte sich auf seiner Stirn ausgebreitet. Er gab sich alle Mühe, den Schweiß unauffällig mit dem Handrücken wegzuwischen. Palmer fragte sich, weshalb er so schwitzte. Die Körpersprache kann um einiges lauter sein als Worte.

»Du tust so, als wäre ich verdächtig. Verdammte Scheiße.« Seine lauten Worte und seine Gereiztheit übertrugen sich auf den Rottweiler. Das Tier fletschte seine Zähne und blaffte bösartig.

Palmer war klar, er verteidigte nur sein Territorium. Aber sie ließ sich nicht beeindrucken. »Nun, du hast schon mit der Polizei zu tun gehabt. Und du hast ein Motiv, Juli etwas anzutun, so wie du unter der Trennung leidest.«

»Ich bin nicht blöd. Du stocherst doch bloß im Nebel.«

Nun ging's blitzschnell. Die Metallglieder rasselten und der Rottweiler sprang Palmer an. Erst die gespannte Kette hielt ihn ruckartig zurück.

»Aus, Dexter, aus!«, schrie Maximilian, während seine flache Hand hochschnellte und er sich mit der andern eiligst von der Liege abdrückte, um zu seiner Kampfmaschine hinzueilen.

Palmer spürte einen brüllenden Schmerz. Das Tier hatte trotz Kette gerade noch die vordersten Zähne seiner gefährlichen Waffe in ihren linken Oberarm gehauen. Der Schmerz trieb ihr Adrenalin ins Blut. Mit der freien Hand packte sie sein Halsband und versuchte es herumzudrehen, um ihm damit die Kehle zuzuschnüren.

»Dex! Aus!«

Diesmal ließ der Rottweiler von ihr ab, gerade noch rechtzeitig, bevor er durch schüttelnde Kopfbewegungen eine fürchterliche Wunde reißen konnte.

»Sitz!«, befahl Maximilian, und der Hund gehorchte. Er herrschte Palmer an: »Und du lässt deine Hände von Dex!« Er beugte sich zum Hund und tätschelte ihm mit der flachen Hand den Kopf. Andere Hunde im Quartier mussten den Angriff mitbekommen haben und stimmten ins Kläffen ein. Palmer umklammerte mit der Hand die Wunde. Ein Glück nur, dass sie wenigstens ein langes Shirt getragen hatte.

Maximilian reichte ihr eine kaum gebrauchte Papierserviette, Palmer krempelte den Ärmel hoch und drückte sie auf die Wunde, während sie sich vergewisserte, die Distanz zum Hund so vergrößert zu haben, dass er sie bei gestreckter Kette nicht mehr erreichte.

»Verdammtes Vieh. Hast du wenigstens in der Tiefkühle gefrorene Erbsen oder so?«, fragte sie Maximilian.

Er überlegte, dann packte er seinen Hund am Halsband und eilte mit ihm ins Haus. Als er wiederkam, hatte er den Hund im Haus gelassen und hielt einen Beutel Brokkoli in der Hand. Palmer drückte das eiskalte Ding auf ihre Wunde und sogleich entspannten sich ihre Gesichtszüge.

»Und der Hund kann nicht raus?«, fragte sie ihn, während sie mit dem Kopf Richtung Glasschiebetür nickte, hinter welcher der Hund mit heraushängender Zunge sie beide beobachtete. Maximilian schüttelte stumm den Kopf.

Sie schnaubte gereizt, als er sich für den Angriff seines Hundes entschuldigte. Aber sie hatte die Gefahr falsch eingeschätzt, zumal sie sich in seinem Territorium befand.

Beide hockten nebeneinander auf der Liege. Er gab sich gefühlsmäßig angeschlagen. Palmer fragte sich, was ihn stärker beschäftige, der Vorfall mit seinem Hund oder Julis Verschwinden. Oder konnte er seine Gefühle kaum mehr im Zaum halten, weil Palmer hier und jetzt Juli sehr nahe war?

Palmer wollte die Situation nutzen, möglicherweise war er jetzt etwas hilfsbereiter. Sie konzentrierte sich darauf, in ruhigem Ton weitere Fragen zu formulieren. Tatsächlich sammelte er sich rasch wieder, als Palmer seine Aufmerksamkeit auf Fakten lenkte. Er schien gerührt, als er erfuhr, dass Juli seine Nummer in ihrem Handy nicht gelöscht hatte. Palmer fühlte richtiggehend, wie sich sein ganzer Körper entspannte.

»Okay, jetzt erklär mir bitte, wo du vergangenen Mittwoch nach 22 Uhr gewesen bist.«

»Zu Hause, wollte mir eigentlich ein Champions-League-Spiel im Fernsehen anschauen. Normalerweise tu ich das mit meinen fünf Kumpels, abwechslungsweise bei einem andern zu Hause. An diesem Tag bin ich aber so platt gewesen, dass ich zu Hause geblieben bin.«

»Was heißt ›wollte‹? Was hast du stattdessen getan?«

»Ich bin noch vor dem Anpfiff eingeschlafen. Läuft grad viel in der Galerie. Und Schlaf finde ich bei dieser Hitze auch kaum. Als ich den Fernseher ausgeschaltet habe, ist es bereits nach Mitternacht gewesen.«

»Du hast also kein Alibi.«

Seine Augen suchten hastig den Garten ab und ließen erkennen, dass sein Hirn Schwerstarbeit verrichtete. Dann lächelte er.

»Brauch ich gar nicht. Du wirst mir nichts anhängen können.« Er lehnte sich zurück. »Im Übrigen deutet gerade dies darauf hin, dass ich mit Julis Verschwinden nichts zu tun habe. Überleg doch. Wär ich in ein Verbrechen verwickelt, hätte ich mir doch sicher in der Zwischenzeit ein halbwegs stichhaltiges Alibi zugelegt.«

Palmer stieß die Luft aus ihren Lungen, wobei sich die Backen leicht wölbten. Dann aber hatte sie eine Idee. Mit dem Kinn zeigte sie Richtung Hund und fragte: »Mag er deine Kumpels mehr als mich?«

»Fußball ist nichts für ihn. Er bleibt im Wagen.«

»Was für ein Modell fährst du?«

»Du versaust mir mit deiner Fragerei den ganzen Tag.«

Palmer lächelte.

Er antwortete trotzdem. »Je nachdem, wonach mir grad der Sinn steht. Porsche, Jaguar-Limousine. Oder SUV, wenn ich zum Skifahren gehe.«

»Wie sieht dieser SUV aus?«

»Dunkelblauer Cadillac. Sieht man nicht alle Tage.«

Palmer dachte, dass ein grüner Range Rover aus Distanz und in der Dunkelheit ähnlich aussieht wie ein dunkelblauer Cadillac. Sie würde sich dies notieren und später überprüfen.

Er unterbrach ihre Gedanken. »Dass du nach Juli suchst, find ich toll. Aber deine Andeutungen hab ich satt. Damit muss jetzt Schluss sein.«

Sein Körper sagte unmissverständlich, dass er die Unterhaltung als beendet betrachtete.

Palmer überlegte, dann erhob sie sich. Doch statt sich zu verabschieden, fragte sie: »Und du bist sicher, dass du mir nicht weiterhelfen kannst?«

Das war eine Frage zu viel für ihn. Er deutete mit dem Zeigefinger in ihre Richtung, als Palmer bereits den Weg zum Eingang runterschritt.

Vor dem Tor fasste sie sich an den Arm. Ihre Wunde schmerzte nicht übermäßig, solange sie diese nicht berührte. Trotzdem würde sie zu Hause eine Schmerztablette einwerfen, falls sie eine fand. Sie überlegte sich, ob die Sache mit dem Hund einfach blöd gelaufen war oder ob Maximilian ihr den Hund aufgehetzt hatte. Aber weshalb hätte er dies tun sollen, falls er mit der Entführung nichts zu tun hatte? Wovon wollte Maximilian damit ablenken? Hatte er etwas zu verstecken? Denn wer keine Fremden in seinem Haus will, besorgt sich entweder ein starkes Schloss oder aber einen gefährlichen Hund. Sie überlegte weiter. Ein stichhaltiges Alibi hatte er nicht. Eine große, dunkle Karre stand ihm zur Verfügung. Es schien Palmer, als ob Maximilian zwar sauer war auf Juli, sie aber zurückhaben wollte.

Sie würde die Räume von Maximilians Haus unter die Lupe nehmen müssen.

Bevor sie losfuhr, kramte sie ihr Handy aus der Tasche und erkannte vier unbeantwortete Anrufe. Jedoch einzig von der Nummer der Polizei hatte jemand eine Nachricht aufs Band gesprochen. Sie umklammerte das Handy fester. Vielleicht hatte die Polizei Juli gefunden. Sie hörte ab und traute ihren Ohren kaum, was Obrist ihr draufgesprochen hatte.

»Chris, hat mich echt gefreut, dich wieder zu sehen. Vielleicht könnten wir mal auf einen Kaffee oder so. Du, Stocker, mein Kommandant, hat erfahren, dass ich dich informiert hab, dass Juli in kein Spital eingeliefert wurde. Hätte ich nicht tun dürfen. Er macht mir die Hölle heiß und droht, mich rauszuwerfen. Du verstehst, dass ich dir zukünftig nicht weiterhelfen kann. Er will dich dringend sprechen. Ruf ihn bitte unter der Hauptnummer zurück.«

Keine Infos über Juli, nichts.

Palmer schnaubte.

Sie hatte mit ihm eine alte Rechnung offen. Aber statt etwas gutzumachen, zog er den Schwanz ein und ließ durchblicken, dass er ihr nicht weiterhelfen wollte. Eine weitere Enttäuschung. Der sollte sich besser ein Paar Eier wachsen lassen, dachte Palmer. Sie löschte den Speicher und startete den Motor.

Palmer parkierte an der Winkelriedstraße, wo sie sich im Lebensmittelladen mit ein paar Tiefkühlpizzas und Äpfeln eindecken wollte. Als sie sich im Laden umblickte, sprach die Dame in der Kolonne vor ihr sie an und beklagte sich darüber, dass es nicht vorwärts ging, wie wenn sie sich in Palmer eine Verbündete suchte. Als aber eine junge, blasse Frau zwischen den Konservendosen ins Blickfeld trat, hielt sie inne und starrte ihr wortlos nach, bis diese aus dem Geschäft verschwunden war. Palmer hatte sie bereits kurz davor bemerkt, als sie reingekommen und in den hinteren Bereich des Ladens geeilt war.

Die Dame vor ihr neigte ihren Kopf zu Palmer: »Haben Sie die gesehen?« Sie rümpfte die Nase, packte ihre Einkäufe auf das Gummiband und ergänzte, ohne eine Antwort abzuwarten: »Hat eine kleine Tochter, ist aber nie mit ihr unterwegs, spielt mit ihr auch nie im Garten, obwohl sie im Erdgeschoss wohnen. Drüben am Schlossweg. Nicht mal im Sommer, wo alle draußen sind. Etwas frische Luft täte dem Kind gut. Und ihr auch. Sehen beide nicht gerade gesund aus.«

Palmer schwieg.

Die Dame kramte ihr Portmonee hervor. »Sie kauft oft hier ein. Ihr Kind aber lässt sie allein zu Hause. Nicht mal den Einkauf nutzt sie für einen Spaziergang. Man müsste Müttern, denen das Wohl ihrer Kleinen egal ist, die Kinder wegnehmen.« Sie nickte und suchte bei Palmer um Zustimmung. Als sie keine Reaktion vernahm, fuhr sie fort: »Sie sollte dringend mal zum Arzt. Das Kind sieht alles andere als gesund aus. Ihr Ehemann ist ein guter Kerl. Der macht fast alles, besorgt vermutlich sogar den Haushalt. Auch wenn er arbeitet, schaut er immer wieder in der Wohnung vorbei.«

In der Wartekolonne weiter hinten räusperte sich ein Mann mit Bart in der Hoffnung, die Dame beeile sich mit Bezahlen.

Diese aber fuhr fort: »Er hat sein eigenes Geschäft für Tiernahrung an der Maihofstraße. Dann besucht er noch regelmäßig seine kranke Mutter. Und wenn er abends nach Hause geht, kümmert er sich wahrscheinlich mehr um die Tochter, als seine Ehefrau den ganzen Tag über. Ich wohne ganz in deren Nähe. Nach Feierabend scheint es für ihn nichts Schöneres zu geben, als mit seiner kleinen Tochter im Garten herumzubalgen. Dann und wann tätigt er mit seiner Kleinen Einkäufe.«

Nachdem die Dame bezahlt hatte, beeilte sie sich nicht mit Einpacken, wohl in der Hoffnung, das Gespräch mit Palmer fortsetzen zu können. Aber Palmer berappte den geschuldeten Betrag wortlos und verließ so schnell sie's schaffte den Laden.

Ihre Gedanken waren bei Juli.

Ihr war klar, dass ein Einbruch bei Maximilian wahnsinnig riskant war. Sie war sich nicht sicher, ob sie dafür die Nerven hatte. Aber sie müsste es trotzdem wagen. Später. Denn jetzt stellte sie eine Liste mit zu erledigenden Dingen auf.

KAPITEL 20

Als die Gluthitze im Laufe des nächsten Tages entschwand, fiel Palmer das Atmen leichter. Sie liebte den Sommer, aber in brütender Sonne ersehnte sie die Frische des ersten Schnees. Nun hatten sich vom Pilatus her schwarze Wolken über den blauen Himmel geschoben und stürmischer Wind blies den wunderschönen Sonnentag aus wie eine Kerze. Eine Böe zerrte an den Blättern der Kastanienbäume, sodass sie ständig ihre Farbe wechselten von dunklem Grün zu pastellfarben.

Sie hatte gestern Abend noch den Kommandanten zurückgerufen und er hatte sie heute auf 18 Uhr in sein Büro beordert. Den Vormittag hatte sie heute im Wartezimmer eines Arztes verbracht, der dann innerhalb fünf Minuten ihre Bisswunde versorgte. Anschließend hatte sie zu Hause ihre Erkenntnisse auf ihrem Laptop aktualisiert und über mögliche Zusammenhänge nachgedacht. Dabei war ihr PC immer wieder abgestürzt – sie vermutete ein Defekt des Ladekabels – und mittlerweile war es 17 Uhr.

Palmer machte sich zu Fuß auf zur Polizei.

Sie wollte die Gelegenheit nutzen, um in einem Computerladen nahe der Polizei ein Austauschkabel für ihren Laptop zu besorgen. Als sie Richtung Hauptwache schritt, entdeckte sie Polizist Blum, bevor er sie wahrnahm. Erst als sie an ihm vorbeiging, erkannte er sie und nickte stumm.

Eigentlich hatte sie ihn gemocht. Sie war ihm zugeteilt gewesen, während eines Praktikums als Polizeiaspirantin, noch vor der Geschichte mit dem Hasch, welche ihr den Kopf gekostet hatte. Bei einer Geschwindigkeitskontrolle, zu der sie zusammen mit Blum eingeteilt war, hatte eine Unbeherrschtheit gegenüber einem Motorradfahrer Palmer ihre erste schriftliche Rüge von oberster Stelle eingebracht. Polizist Blum hatte den Vorfall mit Palmer gemeldet und dabei eigentlich nichts Falsches getan. Es war ihm bestimmt nicht darum gegangen, ihr willentlich zu schaden. Er hatte pflichtbewusst gehandelt, weil Palmer durch eine Bemerkung die Autorität der Polizei untergraben hatte. Dass Blum mit seiner Meldung Palmer damals keinen Dienst erwiesen hatte, war nicht sein Problem.

Palmer grüßte Blum mit zwei Fingern an der Schläfe wortlos zurück und betrat die Hauptwache.

»Mein Name ist Palmer. Ich bin gekommen, um mit Herrn Stocker zu sprechen. Er hat nach mir gefragt«, sagte Palmer beim Empfang.

Die Polizistin hinter der Glasscheibe nickte, ließ sich dann etwas Zeit, bis sie eine dreistellige Nummer am Telefon eintippte.

»Frau Palmer«, sprach die Polizistin in den Hörer, aus welchem Palmer durch die Glasscheibe bloß unverständliches Gebrummel vernahm. Dann nickte die Polizistin in den Hörer. Noch bevor sie etwas zu Palmer sagte, steuerte diese bereits auf die Glastür zu.

»Warten Sie bitte dort drüben«, forderte die Polizistin Palmer durch den Lautsprecher auf, als Palmer an der verriegelten Tür zog.

Palmer überlegte und schritt zu den vier schmucklosen Stühlen, welche an der Wand entlang aufgereiht standen. Sie hasste es zu warten. Von irgendwoher drangen gedämpfte Geräusche an ihre Ohren, die sie an eine Fußballübertragung im Fernsehen erinnerten. Sie spürte ein Spannungsgefühl im ganzen Kiefer. Musste sie ausharren, bis das Spiel zu Ende war?

Als die Polizistin vom Empfang erkannte, dass Palmer es vorzog, neben den Stühlen stehen zu bleiben, räusperte sie sich durch ihr Mikrofon und wies mit ihrem Kugelschreiber in der Hand auf die Stühle.

Palmer hockte sich energisch hin und trommelte mit den Fingern auf die Sitzfläche neben sich.

Nach etwa 15 Minuten öffnete ein Mann von innen die Glastür und forderte sie grußlos auf, mitzukommen.

»Sie sind zu spät. Auf 18 Uhr hab ich Sie herbestellt«, sagte er, wobei er es dabei bewenden ließ. Allerdings hatte er sich getäuscht. Denn Palmer war auf die Minute pünktlich. Sie hatte sogar in der Nähe zwei Minuten gewartet, um exakt rechtzeitig einzutreffen.

Palmer spürte sofort, dieser Herr war es gewohnt, dass Leute seinen Befehlen gehorchten. Er war knapp über 50, mit markantem Gesicht, breitem Kiefer und gelockerter Krawatte. Rundliche Pakete unter seinem straff gespannten Hemd ließen Palmer einen gut trainierten Körper vermuten, wie überhaupt seine ganze Erscheinung Energie ausstrahlte. Und er war größer als die meisten Leute. Vermutlich hatte er bereits als Kind seine Freunde überragt, vorgegeben, welches Spiel gespielt wurde, und die Regeln auch gleich selber festgelegt. Die angegrauten Haare trug er so kurz, dass sie ihm an keinem Morgen irgendwelche Probleme bereiten durften.

Im Aufzug blickte er ihr in die Augen. Seine Wimpern bewegten sich nicht. Die einzige Regung in seinem Gesicht kam von seinen Backenmuskeln, wenn er mit geschlossenem Mund auf dem Zündholz rumkaute.

Seine Erscheinung war eindrucksvoll, was ihm in seinem Beruf sicher entgegenkam. Er hatte hellwache Augen, und allein sein strenger Blick mochte Kleinkriminelle zur Vernunft bringen. Palmer spürte, wie er sie innerhalb von Sekundenbruchteilen einschätzte. Sie fragte sich, ob er sich wohl erinnerte, wie er sie zur Schnecke gemacht hatte in dieser Sache mit Polizist Blum. Sie hätte damals bloß ihre Klappe halten müssen, als der gereizte Motorradfahrer bei der Geschwindigkeitskontrolle seine Buße gleich in bar bezahlt hatte. Ihr Job als Aspirantin wäre gewesen, stumm aus zwei Metern Distanz den Vorgang zu beobachten, Polizist Blum abzusichern und vor allem zu lernen. Als Blum eine Quittung ausgestellt und diese dem Biker überreicht hatte, hatte dieser gemurrt: »Was soll ich damit?«

»Die bewahren Sie schön auf«, hatte ihm Palmer erklärt. »Wenn Sie drei beisammen haben, dürfen Sie sich ein Fahrrad aussuchen.« Die diesbezügliche Verwarnung von Stocker war ultimativ gewesen.

Nun kam der Aufzug mit einem Rumpler zum Stillstand und die zwei Türflügel glitten auseinander. Stocker schritt voraus und Palmer eilte ihm den langen Gang hinterher. Sie gingen über halbkreisförmige, glänzende Bögen, welche die Poliermaschine auf dem Boden hinterlassen hatte. Es roch nach Putzmittel.

Sie betraten sein Büro. Die karge Einrichtung bestand aus einem Schreibtisch mit Computerbildschirm drauf, einem Aktenschrank, einigen Ordnern, einer Stadtkarte von Luzern an der Wand mit reingesteckten Fähnchen und zwei leeren Stühlen gegenüber seinem Platz am Schreibtisch.

Er setzte sich, zog die Akte vor sich näher und gab vor, sich damit zu beschäftigen. Er würdigte Palmer keines Blicks und forderte sie auch nicht auf, Platz zu nehmen. Sie wusste, gleich würde er sie zur Schnecke machen, deshalb legte sie in Gedanken bereits ihren Gegenangriff zurecht.

Als er aber weiterhin schwieg, begann sie damit, die Wandkarte zu studieren, und entdeckte ein Fähnchen bei der Ufschötti, einem von Luzerns Badestränden, wo sie wohnte. Sie hätte aber nicht mit Sicherheit sagen können, ob es ihrem Regattahaus galt oder der riesigen Liegewiese daneben. Nach einigen Sekunden war es Palmer leid, wie eine Schülerin ihm gegenüber rumzustehen, und sie setzte sich unaufgefordert auf einen der Stühle.

Nun ließ Stocker seinen Kugelschreiber fallen, lehnte sich in seinem Sessel zurück und starrte Palmer eindringlich ins

Gesicht, während er langsam seinen Kopf schüttelte. Endlich meinte er: »Möchten Sie einen Kaffee?«

Überrascht hob Palmer die Augenbrauen, lehnte aber mit einer Kopfbewegung ab. Er bestellte per Telefon trotzdem zwei, denn offenbar war es ihm wichtig zu zeigen, dass er hier entschied, Widerstand zwecklos. Bereits wenige Augenblicke später betrat ein Polizist den Raum, nicht aber, ohne vorher zurückhaltend anzuklopfen. Er stellte zwei Pappbecher auf den Schreibtisch und zog sich diskret zurück.

»Und Sie erzählen mir jetzt die ganze Geschichte«, sagte Stocker zu Palmer.

Sie blickte ihn an, schwieg jedoch.

»Also, was wissen Sie?«, doppelte er mit kräftiger Stimme nach. Trotz der höflichen Formulierung klang seine Frage wie ein Befehl. Als er erkannte, dass sie ihm zwar das Gesicht zuwandte, jedoch aus den Augenwinkeln versuchte, auf seinen Computer zu starren, drehte er den Bildschirm ganz von ihr weg. Kurz zögerte er, ging dann aber nicht näher auf ihren Versuch ein. Palmer lehnte sich im Stuhl zurück und verschränkte die Arme vor der Brust.

Dass ihr die Situation etwas sonderbar vorkam, darüber konnte Palmer hinwegsehen, da sie sich über das plötzliche Interesse der Polizei an Julis Verschwinden freute.

Noch immer hatte sie kein Wort gesprochen. In der Absicht, die Stimmung etwas zu entspannen, sagte Palmer: »Guten Tag, Herr Kommissa…«

»Stocker reicht«, schnitt er ihr mit wegwerfender Bewegung das Wort ab. »Herr Stocker«, präzisierte er.

Sie war sich sicher, mit einem Auftritt wie diesem würde er bei der Befragung von Verdächtigen zu brauchbaren Antworten kommen, ohne dass er sich je auf ein Lächeln verlassen müsste.

Wie aus dem Nichts streckte er Palmer seine Hand entgegen. Im gestählten Händedruck spürte sie mehr als rohe Kraft.

Jetzt doch etwas nervös, griff Palmer in ihre Umhängetasche, legte ein Feuerzeug auf den Schreibtisch und tastete mit der Hand in der Tasche rum.

»Sie wollen hier rauchen?«, blaffte er.

»Nicht?«

»Hier herrscht striktes Rauchverbot.«

Palmer zögerte, blickte fragend zum Aschenbecher draußen auf der Fensterbrüstung und stellte sich vor, wie Stocker sich beim Rauchen aus dem Fenster lehnte.

Sie atmete tief durch.

In den folgenden Minuten erklärte sie ausführlich, wie sie auf die Spur des Fahrzeugs im Park gekommen war und dass die Situation für sie klar nach Entführung aussah.

Als sie fertig war, nickte Stocker zustimmend und forderte: »Diese Spur mit dem Fahrzeug geben Sie niemandem bekannt. Weder Freunden, Bekannten, noch den Medien. Am besten, Sie sprechen mit überhaupt niemandem. Falls da etwas dran ist, darf der Täter nicht wissen, dass man ihn mit dem Fahrzeug festnageln kann, sonst verschrottet er's heimlich.«

»Wieso ›falls da etwas dran sein ist‹? Sie glauben mir nicht? Meinen Sie, ich spiele mich mit dieser Geschichte auf?«

»Manche Leute denken sich so was aus, um auf sich aufmerksam zu machen.«

Sie versuchte zu schlucken, aber es ging nicht.

»Stehen Sie gerne im Mittelpunkt, Frau Palmer?«

Palmer hatte genug. Abrupt erhob sie sich und hielt Stockers prüfendem Blick mühelos stand.

»Setzen Sie sich.« Beschwichtigend erhob er beide Hände.

Sie ließ sich zögerlich wieder auf dem Stuhl nieder und sagte: »Ich könnte mir vorstellen, wie der Fahrer mit einer Entführten im Wagen nichts dringender will, als möglichst schnell zu verschwinden. Auf der Flucht würde er auf Verkehrsregeln pfeifen und an einer roten Ampel kaum anhalten. Habt ihr bereits die Kameras an den Ampeln kontrolliert?«

»Ich stelle hier die Fragen.« Stocker würdigte ihren Vorschlag mit mitleidigem Blick. »In der Zwischenzeit hat uns die Vermisstenanzeige der Eltern erreicht, die sie im Tessin aufgegeben haben. Obwohl wir außer Ihrer Geschichte keine konkreten Hinweise auf eine Entführung haben, ist eine solche nicht vollständig auszuschließen. So oder so: Sie hören sofort damit auf, Polizei zu spielen. Sie sind keine Polizistin. Man hat sie rausgeworfen während der Ausbildung, und das mit gutem Grund. Jetzt muss Schluss sein.«

»Da ich nicht bei der Polizei bin, sind Sie nicht mein Vorgesetzter.« Palmer hatte schon immer Mühe, nach der Pfeife anderer zu tanzen.

»Halten Sie sich aus der Suche raus. Wir haben keine Zeit, uns mit allen Hobbydetektiven zu befassen.«

Palmer spürte, wie diese Bemerkung ihr feuchte Hände bereitete. »Es gibt noch andere, die Ihnen bei der Suche helfen?«, fragte sie.

»Quatsch. Ein Wahrsager hat uns seine Dienste angeboten, ist aber von der Bildfläche verschwunden, als ihm klar wurde, dass wir ihm kein Geld dafür geben würden.« Er atmete tief ein und stieß sich die Fäuste in die Hüften. »Haben Sie einen Begleiter?«

»Wieso? Gefall ich Ihnen?«

Nun stach er mit dem Zeigefinger in ihre Richtung und rang nach Worten, kriegte sich aber rasch wieder ein. »Haben Sie mit einem Helfer rumgeschnüffelt, oder haben Sie bisher alleine gesucht? Ich will wissen, ob ich noch jemand anderen verwarnen muss«, fragte er und atmete hörbar aus. »Überlegen Sie sich: Sollte es einen Entführer geben und sollten Sie ihn tatsächlich zufällig aufspüren, glauben Sie, der ergebe sich einfach so? Nur weil Sie ihm drohen, wird er Frau von Moos nicht kurzerhand freilassen. Ist er aufgeflogen, riskieren Sie, dass er sich wehrt. Vielleicht gerät er in Panik und kämpft um sein Leben, weil er denkt, er habe eh nichts mehr zu verlieren. Möglicherweise will er Sie zum Schweigen bringen. Mit etwas Glück sperrt er Sie bloß ein, vielleicht aber hält er Sie dann nur solange am Leben, wie Sie ihm zur Unterhaltung dienen. Oder er bringt Sie gleich um.« Dabei klatschte er seine flache Hand auf das Pult.

An Palmers Haaransatz bildeten sich kleine Schweißtropfen, obwohl sie sich darum bemühte, sich unbeeindruckt zu geben.

»Ich darf wohl die Forderung stellen, dass Sie uns nicht dazwischenfunken. Darf ich das, Frau Palmer?« Allein sein Ton erlaubte keinen Widerspruch.

Palmer antwortete nicht.

»Nehmen Sie sich meinen guten Rat zu Herzen. Lassen Sie Ihre Finger davon, dies bringt Sie echt in Schwierigkeiten. Die Suche ist Sache der Polizei.« Er sah sie aufmerksam an. »Wenn Sie unsere Arbeit stören, haben Sie mich am Hals.«

Palmer nickte stumm.

»Sind wir uns einig?«

Palmer zeigte keine Reaktion.

»Ich warne Sie.«

Palmer nickte nochmals.

Aber er schien es ihr nicht abzukaufen und sagte: »Was tun Sie, wenn Sie ihn finden? Verhaften dürfen Sie ihn nicht.«

»Hab ich gar nie vorgehabt.«

Er nickte befriedigt. Dann aber legte er seine Stirn in Falten, weil er sich nicht sicher war, was sie damit gemeint hatte. »Verstehen Sie nicht? Da läuft einer frei rum, wahrscheinlich mit einer Waffe. Der ist eine Gefahr für Sie.«

»Und ich bin eine Gefahr für ihn.«

»Haben Sie schon mal darüber nachgedacht, was da alles auf Sie zukommen könnte?«

»Ich hab keine Zeit für solche Überlegungen. Ich muss Juli finden.«

Während er aus seinem Sessel hochschoss, schlug er diesen mit den Kniekehlen nach hinten. Er beugte sich vor, legte die Hände auf den Schreibtisch und blickte Palmer direkt in die Augen: »Lassen Sie Ihre Finger von der Sache! Und zwar unverzüglich! Sonst nehme ich Sie in Gewahrsam wegen Behinderung der Polizeiarbeit. Ist das klar genug?«

Palmer zog sichtbar den Kopf ein.

Auf Stockers Wangen zuckte wieder das beeindruckende Muskelspiel. »Sie gehen jetzt nach Hause und ziehen sich meinetwegen einen Fernsehkrimi rein. Aber Sie halten sich ab sofort aus allem raus. Sollten Sie wieder aktiv werden, nehmen wir Sie in Beugehaft.«

Sie wich seinem Blick aus und kratzte sich mit dem Daumennagel einen nicht vorhandenen Fleck vom Ärmel. Dann öffnete sie ihren Mund, als wollte sie etwas entgegnen, aber offenbar fehlten ihr die Argumente.

Indem er in den Unterlagen auf seinem Pult wühlte und schließlich zum Telefonhörer griff, gab er Palmer zu verstehen, dass er das Gespräch für beendet hielt.

Wortlos stand sie auf und verließ das Büro, ohne die Tür hinter sich zu schließen.

»Sie lassen ihre Finger von dieser Sache. Klar?«, rief Stocker ihr hinterher.

War es die Wortwahl oder der Ton? Weder noch. Palmer wusste einfach, sie war es Juli schuldig, dranzubleiben.

Als sie auf den Flur marschierte, quietschten ihre Gummisohlen auf dem glanzpolierten Linoleumboden so laut, dass es von den Wänden widerhallte. Das schummrige Licht im Gang ließ sie vermuten, dass sich hier drin auch Sonnentage wie Regenwetter anfühlten. Tatsächlich spürte sie augenblicklich etwas Feuchtes auf ihrer Hand, nachdem sie die Tür ins Freie aufgestoßen hatte. Palmer spähte hoch, als ein Windstoß ihre kurzen Haare in alle Richtungen pustete. Dunkle, schwere Wolken hatten sich über den Himmel geschoben und begannen, sich zu entleeren. Die ersten Regentropfen zerstäubten auf dem heißen Asphalt zu Nebel, doch schon bald bildeten sich kleine, nasse Kreise auf dem Boden. Zwei Chinesen hielten sich schützend Stadtpläne über den Kopf. Die Tropfen perlten auf den gewachsten Karosserien der Fahrzeuge ab. Der kühlende Spätsommerregen spritzte Palmer ins Gesicht, als sie am Hirschengraben nach einem Taxi Ausschau hielt. Sie fluchte innerlich, denn sie wusste, wie schwierig es war, bei Regen ein Taxi zu kriegen. Sie überlegte, ob sie sich einen günstigen Schirm kaufen sollte, ließ es aber bleiben. Denn sie kannte die Tücken dieser Billigangebote. Die Schirme waren so minderwertig, dass sie oft bereits beim ersten Gebrauch kaputt gingen, und sie dann doch nass werden würde.

Wer zu Fuß unterwegs war, eilte an den Schaufenstern entlang, um noch vor dem nahenden Gewitter zu Hause zu sein. Palmer hetzte zur nächsten Bushaltestelle, wobei bereits fette Tropfen auf ihre Schultern schlugen. Bei der Bushaltestelle überlegte sie, ob sie zu Fuß nicht schneller zu Hause war, als sie einen nahenden Bus entdeckte. Palmer blieb unter einem Dachvorsprung stehen und ließ zuerst die Leute aussteigen, die sofort ihre Köpfe einzogen. Ein Zehnjähriger sprang raus, warf sich den Rucksack über die Schultern, steckte beide Daumen unter die Riemen und hüpfte im Gehen zweimal, um ihn sich bequemer zu rücken. Der Regen schien ihm nichts auszumachen. Palmer bekam eine gehörige Dusche ab, als sie zum Bus eilte.

Dann fuhr er ruckartig los, sodass sie seitlich an einen Fahrgast stieß, als sie sich nach hinten zu einem freien Sitz durchkämpfte. Der Schauer hämmerte auf das Blechdach.

Palmer entschied sich um. Sie musste noch kurz im Lebensmittelladen vorbeischauen, denn für heute Abend war bei ihr ein Gast angesagt. Alex hatte erneut angerufen und sie zum Nachtessen eingeladen. Sie hatte spontan zugesagt, war jedoch nicht in Stimmung, unter vielen fremden, bestens gelaunten Leuten in einem Lokal zu speisen. So lud sie ihn kurzerhand zu sich nach Hause ein, sie würde kochen. Nun ärgerte sie sich, sich immer nur mit dem Nötigsten zu versorgen. Hätte sie einen Vorrat zu Hause, bräuchte sie jetzt nicht schon wieder einkaufen zu gehen. Sie verließ den Bus beim nächsten Halt am Pilatusplatz.

Im Laden erkannte sie, dass zurzeit keine Kundinnen an den Kassen anstanden, und wollte sich beeilen, um sich nachher nicht in die Warteschlange stellen zu müssen. Schnurstracks schritt sie zu den Regalen und merkte erst dort, dass sie sich keinen Einkaufskorb gegriffen hatte. Aber es war ihr zu blöd, nochmals zum Eingang zurückzugehen. Zwei Beutel *Pure Arabica* krachten zu Boden, nachdem sie sich diese zu den anderen Sachen auf den Arm gepackt hatte. Als sie sich danach bückte, fielen der Rest auch noch runter.

»Gopfredstotz«, fluchte sie. Die Dame, welche die Regale auffüllte, kam mit einem Lächeln, ging in die Knie und stellte neben ihr einen leeren Einkaufskorb auf den Boden. Als Palmer im Augenwinkel ein weiteres Beinpaar bemerkte, erhob sich die hilfsbereite Verkäuferin sogleich. Eine Kundin drückte der Verkäuferin wortlos einen Zettel in die Hand und verließ den Laden wieder. Palmer starrte der jungen Frau nach. Sie erinnerte sich, diese Frau schon mal gesehen zu haben, als sie vor der Kasse in der Kolonne stand und eine andere Kundin sich über sie ausließ.

Als die Verkäuferin erkannte, wer Palmers Aufmerksamkeit auf sich zog, sagte sie: »Armes Ding. Scheu wie ein geschlagenes Tier.«

»Sind Sie Psychologin?«

Die Verkäuferin schüttelte den Kopf. »Die weicht allen Blicken aus und behält wie schuldbewusst ihren Blick zu Boden gerichtet. Und die alten Kleider sitzen ihr nicht. Es fällt auf, wenn eine so junge Frau nichts auf ihr Äußeres gibt. Dabei wäre sie durchaus attraktiv. Ihr Gesicht sieht schon ziemlich abgezehrt aus, obwohl sie erheblich jünger ist als ihr Ehemann.« Resigniert atmete sie aus. »Bei einem ihrer Einkäufe ist mir ins Auge gestochen, dass sie selbst im Hochsommer Langarm-Pullis trägt, während selbst die kälteempfindlichsten Kundinnen im dünnsten Kleidchen zum Einkauf erschienen sind. Die hat das nicht einfach so getan. Als ihr mal ein Ärmel nach hinten gerutscht ist, hab ich blaue Flecken entdeckt. Da hab ich verstanden, dass sie diese hat verstecken wollen. Ohne Zweifel ist sie windelweich geprügelt worden.«

»Ich hab gehört, es sei eher umgekehrt, sie vernachlässige ihre Tochter«, entgegnete Palmer nachdenklich.

Mit einer Handbewegung wischte die Verkäuferin Palmers Gedanken weg. »Ach, die Leute sagen alles Mögliche. Die schämt sich doch bloß zu zeigen, dass ihr Mann sie misshandelt.«

Als hätte sie eine Watsche abbekommen, stand Palmer regungslos an Ort. Die Verkäuferin drehte sich ab und richtete die Konservendosen im Regal aus.

War dies möglich? Diese Frau war nicht Täterin, sondern Opfer?

Gedankenverloren schüttelte Palmer den Kopf. Nie im Leben wäre sie auf diesen Gedanken gekommen. Aber sie hatte schon mal gelesen, dass Kerle, die ihre Frauen verprügelten, meist auf den Körper schlugen und mit Absicht nicht ins Gesicht, damit niemand darauf aufmerksam wurde.

»Eine Frage noch«, sagte Palmer und drehte sich zur Verkäuferin. »Sie scheinen die junge Frau zu kennen.«

»Also befreundet sind wir nicht. Aber ich helfe ihr, wenn möglich.«

»Wie hilft man einer geschlagenen Frau?«

»Ich habe sie gefragt, ob sie Hilfe benötige. Erst hat sie abgewägt, ob ich mein Angebot ernst meine und hat dann gefragt, ob sie mir eine Einkaufsliste überreichen dürfe, damit ich für sie die Waren zusammensuche und sie diese bloß abzuholen braucht. Da wir dies eigentlich nicht tun, hab ich sie gefragt, inwieweit ihr dies helfe. Sie hat gemeint, das eigentliche Problem lasse sich eh nicht lösen, aber wenn ich ihr die Einkäufe bereitstelle, fände sie dadurch etwa 15 Minuten, über welche sie zu Hause keine Rechenschaft abzulegen habe. Ihr sei nur gestattet, ihre Wohnung zu verlassen, um Einkäufe zu tätigen. Später hab ich rausgefunden, dass sie die neu gewonnene Zeit genützt hat, um zur Zentralbibliothek runterzueilen. Dort hat sie die Tageszeitungen gelesen und sich Bücher ausgeborgt. Sie hat verraten, dass ihr Ehemann zwar nicht erlaubt hatte, eine Ausbildung zu absolvieren. Aber er habe ihr immerhin zugestanden, in der Wohnung zu lesen, falls ihr nach Verrichten der aufgetragenen Hausarbeiten Zeit dazu blieb. Nur hat er nicht mitbekommen, dass sie keine Herz-Schmerz-Romane gelesen, sondern sich literarische Werke und Schulbücher ausgeliehen hat, getarnt in Hüllen harmloser Romane.«

Palmer schluckte den Kloß, der in ihrer Kehle saß.

Sie trat zur Kasse und dann raus in den Regen.

Als sie ihre Wohnung betrat, hinterließen ihre feuchten Sohlen Spuren auf der Treppe. Ihre nassen Kleider klatschte sie auf das Parkett, dann ließ sie sich aufs Sofa fallen.

Jetzt, wo sie wusste, dass die Polizei in die Ermittlungen nach Juli eingegriffen hatte, hörte sie tief in ihrem Innern eine Stimme sagen, dies sei der Punkt, an welchem sie sich aus der Suche auszuklinken hatte, da sie mehr eh nicht tun könne. Von der andern Seite im Kopf vernahm sie allerdings eine zweite Stimme, die laut dagegen ankämpfte und sie sogar aufforderte, sich noch viel stärker reinzustemmen in die Nachforschungen nach Juli.

Palmer überlegte und wusste, was sie zu tun hatte.

KAPITEL 21

Durstig und starr vor Schreck hockte sie auf der Matratze in der Mitte des Raums. Dieses Mal hatte sie das prachtvolle Bild, hervorgerufen durch die wenigen Sonnenstrahlen, welche sich für einen kurzen Moment in den Raum stahlen, wahrgenommen. Aber noch bevor sie sich aufraffen und zur Tür rennen konnte, war er schon drin und hatte die Tür verriegelt.

Langsam schritt er um sie herum, um direkt neben ihr stehen zu bleiben, sich niederzuknien und seinen Kopf auf ihre Schulter zu legen. Unweigerlich verkrampfte sich auch der letzte Muskel ihres Körpers, als sie seine Berührung auf ihrer Haut spürte.

»Ich werde für dich da sein und dich beschützen.« Mit lautem Atemgeräusch zog er ihren Duft in seine Lungen. Er liebte diese sonderbare Kombination, die Ausdünstung ihrer Panik, vermischt mit dem letzten verblassenden Hauch ihres Parfums. Diesen Moment wollte er in Stille genießen.

»Welches Parfum bevorzugst du?«, fragte er sie. »Ist gut zu wissen für ein anderes Mal.« Mit gespielter Traurigkeit fügte er hinzu: »Ach, zu dumm, ein weiteres Mal wird es nicht geben.« Er hob die Augenbrauen. »Wir wissen es beide. Du wirst diesen Raum nie mehr verlassen. Du bist eine lebende Tote.«

»Willst du Geld von meinen Eltern? Sie haben keins.« Aufgeregt warf sie ihr Gesicht zu ihm herum.

Er zeigte jedoch keine Regung. Bewegungslos blieb er in der Hocke und stützte sich mit einer Hand auf der Matratze ab.

»Führ mich zur Bank und ich leere für dich mein Sparkonto«, versuchte sie es erneut.

»Ts, ts, ts«, war seine Antwort, begleitet von missfallendem Kopfschütteln.

Zu einer weiteren Reaktion konnte sie ihn nicht bewegen.

Er warf ihr ein kleines Bündel vor die Füße, das sie vorher im fahlen Licht nicht wahrgenommen hatte. »Schlüpf da rein«, befahl er.

Als sie den Body aus Latex erkannte, stieß sie ihn mit dem Fuß von der Matratze. »Nie im Leben«, sagte sie trotzig. Es ging ihr nicht nur um das Kleidungsstück und die perversen Spielchen, die sie von ihm erwartete. Es machte sie stolz, ihm mit ihrem Nein die Stirn zu bieten. Dafür nahm sie in Kauf, dass er ihr gleich eins verpassen würde.

Er aber lächelte sanft und meinte nur: »Klar doch wirst du das anziehen. Hast du vergessen? Ich bin derjenige mit der Heckenschere. Ich bin dein Herr, Herr über Licht und Wasser, Herr über deine Nahrung. Ich bestimme, wann du dich mit mir unterhältst und was du anziehst. Ich werde auch den Tag auserwählen, an welchem du deinen letzten Atemzug tust.«

Er erhob sich. Lächelnd und mit zur Seite geneigtem Kopf blickte er runter auf das kauernde Mädchen, das sich die Decke bis zum Halse zog. Es machte ihm Spass, sie zu kontrollieren. »Jetzt erst merke ich, wie sich das Hochgefühl des Tötens um einiges steigert, je länger ich dein Sterben in die Länge ziehe. Allerdings wirst du erst dann ganz mir gehören, wenn du tot bist. Trotzdem verfluche ich bereits heute den Tag, an welchem mir nur deine Strähnen als Andenken bleiben. Immerhin sind es deine Haare, die als einziges nicht verrotten.«

Während sie sich umständlich in das enge Ding hineinzwängte, kullerten ihr Tränen über die Wangen. Nicht aus Traurigkeit, sondern aus Wut über ihre Machtlosigkeit.

Er öffnete seinen Mund gerade so weit, dass er sich mit der Zungenspitze die Lippen befeuchten konnte. »Mit deinem Gewimmer willst du bei mir Mitleid erwecken? Du selbstsüchtiges Miststück. Wie es mir geht, ist dir völlig egal.« Mit seiner rechten Hand umklammerte er ihren Hals und würgte sie. »Du bist mein, jetzt ganz allein.« Diesen fröhlichen Singsang wiederholte er Mal für Mal, wie schon bei jedem seiner bisherigen Besuche. »Ach ja, und lauf in der Zwischenzeit nicht weg.« Mit einem blöden Grinsen erhob er sich. »Mir ist die Lust vergangen. Aber du wirst den Latexbody schön behalten. Haben wir uns verstanden?«

Er verließ das Gefängnis, die Tür schleifte über die Schwelle, klickte ins Schloss. Den Schlüssel drehte er mehrmals. Alleine zurückgelassen gingen ihr seine Worte wieder und wieder durch den Kopf. Was nur meinte er mit »Du bist mein, jetzt ganz allein«? Entweder er beabsichtigte, sie tatsächlich umzubringen, oder sie von nun an für sich zu behalten. Oder deutete er damit ebenfalls an, dass er ihren Vater, ihre Mutter, die Schwester, ihren Freund und ihre Freundinnen umgebracht hatte? Mit Daumen und Zeigefinger presste sie ihren Nasenrücken, als wollte sie ihn zermalmen.

»Nein, nein, nein«, sagte sie flehend vor sich hin.

Irgendwo schlummerte eine Ahnung, doch sie hätte nicht mit Sicherheit sagen können, ob und wo sie ihn schon mal gesehen hatte. Schließlich jettete sie rund um die Welt und begegnete unzähligen Leuten. Er sprach Luzerner Dialekt. Wenn überhaupt, dann musste sie ihn aus ihrer Jugend kennen.

Sucht die Polizei nach mir? Oder meinen etwa alle, ich liege bloß im Bett eines neuen Lovers und amüsiere mich?

In Gedanken war sie bei Gio.

Ob er wohl in diesem Moment auch an mich denkt? Setzt er alle Hebel in Bewegung, um mich zu finden? Ist er der Verzweiflung nahe, weil er nicht weiß, ob er mich je wieder in seine Arme schließen kann? Oder lässt er sich bereits von einer Neuen trösten?

Ihre Lippen zitterten.

Wieso hatte Gio gerade an diesem Abend absagen müssen? Er wusste doch, wie sehr ich mich freute. Wären wir wie geplant nach Zürich zu dieser Party gefahren, dieser Kerl hätte mich nicht gekriegt.

Sie fürchtete sich vor dem Moment, den Metallschlüssel im Schloss sich drehen zu hören. Andererseits schauderte ihr vor dem Gedanken, dass der Kerl überhaupt nicht mehr auftauchte. Juli drehte sich der Magen. Würde er sie hier verdursten lassen?

Sie spürte ein Kältegefühl, als sie sich vorstellte, wie er tödlich verunglückte. Niemand wusste, wo sie war. Wie lebendig begraben. Sie würde elend zu Grunde gehen. Vor ihrem geistigen Auge sah sie Ratten sich die besten Stücke aus ihrem Körper reißen. Der Rest blieb für die Käfer. Würde je ein Mensch ihre eingetrockneten, in Spinnweben gehüllten Überreste finden? Falls ja, hätte niemand eine Ahnung, um wen es sich handelte. Sie würde kein Grab mit einem Stein erhalten. Oder bestenfalls einen ohne Namen. Sie kauerte zusammengerollt auf ihrem Lager und schluchzte leise.

KAPITEL 22

Eigentlich war Alex für heute bei Palmer zum Abendessen eingeladen, als sie ihn am frühen Abend anrief.

»Hör mal, ich bin zwar zum Einkaufen gegangen. Platschnass vom Regen ist mir aber, ehrlich gesagt, die Lust auf Kochen vergangen. Ich lad dich stattdessen zum Dinner ein in ein weltbekanntes Restaurant.«

Etwas überrascht, wusste Alex einen Moment lang nicht, was er sagen sollte. Und Palmer dachte, er nehme vermutlich an, dies sei nun ihre Retourkutsche, da er letztes Mal so kurzfristig abgesagt hatte. In der Tat hatte er von sich aus während des vorangehenden Telefongesprächs erklärt, dass er mit einem Geschäftskollegen unerwartet zu einem wichtigen Kunden nach Zürich gerufen worden war. Noch während Palmer mit ihren Gedanken bei diesem Telefonat war, vernahm sie seine freudige Zusage.

»Toll«, sagte er. »Ich hol dich um 20 Uhr ab.«

Kaum hatte sie aufgelegt, verdüsterte sich ihre Stimmung zusehends, da sie auf der Suche nach Juli heute keinen Schritt weiter gekommen war. Palmer wusste um die aufkeimende Gefahr, in dieser Gemütsverfassung keinem Wortgefecht freiwillig aus dem Weg zu gehen. Da war es besser, wenn sie selber fuhr. Sie teilte ihm per SMS den geänderten Plan mit.

Palmer schnallte sich nicht an. Das tat sie eigentlich nie, obwohl sie sich ihres äußerst flüssigen Fahrstils bewusst war. Sie gehörte gewiss nicht zu jenen Fahrerinnen, die bereits bei Grün bremsten, um todsicher nicht auf der Kreuzung zu stehen, wenn die Ampel irgendwann auf Rot schaltete.

Noch während der Fahrt zu Alex teilte sie ihm per SMS ihre Ankunft an der Weystraße mit, denn sie wollte vor dem Haus nicht auf ihn warten.

Als sie vorfuhr, trat er aus dem Eingang und hob fragend die Augenbrauen. Als er sich auf den Beifahrersitz schob, sackte der Wagen ab. Dass sich an seinem Fenster die Türdichtung gelöst hatte, störte ihn nicht. Angestrengt suchte er nach dem Griff unter dem Sitz, denn er hätte ihn gerne etwas nach hinten geschoben, fand ihn jedoch nicht. Er ließ es bleiben und tat so, als sitze er mit seinen langen Beinen ganz bequem.

»Hat was Romantisches, dieser Wagen.«

»Verliert zwar etwas Öl, aber diese Karre wird mich noch ewig begleiten.«

Ein diskreter Blick auf den Tacho verriet ihm massenhaft Kilometer, aber er schien erleichtert, dass der Motor zufrieden schnurrte, als sie den Schlüssel drehte.

Bevor sie losfuhr, machte sie die Anlage an. Ozzy. Sie drehte voll auf, woraus er schloss, dass sie keine Lust hatte, sich mit ihm zu unterhalten. Als sie losfuhr, musste sich bei ihm ein mulmiges Gefühl eingestellt haben, denn er griff über die Schulter, fand den Sicherheitsgurt und versuchte, ihn anzulegen. Das Schloss klickte jedoch auch nach mehrmaligem Versuch nicht ein, so ließ er es bleiben. Palmer ging nicht darauf ein.

Als sie von der Friedenstraße in die Löwenstraße einbog, hätte sie fast einen E-Biker über den Haufen gefahren. Er nahte zwar unerwartet schnell, aber es war klar Palmers Fehler. Glücklicherweise war nichts passiert. Trotzdem hielt der Biker an und brachte gestenreich zum Ausdruck, was er von ihrem Fahrstil hielt. Palmer verhielt sich ruhig, blickte bloß auf Alex' Hand, als er die Musik leiser drehte. Aber als sie dann durchs geöffnete Fenster auch noch seine überlaute Kritik hätte über sich ergehen lassen müssen, sie vernichte fossile Brennstoffe, gab sie Gas, und noch im Wegfahren sagte sie ziemlich laut: »Und du mit deinem Elektrovelo hältst ganze Atomkraftwerke am Laufen, du Hirni.« Aber der Biker hörte dies bereits nicht mehr, da sie schon stadtauswärts unterwegs waren. Das Herz schlug ihr noch immer bis zum Hals und sie war froh, den E-Biker nicht verletzt zu haben.

»Kompliment«, sagte Alex. »Hätte vorhin nicht gedacht, dass du es dir entgehen lässt, ihm deinen Kommentar so um die Ohren zu hauen, dass er ihn hört.«

Was er als Anerkennung formulierte verstand sie als Zurechtweisung. Sie blickte ihn in voller Fahrt einige Sekunden lang aus den Augenwinkeln an.

Will dieser Kerl mich etwa ändern? Ist er tatsächlich der Meinung, er müsse mich auf den richtigen Weg führen?

Sie stemmte sich am Lenkrad ab und drückte sich tief in den Sitz. Aber sie sagte nichts.

Schon zuvor hatte sich der Regen verzogen. Das laue Lüftchen durch die offenen Fenster und die paar Sonnenstrahlen, die sich zwischen den Wolken hindurchstahlen, heiterten ihr Gemüt nach und nach etwas auf.

Während der Fahrt über die Maihofstraße nordwärts aus der Stadt, zerbrach sich Alex gespannt den Kopf darüber, in welches Lokal sie ihn führen würde. Einige Kilometer nach Ebikon riss sie unvermittelt das Steuer nach rechts. Was dies zu bedeuten hatte, wurde ihm sofort klar, denn sie stellte sich bei McDonalds am Drive-through an. Er rieb sich kurz das Kinn, protestierte jedoch mit keinem Wort. Der erste Schreck wich einem Lächeln, weil er ein Abenteuer roch. Er betrat Neuland. Noch nie hatte er McDonalds mit seinem Besuch beehrt und schon gar nicht hätte er sich erträumt, sich je an irgendeinem Drive-through zu verpflegen. Als er kurz darauf auf dem Parkplatz den Hamburger hätte verspeisen sollen, wünschte er sich, zumindest Gabel und Messer zur Hand zu haben.

Palmer hob vor dem ersten Bissen den ganzen Hamburger aus der Schale, pflückte das Salatblatt raus und ließ den Kompost im Papierbeutel verschwinden, setzte das Ding wieder zusammen, führte ihn zum Mund und biss herzhaft rein. Umständlich nagte Alex eine kleine Portion vom Hamburger, legte ihn aber sogleich in die geschäumte Schale zwischen seinen Beinen zurück. Noch während er angestrengt herumkaute, drehte er seinen Kopf zu Palmer. Sie blickte ihm mit vollem Mund in die Augen und nickte anerkennend, beschäftigte sich aber sofort wieder mit ihrer Verpflegung. Offensichtlich liebte sie diese Dinger. Palmer mochte gutes Essen, aber sie schätzte anderes Futter fast ebenso, solange sie sich dafür nicht in die Küche stellen musste. Sie tunkte das Ding in Ketchup, den sie vorher in die Schale gedrückt hatte, als sich Alex bereits etwas übertrieben gründlich den Mund mit der Serviette abwischte.

»Hab wohl meinen Hunger etwas überschätzt«, meinte er, legte seinen glitschigen Burger in die Schale zurück und wechselte das Thema. »Sag mal, bist du etwas weitergekommen in deinen Ermittlungen?« Noch während er die Frage formulierte, kratzte er sich den Oberarm. Aber sogleich juckte es ihn am Rücken.

»Es harzt grausam. Möglicherweise hab ich die richtigen Hinweise in Händen, aber erkenne sie nicht. Ich muss sie neu ordnen.« Sie ließ sichtbar die Schultern hängen. Dann aber verengten sich ihre Augen zu Schlitzen. »Ich muss Juli finden. So lange ich nicht sicher bin, dass sie tot ist, lebt sie. Das bin ich ihr schuldig. Aber es wird eng. Falls sie sich ihr Insulin nicht spritzen kann, überlebt sie's nicht. Spritze und Medikament hab ich in ihrer Wohnung gefunden.«

Alex pflichtete ihr mit einer Kopfbewegung bei, vergewisserte sich aber mit einem Blick auf sein Hemd, keinen Saucenfleck abbekommen zu haben. »Auch wenn es zur Stunde nicht den Eindruck macht, du tust das Richtige«, munterte er sie auf.

»Damit triffst du ins Schwarze …, dass es nicht den Eindruck macht«, bestätigte sie. Im gleichen Augenblick bedauerte sie ihre schroffe Reaktion. Aber sie verzichtete auf eine Entschuldigung.

Er nahm's gelassen. »Dieser Einsatz für deine Freundin beeindruckt mich«, sagte er und nickte. »Erzähl mir von deiner Suche. Bist du bereits auf Verdächtige gestoßen?«

Palmer fasste ihre Suchergebnisse zusammen.

»Vielleicht suchst du bloß am falschen Ort. Hast du dir schon mal überlegt, ob da vielleicht jemand völlig anderer seine Finger im Spiel hat?«

»Elvis?«, spottete sie. Noch während sie sich wieder in ihren Hamburger verbiss, durchfuhr sie ein Gedanke. Sie starrte Alex für einige Sekunden unverwandt an.

Weshalb ist er auf einmal so neugierig? Wieso will er wissen, wie weit ich bin mit meiner Suche, ob ich bereits einen Verdacht habe bezüglich Julis Aufenthaltsort oder Täter? Ist es Zufall, dass er exakt zu der Zeit auftauchte, als Juli verschwand?

Sie fragte sich, inwiefern er etwas mit der Entführung zu tun haben konnte. Oder liebte er es einfach, seine Nase in die Angelegenheit anderer zu stecken? Nein, sie war wohl zu streng mit ihm. Er mochte sie, das war klar. Würde ihn diese ganze Sache nicht interessieren, müsste sie sich größere Sorgen machen.

Er riss sie aus ihren Gedanken. »Hast du schon eine Idee für einen neuen Job?«

Alex hatte wohl nur das Bedürfnis, belanglose Konversation zu treiben. Trotzdem spürte Palmer schlagartig, wie ihre Handflächen klitschnass wurden. Sie warf den Kopf herum.

Alex hob kapitulierend die Hände und senkte den Kopf zum Zeichen, dass er nicht auf eine Antwort bestand.

Nun war Palmer der Appetit vergangen. Sie stopfte den Rest ihrer Mahlzeit in die Box und startete den Wagen. Während sie schweigend nach Luzern zurückfuhren, verschloss auch er seine Packung so gut es ging. Obwohl es mit dem Fahrtwind etwas frischer wurde, drehte er das Fenster ganz nach unten, um sich die Nase durchzulüften. Später gestand er ihr, dass es ihm ein Rätsel war, wie dieser typische Hamburgergeruch noch tagelang in seinen Nasenhöhlen hängen geblieben war, egal wohin er sich begab. Und dies, obwohl er an besagtem Abend nur so tat, als nehme er das Ding mit in seine Wohnung hoch, es jedoch unten in den Milchkasten legte, um es am Folgetag im öffentlichen Müll zu entsorgen.

Sie kurvten noch eine Zeit lang ziellos herum, während sie sich über Belanglosigkeiten unterhielten. Irgendwann bog Palmer in die Weystraße ein. Sie wendete und hielt am Straßenrand an. Auf der andern Straßenseite stand bereits ein Wagen, sodass ein nachkommender Lenker anhielt, da er die verbleibende Straßenbreite als zu knapp einschätzte, um sich zwischen den beiden Wagen vorbeizuzwängen. Als Palmer keine Anstalten traf, ihren Wagen fortzubewegen, versuchte er es trotzdem und hupte, während er sich durch die Lücke schob.

»Ich kann so nicht«, sagte Palmer. »Deine Bemerkungen sind vielleicht gut gemeint, aber du engst mich ein.«

Alex nickte und dachte darüber nach.

»Theater zu spielen liegt mir nicht. So bin ich nicht zusammengeschraubt. Ich werde mich nie ändern. Nicht für dich und nicht für jemand anderen.« Sie umklammerte das Lenkrad und stützte die Stirn darauf. Seine Bemerkungen waren zwar zurückhaltend. Sie brauchte jedoch niemanden, der ihr erklärte, dass sie sich mit ihren zynischen Sprüchen selbst schaden konnte. Und dass sie dringend einen Job brauchte, wusste sie selbst.

»So ersticke ich«, ergänzte sie.

Sie blickten sich lange in die Augen. In Gedanken fragte er sich, welche Worte jetzt angebracht wären. Dann legte er seine Hand auf ihren Unterarm, beugte sich zu ihr, küsste sie auf die Stirn und öffnete die Tür.

Einen kurzen Moment lang tat er ihr leid, aber sie spürte unmittelbar, wie sich der Druck auf ihre Brust verringerte.

Als er ausstieg, ächzten die Stoßdämpfer.

Sie war todmüde, als sie nach Hause fuhr. Sie fand keinen Parkplatz in der Nähe des Bootshauses, also stellte sie den Wagen etwas weiter weg ab. Ausgerechnet als sie die paar 100 Meter zu sich nach Hause marschierte, setzte der Regen wieder ein.

Palmer fluchte.

Der Adrenalinschub half ihr beim Rennen, denn sie wollte sich heute Abend nicht noch einmal nassregnen lassen. Als sie dann endlich im Bett lag, war sie trotzdem zu wenig müde, um einzuschlafen. Eine Zeit lang blickte sie im Dunkeln zur

Decke, bevor sie's nochmals versuchte. Aber ihre Gedanken irrten ziellos umher. Wo war Sandman? Es war nicht das erste Mal, dass er Palmer am Abend nicht besuchte. Wie hätte sie Bescheid wissen können über seine geheimen Wanderungen? Irgendwo hatte ihn vermutlich jemand mit einem noch feineren Häppchen zum Bleiben überzeugt. Ihre Glieder verkrampften sich. Oder war er in einem Keller aus Versehen eingeschlossen? Palmer riss die Augen auf. Der Klang quietschender Autoreifen heute Morgen hallte ihr wieder in den Ohren. Ihre Zunge suchte nach Feuchtigkeit im trockenen Mund. Sie bemühte sich, den Gedanken, er sei tot gefahren worden, zu verdrängen.

Die Geräusche des Regens hatten eine beruhigende Wirkung, sodass sie irgendwann einnickte.

Wie vom Blitz getroffen schreckte sie aus dem Bett. Sie warf sich ein T-Shirt über, stieg in die Trainingshose, schlüpfte in die Flipflops und rannte aus dem Haus. Sie konnte es sich nicht leisten, jetzt auch noch ihren Laptop zu verlieren. Sie hatte ihn im Auto liegen lassen und dieses wie üblich nicht abgeschlossen. Diese alte Karre klaute keiner. Aber sie war sich nicht sicher, ob Alex das Fenster auf seiner Seite wieder hochgekurbelt hatte. Sie erinnerte sich nur noch, wie sie den Laptop, nachdem Alex ausgestiegen war, auf den Beifahrersitz gelegt hatte. Beim Wagen angekommen, riss sie die Beifahrertür auf. Da lag er. Sie schnappte sich das Ding. Nass war er eigentlich nicht, aber auf der Oberfläche feucht von zerstäubten Tropfen. Sie schob ihn sich unter das Shirt und machte sich auf den Rückweg.

Sogleich stellte sich bei ihr ein mulmiges Gefühl ein.

Als sie vorhin auf halbem Weg an diesem parkierten Wagen vorbeigehetzt war, hatte sie einen Fahrer alleine darin bemerkt, der sich verpflegte. Jetzt, als sie wieder daran vorbeischritt, kam ihr dies umso verdächtiger vor. Denn in diesem Quartier wohnte er wohl kaum, sonst würde er zu Hause etwas zu sich nehmen. Andererseits gab es hier keinen Fastfood-Anbieter, erst recht keinen, der um diese Zeit noch geöffnet hatte. In Palmer reifte die Vermutung, er beschatte oder beobachte etwas.

Als Palmer stehen blieb und aus der Ferne zum Fahrzeug mit dem bewegungslos darinsitzenden Fahrer zurückblickte, startete dieser den Motor, wendete und entfernte sich ohne Licht auf dem Alpenquai geradeaus Richtung Bahnhof. Palmer kniff die Augen zusammen, konnte jedoch weder Autonummer, noch Automarke erkennen, nicht einmal über die Farbe hätte sie Auskunft geben können. Einzig klar war, dass es sich um einen großen, dunklen Wagen handelte. Sie rannte zurück zu ihrem Datsun. Aber bis sie den Wagen gestartet hatte und dem anderen nachgesetzt war, war dieser längst verschwunden. Palmer überlegte hastig. Ihn einzuholen wäre unwahrscheinlich, falls der andere voll auf die Tube drückte. Deshalb bog sie ohne zu zögern vom Alpenquai nach links in die Werkhofstraße ein. Wenn sie von der anderen Seite her zum Bahnhof fuhr, käme er ihr möglicherweise entgegen. Sie kam schnell voran, es waren nur wenige Fahrzeuge unterwegs. Auf der Zentralstraße kam ihr kein verdächtiger Wagen entgegen. Beim Bahnhof bog sie rechts ab. Und dann …

Nichts. Auf dem Bahnhofplatz zwei Wagen, aber bei beiden Fehlanzeige. Mit laufendem Motor stand sie mitten auf der Straße, suchte mit den Augen den ganzen Vorplatz ab, fand jedoch nichts, das ihre Aufmerksamkeit erregte.

Mit ihrer Rechten schlug Palmer aufs Lenkrad. Sie hatte sich falsch entschieden. Sie biss sich auf die Unterlippe. Hätte sie ihn doch direkt verfolgt. Sie legte den Gang ein und fuhr gemächlich auf direktem Weg über die Werftestraße zu ihrer Wohnung. Immerhin fand sie nahe beim Bootshaus einen freien Parkplatz.

Zurück in ihrer Wohnung, war sie so aufgedreht, dass sie nicht einmal versuchte, Schlaf zu finden. Sie rieb ihren Laptop gründlich trocken. Als sie ihn anstellte, tat das Mistding jedoch keinen Wank. Ein farbiges Rädchen drehte sich unaufhörlich auf dem Bildschirm. Der Computer hatte sich aufgehängt. Sie klappte ihn wuchtig zu. Gleich darauf öffnete sie ihn mit Panik in den Augen ganz behutsam wieder, um sich zu vergewissern, dass der Bildschirm keinen Schaden genommen hatte. Erleichtert atmete sie tief durch. Kein Spinnennetz im Glas auf der Mattscheibe. Sie drückte den Zeigfinger etwa zehn Sekunden auf den Hauptschalter, um ihn runterzufahren, in der Hoffnung, dass morgen alles wieder reibungslos funktionierte. Dann legte sie sich ins Bett. Immerhin fiel sie bald darauf in tiefen Schlaf.

Ihr Handy brüllte.

»Hmja?«

Auch mit großer Anstrengung bekam Palmer ihre Augen nicht auf. Als sie nicht sofort eine Stimme vernahm, blickte sie auf das Display und bedauerte sofort, den Anruf entgegengenommen zu haben.

»Brauchst du Geld?«, fragte Palmer. Auf ihrer Stirn trat eine Ader raus. Sie drückte sich ihr Handy so fest an den Kopf, dass sich ihr Ohr weiß färbte.

»Wieso?«, fragte er.

»Was willst du?«

»Muss man immer etwas wollen, um dich anzurufen?«

»Du hast noch nie etwas getan, ohne dass für dich was rausgesprungen ist.«

»Quatsch. Ich bin dein Vater und hab das Recht, mit dir zu sprechen, wo und wann ich will.« Er zögerte einen Moment, dann fügte er hinzu: »Versteh endlich, deine Mutter ist seit neun Jahren tot. Du hast nur noch mich.«

»Mannmannmann.« Palmer lachte sarkastisch, wobei sie nur eine Seite des Mundes nach hinten zog. »Dich hab ich bereits nach meiner Geburt verloren.«

Sie konnte nicht mehr ruhig liegen, kroch aus dem Bett und begann nervös, im Zimmer auf und ab zu gehen.

Palmer hatte ihrem Vater nie verziehen, dass ihm seine künstlerische Arbeit wichtiger war als jede Familienangelegenheit.

»Der Zeitpunkt deiner Anrufe wird einzig bestimmt durch Ebbe auf deinem Konto.« Palmer wollte auflegen, ergänzte aber: »Hast wohl grad niemand, der dich auf der Pelle hocken lässt? Wenn du dich nur ein klein bisschen drum kümmern würdest, könntest du für deine Auslagen selber aufkommen.«

»Das stellst du dir zu einfach vor. Als Künstler ist dies schwieriger als du denkst.«

Sie atmete tief durch. »Mal doch einmal in deinem Leben ein Bild, das dir einer abkaufen will.«

»Meine Arbeiten sind nun mal politisch motiviert. Und ich male nicht auf Kundenwunsch. Nur vollkommen unabhängig bewahre ich meine Glaubwürdigkeit.«

»Hueresiech. Verschon mich vor deinen abstrusen Erklärungen. Pochst auf alle Rechte, pfeifst auf jegliche Pflichten.«

»Ich bin dein Vater. Muss ich dir Respekt beibringen?«

»Du drohst mir?« Weil ihr weitere Worte fehlten, drückte sie grußlos die Trenntaste, knallte das Handy in die Ecke und ließ sich entmutigt aufs Bett fallen.

Sie stützte sich auf dem Kissen ab und blickte minutenlang aus dem Fenster, ohne sich zu regen.

Heute war ihr Geburtstag. Mit Geburtstagen hatte sie noch nie was anfangen können. Ob es für die Welt ein Freudentag war, als sie deren Licht erblickte, bezweifelte sie sowieso. Aber ihr Vater hatte ihren Geburtstag mit keinem Wort erwähnt. Nun war sie doch beleidigt.

Sie igelte sich auf dem Bett ein. Immerhin siegte sie im Kampf gegen Tränen, nicht aber beim Versuch, ihre Gedanken in eine erfreuliche Richtung zu lenken. Egal, an welche erfreulichen Dinge sie krampfhaft zu denken versuchte, sie fühlte sich zurückversetzt in ihre Familiengeschichte.

Palmers Vater war damals von Zürich nach Luzern gezogen, um sich an der ältesten Schweizer Kunst- und Designschule ausbilden zu lassen. Aber noch vor der Abschlussprüfung schwängerte er ein Mädchen. Rasch merkte sie, dass sie nicht seiner Traumvorstellung entsprach, dass sie halt bloß jene war, die er an diesem Abend abbekommen hatte. Allerdings überraschte er sie insofern positiv, da er immerhin so viel Anstand besaß, sie zu heiraten. Aber einerseits brachte sie keinen Rappen in die Ehe mit ein und andererseits verließ er sich ab dem ersten Tag auf ihre Arbeitskraft, während er auf künstlerische Inspiration wartete. Erwerbsarbeit passte schlicht nicht in sein Lebenskonzept.

Ihre Mutter war schon immer kränklich gewesen, so machte Palmer ihren Vater mitverantwortlich für deren Tod. Nicht für ihre Krankheit, an welcher sie letztendlich starb, aber dafür, dass sie sich für alle drei abrackern musste. Sie war es auch, die sich um die Tochter kümmerte, weil's den Vater nicht interessierte. Dies zehrte zusätzlich an ihren Kräften. Er begann, sich anderswo nach Trost umzusehen, bald zog er ganz aus. Trotz aller Abneigung fehlte Palmer der Vater sehr. Einige Male rief die Mutter ihn an und forderte ihn auf, wenigstens dann und wann einen Tag mit seiner Tochter zu verbringen. Er versprach, sie am nächsten Sonntag abzuholen. Das kleine Mädchen wartete bereits Stunden vor dem Termin auf der Treppe. Aber er erschien nicht.

Als Palmer die kaufmännische Lehre durchlief, kam der Brustkrebs. Mutters Zustand verschlimmerte sich zusehends. Trotzdem schloss Palmer mit Auszeichnung ab, schlicht, weil sie neben ihrer geliebten Gitarre nichts anderes hatte, das sie vom Schicksal ihrer Mutter ablenkte. Also stürzte sie sich in die Schulaufgaben.

Aufgrund der dauernden Übelkeit sah die Mutter schlechter und schlechter aus. Die Kleider wurden ihr alle zu weit, aber eine neue Garderobe legte sie sich keine zu. Das Geld sparte sie sich für ihre Tochter. Diese war ihre ganze Welt.

Der Tod blickte aus ihren Augen und sie fand kaum mehr Kraft, aus dem Haus zu gehen. An jenem Tag erreichte sie Palmer nicht, da sie mit der Schule verreist war, und ein Handy hatte Palmer damals nicht besessen. In ihrer Verzweiflung rief die Mutter Palmers Vater an. Er aber bedauerte, sie nicht selber ins Krankenhaus fahren zu können, weil er einen dringenden Termin wahrzunehmen hatte. Vermutlich betreute er grad ein vielversprechendes, weibliches Talent aus der Arbeiterklasse, als sie sich ein Taxi rief und sich zum Kantonsspital fahren ließ.

Nach ihrem Tod fühlte sich Palmer alleine zurückgelassen. Schließlich stand sie ohne Vater und Mutter da. So tat sie sich auch später schwer, Vertrauen zu jemandem aufzubauen. Stets war da die Angst, verlassen zu werden. Das war zu ihrem Selbstschutz, denn als Kind hatte sie gelernt, dass der Freund sich morgen schon von ihr abwenden könnte. Bald vermutete sie hinter jeder Freundlichkeit, hinter jeder netten Geste, die ihr widerfuhr, einen schlecht kaschierten Täuschungsversuch. Ab Mutters Todestag tat sie sich schwer, sich auf eine Beziehung einzulassen.

Nun lächelte Palmer traurig. Sie erinnerte sich, wie es ihr noch als Jugendliche peinlich gewesen war, vom Vater verlassen worden zu sein. Jenen, die nach ihm fragten, tischte sie Räubergeschichten auf. Bei einem Bankraub erschossen, als Ingenieur bei einer Raketenexplosion umgekommen, als Forscher im Dschungel Afrikas verschollen.

Ihre Gedanken schwebten durch den Urwald, dann schlief sie endlich ein. In ihrem Traum wurde alles gut. Aber Träume irren sich.

KAPITEL 23

»Christabel Palmer?«, fragte der Mann, als Palmer auf sein x-tes Klingeln endlich die Tür öffnete.

»Wer will das wissen?«

»Polizei. Weisen Sie sich bitte aus. Wie ist Ihr Name?«

»Mein Name ist Palmer, wie's auf der Klingel steht.«

»Ziehen Sie sich etwas über. Sie kommen mit zur Hauptwache.«

»Sie verhaften mich?«

»Nein, wir möchten mit Ihnen einige Fragen durcharbeiten bezüglich des Verschwindens von Frau Julia von Moos.«

»Gestern noch hat mich Stocker gebeten, mich aus der Suche rauszuhalten. Für solche Spielchen hab ich keine Zeit. Ich hab heute Wichtigeres zu tun.« Palmer schickte sich an, die Tür zuzuschieben.

»Sie sagen besser alle Termine ab«, sagte der Mann und schob den Fuß in den Türspalt.

Palmer spürte, wie ihr heiß wurde. Aber gleichzeitig fand sie es an der Zeit, dass die Polizei bei der Suche nach Juli ihre Hilfe in Anspruch nehmen wollte.

Der Polizist in Zivil ließ ihr zwei Minuten. Als sie die Wohnung verließ, blickte sie sich auf der Straße um. Sie entdeckte aber den verdächtigen Wagen von gestern Abend nirgends mehr. Mannmannmann, dachte sich Palmer. Sie hätte gestern raussprinten, den Kerl aus dem Auto zerren und der Polizei übergeben sollen.

Der Polizist blickte sie an und mochte sich fragen, weshalb sich ihr Gesicht rot färbte.

Sie fuhren in einem weißen, neutralen Wagen, ohne Blaulicht.

Im Gebäude der Kantonspolizei war der Aufzug aufgrund von Servicearbeiten zurzeit außer Betrieb. Palmer hatte keine Lust zum Treppensteigen, aber ihre Meinung diesbezüglich war nicht gefragt. Oben führte sie der Polizist in einen kargen Raum mit zwei Stühlen, die sich an einem Tisch gegenüberstanden. Er ließ sie wortlos stehen und schob die Tür ins Schloss.

Erst blieb sie stehen, weil sie dachte, da komme gleich jemand, um sie zur Einsatzleitung zu begleiten. Nach zehn Minuten aber war ihr klar, dass da etwas nicht stimmte. Sie wollte raus, stellte jedoch fest, dass die Tür verriegelt war. Erst stutzte sie, während die Adern an ihrem Hals hervortraten. Dann zog sie sich mit dem Fuß einen Stuhl näher und setzte sich drauf. Sie wand sich ungeduldig, lehnte sich zurück, schlug die Beine übereinander, setzte sich aufrecht hin, alles auf der Suche nach einer bequemeren Haltung. Schließlich erhob sie sich wieder und lehnte sich mit Rücken und Hinterkopf gegen die Wand.

Als nach etwa 40 Minuten endlich jemand eintrat, strafte sie ihn mit Schweigen.

»Ach hier sind Sie? Herr Stocker wartet. Bitte kommen Sie mit.«

Palmer rührte sich nicht von der Stelle und blickte den Polizisten nicht mal an.

»Ach kommen Sie, wegen der paar Minuten brauchen Sie nicht gleich pappig zu werden.«

Sie musste schwer an sich halten, um mit halbwegs ruhiger Stimme sprechen zu können. Dann überlegte sie's sich jedoch anders und sagte gar nichts, während sie sich erhob.

Zwei Türen weiter drückte er die Klingel, dann harrten beide aus.

Stocker ließ die beiden sich noch gut eine Minute gedulden, wahrscheinlich um Palmer unmissverständlich klar zu machen, wer hier den Takt vorgab. Dann öffnete er eigenhändig die Tür.

»Kommen Sie rein«, sagte er und bat sie, auf einem der Stühle ihm gegenüber Platz zu nehmen.

»Haben Sie bereits eine Ahnung, wer Juli etwas antun will?«, fragte Palmer.

»Deshalb sind Sie hier.«

Dann setzte auch er sich und studierte stumm die Akten vor sich. Nach einigen Augenblicken nahm er sich die Lesebrille von der Nase und reinigte lange die Gläser. Endlich fuhr er mit seinem Stuhl näher zum Schreibtisch, musterte sie über seine Brille hinweg und bohrte seinen Blick in Palmers Augen.

»Wo sind Sie gewesen zur Zeit von Julia von Moos' Verschwinden?«

»Stehe ich unter Verdacht?« Palmer rang nach Atem. »Wieso halten Sie mich fest wie eine Mordverdächtige? Gibt es Anzeichen dafür, dass Juli nicht mehr lebt? Und entführt hab ich sie erst recht nicht.« Ihre Lippen verwandelten sich in einen dünnen Strich. »Ich hab während der langen Wartezeit versucht, die Toilette aufzusuchen. Aber von außen war abgeschlossen. Was soll das?«

Er lehnte sich zurück, sodass sein Sessel unter seinem Gewicht knarzte.

»Ich entschuldige mich für dieses Versehen. Sie sind nicht verhaftet. Leider haben wir wegen eines dringenden Falls ausrücken müssen, sodass Sie sich bedauerlicherweise gedulden mussten. Mein Kollege hat leider versäumt, das Schnappschloss zu entriegeln. Sonst hätten Sie jederzeit den Raum verlassen können. Wie gesagt, ich entschuldige mich. Ich bin auch gerne bereit, Sie zum obersten Polizeichef zu bringen, damit Sie bei ihm ihre offizielle Beschwerde deponieren können.«

Sie überlegte. »Quatsch. Das interessiert den doch nicht. Alles, was ich will, ist, hier rauszukommen. Sofort.« Palmer schnellte auf die Beine und griff nach ihrer Umhängetasche.

»So schnell geht das nicht.«

»Was jetzt? Erst entschuldigen Sie sich und jetzt soll ich trotzdem bleiben?«

»Ist das Ihr Blut in Julias Wohnung?«

»Nein«, schrie Palmer und blickte entsetzt in Stockers Augen. Mit verunsicherter Stimme fragte sie: »Haben Sie das Blut im Wohnzimmer gefunden, gleich vor der Kommode auf dem Parkett?«

»Wie haben Sie Julia entführt? Oder haben Sie Julia abgestochen wie einen tollwütigen Hund? Falls Sie ihr etwas angetan haben, ist jetzt der richtige Zeitpunkt, alles zuzugeben. Gnade Ihnen Gott, wenn wir Julia tot auffinden.«

»Ich hab einen Fotorahmen zerbrochen, als er mir aus der Hand gerutscht ist. Ich hab die Scherben aufgehoben und mich dabei geschnitten. Gut möglich, dass ich beim Aufwischen einen Tropfen übersehen habe.«

»Nun also plötzlich doch. Eben noch haben Sie auf meine Frage, ob das Blut von Ihnen sei, mit Nein geantwortet. Machen Sie weiter, verschaffen Sie sich Luft, erleichtern Sie Ihr Gewissen. Ich höre.«

»Ich hab Ihre Frage, ob ich Juli abgestochen habe, verneint. Wie können Sie meinen, ich hätte Juli etwas angetan?«

»Bedeutet das nun Ja oder Nein?«

»Nein, ich hatte keinen Kampf mit Juli. Und ich hab ihr nichts angetan. Und mit ihrem Verschwinden hab ich nichts zu tun.« Sie drehte sich auf dem Stuhl zur Seite.

»Stammt das Blut von Julia oder von Ihnen?«

Jetzt blickte Palmer direkt in Stockers Augen.

»Jetzt hören Sie auf. Denken Sie, ich fordere die Polizei zur Suche nach Juli auf und setze die ganze Maschinerie in Gang, wenn ich etwas mit ihrem Verschwinden zu tun hätte?«

»Wieso stellen Sie mir diese Frage? Erklären Sie mir, was Sie damit zu tun haben.«

»Vorhin meinten Sie noch, ich sei nicht unter Verdacht. Nun plötzlich doch?«

»Falsch. Ich sagte, Sie seien nicht verhaftet. Aber verdächtig sind Sie. Und zwar sehr. Mein Job ist, herauszufinden, was genau in der Wohnung geschehen ist und wo Julia von Moos steckt. Ihnen wird es nicht gelingen, sich hier herauszuwinden. Sie stecken bis zum Hals in der Kacke. Da wollen wir doch mal sehen, wer von uns beiden den Kopf eher hängen lässt.« Er nickte mit einem überlegenen Grinsen.

Palmer fragte sich, ob er dieses sprachliche Bild bewusst gewählt hatte. Die kleine Ablenkung reichte, ihre Wut unter Kontrolle zu kriegen. Sie lehnte sich zurück. Ein entspanntes Lächeln breitete sich auf ihrem Gesicht aus. Ihr wurde klar, dass Stocker bluffte und sie raffiniert in die Enge trieb, in der Hoffnung, dass sie sich verriet. Was ihm ja auch tatsächlich gelungen war. Aber hätte er etwas in der Hand, würde er sie verhaften.

»Ist das eure Art, mit Leuten umzugehen, von denen ihr euch Mithilfe erhofft? Leute, die sich schon länger mit dem Problem beschäftigen als ihr selbst?«

»Wo sind Sie zur Zeit von Julia von Moos' Verschwinden gewesen?«, wiederholte er seine Frage und blickte noch strenger in ihre Augen.

»Ich brauche keinen Anwalt, ich stehe auf der Seite der Guten. Ich verstehe Ihre Frage nicht.« Beleidigt wandte sie ihren Kopf ab.

»Wo waren Sie zur Zeit von Julia von Moos' Verschwinden?«

»Wenigstens scheinen Sie sich jetzt für Julis Verschwinden zu interessieren. Immerhin. Dann stehen wir also beide auf derselben Seite. Aber weshalb fühlt es sich nicht so an?«

»Ist nicht lange her, da sind wir gerufen worden, weil eine junge Frau vergewaltigt und beinah erdrosselt worden war. Ein Arbeitskollege der Frau hatte sie gefunden und uns sofort benachrichtigt. Wir haben sie ins Spital gebracht und sofort mit unseren Ermittlungen losgelegt. Das Mädchen ist bei der

Einvernahme keine große Hilfe gewesen, denn der Täter hatte sich maskiert. Schon bald ist unser Verdacht auf ihren Arbeitskollegen gefallen. Und tatsächlich ist ans Licht gekommen, dass er's war. In die Mangel genommen, hat er gestanden. Ein typischer Fall von Retter-Syndrom. Wir begegnen immer wieder der Situation, dass derjenige, der die Tat meldet, sie selber verübt hat. Der Kerl hat seine Hilfe angeboten, weil er sich dadurch besser gefühlt hat und ihn die Schuldgefühle weniger geplagt hatten. Und er hat sich erhofft, keiner würde auf die Idee kommen, dass er etwas mit der Tat zu tun haben könnte.« Er kreuzte die Arme. »Sie geben sich als Helferin. War es nicht eher so, dass Sie danach strebten, von Anfang an einen allfälligen Verdacht von sich wegzulenken?«

Palmer prustete.

Er fuhr fort: »Sie suchen aktiv nach dem Täter, weil Sie dabei die Ermittlungen beeinflussen können. Nötigenfalls würden Sie diese sabotieren, um den Verdacht von sich auf andere zu lenken.«

»Ich wurde von Julis Eltern darum gebeten. Viel auffälliger wäre, wenn ich diesen Wunsch abgelehnt hätte.«

»Kontrolle ist Ihnen wichtig, weil Sie ansonsten ein erfolgloses Leben führen«, sagte Stocker unbeeindruckt. »Wir haben Erkundigungen über Sie eingezogen. Ihre Gewaltausbrüche als Jugendliche bestätigen, dass Sie bei Unzufriedenheit die Lösung schon mal durch gröbste Mittel gesucht haben. Die Kickboxausbildung und das Verdreschen von Jungs deutet auf ein gehöriges Gewaltpotenzial hin.«

»Zwischen Juli und mir sind damals Geschwistergefühle aufgekommen, wobei mir die Beschützerrolle zugefallen ist. Was soll daran falsch sein?«

»Sie sind eifersüchtig geworden auf Julia. Während Sie nicht vom Fleck gekommen sind, schaffte Julia eine internationale Karriere. Julia hat als gefragtes Model abgesahnt, während Sie in großen Geldnöten stecken. Trotzdem haben Sie's zugelassen, dass man Ihnen den Job gekündigt hat. Und um einen neuen Arbeitgeber scheinen Sie sich nicht zu reißen.«

Palmer schluckte leer und suchte sich mit der Zunge Speichel zusammen, um ihren trockenen Mund etwas zu befeuchten.

Stocker fuhr fort: »Ihr Motiv, Julia etwas anzutun, liegt in den noch nicht beglichenen Schulden, mit denen Sie bei Julia in der Kreide stehen.«

Das saß wie eine Ohrfeige.

Ungläubig starrte Palmer Stocker an. Langsam kullerte eine Träne der Verletztheit, aber auch des Zorns über Palmers Wange. Kurz hatte sie den Gedanken, Stocker an die Gurgel zu springen. Sie atmete tief durch und hob beide Handflächen. »Sie sprechen von dem zinslosen Darlehen, das Juli mir gewährt hat, damit ich die Behandlungskosten meiner todkranken Mutter und ihren allerletzten Wunsch vor ihrem Tod habe berappen können.« Palmers Kopf sank auf ihre Brust, die Arme lagen schlaff in ihrem Schoß. »Und gleich werden Sie mich für die Krankheit meiner Mutter verantwortlich machen.«

Stocker ließ ihr eine Minute, dann sagte er: »Das mit Ihrer Mutter tut mir leid. Aber jemand, der dringend Geld braucht, ist bereit, sehr weit zu gehen, um sich dieses Problem vom Hals zu schaffen. Ihr Plan sah so aus: Wenn Julia stirbt, brauchen Sie den Kredit nicht zurückzuzahlen.«

Palmer lächelte entmutigt mit einer Seite ihres Mundes. »Dann hätte ich doch diesen Vertrag vernichtet, als ich in Julis Wohnung war.«

»Dass Sie in der Wohnung rumgesucht haben, macht Sie doch umso verdächtiger. Sie haben den Vertrag bloß nicht gefunden.«

»Sie glauben allen Ernstes, ich hätte was mit dem Verschwinden von Juli zu tun?« Palmer setzte sich aufrecht hin. »Ich bin die Einzige gewesen, die überhaupt nach ihr gesucht hat. Die Polizei hat sich für diese ganze Sache nicht interessiert. Und nun kommen *Sie* daher und behaupten, *ich* stecke dahinter.« Nun war sie so wütend, dass sie beinahe hyperventilierte. Sie konnte kaum fassen, wie sich alles mit einem Mal gegen sie wandte. »Sie verrennen sich«, sagte Palmer. »Und wieder interessiert Sie die Suche nach Juli nicht, sonst hätten sie nicht die Zeit, solch hirnverbrannten Ideen nachzugehen. Ich hoffe für Juli und für Sie, dass Juli heil davonkommt.«

»Soll das eine Drohung sein?« Er griff in eine Schublade, holte einen kleinen Block hervor und machte sich Notizen. »Wehe Ihnen, wenn sich herausstellen sollte, dass die vielen fremden Fingerabdrücke in Julias Wohnung von Ihnen stammen.«

»Hab ich Ihnen doch gesagt, dass ich mich in der Wohnung umgesehen habe. Ich hab so Einiges angefasst, auch die Fotorahmen.«

»Dann stammt also das Foto in der gestrigen Zeitung von Ihnen? Wie viel haben Sie dafür gekriegt? 1.000? 2.000? Die Schlinge um Ihren Hals zieht sich zu.« Dann sah er sie noch finsterer an. »Die Zeit ist gut für ein Geständnis.«

»Powerscheiße. Ihr Hirn ist voll davon. Sie wollen mir was anhängen. Auf meine Hilfe dürfen Sie verzichten. Ich geh jetzt.« Noch bevor sie aufspringen konnte, drückte ihr Stocker seine kräftige Hand auf die Schulter und stieß sie in ihren Stuhl zurück.

»Ts, ts, ts«, sagte er, wobei er sich über den Tisch neigte und sich mit beiden Händen darauf abstützte.

»Juli ist ein Fotomodel.« Palmer konnte seinen Vorwurf nicht nachvollziehen. »Die Medien finden endlos Fotos von Juli bei der Agentur, ohne dass sie auf meine Hilfe angewiesen sind. Eine Frechheit, wie sie behaupten, ich wolle mich an ihrem Unglück bereichern.« Palmer verschränkte ihre Arme vor der Brust. »Ich hab keine Zeit für ihre perversen Spielchen. Juli braucht Hilfe und offensichtlich bin ich die Einzige, die ihr helfen will.« Ihre Augen verengten sich zu schmalen Schlitzen. »Sie drohen bloß. Hätten Sie was in der Hand, säße ich schon längst in Untersuchungshaft. Zutritt zur Wohnung hab ich mir unter Einwilligung von Julis Eltern verschafft. Mit einer Verhaftung wegen der Fingerabdrücke würde sich die Polizei lächerlich machen. Gestohlen hab ich auch nichts. Das Foto hab ich ebenfalls mit Einwilligung der Eltern eingesteckt, und zwar, um bei den Leuten nach ihr rumzufragen und mit dem Ziel, Juli unversehrt zu finden. Was Behinderung der Polizeiarbeit angeht, kann ich mir echt nicht vorstellen, dass solche Lappalien für eine Verhaftung reichen. Abgesehen davon, dass die Polizei täglich damit umzugehen hat, dass ihr jemand etwas verschweigt oder sie sogar anlügt. Ich kann mir nicht vorstellen, dass schon mal einer ins Gefängnis gegangen ist wegen Behinderung der Polizei, wenn heutzutage einer nicht mal in der Kiste landet, wenn er unter Alkoholeinfluss jemanden tötet.« Palmer kreuzte die Arme. Ihr Blick fiel auf das Mikro auf dem Tisch. »Nehmen Sie dies auf?«, blaffte sie.

»Ist abgestellt.«

Palmer wusste nicht, ob sie ihm glauben sollte. Halbwegs wär's ihr sogar egal, wenn er ihre Aussage auf Band hätte. Aber sie wusste auch um den Vorteil für die Polizei: Aussagen konnten mithilfe von Aufnahmen genauestens überprüft werden. Eine Kleinigkeit anders formuliert als bei einem vorangegangenen Gespräch, und man ließ den Verdächtigen nicht mehr aus dem Würgegriff.

»Dann geh ich jetzt.« Palmer stieß mit dem Stuhl nach hinten und richtete sich auf.

»Sie hätten jederzeit gehen können.« Er breitete seine Arme weit aus. »Ich hab nur ein paar Fragen gestellt. Danke, dass Sie gekommen sind.« Mit einer Kopfbewegung Richtung Ausgang entließ er sie.

Mit einer abweisenden Handbewegung drückte Palmer ihre Abneigung gegen die ganze Situation aus. Sie sagte kein

Wort mehr, verließ Stockers Büro, ohne die Tür zu schließen und ohne noch einmal zurückzublicken.

Aber im Spiegelbild des Ausstellkastens neben dem Aufzug sah sie Stocker, wie er im Türrahmen stand und sich mit einem Finger am Kopf kratzte, während er Palmer nachblickte.

Unvermittelt stoppte Palmer und drehte sich zu ihm: »Ach ja: Bestellen Sie bitte Ihrem verdeckten Polizisten, der mich dauernd heimlich verfolgt, er soll gefälligst nicht mehr in Nachbars Garten pinkeln.«

KAPITEL 24

Viele Stunden später drehte er das Licht wieder an.

Die vertrocknete Kehle machte es Juli schwer zu sprechen. Aber sie wollte es wissen. »Sind wir uns schon früher begegnet? Was willst du von mir?«

»Du erkennst mich nicht?« Seine Miene nahm säuerliche Züge an. Er fasste sich an den Pulli und riss wutentbrannt den Rollkragen nach unten. »Erinnerst du dich an diese Narben? Dein Werk. Darauf bist du sicher heute noch stolz.«

Fast unmerklich öffnete sie ihren Mund und schlug zugleich ihre Hand davor, als sie das zernarbte Gewebe sah. Aber sie erinnerte nicht.

»Morgen wirst du dafür büßen.« Er stieß sie auf ihre Matratze zurück, verschwand durch die Tür und drehte das Licht aus. Als sie das Klicken des Schlosses hörte, saß sie wieder alleine im Dunkeln. Mit offenen Augen legte sie sich auf die Matratze, während Fragen ihren Kopf durchfuhren.

Irgendwann erwog sie, dies sei nun die Strafe dafür, dass sie nicht zu jeder Sekunde ein gottgefälliges Leben geführt hatte.

Sie verfluchte ihren Entführer. Sie verwünschte sich, an diesem Abend joggen gegangen zu sein. Beinah hätte sie Gott verflucht, dass er ihr hier nicht raushalf, konnte ihre Gedanken aber gerade noch stoppen. Ihr Blick durchdrang die Decke, ging ins Unendliche, Richtung Himmel, zu Gott, den ihre fatale Situation nicht zu kümmern schien. Ihre Augen füllten sich mit Tränen.

Als er das nächste Mal in den Raum trat, spürte er sich von einem unglaublich starken Gefühl der Macht durchströmt. Heute würde es ihm ganz besondere Freude bereiten, zu beobachten, wie sie vor Angst in sich zusammensank. Soweit er sich in seinem Leben zurückerinnerte, hatte er jedes einzelne der wenigen Male, wenn ein Mädchen mit ihm sprach, Nadelspitzen im ganzen Körper stecken gespürt, insbesondere im vernarbten Gewebe unter seinem Kinn. Wann immer sie von ihm weggeblickt hatten, hatte er geargwöhnt, dass sie sich vor genau diesem entstellten Körperteil ekelten. Oft war es ihm nur mangelhaft gelungen, Kinn und Hals unter dem Rollkragen zu verstecken.

»Kannst du dir vorstellen, wie es ist, von jedem Kind verhöhnt, von jedem Mädchen gemieden zu werden? Seit Jahren stelle ich mir vor, wie ich dir deshalb die Kehle durchschneide.« Tausendmal hatte er sich auf diese Körperstelle festgelegt, weil er im Kehlkopf den Ursprung aller schlechten, gegen ihn gerichteten Worte ausgemacht hatte.

»Ich hasse Frauen. Jeder tut das, wenn sie ihn unaufhörlich links liegen lassen wegen der Narben, die ihm von einer Frau zugefügt worden sind.« Seine Lippen verwandelten sich in einen dünnen Strich und er sprach durch zusammengebissene Zähne: »Das hab ich dir zu verdanken.«

Julis Augen weiteten sich.

»Jürg?«, fragte sie, »bist du das? Jürg Fricker?« Sie kniete vor ihm auf der Matratze.

Lange zeigte er keine Reaktion und sagte dann: »Wie viele Jahre hab ich davon geträumt, mich für all die Kränkungen an dir zu rächen, für all die Worte, die mich haben spüren lassen, wie entsetzlich abstoßend ich wirke.« Für einen Augenblick hielt er sein angewidertes Lächeln. »Niemand hat je etwas mit mir zu tun haben wollen.« Er ließ die Schultern hängen. »Zu meinem 16. Geburtstag hab ich Schulkameraden zu mir nach Hause eingeladen. Niemand ist erschienen, weder von der Schule, noch aus der Nachbarschaft. Da hab ich mich hinaufbegeben zum Bireggwald. Mein einziger Begleiter war Nachbars Tacco. Über Jahre hatten wir miteinander Hol-das-Stöckchen gespielt. Wie ich diesen Hund geliebt habe. So, wie eigentlich alle Tiere. Sie sind die Einzigen gewesen, die mir ohne Vorurteile begegnet sind. Keines hat sich von meinem Äußeren angeekelt gefühlt und keines hat sich über mich lustig gemacht.« Er atmete tief durch. »Ich bin also aufgebrochen in den Wald, neben mir der zappelige Hund. Auf einer kleinen Anhöhe mitten unter Laubbäumen hab ich den Platz gefunden, der mir geeignet schien. Ich hab die Militärpistole aus dem Stoffbeutel hervorgeklaubt. Diese hatte ich meinem Vater gestohlen, samt Patronen. Ich hab geprüft, ob sie geladen ist, hab meine Augen geschlossen und sie an meine Schläfe geführt. Hier und jetzt wollte ich meinem Leben ein Ende setzen. Mein treuer Freund hat sich neben mir auf den Boden gelegt. Ich habe den kühlen Ring des Laufes auf meiner Haut gefühlt, habe den Druck meines Fingers am Abzug erhöht. Ich habe gezögert. 1.000 Dinge sind mir durch den Kopf geschwirrt. Nach einer Weile, ob es Minuten oder nur Sekunden waren, hätte ich nicht sagen können, hab ich meine Augen geöffnet.

Ich hab Orientierung gesucht, mich umgesehen. Dann ist alles sehr schnell gegangen. Ich habe runtergeblickt zu meinem Freund. Mit ausgestrecktem Arm hab ich mitten auf seinen Schädel gezielt, die Augen zusammengekniffen und meinen Kopf in den Nacken gelegt. Der ohrenzerreißende Knall hat mir die Augen aufgerissen. Ich habe einen Specht erblickt, wie er panisch flatternd zwischen den Ästen hindurch das Weite gesucht hat. Schlagartig haben mich tiefste Gefühle durchwogt, die ich noch nie erlebt hatte. Als ginge über mir die Sonne auf. Was für ein berauschendes Gefühl. Augenblicklich war mir klar, wie schön das Leben sein konnte.«

Obwohl er jetzt lächelte, musste Juli das wilde Tier in seinen Augen erkannt haben. Sie griff sich wie in Zeitlupe ins Haar und stützte sich langsam auf der Matratze auf. Was für eine Geschichte.

»Noch heute erinnere ich mich liebend gerne an diesen Moment zurück. Er hat mir größte Lust und Befriedigung geschenkt.« Er lächelte überlegen. »Immer öfter hab ich seither den Drang gespürt, diese Erregung von Neuem zu finden. Aber mir war klar, dass ich nicht wahllos Hunde abknallen konnte. Im Gegenteil, mir schwebte schon bald vor, die nächst höhere Ebene zu erklimmen. Je länger ich mit meinen Gefühlen gerungen habe, umso deutlicher hab ich erkannt, dass weitere Pistolenschüsse mir keine Erleichterung verschaffen. Die Eingebung hat mich erreicht, Macht könne ich königlicher ausüben, indem ich Qualen schenkte. Nicht irgendwelchen Tieren, die mir nichts angetan hatten, sondern Menschen. Am besten jenen, die *ich* liebe, die *mich* jedoch verabscheuen.«

Julis Atem ging schneller. Sie wandte ihren Kopf von ihm ab.

Er aber beugte sich nach vorn und kam ihr ganz nah. »Du willst, dass ich aufhöre? Ich soll dich in Ruhe lassen? Gut. Dann will ich dich also nicht mehr anrühren. Kein Problem.« Beleidigt erhob er sich von der Matratze und ballte seine Fäuste. »Wähle! Du sagst mir jetzt, welche deiner Freundinnen an deine Stelle treten soll, und ich lasse sofort von dir ab. Mit wem soll ich beginnen? Mit Christabel?«

Juli gefror das Blut in den Adern. Schockiert funkelte sie ihn an. Er kannte sie alle. Wie lange hatte er sie bereits beobachtet?

»Los, leg dich fest«, sagte er mit geschürzten Lippen. »Jetzt oder nie.«

Sie wandte sich ab, zog den Kopf ein und weinte ohne Tränen. Sie nahm kaum wahr, wie er die schwere Tür von außen zurammte. Sie hockte im schwarzen Loch und haderte um das Leben ihrer Lieben.

Bloß körperlich in ihr Innerstes vorzudringen, war ihm nicht genug. Er wollte sie quälen, sie seine Macht und Unbarmherzigkeit spüren lassen. Erst ihre Schmerzen befriedigten ihn und halfen ihm, seine eigene Vergangenheit zu bewältigen. Bereits nach dem ersten Tag war ihm klargeworden, Juli die größten Schmerzen nicht mit Fäusten, sondern seelisch beizufügen, indem er ihr seine Kenntnisse in allen Einzelheiten preisgab, die er von ihrem Privatleben hatte, vertrauliche und intime Dinge über ihre Familie, aber auch über ihre Zukunftspläne. Er wusste, was Juli trieb in ihrer Wohnung, mit wem und wie lange. Wie ein Schwert wollte er dieses Wissen einsetzen und damit ihr Zutrauen in alles zerhacken, was ihr lieb war. Er würde ihr Selbstvertrauen und jegliche Hoffnung zerstören und sie an den Punkt bringen, an welchem sie nicht mal fähig wäre, eine tödliche Waffe gegen ihn einzusetzen, hätte sie eine greifbar.

Hier lag sie nun in der Finsternis und konzentrierte sich darauf, mit den Ohren etwas Freiheitversprechendes zu entdecken. Bald schon gab sie's auf. Da waren bloß der dumpfe, unregelmäßige Motorenlärm vorbeifahrender Autos und weit im Hintergrund das leise Brummen des altersschwachen Ventilators, der kaum genug neue Luft zum Atmen hereinschaufelte. Dieser letzte Gedanke riss ihr die Augen auf und zerrte sie förmlich aus ihrem Dämmerzustand. Gänsehaut breitete sich über ihren Körper aus.

Was, wenn dieser Ventilator ausfiel? Müsste sie dann ersticken?

Sie beugte sich vornüber, um den verkrampften Magen zu entlasten. Ihr Mund war so trocken, dass sie kaum schlucken konnte. Beim folgenden Gedanken schnellte ihr Puls noch weiter in die Höhe.

Was, wenn dieser Schweinehund überhaupt nicht mehr zurückkommt? Vielleicht hat er genug von mir und er lässt mich hier verrecken?

Juli fiel in einen Halbschlaf, sodass sie jetzt seine Schritte überhörte, als er vor der Tür eintraf. In ihrer Trance hatte sie die Augen geöffnet, als unvermittelt das Licht ansprang und der Strahl der Glühbirne wie ein Blitz in ihre Augen stach. Sie schlug ihre Hände vors Gesicht und warf sich seitwärts rollend nach links und rechts. Dann tanzten Lichtpunkte vor ihren Augen. Trotz der Helligkeit erkannte sie nicht mal einen Umriss. Es war ihr gelungen, einen Schmerzensschrei zu unterdrücken, denn dies hätte ihm ein Zeichen sein können, sich öfters lautlos heranzuschleichen, um sie mit grellem Licht zu überraschen.

Doch dann wünschte sie sich, dass das Licht brannte, trotz der Qual. Sie wollte sehen. Sie wollte Klarheit darüber, ob er sich im Raum aufhielt. Jetzt zwang sie sich, die Augen langsam zu öffnen, entgegen dem Reflex, der ihre Augen vor Schmerz zupresste. Sie wollte ihrem Schicksal ins Auge blicken.

Auch diesen Besuch überlebte sie.

Bei seiner nächsten Aufwartung aber wechselte er seine Strategie. Er löschte die Beleuchtung nicht mehr, als er sie alleine zurückließ. Anfangs gefiel ihr das. Bald aber quälte sie die dauernde Helligkeit, Tag und Nacht. Zwar konnte sie jetzt die Dinge um sich wahrnehmen und fühlte sich dadurch etwas weniger bedroht als in totaler Dunkelheit, trotzdem verbesserte sich ihre Situation deswegen nicht. Das ewige Brummen des Ventilators wurde durch die Helligkeit nicht leiser. Zu Essen und vor allem zu Trinken gab's keine zusätzliche Ration. Der Staub, den sie in der Dunkelheit mit ihren Handflächen bloß als samtigen Überzug auf dem Boden fühlte, wurde sichtbar. Sie fröstelte.

Die Helligkeit im Raum hatte immerhin den Vorteil, dass sie ihr Verlies nun viel besser auf einen möglichen Fluchtweg überprüfen konnte. Trotz Wadenkrämpfen schleppte sie sich von der Matratze und tastete die Wände ab. Sie musste ihre letzte Chance wahrnehmen, bevor sie ins Koma fiel, da sie ihr Medikament nicht gespritzt erhielt. Sie klopfte mit den Fingerknöcheln an Balken, welche vermutlich das Dach stützten. Sie rüttelte an der Tür. Sie versuchte Bretter von den zugenagelten Fenstern zu reißen. Keine Chance. Das Gebäude schien zwar alt zu sein, aber jedes Teil war fest verankert, und ihre Kräfte hatten sie schon lange verlassen.

Neben der Handhabung des Lichts änderte er auch anderes. Er gab klare Anweisungen, wie sie sich hinzustellen hatte. Ihn anzublicken, gestattete er ihr heute nicht. Sie hatte ihr Gesicht zu Boden zu richten und sich nicht zu rühren. Er machte ihr klar, dass sie ausschließlich dann sprechen durfte, wenn er sie mit einer Frage dazu aufforderte. Und egal, was er tat, sie hatte sich bei ihm dafür zu bedanken. Sei's, dass sie ihm den Kübel für ihre Notdurft zum Auswechseln reichte, oder dass er ihr einen Metallkrug mit wenig Wasser und eine karge Schale mit Reis hinstellte und dann verschwand. Immerhin konnte sie ihre Kehle befeuchten, aber um satt zu werden, hatte die Speise nicht gereicht. Nie legte er eine Gabel oder anderes Besteck bei. Er wollte wohl kein Risiko eingehen, dass sie etwas gegen ihn als Waffe einsetzen konnte.

Trotz Hungers verzichtete sie auf den Reis. Sie wusste, sie würde viel schneller ins Koma fallen, falls sie ihn zu sich nahm, da sie sich ihr Insulin nicht spritzen konnte.

Trotz Magenkrämpfen überwand sie sich, ihr Lager zu verlassen. Sie richtete sich auf, prompt tanzten goldene Punkte vor ihren Augen. Aber sie wollte sich von diesem Kerl nicht unterkriegen lassen. Auch wenn die Kräfte kaum reichten, sie wollte vorsichtig einige Schritte gehen. Ihr Kreislauf durfte nicht zusammenbrechen. Sonst könnte sie nicht mal wegrennen, falls sich eine Gelegenheit dazu bot.

Während beim späteren Besuch seine goldene Halskette regelmäßig wie ein Pendel gegen ihr Kinn schlug, würgte sie vor Entsetzen, als eine Schweißperle von seinem Kinn auf ihren Hals tropfte. In ihrer Verzweiflung überlegte sie, sich ihm zukünftig wie sehnsüchtig hinzugeben, um sein Vertrauen zu erschleichen. Vielleicht würde er sich verlieben und sie gnädiger behandeln. Möglicherweise würde er dann etwas nachlässiger werden, sodass ihr die Flucht gelänge.

Er aber musste gespürt haben, dass ihre Gedanken ganz woanders waren. Eine Wange zuckte, als er zu lächeln versuchte. »Morgen darfst du zwischen zwei teuflischen Qualen auswählen.«

Ihr war klar, dass er dieses Versprechen tatsächlich halten würde. Er musste wissen, welch enorme Wirkung es auf sie hatte, sie auf Strafe warten zu lassen. Sie vermutete, er liebte es, zu spüren, wie ihre Angst wuchs.

Sie weinte, bis keine Träne mehr in ihr war.

Sie musste hier raus. Sie wollte einen Weg finden, ihn zu überwältigen.

Wie hätte sie wissen sollen, dass alles ganz anders kam.

KAPITEL 25

Sie musste es heute Nacht durchziehen. Palmer streifte sich ein schwarzes Langarm-Shirt über, um das riesige Pflaster im Bereich der Bisswunde abzudecken. Sie ging zum Kühlschrank und löste alle fünf Schinkenscheiben aus der Plastikpackung. Einen kurzen Moment war sie versucht, sich diese in den Mund zu schieben. Sie widerstand, denn sie wollte damit den Hund beschwichtigen, falls es nötig sein würde. Sie schob die Packung in die Tasche. Dann siegte ihr eigener Hunger doch. Drei Scheiben mussten für den Hund genügen. Während sie kaute, fingerte sie Essiggurken aus dem Glas im Kühlschrank. Danach klebte sie die meisten Schlüssel ihres Schlüsselbunds mit Scotch zusammen, damit diese sie beim Gehen nicht durch ihr Klimpern verrieten, und ließ sie dann in die Hosentasche rutschen. Sie stopfte sich eine dunkle Wollmütze, die sie über das Gesicht ziehen konnte und in welche sie zwei Sehschlitze geschnitten hatte, zusammen mit anderem Nützlichen in ihre »Freitag«-Tasche.

Heute war wieder Champions League. Wenn alles normal lief, wäre Maximilian nicht zu Hause und sein Riesenvieh in seinem Wagen.

Palmer wusste, dass sie sich mit diesem Einbruch in Gefahr begab. Niemand konnte wissen, wie ein überraschter Hausherr reagiert, wenn er sich seines Lebens bedroht fühlt. Oder was sein Köter mit ihr anstellen würde. Sie hatte keine Pistole, um sich zu wehren. Aber ganz schutzlos wollte sie sich nicht in die Höhle des Löwen begeben. Sie griff sich ein Rüstmesser in der Küche und das Klebeband.

Später, im Wagen sitzend in der Nähe von Maximilians Haus, klebte sie sich das Messer an den Rücken direkt auf die Haut, mit dem Griff nach unten. Damit sie es so schnell wie möglich zu packen kriegte, achtete sie darauf, das Shirt am Rücken nicht in die Hose zu stecken, sodass ihre Hand in einer brenzligen Situation ohne Widerstand den Rücken hinaufgleiten könnte. Dass ein kräftiger Widersacher ihr das Messer entwinden und sie selber damit bedrohen könnte, war ihr bewusst, trotzdem verlieh ihr das Messer ein besseres Gefühl.

Sie läutete vor dem Tor, wartete und läutete nochmals. Niemand zu Hause. Sie zögerte. Vielleicht war der Hausherr da, hatte jedoch keine Lust, jetzt vor dem Spiel noch ungebetene Gäste zu empfangen.

Der Mond leuchtete nicht strahlend, aber doch heller, als Palmer lieb war. Als sie über die Mauer kletterte, wäre sie mit der Hose beinahe an einem vorstehenden Zacken hängen geblieben. Dann duckte sie sich grad noch rechtzeitig, als beim Nachbar das Licht auf der Veranda anging. Sie presste sich flach gegen die Mauer und lauschte einigen Minuten aufmerksam. Auf dem Weg zur Tür riskierte sie einen kurzen Blick zurück über die Mauer. Bei der Tür angelangt, erlebte sie ein Glücksgefühl, als die Lampe über dem Eingang nicht anging. Offensichtlich war sie nicht an einen Bewegungsmelder gekoppelt. Hier blieb sie stehen und spähte vorsichtig in alle Richtungen. Sie drückte ihren Daumen auf die Klingel und bereute sogleich, es getan zu haben. Aus dem Inneren schwoll der Akkord eines Glockenspiels an, in Lautstärke für Schwerhörige, bestens vernehmbar vor der Tür. Palmer wollte sich bereits verziehen, weil sie sicher war, alle Nachbarn auf sich aufmerksam gemacht zu haben. Dann aber wurde ihr klar, dass Wegrennen in diesem Fall genau das Falsche war. Sollte sie jemanden auf sich aufmerksam gemacht haben, müsste sie locker stehen bleiben, denn ganz normale Besucher, die an der Tür läuten, verdrücken sich nicht in die Dunkelheit. Sie riskierte es aber nicht ein zweites Mal, die Klingel zu drücken, sondern wartete einige Minuten. Wie zu erwarten war, erschien niemand an der Tür. Palmer ging erst zur Hausecke links, dann rechts und stellte fest, dass nirgendwo im Haus in der Zwischenzeit ein Licht angegangen war. Sie unterdrückte die eigene Nummer und wählte jene von Maximilians Handy. Diese hatte sie gespeichert nach ihrem Besuch in seiner Galerie. Sie presste ein Ohr an die Eingangstür. Hielte sich Maximilian drinnen auf, könnte ihn das Klingeln ihres Anrufs verraten. Außer, er hätte sein Handy ausgeschaltet oder im Haus liegen gelassen, als er fortging. Aber das nahm sie nicht an. Sie horchte. Ihr Handy tutete etliche Male, doch der Anruf wurde nicht entgegengenommen. Und auch aus dem Innern des Hauses vernahm sie kein Geräusch. Palmer drückte die Trenntaste und nickte. Sie wollte den Einstieg wagen. Als Erstes tastete sie die Oberseite des Türrahmens ab. Möglich, dass er dort einen Notschlüssel für alle Fälle versteckt hielt. Nichts. Palmer ergriff die Taschenlampe in ihrer Umhängetasche. Noch während sie diese herauszog, tastete sie mit einer Fingerkuppe den Druckknopf. Ein Schreck durchfuhr sie. An der Stellung des Schalters war klar, dass die Leuchte bereits in der Tasche die ganze Zeit angeknipst gewesen sein musste. Sie zog sie harsch hervor, erspähte jedoch nicht das geringste Schimmern. Die Batterie war leer. Niemals hätte sie ihre Ausrüstung so überstürzt einpacken dürfen. An Handschuhe hatte sie auch nicht gedacht. Sie musste sich unbedingt darauf konzentrieren, keine Fingerabdrücke zurückzulassen. Ein Tropfen trat unter der Mütze auf ihre Stirn und sie spürte, wie Schweiß ihr das Rückgrat runterrann. Mit der einen Hand griff sie kurz an ihren Rücken, um sich zu versichern, dass sich durch die Feuchtigkeit das Messer nicht löste.

Möglichst leise klatschte sie eine Mücke auf dem Oberarm platt. Beim Wegstreifen konnte sie sich des Eindrucks nicht erwehren, sie zerreibe auf dem Arm etwas Feuchtes. Infolge der Dunkelheit konnte sie nichts erkennen, erschauderte jedoch bei dem Gedanken, es wäre ihr eigenes Blut. Sie führte ihre Hand zur Nase und schnupperte daran. Aber statt metallischen Blutgeruchs, machte sie Säure von Essiggurken an den Fingern aus.

Nun begann sie damit, die Pflanzentöpfe beidseits des Eingangs seitlich anzuheben, um darunter nach einem Schlüssel zu suchen. Anschließend nahm sie sich die dekorativen Steine vor und ertastete mit der flachen Hand den Boden darunter. Aber auch hier kein Schlüssel. Auf Zehenspitzen schlich sie um das Haus und begab sich zu den Kellerfenstern, denn hier wollte sie einsteigen. Palmer prüfte bei jedem Fenster, ob es vielleicht bloß zugeschoben stand, was aber nirgends der Fall war.

Noch immer war im ganzen Haus kein Licht zu erkennen.

Palmer konnte sich nicht sicher sein, ob das Haus mit einem für alle Bewohner und Nachbarn hörbaren Alarm gesichert war. Oder mit einem stillen, ohne dass sie als Eindringling diesen bemerkt hätte, dafür mit direkter Leitung zur Polizei. Trotzdem wagte sie den Einstieg. Sie legte noch einmal ihr Ohr an und lauschte, ob jetzt ein Geräusch aus dem Innern zu vernehmen war. Nichts, jedenfalls keins, das lauter gewesen wäre als das leise Rauschen von durch das Quartier gelenkten Fahrzeugen. Zögernd schlossen sich ihre Finger um den Griff der Kellertür und drückten ihn sachte nach unten. Dann drückte sie dagegen und zog daran. Aber die Tür bewegte sich keinen Millimeter. Nun tastete sie nach dem Tuch in ihrer Tasche, legte es an die kleine Fensterscheibe der Tür, stieß mit dem Ellbogen an und drückte das Glas mit einem Plopp ein. Palmer erstarrte. Sie war sich sicher, die gesamte Nachbarschaft geweckt zu haben, und wartete auf das Plärren der Alarmanlage. Es blieb jedoch still.

Das blaue Lämpchen jedoch, welches im Sicherungskasten lautlos zu blinken begann, konnte sie weder sehen, noch hören.

Zur Sicherheit eilte sie mit klatschnassen Händen vom Haus weg, schlich hinter ein Gebüsch, hockte sich im Schatten an die Mauer, um in der Dunkelheit unsichtbar zu werden, immer darauf bedacht, kein Geräusch zu erzeugen. Sie beobachtete das Objekt aus einiger Entfernung, konnte jedoch kein Anzeichen dafür erkennen, jemanden aufgeschreckt zu haben. Dennoch plante sie, mindestens 15 Minuten zu warten, bevor sie das Gebäude betreten würde. Sie hockte im Dunkeln, schloss die Augen und gab sich alle Mühe, sich zu entspannen. Ein Knacken schreckte sie auf. Ihre panisch aufgerissenen Augen blitzten in alle Richtungen. An der Halsschlagader spürte sie ihr Herz pochen. Sie zwickte sich grob in die Wange. Jetzt konnte sie unmöglich länger still sitzen. Sie raffte sich auf, um nach Juli zu suchen. Mit eingezogenem Kopf hastete sie zur Tür.

Sie griff durch die Öffnung in der zersprungenen Glasscheibe, entriegelte von innen das Schloss und betrat vorsichtig den Keller. Als Erstes tastete sie von innen den Türrahmen und das danebenliegende Fenster ab, fand jedoch nichts, das auf eine Alarmanlage schließen ließ. War denn in dieser Villa nichts zu holen? Oder verzichtete er auf einen Alarm, weil er bei einem Einbruch keine Polizei im Haus haben wollte, um nicht Gefahr zu laufen, dass man sein wahres Gesicht erkannte?

Das Bewusstsein um Gefahren schnürte ihr den Atem ab. Sie musste gegen aufkommende Panik ankämpfen. Immerhin einen Nutzen konnte sie dieser Situation abgewinnen. Angst schüttete Adrenalin ins Blut, was ihre Aufmerksamkeit steigerte. Und es machte sie sprungbereit. Der Adrenalinschub würde sie sogar Schmerz kaum spüren lassen. Der menschliche Körper ist auf Flucht programmiert, Leiden spürt man erst später.

Inzwischen hatten sich ihre Augen an die Dunkelheit gewöhnt. Sie tastete sich langsam voran.

Als Erstes suchte sie sich einen zweiten Fluchtweg. Sollte sie Juli tatsächlich finden, würde ihr dies nur dann etwas nützen, wenn sie mit ihr aus dem Haus entkam. Sie fand bei der Treppe im ersten Stock diese zweite Möglichkeit, ein Fenster, das zur Seite in den Garten rausführte. Sie öffnete den Riegel. Allerdings war dieser Ausstieg zweite Wahl, da sie von diesem Fenster zwei Meter in die Tiefe springen musste.

Das Haus war angenehm klimatisiert, trotzdem war Palmer bereits jetzt schweißgebadet, als sie wieder in den Keller zurückkehrte.

Die Tür zum ersten Kellerraum war nur angelehnt. Palmer schob sie mit der Fußspitze langsam auf, horchte und wartete. Obwohl auch hier kein Lichtschimmer eindrang, ging sie hinein, die rechte Hand bereit, sich vom Rücken das Messer zu greifen.

»Juli, bist du hier?«, fragte Palmer mit gepresstem Flüstern in den schwarzen Raum. Keine Antwort. Keine Juli, kein Mensch, kein Tier. Mit gestreckten Armen ertastete sie Lappen, Besen, Eimer und andere Putzutensilien.

Sie schlich zum nächsten Raum, dann zum übernächsten. Von unten nach oben betrat sie jedes Zimmer. Sie fand nicht eine einzige Tür verriegelt vor. Anschließend öffnete Palmer alle Schränke, aber auch hier keine Spur. Dann sah sie die Räume durch nach Fotos, oder nach einem Kästchen mit beschrifteten Schlüsseln, nach Notizen oder nach irgendwas, das auf Juli schließen ließ. Sie öffnete Schubladen und Dosen, tastete Abstellflächen ab. Sie stieß irgendwo an und scheppernd fiel ein Schlüsselbund zu Boden. Palmer zuckte vor Schreck zusammen. Es kostete sie alle Kraft, ihre Emotionen sofort wieder unter Kontrolle zu bringen.

Nun verharrte sie wie versteinert und horchte angestrengt, vernahm jedoch nichts als unverdächtige Geräusche in einem Gartenquartier. Enttäuschung machte sich breit. Dieses Haus war sauber.

Aber war's Maximilian auch?

Als sich ein Polizeifahrzeug Maximilians Haus in gemächlichem Tempo näherte, war Palmer bereits wieder in ihrem Wagen unterwegs nach Hause.

KAPITEL 26

Wieder das prachtvolle Bild der golden in der Luft tanzenden Staubpartikel. Allerdings betrat er heute den Raum erst, nachdem er ihr durch die Türklappe befohlen hatte, sich den schwarzen Beutel über den Kopf zu ziehen. Als er die Tür geschlossen hatte, war er so leise, dass sie nicht hören konnte, von welcher Seite er sich näherte. Da war wieder dieser Duft, sehr zurückhaltend, aber immer noch riechbar. Sein Aftershave. Sie erschauerte. Unvermittelt vernahm sie sein lautes Atmen am rechten Ohr.

»Du hast mir gefehlt«, hauchte er in ihr Ohr. Heute war wieder sein Flüstertag.

Um sich selbst etwas zu beweisen, entgegnete sie: »Vielleicht hat dir bloß jemand gefehlt, den du verprügeln kannst.«

Er packte ihre Arme und fixierte sie mit einem Kabelbinder auf den Rücken. Jegliche Kräfte, sich zu wehren, hatten sie schon längst verlassen. Dann drückte er ihr mit seinen kräftigen Händen den Hals zu. Immer und immer wieder drosselte er die Sauerstoffzufuhr zu ihrem Gehirn. Aber kurz bevor sie in Ohnmacht fiel, lockerte er seinen Griff und ließ sie Erholung finden. Weshalb und wofür er sie jetzt bestrafte, wusste sie nicht. Sie war ihm keine Antwort auf eine seiner Fragen schuldig geblieben. Sie merkte schon lange, es ging ihm einzig darum, sie zu quälen und sich dadurch Befriedigung zu verschaffen.

Jede Sekunde lebte sie in Angst. Das war es wohl, was er in ihrer erstickenden Stimme hören wollte.

Seine dauernden Drohungen zeigten Wirkung. Der Schrecken wuchs.

Heute schienen ihm die Folterspiele besonderen Spaß zu bereiten. Er warf sie auf den kalten Betonboden, kniete sich auf ihre Oberarme, bis sie ihre Hände nicht mehr spürte. Als sie endlich ihre Arme unter seinen Knien hervorzog, erhob sie diese in Erwartung seiner kommenden Schläge, um diese abzuwehren, was bisher jedoch seine Prügel noch nie gedämpft hatte. Diesmal aber ließ er es bei einem gezielten Faustschlag in den Magen bewenden. Sie wusste in diesem Moment, sie würde jämmerlich zugrunde gehen. Dann befahl er ihr, sich vor ihn hinzustellen. Sie aber reagierte nicht mehr auf seine Befehle, erschöpft vor Hunger, heiser vom Rufen nach Hilfe, dem Koma nahe aufgrund des fehlenden Medikaments und gebrochen von all seinen Demütigungen und Schlägen. Sie schloss ihre Augen und entschied, es sei für immer. Denn er hatte bei ihr den Punkt erreicht, an welchem sich Angst nicht mehr weiter steigern ließ und ihre Wirkung verlor. Juli blieb gekrümmt auf der Matratze liegen.

»Tu besser, was ich dir befehle. Sonst greif ich zum allerletzten Mittel und töte dich.« Er hielt inne, sein Gesicht lächelte und sein Blick verharrte auf ihr. »Eigentlich schade, dass du nur einmal sterben kannst.«

Aber er hatte den Bogen überspannt. Er hatte jene Leidensgrenze überschritten, ab welcher jeder Gefolterte sich nichts sehnlichster wünschte, als zu sterben. Wer den Tod erst mal ersehnt, für den ist er eine Erlösung.

»Töte mich«, wimmerte Juli und flehte ihren Peiniger geradezu um ihre eigene Hinrichtung an. Ab hier blieb seine Drohung mit dem Tod wirkungslos.

Und siehe da, er stand unschlüssig vor der Matratze und überlegte. Dann verließ er den Raum, rammte die Tür zu und ließ das Licht brennen.

Sie wusste nicht, wann er wieder gekommen war, aber sie lag noch immer unverändert auf ihrem Lager. Er musste die tiefgreifende Veränderung in ihr gespürt haben. Offenbar hielt er diese für das längst fällige Eingeständnis ihrer unendlich großen Schuld.

Er schritt zu ihr hin, riss sich das Shirt vom Leib und schrie: »Schau her, kuck's dir an. Das ist dein Werk.«

Juli brauchte einige Sekunden, um zu verstehen. Mit durchgedrücktem Rücken stand er vor ihr, den Oberkörper nackt, beide Arme weit zur Seite gerissen, den Kopf nach hinten gelegt.

Juli betrachtete teilnahmslos seine Narben, vom Kinn über den Hals und die ganze Brust. Aber das vernarbte Gewebe versetzte sie nicht in Schrecken. Wie in Trance lief ein ganzer Film vor ihren Augen ab.

Sie und Jürg waren bloß einige Häuser voneinander aufgewachsen und spielten zusammen wie alle Kinder der Nachbarschaft, auch mal bei einem von ihnen zu Hause. Selten bei Jürg, denn seine Mutter hatte einen Sauberkeitsfimmel. Sie reinigte die Wohnung nicht nur, sie desinfizierte sie. Und da wollte sie sich ihr Tageswerk nicht von einer Horde Achtjähriger zerstören lassen.

Einmal klaute Jürg seiner Mutter den Schlüssel zum Kellerabteil und schlich sich in einem unbeobachteten Moment mit Juli und zwei andern Freunden hinein. Das Licht der Glühbirne war viel zu schwach, um all die vielen Schätze in voller Pracht zu erkennen. Konservendosen mit eingelegtem Gemüse, Pelati und Fruchtsalat, schön aufgereiht und sauber beschriftet. Teigwarenpackungen, Reis, Salz, Zucker, Flocken, Nüsse, Wein, Sirup, Schokoladenpulver. Mit aufgerissenen Augen und wild pochenden Herzen blickten sie auf all die feinen Sachen und konnten sich kaum entscheiden, was sie als Erstes verdrücken sollten. Da es draußen heiß war, griff sich Jürg eine halbvolle Cola-Flasche vom Regal. Er drehte den Deckel von der Flasche und hielt sie verführerisch seinen drei kleinen Begleitern vor die Nase. Aber diese trauten sich nicht, nach der Flasche zu greifen. Allen war klar, dass Jürg als Hausherr das Privileg zustand, sich als Erster einen Schluck zu genehmigen. Jürg zog die Flasche mit einem neckischen Lachen weg und war eben dabei, sie sich an die Lippen zu setzen. Juli war jedoch ein beißender Geruch in die Nase gestochen. Sie hatte keine Ahnung, was da war. Aber sie erkannte blitzschnell, dass mit dieser Cola etwas nicht stimmte. Sie schrie entsetzt und schlug gleichzeitig Jürg die Flasche mit gestrecktem Arm von seinen bereits geöffneten Lippen weg. Ein Teil des Inhalts schwappte heraus. Die anderen Kinder wussten gar nicht, was da ablief. Aber Juli hatte immerhin so viel erkannt, dass die Flüssigkeit keine Cola sein konnte. Jedenfalls ergoss sich die Brühe über Jürgs Kinn, den Hals und die Brust. Einen Moment blieb Jürg wie angewurzelt stehen und blickte Juli ungläubig ins Gesicht. Dann schrie er aus voller Kehle, kippte nach vorn zum Regal und fiel zu Boden. Dort wälzte er sich wie ein Irrer, schlug mit den Händen um sich und strampelte mit den Beinen, sodass der in die Ecke gestellte Besen zu Boden kippte. Die Kinder erstarrten vor Schreck. Jürgs Mutter hörte das Geschrei vom Garten her. Sie eilte ins Haus. Dann erkannte sie, dass sich Jürgs Shirt aufzulösen begann und seine Haut sich rot und weiß färbte, vom Kinn bis zur Brust. Als sie die zerbrochene Cola-Flasche auf dem Boden entdeckte, wusste sie Bescheid. Sie handelte blitzschnell. Sie zerrte ihn in die Wohnung, stellte ihn in die Badewanne und begann, ihn mit der Brause abzuduschen. Sie kommandierte eines der Kinder zur Wanne, drückte ihm die Brause in die Hand und befahl, weiterhin ihren schreienden Sohn abzuspritzen. Sie stürzte in den Flur und rief die Ambulanz.

Jürg erschien einige Monate lang nicht zum Spielen. Auch als er aus dem Krankenhaus zurück war, schien es, als sei es ihm verboten, sich mit den Kindern einzulassen. Wegen der langen Abwesenheit musste er eine Klasse wiederholen. Er verlor seine alten Schulkameraden aus den Augen. Die Kinder der neuen Klasse beschimpften ihn als Dummkopf, da er sitzen geblieben war. Neue Freunde fand er keine, weil die Kinder ihn hänselten wegen der abstossenden Narben. Für Jürg war klar, Schuld an seinen Verätzungen trug nicht seine Mutter, welche die Salzsäure zur Pflege ihrer Korbmöbel völlig ungeeignet lagerte. Schuld trug einzig Juli. Hätte sie ihm die Flasche nicht aus der Hand geschlagen, hätte sich die Salzsäure nicht über ihn ergossen. Nicht im Traum wäre ihm in den Sinn gekommen, dass Juli ihm das Leben gerettet hatte. Offensichtlich musste er sich damals dazu entschieden haben, Juli hassen zu wollen.

Juli wandte nun geschockt ihren Blick von seinen Narben ab.

»Alles dein Werk«, bestätigte er mit Kopfnicken. »Kannst du stolz drauf sein.« Wie gelähmt stand er da, während er verzweifelt nach Worten suchte. »Einmal hab ich mich in der Nähe eurer Gruppe rumgedrückt, als ihr voll mit euren Spielen beschäftigt wart. Wie auf Kommando habt ihr mich überwältigt und gefesselt. Erst hat mir dies nicht gefallen. Aber dann hab ich es als Zeichen genommen, dass ich wieder dazugehörte, und habe gute Miene zum bösen Spiel gemacht. Zu zwölft habt ihr mich durchs Quartier gezerrt, um mich hinter dem Sälischulhaus an einen Baum zu binden. Nicht aber, ohne mir vorher Hemd, Hose und auch die Unterwäsche vom Leib zu reißen und diese zu verstecken. So habe ich schutzlos allen Blicken ausgesetzt am Baum gestanden, mich gewunden und geheult. Verwundert, belustigt, aber gleichzeitig angeekelt seid ihr alle um mich rumgestanden. Und immer mehr Kinder sind hinzugekommen und haben am Spektakel teilgenommen. Länger als eine Stunde war ich dort festgebunden, und niemand hat Anstalten gemacht, mich zu befreien. Nach und nach haben alle ihr Interesse verloren und sich verzogen. Irgendwann stand ich alleine auf dem Schulhof. Ich hatte bereits alle Hoffnung aufgegeben, dass mich jemand retten würde. Da hab ich gespürt, wie endlich jemand an meinen Fesseln nestelte. Ausgerechnet du, meine heimliche Liebe. Weshalb hast du es sein müssen, die mich befreit hat? Die Situation ist für mich so demütigend gewesen, dass ich vor Scham am liebsten im Boden versunken wäre, entwürdigt durch meine Nacktheit. Nun hab ich mich nicht mehr nur wegen meiner grässlichen Narben geschämt, sondern zusätzlich auch ob meines Geflenns. Sobald du die Fesseln halbwegs gelöst hattest strampelte ich mich frei und rannte nach Hause. Dort aber hab ich mich nicht hinein getraut, weil ich keine Kleider anhatte und ich nicht gewusst habe, wie ich dies meinen Eltern erklären sollte. So hab ich mich vor dem Haus herumgedrückt. Es ist bereits stockdunkel gewesen, als die Haustür aufgerissen wurde und meine Mutter nach mir geschrien hat. Sie ist einige Schritte vorgetreten, als sie mich erblickt hat, wie ich mit eingezogenem Kopf neben einem Busch gekauert bin. Ich habe gezittert, als sie entschlossen auf mich zugestapft kam. Wortlos hat sie meinen Arm gepackt und mich ins Haus gezerrt. Die Mutter war so wütend, mich ohne Kleider anzutreffen, dass sie keine Erklärungen von mir hören wollte und mir bei jedem Wort die flache Hand auf den Mund geschlagen hat. Dann hat sie mich Vater übergeben, der mir mit seinem Ledergurt Prügel verpasste, da ich entgegen der Weisung der Mutter viel zu spät nach Hause gekommen war. Schließlich haben sie mich zur Strafe die Nacht und auch den folgenden Tag über nackt und ohne etwas zu Essen in die kühle Vorratskammer im Keller gesperrt. Und wehe, ich hätte mir etwas vom Lagerbestand genehmigt.

Diese Erlebnisse haben Spuren hinterlassen. Der Kloß in meinem Hals, den ich nicht runterschlucken konnte, ist immer stärker angeschwollen. Mich gegen Menschen zu wehren, hab ich nicht vermocht. Dafür hab ich ein anderes Ventil gefunden, das mir wenigstens halbwegs Linderung verschaffte. Als ich wieder draußen war, bin ich zum Waldrand hochgestiegen und hab ein tiefes Loch in den feuchten Boden gegraben. Die herausgehobene Erde hab ich auf eine Plane daneben gehäuft. Dann hab ich die Suche gestartet. Auf junge Kätzchen hab ich schon immer eine magische Anziehung ausgeübt. Es hat denn auch kaum eine Stunde gedauert, bis ich im Quartier ein putziges Tierchen liebevoll auf den Arm nehmen und unter dem Kinn kraulen konnte. Das Miezchen hat geschnurrt, als ich es zum Waldrand hochgetragen habe. Vor dem Loch hab ich mich hingekniet und es vorsichtig in die tiefe Grube gelassen. Dann hab ich ihm noch einige beruhigende Worten zugesprochen, mich erhoben, die Plane an zwei Ecken gefasst und das gesamte Aushubmaterial ins Loch gleiten lassen. Das Tierchen musste nicht lange leiden. Denn ich hab nicht das geringste Miauen oder sonst einen Laut vernommen. Dies hat mich nachdenklich gestimmt. Ich hätte mir einen Kampf um Leben und Tod gewünscht. Eine Gegenwehr, die natürlich nur mich als Sieger gekannt hätte. Also hat mich diese Prozedur nun gelangweilt und ich hab mir überlegt, ob ein Spiel mit Feuer mehr hergeben würde.« Er kratzte sich am Hals. »Weißt du, was man eine sizilianische Waldrodung nennt?« Er wartete geduldig. »Das macht man, um für Bauzwecke einen ungeliebten Wald loszuwerden.«

Juli blickte ihn entsetzt an.

»Ich hab mir vorgestellt, wie ich Benzin über ein Kätzchen schütte und es anzünde. Dann hab ich mir überlegt, was passieren könnte, wenn das Tierchen statt in den Wald in ein Haus rennen und sich unter Höllenqualen in einer Wohnung wälzen würde, auf dem Teppich, in den Sofakissen oder dem Bett. Ich hab aber keinesfalls für einen Wohnungsbrand verantwortlich sein wollen. Aber aufregend war der Gedanke schon.«

Da er feststellte, wie Juli ihn noch immer gebannt anstarrte, fuhr er fort: »Weißt du, mein Vater hat tatsächlich seine Erlösung gefunden, als unser Haus abgebrannt ist. Die Mutter ist leider nicht zu Hause gewesen.« Sein rechtes Auge zuckte. »Ich habe meine Mutter verabscheut. Sie ist dauernd außer Haus gewesen. Sie hat behauptet, sie müsse arbeiten, weil Vater keinen Job hatte. Wer glaubt denn so einen Quatsch. Ich bin jetzt noch sicher, sie hat mit andern Männern rumgemacht. Wie halt alle Frauen überall und immer was am Laufen haben. Liest man doch täglich. Und meinen Vater hab ich sowieso gehasst, weil er ein Arsch war. Und weil er sich alles hat gefallen lassen und das Treiben meiner Mutter nicht gestoppt hat.« Er zuckte die Schultern und lächelte kühl. »Die Wut auf meine Mutter hat sich mit den Jahren gelegt. Sie hat ihre Fehler mir gegenüber eingesehen. Von Gewissensbissen geplagt, hat sie begonnen, sich immer stärker um mich zu kümmern.« Er atmete durch. »Trotzdem.« Er stemmte die Hände in die Hüften. »Die Erkenntnis, dass alle Frauen Flittchen sind, hat mir einen Stich ins Herz versetzt. Es hat mir vor Augen geführt, wie abgrundtief alle Mädchen mich verabscheuen mussten. Da laufen sie sonst allen Männern hinterher, mich aber haben sie noch kein einziges Mal angemacht. Weil ich nie was mit Mädchen hatte, haben mich alle Kinder schwul geschimpft. Aber was hätte ich tun sollen? Kein Mädchen hat mir Gelegenheit geboten, das Gegenteil zu beweisen. Seit ich denken kann, bin ich verknallt gewesen in einen einzigen Menschen. In dich. Doch du hast dich nur geekelt vor mir.« Er hob die Augenbrauen. »Mit den Jahren ist mir klar geworden: Wenn ich nicht erhalte, was ich mir wünsche, dann muss ich es mir holen. Bereits die Vorfreude darauf, was ich mit dir alles anstellen könnte, hat mich erregt.« Er beugte sich vor, bis nur noch wenige Zentimeter ihre Nasenspitzen trennten. »Am meisten hab ich gelitten unter der Nichtbeachtung durch dich.« Um seine Aussage zu unterstreichen, schürzte er die Lippen und nickte mit dem Kopf. »Als ich dich vor einigen Wochen zufällig auf der Straße gesehen hab, hat es klick gemacht in meinem Kopf. Ich hab gewusst, was ich zu tun hatte.« Er hob seine Augenbrauen. »Kein Mensch hat mich gemocht, insbesondere du nicht. Noch nicht.«

KAPITEL 27

Palmer hatte zweimal Glück an diesem wunderbaren Morgen. Zuerst startete ihr Laptop nach dem Knopfdruck von selbst, als sei nichts gewesen, und später erbte sie einen freien Parkplatz beim Vögeligärtli, direkt bei Julis Wohnhaus. Die Parkuhr zeigte sogar noch elf bezahlte Minuten an. Diese müssten reichen, dachte Palmer. Sie kramte den Schlüssel aus ihrer Tasche und öffnete Julis Briefkasten. Sie fand den gesuchten Umschlag zwischen dem Flyer eines neu eröffneten Thai-Take-Aways und der Werbung einer Boutique für Übergrößen. Ihr Herz klopfte bis zum Hals. Noch im Flur öffnete sie den Brief der Swisscom und tippte sofort Julis Mailboxnummer, dann den Code in ihr Handy ein. Palmer hoffte, die Nachrichten auf Julis Mailbox würden ihr weiterhelfen. Noch während es läutete, schloss sie auf und betrat Julis Wohnung. Dass sie hierbei den Versiegelungskleber der Polizei entzweiriss, machte ihr kein schlechtes Gewissen. Sie führte ja nur Gutes im Schilde. Als sie aber drinstand, verfluchte sie trotzdem ihr unbedachtes Vorgehen. Sie hätte zumindest so eindringen können, dass nicht gleich jeder, der an der Tür vorbeiging, sehen konnte, dass das Siegel gebrochen war.

Nun gut. Sie hob das Handy an ihr Ohr.

Nachricht eins: »Ruf doch bitte zurück, mein Schatz.« Palmer senkte ihre Augenbrauen. Eine ältere Männerstimme. Nach einigen Sekunden ergänzte die Stimme: »Wenn du sicher sein willst, dass *ich* drangehe und nicht deine Mutter, dann ruf zwischen 9 und 10.30 Uhr an. Dann fährt sie zum Einkaufen. Tu mir bitte den Gefallen und ruf zurück, ja? Ich mach mir Sorgen.« Julis Vater.

Es tutete kurz. Ein Blick auf das Display bestätigte ihren Verdacht. Noch während sich ihr die Nackenhaare sträubten, verfluchte sie ihre Nachlässigkeit. Sie hatte den Akku gestern Abend nicht geladen. So konnte sie nur hoffen, dass ihr Handy noch genug Saft hatte für den heutigen Tag. Dann aber lächelte sie, suchte in der Wohnung kurz und stöpselte ihr Handy an Julis Kabel ein. Auch die drei nachfolgenden Nachrichten stammten von Julis Vater, dann eine von Palmer selber, die nächste von Gio, der kurz und bündig befahl: »Ruf zurück!«, dann eine, die sich sehr geschäftlich anhörte: »Schätzchen, Fiorucci wartet nicht ewig. Bestätige. Hörst du?« Es folgten Nachrichten von Julis Mutter, Palmer und wieder Julis Agentur. Die allerletzte nochmals vom verzweifelten Vater.

Palmer kniff sich mit Daumen und Zeigefinger die Nasenwurzel. Sie hatte sich mehr von Julis Sprachbox erhofft. Mit leerem Blick presste sie sich noch immer ihr Handy ans Ohr und ärgerte sich, keinen zusätzlichen Plan zu haben. Während sie überlegte, wie sie fortfahren sollte, vernahm sie aus dem Handy: »Sie haben fünf abgehörte Nachrichten.«

Sie riss die Augen auf.

»Der Job bei Fiorucci geht klar. Details per Mail. Ich warte auf deine Bestätigung. Wir hören uns«, ohne Verabschiedung. Musste Julis Agentur sein, vermutete Palmer, wie auch die beiden folgenden Mitteilungen. Der vierte Anrufer war einer dieser Deppen, die bloß anriefen, warteten, bis die Mailbox ansprang, dann aber doch nichts draufsprachen. Palmer machte einzig einige Atemgeräusche aus, dann war fertig. Sie versuchte, sich einen Reim daraus zu machen, da erklang die letzte abgehörte Nachricht:

»Welch Wiedersehn, kleine Maus. Hab dich gesehn, du bist zu Haus.« Dann tiefe und laute Atemgeräusche. »Nun nimm schon ab, das Zalando-Paket kannst du später auspacken.«

Palmer starrte regungslos in den Hörer. Sie tippte mit dem Zeigefinger gegen die Unterlippe. Dann eilte sie in die Küche, bückte sich neben die Küchenzeile und fand unter dem kleinen Stapel Altpapier tatsächlich eine weiße Kartonbox mit der Aufschrift von Zalando.

Sofort drückte sie auf dem Eingabefeld ihres Handys rum, um die Anrufernummer zu erhalten. Aber die Nummer war unterdrückt. Immerhin erhielt sie eine Zeitangabe. Die Meldung war am späteren Nachmittag jenes Tages draufgesprochen worden, als man Juli zum letzten Mal sah.

Palmer rief wieder bei Swisscom an. Aber auch diesmal blieb sie hier ohne Erfolg. Man beschied ihr, dass es sogar der Swisscom nur durch eine vorher installierte Fangschaltung möglich sei, anonymisierte Anrufer zu identifizieren. Palmer glaubte dies der Dame zwar nicht, erkannte jedoch die Sinnlosigkeit einer Diskussion. Sie gab den Wortlaut der Sprachbox-Mitteilung in den Laptop ein, klappte ihn zu, stopfte ihn in die Tasche und hängte sich diese über die Schulter, ohne sie vorher zu schließen. Dann rannte sie aus dem Haus.

Palmer setzte sich in ihren Wagen, während der abkühlende Motor noch immer tickende Geräusche von sich gab. In Gedanken ging sie ihre neueste Erkenntnis nochmals durch.

Was genau hatte der Kerl gesagt?

Sie brauchte nicht mal ihre Notizen im Laptop zu Rate zu ziehen, die Worte hatten sich in ihr Gedächtnis eingebrannt.

Sie stieß die Wagentür auf und sprang raus, ohne den Wagen abzuschließen. Als ob sie Blut gerochen hätte, starrte sie zu Julis Wohnung hoch. Der Kerl hatte sie beobachtet. Und zwar in Sichtweite des Hauses, sonst hätte er Juli nicht gesehen, wie sie die kleine Zalandobox aus ihrem Briefkasten nahm.

Wo steckst du, du Dreckschwein? Von wo aus hast du Juli beschattet?

Palmers Augen suchten den Platz ab. Hatte er ihr in seinem Wagen aufgelauert? Oder von einem der Parkbänke aus? Dass er einfach so auf dem Gehsteig rumlungern würde, glaubte Palmer nicht. Für jemanden, der eine Entführung plante, wäre dies eher zu auffällig gewesen, aber auszuschließen war's trotzdem nicht. War's ein Nachbar? Jemand, der hier wohnte, mit Blick auf Julis Haus? Oder saß der Kerl in einem der Restaurants?

Immerhin eines war Palmer sicher: Sie hatte die Stimme des Entführers auf Band. Vielleicht würde sie diese später wiedererkennen. Und sie musste daran denken, Julis Handycode den Eltern mitzuteilen, damit sich auch diese die Stimme anhören konnten.

Palmer eilte los.

Heute saßen im Rössli drei abgestumpfte Typen vor dem Bier, vermutlich ihr Frühstück. Zwei drehten den Kopf in ihre Richtung, als Palmer eintrat, ohne jedoch eine Miene zu verziehen. Der dritte blickte auf seine Armbanduhr, während er den Ellbogen auf dem Tisch abstützte, jedoch den Halt verlor und sich gerade noch auffing, bevor er mit dem Gesicht auf dem Tischblatt aufschlug.

»Heute steht was über Julia im *Blick*«, empfing die Bedienung Palmer erwartungsfroh.

Palmer fiel ein Stein vom Herzen, denn draußen hatte sie überlegt, wie sie die Bedienung immerhin so weit brachte, dass sie mit ihr sprach.

»Die Polizei prüfe verschiedene Hinweise und gehe unterschiedlichen Spuren nach.«

Palmer hatte das auch gelesen. Aber für sie klang es so, als habe die Polizei nicht den Hauch einer Ahnung. Palmer ging zur Theke und neigte sich zur Bedienung, weil sie nicht alle Anwesenden am Gespräch teilhaben lassen wollte. »Können Sie mir den Typen nicht doch etwas näher beschreiben? Sie wissen schon, jener, der offensichtlich von Ihrem Fenster aus Juli beobachtet hat. Größe, Haare, Kleider, Dialekt. Irgendwas halt. An etwas werden Sie sich doch erinnern?« Dann drehte sie ihr besseres Ohr der Dame zu. Die Bedienung antwortete in einer Lautstärke, welche sie wohl für ein Flüstern hielt. Allerdings waren es nur Belanglosigkeiten über seine Konsumationen, die Palmer nicht weiterhalfen. Dann öffnete sie eine Flasche Mineralwasser, goss ein Glas voll und schob es zu Palmer.

»Sie haben den Kerl gesehen und können mir nichts über ihn erzählen?« Palmer schüttelte den Kopf. »Mit der Autonummer hätten wir den Kerl. Sie sind echt keine Hilfe.« Palmer trank das Glas in einem Zug leer, den Rest in der Flasche ließ sie stehen, legte einen Fünfer auf den Tresen und schritt wortlos zur Tür.

Als sie schon fast draußen war, rief ihr die Kellnerin in gekränktem Ton nach: »Die Autonummer hab ich nicht. Aber seinen Namen.«

Wie vom Donner gerührt blieb Palmer stehen. Zurück am Tresen verschwand die Dame erst mal in der Küche. Nach gut einer Minute tauchte sie wieder auf, wedelte mit einem kleinen Papierstreifen in der Hand. Palmer griff danach, die Bedienung aber war schneller und zog die Hand hinter ihren Rücken.

Dann blickte sie Palmer mit hochgezogenen Augenbrauen an. »Einmal hat er mit einer druckfrischen Hunderternote zahlen wollen. Die hat sich aber irgendwie komisch angefühlt.

Er hat darauf bestanden, sie soeben aus dem Bankomaten geholt zu haben. Aber nicht mit mir. Ich hab den Hunderter nicht akzeptiert, auch weil mir der Kerl und sein gesamtes Verhalten eigenartig vorgekommen sind. Bei mir geht keiner, ohne zu bezahlen, also hab ich mit der Polizei gedroht. Sofort hat er seine Kreditkarte gezückt.« Mit dem Kopf nickte sie Richtung Ritsch-Ratsch-Gerät, von welchen Palmer angenommen hatte, dass es sie längst nur noch im Museum gäbe. Endlich überreichte sie Palmer den Zettel. Mit feuchten Fingern hielt Palmer die Kreditkartenabrechnung fest, als hielte sie ein Gewinnlos des Millionenlottos in Händen. Als sie sich den Namen einprägte, war sie so aufgeregt, dass ihr fast übel wurde. Sie fischte ihr Handy aus der Tasche, zoomte den Zettel heran und fotografierte ihn. Den Namen hatte sie nun. Wo er wohnte, wollte sie hier und jetzt herausfinden. Sie loggte sich bei *telsearch* ein, tippte den Namen und wartete gespannt auf die Resultate.

»Gopfertori«, entfuhr es Palmer.

Die Site zeigte nur einen einzigen Treffer, hier in Luzern. Schon möglich, dass noch andere Männer gleichen Namens anderswo in der Schweiz wohnten. Vielleicht sogar in Luzern. Aber es gab kein Gesetz, welches verlangte, man habe seine Adresse über das Telefonbuch zugänglich zu machen. Aber immerhin diese eine Adresse hatte sie, an der Baselstraße 13.

Juli hatte jedes Glück dieser Welt verdient, aber nicht diese Zahl …

KAPITEL 28

An der Baselstraße wohnten Leute, die sich keine teuren Wohnungen leisten konnten oder wollten. Touristen landeten hier nur, wenn sie mehrmals falsch abgebogen waren. Falls man sich in Luzern überhaupt irgendwo in Acht nehmen musste, nicht von jemandem abgezogen zu werden, dann hier.

Palmer blickte auf ihre Notiz, dann auf die Hausnummer. Die gut 20 Briefkästen vor der Eingangstür gaben ein jämmerliches Bild ab. Bei einigen war das Türchen verbogen, weitere waren versprayt oder fehlten ganz, dafür quollen Werbung und Briefumschläge daraus hervor.

Auf einem der halbwegs intakten Briefkästen fand Palmer den Namen: Jürg Fricker. Sie suchte die Klingeln ab. Da und dort stand ein Name mit Filzstift direkt aufs Blech geschrieben, einige waren unbeschriftet. Aber bei den Klingeln fand sie Frickers Namen nicht.

Die Eingangstür war nur angelehnt. Einschnappen konnte sie nicht, weil sie sich verzogen hatte. Auf der Treppe lagen Werbedrucksachen verstreut, von der Decke hing eine viel zu schwache Glühbirne am Kabel und spendete nur spärlich Licht, als Palmer den Schalter drückte. Immerhin stach wegen des schwachen Schimmers der Dreck weniger ins Auge. Sie stieg die Treppe hoch. Die Klingeln an den vier Wohnungstüren auf den ersten beiden Etagen waren unbeschriftet. Sie drückte auf jeden der vier Knöpfe, doch jedes Mal blieben die Türen verschlossen. Als sie eine weitere Etage nach oben stieg, drückte Palmer auch hier die unbeschilderten Klingeln. Hinter der einzigen Tür, die bisher geöffnet worden war, war eine alte Frau mit Kopftuch erschienen. Mit entsetztem Blick und abwehrender Handbewegung hatte sie klar gemacht, dass sie kein Deutsch verstehe, und sogleich wieder von innen die Tür ins Schloss gedrückt. Palmer ließ bereits die Schultern hängen, als sie hörte, wie von unten jemand die Treppe hochstieg. Neue Hoffnung keimte auf. Sie musste wohl ein freundliches Gesicht aufgesetzt haben, denn als er sie erblickte, lächelte er.

»In welcher Wohnung wohnt Fricker?«, wollte Palmer von ihm wissen.

Mit der einen Hand umklammerte er eine Gratiszeitung, mit der andern nahm er sich zögernd die Zigarette von den Lippen. »Fricker?« Er legte seine Stirn in Falten. »Noch nie gehört.« Er zuckte mit den Schultern. »Ich kenn eh niemanden in diesem Haus. Bin fast der einzige Schweizer hier. Auch mich werden sie mit ihren ätzenden Küchengerüchen bald vertreiben.« Angewidert schnippte er seine Kippe die Treppe runter. Während Palmer sich mit einem Nicken bedankte, blickte er bereits in seine Zeitung.

Palmer stieg ein weiteres Stockwerk hoch und läutete an der nächsten Tür. Wie vom Blitz getroffen, schreckte sie zurück. Sie riss den Kopf herum, hastete zum Geländer und starrte das Treppenauge runter. Sie klatschte sich die Hand an die Stirn. Die Stufen hatten geknarrt, als der junge Mann nach unten geeilt war und das Haus verlassen hatte. Der Typ war nach Hause gekommen, und als er wahrnahm, dass sie Jürg Fricker suchte, machte er sich überstürzt aus dem Haus, ohne seine Wohnung zu betreten. War sie eben Jürg Fricker begegnet? Sie drehte sich ruckartig ab. War er jetzt gewarnt und machte sich aus dem Staub? Palmer hätte sich vor Wut über ihr unbedachtes Vorgehen beinah in die Hand gebissen. Sie hatte es verbockt. Sie eilte runter, aber ihr war klar, ihm hinterher zu jagen war sinnlos, dafür hatte er zu viel Vorsprung. Darüber hinaus hatte sie nicht herausbekommen, in welcher Wohnung er hauste. Einfach mal eine Tür nach der andern aufzubrechen und die Wohnungen nach

Juli zu durchforsten, dazu fehlte ihr der Mut. In jeder aufgebrochenen Wohnung hätte sie damit rechnen müssen, dass die Bewohner zu Hause waren und bloß keine Lust hatten, zu öffnen.

Ihre Gedanken rasten.

Sie griff nach dem Handy, wählte die Auskunft und ließ sich verbinden, denn die Direktnummer von Kommissar Stocker hatte sie nicht abgespeichert. Sie erklärte ihm hastig, wie sie auf Jürg Frickers Namen gestoßen war, und verheimlichte ihm auch nicht das eben Geschehene, als sie ihn vermutlich in die Flucht getrieben hatte.

Palmer tat, als wische sie sich den Mund mit einer Serviette. Appetit hatte sie keinen, als sie vor dem indischen Take-Away gegenüber ausharrte und beobachtete, wie Stocker seinen Wagen mit zwei Rädern auf dem Gehsteig abstellte und zusammen mit einem Kollegen entschlossenen Schrittes Haus Nummer 13 betrat. Als die beiden nach gut 20 Minuten seelenruhig wieder wegfuhren, führten Sie Juli nicht mit sich. Und weder eine Ambulanz noch andere Wagen waren mit Blaulicht vorgefahren. Palmer wartete noch einige Augenblicke und stieg dann nochmals die Treppen hoch, bis sie eine Tür entdeckte, welche mit Polizei-Klebeband versiegelt war. Licht brannte keins in der Wohnung. Einerseits war sie froh, dass Stocker sie ernstgenommen hatte, andererseits enttäuscht, dass sie den Kerl nicht gefasst hatten.

Sie drückte ihr Ohr ans Milchglas.

Als sie keine Geräusche vernahm, versuchte sie, das Klebeband als Ganzes abzulösen. Es ließ sich jedoch nur in kleinsten Stücken abreißen. Palmer ging davon aus, dass die Türe unverschlossen war, denn rund um das Schloss war der Holzrahmen zersplittert. Sie hatten die Tür aufgebrochen.

Palmer blickte sich um. Woher sollte die Polizei auch einen Schlüssel haben?

Sie kramte ihr Sackmesser aus der Tasche und zerschnitt das Klebeband sauber am Türspalt entlang, damit ihr Eindringen nicht so auffiel. Vorsichtig schob sie die Tür auf, betrat die Wohnung und drückte sie hinter sich wieder zu.

Dass sie hier nicht auf Juli treffen würde, war ihr klar geworden, nachdem die beiden Polizisten das Haus alleine verlassen hatten. Trotzdem blieb sie still im Flur stehen und horchte. Außer dem Verkehr von draußen hörte sie nichts. Es roch nach alter Wohnung. Obwohl es dunkel war in der Wohnung, getraute sich Palmer nicht, das Licht anzudrehen. Sie wollte nicht irgendwen von außen auf sich aufmerksam machen. Alle Türen standen offen, zum Wohnzimmer, zum einzigen Schlafzimmer, zur Küche und zur Toilette. Das einzige Waschbecken der Wohnung befand sich in der Küche, ein Bad gab es nicht. Irgendwann hatte man im Nachhinein neben den Gasherd eine Dusche in der Küche eingebaut. Trotz der Dunkelheit konnte sie zwei offenbar leere Shampooflaschen ohne Deckel in der Duschwanne liegen sehen. Im Waschbecken stapelte sich gebrauchtes Geschirr, auf dem Esstisch türmten sich Fastfood-Verpackungen. Das Wohnzimmer war halbwegs aufgeräumt und wurde beherrscht durch einen riesigen Flatscreen. In einer Ecke stand ein verdörrter Christbaum, andere Pflanzen machte Palmer keine aus. Der einzige Schmuck der Wohnung bestand aus einem ungerahmten Poster an der Wand, welches metallische Teile, Zahnrädchen und Zeiger, zeigte, offensichtlich ein geöffnetes Uhrwerk.

Palmer begann damit, Hinweise nach Juli zu suchen, stark darauf bedacht, nicht den Eindruck zu hinterlassen, die Wohnung sei durchwühlt worden. Sie konnte und wollte sich nicht darauf verlassen, dass die Polizei Juli fand. Aber bald wurde Palmer klar, dass sie diese Wohnung nicht weiterbrachte. Sie war auf nichts Verdächtiges gestoßen.

Gerade als sie sich kerzengerade mitten in die Wohnung

gestellt hatte, um mit aufmerksamen Augen einen letzten Blick zu erhaschen, da vibrierte in ihrer Jeans das Handy.

»Wie geht's?« Bevor sie antworten konnte, fragte Alex: »Hast du was zum Schreiben?«

»Ist es wichtig?«

»Ich hab einen super Job für dich. Die könnten dein Wissen im Vorgehen gegen Diebstahl gut gebrauchen. Die Nummer lautet …«

»Warte, nicht so schnell.« Sie blickte sich hastig in der Wohnung nach Schreibzeug und Block um. »Moment noch.« Neben der Fernbedienung spürte sie einen billigen *Porcus Felix*-Werbekugelschreiber auf. Da sie Alex nicht warten lassen, aber auch das Gespräch so rasch als möglich beenden wollte, notierte sie die Nummer kurzerhand auf das oberste Magazin eines ganzen Stapels von *Watchmaker*-Magazinen, der auf dem Boden neben dem Sofatisch lag. »Man sieht sich«, sagte sie und verabschiedete sich. Palmer hatte seine freudige Aufregung wahrgenommen. Sie wusste jedoch bereits im Moment des Anrufs, dass sie sich dort nicht melden würde. Jedenfalls nicht, solange sie Juli nicht gefunden hatte. Sie wollte Alex nur nicht enttäuschen.

Um keine Handschriftprobe in der Wohnung zurückzulassen, griff sie sich das ganze Magazin und hoffte, Fricker würde den Verlust nicht bemerken, immerhin ließ sie ihm den ganzen restlichen Stapel zurück.

Nun hatte es Palmer eilig. Sie wollte unbedingt noch Stocker treffen, bevor er sich in den Feierabend verabschiedete. Vielleicht hatte er bereits Neuigkeiten über Julis Verbleib. Auf dem Weg zurück zum Wagen steckte sie das Magazin in einen Abfallsack vor dem Nachbarhaus, nicht aber ohne sich vorher die Frontseite mit der Telefonnummer weggerissen zu haben. Sogleich entdeckte sie die beiden Polizisten in Uniform, die hinter ihrem Wagen standen. Weshalb, war ihr unklar, sie hatte ihn ordnungsgemäß eingeparkt und nicht vergessen, Münzen einzuwerfen. Sie blickte dem Polizisten, der eben dabei war, einen Schein auszufüllen, mit fragendem Gesicht in die Augen und nickte mit dem Kinn in seine Richtung.

»Die Zeit ist abgelaufen«, meinte dieser mit faltiger Stirn.

Palmer kämpfte dagegen an, auch nur einen einzigen Ton von sich zu geben. Innerlich kochte sie. Ihre Jugendfreundin war entführt worden, wurde womöglich gerade jetzt misshandelt, und die beiden Polizisten wussten nichts Besseres zu tun, als für die paar Minuten abgelaufener Parkzeit eine Buße auszustellen. Sie bemühte sich, den Einzahlungsschein ruhig entgegenzunehmen und quittierte mit zwei Fingern an der Schläfe.

Palmer war bereits ins Fahrzeug gestiegen, als sie die Hände auf den Lenker schlug. Forsch sprang sie nochmals raus, rannte zurück und nahm jeweils zwei Stufen auf einmal, als sie die Treppen hoch hetzte, stürzte in die Wohnung und griff sich den Kugelschreiber. Sie durfte auf keinen Fall ihre Fingerabdrücke in der Wohnung eines Entführers zurücklassen.

Zurück im Wagen überkam Palmer mit einem Mal große Erschöpfung. Sie war verunsichert. Schließlich war keinesfalls klar, ob sie einer heißen Spur folgte. Nun wollte sie nicht mehr zu Stocker fahren, sondern sofort eine Antwort auf diese quälende Frage finden. Sie wählte die Hauptnummer. Stocker sei zurzeit nicht zu sprechen, nein auch später nicht, er komme erst morgen wieder. Während sie den Wagen nach Hause lenkte, dröhnte in ihrem Kopf bereits die Stimme von Stocker, wie er sie verhöhnte, da sich Jürg Fricker als harmlos herausstellte. Entsprechend enttäuscht warf sie sich in den abgewetzten Sessel vor ihrem Fernseher.

Noch immer war sie keinen Schritt weitergekommen.

Dieser erneute Tiefschlag stimmte Palmer alles andere als zuversichtlich. Sie fühlte sich bestätigt, Juli nicht rechtzeitig zu finden.

Gleichwohl raffte sie sich auf und wählte nochmals Stockers Nummer. Als er den Anruf für Palmer völlig unerwartet entgegennahm, war er sehr kurz angebunden. Immerhin teilte er ihr mit, dass auch die Polizei noch nicht mehr wusste. Erstaunlich freundlich fügte er noch hinzu: »Sie haben Ihr Bestes getan. Auch wir müssen dann und wann erkennen, dass im Leben nicht alles so kommt, wie man sich's ausmalt.«

»Danke.« Bevor Stocker auflegte, fragte Palmer: »Weiß man, wo er arbeitet?«

»Hören Sie, ein letztes Mal, ziehen Sie sich aus diesen Ermittlungen zurück. Das ist unsere Arbeit. Womöglich schaden Sie irgendjemandem mit Ihrem unbedarften Vorgehen. Das Beste für Julia ist, wenn Sie uns in Ruhe unsere Arbeit verrichten lassen. Wenn Sie uns weiterhin dazwischen pfuschen, oder wenn Sie nochmals ohne Einwilligung eine Wohnung betreten, dann verhafte ich Sie höchstpersönlich. Jetzt ist Schluss.« Dann knallte er den Hörer auf.

Klare Worte. Palmer wusste, dass sie sich still verhalten sollte. Sie war sich eh nicht im Klaren, was sie alles mit diesem Kerl angestellt hätte, hätte sie ihn in die Finger gekriegt. Oder vor das Knie. Juli war ihr wichtig, nicht der Entführer. Palmer war nicht im Geringsten auf Lorbeeren aus.

Sie überlegte laut vor sich hin: »Was tut einer, der sich außerhalb seiner Wohnung verstecken muss?« Palmer verschränkte die Arme hinter dem Kopf und stellte sich die Situation bildlich vor, wie Fricker vielleicht in der Wohnung eines Freundes hockte, dann und wann neben das Fenster trat und vorsichtig mit einem Auge hinausblinzelte. Wie er den Vorhang zurückgleiten und sich aufs Bett fallen ließ. Vielleicht guckte er fern. Aber früher oder später würde er sich langweilen. Was dann? Sie kam nicht weiter. Palmer neigte ihren Körper nach vorne, stützte ihre Ellbogen auf die Knie und ließ den Kopf hängen. Sie hatte keine Ahnung, wo sie ansetzen sollte. Jede Kleinigkeit, etwas Sinnvolles für Julis Auffinden zu tun, wäre besser, als tatenlos zu Hause rumzusitzen. Palmer starrte gebannt auf den Parkettboden.

Jäh schnellte sie hoch. Sie klappte den Laptop auf, haute erst »telsearch« bei Google rein und dann »Fricker«. In der ganzen Zentralschweiz erschienen mit genau dieser Schreibweise nur zwei weitere Adressen: Aloisius Fricker, Gärbigass 11 in Beromünster und Elsa Fricker, Gibraltarstraße 5, Luzern. Der eine könnte sein Vater sein, die andere seine Mutter.

Sie griff in die Schale. Während sie auf Honignüsschen rumkaute, wählte sie Elsa Frickers Nummer.

»Guten Tag, Frau Fricker. Mein Name ist äh … Tamara Zogg. Vielleicht erinnern Sie sich an mich. Ich hab mit Jürg die Primarschule besucht. Ich erreiche ihn zurzeit nicht. Ist er vielleicht bei Ihnen?«

»Nein, hier ist er nicht.«

Gespannt wartete Palmer auf irgendeine weitere Bemerkung. Aber da kam nichts. »Ich bin ihm letzthin begegnet«, fuhr Palmer fort. »Nun planen wir eine Klassenzusammenkunft und da wollte ich Jürg fragen, welches der provisorischen Daten ihm passen würde. Wir möchten unbedingt alle dabei haben.«

»Jürg ist nicht hier. Aber etwas eigenartig ist dies schon. Ich besuche ihn fast täglich, aber dass er jemanden aus seiner Klasse getroffen hat, hat er mir nicht erzählt. Wenn er mit Ihnen sprechen wollte, dann würde er Ihren Anruf auf seinem Handy schon entgegennehmen. Und jetzt entschuldigen Sie mich.«

Palmer spürte ein Wummern in ihrem Kopf. Die Frau durfte nicht auflegen, wollte sie ihr irgendwelche Informationen entlocken. Fieberhaft suchte sie nach Worten. »Wenn er nicht bei Ihnen ist, treff ich ihn dann draußen?«, improvisierte Palmer.

»Wo draußen? In seinem Maschinenraum? Schon möglich.«, sagte sie. »Wie war doch gleich Ihr Name?«, erbat Frau Fricker. »Wenn Sie etwas von Jürg wissen wollen, dann muss er Ihren Anruf selber beantworten. Schönen Tag noch.«

Obwohl die Verbindung bereits unterbrochen war, hockte Palmer noch immer regungslos in ihrem Wohnzimmer und hielt sich das Telefon ans Ohr gedrückt. Sie hatte sich mehr erhofft. Immerhin war sie sich jetzt ziemlich sicher, dass sie mit seiner Mutter gesprochen hatte.

Aber welche Mutter würde schon einer wildfremden Anruferin Auskünfte geben über ihren Sohn? Ihre Finte war zu wenig ausgeklügelt. Sie hätte sich ohrfeigen können, denn eine zweite Chance würde sie bei ihr nicht erhalten. Die Dame hatte Lunte gerochen. Palmer biss sich auf die Unterlippe.

Doch mit einem Mal stahl sich ein Lächeln auf ihr Gesicht.

Sie stieg in ihren Wagen. Im Feierabendverkehr wäre sie zu Fuß wahrscheinlich schneller. Aber dafür war sie heute zu müde. Vor allem jedoch fühlte sie sich wohler in der Sicherheit ihres Autos. Sie steckte sich einen Kaugummi zwischen die Zähne, damit er ihr Hungergefühl unterdrückte, und tatsächlich sammelte sie während der Fahrt etwas Kraft. In Sichtdistanz zu Frickers Wohnhaus stellte sie den Wagen ab, blieb darin sitzen und beobachtete das Gebäude und dessen Umgebung. Nach einigen Minuten war sie sich sicher, dass das Haus tatsächlich nicht überwacht wurde, was ihr jedoch seltsam vorkam. Sie hatte erwartet, dass die Polizei genau dies eigentlich tun müsste, um Fricker abzufangen, falls er in seine Wohnung zurückkehrte. Sie stieg energisch zu Frickers Wohnung hoch. Auch im Treppenhaus niemand. Vorsichtig öffnete sie die Tür und als sie sicher war, dass sich niemand in der Wohnung aufhielt, betrat sie zielstrebig die Küche. Sie riss einige Schubladen auf, kramte darin herum und fand, wonach sie gesucht hatte.

Wieder zu Hause, hatte sie kaum ihren Schlüsselbund auf die Ablage gelegt, als ihr Kinn erstarrte und sie aufhörte, auf dem Kaugummi rumzubeißen.

Tamisiech. Dass ihr so ein Lapsus passieren konnte. Diesmal musste es schiefgehen. In der Eile hatte sie's verhauen, als sie sich neben dem Schlüssel die Elektrizitätsrechnung aus der Schublade fischte. Den kleinen Stapel Rechnungen hatte sie beim ersten Besuch gesehen, ohne dass sie damals etwas damit anzufangen wusste. Sie überlegte, was sie sonst noch in seiner Wohnung berührt hatte.

Mannmannmann. Aber es ließ sich nicht ungeschehen machen. Sie nahm sich die Rechnung vor, aber ihre Gedanken schweiften ab, zurück zu den Fingerabdrücken. Sollte sie mit einem Lappen zurückgehen und alles abreiben? Wie lange würde das dauern? Und würde sie alle Abdrücke erwischen, keine übersehen? Nein. Ihre Fingerabdrücke in der Wohnung spielten keine Rolle mehr, wenn sie Juli befreite. Und um nichts anderes ging es ihr. Wenn sie danach Lust hätte, könnte sie immer noch in Frickers Wohnung ihre Spuren beseitigen.

Die senkrechten Stirnfalten wichen jedoch schlagartig, als ihr alles klar wurde.

Flink wählte sie, wartete, und als die Polizistin abnahm, verlangte sie Stocker. Klar wisse sie, dass er nicht mehr da sei. Aber sie wolle sich nicht mit ihm unterhalten, sondern ihm bloß eine Mitteilung auf die Mailbox sprechen. Während es klingelte, legte sie sich in Gedanken die ersten paar Worte zurecht, als Stocker persönlich abnahm. Palmer war so überrascht, dass sie stotterte. Nach einigen Sekunden hatte sie sich gefangen.

»Ich bin in Frickers Wohnung gewesen.« Und ergänzte, bevor er etwas sagen konnte: »Es musste sein. Dort habe ich …«

»Ich hab Sie gewarnt. Das wird ein Nachspiel …«

»Ich weiß jetzt, wo er Juli gefangen hält.« Ohne Pause fuhr sie fort, nicht bereit, sich nochmals unterbrechen zu lassen. »Von seiner Mutter hab ich erfahren, dass er einen Maschinenraum gemietet hat. In seinen Unterlagen befand sich eine dazu passende Elekrtizitätsrechnung. Die Adresse lautet: Felsental 4 in Luzern. Ich kenne die Gegend. Das liegt im Bellerive-Quartier. Könnte die Talstation der stillgelegten Dietschibergbahn …«

»Sie müssen mir nicht erklären, wo das Felsental liegt.« Vernehmlich zog er Luft ein.

»Bitte fahren Sie sofort hin und befreien Sie Juli, bevor er sie umbringt«, flehte Palmer. »Und verhaften Sie diesen Kerl.«

»Wir lassen uns nicht rumkommandieren von Zivilisten.« Er seufzte. »Vielleicht ist da was dran. Weil es Frau von Moos helfen könnte, werden wir uns dort mal umsehen. Sie bleiben, wo Sie sind. Wir beide unterhalten uns nachher. Und nehmen Sie sich einen Anwalt.« Dann legte er auf.

Palmer rang mit sich, in ihren Wagen zu steigen und selber hinzurasen. Sie wollte bei der Befreiung dabei sein. Dann aber erinnerte sie sich an Stockers Drohung und setzte sich wieder hin. Sie erhob sich nach einigen Sekunden abermals, ging zur Hi-Fi-Anlage, machte die Musik an und ließ sich in den Sessel sinken. Sie führte ihren Zeigefinger zum Kopf, um damit die Haare zu zwirbeln. Der Finger fand keine genügend langen Haare. Der Teufel in ihrem Ohr klärte sie mit schadenfreudigem Lachen auf, dass es eh zu spät war. Eile sei keine mehr angebracht, da niemand mehr Juli helfen konnte.

Palmer sprang auf und rannte zu ihrem Wagen. Sie drehte den Zündschlüssel. Dann nochmals, aber der Motor machte keine Regung. Palmer haute mit der Handfläche auf den Beifahrersitz.

»Scheißkarre«, fluchte sie, während sich der Staub wieder langsam aufs Polster legte. Sie lehnte sich zurück und kam zur Einsicht, es sei wohl doch das Beste, die Polizei ihre Arbeit tun zu lassen. Sie schlenderte zurück und stieg zur Wohnung hoch, legte AC/DC auf, genoss, wie der Beat hart und präzise in ihrem Magen vibrierte, warf sich auf die Couch, legte sich ihr Handy auf die Brust und kaute nervös an ihrem Daumennagel. Palmer bangte darum, dass Stocker Juli in der alten Talstation dieser stillgelegten Standseilbahn fand. Ja, dachte sie, das passte zu den Uhrmacherzeitschriften in seiner Wohnung. Er arbeitete als Mechaniker und schwärmte für feinste Uhrenmechanik. Er fühlte sich zu eisernen Rädern und Wellen hingezogen. Palmer stellte sich vor, dass im angemieteten Objekt noch immer die riesige Antriebsmaschine stand.

Vor ihrem geistigen Auge sah Palmer, wie Stocker diesen Drecksack verhaftete.

KAPITEL 29

Auf der andern Seite des Seebeckens formierte sich die Polizei rund um die Talstation der Dietschibergbahn, einem eingeschossigen Jugendstilgebäude. Die Bahn selber fuhr längst nicht mehr, die Schienen waren abgebaut. Aber sowohl die Tal- als auch die Bergstation standen noch.

Stocker hatte an die beiden nebeneinanderliegenden Türen gepoltert und laut Julis Namen gerufen. Dann hatte er sich die flache Hand über die Augen gehalten und versucht, durch die Glasscheiben im Innern etwas zu erkennen. Er erspähte nichts, aber das Ohr ans Glas gedrückt, vernahm er kaum wahrnehmbar eine schreiende Frauenstimme. Stocker rüttelte an beiden Türen. Sie waren verschlossen. Also winkte er die Spezialisten herbei. Er selber trat einige Schritte zurück und behielt das Gebäude im Auge, die eine Hand auf die entsicherte Pistole im Halfter gelegt.

Drei Männer der Spezialeinheit traten vor, bewaffnet und

in Kampfmontur. Einer rief: »Hier ist die Polizei, öffnen Sie die Tür.«

Nichts geschah.

Alle anderen musterten konzentriert den ihnen zugeteilten Bereich des Gebäudes, die Waffe im Anschlag. Etwas weiter die Straße rauf zog es ein Pensionär vor, sich von der Terrasse in seine Wohnung zu verziehen und die Glastür zuzuschieben.

»Öffnen Sie die Tür oder wir brechen sie auf.«

Wieder tat sich nichts.

Nun schritten zwei weitere kräftige Kerle nach vorne. Gemeinsam schleppten sie einen röhrenförmigen Zylinder. Sie postierten sich vor einer der beiden nebeneinanderliegenden Türen, schwangen den Rammbock einmal zurück, und als er vorne aufprallte, splitterte Holz und Glas, die Tür sprang mit einem Krachen auf und knallte auf die Innenseite. Die beiden zogen sich zurück, während der Vorderste der Dreiergruppe einen hastigen Blick ins Lokal warf. Er musste wohl sein Okay gegeben haben, denn wie auf Kommando stürzten alle drei durch die Tür. Nach einigen Sekunden stürmten drei weitere hinein, die Waffe im Anschlag. Im ersten Raum stießen sie auf keinen Menschen, jedoch auf viele verstaubte Maschinenteile und metallenes Gerümpel.

Ein Gang führte weiter nach hinten und endete vor zwei schweren Türen. Die Dreiergruppe formierte sich vor der ersten Tür. Einer drückte die Türfalle. Der Raum war nicht verschlossen. Flink betrat der kleine Trupp den Raum. Einen Lichtschalter fanden sie nicht. Dafür hatte jeder bereits seine Stablampe angemacht. Sie drückten diese so an den Gewehrlauf, dass sie genau in Richtung des Laufs strahlte. Drei Lichtkegel durchhuschten die Dunkelheit. Nach wenigen Sekunden gab der Gruppenleiter Entwarnung. Nun traten die stämmigen Kerle mit dem Rammbock vor die mit einem Vorhängeschloss versperrte Tür. Einer drückte sein Ohr daran und vernahm ein Wimmern. Stumm erhob er den Daumen und nickte. Der Rammbock schlug aufs Holz. Es knackte, aber ohne gewünschten Erfolg. Die Tür hielt einigen Versuchen stand. Erst beim fünften gewaltigen Aufprall barst das Holz. Einer schob mit gestrecktem Arm die Tür auf, was allerdings weit mehr Kraft beanspruchte, als er vermutet hatte. Die beiden anderen hielten das Gewehr im Anschlag und leuchteten in den Raum.

»Hände hoch. Sofort.« Noch vom Gang her konnten sie eine junge Frau sehen, die etwas entfernt verschreckt auf der im Raum liegenden Matratze kauerte. »Sind Sie allein? Ist noch jemand in diesem Raum?« Völlig ermattet lag Juli auf der Matratze, den einen Arm weit von sich gestreckt. Mit der anderen Hand führte sie kraftlos den gestreckten Zeigefinger auf ihre zusammengepressten Lippen zum Zeichen, sich still zu verhalten.

»Sind Sie alleine hier? Wer war noch mit Ihnen in diesem Raum? Antworten Sie!«

Die Frau heulte stumm los. Die Polizisten stürmten den Raum. Sie untersuchten ihn und gaben schließlich Entwarnung. Stocker marschierte rein. Nach kurzer Zeit erschien er wieder im Gang und winkte die Sanitäter zu sich, um dann nochmals reinzugehen. Nachdem die Sanitäter Juli Insulin gespritzt hatten, ging Stocker vor Juli in die Knie und machte sich daran, sie zu befragen.

»Wo steckt der Entführer?«

Juli gab keinen Laut von sich. Ihr fehlte jegliche Kraft.

»Wo hält sich Jürg Fricker auf?«

Juli japste mit erstickter Stimme einige Worte hervor. »Spielt keine Rolle mehr.«

Stocker winkte einen Mann zu sich, drehte den Verschluss von der Flasche und gab Juli Wasser zu trinken.

»Ich bin frei«, sagte sie und schniefte.

Mit gestrecktem Arm deutete sie auf das eingeschaltete Handy. »Dieser Kerl hat alles gehört.« Sie nahm einen weiteren Schluck. »Er wird nie hierher zurückkommen.«

Stocker erhob sich und schritt zum Handy, das bei der Wand am Boden lag. Seine Augen weiteten sich, als er das Ding in seiner behandschuhten Hand begutachtete. Es war ein altes, aber handelsübliches Gerät, angedockt an einem Kabel, das zur Tür rausführte. »Was ist damit?«

»Wenn dieses Dreckschwein den Raum verlässt, bleibt er mit mir in Kontakt über dieses Handy.« Sie atmete durch. »Per Freisprechfunktion.«

Stocker musterte Juli mit zusammengekniffenen Augen, blickte auf das Gerät und führte es sich zögernd ans Ohr.

»Jürg Fricker? Hier spricht Kommissar Stocker.« Mit ziellosem Blick richtete er seine Augen zu Boden und wartete. »Hallo, Herr Fricker. Antworten Sie.«

Er wartete.

Im Nachhinein war sich Stocker sicher, Atemgeräusche vernommen zu haben, bevor ein leises Klickgeräusch ankündigte, dass die Verbindung unterbrochen war.

»Der Saukerl hat aufgelegt.«

»Danke, dass Sie mich befreit haben«, sagte Juli mit tränenerstickter Stimme, aber Stocker war in Gedanken bereits woanders und zeigte keine Regung.

Endlich meinte er: »Wir kriegen ihn. Wir wissen, nach wem wir suchen. Fricker entkommt uns nicht.«

Die vor dem Haus aufmarschierten Menschen zwängten sich hinter dem Absperrband aneinander, die Köpfe alle in die gleiche Richtung gewandt. Einige machten mit ihrem Handy Fotos von der Szenerie. Reporter des Lokalfernsehens, von Radio und Presse hatten ihre Teleobjektive und Mikrofone aufgebaut. Jene, die als Erste eingetroffen waren, mussten den Polizeifunk abgehört haben, sonst wären sie nicht bereits Minuten nach Stockers Eintreffen an Ort gewesen. Aufgeregt interviewten die Medienleute jeden, dem sie auch nur halbwegs zumuteten, einen Kommentar zur Sache geben zu können. Eine Entführung wie jene von Julia von Moos war verführerisch. Und ihre Befreiung gab für sie mächtig was her. Noch aufregender wäre für die Medien nur gewesen, man hätte Juli tot gefunden.

Noch immer hockte Palmer zu Hause und fragte sich, was sie hier sollte.

Sie traf eine Entscheidung.

Ihre Karre sprang an, als sei nichts gewesen, sodass auch sie schon bald im Kreis der Leute außerhalb des Flatterbandes stand, welches die Polizei auf Hüfthöhe in gehörigem Abstand um die Talstation gezogen hatte. Palmer machte sich bei anderen Gaffern schlau. Deren Aussagen waren widersprüchlich. Einig war man sich einzig darin, dass die Entführte hier drin gewesen war und dass man den Entführer nicht geschnappt hatte. Einige meinten aus sicherer Quelle gehört zu haben, Juli habe sich in den Entführer verliebt und wolle von einer Anzeige absehen. Andere widersprachen und wussten, dass es noch Tage dauern würde, bis man mit Sicherheit sagen könne, ob es sich um Julia von Moos handelte, so blutig habe sich der Schauplatz im Innern präsentiert. Man sei ziemlich sicher, dass es sich bei der Leiche um eine Frau handle, allerdings sei deren Kopf nirgends auffindbar.

Palmer hielt es nicht länger aus. Es war nicht ihr Ding, sich mit überkreuzten Beinen und verschränkten Armen vom Geschehen unterhalten zu lassen und einfach mal abzuwarten. Sie schritt zu einem der Polizisten und bestand darauf, dass jemand sie zu Stocker führte. Der Ordnungshüter sprach in sein an der Schulter montiertes Funkgerät. Dann hob er erstaunt die Augenbrauen. Für Palmer war die Antwort aus dem Lautsprecher unverständlich.

Ein weiterer Polizist kam zu den beiden raus, hob wortlos das Absperrband, damit sich Palmer unten durchducken konnte, und schritt mit ihr auf die offene Tür des Gebäudes zu. Wer auch immer sein Okay gegeben hatte, schien in der Zwischenzeit seine Meinung geändert zu haben.

Im Gang nach hinten stand breitbeinig ein kräftiger Uniformierter und fuhr die beiden in unmissverständlichem Befehlston an: »Ich habe strikte Anweisung, niemanden reinzulassen.« Dabei stemmte er beide Hände in die Hüften.

Palmer zog einen Mundwinkel zu einem schiefen Lächeln nach oben, führte die rechte Hand an die Schläfe und salutierte mit zwei Fingern. Denn an seiner Schulter vorbei hatte sie Stocker erkannt, wie er auf sie zugeschritten kam. Er zwängte sich am Wachposten vorbei und schob mit der flachen Hand an ihrem Rücken Palmer vom Gang hinaus auf den Vorplatz. Dort gerieten sie in ein kurzes, aber lebhaftes Blitzgewitter. Palmer blickte sich um, ob sie irgendwo Juli entdeckte. Ihre Augen scannten den ganzen Schauplatz mit allen Beobachtern. Erst dann begriff sie, dass die Fotografen nicht von Juli, sondern mangels anderer Objekte von ihr selbst Fotos schossen. Stocker machte ihr in wenigen Worten klar, dass es für sie hier nichts zu tun gab, dass Juli aber in Sicherheit sei.

Auf dem Weg zu ihrem Wagen war Palmer so guter Stimmung, dass sie sogar einige Fragen eines herumstehenden Gaffers, was sich im Gebäude drin abspielt habe, beantwortete. Dann ließ sie sich auf den Fahrersitz fallen und blickte in ihren Schoß. Sie wusste, sie hätte erst gar nicht zu kommen brauchen. Aber sie spürte, wie ein unendlich großes Gewicht von ihren Schultern fiel. Sie war stolz auf sich. Dass Stocker keine Anstalten machte, ihr zu gratulieren, war ihr gleichgültig. Palmer wollte diese Zufriedenheit still für sich genießen.

Sie beobachtete, wie zwei Sanitäter mit einer Trage das Gebäude betraten. Aber es dauerte gut 20 Minuten, bis sie Juli durch den Ausgang zum Ambulanzfahrzeug trugen. Wie teilnahmslos lag Juli gut eingepackt auf der Trage und wurde im Fahrzeug verfrachtet. Nachdem ebenfalls ein Polizeibeamter eingestiegen war, wurde Juli weggefahren. Als Palmer losfuhr, bemerkte sie das Augenpaar nicht, welches jede ihrer Bewegungen aufmerksam verfolgte.

KAPITEL 30

Zu Hause holte sich Palmer ein Bier aus dem Kühlschrank, als das Handy sie aus den Gedanken riss. Alex freute sich mit ihr und gratulierte zu Julis Befreiung. Er hatte es aus dem Radio erfahren. Mit der freien Hand machte sie eine Geste in die Luft, welche andeuten sollte, alles sei halb so wild gewesen. Dann aber hielt Palmer mitten in der Bewegung inne. Sie fragte sich, wie die Medien eine Verbindung zu ihr hergestellt hatten, da sie sich nicht vorstellen konnte, dass die Polizei mit solchen Infos an die Öffentlichkeit trat, erst recht nicht, um bekanntzugeben, der Erfolg sei unter Mithilfe einer Zivilistin zustande gekommen. Palmer überlegte. Ihr schwante, dass die kurze Plauderei mit einem der vielen Gaffer ein verkapptes Interview gewesen war. Kaum hatte sie sich verabschiedet, kam bereits der nächste Anruf.

»Gute Arbeit«, meinte Stocker. Palmer war baff. Ohne ihre Reaktion abzuwarten, informierte er sie, dass Juli mindestens diese Nacht und den nächsten Tag im Krankenhaus verbringen würde. Sie sei stark dehydriert und benötige Medikamente. Morgen besuche er sie für eine erste Befragung.

»Wenn sie das Krankenhaus verlassen kann, werden wir sie an einen sicheren Platz überführen«, informierte er Palmer.

»Juli geht morgen nicht nach Hause?« Palmer verstand nicht. »Wie wär's, wenn Juli für einige Tage zu mir zieht?«

»Moment.«

Palmer wartete einige Minuten in der Warteschleife. Sie überlegte sich, Juli könne immer noch ins Hotel ziehen, falls es einer der beiden zu viel würde. Als Stocker wieder dran war, beschied er ihr, morgen früh würde Juli sie anrufen.

Von Musik begleitet deckte Palmer auf dem langen Balkon liebevoll den Tisch für zwei. Sie hatte einen neuen Versuch gewagt und Alex auf heute Abend zum Essen eingeladen. Neben seinen Teller stellte sie ein Weinglas. Dann hatte Palmer vom Wehklagen des Bluessängers genug, schritt zur Musikanlage, schob eine Scheibe von Fabian Anderhub rein und drehte voll auf. Ein Wärmegefühl breitete sich in ihrer Brust aus. Normalerweise begnügte sie sich abends mit einem Joghurt. Da brauchte sie nicht mal einen Löffel abzuwaschen, denn sie leckte den Joghurt mit dem Zeigefinger direkt aus dem Becher.

Nun schnitt sie Tomaten, schälte Knoblauch, strich Hähnchenteile mit Senf ein, würzte sie mit Paprika und Salz, sautierte den Knoblauch, briet die Schenkel und Flügel in der Pfanne knusprig. Anschließend hob sie die Stücke vorsichtig mit bloßen Fingern raus, drehte die Temperatur etwas runter, köchelte einen halben Liter Merlot, den sie mal von irgendwem geschenkt bekommen hatte, mit Rosmarin und Salbei ein. Gegessen hatte sie heute kaum etwas, sodass sie die Wirkung des zweiten Biers, das sie sich jetzt gönnte, wohltuend betäubend empfand.

Wo versteckte sich dieser Schweinehund?, fragte sie sich.

Sie schüttete alle Teile in die hohe Backform, würzte nach und gab eine Handvoll Kirschtomaten und in grobe Streifen geschnittene Karotten dazu. Das Ganze garte sie nun 45 Minuten lang im Ofen bei 200 Grad. Dazu kochte sie Wildreis. Ein aromatischer Duft verbreitete sich in der ganzen Wohnung.

Sie wippte mit dem Kopf zur Musik. Diesen Song kannte sie, summte die Melodie mit, der Text war im Lauf der Zeit aus ihrem Gedächtnis verschwunden.

Alle ihre bisherigen Gäste hatten dieses Gericht geliebt. Etwas anderes beherrschte sie gar nicht, was aber keiner merkte. Denn Palmer war noch nie in die unangenehme Situation geraten, jemandem etwas anderes zu kochen. Keine ihrer Beziehungen hatte bis zur zweiten Einladung gehalten.

Als die Hausglocke klingelte, drückte sie auf den Türöffner. Aber im selben Moment fühlte sie sich, als habe jemand sie in den Bauch getreten. Reglos starrte sie auf ihren Finger, welcher noch immer auf dem Drücker lag. Der Gedanke durchfuhr sie, wen sie wohl reingelassen hatte. War es leichtsinnig, nicht erst zu checken, wer draußen stand? Sie horchte.

Unten wurde die Tür ins Schloss gedrückt. Jemand stapfte langsam die Treppe zum Wohnzimmer hoch. Palmer hielt die Luft an, den Kopf zur Treppe gewandt. Jeder Muskel ihres Körpers war gespannt, als zuerst ein Holzkistchen und dann sein Kopf erschien.

»Hab dir was mitgebracht«, sagte er.

Sie ließ die Luft mit einem Pfeifen aus ihren Lungen entweichen. Überrascht nahm sie das Ding mit einem fragenden Lächeln entgegen. Die Beschriftung schien sie zu beeindrucken, dann öffnete sie den Verschluss.

»Darfst bleiben«, meinte sie mit einem anerkennenden Nicken. »Und schnapp dir doch gleich selber ein Bierchen im Kühlschrank.« Sogleich ergänzte sie: »Lieb von dir.«

Er nickte und erkundigte sich nach ihrem Befinden, fragte nach Juli, gratulierte Palmer noch einmal zu ihrem Erfolg. Sie erklärte, dass seit Julis Befreiung eigentlich nichts geschehen war. Man wisse leider noch immer nicht, wo Fricker sich aufhalte und weshalb er es getan hat.

Als sie wieder in die Küche trat, nahm er ein Rolling Stone-Magazin zur Hand, legte sich aufs Sofa und drückte sich ein Kissen in den Nacken. Er hörte, wie sie den Kühlschrank öffnete, mehrere Sachen rauspackte und sich geräuschvoll etwas aus der Schublade griff. Aus den Augenwinkeln erahnte er, dass sie ihm durch die Tür ein Hackmesser entgegenstreckte.

»Du hast nicht etwa vor, faul rumzuliegen, während ich hier koche?«

»Mmh, kurz hatte ich den Gedanken.«

Als sie erkannte, dass er sich nicht stören ließ und seelenruhig im Magazin blätterte, hackte sie den Eisbergsalat selber.

Er genoss die Düfte, nahm als Hintergrundmusik Frank Zappas Bobby Brown wahr, während seine Blicke durch die Wohnung schweiften, bis er verwundert die Brauen hochzog, als er den von der Decke hängenden Boxsack entdeckte.

Einen boxenden Freund hatte sie nicht erwähnt.

Er stieß sich aus dem Sofa, schritt zum Boxsack, tätschelte das schwere, abgewetzte Lederding und unterzog es einer Prüfung. Er lächelte. Die Einbuchtung auf Schritthöhe sprach Bände. Offensichtlich boxte sie nicht nur mit Worten, sondern auch mit dem Knie.

Dann fiel sein Blick auf die E-Gitarre, die am Ohrensessel lehnte, keine zwei Meter daneben.

»Boxt du? Und wer spielt Gitarre?«

»Hab keine Putzkraft, die's für mich erledigt«, rief sie laut über die Schulter.

»Du spielst mir was vor, ja?«, bat er.

Palmer hielt in ihren Arbeiten inne. Da sie die Vorbereitungen eh beendet hatte, wischte sie sich die Hände trocken und begab sich ins Wohnzimmer. Dort griff sie sich wortlos ihre Stratocaster, klickte den alten Röhrenverstärker an und drehte die Hintergrundmusik aus. Mit einem Bein kniete sie sich auf das Parkett, stellte die Gitarre über den waagrechten Oberschenkel und schlug zwei, drei Mal voll rein. Powerchords, die den Bauch massierten. Die Glasscheiben in den

Fensterrahmen vibrierten, bevor sie die Saiten mit der flachen Hand zum Verstummen brachte.

»Kennst du Panagaris? Michael Jacksons letzte Gitarristin? Spielte schon mit Clapton und Prince«, erklärte Palmer.

In freudiger Erwartung schüttelte er den Kopf. Palmer lehnte sich rüber zum DVD-Gerät, machte es zusammen mit dem Flatscreen an und schob *This is it* von Jackson rein. Der Ton ging mitten in einem Stück an, Jackson wuselte über die Bühne und seine Band ging mächtig ab. Palmer wusste genau, was jetzt kam, denn sie drehte mit dem kleinen Finger am Regler und ließ die Gitarre voll aufheulen. Es dauerte nur Augenblicke, da lächelte er, während seine Augen aus den Höhlen zu treten schienen. Unglaublich, was er da zu hören bekam. Ihre Finger fegten über den Gitarrenhals, während sie einzelne Saiten zupfte oder gleich mit der ganzen Rechten auf alle Saiten schlug. Erst nach und nach wurde ihm klar, dass sie das Solo der Gitarristin auf der DVD Ton für Ton parallel nachspielte, und zwar in einer Lockerheit, die ihn umhaute.

»Weltklasse«, raunte er.

Als sie bemerkte, dass er mit ihr sprach, hielt sie inne.

Mit weit aufgerissenen Augen meinte er bloß: »Woahhh.«

Sie erwiderte nichts, lächelte nur und genoss sein Kompliment.

»Da musst du was machen draus. Eine eigene Band. Die ganze Welt wartet auf eine Frauenband, die etwas mehr drauf hat als Punk. Da winken Millionen.«

»Hast du nichts anderes im Kopf als Kies?«, fragte sie mit gequältem Lächeln. »Mit Musik habe ich abgeschlossen«, sagte sie und tat seine Worte mit einer Handbewegung ab, als wären sie völliger Unsinn. »Die lokalen Bands haben sich um mich gerissen. Aber ich hatte es satt, nach der Pfeife anderer zu tanzen. Als sich die letzte Band aufgelöst hat, wollte ich tatsächlich meine eigene Frauenband zusammenstellen. Das Interesse bei den Medien wäre tatsächlich riesig. In Pop, Rock und Jazz gibt's aber fast keine Frauen. Ich hab zu wenige Musikerinnen gefunden, die sowohl talentiert, als auch gewillt waren, die nötige Zeit in ein solches Projekt zu investieren. Die eine hätte schon gewollt, war jedoch unfähig. Eine andere hat extrem stark gespielt, wollte aber die Beziehung zu ihrem Freund nicht aufs Spiel setzen, weil er bereits im Voraus dagegen protestiert hatte, nicht mehr rechtzeitig sein Abendessen auf den Tisch zu kriegen. Und jene, bei welchen sich im Gespräch noch alles halbwegs okay angehört hat, hatten nicht mal ein eigenes Instrument griffbereit. Ein Riesenfrust. Vergiss es, die Luft ist raus, ich mag nicht mehr.« Dabei lehnte sie die Gitarre entschlossen zurück an den Sessel.

»Neenee, so einfach kommst du mir nicht davon. Spiel noch was. Komm«, beharrte Alex.

Sie zögerte, griff dann aber wieder zur Gitarre. *Voodoo Chile*. Jimi Hendrix.

Während sie spielte, überkam sie eine tiefe Traurigkeit, denn die Situation erinnerte sie an ihre Mutter. Früh gefördert von ihrer Mutter, war Palmers Talent für klassische Musik augenfällig. Damals war es ihr nicht bewusst, dass sich ihre Mutter den Musikunterricht für ihre Tochter bei Madame Crevoisier vom Mund absparte. Erst Jahre danach begriff Palmer, dass ihre Mutter gar nicht Vegetarierin war, sondern von teurem Fleisch auf Joghurt und Eier auswich, um ihrer Tochter eine fundierte Musikausbildung zu bieten, um ihr zu ermöglichen, was ihr selber vorenthalten geblieben war. Madame Crevoisier war voll des Lobes für ihren Zögling. Aber bald schon hatte Palmer keine Lust mehr auf all die Entsagungen. Denn um den Ansprüchen von Madame gerecht zu werden, musste sie üben, üben, üben, während andere Kinder draußen rumtollten. Mit der Zeit wurde der Gedanke für sie unvorstellbar, als Berufspianistin ihr Leben zu gestalten, aufgrund der ihr bevorstehenden jahrelangen Abkapselung beim einsamen Einstudieren des klassischen Repertoires. Auch schauderte sie davor, zeitlebens diszipliniert Note für Note nachzuspielen, die ein Genie vor mehr als 200 Jahren zu Papier gebracht hatte. Bloße Reproduktion, einzig mit der Erlaubnis, innerhalb starrer Leitplanken eine eigene Nuance der vorgegebenen Farbe hinzuzufügen, war ihr zu eng. Statt aber ganz aufzuhören, sattelte sie um auf Gitarre und besuchte die Jazzakademie. Jazz hätte ihr nun genau das nicht nur erlaubt, sondern sogar von ihr gefordert: In der Improvisation spontan Eigenes, Neues zu erschaffen. Jazz erschien ihr aber schon bald als zu unsicher und brotlos. Und irgendwie war ihr diese Musik auch zu verschlüsselt. Sie empfand Jazz als kontrolliertes Feuer. Palmer fehlte das Erdige, Gerade, das Direkte und Brutale. Das fand sie im unbändigen Großfeuer des harten Rocks.

Noch während Palmer in Gedanken schwelgte, war Alex hin und weg von ihrer Fähigkeit, sich gleichzeitig auf der Gitarre einen rhythmischen Teppich zu legen und darüber zu improvisieren. Schlagartig aber stoppte sie, als sie seinen Blick zum offenstehenden Fenster wahrnahm.

»Jetzt fang du nicht auch noch damit an. Vergiss die Nachbarn.«

Sie machte Bildschirm und Marshall aus und lehnte die Fender zurück an den Sessel. Während er stumm überlegte, womit er sie beleidigt haben könnte, fragte sich Palmer im Stillen, wie lange es wohl noch dauern würde, bis sie sich nach einer neuen Bleibe umsehen musste. Nicht dass es ihr hier nicht gefiel. Im Gegenteil. Aber die Lärmklagen der Nachbarn waren bloß das eine neben dem Rückstand in der Zahlung der Miete. Doch Palmer hatte seit jeher in jedem Zimmer das Gefühl, bei geschlossenen Fenstern zu ersticken.

Die Rückzahlraten des Kredits an Juli wollte sie keinesfalls schuldig bleiben, da ließ sie lieber den Vermieter etwas warten. Jetzt, ohne Job, würde es noch enger werden. Aber Alex von ihrem Engpass zu erzählen, kam für sie nicht in Frage. Sie ahnte, Alex würde ihr anbieten, bei ihm einzuziehen. Das wäre ihr aber entschieden zu schnell gegangen. So gut kannten sie sich nicht. Und sie hatte zu viele Vorbehalte. Mit Geld wollte sie sich erst recht nicht aushelfen lassen.

Der Küchenwecker riss beide aus ihren Gedanken.

Bevor sie die Speisen servierte, wechselte Palmer die Musik zu Seven.

Alex lobte das Essen. Danach empfahl Palmer, Alex solle sich in die riesige Hängematte auf dem Balkon verziehen, derweil sie abräumte. Er ließ sich nicht zweimal bitten. Später zwängte sich Palmer neben Alex. Die Arme hinter dem Kopf verschränkt, die Beine übereinandergeschlagen, blickten beide auf den See hinaus und genossen friedlich schaukelnd den Abend. Die Sonne war bereits im Westen verschwunden. Allmählich verlor sich auch das Dämmerlicht und die Nacht breitete sich über Luzern aus. Erst redeten sie über Gott und die Welt, dann horchten beide auf die Geräusche der Dunkelheit und beobachteten, wie Motten um das Kerzenlicht tanzten. Die Grillen verstummten alle miteinander wie auf Befehl, um bald darauf wieder loszuzirpen.

Zeit spielte keine Rolle.

Wie zwei Teile einer einzigen Form schmiegten sich ihre Körper aneinander. Durch ihre Jeans spürte sie seine Knie in ihren Kehlen. Ganz gleichmäßig hauchte er seinen Atem in ihren Nacken. Palmer betrachtete seine kräftige Hand, die ihren Bauch berührte. Ihr wurde klar, dass sie seit langer Zeit wieder das erste Mal einen Menschen so dicht an sich heranließ.

»Stoß ihn von dir«, hörte sie eine innere Stimme keifen. Aber ihr Körper wollte dieser Stimme nicht gehorchen. Gedrückt zu werden war es, was sie jetzt brauchte.

Als sie sich drehten, legte Palmer ihren Kopf auf seine Brust und kuschelte sich an ihn.

Eigenartig, dachte er, wie wenig er von ihr wusste. Die Vergangenheit schien bei ihr nicht zu existieren. »Fast jeder trägt eine unverdaute Geschichte mit sich rum. Erzähl, wie lautet deine«, forderte er sie auf. »Erzähl mir aus deinem Leben.«

Da sie schwieg, munterte er sie auf: »Na komm, mir ist es auch nicht leichtgefallen, dir von Moni zu erzählen. Du könntest etwas weniger zurückhaltend sein.«

Palmer hob die Augenbrauen. »Ach, lass doch die Fragerei. Die Vergangenheit hab ich hinter mir gelassen.«

Er beugte sich vor und küsste sie sanft auf die Stirn. »Aber nicht verdaut.«

»Ich werde nicht gerne daran erinnert.«

»Je besser ich dich kenne, desto einfacher verstehe ich deine Macken.«

Palmer stockte und dachte nach. Seine Beweggründe leuchteten ihr zwar ein. Und falsch lag er nicht mit seiner Einschätzung über sie. Sie war sich jedoch unsicher, was genau sie ihm erzählen sollte. Wie viel davon und in wie großen Portionen.

Natürlich wusste sie, dass es in Beziehungen üblich war, sich gegenseitig in Geheimnisse einzuweihen. Ihr war auch schon zu Ohren gekommen, dass etwas Verborgenes mit dem Liebsten gemeinsam zu tragen, ein Paar enger verbinden konnte. Sie mochte dies aber nicht so richtig glauben.

»Lass mir etwas Zeit, okay?«, sagte sie, denn in ihr kamen die Erinnerungen hoch an den langsamen Tod ihrer Mutter. Und die Vorwürfe, welche sie sich machte, dass sie ihr nur wenige, mangels Geld nicht alle letzten Wünsche erfüllen konnte.

Sie wischte sich mit der flachen Hand eine Träne von der Wange. Was gäbe sie heute darum, sich als kleines Mädchen nochmals von der Mutter Schokoladenreste vom Mund wischen zu lassen, auch wenn die dafür ihr Taschentuch mit Spucke befeuchtete.

Alex strich zärtlich mit seiner warmen Hand über ihre Haare.

Nach einigen Sekunden rieb sie sich die Augen und zog

ihre Nase hoch. Erst leise und stockend, dann allmählich fließender, begann sie, über ihre Mutter zu erzählen. »Eine solche Tragödie reißt einem den Boden unter den Füssen weg.« Ihre Augen suchten etwas in der Dunkelheit. »Nach Mutters Tod hat sich für mich schlagartig alles verändert. Ich hab für einige Zeit jede Orientierung verloren, als ob mein Kompass seine magnetische Nadel verloren hätte. Nie habe ich das Bedürfnis verspürt, mit jemandem darüber zu reden, in der Angst, dies verleihe dem plötzlichen Abbruch der tiefen Beziehung zwischen meiner Mutter und mir eine unwiderrufliche Endgültigkeit. Ich hab es kaum ertragen, dass das Leben für sie nur noch Schmerz bedeutete. Der Gedanke, sie zu verlieren, ist für mich unerträglich gewesen. Der Tod hat für mich erst einen Teil des Schreckens verloren, als ich mich damit trösten konnte, dass er für sie gleichbedeutend war mit einer Befreiung von allen Schmerzen. Neben Krebsmedikamenten vom Arzt hat sie zusätzlich solche genommen, die sie sich anderswo organisierte, um sich besser zu fühlen. Und sie behalf sich mit Gin. Er helfe ihr beim Einschlafen, hat sie behauptet. Ich denke, sie hat sich von ihm erhofft, den ganzen Frust zu ertragen. Der Alkohol ist den Medikamenten in die Quere gekommen, sodass sie sich später noch viel mieser fühlte. Mit Trinken hatte meine Mutter schon begonnen, noch bevor Vater uns verließ.

Mutter hat sich alle Mühe gegeben, sich so gut zu verstellen, damit ich nichts von ihrer Sucht merke. Das ging aber schief. Denn wenn du von jung an dem ausgesetzt bist, stellst du mit der Zeit eine Verbindung her zwischen der sichtbaren Mimik und der dahinter verborgenen Wahrheit. So hab ich mir jene Fähigkeiten angeeignet, welche wohl alle Kinder von Suchtkranken haben, nämlich kleinste Nuancen im Gesichtsausruck zu erkennen und so in die Seele des Menschen zu blicken.«

Palmer machte eine Pause. Sie atmete tief ein und drückte den Rücken durch.

Alex drängte sie mit einer Hand dazu, sich zu ihm hin zu drehen.

Palmer musste gespürt haben, dass er kurz nickte, ohne das Wort zu ergreifen.

Er wollte nicht riskieren, den Lauf ihrer Erzählung zu stören. Gleichzeitig fühlte er, dass es ihr wohlbekam, diesen Teil ihrer Kindheit zu beschreiben. Er legte ihr sanft seine warme Handfläche auf die Wange. Ihre Blicke trafen sich flüchtig, er erkannte ein Lächeln, aber es kam ihm traurig vor.

»Vater hat Mutters schlechte Verfassung zum Vorwand genommen, sich ganz von uns abzusetzen, obwohl erst sein Fremdgehen meine Mutter zum Alkohol hatte greifen lassen. Von da weg hat uns Geld an allen Ecken und Enden gefehlt. Er hatte sich zwar bereits vorher oft für längere Zeit herumgetrieben. Für Einkommen und Erziehung war schon immer meine Mutter zuständig, auch als er noch zu Hause wohnte. Aber es war zum Verzweifeln. Als er sich über Nacht verabschiedet hat, hat er nichts als Schulden hinterlassen, von denen meine Mutter nicht mal gewusst hatte.«

Palmer drückte sich mit Daumen und Zeigefinger die Nasenwurzel. »Du kannst dir gar nicht vorstellen, wie ich mir heute Vorwürfe darüber mache, mit meiner Mutter gestritten zu haben, nur weil ich nicht verstehen konnte, dass ich von ihr kaum Taschengeld bekam. Dabei hatte sie doch selber keins.« Sie wischte sich mit den kurzen Ärmeln ihres T-Shirts die Augen trocken. »Mutter hat gegen ihre Krankheit gekämpft. Ihre Kraft hat sogar dazu gereicht, mich durch die Schule zu bringen und von den Drogen fernzuhalten. Als ich das Pianospielen aufgegeben habe, hat sie mich dazu getrieben, einen traditionellen Beruf zu erlernen. So hab ich eine kaufmännische Lehre gemacht. Denn zur Polizeischule lassen sie dich nur mit abgeschlossener Berufsausbildung, und genau dorthin hatte ich gehen wollen. Mutter hatte sich vom ersten Moment an Sorgen um mich gemacht. Sie hatte nicht schlucken können, dass ich freiwillig Schritte hin zu Räubern, Vergewaltigern und Einbrechern machte. Sie ist noch während meiner Lehre gestorben.«

Palmer zog die Nase hoch.

»Es hat mir das Herz zerrissen, dass ich genau zu der Zeit auf einem Schulausflug war, als sie mich alleine zurückgelassen hat auf dieser Welt.« Sie blickte Richtung Himmel.

Er legte ihr seine Hand auf den Arm und vermied den Augenkontakt.

»Wie doch meine Mutter Schmetterlinge über alles geliebt hatte. Dann, mitten während des Beerdigungsgottesdienstes, ist ein bunter Schmetterling vom Altar empor und durch die Kirche gegaukelt. Und das im Herbst. Ich hatte den Glauben an Gott längst schon verloren, aber dieser Moment hat mich extrem tief getroffen.«

Er legte seine Arme um sie, drückte sie an sich und legte seine Stirn an ihre. Wortlos lagen beide eine Weile lang da. Nachdem er spürte, wie etwas Feuchtes vorne auf sein Hemd kullerte, drückte er sie noch fester. Als sie nichts mehr hinzufügte, war ihm, als schämte sie sich, geweint zu haben.

»Mutter war schlecht versichert«, fuhr sie fort. »Nur mit dem Allernötigsten, bei ihrem Job. Mein Lehrlingslohn hat für echte Hilfe nirgends hingereicht. An eine wirklich gute Therapie war nicht zu denken. Also hab ich mir Geld von Juli geliehen, um ihr wenigstens eine bessere Pflege zu ermöglichen. Zumindest hat dies ihre Leiden gelindert. Und genau das hält mir die Polizei jetzt vor. Die sagen, ich hätte einen Grund, Juli aus der Welt zu schaffen, um ihr meine Schulden nicht zurückzahlen zu müssen.«

Nun gelang es Palmer nicht mehr, ihre Tränen zurückzuhalten.

Alex legte ihr schützend seine Hand auf den Kopf. Die Wärme beruhigte sie. Dann streckte er seinen Arm aus und löschte die Flamme der Kerze mit zwei befeuchteten Fingern.

Er wollte in diesem Haus, wo alles aus Holz war, auf keinen Fall bei brennender Kerze einschlafen.

Mit müder Stimme sagte Palmer: »Es war schön, dir etwas über meine Mutter zu erzählen.« Und nach einigen Momenten ergänzte sie: »Ich bin froh, dass du hier bist. Ich wünschte, meine Mutter könnte auch hier sein.« Dann beruhigte sich ihr Atem. Sie drückte sich an ihn und murmelte: »Du bist der beste Freund, den ich je hatte.«

Zuerst dämmerte Palmer weg, später auch Alex.

Palmer erwachte mehrmals, aber nicht, weil es abkühlte, sondern weil sie es nicht gewohnt war, einen Mann neben sich zu haben, der sich im Schlaf bewegte.

Als sich die ersten Sonnenstrahlen vom See her auf Palmers Balkon stahlen, hatte er sich bereits vorsichtig aus der Hängematte geschält, um zwei Espressi zuzubereiten. Die gedämpften Küchengeräusche mussten sie geweckt haben.

Mit halb geöffnetem Auge erkannte sie, dass er ihr etwas aus der Küche brachte. Verschlafen blinzelte sie ihn an und sah dabei hinreißend aus.

»Du bringst mir ein Bier?«

»Es ist noch nicht mal acht Uhr morgens.«

»Dem Bier ist das egal«, sagte sie mit einem Augenzwinkern.

Er überreichte ihr den Espresso auf kleinem Teller mit Löffel und Zucker. Aber ihr war nicht nach Kaffee. Sie stellte alles auf den Gartentisch, zwängte sich aus der Hängematte, streckte sich durch und schritt in die Küche.

Als sie den Kühlschrank öffnete, hörte sie, wie er die Dusche aufdrehte. Sie knipste eine Dose auf, genehmigte sich mehrere Schlucke, gruppierte einige Früchte auf einem Teller und stellte Milch und Cornflakes auf die Arbeitsfläche. Für ihn, falls ihm nach Frühstücken war. Wo er Kaffee fand, wusste er ja.

Als er mit tropfenden Haaren und mit nackten Füßen durch die Tür ins Wohnzimmer trat, zog er mit dem Frotteegürtel

Palmers viel zu kleinen Bademantel grad noch rechtzeitig vor der Brust zusammen.

Palmer schob sich an ihm vorbei, um einen Ballen getragener Wäsche in die Waschmaschine zu stopfen und das Programm zu starten. Dann stellte sie sich selber unter die Dusche.

Er schaukelte gemächlich in der Hängematte, biss in einen Apfel und ließ sich mit geschlossenen Augen von der Morgensonne die Haare trocknen, während Palmer in engem T-Shirt und verwaschenen Jeans neben ihm stand und sich mit einem Tuch die Haare rubbelte.

»Hallo, mein Schwesterchen«, sagte er, als er sie erblickte.

Das klang sympathisch in ihren Ohren. Als kleines Mädchen hatte sie sich immer einen starken Bruder gewünscht. Schlagartig erkannte sie aber die Doppeldeutigkeit. Einem Schwesterchen fährt man vielleicht liebkosend über die Haare oder herzt es. Mehr aber nicht. Musste sie seine Bemerkung als Spott deuten? Wollte er ihr damit etwas ganz anderes sagen?

»Nenn mich nicht Schwesterchen«, sagte sie.

Ein Tropfen löste sich von den nassen Haaren und rann ihre Nase runter. Sie leckte ihn von der Oberlippe, während sie durchs Wohnzimmer zurück ins Bad stapfte. Dort roch es angenehm nach Wäscheveredler. Als Alex zu ihr schlurfte seufzte sie hörbar, denn sie machte Tränen in seinen Augen aus.

»War das zu viel für dich?«

»Ich versteh das nicht.« Er schniefte. »Solche Symptome zeigen sich eigentlich nur, wenn ich auf eine Katze treffe. Ich habe eine Katzenallergie«, sagte er mit leicht belegter Stimme.

Palmer wandte ihren Kopf ab und erklärte nichts. Sie wusste ja nicht mal selber, ob sie noch eine Katze hatte.

Aber sie spürte ein Kribbeln im Bauch und fragte sich, was dies zu bedeuten hatte.

Er fragte: »Aber du möchtest schon, dass ich noch etwas bleibe?«

»Hmja.«

»Und wenn ich jetzt trotzdem nach Hause gehe?«

»Dann setz ich alles daran, mir jetzt meinen Bademantel zurückzuholen.« Mit der einen Hand zog sie am Gurt, mit der andern streifte sie ihm den Bademantel von den Schultern, sodass er zu Boden glitt.

Alles, was er jetzt trug, war sein breitestes Lächeln. Einige Momente lang standen sie sich gegenüber und blickten sich tief in die Augen. Sie biss sich auf die Unterlippe und nickte fast unmerklich. Dann lehnte sie sich rückwärts an die Waschmaschine, legte ihm ihre warme Hand in den Nacken und zog ihn zu sich herunter. Alex schmiegte seine Wange an ihre, wobei seine rauen Stoppeln sie kitzelten. Seine weichen Lippen berührten ihre Wange, glitten sanft über die zarte Haut bis unterhalb des Ohrs, wo er sie auf den Hals küsste. Ihr Duft erinnerte ihn an Vanille. Er hörte, wie sich ihr Atem beschleunigte und spürte das wilde Hämmern seines eigenen Herzens. Sie öffnete ihren Mund und schloss die Augen. Er presste seine weichen Lippen auf ihre. Sie packte ihn und zog ihn zu sich heran.

Palmer genoss Alex' zärtliche Hände, wie sie sanft unter ihrem T-Shirt über ihren Rücken strichen, die Wirbelsäule rauf. Sie strich ihm mit den Fingern liebevoll durch die feuchten Haare, schob die andere Hand an seinen Hintern und packte zu. Sie war sich voll bewusst, was sie tat. Von draußen drang Vogelgezwitscher an Palmers Ohren und sie spürte, wie ein bleischweres Gewicht von ihrem Herzen fiel. Sie wusste nicht, ob sie ein solches Gefühl bisher schon mal gekannt hatte. Ihr war, als hätte sie sich nie besser gefühlt. Etwas in ihr sagte, sie wolle dies nicht verlieren.

Er strich ihr mit der Handfläche liebkosend über den Scheitel, ließ ihre Haare durch seine Finger gleiten.

Als Palmer spürte, wie Alex sich an ihrem Shirt zu schaffen machte, hob sie ihre Arme, und er streifte es ihr über den Kopf. Nun beugte er sich vor und sie küssten sich wieder. Er fasste sie um ihre Hüften und drückte sie an sich, war nun jedoch nicht mehr so behutsam wie zuvor. Erst nestelte er an ihrem Gurt herum, dann an der Jeans und sie hörte, wie die Zähne ihres Reißverschlusses ratschten. Die Hose saß so eng, dass sie um keinen Millimeter von selbst nach unten sank. Mit seinen kräftigen Händen streifte er sie nieder und erkannte, dass sie keinen Slip trug. Mit einem Mal hob er sie hoch und setzte sie vorne auf die Kante der angenehm warmen Waschmaschine.

Unvermittelt verblieben seine Hände auf halbem Weg zu anderen Körperstellen. Seine Augen verharrten reglos, als er das blutige Pflaster an ihrem Arm entdeckte. Zwischen seinen Brauen erschien eine kleine Falte. Palmer bemerkte sein Zögern, dachte aber nicht daran, ihn jetzt in Einzelheiten einzuweihen. Statt zu antworten, packte sie ihn mit beiden Händen in seinem Nacken.

»Chris, ich –«, hauchte Alex.

»Schsch …«

Sie strich mit ihren Fingernägeln über seinen Rücken, wollte ihn am ganzen Körper berühren, wollte ihn ganz spüren. Sie schlang ihre Beine um seine Hüften und zog ihn ganz nah zu sich heran. Sie glühte. Ihre Lippen bebten, sie bog sich zu ihm, ihr Kopf schlug zurück, als Palmer ein Klicken aus der Waschmaschine vernahm. Erst vibrierte sie zaghaft, um dann in ein Zittern zu wechseln, als sie ins Schleuderprogramm schaltete.

KAPITEL 31

Juli blieb einen Tag länger als geplant in Spitalpflege. Umso herzlicher war die Begrüßung zwischen den beiden Freundinnen am späteren Nachmittag, die nur wenige Worte, aber eine unendlich lange Umarmung dauerte.

»Setz dich auf den Balkon, bevor die Sonne um die Hausecke verschwindet. Genieße den Blick auf den See. Ich mach uns einen Macchiato«, sagte Palmer.

Juli war so abwesend, dass sie bloß Ja sagte, obwohl sie gar keine Lust auf Kaffee hatte. Sie wollte die Sonne auf ihrer Haut spüren. Als Palmer später auf den Balkon hinaustrat, machte sich eben ein Eichhörnchen auf einem Ast mit weißen Blüten davon, deren Namen Palmer nicht kannte. Das zarte Rascheln der Blätter war jedoch gut hörbar, sodass Juli die Augen öffnete und dem pelzigen Kerlchen nachblickte. Palmer überreichte ihr ohne Erklärungen ein volles Glas Multivitaminsaft. Die Milch im Kühlschrank hatte das Verbrauchsdatum längst überschritten. Palmer nippte vorsichtig am Saft in ihrem Glas, da auch der Saft angebrochen im Kühlschrank gestanden hatte. Aber noch bevor sie sich eine klare Meinung bildete, genehmigte sich Juli einen tiefen Schluck, schloss die Augen, drehte ihr Gesicht in die Sonne, hielt das Glas mit beiden Händen in ihrem Schoß umschlossen und sagte kein Wort. Sie genoss das wunderbare Gefühl, frei zu sein.

»Ich hab die Ärzte und den Kommissar angefleht, mich nach Hause zu lassen. Ich hab nicht gewollt, dass sie mich irgendwo verstecken. In meine eigene Wohnung zu gehen war alles, was ich wollte. Nach Hause. Ich kann mir nicht vorstellen, mich woanders *nicht* eingesperrt zu fühlen.« Traurig blickte sie wieder in ihren Saft. »Stocker hat mit all seinen Fragen genervt. Er hat es dann aber verstanden, mich zu beruhigen und mir zu erklären, weshalb es für mich zu Hause zu gefährlich ist. Erst muss die Polizei den Täter fassen. Ich wäre so lange meines Lebens nicht sicher, wie er frei rumläuft. Vielleicht plane er, mich als Hauptzeugin aus dem Weg zu schaffen.«

Beide schwiegen und lauschten dem aufgeregten Gezwitscher der Vögel.

»Ich lass dir ein heißes Bad ein. Das wird dir guttun«, sagte Palmer und trat in die Wohnung, begleitet von Juli, welche gleich damit begann, ihre Kleider abzulegen. Palmer beruhigte es, zu erkennen, wie frei sich Juli fühlte.

Juli zog dem Bad dann doch eine Dusche vor, welche aber über 30 Minuten dauerte. Sie seifte sich ein, schrubbte sich mit der Bürste, brauste sich ab, griff erneut zur Seife. Auch die Ohren ließ sie nicht aus. Aber sie kriegte weder die fremden Hände von ihrer Haut noch das ekelhafte Keuchen aus ihren Ohren. Auch nach nochmaligem Einseifen spürte sie klebrige Finger auf ihrer Haut und roch alten Schweiß und ranziges Maschinenöl. Keine Seife der Welt würde den Schmutz von ihrer Seele lösen. Unendlich lange blieb sie reglos unter der Dusche stehen und spürte, wie das Wasser kribbelnd über Gesicht und Körper perlte. Als sie sich atmen spürte, wurde sie sich bewusst, dass sie lebte. Daran wollte sie sich aufbauen. Der Verstand sagte ihr, jede Sekunde, die sie zurückschaute, sei vergeudete Zeit. Die Vergangenheit könne sie nicht ändern.

Sie begann, sich Mascara auf die Wimpern aufzutragen. Als sie aus dem Bad trat, hatte sie sich ein Frotteetuch zu einem Turban um den Kopf gebunden, obwohl die grob gekürzten Haare dies nicht mehr erforderten. Ein zweites, größeres Tuch war um den Körper gewickelt, über der Brust verschlossen. Sie zog sich die Trainingshose an, welche Palmer ihr hingelegt hatte, und streifte sich ein Sweatshirt sorgsam über, um sich die Augen nicht zu verschmieren. Als ihr Gesicht im Halsausschnitt erschien, blickte sie direkt in Palmers Augen.

»Geht's?«, fragte Palmer.

»Ich kann mich nicht von den Bildern lösen. Sie haben sich im Gedächtnis eingebrannt. Aber das wird schon«, antwortete Juli, brachte allerdings nur ein trauriges Lächeln zustande.

Palmer dachte, Juli würde auch ohne Make-up hübsch aussehen. Eine echte Schönheit halt. Und ein liebenswerter Mensch. Äußerlich sichtbare Zeichen der Entführung waren einzig die abgekauten Fingernägel und die abgeschorenen Haare. Aber hier würde sich Juli bestimmt etwas einfallen lassen.

Juli wirkte abwesend. Ein kleiner Teil ihrer Gedanken schwirrte auf dem Balkon umher, der größere Teil aber irgendwo dort draußen.

Palmer wusste aus ihrer damaligen Ausbildung, dass sich bei einer Vergewaltigung die ganze Existenz eines Opfers in ein Davor und ein Danach spaltete. Lebte die Betroffene vorher in einem romantischen Farbfilm, fand sie sich nachher meistens in einem kargen und gefühlskalten Schwarz-Weiß wieder.

»Weshalb tun Männer das?«, fragte Juli und schüttelte den Kopf.

»Wer soll schon wissen, was im Kopf eines Irren vor sich geht?«, antwortete Palmer. »Dein Herz ist gebrochen. Wie, denkst du, geht es jetzt weiter mit Gio?«

Juli zuckte mit den Schultern.

Sie war jetzt eine andere.

Vor der Entführung war für sie klar, dass sie und Gio zusammengehörten, auch wenn Palmer dies nie verstanden hatte.

Jetzt spürte Palmer, wie Juli sich fragte, zu wem sie ab heute gehörte.

Juli kämpfte um eine Antwort. Aber in Wirklichkeit konnte sie sich nicht vorstellen, wieder zu Gio zurückzukehren.

Palmer überlegte sich, ob Juli Bescheid wusste, dass sie bei ihm bloß eine von vielen war. Mindestens musste sie starke Vermutungen hegen. Palmer fragte sich, wie es möglich war, dass Juli keine Gewissheit haben wollte. Vielleicht, weil sie sich bereits sicher war? Palmer blickte auf und erkannte Wut und Trauer in Julis Augen.

Juli verbarg ihr Gesicht in den Händen. Ihre Schultern begannen zu zittern, als sie weinte. »Lange hab ich gedacht, all seine Frauengeschichten seien kein Problem für mich.« Julis Stimme versagte mehrmals beim Sprechen.

Palmer hörte still zu und bemühte sich, einen Kommentar zurückzuhalten.

»Ich weiß auch nicht, weshalb ich mich nicht von ihm hab lösen können.«

Palmer hegte eine starke Vermutung, behielt sie aber für sich.

Juli wischte sich mit dem Arm über die Wangen. »Eine Zeit lang haben mir esoterische Übungen geholfen.«

Palmer nickte, als verstünde sie. Sie fragte: »Stocker hat das Angebot gemacht, dich bei einem Psychologen anzumelden. Soll ich ihm dein Okay dafür geben?«

»Ich weiß gar nicht, ob ich krank bin oder nicht.« Juli lächelte, scheiterte jedoch kläglich, denn ihre Augen füllten sich erneut mit Tränen. Sie kippte ihren Kopf in den Nacken, blickte zur Decke und öffnete Mund und Augen weit, sodass die Tränen nicht rausquellen konnten, und sie die ganze Schminkarbeit nicht von vorne beginnen musste.

»Bitte lass es mich wissen, wenn ich etwas für dich tun kann«, bot ihr Palmer an. Denn ein schlechtes Gewissen beschlich sie.

Palmer erinnerte sich reumütig, wie sie vor gut einem Monat Juli beleidigt hatte, als diese ihr Herz ausgeschüttet und sich so richtig über das Modelgeschäft auslassen hatte. »Die behandeln uns wie Ware«, hatte Juli geklagt. »Keiner sieht dich als Mensch. Es zählt einzig dein Äußeres.« Palmer hatte zynisch gekontert: »Nun, vielleicht haben deine Kolleginnen und du bloß zu lange kein philosophisches Buch mehr veröffentlicht.« Juli hatte ihr dies extrem übel genommen. Palmer hatte damals keine Lust gehabt, sich zu entschuldigen, sodass sie sich seither nichts mehr zu sagen gehabt hatten. Nicht mal ein SMS. Dann war Juli verschwunden. Jetzt bot sich Palmer die Gelegenheit, und sie bat bei Juli um Verzeihung für ihre zynische Bemerkung von damals.

Palmer atmete tief durch. Sie betrachtete Juli, die sich auf das Sofa setzte, die Beine anzog, diese mit beiden Armen umschlang und den Kopf auf die Knie senkte.

Dann sagte Juli: »Ich bin froh, dass du meine Freundin bist.«

»Ich krieg den Kerl«, versicherte ihr Palmer.

Juli nickte stumm, wusste aber, dass sie nicht alleine in der Wohnung zurückbleiben wollte, wenn Palmer sich aufmachte, um nach ihm zu suchen. Vielleicht hatte der Kerl beobachtet, wie sie zu Palmer fuhr. Juli wurde übel beim Gedanken, dass das ganze Spiel von vorne beginnen könnte.

»Lass uns zusammen die ganze Wohnung absuchen, bevor ich gehe«, schlug Palmer vor. Denn sie hatte gespürt, dass sich Juli nicht sicher fühlte. »Nur damit du siehst, dass sich niemand versteckt hat. Zum Einkaufen muss ich auch.«

Juli setzte ein tapferes Lächeln auf und nickte, während sich beide erhoben. Sie strichen zusammen durch die Wohnung, aber da war niemand. Palmer hoffte, Juli würde sich, sobald die Sache vorbei war, wieder raus wagen, ohne es als Mutprobe zu empfinden, Lebensmittel einzukaufen oder spazieren zu gehen. Sie wünschte ihr, in den Nächten zukünftig nicht durch jedes geringste Geräusch aus dem Schlaf zu schrecken.

»Bitte sag Bescheid, wenn du irgendwas brauchst«, sagte Palmer. Nachdem sie aufgebrochen war, durchstreunte Juli rastlos die Wohnung. Hier putzte sie mit einem Lappen das bereits saubere Spülbecken aus. Dort richtete sie umgestürzte Stiefel auf und stellte sie in eine gerade Linie. Sie brühte sich einen frischen Espresso. Als sie die Tasse an die Lippen setzte, zuckte sie zusammen. Sie roch keinen Kaffee, sondern ihn. Ihr Magen verkrampfte sich und die Lust auf Kaffee war verflogen. Sie schüttete ihn weg. Sie ahnte, auch später würde sie besagte Gerüche nicht aus ihrer Nase kriegen. Denn sie hatten sich nicht in ihrer Jogginghose und dem Shirt festgehakt, sondern in den hintersten Winkeln ihrer Gedanken.

Juli ließ sich ein Bad ein. Während sie ihre Zehenspitzen betrachtete, die sie von gegenüber aus dem Schaum anguckten, fragte sie sich, ob sie je wieder ausgehen oder spazieren gehen würde, ohne Angst zu haben, ein widerlicher Kerl trete wie aus dem Nichts von hinten an sie ran und packe sie. Sie schloss ihre Augen und bemühte sich, ihren schnellen Atem zu kontrollieren. Die Wärme auf ihrer Haut beruhigte sie, sie nickte ein.

Erschreckt fuhr sie hoch. Ein leises Knacken. Ihre Augen suchten das Badzimmer ab, fanden jedoch nichts. Dann entdeckte sie ein Rotkehlchen auf dem Fenstersims, das sich an einigen ausgestreuten Körnchen gütlich tat. Um es besser zu beobachten, schob sie sich in der Wanne sachte näher. Das Tierchen erschreckte sich und flog auf und davon. Juli lächelte. Frei wie ein Vogel.

Sie vernahm Schritte im Haus. Sie setzte sich in der Wanne kerzengerade auf. Unten war jemand. Stieg er die Treppe hoch? Sie horchte angestrengt, was sich als Nächstes tat. Aber sie konnte nichts mehr hören. Nach einigen Minuten wagte sie sich geräuschlos aus dem Wasser. Sie trocknete sich vorsichtig und leise ab, dann schlich sie zur offenstehenden Tür. Ihr Herz klopfte bis zum Hals. Sie spähte mit einem Auge in den Flur hinaus. Nichts. Sie redete sich Mut zu, jemand vom Ruderclub habe bloß kurz unten im Bootslager vorbeigeschaut.

Sie atmete tief durch.

Bevor sie sich im Wohnzimmer hinlegte, schloss sie die Balkontür und alle Fenster. Obwohl es draußen taghell war, schaltete sie alle Lichter in der Wohnung ein. Es sollte so aussehen, als hielten sich mehrere Leute in der Wohnung auf.

Ihr Handy hatte sie ausgeschaltet. Ein Anruf ihres Vaters wäre okay gewesen. Sie getraute sich jedoch nicht, Anrufe entgegenzunehmen, weil sie nicht sicher sein konnte, dass nicht ihre Mutter dran war. Und von Gio hätte sie mehr gebraucht als einen Anruf. Er hatte jedoch nur eine Nachricht auf der Mailbox hinterlassen und bedauert, zu dringenden Geschäften nach Hamburg fliegen zu müssen.

Juli kauerte sich ins Sofa und rieb sich mit dem Handrücken Tränen von den Wangen. Sie wollte jetzt nicht weinen, aber sie wusste nicht, was sie tun konnte, damit es ihr besser ging. Mit Daumen und Zeigefinger drückte sie sich den Nasenrücken, um weitere Tränen am Austreten zu hindern. Sie packte Kissen und Decke und schlich in Palmers Ankleidezimmer. Dort zog sie die mobile Garderobenstange mit den langen Kleidern etwas von der Wand weg und bettete sich dahinter auf den Boden. Dort würde sie niemand finden. Hoffte sie zumindest. Aber die Angst vor einer finsteren Gestalt wollte sich auch dort nicht verflüchtigen, im Gegenteil, sie wurde sogar noch schlimmer.

Die dauernde Anstrengung machte sie zwar hundemüde, das Adrenalin im Blut ließ sie trotzdem keinen Schlaf finden.

Als sie hörte, wie jemand die Treppe heraufstieg, wuchs ihre Panik ins Unermessliche. Sie schluchzte laut. Sie igelte sich ein und heulte los. Als sie eine Hand auf ihrer Schulter fühlte, warf sie die Arme um sich und schrie sich die Seele aus dem Leib.

KAPITEL 32

»Ist gut, Kleines.«

Juli spürte eine Hand, die sachte über ihren Kopf strich.

»Ich hab doch zumindest etwas einkaufen müssen fürs Abendessen und Frühstück morgen.«

Palmer hatte Juli im Ankleidezimmer hinter dem Kleiderständer gefunden. Sie hatte sich auf das Parkett gesetzt und drückte Juli fest an sich, trotzdem dauerte es lange, bis sie sich beruhigte. Auch die Nachricht von Palmer, vor dem Haus habe sich eine Polizeistreife postiert, half nicht wirklich weiter.

In dieser Nacht schliefen Juli und Palmer im gleichen Bett.

Mitten im Sommer war es in dieser Wohnung unerträglich heiß, direkt unter dem nur spärlich isolierten Dach. Normalerweise hielt Palmer Tag und Nacht die Fenster geöffnet, was jedoch die Temperatur im Innern nicht senkte, da sie der Hitze ermöglichte, einzudringen. Aber zumindest verschaffte ihr dies das Gefühl, alles getan zu haben für eine Abkühlung. Jetzt aber hielt Palmer alle Fenster geschlossen, damit Juli sich sicherer fühlte.

Palmer fand keinen Schlaf und beobachtete seit Minuten Juli, die tief schlummerte. Schließlich gelang es ihr, sich so sachte aus dem Bett zu wälzen, dass Juli nicht erwachte. Sie öffnete die Fensterflügel, schlurfte in die Küche, direkt zum Kühlschrank, um sich dort etwas Erfrischendes zu holen. Die Tür hielt sie offen, blickte gedankenverloren in den surrenden Kasten und genoss die Kühle, welche sich auf ihre nackten Füße ergoss. Palmer versetzte der Tür einen sanften Stoß und war bereits auf dem Weg zurück ins Bett, als sie das mampfende Geräusch des sich schließenden Kühlschranks vernahm. Im Schlafzimmer verriegelte sie das Fenster, denn für diese

Nacht war ein Sturm angesagt. Dann zog sie den Vorhang zu und legte sich aufs Bett. Obwohl die Schwüle noch nicht abgenommen hatte, schlief sie nach wenigen Minuten ein.

In der Nacht zog Regen über Luzern. Was zuerst mit sachten Tropfen begann, schwoll stetig an. Als Böen am Haus zerrten und es wütend auf das Wellblechdach des Schuppens unter Palmers Schlafzimmerfenster prasselte, ganz als klopfe jemand, damit man ihn hereinließ, erwachte sie zum ersten Mal. Als später die Regentropfen laut an der Fensterscheibe zerbarsten, wurde sie hellwach, sodass sie ans Fenster trat und den Vorhang zur Seite schob. Sie wollte allerdings das Fenster erst öffnen, wenn der Regen nachgelassen hatte. Sie wünschte sich endlich frische Luft im Zimmer, sie wollte den kühlenden Effekt auf ihrer Haut genießen. Während sie gedankenverloren die platzenden Tropfen beobachtete, fragte sie sich, wie sich Juli wohl morgen fühlen würde.

Sie musste ihre Suche nach Jürg Fricker wieder aufnehmen. Stocker hatte recht, Juli war so lange in Gefahr, bis man diesen Schweinehund fasste. Aber jetzt, wo Juli frei war, war sich Palmer nicht sicher, als wie dringlich die Polizei die Suche nach dem Entführer noch einstufte.

Sie wüsste schon, was zu tun wäre.

Palmer legte sich sachte ins Bett, um Juli nicht zu wecken, verschränkte die Arme über der Stirn, schloss die Augen und überlegte, wie sie vorgehen wollte.

Sie legte für Juli eine Notiz mit ihren Plänen für den Tag auf den Küchentisch. Als sie das Haus in der Morgendämmerung verließ, regnete es nicht mehr, aber die Bäume trieften noch. Alles wirkte wie glanzlackiert. Ihr gefiel das Bild, wie sich alles auf dem schwarzen Asphalt spiegelte. So schien der Baum gegenüber heute nicht nur in den Morgenhimmel, sondern gleichzeitig auch kopfüber nach unten in den Boden hineinzuwachsen. Die Blätter zitterten in der Kühle. Dunkle Wolken wälzten sich über den Himmel und Palmer ersehnte sich, der Sommer möge noch etliche Tage im Kampf gegen den Herbst bestehen und erschrak, als sie auf dem Gehsteig auf das erste verwelkte Blatt eines Kastanienbaums trat. Sie wollte es mit einem Fußtritt zur Seite kicken, aber der Regen hatte es auf dem Boden festgeklebt, ganz als wollte jemand trotzig zeigen, dass sich der herannahende Herbst nicht vertreiben lasse.

Als sie die Tür ihres Wagens ins Schloss zog, fragte sich Palmer, ob Jürg Fricker jetzt, wo er wusste, dass die Polizei seine Identität kannte, das Risiko einging, seine Wohnung oder seine Mutter zu besuchen. Er musste davon ausgehen, dass beide Orte überwacht wurden. Nein, er würde sich hüten. Deshalb kannte Palmer ihre Aufgabe. Frickers Mutter hatte erwähnt, sie besuche ihn täglich. Es müsste sich also lohnen, sie im Auge zu behalten.

Palmer blickte sich um, suchte nach einem Polizisten, der die Szene überwachte. Die Straße und alle parkierten Wagen waren leer, nirgendwo erkannte sie aufmerksame Augen. Palmer drückte sich in einen dunklen Hauseingang an der Gibraltarstraße, schräg gegenüber der Adresse, an welcher Jürg Frickers Mutter wohnte. Falls jemand käme, täte sie so, als würde sie eine der vielen Klingeln drücken, egal, wie belämmert das um diese frühe Uhrzeit aussah. Mit eingezogenen Schultern und die Fäuste in die Taschen ihrer Sommerjacke gestemmt, versuchte sie die Kühle fernzuhalten. Eigentlich hätte sie zu Hause gerne noch gefrühstückt. Aber kaum aus der Dusche, hatte sie sich zügig angezogen und war losgeeilt. Sie wollte auf keinen Fall den Zeitpunkt verpassen, wenn Frickers Mutter das Haus verließ, falls sie's denn überhaupt tat. Nun stand sie bereits seit fast zwei Stunden hier und verfluchte sich, nicht wenigstens einen Kaffee runtergestürzt zu haben, als sich die beobachtete Haustür öffnete. Eine ältere Dame in dunkelgrünem Mantel huschte raus und verriegelte die Haustür. Sie schaute verstohlen nach links, dann nach rechts, die

Straße rauf und runter. Für einen Sekundenbruchteil schweifte ihr Blick über den Hauseingang gegenüber, in welchen sich Palmer drückte.

Palmers Herz setzte einen Schlag aus. Sie unterdrückte sogar das Atmen, während sie hoffte, die Dame hätte sie nicht entdeckt.

Eilig marschierte Frickers Mutter den Gehweg runter, während sie eine prall gefüllte Einkaufstasche schleppte, die so schwer war, dass sie ihren Oberkörper zur Seite neigte und den freien Arm zum Ausbalancieren schwenkte.

War dies tatsächlich Jürg Frickers Mutter? Palmer hatte keine Ahnung. Es hätte auch irgendwer anders aus dem Haus sein können. Palmer ärgerte sich, nicht notiert zu haben, welche anderen Namen an den Hausklingeln oder Briefkästen prangten. Dann hätte sie bei einer nächsten Wartezeit zumindest nach Portraitfotos googeln können. Nun schob sie den Kopf langsam vor und spionierte mit einem Auge um die Ecke des Hauseingangs, um zu erkennen, wohin die Frau hastete. Dann folgte sie ihr. Aber bereits nach einigen eiligen Schritten hielt sie aufgeschreckt inne. Palmer hätte sich ohrfeigen können, heute nicht Turnschuhe mit leisen Gummisohlen angezogen zu haben. Sie hoffte, Frickers Mutter habe das laute Klacken der Absätze ihrer Lederstiefel auf dem Asphalt nicht gehört. Möglichst leise tappte sie zurück zum Hauseingang und wartete einige Sekunden. Schließlich folgte sie der Dame mit einem kleinen Spurt, nachdem diese weiter vorne in eine Querstraße abgebogen war. Dann hielt sie sich in sicherem Abstand, falls Frickers Mutter um sich blicken sollte. Gleichzeitig war Palmer gut darauf bedacht, sich nicht abhängen zu lassen.

Völlig ungewohnt litt sie jetzt unter einem krampfartigen, stechenden Schmerz unterhalb der Rippen. Die aufkommende Panik musste sie dazu verführt haben, beim Rennen ungleichmässig zu atmen. Zur Seite gebeugt verringerte sie ihr Tempo.

Als Palmer erkannte, dass die Dame an der Haltestelle stehen geblieben war, um vermutlich den nächsten Bus zu besteigen, überlegte sie eilig, wie sie nun vorzugehen hatte. Sie wollte kein Risiko eingehen, von einem Kontrolleur ohne gültige Fahrkarte erwischt zu werden und die Aufmerksamkeit aller Passagiere auf sich zu lenken. Noch im strammen Schritt führte Palmer eine Hand in ihre Umhängetasche und fischte sich zwei größere Münzen aus der Börse. Als die Dame den Bus der Linie 2 bestieg, rannte Palmer zum Automaten und warf das Geld ein. Die Maschine ratterte. Palmer ärgerte sich, zu lange warten zu müssen. Der Bus hätte jederzeit ohne sie losfahren können. Mit der Fahrkarte in der Hand sprang sie in den Bus, kurz bevor die Türen zuklappten. Sie stellte sich neben den Eingang. Der Bus war so prallvoll, dass sie die Dame nicht erspähte. Das war insofern gut, als dann umgekehrt auch Frickers Mutter sie nicht sehen konnte. Möglicherweise hätte sie mit genügend Rücksichtslosigkeit im überfüllten Wagen sogar einen Sitzplatz gefunden. Sie wollte jedoch bei der Tür ausharren, um bei jedem Zwischenhalt ein Auge auf alle Leute zu haben, die den Bus verließen.

Zuallererst musste Palmer nun wieder zu Atem kommen, derweil der Bus Richtung Bahnhof ruckelte. Sie lehnte sich mit dem Rücken gegen eine Stange und versuchte, sich zu beruhigen. Aber irgendwie wollte in ihr nicht das Gefühl aufkeimen, dieser Spurt habe sich gelohnt.

Die Anspannung stieg bei jedem Halt, denn wenn die Türen auseinanderklappten, entstand wegen der vielen Passagiere ein Gedränge auf dem Gehsteig, sodass Palmer unmöglich sicher sein konnte, die Frau nicht aus den Augen verloren zu haben. Aber sie entschied sich, drin zu verharren, bis sie Frau Fricker aussteigen sah. Als der Bus am Bahnhof zum Stillstand kam und sich alle Türen öffneten, sprang Palmer als Erste raus. War sie ihr nicht doch vorher entwischt, musste Frickers Mutter jetzt den Bus verlassen, da hier Endstation war. Palmer stellte sich mitten auf den Gehweg und tat so, als lese sie eine Notiz. Mit flinken Blicken aus den Augenwinkeln musterte sie die Leute, die gemessenen Schrittes an ihr vorbei in den Bahnhof marschierten, suchte aber auch jene Menge ab, die sich in eine andere Richtung davonmachte. Nicht Wenige brachten mit strenger Mimik zum Ausdruck, was sie von Palmers Innehalten an diesem Ort hielten. Als der Passantenstrom abflaute, ohne dass Palmer die Dame wieder entdeckt hatte, ballte sie die Hände so stark zu Fäusten, dass die Fingernägel halbkreisförmige Abdrücke in die Handflächen zeichneten. Sie hatte auf das falsche Pferd gesetzt. Palmer verfluchte immer noch ihr dilettantisches Vorgehen, als der dunkelgrüne Mantel auftauchte. Palmer drehte sich langsam um die eigene Achse, bis sie in Laufrichtung der Frau blickte. Erst als diese an ihr vorüber geschritten war, atmete Palmer wieder aus.

Palmer durfte sie nicht entwischen lassen.

Sie folgte ihr in den Bahnhof. Allerdings führte sie der Weg nicht zu den Zügen, sondern zum Kiosk. Hier suchte sie alle Reihen der Magazine ab, um sich dann am Kopf zu kratzen und nochmals von vorne zu beginnen. Nachdem sie nochmals alle Magazine durchgesehen hatte, beugte sie sich zur Verkäuferin und fragte etwas. Die Verkäuferin antwortete sichtlich genervt, da sie eben dabei war, andere Kunden zu bedienen, die sich in die Reihe gestellt hatten. Ohne etwas zu kaufen, eilte die Dame aus dem Kiosk, stellte sich auf die Rolltreppe und fuhr ins Untergeschoss. Auch hier betrat sie den Kiosk, suchte die Magazine ab und verließ ihn nach einer Frage an die Verkäuferin, welche bloß den Kopf schüttelte. Sie fuhr wieder hoch, trat Richtung Vorplatz aus dem Bahnhof und hastete Richtung Bushaltestellen. Als sie stehen blieb und sich umblickte, hielt auch Palmer inne und tat, als betrachte sie die Skulpturen oben auf dem alten Bahnhofsportal.

Das war knapp.

Als die Dame wieder losmarschierte, ließ ihr Palmer etwas

größeren Vorsprung und stieß prompt mit einem Mädchen zusammen, das im Gehen eine SMS schrieb. Dies reichte, um Frickers Mutter aus den Augen zu verlieren. Panisch suchte sie die verschiedenen Gehsteige ab, welche vom Bahnhof wegführten. Kurz bevor sie sich auf gut Glück für einen davon entschied, entdeckte sie den grünen Mantel.

Frau Fricker überquerte eine Straße und schritt eilig an der Häuserfront entlang.

Gerade als sich auch Palmer in Bewegung setzte, spürte sie einen kräftigen Griff auf ihrer Schulter. Blitzschnell versuchte sie, sich aus der stahlharten Umklammerung zu lösen. Da hatte aber der bullige, ganz in eine schwarze Uniform gekleidete Kerl einer privaten Überwachungsfirma sie bereits mit der andern Hand am Arm gepackt. Diesem Schraubstock vermochte sie sich nicht zu entwinden.

»Was verfolgst du diese alte Dame? Willst sie wohl ausnehmen, verdammter Junkie.«

»Lass mich los. Die Frau ist in ein Verbrechen verwickelt«, entgegnete Palmer und schüttelte sich.

Aber ohne Erfolg.

»Du willst die Welt retten?« Er lachte und drückte noch fester zu. »Du bleibst schön stehen und guckst mir in die Augen. Und wenn die gute Dame außer Sichtweite ist, warten wir noch einige Augenblicke, dann lass ich dich ziehen, aber schön in die entgegengesetzte Richtung.«

Er hielt sein Wort. Palmer ließ er erst nach zwei Minuten gehen.

»Jetzt hab ich sie verloren, du Kacknase«, war Palmers einziger Kommentar, den sie ihm an den Kopf warf. Sie schlenderte einige Meter in die befohlene Richtung, um dann einen Bogen zu schlagen, loszuspurten und die Verfolgung wieder aufzunehmen.

Palmer rannte Frickers Mutter hinterher, entdeckte sie jedoch nirgends. Sie hatte die Spur verloren. Ihre Augen verengten sich zu Schlitzen. Palmer lehnte sich schlapp mit dem Rücken an eine Hauswand und versuchte, sich zu beruhigen. Die ganze Beschattung war ein einziger Reinfall.

Entnervt ließ sie sich nochmals durch den Kopf gehen, was sie heute beobachtet hatte, kam jedoch auf keinen brauchbaren Hinweis. Sie wickelte einen Kaugummi aus dem Papier und schob ihn in den Mund.

Zurück zu Jürg Fricker.

In Gedanken malte sie sich aus, wie er sich in einem dunklen Loch verkrümelte und sich langweilte, mit dem einzigen Zweck, dass ihn niemand fand oder auf ihn aufmerksam wurde. Sie überlegte sich, wovon einer träumte, wenn er in einem Versteck Däumchen drehte.

Vielleicht möchte er das tun, was er in seiner Freizeit am liebsten tat. Immerhin ein gedanklicher Ansatz. Sie ließ all die Eindrücke, die sie in Jürg Frickers Wohnung gesammelt hatte, einzeln wie ein Dia nach dem andern vor ihrem geistigen Auge aufleuchten. Seine Bleibe war ziemlich trostlos. Sie erinnerte sich an keine Fanbekundungen für Fußball oder Hockey. Hanteln oder andere Fitnessgeräte hatte sie nirgends entdeckt. An eine Bücherwand konnte sie sich nicht erinnern. Auch nicht an Autozeitschriften. Mit einem Mal bearbeitete sie den Kaugummi heftiger. Jetzt hätte er alle Zeit der Welt, sich dem zu widmen, was er neben seinem Klubtisch auf dem Boden stapelte. Uhrmacher-Magazine.

In ihrem Kopf reifte eine Idee. Hierzu musste sie allerdings den exakten Namen des Magazins kennen. Wie war der doch gleich? Sie kniff die Augen zusammen und grübelte. Ihr Puls raste. Sie wühlte in ihrer Tasche. Sie kramte den zerknüllten Wisch hervor. Die Nummer für den neuen Job, welche sie von Alex hatte. Sie hatte diese auf die erstbeste Zeitschrift gekritzelt und sich die Frontseite rausgerissen. *Watchmaker*.

Würde Fricker so blöd sein und sich die alten Nummern aus der Wohnung holen? Würde er das Risiko eingehen, dabei geschnappt zu werden? War er gescheit genug, um sich auszudenken, dass die Polizei seine Wohnung überwachte? Falls ja, besorgte er sich das Magazin vielleicht anderswo. Angenommen er mochte sich das Magazin nicht monatlich am Kiosk holen, hatte er womöglich ein Abo. Könnte doch sein, dass er dieses Abo nun umleitete an seine Fluchtadresse. Eilig zerrte sie den Laptop aus der Umhängetasche und googelte *Watchmaker*.

Nach vier Klicks hatte sie die Nummer des Abonnementdienstes und wählte.

»Guten Tag, äh …, hier spricht Frau Fricker. Wir sind umgezogen von Luzern nach Hochdorf. Darf ich Sie fragen, ob mein Mann diese Adressänderung bereits bekannt gegeben hat?« Nur einige Sekunden später: »Nicht? Das erstaunt mich jetzt. Aber lassen Sie mal, ich will ihm nicht dazwischenfunken. Er wird sich selber darum kümmern.«

Palmer griff sich kräftig ins Haar. Wieder ein Schlag ins Wasser. Dann aber zog sie die Augenbrauen in die Stirn. Was, wenn er sich die Zeitschrift am Kiosk besorgt? Sie googelte nochmals *Watchmaker*, wählte diesmal aber den Verlag.

»Wann bitte erscheint Ihre nächste Ausgabe am Kiosk? Morgen? Dankeschön.« Als sie bereits auflegen wollte, schoss ihr noch ein Gedanke durch den Kopf. »Ach, an welchen Kiosken finde ich den *Watchmaker* morgen? … in Luzern … Sind Sie sicher? Nur an allen großen Bahnhofkiosken?« Palmer schnaubte, als sie die Verbindung unterbrach. Ihr war klar, dass sie morgen nochmals in aller Früh den Kiosk am Bahnhof zu beschatten hatte, um mit etwas Glück Fricker zu sichten. Die Zeitschrift sei halt extrem spezialisiert, hatte die Dame vom Verlag gemeint, nur Uhrenliebhaber kauften sie sich. Trotzdem spürte Palmer, wie es in ihrem Bauch kribbelte. Endlich hatte sie etwas Greifbares und sogar einen fixen Plan. Sie wollte sich morgen als Reisende getarnt im Bahnhof einrichten und alle Käufer des *Watchmakers* im Auge behalten. Morgen, das spürte Palmer, würde sie den Schweinehund fassen.

Ihr Handy vibrierte.

Wer mochte das sein?

Juli bat Palmer, so bald als möglich nach Hause kommen. Palmer erklärte Juli, was sie morgen plante. Aber Juli heulte los und ließ sich nicht beruhigen. Die Angst saß zu tief in ihren Knochen.

Palmer biss sich auf die Unterlippe. Würde sie morgen Juli alleinlassen können, um den Kerl am Kiosk zu überwältigen? Sie überlegte.

Palmer schüttelte den Kopf.

Sie wählte die Hauptnummer der Polizei. Stocker war nicht erreichbar. Also erklärte sie dem Diensthabenden ihre Idee und bat ihn, er möge sich doch bitte mit seinen Leuten auf die Lauer legen. Entweder hole sich Jürg Fricker persönlich die Zeitschrift, oder seine Mutter tue dies und bringe sie ihm anschließend in seinen Unterschlupf, sodass sie Jürg Fricker festnehmen können. Als sie Frickers Namen aussprach, verzog sie angeekelt das Gesicht.

Sie hörte in der Stimme des Wachhabenden, dass er lächelte, als er ihr versicherte, gleich morgen früh als Erstes alle Ganoven von ganz Luzern am Kiosk zu verhaften. Als Palmer auflegte, war sie hin- und hergerissen. Sie fasste aber den Entschluss, Juli beizustehen. Für Fricker müsste sie die nächste Gelegenheit abwarten.

Obwohl bereits das Radio lief, wachte Palmer erst vom Geräusch der Espressomaschine auf. Noch während sie sich verwundert die Augen rieb, betrat Juli das Schlafzimmer. Sie lächelte, aber Palmer ahnte, dass Juli keine Sekunde geschlafen hatte. Die zwei betteten sich nebeneinander an die Rückwand, zogen die Decke über die Knie und nippten am Kaffee. Mit einem Mal fuhr Juli hoch, sodass ein Teil des Espressos über die Tasse schwappte, während sie seitwärts zum Radio griff und es lauter stellte. Der Sprecher war jedoch bereits wieder verstummt und es erklang Musik. Juli sprang aus dem Bett, eilte ins Wohnzimmer und suchte hektisch nach der Fernbedienung. Überrascht war ihr Palmer gefolgt. Nun starrten beide wie gebannt auf den Bildschirm.

»Mutmaßlicher Entführer des Models Julia von Moos gefasst«, war der Einblender bei Tele 1. Gezeigt wurden drei Einsatzfahrzeuge der Polizei, wie sie mit Blaulicht durch die Straßen von Luzern preschten. Eine Stimme aus dem Off erklärte: »Heute morgen hat die Polizei am Bahnhof von Luzern den Entführer des bekannten Fotomodels Juli von Moos verhaftet. Die Polizei hat verlauten lassen, noch im Laufe des Vormittags anlässlich einer außerordentlichen Pressekonferenz Einzelheiten bekannt zu geben. Tele 1 bleibt für Sie dran.«

Palmer fasste nach Julis Hand, während Juli Tränen über die Wangen kullerten.

Palmer ließ ihr einige Minuten.

Als Juli die letzten Tropfen weggeschnieft hatte, sagte sie: »Der Schweinehund sitzt. Ich brauche mich nicht mehr vor ihm zu fürchten. Danke, dass du bei mir geblieben bist.«

Sie fühlte sich sicher. Zumindest für den Augenblick.

KAPITEL 33

Die Zeitungen waren voll davon. »J. F. (28) aus L.« war der Hauptverdächtige. Ihn als Entführer zu bezeichnen, würden die Medien erst nach einer Verurteilung wagen, was aber schließlich nur eine Frage der Zeit war, denn Julia von Moos gab sich fest entschlossen, vor Gericht gegen ihn auszusagen.

Bei Jürg Fricker sah dies anders aus. Dieser steckte in Untersuchungshaft und schwieg. Die beiden Verhöre am ersten Tag mussten ergebnislos abgebrochen werden. Die Medien waren jedoch auch so zufrieden. Denn für den ersten Tag reichten Meldungen und Hintergründe zur Verhaftung. Seine Verschwiegenheit bot die Möglichkeit, dem Publikum auch in den folgenden Tagen immer wieder neue Mutmaßungen aufzutischen. Dazu interviewten die Journalisten Frickers Umfeld und ließen Nachbarn und Lehrer zu Wort kommen. In Großaufnahme wurde sein Wohnhaus abgebildet, aber auch das Gefängnis, in welchem man ihn als Untersuchungshäftling festhielt. Genüsslich brachte man einen Neuaufguss der Schlagzeilen vom Eröffnungstag der Haftanstalt Grosshof in Kriens. Damals wurden die schweren Jungs von andern Gefängnissen frisch in ihre brandneue Bleibe überstellt, alles topmodern, gebaut nach neusten Erkenntnissen. Die Architekten hatten sich was Besonderes einfallen lassen und fügten damit der Idee der Wiedereingliederung in die Gesellschaft einen ganz neuen Farbtupfer hinzu. Zur Verschönerung hatten sie einen Baum neben die Mauer des riesigen Gefängnishofs pflanzen lassen. Diese Chance nutzte einer der Insassen sofort, kletterte noch am Eröffnungstag rauf und sprang in die Freiheit. Völlig unbemerkt, denn der Baum stand in einem Bereich, welchen die Überwachungskameras nicht erfassten.

Jürg Frickers zweiter Tag in seiner neuen Unterkunft begann weniger aufsehenerregend. Das Spektakel kam erst später. Er hatte unerwartet gut geschlafen, als man ihn um sechs Uhr in der Früh weckte. Zuerst ging's zum Duschen, dann gab's Frühstück. Auf acht Uhr war das nächste Verhör angesetzt. Aber auch diesmal blieb er einsilbig, bestätigte einzig seine

Personalien. Um zehn Uhr gewährte man ihm eine Pause und führte ihn zum Hof, damit er sich auf dem Fußballrasen die Füße vertreten konnte.

Nach einigen wenigen Schritten sank er unvermittelt in sich zusammen und stürzte nieder.

Der Beamte, der ihn begleitete, erklärte später, es sei alles blitzschnell gegangen. Und er habe beides absolut gleichzeitig wahrgenommen. Den ohrenbetäubenden Knall und wie Fricker zu Boden sackte. Er habe einige Sekunden gebraucht, um seine Gedanken zu ordnen. Dann sei er hingeeilt, habe Fricker unter die Arme gegriffen und ihn eiligst vom offenen Feld weggezerrt, ins Gebäude hinein.

Die Medien überschlugen sich in Spekulationen, allen voran die Zeitung mit den größten Buchstaben.

Wer hatte Fricker abgeknallt? War's Rache eines Verwandten oder Freundes der Entführten?

Man fragte sich auch, auf wie viel Glück im Unglück ein Untersuchungshäftling zählen durfte. Zwar hatte er einen Kopfschuss abgekriegt, aber er lebte. Er lag im Koma, sein Zustand war sehr ernst. Aber immerhin – er lebte. Die Zeitungen befragten Fachleute, wie groß die Wahrscheinlichkeit sei, dass er wieder zu sich käme. Waffenexperten kamen zu Wort und meinten, bei der Tatwaffe könnte es sich um ein Schweizer Sturmgewehr handeln. Somit käme fast jeder Schweizer als Täter in Frage, denn kaum einer, der nicht ein solches Präzisionsgewehr zu Hause im Schrank stehen hatte. Eine Zeitung brachte ein Foto von der Stelle, von welcher aus der Schütze abgedrückt haben musste. Ein Journalist war auf genau jenen Baum zwischen Autobahn und Gefängnis geklettert, von welchem man tatsächlich uneingeschränkte Sicht auf fast den gesamten Fußballplatz des Gefängnishofs hatte.

Niemand hätte je im Traum daran gedacht, dass diese Geschichte noch in einer Katastrophe enden würde.

KAPITEL 34

Alex saß an seinem Schreibtisch und tippte auf der Tastatur seines Computers, als sein Handy klingelte.

»Kannst du dir morgen eine Stunde Zeit nehmen für mich?«, fragte Palmer.

»Für ein heißes Spielchen?« Er lächelte.

»Quatsch, ich muss was mit dir bereden.«

»Dann muss ich zuerst meine Agenda checken.«

Sie hörte, wie er am Handy rumdrückte und dann sagte: »Kleines Späßchen. Aber im Ernst: morgen Abend? Ich koche für dich. Du kommst zu mir.«

Sie knurrte etwas Unverständliches ins Telefon.

»Das hört sich nicht besonders vielversprechend an«, meinte Alex. Da er aber bester Laune war, fügte er hinzu: »Aber das wird schon. Du brauchst dir bloß einen Ruck zu geben. Sonst verschieben wir das besser.«

»Gibt's was vom Grill?«

Alex wohnte am Löwenplatz, in einem unscheinbaren Neubau direkt hinter dem Bourbaki-Panorama. Mit dem Aufzug fuhr Palmer direkt in seine Wohnung, etwas, wovon sie als Kind immer geträumt hatte. Nie hätte sie von der Straße her geahnt, welche Aussicht er genoss. Nach freudiger Begrüßung stand sie neben dem Sofa und bewunderte durch die riesige Glasfront den freien Blick auf den Pilatus, diesen harmonisch symmetrischen Berg mit seinen sanften Wölbungen, der Luzern seine majestätische Krone aufsetzt. Am heutigen Abend aber türmten sich gewaltige Wolkenberge über seiner Spitze auf und durchstachen den ansonsten atemberaubend blauen Himmel. Palmers Respekt vor dem bedrohlichen Naturschauspiel hätte nicht größer sein können, denn sie wusste um die unbändige Gewalt, die von einem Gewitter ausging. Ein Gefühl von Ehrfurcht stieg in Palmer auf, das sie nicht hätte in Worte fassen können.

»Toll hast du's hier.« Ihr Blick glitt über das geölte Parkett, das sich über die Böden der ganzen Wohnung zog, sogar in Bad, Toilette und Küche. Diese war riesig und bildete das freistehende Zentrum der Wohnung. Das Apartment war sparsam möbliert, aber alles ausgesucht edel.

»Wie war's gestern?«, fragte Alex, als Palmer das riesige Portrait des Fotokünstlers Silvan Bucher betrachtete.

Am Vortag hatte Palmer am Telefon durchblicken lassen, dass sie dringend einen Broterwerb brauchte, obwohl sie auf Alex' ersten Versuch einer Jobvermittlung nicht geantwortet hatte. Er hatte nur gesagt, er rufe in einigen Minuten zurück. Und tatsächlich, nach einigen Anrufen in seinem Netzwerk konnte er ihr vermelden, wo sie sich am gleichen Nachmittag vorstellen konnte. Sie ließ sich die Arbeit kurz beschreiben und war sich danach nicht sicher, ob dies etwas für sie sei. Alex konnte sie jedoch überzeugen, trotzdem hinzugehen.

»Hat nicht geklappt beim Job-Gespräch«, sagte Palmer.

»Was ist schiefgegangen?«

»Der Direktor hatte sich in der Zwischenzeit in der Personalabteilung mein Dossier beschafft. Ich hab dir erzählt, dass ich vor vielen Jahren in dieser Firma die Lehre absolviert hatte als kaufmännische Angestellte und anschließend dort weiterarbeitete. Im Dossier steht drin, ich sei nicht teamfähig. Und dies bloß, weil ich einen der Mitarbeiter zur Entlassung empfohlen hatte, nachdem ich ihn als Betrüger entlarvt hatte.«

Alex atmete gut vernehmbar aus.

Sie winkte mit der Hand eine eingebildete Fliege in der Luft weg. »Ach, ich mag gar nicht darüber sprechen.«

»Doch, dies interessiert mich. Während meines Anrufs hatte ich den Eindruck, als sei der Job für dich bereits im Trockenen.« Sein Vertrauensmann hatte ihm versichert, sie kriege den Job, wenn das Treffen auch nur halbwegs vielversprechend verlaufe.

Palmer zögerte, sagte dann: »Mir ist da eine Kleinigkeit aufgefallen. Du musst wissen, unsere Warenhauskette war damals auch als Generalimporteur für Designleuchten aufgetreten und hat Lampengeschäfte und Architekten beliefert. Und besagter Mitarbeiter hat die Offerten für diese Geschäftskunden ausgearbeitet. Irgendwann hat er auf eine halbe Stelle reduziert, weil er sich nebenbei eine Handelsfirma für Baubedarf aufgebaut hat. Dann ist er in einer dicken Karre vorgefahren und hat sich eine fette Golduhr geleistet. Das schien mir eigenartig, denn wenn andere ihre Firma starten, müssen sie erst mal sehr schmal durch.«

»Vielleicht ist er außerordentlich talentiert. Es darf sich doch lohnen, wenn er cleverer arbeitet als andere.«

»Quatsch. Wenn du keine Einzigartigkeit anbietest, sondern Produkte, die's anderswo auch gibt, musst du dich in der Regel durch tiefere Preise hochkämpfen, was den Verdienst erst recht schmälert. Hast du mir doch selbst erklärt. Nein, der Typ ist gerissen. Weil er bei uns die Anfragen der Geschäftskunden selber bearbeitet hat, hat er gewusst, welche Kunden welchen Bedarf hatten und hat im offiziellen Job bewusst zu teuer offeriert. Wenn er dann mit seiner eigenen Firma günstiger angeboten hat und sich die Ware im Ausland selber beschaffte, hat *er* den Auftrag erhalten.« Palmer drehte ihren Kopf weg. »Ich hab dem Chef Beweise vorgelegt, hab mit einem Dankeschön gerechnet, stattdessen hat er mir eine Lektion erteilt. Er hat gemeint, es sei nicht meine Aufgabe, anderen hinterher zu spionieren und Machenschaften aufzudecken. Falls er gegen verdiente Mitarbeiter mit schwerem Geschütz auffahre, untergrabe dies den Teamspirit.« Sie zuckte mit den Schultern. »Dieser Popelfresser. Und genau der ist heute noch immer Chef dort.«

Sie schaute zu Boden. Nach einigen Momenten ließ sie ihre Finger knacken und versuchte sich an einem Lächeln.

Alex wusste nicht, was er sagen sollte und fuhr fort in seinen Kochvorbereitungen.

Palmer stand an der freistehenden Küchenzeile Alex gegenüber, der bereits mit Töpfen hantierte. Es gefiel ihr, ihm zuzusehen, wie er Speisen zubereitete.

Nach einigen Momenten überkam sie ein mulmiges Gefühl. Sie umklammerte mit beiden Armen ihren Oberkörper. Keinen einzigen Krümel machte sie auf der Arbeitsfläche aus, auch nicht den geringsten Rüstabfall, der auf den Boden gefallen wäre. Sie blickte sich um. Auf dem Regal im offenen Schränkchen standen alle Gewürzdosen der Größe nach geordnet. Palmer fröstelte, sie fragte sich, ob sein Ordnungssinn das Ausmaß einer Sucht habe. Noch bevor er mit Kochen fertig war, stellte er die eben benutzten Gewürze zurück. Palmer erkannte, wie er es hinkriegte, dass alle Dosen bündig zur Regalkante standen. Er platzierte die verwendeten Dosen so auf dem Tablar, dass sie vorne überstanden. Dann schloss er das Türchen sachte, sodass dieses die Dosen gleichmäßig nach hinten schob.

Palmer schluckte leer.

Sie angelte sich eiligst das Zigarettenpäckchen von ihrer Umhängetasche, schnippte nervös mit den Fingern auf die Unterseite, klaubte oben mit den Lippen die vorstehende Zigarette heraus, fischte ein Zippo aus der Tasche, steckte sie sich an, hängte sie sich in den Mundwinkel und blies den Rauch zur Decke.

»Wie gut das tut«, sagte sie, nachdem sie gierig einen tiefen Zug genommen hatte. »Eine Zigarette pro Woche muss drin sein.«

Alex blickte nur kurz zu ihr rüber und beschäftigte sich sofort wieder mit seinen Pfannen.

»Ja, fühl dich wie zu Hause. Ich deck schon mal den Tisch.«

Sie schritt hinter den Küchentresen. Nach kurzem Suchen fragte sie laut: »Hast du auch Richtigen, oder nur Koffeinfreien?«

»Willst du jetzt noch Kaffee trinken? Vor dem Essen?«

»Lass mal, ich frag nur.«

»Magst du Rotwein zum Essen?«

»Nee, das erledigst du für mich. Ich nehm ein Bier.«

Alex kratzte sich am Kinn. Dann rieb er sich die Hände, ging zum Kühlschrank, räumte ganz unten das Gemüsefach aus und als er sich erhob, nickte er stolz die drei Bierdosen in den Händen an. Es zischte, als er zwei davon öffnete, dann griff er sich zwei Gläser vom Regal.

Palmer nahm ihm eine Dose aus der Hand, hielt sie einige Momente mit eisernem Griff umklammert und genoss mit geschlossenen Augen die Kühle, welche das Blut in ihrem ganzen Körper verteilte. Innert Sekunden bildeten sich Kondenstropfen auf der Blechoberfläche. Sie prostete ihm zu, führte die Dose an den Mund und leerte sie zur Hälfte in einem Zug. Dann wischte sie sich mit dem Handrücken die Lippen trocken.

Sie unterhielten sich übers Kochen, dann über die Vorzüge des Wohnens mitten in der Stadt. Palmer lehnte sich an den Tresen, stellte ihre Dose auf das Küchenregal und fragte, ob er die Wohnungseinrichtung selber ausgesucht hatte. Er erklärte, wo er überall die Einzelstücke aufgestöbert hatte, während er ihre Dose wortlos vom Regal räumte, sie auf dem Tresen auf einen Untersetzer stellte und mit einem Küchenpapier den Bierring vom Küchenbrett trocknete.

»Du trinkst ja gar nicht«, sagte Palmer.

»Du trinkst genug für uns beide«, antwortete er mit waagrechten Stirnfalten.

Sie blickte ihn lange schweigend an.

»Ich hab kein Alkoholproblem«, meinte sie trotzig.

Oder hatte sie eins? Sie blies Rauch in seine Richtung und

griff sich in der Spüle eine benutzte Schale, wobei sich etwas Asche von der Kippe löste. Sie drückte in der Schale die Zigarette viel heftiger aus, als nötig gewesen wäre, um die Glut zu löschen.

»Schlag dir mal aus dem Kopf, mich auf den richtigen Weg zu führen.« Palmer drückte mit dem Mittelfinger die Zigarettenasche auf dem leeren Teller platt. Dann zeichnete sie mit dem Fingernagel einen Kreis hinein.

»Du gefällst mir besser ohne Alkoholeinwirkung.« Er griff sich ein sauberes Glas, füllte es unter dem Hahn mit Wasser und leerte es in einem Zug. »Alkohol löst keine Probleme.«

»Das tut Grüntee auch nicht.« Dann verwischte sie mit den Fingern den Aschekreis.

Sie schloss die Augen, ließ den Kopf in den Nacken fallen, und atmete tief ein. Sie lächelte säuerlich und überlegte, ob es denn wirklich nötig sei, ausgerechnet jetzt über solch unsinniges Zeug zu sprechen, wo es doch so wunderbar nach feinem Essen roch.

»Das Essen ist bald so weit«, sagte Alex, als ob er ihre Gedanken gelesen hatte.

»Hab echt Hunger«, meinte Palmer und sprach sich Mut zu. In Gedanken suchte sie fieberhaft nach einem Punkt, der für ihn sprach. Ihre Augen überflogen die gesamte Wohnung. Nie hatte er den Eindruck erweckt, er wolle sie mit Statussymbolen beeindrucken, obwohl das Wenige, was in seiner hochmodernen Wohnung rumstand, alles aus der Hand eines Designers zu kommen schien und ziemlich kostspielig aussah. Für sie hatte Materielles keinen hohen Stellenwert. Sie war es gewohnt, bescheiden zu leben. Nie hatte sie das Gefühl, zu einfache Kleidung, zu wenig zu Essen oder eine zu kalte Wohnung zu haben. Was ihr fehlte, war die Wärme des Herzens anderer Menschen. Und Vertrauen, bei welchem sie sich aber selbst schwertat, es andern Menschen gegenüber aufzubauen.

In einer der Pfannen brutzelte es noch immer, als Alex zur Musikanlage tänzelte.

»Ich hab da was ganz Besonderes.« Er kramte in der CD-Sammlung, zog eine Scheibe aus der Hülle und schob sie in den Player. Aus den Lautsprechern erklang moderner Jazz. Palmer runzelte die Stirn.

»Eine Baritonsaxophonistin. Ganz was Seltenes«, erklärte er.

»Gott sei Dank«, war Palmers ganzer Kommentar. Dann wischte sie zügig mit der flachen Hand eine unsichtbare Fussel von ihrer Hose. Nun war es ja nicht so, dass Palmer Jazz nicht mochte. Im Moment ging es ihr eher darum, anderer Meinung zu sein. Überhaupt ertappte sie sich immer öfter dabei, wie sie in Gesprächen mit Alex wie von selbst den gegenteiligen Standpunkt vertrat, fast egal, worum es ging.

Als seine Speisen soweit waren, bat Alex Palmer zu Tische. Und seine Kochkünste hellten Palmers Stimmung tatsächlich auf. Nachdem sie eine Portion des butterzarten Ossobuco in den Mund geschoben hatte, huschte ein Lächeln über ihre Lippen. Noch während sie kaute, wies Palmer mit einer Kopfbewegung auf das Sideboard, auf welchem sie neben einem geschlossenen Laptop eine gut hundertjährige Schreibmaschine entdeckt hatte.

»Powerscheiße«, meinte Palmer. »Kommunizierst du damit mit Verstorbenen?«

»Du hättest echt das Zeug zur Schriftstellerin. Bei deinem Gefühl für sprachliche Nuancen«, antwortete Alex.

Wie auf ein Stichwort erhob sich Alex und holte ein Exemplar der heutigen Ausgabe der Boulevardzeitung.

»Sie feiern dich schon wieder als Heldin. Wieder mit Foto. Sie zitieren dich: ›Wann geschieht endlich was mit Männern, die Frauen quälen?‹« Er faltete die Zeitung so, dass ihr Portrait oben lag, und schob sie auf dem Tisch zu Palmer. Palmer las ihr Zitat: »Wer Juli das angetan hat, soll dafür büßen.«

»Ist dir klar, dass du in Gefahr schwebst?«, fragte Alex. »Zumindest theoretisch.«

»Wie bitte?«

»Da gibt's jemand, der andere Leute umzubringen versucht, die mit der Entführung in Zusammenhang stehen.«

Palmer breitete die Hände aus und schüttelte den Kopf. »Wer sich an Jürg Fricker gerächt hat, wird doch wohl auf der Seite der Guten stehen.«

»Das ist auch mein erster Gedanke gewesen. Bis aber die Polizei Gewissheit hat, wer hinter dem Anschlag auf Fricker steckt, muss dir doch klar sein, dass sowohl Juli als auch du gefährdet sein könnten. Was, wenn Fricker einen Komplizen hatte, der diesen aus Angst, Fricker würde ihn verraten, abgeknallt hat? Wenn diese Theorie stimmt, wärst neben Juli insbesondere *du* gefährdet. Dann nämlich, wenn der Kerl merkt, dass er an Juli nicht rankommt, sei's, dass sie nicht auffindbar ist oder von der Polizei beschützt wird. Vielleicht will da jemand alle aus dem Weg räumen, die irgendwie mit dieser ganzen Geschichte zu tun hatten. Du hast schließlich Fricker zur Strecke gebracht.« Alex pochte mit dem Finger auf Palmers Aussage in der Zeitung. »Dich fürchtet er möglicherweise, weil er denkt, du willst dich an ihm rächen.«

»Quatsch«, antwortete Palmer. Aber gleichzeitig überlegte sie, ob es ein Fehler war, Juli alleinzulassen.

»Wir sind uns doch wohl soweit einig, dass man nicht weiß, wer auf Fricker geschossen hat. Oder?«, sagte Alex. Ohne eine Antwort abzuwarten, fuhr er fort: »Was, wenn Fricker Freunde hat, die nun sein Werk fortführen? Ich meine, jetzt wäre zumindest der richtige Zeitpunkt, dich aus dieser Geschichte zurückzuziehen. Es ist Sache der Polizei, den Schuldigen zu finden.«

Palmer atmete tief durch die Nase ein, als würde sie über das Gesagte nachdenken. Endlich nickte sie. »So betrachtet kann ich deine Gedanken nachvollziehen.« Sie schwieg für einige Sekunden. »Du meinst, da hege einer böse Absichten?« Sie schluckte. »Das würde heißen, dass ein Krimineller einen anderen Kriminellen aus dem Weg geräumt hat, indem er Fricker abgeschossen hat.« Palmer lächelte mit nur einer Seite ihres Mundes. Doch noch während sie auf eine Antwort von Alex wartete, flackerte in ihr ein unangenehmes Gefühl auf. Nie im Leben hätte sie diese Möglichkeit in Betracht gezogen. Aber je länger sie überlegte, desto bestechender erschien ihr diese Option.

Da lief einer frei rum, der Leute abknallte. War sie selber in Gefahr? Oder brachte sie Leute in Gefahr, weil sie in diesem Sumpf rumgestochert hatte? Wäre es besser, sich an einen sicheren Ort zu begeben?

»Powersch…« Sie hielt inne und begann, mit starrem Blick am Fingernagel zu kauen. »Aber ich kann doch nicht tatenlos rumsitzen, wenn es die Polizei nicht schafft, ihn zu fassen.« Sie verstummte und schüttelte den Kopf. Ihre Gedanken suchten nach einem Plan. Um diesen zweiten Kerl, der möglicherweise hinter ihr her war, auszuschalten, müsste Palmer damit starten, die Kontakte von Juli nochmals genau unter die Lupe zu nehmen. Sie spürte den Klumpen im Magen. Sie wusste, wie mühselig es würde, hatte sie doch bereits ohne Erfolg Julis Laptop geprüft. Nur mit einer gehörigen Portion Geduld würde sie in langwierigen Gesprächen mit Juli womöglich auf Kontakte treffen, die verdächtig sein könnten. Also von vorn: Es galt, Julis Leben zu rekonstruieren. Vom Zeitpunkt der Entführung rückwärts den Verästelungen ihrer Beziehungen entlang, bis sie zum Täter gelangte. Irgendwo mussten sich die Lebenswege von Juli und dem Täter gekreuzt haben. Am Wohnort, am Arbeitsplatz, bei Freund- oder Feindschaften, bei Hobbys. Mit wem hatte sie zuletzt gesprochen? Ihr war klar, wie schwierig es bei Kontakten im Internet würde. Denn hier quatschte man mit wildfremden Menschen. Palmer dachte nach, wie sie es anstellen sollte, von der Polizei zu erfahren, was sie über Fricker herausgefunden haben.

»Heißt dies nun: Ja, ich werde aufpassen?«, fragte Alex.

Palmer erschrak. »Ich überlege.«

Sie genehmigte sich einen gehörigen Schluck Bier. Mit unbestimmtem Blick brachte sie mit der Rechten den Inhalt der Dose zum Kreisen.

»Ich bin nicht schreckhaft«, fuhr Palmer fort. »Mich für eine gewisse Zeit in ein Rustico ins Tessin abzusetzen, ist nichts für mich.« Ihre Augen verengten sich. »Falls es tatsächlich noch einen weiteren Täter gibt, dann betrifft mich dies ganz direkt. Über Juli bin ich mit diesem Kerl verbunden. Ich will und kann mich nicht zurückziehen, solange möglicherweise Leute, die Juli all das Schreckliche angetan haben, in Freiheit rumspazieren.«

»Zieh zu mir. Einfach weg von deiner Wohnung, wo dich jeder Kriminelle als Erstes sucht. Du musst da raus«, sagte Alex. Als er keine Antwort vernahm, doppelte er nach: »Oder ich komme zu dir.«

Sie fand es süß, wie er ihr seinen Schutz anbot. Aber ging es ihm tatsächlich um ihre Sicherheit? Oder bedeutete dies jetzt, dass er einfach mit ihr zusammenziehen wollte? Er zu ihr? Sie erschauderte. Sie wollte ihre Wohnung nicht teilen. Mit Juli war das ganz was anderes. Und vorübergehend. Jetzt gehörte ihr in ihrer Wohnung jede Ecke. Nachher müsste sie das eine oder andere Plätzchen frei machen für wildfremde Gegenstände. Sie schüttelte den Kopf. Und falls sie zu ihm ziehen würde, müsste sie dann auf einige ihrer Sachen verzichten, die bei ihm keinen Platz hätten?

Langsam ließ sie ihre Schultern hängen.

Trotzig hob sie den Kopf.

»Meine Adresse steht nicht im Telefonbuch. Ich hab ja nicht mal einen Festnetzanschluss. Ich lauf nicht davon. Vor niemandem. Überdies würde ich mich zu wehren wissen, bewaffnet mit einer Überdosis Wut im Bauch.« Sie schlug mit der Faust in die andere Handfläche.

Alex schüttelte den Kopf.

»Vor einigen Minuten erst hast du dich lustig gemacht über die gut zwei Dutzend nicht korrekt adressierten Fanpost-Briefe an ›Frau Palmer, Luzern‹. Wenn sogar Sendungen ohne richtige Anschrift den Weg zu dir finden, dann gelingt dies auch einem üblen Kerl. Dir muss doch klar sein, dass du in Gefahr schwebst.«

Alex schien zu verzweifeln an Palmers Starrköpfigkeit. Er schritt hinter den Küchentresen, räumte die Geschirrspülmaschine ein und suchte in Gedanken nach einem Weg, die Situation zu entspannen.

»Wenn es dir recht ist, hör ich mich weiter nach einem Job für dich um. Ich hab da noch was im Auge.« Er hielt gespannt den Atem an. Als sie schwieg, bemühte er sich, die Luft so unauffällig wie möglich aus seinen Lungen entweichen zu lassen. »Was ich sagen will ist, dass du voll und ganz auf mich zählen kannst.«

Palmer sah Alex direkt in die Augen. »Um dies klarzustellen: Ich bin keinesfalls auf der Jagd nach einem betuchten Ernährer.«

Nun blickte Alex gleichzeitig fragend und verletzt. »Hör auf. Ich fragte mich doch vorhin bloß, ob es klug von dir ist, alleine nach Hause zu gehen. Und gestern noch machte es den Anschein, als suchtest du einen guten Job.«

Sie spürte, wie er ihr eigentlich sagen wollte, sie verhalte sich dumm. Aber er schien sich nicht so richtig zu trauen.

»Spürst du denn nicht, dass ich's gut meine. Deine Widerborstigkeit geht mir halt schon etwas gegen den Strich, Chris.«

Palmer fehlten die Worte. So direkt hatte sie Alex noch nie gehört, auch nicht, dass er sie mit ihrem Vornamen ansprach.

»Palmer. Nenn mich Palmer.«

»Dann halt Palmer.«

Sie schürzte die Lippen und nickte.

Ab dieser Sekunde gab sich Palmer redlich Mühe und brachte diese Einladung tatsächlich geordnet über die Runde. Aber während der Mousse au Chocolat mit Espresso kreisten ihre Gedanken immer wieder um ihre Beziehung mit Alex. Sie hatten schöne Stunden zusammen, trotzdem fühlte sie sich ihm fremd. Jede neue Farbe, die sie an ihm kennenlernte, verschaffte ihr einen weiteren kleinen Einblick in seine Seele, machte sie aber oft auch ratlos. Er war jederzeit gut für eine Überraschung. Eigentlich liebte Palmer Überraschungen. Aber da das Leben kein Wunschkonzert war, kam's oftmals anders.

Palmer hatte sich den Abend anders vorgestellt. Sie bemühte sich, ihre in Scherben gegangene Illusion wieder zusammenzufügen. Aber ein Teilchen schien zu fehlen.

Als es Zeit war zu gehen, erhob sie sich vom Tisch, packte ihre Tasche und sagte: »Zeit für mich, an der frischen Luft spazieren zu gehen.«

Ein kurzer Blick in seine Augen verriet ihr, dass auch er sich um ihre gemeinsame Zukunft sorgte. Sie glaubte sogar, eine gewisse Verletztheit in seinem Gesicht zu erkennen.

Er atmete ein, als ob er etwas sagen wollte, ließ es dann aber bleiben. Wortlos schritt sie zum Aufzug, während er ihr nachblickte. Er überlegte einige Sekunden, ehe er ihr in langsamen Schritten nachging.

Auch vor dem Haus standen sie sich stumm gegenüber.

Mit hängenden Schultern sagte Alex: »Du weißt, ich liebe dich.«

Sie wich dem Blickkontakt aus. »Wir sehen uns«, sagte Palmer, drehte sich ab und verschwand mit festem Schritt. Sie hatte beschlossen, nicht nochmals zurückzublicken. Niemand, auch nicht Alex, sollte sehen, wie's im Moment um sie stand.

Auf der Straße fühlte sie sich schlagartig besser, so als ob die Hand, welche ihr den Magen zusammenpresste, sich löste.

Zum Wagen war's nicht weit. Kurz bevor sie ihn erreichte, drehte sie sich um, als erwartete sie, dass er sich näherte. Nicht Alex, sondern Frickers Kumpel und versuchter Mörder. Vielleicht hatte Alex recht. Während sie beschleunigte, war ihr, als bohrte sich ein Blick in ihren Rücken. Den Schlüssel umklammerte sie fest mit Daumen und Zeigefinger, bereit, ihn sofort ins Zündschloss zu stecken. Je näher sie ihrem Pickup kam, desto mehr steigerte sie ihr Tempo. Als ein kühler Windhauch ihr in den Nacken wehte, legte sie die letzten verbleibenden Meter im Spurt zurück. Sie riss die Tür auf. Sie warf sich rein und zerrte die Tür sofort zu, sodass sie sich beinahe den linken Fuß eingeklemmte. Augenblicklich schlug sie mit der Hand auf die Verriegelung beider Türen. Dann schloss sie die Augen, legte den Kopf in den Nacken und atmete tief durch. Schweißgebadet sah sie ein, dass sie sich in etwas reingesteigert hatte, als nichts weiter geschah.

Trotzdem beobachtete sie auf der Fahrt Richtung Alpenquai im Rückspiegel die Scheinwerfer der nachfolgenden Fahrzeuge. Bei jedem Wagen, der abbog, fiel ihr ein Stein vom Herzen.

Um sich dem Gefühl hinzugeben, alles sei wie immer, wollte sie sich begleiten lassen von Marilyn Manson. Der iPod-Adapter steckte allerdings nicht im Kassettenfach. Sie musste ihn auf den Beifahrersitz gelegt haben, von wo er vermutlich in einer Kurve runtergerutscht war. Sie drehte das Radio an. Seelenloser Wegwerfpop. Statt ihn auszumachen, suchte sie die Sender ab und fand Züri West. Palmer lächelte.

Nun erfreute sie sich am Fahrtwind, der ihr durch das offene Fenster ihren Kopf kühlte. Erst recht, als sie den linken Arm während der Fahrt außen runterhängen ließ. Als drei Autos mit Heckspoiler sie auf dem Schweizerhofquai in rasendem Tempo überholten, entschied sie sich, es sei doch besser, sie fahre mit beiden Händen am Steuer. Als sie das Lenkrad fest umklammert hielt, wurde ihr klar, dass sie Klarheit wollte.

Sie wählte den Weg über den Inseliquai nach Hause. Um diese Uhrzeit verkehrten dort nur wenige Fahrzeuge, sodass es ihr leichter möglich war zu erkennen, ob jemand sie verfolgte. Unmittelbar nach der scharfen Rechtskurve bei der Uni fuhr Palmer rechts ran und hielt an. Den Motor ließ sie laufen. Sie wollte bereit sein, worauf auch immer. Sie drehte ihren Kopf und behielt die Straße im Auge. Nichts. Keine Verfolger. Im einen Auto, welches die Stelle unter der Straßenlaterne passierte, saß eine junge Lenkerin, die während der Fahrt mit der rechten Hand Richtung Typ auf dem Beifahrersitz fuchtelte. Sie machte einen genervten Eindruck. Das andere Fahrzeug war ein Leichenwagen.

Palmer überlegte, schüttelte den Kopf, legte den Gang ein und fuhr weiter.

Sie parkierte unweit ihrer Wohnung. Beruhigt stellte sie fest, dass sich auch heute wieder ein Polizeiwagen mit zwei Leuten drin gegenüber ihrer Wohnung postiert hatte. Als sie durch das Gartentürchen schritt, überkam sie trotzdem ein mulmiges Gefühl. Bevor sie den Schlüssel einsteckte, begutachtete sie das Türschloss. Alles okay, nicht mal ein Kratzer von einem Schraubenzieher. Wusste sie's doch. Als sie die Treppe hochstieg, gebot ihr die Vorsicht trotzdem, ihre Wohnung auf einen Eindringling zu kontrollieren. Aber Palmer fand alles in bester Ordnung. Juli schlief. Es gab wohl kein besseres Zeichen.

Palmer legte sich hin. Sie wollte Juli nicht wecken. Sie würde morgen mit ihr über Alex' Theorie sprechen und darüber, was sie zu tun hätten.

Aufgeschreckt fuhr sie hoch.

Es war ihr, als hätte sie erst eine Sekunde geschlafen, als ihr Handy lautstark den Eingang einer SMS ankündigte. Sie setzte sich an den Bettrand und blickte zum Wecker. Zwei Uhr nachts. Im Dunkeln schritt sie zur Kommode, griff zum

Handy, ohne es vom Kabel zu trennen, und las: »Sorry. Bis bald, schlaf gut. Alex.« Offensichtlich hatte er bis jetzt kein Auge zugetan.

Als sie sich wieder aufs Bett legte, hatten sich die Augen an die Dunkelheit gewöhnt. Sie betrachtete das Windspiel, das von der Decke hing, und bemerkte, dass der vorher ruhende Holzklöppel sich leicht bewegte. Ein Luftzug musste ihn behutsam in Schwingung versetzt haben. Palmer war sich sicher, alle Fenster fest verriegelt zu haben. Sie musste durch ihr abruptes Aufstehen die Luftbewegung selber verursacht haben.

Sie schloss die Augen, lag jedoch wach. Ihre Gedanken kreisten um Jürg Fricker. Jemand hatte ihn abgeknallt. An Alex' Theorie war was dran. Entweder übte jemand Rache, oder es gab tatsächlich einen zweiten Täter, der seinen Kumpel zum Schweigen bringen wollte.

Palmers Jagdinstinkt war geweckt. Mit der Festnahme Jürg Frickers hatte sie Blut geleckt. Nun konnte sie diesem Geschmack nicht mehr widerstehen.

Vielleicht steckte hinter dem Schuss auf Fricker der Racheakt eines Freundes von Juli. Falls nicht, könnte diese neue Jagd in einem Kampf um Leben und Tod enden.

Also: Mit wem stand Jürg Fricker in Kontakt? Hatte er Freunde, Arbeitskollegen? Wen traf er zuletzt, mit wem telefonierte er? Wer war er? Was wollte er?

Würde sie sein Motiv enthüllen, weshalb er Juli entführt hatte, könnte sie dieses zu Täter Nummer zwei führen. Außer Fricker wäre einfach ein Psychopath, bei dem man kaum folgerichtige Schlüsse ziehen konnte.

Sie atmete tief ein und wieder aus. Um diese Uhrzeit, sagte sie sich, müsste sie doch besser versuchen, nochmals Schlaf zu finden. Doch ihre Gedanken kreisten unaufhörlich um dunkle Gestalten. Sie schlug die Augen auf. Das Windspiel bewegte sich noch immer. Palmer schoss hoch und sprang aus dem Bett. Sie vergewisserte sich, dass alle Fester und die

Wohnungstür verriegelt waren. Sie holte sich ein Küchenmesser und legte es auf ihren Nachttisch. Dann trat sie nochmals raus in die Küche, fischte eine leere Bierdose aus dem Abfall und griff sich das Serviertablett im Küchenbord. Die Dose stellte sie unten beim Eingang auf die Klinke der Wohnungstür, das Metalltablett direkt darunter auf den Boden. Sollte von außen jemand den Türgriff nach unten drücken, würde die Dose auf das Blech scheppern. Der Lärm würde nicht nur sie warnen, sondern hoffentlich auch den Kerl, der hereinzugelangen versuchte.

Aber Eindringlinge tun nicht immer das, was man von ihnen erwartet.

KAPITEL 35

»Kommen Sie bitte«, befahl der Mann in Zivil, der mit strenger Miene vor der Tür stand, als Palmer auf sein unerbittliches Klingeln hin geöffnet hatte.

»So früh?« Sie rieb sich die Augen und blickte in die Morgendämmerung.

»Kommissar Stocker wartet nicht gerne.« Hierbei tat er einen Schritt zur Seite und streckte seinen Arm Richtung Gartentürchen, um ihr anzuzeigen, sie solle vorausgehen.

Da sie sich nicht regte, wies auch der zweite Beamte in dieselbe Richtung.

»Kommt nicht infrage, die Gespräche mit Stocker haben bisher noch nie etwas gebracht.« Sie hätte sich jetzt ohrfeigen können, dass sie die Tür geöffnet hatte. Bisher war sie der Meinung, wer Böses im Schilde führte, der klingelte nicht, der verschaffte sich einfach so Zutritt.

Der Polizist wiederholte seine Armbewegung.

»Was will er von mir?«

Nun trat der Polizist durch die Tür und schob Palmer mit der flachen Hand leicht am Rücken an.

»Sie spinnen wohl«, rief Palmer, drehte sich im gleichen Augenblick ab und schlug wütend auf den Arm an ihrer Hinterseite.

Da wurde es hektisch.

Ohne Worte packten die beiden Polizisten Palmer, rissen ihr die Arme auf den Rücken und sie hörte, wie Handschellen mit lautem Ratschen einrasteten. Ihre Augen glühten und suchten verzweifelt nach irgendwas, das sie voller Zorn hätte wegkicken können.

Die beiden aber packten sie an den Oberarmen.

Während sie sich anschickten, Palmer zum Fahrzeug zu führen, fragte sie: »Würde dies nicht auch anders gehen?«

»Erst haben Sie unser freundliches Angebot abgelehnt. Dann haben Sie einen Polizisten angegriffen.«

»Sie spinnen doch. Sollen meine Nachbarn denken, ich hätte jemanden umgebracht? Darauf läuft es doch raus, wenn einer sein Handyvideo von meiner Verhaftung auf YouTube stellt.«

»Sie haben uns dazu gezwungen.«

»Sie verhaften mich? Vorhin haben Sie gesagt, Stocker wolle bloß mit mir sprechen. Übrigens kenne ich Stocker in der Zwischenzeit gut genug, um zu wissen, dass er jegliche Kompetenzüberschreitungen seiner Untergebenen nicht tolerieren wird«, bluffte sie.

Unvermittelt hielten die beiden Polizisten inne. Palmer lächelte kühl, drehte sich und reckte ihnen die Arme mit den Handschellen entgegen.

»Sie begleiten uns ohne Mucken?«, fragte der Polizist.

»Ohne«, bestätigte Palmer.

Nach kurzem Zögern klickte das Schloss und sie befreiten Palmer von den Handschellen. Erst schritten sie durch den Garten, dann durch das offene Türchen hinaus auf die Straße, wo sich vier Neugierige aus dem Studentenheim von gegenüber versammelt hatten, denn nicht alle Tage parkierte ein Polizeifahrzeug so auffällig an dieser Straße.

Stocker saß an seinem Schreibtisch und las eine Notiz, als die zwei Beamten Palmer in sein Büro führten. Er erhob sich und streckte ihr die Hand entgegen, ließ sie aber sinken, als ihm klar wurde, dass Palmer sie nicht schütteln würde. Aber peinlich war ihm die Situation nicht.

Palmer setzte sich.

Stocker schritt um den Schreibtisch herum, drehte den zweiten Stuhl neben Palmer und setzte sich rücklings darauf. Breitbeinig saß er da und stützte seine Unterarme auf der Rückenlehne ab.

»Als wir uns hier in der Hauptwache gesprochen haben, da haben Sie uns vorgeworfen, zu wenig zu tun auf der Suche nach Frau von Moos. Sie haben geschworen, ich zitiere, ›wer auch immer das getan hat, dieses Schwein wird seiner gerechten Strafe zugeführt.‹« Er nahm die Brille von der Nase, legte das Blatt neben sich aufs Pult und blickte Palmer tief in die Augen. »Nun frage ich Sie, sind Sie allein gewesen oder hatten Sie einen Helfer, als Sie den Tatverdächtigen Fricker abgeknallt haben?«

»Hören Sie Stimmen in Ihrem Kopf, die so was sagen?« Palmers wütender Blick irrte durch das ganze Büro. »Sind Sie so verzweifelt, dass Sie bereits unbescholtene Bürgerinnen verhaften, weil Sie nicht fähig sind, den echten Täter zu fassen?«

»Wo sind Sie zur Tatzeit gewesen?«

»Sie haben einen Knall. Ich weiß nichts darüber. Im Übrigen könnten Sie froh sein, dass jemand dafür gesorgt hat, dass Sie Fricker nicht bald schon von Neuem verhaften müssen, weil er wieder eine Frau erbeutet hat. Klar möchte auch ich wissen, was Fricker geritten hat, um sich zu so einer Tat hinreissen zu lassen. Und auch ich bin nicht für das Recht des Stärkeren. Trotzdem bin ich mir sicher: Es hätte sich ein Richter gefunden, der ihn freigelassen hätte. Ich gebe zu: wer immer das getan hat, hat etwas Gutes getan.« In Tat und Wahrheit hatte sie bereits Obrist angerufen und ihm auf die Mailbox gesprochen, er solle sie zurückrufen, um ihr mitzuteilen, was die Polizei rausgefunden hatte über das Motiv von Fricker.

»Die Polizei hat den Auftrag, herauszufinden und zu beweisen, wer eine Tat begangen hat. Ob er sie zu Recht beging oder nicht, entscheidet der Richter.«

»Aber Fricker hat Juli entführt. Er ist ein riesen Dreckschwein.« Sie kratzte sich am juckenden Arm und verzog vor Schmerz das Gesicht, da sie die Bisswunde völlig vergessen hatte.

»Für den Charakter interessiert sich die Polizei nicht. Wir fassen Täter. Wenn Sie was damit zu tun haben, werden wir dies rausfinden.«

Das Gespräch dauerte nicht mehr lange. Denn tatsächlich hatte Stocker nichts in der Hand, was seine Vermutung, Palmer hätte sich an Fricker gerächt, bewies.

Also ließ er sie laufen, allerdings nicht ohne Warnung: »Ein letztes Mal: Halten Sie sich aus allem raus.« Er wartete, bis sie die Augen niederschlug, was er als Geste dafür deutete, dass sie aufgab. »Ich will Sie hier nie wieder sehen.«

»Geht mir nicht anders«, antwortete Palmer.

KAPITEL 36

Keiner der beiden Polizisten, die sie abgeholt hatten, bot ihr an, sie nach Hause zu fahren. Palmer hätte es ohnehin ausgeschlagen. So war sie zu Fuß unterwegs und überlegte, was als Nächstes zu tun war, als auf dem Gehsteig unvermittelt die junge Frau auf sie zukam, auf welche sie im Lebensmittelladen aufmerksam geworden war. Palmer nutzte die wenigen Sekunden, um sie einem diskreten Augenschein zu unterziehen. Sie mochte kaum mehr als 40 Kilo wiegen und hatte in etwa die Größe eines 14-jährigen Mädchens. Mit ihrer blassweißen Haut sah sie nicht gerade gesund, aber auf zerbrechliche Art hübsch aus. Sie trug weite Kleidung, die den Anschein machte, sie hätte entweder massiv an Gewicht verloren, ohne sich neue Kleider zu besorgen, oder die Kleider wären nicht für sie gekauft worden. Aus ihren großen, etwas tief liegenden Augen starrte sie erschreckt wie ein verwundetes Reh, als habe sie in ihr jemand erkannt.

Mit überraschtem Gesicht blieb die junge Frau wie angewurzelt stehen. »Grüezi, Frau Palmer«, entfuhr es der Frau.

Palmer machte schlagartig Halt. »Hallo.«

Die junge Frau wagte es kaum, Palmer ins Gesicht zu blicken.

»Wir können uns duzen. Wie heißt du?«, fragte Palmer.

»Lena. Magdalena Ruppen.«

»Woher kennst du meinen Namen?«

»Sie sind in der Zeitung gewesen, als man das entführte Model befreit hat.« Während sie sprach, schlug sie die Augen zu Boden und errötete, um dann zu ergänzen: »Sie haben sie befreit.« Sie zögerte. »Ihre Aussage im Interview hat mich beeindruckt, Sie könnten Männer nicht ausstehen, die Frauen Gewalt antun.«

Palmer strich sich nachdenklich über die Unterlippe. In diesem Moment begann ihr Handy zu plärren. Palmer fand es sofort in ihrer Tasche. Überrascht, dass Obrist trotz Verbot von Stocker sie zurückrief, nahm sie das Gespräch an. Das hätte sie nicht tun sollen, denn Lena Ruppen machte sich ohne Verabschiedung davon.

»Lena, so wart doch!«, rief sie Lena nach.

Diese aber reagierte nicht darauf.

»Obrist, ich hoffe, du hast was Wichtiges«, sagte Palmer.

Während sie mit Obrist sprach, hastete sie Lena hintennach. Da sie mit ihr noch sprechen wollte, bemühte sich Palmer, das Gespräch so kurz wie möglich zu halten. Allerdings war der Abstand bereits zu groß. Lena war schneller als Palmer, sodass sie sie bereits aus den Augen verloren hatte.

»Du wolltest doch, dass ich zurückrufe«, sagte Obrist. »Du weißt, dass Stocker mir verboten hat, mit dir zu sprechen. Immerhin so viel kann ich dir verraten: Fricker hat in den Verhören mit Stocker kein einziges Wort gesagt. Wir wissen also nichts, auch nicht über seine Beweggründe.«

»Okay, ich werde ein paar Fragen zusammenstellen, bei denen du mir weiterhelfen kannst. Ich ruf dich später an.«

»Halt, nein, tu das nicht. Ich kann dir nicht weiterhelfen.«

»Du weißt, dass du noch vieles gutzumachen hast?«

»Sorry, aber ich werde meinen Job nicht aufs Spiel setzen.«

Palmer hatte keinen Grund, sich weiter mit Obrist zu unterhalten und beendete den Anruf, während sie loseilte.

Aber Lena war verschwunden.

Palmer erinnerte sich, dass die Verkäuferin im Lebensmittelladen erwähnt hatte, der jungen Frau Besuche in der Zentralbibliothek zu ermöglichen. Diese lag gleich um die Ecke. Palmer stürmte in den Lesesaal, konnte Lena Ruppen jedoch nirgends entdecken. Alle Besucher beugten sich an den sauber aufgereihten Tischen über den Lesestoff. Jeder einzelne Platz war besetzt. Palmer wollte keine Zeit verlieren.

»Lena?«, rief sie in den Saal. »Ist Lena Ruppen hier?«

»Pssst!«, zischte es zurück und duzendfach bohrten sich wütende Blicke in Palmer.

Nochmals suchte Palmer alle Tische ab. Nichts. Nun drehte sie den Kopf zum Eingang und erkundete den Raum von dort her. Bei den Tageszeitungen entdeckte sie Lena mit eingezogenem Kopf.

Palmer ließ sie nicht aus den Augen, während sie zu ihr stapfte.

Die Aufsicht holte Palmer jedoch ein, bevor sie ein Wort an Lena Ruppen richten konnte, denn offensichtlich rechnete sie damit, dass diese Störung noch nicht zu Ende war.

Palmer spürte, wie eine Hand sie am Arm zurückzog.

Die Dame mittleren Alters mit Pagenschnitt, schwarzem Brillengestell und strengem Blick machte ihr unmissverständlich klar, dass hier drinnen nicht gesprochen wurde. Die freie Hand hielt sie in die Hüfte gestemmt.

Lena Ruppen war die Situation sichtlich peinlich. Sie nickte der Aufsicht stumm zu, erhob sich aus ihrem Stuhl, während sie die Zeitung faltete, schob den Stuhl ordentlich zum Tisch, schritt zum Ständer gleich daneben und steckte die Zeitung in eine freie Gabel, fein säuberlich darauf bedacht, den Zeitungskopf für die nächsten Leser tadellos zu präsentieren. Während sie aus dem Lesesaal hinaustrat, ließ ihre Körpersprache keinen Zweifel darüber aufkommen, dass sie mit der Situation alles andere als glücklich war.

Draußen stellte sich Palmer ihr in den Weg. »Gibt es etwas, das ich wissen müsste?«

»Er darf uns weder hier noch irgendwo sonst zusammen sehen«, sagte Lena, während sie den Kopf zur Seite schwenkte und ihre Augen hastig die Umgebung absuchten.

»Wen meinst du?« Als keine Antwort kam, hakte Palmer nach: »Du meinst deinen Mann? Was würde passieren?«

»Immer, wenn ich das Haus verlasse, behält er unsere Tochter als Pfand zurück, damit ich zurückkehre und nicht mit ihr abhaue. Und ihn nicht verpfeife.«

Gerade, als Palmer ihr klarmachen wollte, dass sie demnach nichts zu befürchten habe, wenn der Kerl jetzt zu Hause säße, ergänzte die junge Frau: »Dann und wann fährt er mir mit dem Auto nach. Zur Kontrolle.« Sie riss sich los, eilte von der Bibliothek weg und wollte sich von Palmer nicht noch einmal zum Anhalten bewegen lassen.

Palmer lief neben ihr her.

Lena seufzte und schniefte Tränen weg. »Helfen Sie mir!« Dann blickte sie sich panisch um. »Aber lassen Sie mich jetzt gehen. Ich muss nach Hause. Bitte.« Noch bevor Palmer antworten konnte, fügte sie hinzu: »Ich werde bei der Bibliotheksaufsicht eine Nachricht für Sie hinterlegen.«

Und weg war sie.

Palmer hasste Geheimnistuerei. Wenn die Frau schon um Hilfe bettelte, wollte sie mehr wissen, und zwar jetzt. Sie eilte ihr nach. An der Habsburgerstraße packte sie Lena am Arm und zog sie in eine Nische zwischen zwei Häuser.

Sie starrte in Lenas Augen, nicht aber ohne den Griff um ihren Arm noch weiter zu verstärken, und wölbte die Brauen, als wollte sie fragen: was jetzt?

»Helfen Sie mir und meiner kleinen Tochter. Bitte.«

»Verpfeifen? Dein Mann hält deine Tochter als Pfand zurück, damit du ihn nicht verpfeifst. Was könntest du denn irgendwem über deinen Mann verraten?«

»Ich liebe meine Tochter. Aber anders als ihr Vater. Ich bin eine gute Mutter.«

Palmers Magen verkrampfte sich. Sie schluckte leer. Noch während sie überlegte, was hier vorging, sagte die junge Frau: »Passen Sie auf sich auf. Vermutlich hat er Sie ins Visier genommen.«

»Von wem sprichst du?«

»Von dem Scheißkerl, der Julia von Moos entführt hat.«

»Der liegt im Gefängnisspital.« Palmer machte eine ausladende Handbewegung.

»Nein, der sitzt bei mir zu Hause und bewacht mein Kind.«

Vor Schreck lockerte Palmer ihren Griff. Entsetzen zeichnete sich auf ihrem Gesicht ab. »Von wem sprichst du?«

»Von meinem Ehemann, Konrad Ruppen. Er besitzt einen Laden für Haustiernahrung.«

»An der Maihofstraße?«

Lena nickte.

»Blödsinn. Deinen Mann kenn ich von meinen Einkäufen. Der erscheint mir ganz friedlich und sympathisch.« Palmer schüttelte den Kopf. »Abgesehen davon: Fricker hat man mehr oder weniger auf frischer Tat ertappt. Nein, Jürg Fricker ist der Entführer.«

Lena heulte verzweifelt los. Palmer ließ ihr etwas Zeit.

Als Lena sich etwas beruhigt hatte, erklärte sie: »Während des Frühstücks liest er immer die Zeitung.« Sie schniefte Tränen weg. »Nachdem der vermeintliche Entführer von Julia von Moos gefasst war, gab es in der Zeitung nicht nur viele Mutmaßungen über die Hintergründe, sondern auch Artikel über Sie. In einem davon hat er gelesen, dass Sie in der Stadt auf der Suche nach diesem Model vielen Leuten Fragen gestellt haben. Daraufhin hat er wutentbrannt seine Hand auf ihr Foto geklatscht. Mir war schlagartig klar, dass er etwas mit dieser Sache zu tun hat.«

Palmer dachte nach, ob Alex am Ende tatsächlich recht behielt mit seinem Hinweis, dass sie selber zur Zielscheibe des Täters werden könnte.

Lena schreckte zusammen. Mit eingezogenem Kopf starrte sie zur Straße, auf welcher ein Fahrzeug langsam an ihnen vorbei rollte. Sie entspannte sich, als sie offenbar keine direkte Bedrohung wahrnahm.

Diese Frau fühlte sich als Opfer, das war Palmer klar. Völlig verängstigt sprach sie ohne Gesten, mit regungslosem Gesicht. Irgendwie wie tot.

Aber dass Palmer selbst Gefahr lief, ins Visier des Täters zu geraten, das konnte sie sich nur schwer vorstellen. Lena schien dies zu bemerken. Um ihre Aussage zu untermauern, zog sie den linken Ärmel ihres Tops zurück. Den Bluterguss, der auf ihrer hellen Haut zum Vorschein kam, ließ sie wortlos wirken. Sah echt böse aus, bewies aber gar nichts, dachte Palmer, denn auch sie hätte eine Wunde am Oberarm vorführen können. Bis zum heutigen Tag war Palmer gut damit gefahren, nicht einfach alles zu glauben. Daran wollte sie nichts ändern.

Lena witterte Palmers Bedenken.

»Beweise dafür, dass er mit der Entführung zu tun hat, habe ich keine. Aber er ist oft unterwegs, wenn er sich weder zu Hause, noch im Geschäft aufhält. Er fahre zur kranken Mutter, um sie zu pflegen, erzählt er dann überall rum. Das kommt bei den Leuten gut an. Dies ist bloß eine seiner zahllosen Lügen. Seine Mutter lebt schon lange nicht mehr. Falls er nicht irgendwo eine Freundin besucht, hat er sonst was am Laufen. Nicht, dass ich mich darüber beschwere. Er schließt uns beide zwar immer ein. Aber meine Tochter und ich sind dankbar für jede unbehelligte Minute.«

Palmer fragte Lena verblüfft: »Jahrelang hältst du dies aus, aber nun wendest du dich an mich? Weshalb ausgerechnet heute?«

»Wenn man dauernd einen Hund tritt, beißt er eines Tages.« Sie hielt für einige Augenblicke ihren Mund betont geschlossen. »Letzte Woche hatte er diesen Gesichtsausdruck, den ich allzu gut kenne. Sein rechtes Auge hat gezuckt. So blickt er, bevor er mich schlägt. Ich hab gewusst, was mir bevorstand. Die niederprasselnden Schläge haben wie immer geschmerzt. Doch diesmal war etwas anders. Ich hab keine Panik in mir aufsteigen gespürt, keine Höllenangst. Zusammengekrümmt habe ich vor ihm auf dem kalten Plattenboden gelegen. Ich habe mich gefragt, weshalb meine Glieder nicht gezittert haben. Ich hab die Finger zur Faust geballt. In diesem Moment hab ich erkannt, dass die Rettung in meinen eigenen Händen liegt. Wie viele 100 Mal musste ich seine Explosionen und Demütigungen schon miterleben? Irgendwann verliert die gröbste Bosheit ihre verängstigende Wirkung. Statt die Arme schützend um den Kopf zu legen, hab ich mich mit beiden Händen am Boden aufgestützt. Mit fragendem Blick hat er beobachtet, wie ich langsam auf die Beine kam. Ich hab festen Stand gefunden, mich vollständig aufgerichtet und die Hände zu Fäusten geballt. Dass Maria, meine kleine Tochter, jedes Mal mitbekommen hat, wie er mich schlug, hatte ihn noch nie gekümmert. Er hat kräftig in meine Haare gegriffen und mir den Kopf bis zum Anschlag nach hinten geknickt, sodass ich gar nicht mehr anders konnte, als ihm mitten ins Gesicht zu blicken. Seine Augen waren hasserfüllt. Schreiend hat er mir klargemacht, er garantiere mir, mich umzulegen, wenn ich auch nur mit einem Wort erwähne, was hinter unseren Mauern geschieht. Dann hat er mir mit der flachen Hand eine Ohrfeige geknallt und mich von sich gestoßen, sodass ich mit dem Rücken auf dem Boden aufgeschlagen habe. Hierauf hat er das Haus verlassen und hinter sich abgeschlossen. So wie immer.« Sie schwieg, ihre Augen verdunkelten sich. »Nach der Befreiung dieses Models hat er sich in eine Furie verwandelt. Mir kam es vor, als habe er eine neue Befriedigung gesucht. Tatsächlich hat er sich ab diesem Zeitpunkt unserer Tochter zugewendet. Damit hat er die unsichtbare Grenze überschritten. Jetzt gibt's für mich kein Zurück mehr. Bis jetzt hab ich seine Schläge und Erniedrigungen hingenommen, um ihn von meiner Tochter fernzuhalten. Jetzt bin ich erwacht. Jetzt kämpfe ich. Nicht um meine persönliche Freiheit. Ich halte es nicht aus, dass er jetzt meine kleine Tochter missbraucht.« Sie drückte einige Tränen weg. »Ich bin mir auch voll bewusst, was sein Übergriff auf Maria für mich persönlich bedeutet. Deshalb suche ich jetzt Hilfe. Jetzt, wo sein Interesse von mir auf Maria übergegangen ist, würde er für mich keine Verwendung mehr haben. Für ihn bin ich nutzlos, aber als Mitwisserin eine Bedrohung. Für mich heißt es jetzt: überleben oder untergehen.«

Palmer war wie vor den Kopf gestoßen. Da sprach eine wildfremde Frau sie an und erzählte ihr intimste Details aus ihrem Leben. Schockierende Einzelheiten.

»Dieses Ungeheuer wird uns umbringen«, flehte Lena. »Bereits meine Mutter, mit der wir damals zusammengewohnt haben, verschwand spurlos, bevor wir von Augsburg wieder zurück in die Schweiz hier nach Luzern gezogen sind.«

»Ich übermittle dies gerne Kommissar Stocker. Die Polizei kann dir helfen.«

»Aber die tut nichts.«

»Hast du ihn angezeigt?«

Lena zuckte bloß mit den Schultern und ließ sie hängen.

»Ich werde seine Strafe zu spüren bekommen, wenn er von diesem Gespräch erfährt.«

»Du oder deine Tochter?«

»Er bedient sich jetzt unserer Tochter, aber verprügelt hat er sie nie. Um jemanden zu schlagen, nimmt er mich. Früher ist dies anders gewesen. Früher hat er mir seine Liebe zukommen lassen. Ich würde noch viel mehr Schläge ertragen, wenn er dann seine Hände von unserer Tochter lässt.«

Palmer verzog angewidert den Mund.

Tränen kullerten über die Wangen von Lena Ruppen, während sie wie gelähmt dastand.

Mit angewiderter Miene sagte Palmer: »Du musst zur Polizei. Erstatte Anzeige!«

»Was geschieht, wenn ich ihn verklage? Würde man mir glauben? Würde man ihn verhaften? Nein, mir glaubt niemand. Vor gut einem Jahr bin ich statt zum Einkaufen zur Polizei gegangen und habe ihn angezeigt, nachdem er mich mit Schlägen fast umgebracht hatte. Polizisten sind dann tatsächlich zu Hause aufgekreuzt. Aber mir ist gleich klargeworden, dass dies schiefgeht, denn die Polizisten haben meinen Ehemann geduzt. Wie hätte ich denn wissen sollen, dass sie seit Jahren donnerstags mit meinem Mann Fußball spielen? Als sie geläutet haben, hat er eben mit unserer Tochter auf der Couch herumgetollt. Er hat ihnen Kaffee und Schokoladekuchen angeboten, den er mit seiner Tochter gebacken habe. In Tat und Wahrheit weiß er nicht mal, wo sich in unserer Wohnung die Küche befindet. Auf meine Misshandlungs-Anzeige angesprochen, hat er auf Hirngespinste verwiesen, die ich wegen der Einnahme starker Schmerzmittel hätte. Er hat seine Kumpels gebeten, dies vertraulich zu behandeln. Er hat vorgegeben, ich leide an Brustkrebs und es sei mir unangenehm, mit jemandem darüber zu sprechen. Dies sei auch der Grund, weshalb ich mich aus der Öffentlichkeit zurückgezogen habe.«

Palmer spürte, wie ihr der Schweiß auf die Kopfhaut trat. Sie sehnte sich nach Kühlung.

Lena fuhr fort. »Nachdem sich die Polizisten verabschiedet hatten, hat es zusätzliche Prügel gesetzt.«

»Wenn du ihn nicht anzeigst, verbessert sich nichts. Man weiß, dass solche Typen so lange misshandeln und immer noch zusätzlich eins drauflegen, bis das Opfer tot auf der Matte liegt.«

Lena wimmerte und zog die Nase hoch. »Ihre Welt ist zu einfach. Was wird passieren, wenn mir die Polizei tatsächlich hilft? Was, wenn sie ihn abholt, er verurteilt wird und im Gefängnis landet? Wer sorgt dann für mich und mein Mädchen?« Sie schniefte. »Ich habe nur das Minimum an Schulen besucht, habe nie einen Beruf erlernt. Ich wüsste nicht, mit welchem Job ich meine Tochter und mich durchschlagen könnte. Geld hab ich keins, das verdient er. Und sehen Sie mich an. Würde mich eine Firma den Augen ihrer Kunden aussetzen?« Sie atmete tief durch. »Und wenn er dann irgendwann aus dem Gefängnis rauskommt, denken Sie, er würde mich artig besuchen, um sich für die verursachten Qualen zu entschuldigen?« Sie hielt inne und schob den Kiefer vor.

»Was ist mit den Ämtern?«

»Sozialhilfe? Die nehmen mir am Ende noch mein Mädchen und stecken es ins Heim.«

»Dann hol Hilfe bei einem Rechtsanwalt. Die haben so ein Programm für eine kostenlose Erstberatung.«

»Rechtsanwälte verteidigen Kriminelle.«

Palmer verstand. Alle Worte drückten echte Verzweiflung aus, aber auch tiefstes Misstrauen gegen alles.

Lena fuhr fort: »Ich meine, es ist schon okay, wenn auch Schuldige sich auf ihre Rechte berufen können. Aber was ist mit den Unschuldigen? Ich suche keine Gerechtigkeit. Ich will bloß, dass er seine Finger von unserer Tochter lässt.«

Palmer überlegte einige Sekunden und sagte: »So kann es nicht weitergehen. Glaub mir, wir finden genügend Material, dass jeder Richter deinen Mann wegsperrt. Keiner umgeht die Gesetze. Aber nur die Polizei kann ihn verhaften. Ich nicht.«

»Richter? Gesetze wurden eingeführt, um Grenzen aufzuzeigen. Hab ich aus Büchern gelernt. Die Zeitungen berichten aber täglich, wie Richter diese Grenzen verwischen. Zivilcourage scheint zu wenig vorhanden zu sein, um den vorhandenen Ermessensspielraum auszuschöpfen.«

Palmer wurde nachdenklich. Sie wusste um die Mechanismen in den Medien. Zu einer Schlagzeile schafften es halt nur krasse Beispiele. 99 von 100 Gerichtsentscheiden sprachen problemlos nachzuvollziehendes Recht. Trotzdem konnte Palmer es verstehen, wenn Leser aufgrund von Medienberichten dann und wann den Eindruck erhalten, einige Richter entpuppten sich als Komplizen der Täter. Sie musste sich eingestehen, dass auch ihr schon mal schien, als würden Falschparkierer härter angefasst als Vergewaltiger, die sich vor Gericht reuig stellten. Tatsächlich wanderten über 1.000 Falschparkierer jährlich ins Gefängnis, weil sie die läppische Buße nicht bezahlten. Aber ein Vergewaltiger wird unter gewissen Umständen bedingt verurteilt und bezahlt nicht mal eine Buße, falls er sich beim nächsten Mal nicht erwischen lässt. Auch Palmer entnahm den Medien, dass es Richter gab, die in ihrer unendlichen Weisheit offenbar automatisch der Meinung waren, bei besonders abscheulichen Verbrechen sei der Täter geisteskrank, weil sie davon ausgehen, dass ein entsetzliches Gräuel von einem normalen Menschen gar nicht begangen würde. Dann traten sie die Verantwortung ab an Sachverständige. Am Ende entschied irgendein Psychologe, der vielerorts nicht mal zwingend über eine fundierte Ausbildung verfügen musste, darüber, ob ein Täter bestraft wurde oder nicht.

Palmer presste sich eine Faust auf die Stirn. Sie glaubte an Therapieerfolge. Aber bezüglich Gewaltvergehen sah sie die Situation von der praktischen Seite. Solange ein Täter hinter Gittern hockte, krümmte er mit Sicherheit draußen niemandem ein Haar.

Dann aber wurde sich Palmer bewusst, dass diese Psychologen im Grunde genau wie sie in ihrem Warenhausjob Verbrechen lösten, bevor sie begangen wurden. Denn irgendwann kamen alle Sexualverbrecher wieder raus. Da war es doch äußerst sinnvoll, dass jemand sie vorher behandelte.

»Weshalb glaubst du, ich könnte deine Situation verbessern?«, fragte Palmer.

»Sie sind die Erste gewesen, die nach Julia gesucht hat. Und Sie haben Julia gefunden. Wahrscheinlich hat sie bloß aufgrund Ihrer Bemühungen überlebt. Helfen Sie meiner Tochter!« Sie drückte Palmer einen Zettel mit ihrer Adresse in die Hand, drehte sich und eilte davon.

Während Palmer nach Hause schritt, wurde ihr klar, was sie irritiert hatte, als sie Lena das erste Mal gesehen hatte, diese magere und blasse junge Frau. Sie war nicht krank, sondern sie litt unter purer Angst. Für Palmer stand außer Frage, dass Lena ein Opfer war. Möglicherweise machte sich ihr Ehemann auch tatsächlich über seine kleine Tochter her. Aber konnte sie glauben, dass er auch hinter der Entführung von Juli stand? Und musste sie sich vor ihm in Acht nehmen? Sie kannte ihn, er war nicht unsympathisch und hatte auf sie noch nie den Eindruck eines Verbrechers gemacht. Aber auf der Polizeischule hatte sie gelernt, dass Verbrecher selten wie Verbrecher aussehen.

Sie wusste nicht, was sie von der ganzen Geschichte halten sollte. Palmer überlegte, schüttelte dann den Kopf. Angesichts der schieren Not von Lena und der Vermutung, dass hier ein Mädchen missbraucht wird, konnte Palmer nicht wegsehen. Sie wollte sich dieser Sache annehmen. Aber zuerst musste sie sich um zwei andere dringende Dinge kümmern: um den zweiten Täter und um einen Job.

Palmer vernahm Freudenschreie von Männern, die sich gegenseitig einen Frisbee zuwarfen, als sie neben der Ufschötti-Wiese vorbeischritt. Sie dachte an das kleine Mädchen und verspürte einen Kloß im Hals. Ein Vater, der sich an der Tochter vergriff? Mein Gott. Sie fragte sich, ob so ein Opfer jemals wieder einem anderen Menschen vertrauen konnte. Kinder kannten zwar Gut und Böse aus den Märchen. Aber dort sind die Guten immer lieb und die Bösen immer gefährlich. Was geschieht in einem Kind, wenn der liebe Mensch plötzlich böse wird, wenn der Vater sich an der Tochter vergreift? Für Palmer war klar, dass dieses Kind Hassgefühle entwickeln musste. Dies verunsicherte und verwirrte das Kind. War es anschließend nicht mehr fähig zu unterscheiden zwischen guten und bösen Menschen, versteinerte der unheilvolle Schrecken seiner Erlebnisse dessen Seele, Verstand und Körper. Auch auf Leute, die ihm gut gesinnt waren, würde es dann gefühls- und teilnahmslos reagieren. Nur so hielt es das Unerträgliche aus. Dieses Kind später wieder ins Leben zurückzuholen, würde viel Zeit in Anspruch nehmen. Echte Mutterliebe konnte dies schaffen, daran glaubte Palmer. Oder ein fähiger Therapeut.

KAPITEL 37

Mit Juli ging es aufwärts. Heute Vormittag war sie ins Tessin verreist und gab damit dem dringenden Wunsch der Eltern nach, insbesondere des Vaters. Aber so ganz ins Leben zurückgefunden hatten beide nicht, weder Juli noch Palmer. Die Möglichkeit, dass ein zweiter Täter frei herumspazierte, lag den beiden schwer im Magen.

Für heute Abend hatten sich Alex und Palmer zum Essen beim Italiener verabredet. Sie trafen gleichzeitig ein, sodass sie nach einer zurückhaltenden Begrüßung zusammen durch die Tür traten. Der Oberkellner hieß sie mit einem warmen Lächeln willkommen, fragte nach der Reservation, führte sie zur Bar und beschied ihnen, er wolle sich gleich darum kümmern, ihren Tisch vorzubereiten. Palmer war klar, dass es nur darum ging, ihr vor dem Essen noch ein Glas Prosecco anzudrehen.

Geduld war nicht Palmers Stärke, erst recht nicht, wenn sie hungrig war. An der Bar weigerte sie sich trotzig, einen Drink zu bestellen, und platzierte sich in den Durchgang, sodass sich die Kellner mühsam an ihr vorbeizwängen mussten. Und siehe da, sogleich begleitete man sie an den Tisch. Palmer bestand darauf, sich an die Wand zu setzen, mit dem Gesicht Richtung Eingang, wohl ein Überbleibsel aus der Zeit, als sie als angehende Polizistin mit Haut und Haar in der Welt von Gut gegen Böse lebte: Wende nie den Rücken in jene Richtung, aus welcher ein Angriff erfolgen könnte.

Nachdem sich beide gesetzt hatten, überreichte ihnen der Oberkellner die Karten. Auf seine Frage hin erklärte ihm Palmer, dass er das vierte Besteck wegräumen könne. Sie würden nur noch eine dritte Person erwarten, sich jedoch mit dem Bestellen bis zu deren Eintreffen gedulden.

Palmer nahm Alex' fragenden Blick wegen des dritten Gedecks wahr und erklärte, während sie die Serviette auf ihren Knien ausbreitete: »Ich hab vergessen, dir zu sagen, dass auch mein Vater zum Essen kommt.«

Palmer hätte anders entschieden, hätte sie gewusst, dass dieser Abend in einem Fiasko enden würde. Aber sie war der Ansicht gewesen, dies sei eine gute Gelegenheit, ihren Vater wieder mal zu treffen. Sie hoffte, mit Alex als Zeugen am Tisch würde die Begegnung nicht allzu wild werden. Und rauszuwerfen brauchte sie ihn nicht. Spätestens zur Sperrstunde würde er sich verabschieden müssen.

Alex hingegen passte diese Überraschung gar nicht, aber er gab sich alle Mühe, sein Lächeln echt wirken zu lassen. Er hätte es vorgezogen, mit Palmer allein das Essen und den Abend zu genießen. Für ein erstes Treffen mit Palmers Vater hätte er sich einen geeigneteren Ort vorstellen können. »Ich hoffe, er taucht bald auf«, kommentierte er, seinen Ärger nur mühsam unterdrückend. »Hab heute nichts zu Mittag gegessen.« Als Palmer nicht darauf einging, ließ es Alex bleiben, sie über seinen Grund der Verabredung, der im Geschäftlichen lag, aufzuklären, und drehte seinen Kopf Richtung Küche, die gut einsehbar der Rückwand entlang aufgestellt war. Flink bereiteten dort Köche Zutaten vor oder verwandelten sie in feine Speisen. Düfte nach köchelnden Tomaten, Knoblauch und Oregano hatten seinen Appetit zusätzlich angeregt.

Bereits als sie das Lokal betreten hatten, war sich Palmer um ihre angespannten Gemütslage bewusst gewesen. Das war immer so, wenn sie hungrig war – ein Phänomen, unter welchem normalerweise eher Männer litten. Sie nahm sich fest vor, sich auf keine Diskussion einzulassen, ohne sich einen ersten Bissen von egal was als Antibrumm einverleibt zu haben.

»Wo bleibt eigentlich das Bro… oh, hab ich nicht gesehen«, sagte Palmer, griff sich eine Brotscheibe und biss die Hälfte ab.

Der Kellner rettete die Situation, indem er nicht nur die

Speisekarte überbrachte, sondern zusätzliches Weißbrot auf den Tisch stellte, mit kaltgepresstem Olivenöl aus der Toskana. Alex schob beides zu Palmer hin. Beide lächelten.

»Ich bitte dich um einen Gefallen heute Abend«, sagte Palmer. »Nein eigentlich zwei. Versuch, meinem Vater zu erklären, wie er seine Kunst zu Geld machen kann, damit er endlich durch eigene Leistung für seinen Unterhalt aufkommen kann. Und keine Politik heute Abend. Ich warne dich. Das führt zu Streit und den will ich nicht ausgerechnet jetzt, wo mich mein Vater wieder mal angerufen hat. Wenigstens tut er im Ansatz so, als beginne er, sich für mich zu interessieren.«

Alex nickte stumm. Allerdings fragte er sich, wie sie sich seine Aufgabe wohl vorstellte, bei einem Vater, der seine Pflicht als Künstler darin sah, die aus den Fugen geratene Welt zu retten. Soviel hatte er aus Palmers Erklärungen erfahren.

Alex streute etwas Salz ins Olivenöl, riss sich ein Stück aus einer Scheibe Brot und tunkte es. Als er den Happen zum Mund führte, tropfte das Öl auf das weiße Tischtuch. Als er den Mund wieder frei hatte meinte er: »Auf Partys bitten mich immer wieder Leute um Ratschläge, wie sie ihr Geschäft besser in Schwung bringen könnten. Aber eigentlich wollen sie meine Empfehlungen gar nicht hören. Ich behaupte sogar, Erfolglose suchen bei mir einzig die Bestätigung, im Grunde alles richtig zu machen. Ihr Laden laufe aufgrund äußerer, nicht beeinflussbarer Faktoren so schlecht. Widerrede dulden sie nicht. Denn dann kommt sofort, man verstehe halt von ihrem Geschäft zu wenig. Sie wollen nicht einsehen, dass jede Verbesserung eine Veränderung voraussetzt. Wer tut, was er immer getan hat und meint, es stelle sich trotzdem ein besseres Ergebnis ein, ist ein Dummkopf. Ernst nehmen die Leute Ratschläge erst, wenn sie dafür bezahlen müssen. Erst dann sind sie innerlich bereit, tatkräftig etwas für ihr Geld zu tun.«

Palmer knüllte ihre Serviette in der Faust zu einem Knäuel. Sie beobachtete, wie die ältere Dame am Nebentisch im vierten Versuch eine Olive mit der Gabel anpikste, sie sich langsam in den Mund schob und danach ihre Lippen mit der Serviette abtupfte.

»Aber selbstverständlich bin ich deinem Vater mit dem einen oder anderen Wink behilflich, falls sich das Gespräch in diese Richtung bewegen sollte.«

Palmers Gesichtszüge entspannten sich etwas.

Während sie warteten, wanderte Palmers Blick über die abstrakten Kunstwerke an den Wänden. Sie neigte den Kopf zur Seite und rollte die Augen. »Welches dieser Bilder findest du das Schlimmste?«, fragte sie.

Er zögerte mit der Antwort und überlegte, ob Palmer aufgrund der Warterei bloß zu wenig Geduld für die Werke aufbrachte, denn er hatte ihr Schmunzeln nicht wahrgenommen.

Als nach 20 Minuten Palmers Vater noch immer nicht aufgetaucht war, einigten sie sich zu bestellen, und starteten damit, die Speisekarte zu studieren. Nach kurzer Suche klappte Palmer die Karte zusammen und ließ Alex wissen, sie nehme das Gleiche wie er. Als Alex beim Kellner dann aber etwas mit Tintenfisch bestellte, griff Palmer nochmals zur Karte und entschied sich für einen riesigen Antipasti-Teller.

Die beiden überbrückten die Wartezeit, indem sie sich über die Kunstwerke unterhielten.

»Hallo, wen haben wir denn da? Ein unbekanntes Gesicht an deiner Seite?«

Wie aus dem Nichts stand ein etwa 50-Jähriger zwischen Palmer und Alex, als sich beide ihrem Salat widmeten. Braungebrannt, in weißem Baumwollhemd, verwaschenen Jeans, mit langen, grauen Haaren und fast weißem 20-Tage-Bart, erinnerte er Alex an einen schicken Schiffbrüchigen, der erst seine Hand auf Palmers Schulter legte, um sie dann Alex zur Begrüßung hinzuhalten.

»Enrico«, sagte er mit mildem Lächeln. »Und wie heißt du?« Sofort bestand er darauf, von Alex mit seinem Vornamen angesprochen zu werden, was Palmer zurück in ihre Kindheit versetzte. Denn das hatte er bereits bei ihr als Zweijährige so gehalten. Nur dass er damals noch Heinrich hieß.

Immerhin überraschte er Palmer positiv, als er sich in kürzester Zeit für ein Gericht entschied und es in perfektem Italienisch dem Kellner diktierte. Er verzichtete sogar auf eine Vorspeise, da ihm offenbar klar war, dass seine beiden Tischpartner nicht länger mit dem Essen warten mochten, nur weil er sich verspätet hatte.

Redegewandt lobte er den Tag, die vorzügliche Wahl dieses Restaurants und die Qualität der Kunstwerke an den Wänden. Der Abend startete so, wie Palmer es sich erhofft hatte, in lockerer Stimmung. Allerdings trübte sich ihre Seele schon bald, als Enrico die Kunstwerke einem zweiten Augenschein unterwarf und bei jedem Werk auf Fehler in der Ausführung hinwies. Palmer kam die Vergangenheit hoch und sie fragte sich, wie gut die Idee tatsächlich war, ihn zu einer Aussöhnung zu treffen. Sie hoffte sogar, dass ihr Vater möglichst rasch das Essen serviert bekam, nur damit er den Mund voll und sie Ruhe hatte. Dann würde sie vor seinen Einschätzungen der Kunstwerke im Besonderen und der Welt im Allgemeinen verschont. Sie hoffte, dass wenigstens Alex und ihr Vater einen guten Draht zueinander fanden, was nicht einfach werden würde. Sie kannte ihren Vater zur Genüge. Alex gab sich alle Mühe, sich nicht beirren zu lassen, wie Enrico zu jedem Thema den passenden Ich-Bezug fand, ganz egal, worüber sie sprachen. In der Tat unterbrach er Alex in jedem zweiten Satz. Wenn Enrico meinte, freundlich eine Frage stellen zu müssen, klemmte er prompt die Antwort mittendrin mit seinem Kommentar ab. Alex' Stimmung schien darunter nicht zu leiden, zumindest ließ er sich nichts anmerken. Interessiert ging er auf Enrico ein und fragte nach, wenn er etwas nicht verstand. Dann und wann fügte er an, er sei zwar anderer Meinung, aber doch so, dass Enrico sich respektiert fühlte.

Trotz der allseitig guten Absichten lag von Anfang an Spannung über dem köstlichen Nachtessen. Man speiste und trank, aber immerhin entfachte sich kein offener Streit.

Alex spürte bald, dass Palmer jede kritische Anmerkung ihres Vaters persönlich nahm, auch wenn sie aus seiner Sicht keinen Grund dazu gehabt hätte. Er meinte wahrzunehmen, wenn Palmer innerlich schauderte. Aber er hielt sich zurück, sie darauf hinzuweisen, dass Enrico nicht über sie sprach. Da mussten viele Leichen in der Vergangenheit vergraben sein, dachte sich Alex. Er wollte sich auf keinen Fall einmischen oder sogar Stellung beziehen zwischen Vater und Tochter, obwohl ihm klar war, dass sie ihm das später übel nehmen könnte. Für diesen fehlenden Rückhalt würde er sich später bei ihr entschuldigen.

»Soso. Du willst mir also beibringen, wie ich meine Kunst besser vermarkte?«, sagte Enrico und drehte zwei Mal ruckartig an der Pfeffermühle über seinem Teller. »Hat mir Christabel am Telefon verraten.«

Palmer zuckte zusammen.

»Nur, falls es dich interessiert«, meinte Alex.

»Aber wie soll das möglich sein, wenn du noch nie eines meiner Werke gesehen hast?«

»Na ja, ich bin kein Kunstkritiker. Aber wovon ich was verstehe, ist, was man tun muss, damit Menschen etwas kaufen wollen und auch bereit sind, dafür einen angemessenen Preis zu bezahlen.«

Enrico gab sich locker. Nur eine kleine Ader unter dem Ohr verriet das aufgeregte Schlagen seines Herzens. Mit einer ausladenden Armbewegung nahm er sich einen gehörigen Schluck Wein. Bei Palmer erweckte dies den Anschein, als würde er das nun Folgende nur in angetrunkenem Zustand überstehen.

»Weißt du, Alex, ich hege da schwerste Bedenken. Ich würde nie damit leben können, bewusst Leute zu manipulieren.«

Nun lachte Alex und tupfte sich die Mundwinkel trocken.

»Informieren ist nicht manipulieren. Wenn es dein Gewissen beruhigt: Auch konsumkritische Organisationen werben für ihre Anliegen. Aber Spaß beiseite.« Sein Blick huschte für den Bruchteil einer Sekunde zu Palmer. »Bis heute ist es noch niemandem gelungen, jemanden zum Kauf eines Produkts zu überreden, das dieser nicht haben wollte. Oder glaubst du, eine Vegetarierin kaufe plötzlich Schweinswürste, nur weil ihr die Werbung des Metzgers so gut gefällt?« Er tunkte mit einem Stückchen Brot Soße auf.

»Unsinn. Meine Kritik geht tiefer«, entgegnete Enrico. »Mich nervt das gedankenlose Konsumverhalten mit all den Kaufzwängen. Das ganze System gefällt mir nicht. Wer sich lange genug damit auseinandersetzt, stellt fest, dass der Kapitalismus die Menschenwürde mit Stiefeln tritt.«

»Ich bin da zwar völlig anderer Meinung, aber die Frage ist eine andere und letztlich ganz einfach: Willst du nun Bilder verkaufen oder nicht?« Alex blickte ihm freundlich in die Augen und nickte fragend.

Enrico brachte zwar keine zustimmenden Worte über die Lippen. Aber mit seinen erhobenen Handflächen deutete er Waffenstillstand an.

»Gut«, fuhr Alex fort. »Wer soll denn deine Werke kaufen?«

»Na, alle halt«, sagte Enrico und trommelte mit den Fingern auf das Tischtuch.

»Nein, wenn du mit deiner künstlerischen Aussage jemanden ansprechen willst, musst du nicht alle anpeilen. Wenn du jemanden treffen willst, hilft es, auf ganz genau diese Person zu zielen. Ein Einziger pro Werk würde ja schon reichen. Sind doch alles Unikate, nicht?«

»Verstehe. Aber mir gefällt diese Kriegsrhetorik ganz und gar nicht.« Trotzdem nickte er.

»Voraussetzung ist natürlich, dass die Person über so viel Geld verfügt, um deiner Vorstellung entsprechend den Wert deines Werks aufzubringen.«

Alex spürte Enricos inneren Kampf.

»Das muss dich nicht schmerzen. Im Gegenteil. Du präsentierst das, was die Person besitzen will. Und die nötige Kohle hat sie ja.« Mit Schalk in den Augen ergänzte er: »Sieh's als deine Chance zur Umverteilung.« Er zwinkerte Palmer zu.

Enrico hielt den Blickkontakt aufrecht. Dann zog er mit den Lippen eine Zigarette aus der Packung und zündete sie mit einem Streichholz genüsslich an. Nachdem er das Feuer ausgewedelt hatte, genehmigte er sich mit geschlossenen Augen einen langen Zug. Während die Spitze rot aufglühte, behielt er den Rauch so lange wie möglich in der Lunge, bevor er ausatmete.

»Ich bin doch einfach nur zu wenig bekannt. Sonst würde ich mehr verkaufen.«

Der Kellner brachte einen Aschenbecher und stellte ihn diskret vor ihm auf den Tisch, bewegte sich aber erst von der Stelle, als Enrico die Zigarette darin ausgedrückt hatte.

»Dann musst du halt den Medien Leistungen bieten, über die sie berichten wollen. Suchst du ungeteilte Aufmerksamkeit, dann schaffe Neues. Etwas, das vor dir noch niemand brachte. Erinnern deine Bilder auf den ersten Blick an Picasso, dann erkennen die Leute in deinen Bildern Picasso und eben nicht dich. Keiner wartet auf deine Kopie. Abgesehen davon, dass niemand für eine Kopie einen hohen Preis bezahlt.«

Enrico griff nach seinen Zigaretten, warf die Packung aber sofort wieder auf den Tisch. Dann schob er seinen Unterkiefer vor.

Alex fuhr fort: »Das gilt auch für die inhaltliche Aussage. Wenn du als Künstler in gleicher Art und auf denselben Missstand aufmerksam machst wie 10.000 andere bereits vor dir, erwirkst du ein Gähnen. Suche ein Feld, das noch nicht beackert wird.«

»Fängst du schon wieder damit an. Kritisierst mich, ohne je eines meiner Werke gesehen zu haben.«

»Ach, ich hab nicht dich kritisiert, sondern all jene, die längst bekannte Künstler oder Ideen kopieren und nicht verstehen können, weshalb sie nicht vom Fleck kommen.«

Enrico atmete aus, was aber länger dauerte als das Luftholen.

»Versuch's doch mit einem Knalleffekt.« Alex grinste. »Einen solchen erwirkst du beispielsweise mit dem Bruch eines Tabus. Tu das Undenkbare. Brich ein ungeschriebenes Gesetz. Das bringt dich in die Medien.«

Enrico schielte auf die Uhr.

Alex gab noch nicht auf. »Aber vergiss dabei nicht, einen direkten Bogen zu deinem künstlerischen Werk zu spannen.«

»Quatsch. Tabus gibt es keine mehr, haben wir alle gebrochen nach 68.«

Jetzt war's Alex, der irritiert dreinschaute. »Du meinst die Tabus der anderen. Jene der etablierten Gesellschaft, der breiten Masse.«

Keine Antwort.

»Dann forsche halt nach deinen eigenen Tabus«, fuhr Alex fort, »nach jenen in deinen Kreisen. Ähnlich denkende Leute kennen ähnliche Tabus. Du wirst erstaunt sein, wie viele Leute die gleichen haben wie du.«

»Nur weil dich in deiner kläglichen Welt Tabus einengen, geh bitte nicht automatisch davon aus, dass auch ich unter welchen leide. Ja?« Mit dem Weinglas in der Hand lehnte sich Enrico im Stuhl zurück. Er und Alex maßen sich ein paar Sekunden lang mit Blicken.

Dann seufzte Alex und schlug die Augen nieder.

Enrico gab nicht klein bei. »Ich sehe es als meine Aufgabe, zur politischen Meinungsvielfalt beizutragen. Ich öffne den Menschen die Augen, bringe Licht ins Dunkel.«

Alex schwieg, denn er war sich nicht sicher, ob Enrico noch eins drauflegen wollte. Als Enrico nichts mehr ergänzte, übernahm Alex das Wort. »Inhaltlich redet dir doch gar niemand rein. Ich spreche vom Drumherum …«

»Jemand muss euch kapitalistischen Wichsern doch den Spiegel vorhalten«, ergänzte Enrico.

Alex lachte säuerlich und entgegnete: »Ich bin halt der Meinung, auch die ewigen Spiegel-Hinhalter täten gut daran, dann und wann selber reinzublicken. Aber davon mal abgesehen: Dass die Leute in deine Spiegel nicht reingucken, hat vermutlich damit zu tun, dass es dir nicht gelingt, sie dafür zu interessieren. Oder sie zumindest darauf aufmerksam zu machen …«

Es krachte laut.

Gäste von andern Tischen drehten ihre Köpfe zu ihnen, als Palmer beide Hände flach auf den Tisch knallte und sich ruckartig vorbeugte, um möglichst nah an Alex' Gesicht zu kommen. Sie konnte sich jedoch gerade noch zurückhalten. Denn erst mit Verspätung nahm sie wahr, dass zwar das Gespräch nahe daran war, aus dem Ruder zu laufen, dass sich Alex aber an die Abmachung hielt und nicht direkt über Politik sprach. Überdies hatte sie Alex um Hilfe gebeten. Er kam ihrem Wunsch zwar nach, aber sie wollte auf keinen Fall, dass dieses Gespräch ausartete.

Alex' Hirn lief derweilen auf Hochtouren. »Soll ich dir ein Beispiel geben? Ich präsentier dir eins«, sagte er zu Enrico. Alex hatte schon festgestellt, dass Leute, die dauernd darauf hinwiesen, alle Menschen seien gleich viel Wert, sich selber, moralisch gesehen, klar als die besseren Menschen betrachteten. Nun fingerte Alex sein Smartphone aus dem Blazer, loggte sich ins Web und tippte einige Suchbegriffe ein.

Palmer drehte sich zu ihrem Vater und erkundigte sich, ob sie zusammen noch etwas Wein bestellen wollten. Alex begrüßte dies als Versuch, mit dem Vater Frieden zu schließen, spürte aber, wie schwer es beiden fiel, ein halbwegs normales Gespräch zu führen. Zu stark belastet war deren Vergangenheit.

Mittlerweile war Alex auf Wikipedia gelandet und stieß einen leisen Pfiff aus.

Enrico nickte mit dem Kinn in seine Richtung und fragte: »Was?«

»Du erinnerst dich, wir suchen nach einem Tabu, um es medienwirksam in deinen Werken zu brechen? Ich bin auf tiefes Unrecht gestoßen, welches künstlerisch noch nicht aufgearbeitet wurde.« Als Enrico keine Miene verzog, fuhr er fort: »Die Geschichte der Umverteiler ist gepflastert mit Leichen. Und trotzdem stellen sie sich als Freunde der Menschheit dar.«

Enrico musste diese Aussage als persönliche Kritik aufgefasst haben, denn er reagierte unwirsch. »Das Internet bietet jedem Trottel eine Plattform für abstruse Theorien.«

»Nun, Universitätsprofessor R. J. Rummel ist immerhin mehrmals für den Nobelpreis nominiert worden.«

Enrico blickte sich im Restaurant um und rief: »Zahlen!«

Da Alex noch immer voll in Wikipedia vertieft war, antwortete er: »Sekunde, ich kann dir Zahlen liefern. Linke Regierungen haben über 100 Millionen Menschen ermordet.«

Alex suchte Blickkontakt zu Enrico, sah jedoch nur noch seinen Rücken, als dieser zur Tür raus stürmte.

»Wundert dich das?«, fragte Alex.

Palmer aber schnellte so unvermittelt hoch, dass ihr Stuhl hinten an die Wand schlug.

»Verdammt, ich hab dich gewarnt. Keine Politik. Gerade jetzt, wo mein Vater einen kleinen Schritt zu mir hin gemacht hat«, fuhr sie Alex an, wobei sie bei jeder Silbe mit dem Zeigefinger in der Luft nach ihm stach. »Ach, lass mich doch in Ruhe.«

Palmer brauste aus dem Lokal, ohne sich nochmals umzudrehen. Die Rechnung überließ sie Alex.

KAPITEL 38

Gut zwei Stunden hatte er in seinem Ford ausgeharrt, jetzt stand er unter dem Blätterdach eines Baums. Bereits seit Tagen wollte er zugreifen. Aber er hatte sie jedes Mal verpasst, da er sich keinen Durchblick in ihrem unregelmäßigen Tagesablauf verschaffen konnte.

Verdammt. Er überlegte sich, was er tun sollte, falls sie heute nicht mehr auftauchte. Dann würde er eben morgen bereit sein. Seinen Plan zu ändern kam nicht in Frage, obwohl es jetzt zu nieseln begann. Bei manchen Leuten stellte Regen den Tagesplan auf den Kopf. Aber ihm konnte ein Wolkenbruch sogar behilflich sein, wenn sich deswegen weniger Passanten draußen aufhielten, die ihm als Zeugen hätten das Leben schwer machen können. Er verharrte.

Durchnässt und dem Wind ausgesetzt hätte er sich ohrfeigen können, nur im schwarzen Shirt ohne Regenschutz hier aufzukreuzen. Um sich flach in den Rasen zu legen, war es ihm zu kalt. Also kauerte er nun mit den Zähnen klappernd hinter Ahornbäumen. Der Mond war durch die Regenwolken verdeckt, einzig vor der Wegbeleuchtung hatte er sich in Acht zu nehmen.

Bald Mitternacht.

Bereits seit zwei Stunden versteckte er sich im Schatten dieser Bäume. Er holte einen Kaugummi raus, schälte ihn aus der Verpackung, schob ihn sich in den Mund und ließ das Papier auf die Erde segeln.

Sein Herz setzte einen Schlag aus.

Zwei Studenten waren fröhlich plaudernd aus dem nahen Wohnheim getreten, hatten dann aber nicht seine Richtung eingeschlagen. Trotzdem schäumte er fast über. Er ärgerte sich über seine Nachlässigkeit. Er hätte sein Gesicht vermummen sollen. Bei der Vorbereitung war er zum Schluss gekommen, darauf zu verzichten. Wäre man ihm mit einer Maske vor dem Gesicht begegnet, wär dies doch jedem verdächtig vorgekommen.

Verregnetes Gras. Er mochte den Geruch.

Wenn er nur nicht so durchnässt und ausgekühlt wäre. Die Warterei machte ihn nervös.

Er wechselte den Standort zu den Gebüschen der angrenzenden Ufschötti-Wiese. Sie lag verlassen da. Heute war im Gegensatz zu den anderen Tagen auch keine Polizeistreife in Sicht. Er klopfte mit seinen Fingerspitzen nervös auf einen Ast des Gebüschs, sodass es sich anhörte wie Regen, der auf Blätter prasselte. Ansonsten war es ruhig, der hauchfeine Nieselregen verursachte kaum Geräusche auf den Blättern.

Unvermittelt zuckte er zusammen.

Jemand stupste ihn ins Kreuz.

Er hatte niemanden kommen hören. Langsam drehte er sich um. Er atmete ganz flach. Ein ausgewachsener Schäferhund stand direkt hinter ihm. Erleichtert bemerkte er die raushängende Zunge und den wedelnden Schwanz: Er wollte nur spielen. In dieser Gegend ließen viele ihren Hund von der Leine. Dies bedeutete, dass sein Herrchen nicht weit sein konnte. Mit langsamer Kopfbewegung und wachen Augen blickte er sich um. Tatsächlich, etwa 50 Meter von ihm entfernt stand auf dem Gehweg ein regloser schwarzer Schatten vor noch dunklerem Hintergrund. Wo er den Kopf vermutete, leuchtete kurz ein winziger gleißender Punkt auf. Herrchen zog an der Zigarette. Dann erschallte ein Pfiff und der Hund sauste zu ihm.

Hat mich der Hundebesitzer gesehen? Wohl kaum. Falls doch, hätte er aus dieser Distanz mein Gesicht erkennen können?

Hund und Herrchen entfernten sich. Das Nieseln ging wieder in Regen über. Das aufschwellende Rieseln hatte immerhin den Vorteil, seine Gehgeräusche zu übertönen, als er vorsichtig über den Rasen und langsam in die Nähe ihrer Fenster schlich.

Die Fensterläden waren nicht zugeklappt, sodass etwas Licht der Straßenbeleuchtung zwischen den Blättern der Bäume durchsickerte und in ihr dunkles Schlafzimmer fiel.

Sie war noch immer nicht nach Hause gekommen. Er trat zum Ahornbaum zwischen Gehsteig und Haus, direkt vor ihrem Schlafzimmer. Er warf ein Seil über den zweituntersten Ast, zog sich hoch und machte es sich dort halbwegs bequem. Seine Augen hatten sich längst an das karge Licht gewöhnt. Seinen Blick hielt er starr durch das geschlossene Fenster auf jenen Teil ihres Betts gerichtet, welcher von außen zu sehen war, denn die Vorhänge waren nicht zugezogen. Da kein Licht in der Wohnung brannte, zeigte sich ein Bild in hellen und dunklen Grautönen. Die zerknitterte Decke lag halbwegs geordnet über dem Bett. Gleich daneben ein Nachttisch und eine regelmäßig blinkende Digitalanzeige.

Geduld war noch nie seine Stärke gewesen. Aber um seinen Plan umzusetzen, musste er durchhalten. Obwohl der Regen abkühlte, spürte er, wie sich auf seinem Rücken Schweiß ausbreitete. Je länger er wartete, desto unsicherer wurde er.

Seine Gedanken schweiften ab, gingen einige Wochen zurück.

Früher oder später finden sich Leute mit gleichen Interessen. Es war am Ende eines Arbeitstags, als er sich in eine Bar gesetzt hatte, auf einen freien Hocker neben einem gelangweilten Kerl. Sie hatten sich noch nie gesehen. Was die zwei verband, war, keine große Lust darauf zu haben, mit jemandem zu sprechen. Weiter vorne im Lokal amüsierten sich einige Mädels im Gespräch. Da weder er noch sein neuer Kumpel an der Bar Besseres zu tun hatten, beobachteten sie die Szene. Als zwei Jungs reinkamen und sie anmachten, wimmelten die Frauen die beiden unmissverständlich ab.

Sein Nebenmann sagte bloß: »Weiber.« Dabei schüttelte er angewidert den Kopf. Das war alles. Eine einzige abschätzige Bemerkung.

Doch Konrad Ruppen wusste sie sofort richtig zu deuten, nämlich als Zeichen für dessen grundsätzliche Abneigung gegenüber selbstbewussten Ladys. Zu reden gab's nicht viel, man war sich nach wenigen Worten einig. Man hatte eine Basis gefunden, auf welcher das gegenseitige Vertrauen aufbaute.

Jürg Fricker erzählte ihm, es sei das erste Mal seit vielen Jahren, dass er jemanden kennenlernte, bei dem er das Gefühl hätte, auf ihn zählen zu können.

Die beiden prosteten einander zu. Dann forderte Ruppen Fricker auf, ihm von seinem Leben zu erzählen. Fricker bekannte ihm seine Leidenschaft für Mechanik. Ruppen fragte ihn, ob er ihm das alte Heugebläse in seiner zum Lager umgebauten Scheune reparieren könnte. Und schon waren die Rollen verteilt. Ruppen war der Anführer, Fricker der Befehlsempfänger.

Als Kind hatte Fricker es gehasst, von andern rumkommandiert zu werden, damals von den Eltern. Trotzdem gehörte er zu jenen, die sich zu genau dem hingezogen fühlten, was sie verabscheuten, weil sie sich so zumindest beachtet fühlten.

Ruppen hatte die Idee aufs Tapet gebracht, jemanden zu entführen, und Fricker hatte sofort gewusst, dass es Julia von Moos sein musste. Die beiden hatten geplant, sie möglichst lange festzuhalten, Fricker, um sich immer wieder an ihr zu rächen, und Ruppen, um sie zu quälen und zu unterwerfen. Julia bekam Ruppens Gesicht nie zu sehen, da er ihr vor jedem Besuch befahl, sich eine Haube überzustülpen. Nicht, dass er damit gerechnet hätte, dass Julia je freikam. Aber es entsprach Ruppens Naturell, Vorsicht walten zu lassen. Auch seine Stimme machte er unkenntlich, indem er jeweils nur flüsterte, wenn er Julia besuchte. Ob sie festgestellt hatte, dass es sich um zwei Entführer oder nur um einen handelte, kümmerte die beiden nicht.

Als Julia tatsächlich freikam, wusste Ruppen, was er zu tun hatte. Mit einem gezielten Schuss schaltete er Fricker als Mitwisser und Zeugen aus. Um auf Nummer sicher zu gehen, hätte er sich am liebsten auch Julia vom Hals geschafft. Er hatte nach ihrer Befreiung tagelang ihre Wohnung beobachtet, doch sie war nicht nach Hause gekommen. Er hatte keine Idee, wo sie sich aufhalten könnte. Deshalb wollte er sich an jene halten, die er kriegte. Palmer.

Palmer hatte Julia aufgespürt. Und Palmer hatte in den Medien verlauten lassen, sie werde Julias Peiniger zur Strecke bringen. Palmer war eine Gefahr für ihn. Er musste sie aus dem Weg schaffen. Er durfte das Risiko nicht eingehen, dass sie auch ihm auf die Schliche kam. Also hatte er sich vor einigen Tagen zum ersten Mal beim Bootshaus auf die Lauer gelegt, was seine ganze Vorsicht erforderte, da ständig eine Polizeistreife vor dem Haus postiert war. Bald schon erkannte er auch den Grund dafür: Julia von Moos hatte hier Unterschlupf gesucht. Vielleicht konnte er so zwei Fliegen mit einer Klappe schlagen …

Klappergeräusche von Stiefeln auf Asphalt führten seine Aufmerksamkeit zurück in die Gegenwart. Er bewegte nur die Augen in deren Richtung.

Da war sie.

Er verharrte regungslos auf dem Ast, hielt den Atem an und schloss sogar die Augen, um sicher zu gehen, dass sie ihn nicht entdeckte.

Er fand es aufregend, wie sie unter ihm vorbeimarschierte, ohne von ihm zu wissen. Die letzten Meter legte sie sogar im Spurt zurück. Sie schwang die Gartentür so heftig auf, dass sie hinten an der Mauer anschlug, von selbst wieder nach vorne schnellte und im Schloss einklinkte. Es wäre ihm ein Leichtes gewesen, sie von oben anzuspringen. Aber sein Plan war ein anderer. Er würde später, wenn sie süß von Prinzessinnen träumte, durch die Tür spazieren und das alte Schloss der Wohnungstür in diesem Bootshaus mit einigen geübten Griffen dank seiner Dietriche öffnen.

Bei einem der letzten Besuche hatte er sich überlegt, durch ihr Schlafzimmerfenster zu klettern, denn dieses stand häufig offen. Er hätte es also nicht mal aufbrechen müssen. Aber er hätte sich weit auf den Ast, auf dem er auch heute wieder hockte, hinauswagen müssen. Wer wusste, ob dieser seinem Gewicht so weit draußen gewachsen wäre.

Aber heute waren alle Fenster verriegelt.

Lange hatte er ausgeharrt und dabei festgestellt, dass auch Julia sich heute nicht im Haus aufhielt. Nach den Stunden voller Langeweile im Regen freute er sich jetzt umso mehr, Palmer jeden Moment in ihrem Schlafzimmer zu beobachten. Aber weshalb ging kein Licht an im Haus? Sie musste wohl die Holztreppe raufgestiegen sein, ohne die Beleuchtung einzuschalten. Endlich erkannte er durch die offenstehende Schlafzimmertür, wie's weiter hinten in der Wohnung ein wenig heller wurde. Vermutlich hatte sie sich etwas Kühles aus der Küche genehmigt, anschließend ging sie ins Bad. Endlich machte sie die Lampe im Schlafzimmer an und trat zum Nachttisch. Sie nestelte am Wecker und streifte sich die Lederstiefel von den Füßen.

Sein Herz raste. Er holte tief Luft und bearbeitete seinen Kaugummi mit raschen Bissen.

Nun öffnete sie die enge Jeans. Sie trat mit der großen Zehe auf das andere Hosenbein, zog den Fuß raus und stieg ganz aus der Hose. Dann zog sie sich, ohne weitere Knöpfe zu öffnen, mit beiden Händen das Hemd über den Kopf.

Er biss sich auf die Unterlippe.

Für eine Sekunde blieb sie nur mit Slip bekleidet stehen und schien sich etwas zu überlegen. Dann streifte sie sich auch diesen über die Beine. Sie legte sich nackt aufs Bett und machte das Licht aus.

Gerade, als er sich fragte, ob er's wagen sollte, klickte sie die Nachttischlampe an, wälzte sich aus dem Bett, machte die paar Schritte zur Kommode, ergriff ihr Handy und starrte darauf. Offensichtlich hatte sie eine SMS erhalten.

Sie schritt langsam zum Fenster, um es weit zu öffnen. Dann blickte sie auf das Handy, schüttelte den Kopf und starrte gedankenverloren in die dunkle Nacht hinaus.

Er freute sich, denn offensichtlich fühlte sie sich durch die vielen Blätter der Baumkrone vor fremden Blicken geschützt.

Dann biss sie sich auf die Lippen und legte den Kopf in den Nacken. Für ihn sah es aus, als geniesse sie nun mit geschlossenen Augen den kühlenden Luftstrom. Die Sonne ließ Spuren auf ihrem Körper erkennen und zwar in Form hellerer Stellen, wo Kleider die Haut bedeckten.

Wieder schüttelte sie den Kopf. Dann tippte sie eine Nachricht ein.

Er führte sich eine Hand zum Mund und biss mit den Zähnen ein überstehendes Häutchen an einem Nagelbett weg. Mit dem Daumen befühlte er den Erfolg, ohne seinen gebannten Blick vom Fenster zu lösen. Der Hautstreifen hinter dem Fingernagel ragte jedoch noch mehr empor als zuvor. Seine Zähne fanden die vorstehende Nagelhaut und mit einer ruckartigen Bewegung riss er sie los. Er verzerrte das Gesicht und schleuderte die Hand vom Mund weg. Es schmerzte höllisch. Im Dunkeln versuchte er, die Wunde zu begutachten. Es rann bereits etwas Blut daraus hervor, floss zur Fingerspitze, löste sich und fiel als Tropfen auf den Ast, auf welchem er rittlings hockte. Er schob sich den Finger in den Mund, aber jetzt brannte die Wunde erst recht. Er behielt den Finger zwischen den Lippen, und nach einigen Sekunden kostete er lediglich noch den metallischen Geschmack des Bluts. Der ganze Schmerz konnte ihn nicht dazu verleiten, auch nur für eine Sekunde seine Blicke vom Fenster abzuwenden. Sie zu betrachten war jede Sekunde des Schmerzes wert.

Sie setzte sich auf den Bettrand und schien nachzudenken.

Er fragte sich, ob ein Freund ihr mitgeteilt hatte, dass er sie diese Nacht noch besuchen komme. Sogleich wägte er ab, ob er damit rechnen musste, dass dieser Kerl bald auf ihrer Matte stand?

Palmer atmete tief ein, schüttelte nochmals den Kopf und legte sich auf die Decke. Sie musste sich entschieden haben, das Fenster erst dann zu verriegeln, wenn Sturm aufzog. Die Zimmertür ließ sie offen stehen, vermutlich in der Hoffnung, es gäbe etwas Durchzug. Sie zog ein dünnes, weißes Tuch über sich und machte das Licht aus.

Weißes Halogenlicht huschte über die ganze Szenerie. Ein herannahendes Fahrzeug war ausgeschert und bog vom Alpenquai in einen Parkplatz ein, sodass zwei Scheinwerfer die Gegend durchstreiften. Augenblicklich drückte Konrad Ruppen sich wieder an den Baumstamm, und zwar so stark, dass er sich an der Rinde die Wange aufscheuerte.

Wieder im Dunkeln, blickte er sich hastig um. Hatte ihn der Fahrer entdeckt? Immerhin war er einen kurzen Moment lang gleißendem Licht ausgesetzt gewesen. Durfte er es wagen, sie sich heute zu schnappen?

Er brachte nur ein trauriges Lächeln zustande, als er seinen Blick auf den Ast senkte, auf dem er saß.

Durch die vielen Blätter der Bäume gedämpft und in Konkurrenz mit den Tropfgeräuschen, drang Hundegebell an seine Ohren. Sogleich beschlich ihn ein ungutes Gefühl. Wahrscheinlich war er bisher niemandem aufgefallen, denn in dieser Gegend hielt er sich ausschließlich im Dunkeln auf. Aber, schoss es ihm durch den Kopf, sicher sein konnte er sich nicht, ob der Autofahrer und möglicherweise auch der Hundebesitzer ihn tatsächlich nicht gesehen hatten.

Er hätte sich ohrfeigen können wegen seiner Nachlässigkeit. Er kämpfte mit sich. Einerseits wollte er seinen Plan umsetzen, andererseits war ihm von Anfang an klar gewesen, dass er keine Risiken eingehen durfte. Er überlegte sich, noch einige Tage zuzuwarten. Was aber, wenn sich Herrchen auch nach einer Woche an sein Gesicht im kargen Licht erinnerte? Er ließ die Schultern hängen, als ihm klar wurde, dass er einen neuen Plan aushecken musste.

Da lag sie, seinen Blicken ausgesetzt, und er versagte es sich, zuzugreifen. Bei einem letzten Blick erkannte er, dass es ihr nicht sofort gelang, Schlaf zu finden, so erschöpft sie auch ausgesehen hatte.

Lausche du nur dem beruhigenden Prasseln der Regentropfen, dachte er. Geräusche der Natur gefallen dir wohl? Wie wirst du erst völlige Stille verdauen? Empfindest du diese als Bedrohung? Was wirst du fühlen, wenn du dem Pochen des Bluts in deinen Ohren nicht ausweichen kannst?

Seine Gedanken wurden unterbrochen durch ihre Bewegungen. Sie hatte die Decke weggestrampelt. Er konnte seinen Blick nicht von ihr lösen.

Noch gut eine Stunde beobachtete er sie im sanften Licht der Straßenlaterne.

Sie wälzte sich fast regelmäßig nach einigen Minuten von der einen auf die andere Seite, auf der Suche nach einem kühlenden Fleck. Es kam ihm vor, als könne sie nicht einschlafen vor Aufregung, ihn kennenzulernen. Er stellte sich vor, wie er neben dem Bett stand und sie ihn erregt zu sich runterzog. Halt. Nicht sie würde den richtigen Zeitpunkt bestimmen.

Auch wenn ihm die Dunkelheit das eine oder andere Detail vorenthielt, wusste er diese in seiner Phantasie zu ergänzen. Aber es war nicht die nackte Haut, die sein Blut in Wallung brachte, sondern seine Wut. Er überlegte sich, ob es ihm helfen würde, ihre Hände und Füße an ihr Bett zu binden, sie zu knebeln, bevor er sich an ihr zu schaffen machte. Nein, das brächte ihm nichts, er stand auf Jüngere, auf bedeutend Jüngere. Er würde sie bloß büßen lassen. Sie hatte ihn in der Zeitung verhöhnt und die Spur zu Jürg Fricker entdeckt. Er musste handeln, bevor sie ihn aufspürte. Sie nur leiden zu lassen, war ihm zu wenig.

Er musste sie töten.

KAPITEL 39

Mitten in der Nacht schnellte Palmer aus dem Schlaf hoch. Was war das für ein Geräusch? Etwas wie ein Knirschen unter Schuhen. Oder ein metallisches Scharren, ganz leise? Palmer war sich sicher. Da war jemand in der Wohnung. Ihre Augen blickten sich um, ohne dass sie den Kopf bewegte. Ihr Körper war schweißgebadet. Sie spürte das Hämmern des Pulses an ihrem Hals. Sie konzentrierte sich und versuchte, sich zu erinnern weshalb sie aufgewacht war. Da war ein Scheppern. War's zerspringendes Glas? Oder das Knarren einer Treppenstufe, das sie aus ihrem Tiefschlaf gerissen hatte? Nein. Sie horchte in die dunkle Wohnung. Sie zog die Luft ganz flach ein, um nicht auf sich aufmerksam zu machen, aber auch, um ja kein fremdes Geräusch zu überhören. Nun unterließ sie es ganz zu atmen und lauschte bewegungslos auf weitere Laute.

Ein heftiger Windstoß fuhr durchs Schlafzimmer. Hätte sie kein Geräusch gehört, würde sie jetzt seelenruhig das Fenster schließen.

Palmer dachte an den Abend zurück, als sie sich verfolgt gefühlt hatte. Während sie zu Fuß nach Hause geschritten war, hatte sie sich mehrmals unvermittelt umgewandt.

Etwas stimmte hier nicht. Ihr Hals schnürte sich zu.

Ihre Augen erfassten jedes Detail im Zimmer. Langsam drehte sie den Kopf. Sie blickte im Liegen durch die offenstehende Tür in den stockdunklen Flur. Wieder dieses Geräusch. Sie erstarrte. Es war nicht das gewohnte leise Rumpeln des Kühlschranks von der Küche her.

Palmer überlegte panisch, welcher Gegenstand hier im Zimmer sich als Waffe eignen könnte. Sie verfluchte sich, nicht zumindest einen Schraubenzieher greifbar zu haben, um ihn als Stichwaffe einzusetzen.

Da, wieder dieses metallische Knirschen. Palmers Herz überschlug sich fast. Sie sammelte sich. Es war nicht die auf das Blech fallende Getränkedose an der Wohnungstür.

Sie machte sich bereit, dem Eindringling auf geeigneter Höhe einen Fußtritt zu verpassen, sollte er sich ihrem Bett nähern. Sie lauschte angestrengt in die Dunkelheit ihrer Wohnung. Aber sie vernahm keinen weiteren Laut.

Sie fragte sich, ob er gehört hatte, dass sie wach lag. War er bewaffnet? Es gelang ihr, sich nahezu lautlos aus dem Bett zu winden. Sie schlich wie in Zeitlupe Richtung Tür, hielt jedoch unvermittelt inne. Sie kauerte sich nieder. Sie wollte um die Ecke spähen, musste dies aber knapp über dem Boden tun. Andernfalls liefe sie Gefahr, genau in den Lauf seiner Waffe zu blicken. Dann brauchte er nicht mal mehr zu zielen, sondern bloß noch abzudrücken.

Wie in Zeitlupe schob sie ihren Kopf zum Türrahmen.

In diesem Augenblick durchfuhr ein glühender Blitz den Himmel, spaltete die feuchte Luft über Luzern und tauchte das Zimmer für einen Augenblick in weißes Licht. Ein Schauer lief über Palmers Rücken. Sie blickte direkt in ein nur wenige Zentimeter entferntes Augenpaar.

Donner krachte.

Palmer ließ sich zu Boden fallen, wälzte sich und lachte. Sie hatte direkt in zwei kleine, gelbe, kreisrunde Katzenaugen gestarrt. Ihr Herz sprang vor Spannung, aber auch vor Freude. Sandman hatte den Weg zu ihr zurückgefunden. Ins Trockene. Die Erleichterung darüber, dass Sandman der Eindringling war und dass er noch lebte, war stärker als der Schreck, der ihr noch tief in den Knochen saß Sie hob den kleinen Kerl auf ihre Arme, und beide drückten die Köpfe aneinander. Dann erhob sie sich und schlenderte in die Küche, während er ihr schnurrend um die Beine strich.

Enttäuscht über seinen leeren Blechnapf, hatte er ihn auf dem Küchenboden herumgeschoben. Das musste jenes Geräusch gewesen sein, das sie geweckt hatte.

Sie schüttete Trockenfutter in den Napf.

Für ihn und für Palmer war die Welt wieder in Ordnung.

An Schlaf war jetzt allerdings nicht mehr zu denken, mit all dem Adrenalin in ihrem Blut.

Inzwischen goss es draußen in Strömen, aber ohne dass es stürmte. Palmer schritt zum Fenster und atmete tief durch. Sie legte sich aufs Bett, verschränkte die Arme unter dem Nacken, legte die Beine übereinander und lauschte dem Geräusch der Tropfen, welche auf die Blätter prasselten. Das erste Mal seit Langem fühlte sie sich richtig wohl.

Wie war es möglich, dass ihre Gefühle sie so stark täuschen konnten?

KAPITEL 40

Palmer und Sandman frühstückten, bevor beide die Wohnung verließen.

Das Gespräch mit Lena Ruppen auf offener Straße war Palmer unter die Haut gegangen. Sollte Lena tatsächlich so mies behandelt werden von ihrem Ehemann, würde dieses Wissen Palmer keine Ruhe lassen.

Sie parkierte ihren Wagen direkt vor Lenas Haus. Als nach mehrmaligem Läuten niemand öffnete, klopfte sie so heftig an ihre Tür, dass ihr die Faust schmerzte. Da stimmte etwas nicht. Lena hatte ihr erzählt, dass Ruppen sie einschloss, wenn er nicht zu Hause war. Da würde sie doch jetzt zumindest an die Tür kommen. Sie hatte auch erzählt, dass er die Tochter zu Hause als Pfand zurückhält, wenn er Lena rauslässt, um Besorgungen zu erledigen. In diesem Fall wäre er zu Hause und würde öffnen, als wäre nichts geschehen.

Da sich auch nach weiterem Klingeln nichts rührte, fuhr Palmer an die Maihofstraße.

Aber auch in seinem Geschäft traf sie ihn nicht an. Die Verkäuferin zuckte mit den Schultern. Sie wisse nicht, wo sich Konrad Ruppen zurzeit aufhalte. Vielleicht liefere er Schweinefutter aus. Auch wann er wieder im Geschäft auftauche, wisse sie nicht. Eher morgen als heute, vermutete sie.

Wie ein Kind, das erst recht auf etwas Bestimmtes brannte, wenn man es ihm verwehrte, wollte Palmer jetzt mit Ruppen sprechen.

Ohne zu wissen, wonach sie suchte, sah sich Palmer im Verkaufslokal um. Massenhaft Ware für Hunde, Katzen, Vögel und Fische. Gedankenverloren schritt sie zu einem Regal, befühlte eine Dose Katzenfutter und las sogar die Zutatenliste. »Jeden Tag ein Stück vom Paradies« versprach der Werbetext. »Märchenhafte Kompositionen, schonend zubereitet mit besonders zarten Stückchen und saftigen Filetstreifen vom Rind. Eine abwechslungsreiche Kombination aus feiner Pastete, aus edler Mousse auf einem Herz aus zarten Stückchen in Gelée« … blablabla. Da müssten sich doch Mäuse und Vögel drin finden, sollten Katzen von dieser Kost träumen. Aber Palmer war klar, nicht Katzen kauften Futter. Der Inhalt musste Frauchen das Wasser im Munde zusammenlaufen lassen.

Genervt wandte sie den Kopf ab, ihr Blick fiel auf das Plakat mit dem Werbespruch für Schweinefutter an der Wand zwischen zwei Gestellen. Es sollte ja tatsächlich Leute geben, die sich ein Hängebauchschwein in der Wohnung als Haustier hielten. Sie wandte die Augen ab, denn sie hatte genug von all diesen Werbesprüchen. Sie stellte die Dose Katzenfutter zurück ins Regal.

Sie hielt inne. Ihre rechte Augenbraue fuhr in die Höhe. Erst langsam, dann immer schneller verdichteten sich ihre Gedanken. Adrenalin schoss ihr ins Blut. Der Puls schnellte in die Höhe. Mit aufgerissenen Augen starrte sie wie versteinert zurück auf den Werbespruch.

»Powerscheiße«, entfuhr es Palmer.

Entsetzt blickte die Verkäuferin Palmer an.

Palmer wusste, dass es tatsächlich einen zweiten Täter gab, und wer er war. Ihr Herz setzte länger als einen Schlag aus, sodass alles Blut aus ihrem Gesicht wich.

Palmer wusste, Lena war in akuter Gefahr.

Sie musste ihr helfen. Sofort.

Ihre Augen huschten im Verkaufsraum umher. Vor Schreck wusste sie einen Moment lang nicht, was sie als Erstes zu tun hatte.

Wie im Schnell-Vorlauf einer DVD hatte sich vor ihrem geistigen Auge das eine Bild zum anderen gefügt: Palmer in der Wohnung von Jürg Fricker, Anruf von Alex, Notiz auf dem Magazin mit Werbekugelschreiber, darauf die Beschriftung »Porcus Felix macht Schweine glücklich«.

Palmer war auf die direkte Linie gestoßen.

Sie hetzte zur Kasse.

»Wo ist Ruppens Lager?«

»Lager? Wir haben kein Lager. Alles wird hierher geliefert und wir stapeln es gleichentags hier rein.« Dabei machte sie mit dem Arm eine ausladende Bewegung zu den Regalen.

»Und das Schweinefutter?«

»Wie meinen Sie?«

»Porcus Felix. Er verkauft Porcus Felix an Mastbetriebe. Von wo aus tut er das?«

»Na, von hier. Morgens hängt er mindestens zwei Stunden am Telefon. Im Luzerner Hinterland gibt es so viele Schweinezüchter wie in keiner anderen Landesgegend.«

»Wer liefert die Ware aus?«

»Auch er.«

»Wenn es hier kein Lager gibt, muss er das Schweinefutter an einem anderen Ort aufbewahren. Wo könnte das sein?«

»Irgendwo draußen. Ein ehemaliger Bauernhof. Bin noch nie dort gewesen. Auslieferungen macht er direkt ab Magazin.« Die Verkäuferin machte eine Pause. »Wissen Sie, ich frage Herrn Ruppen besser nichts, wenn ich sein aufbrausendes Temperament nicht zu spüren bekommen will.«

»Wie lautet die Telefonnummer dieses Magazins?« Palmer ballte unmerklich die Siegerfaust, denn sie wusste, über die Nummer würde sie ihn kriegen.

»Ich erreiche ihn stets über sein Handy«, und fügte hinzu: »Aber wenn Sie etwas von ihm wollen, müssen Sie ihn selber fragen.« Sie reckte ihr Kinn in die Höhe, um zu unterstreichen, dass von ihr keine weiteren Informationen zu erwarten waren.

Aber Palmer hatte bereits einen Plan.

Sie stürzte aus dem Lokal und googelte Porcus Felix im

Handy. Eine Minute später kannte sie die Telefonnummer des Generalimporteurs, nach dem zweiten Läuten vernahm sie eine Frauenstimme.

»Gwerder hier«, sagte Palmer, »von *We Love Your Pets* in Luzern. Ich habe eine Frage zu Ihrer letzten Rechnung.« Palmer ließ der Dame Zeit, das entsprechende Kundenkonto im Computer zu öffnen. »Für die allerletzte Lieferung haben Sie uns eine Rechnung gesandt, aber die Ware ist bei uns nicht eingetroffen.« … »Ja, genau, vom 26. Juni. Kann es sein, dass Sie aus Versehen an unser Lager in Kriens geliefert haben und die Ware noch immer auf der Rampe im Regen steht?« … »Nach Hintermoos in Emmen? Sonderbar. Hintermoos sagen Sie? Gibt es da noch einen Zusatz oder eine Hausnummer? Nein? Ich rufe Sie in einer Stunde zurück. Ich klär das nochmals ab.«

Palmer rannte bereits zu ihrem Wagen, als sie die Verbindung unterbrach und ihr Gerät in die Hosentasche gleiten ließ.

Sie steuerte ihren Wagen Richtung Emmen.

In voller Fahrt versuchte sie, ihr Handy wieder aus der engen Hose herauszufischen. Um reinzugreifen, musste sie erst den Sicherheitsgurt lösen und sich dann aus dem Sitz stemmen. Infolge des überhöhten Tempos und der wackligen Eigenschaften des Fahrzeugs, schoss sie in einer Rechtskurve auf die Gegenfahrbahn und beinah über den Straßenrand hinaus. Erst als sie ihren Wagen wieder im Griff hatte, klopfte ihr Herz bis zum Hals. Als Erstes tippte sie »Hintermoos Emmen« in ihr Smartphone und ließ sich die Route anzeigen. Dann wählte sie Alex' Nummer, blickte aber nach Eingabe jeder einzelnen Zahl auf die Straße, um nicht wieder sich oder andere in Gefahr zu bringen. Nach mehrmaligem Läuten ertönte die Ansage der Sprachbox. Palmer erklärte aufs Band, was sie herausgefunden hatte, dass Lena in akuter Lebensgefahr schwebte, dass sie nicht warten könne und wohin sie zurzeit unterwegs war. Sie wusste, dass am Ziel ihrer Fahrt Gefahr lauerte. Jemand sollte wissen, wo sie war.

Dann schaltete sie zurück zum Routenplaner.

Sie brauste durch Emmen. Bereits nach der Dorfausfahrt stellte sie fest, dass sie eine Abzweigung verpasst hatte. Palmers Blut rauschte vor Panik. Und vor Hass auf Ruppen. Unvermittelt trat sie am rechten Straßenrand auf die Bremse. Sogleich preschte ein BMW unter lautem Hupen in nur wenigen Zentimetern Abstand an ihr vorbei. Palmer nahm nur in den Augenwinkeln wahr, wie der Fahrer weiter vorne anhielt, denn sie trat die Kupplung, warf den ersten Gang rein, drehte das Lenkrad so weit es ging nach links und stieg aufs Gas. Wie der Bug eines Boots hob sich die Front, als ihr Wagen sofort auf den Befehl ihres Fußes ansprach. Zuerst ein heftiger Rumpler, als sie mit dem rechten Vorderreifen über den Straßenrand hinaus geriet. Dann ein Rasseln, als unter den Reifen Kies gegen die Karosserie aufspritzte. Sie hatte den Wagen so heftig herumgerissen, dass beinahe ihr Laptop vom Beifahrersitz gesegelt wäre. Ein kurzes Schlittern und der Wagen holperte auf die Straße zurück und fuhr schwankend in der Spur. Gleichzeitig kreischten hinter ihr Bremsen, begleitet vom donnernden Hupen eines Lastwagens, dem sie vor die Schnauze gefahren war. Palmers Herz raste. Nichts passiert. Sie blickte in den Rückspiegel und nahm noch eine schwingende Faust im Fahrerhaus wahr. Palmer hatte keine Zeit für eine entschuldigende Handbewegung.

Sie kannte ihr Ziel.

Sie beugte ihren Oberkörper nach vorne, als ob sie damit ihr Fahrzeug zusätzlich beschleunigen könnte. Ein fetter Käfer klatschte gegen die Windschutzscheibe. Sie schindete ihren alten Wagen 50 Stundenkilometer über die erlaubte Höchstgeschwindigkeit, weit über dem Tempo, ab welchem die ausgeleierte Kiste zu zittern begann.

Sie erkannte die Abzweigung. Links ging's von der asphaltierten Straße ab. Sie quälte sich mit knirschenden Reifen über eine Schotterstraße. Die bis zur Straße reichenden Bäume peitschten mit ihren Ästen an das Fahrzeug.

Sie sperrte die Augen weit auf. Von der Kühlerhaube her drang Dampf zur Frontscheibe.

»Shit. Nicht jetzt. Gib jetzt den Geist nicht auf«, flehte Palmer ihren Wagen an. Und gleich kämpften ihre Gefühle gegen den Verstand. Auf einmal war sie sich nicht sicher, ob sie tatsächlich diesen Kerl aufsuchen sollte. Sie wusste um die Gefahr, sein gewohntes Territorium zu betreten, in welchem sie sich überhaupt nicht, er sich aber bestens auskannte.

Sie biss die Zähne zusammen.

Der Wagen preschte weiter.

Nach etwa einem Kilometer bog sie rechts ab in einen noch engeren Schotterweg. Zwischen den beiden Spurrinnen erhob sich der bewachsene Boden so stark, dass Palmer hoffte, der Auspuff ihres Wagens werde nicht abgerissen. Als nach gut 100 Metern hinter Gestrüpp am Wegrand Dächer eines Gehöfts auftauchten, stieg Palmer voll auf die Bremse. Die Reifen gruben Furchen in den aufgeweichten Boden. Der Pickup kam nach kurzem Rutschen schaukelnd zum Stehen.

Kein Lüftchen bewegte sich.

Totenstille.

Palmer stieg aus dem Wagen und ließ die Tür offenstehen. Sie beobachtete das vor ihr liegende Gehöft.

Die vier Gebäude lagen inmitten von Sträuchern und Bäumen, was ein Ausspähen vereinfachte.

Im Schutze einer Hecke schob sie sich vorsichtig näher, sodass ihre Schuhe bloß ein kaum wahrnehmbares Knistern verursachten. Blätter strichen über ihr Gesicht, ein dünner Ast kratze ihren Hals. Sie wollte sich vergewissern, ob auf dem Hof jemand anwesend war, als eine schwarze Katze ihren Weg querte. Sie bemerkte Palmer, schien aber an ganz etwas anderem interessiert. Noch im gleichen Moment preschte die

Katze los und jagte ein panisch gackerndes Huhn über den Miststock.

Dort daneben stand ein Fahrzeug.

Palmer fühlte: Ganz in der Nähe war er.

Vorsichtig schlich sie weiter, halb geschützt durch Sträucher. Ruckartig blieb sie stehen, als ein dürrer Zweig unter ihren Schuhen knackte. Mit den Augen suchte sie die Szene ab. Hatte sie ihn auf sich aufmerksam gemacht? Sie ließ sich eine Minute Zeit. Als dann noch immer nichts geschah, ging sie auf Fußspitzen weiter.

Palmer drückte sich mit dem Rücken an eine der alten Lagerhallen. Sie schlich zur schweren Doppeltür. Vorsichtig drückte sie die Klinke und zog den Flügel auf.

Ihr Herz setzte einen Schlag aus. Die Türangel quietschte ohrenbetäubend.

KAPITEL 41

Unfälle wie dieser passieren fast täglich auf Bauernhöfen. Jemand schreitet, nichts Böses ahnend, über Bretter, diese geben nach und man fällt in die Jauchegrube. Wer da nicht sofort rauskommt, vergiftet sich an den Gärgasen. Liegt man erst mal bewusstlos im Saft und taucht das Gesicht in die Jauche, tritt der Tod rasch ein.

Ruppen wusste, dass Lena sich mit den Beinen nicht vom Boden der Grube abstoßen könnte, da sie klein war. Und die Länge der Arme würde nicht reichen, um bis zur Grubenkante hochzugreifen. Er brauchte demnach bloß zwei morsche Bretter aus dem Boden zu lösen und sie direkt nebeneinander zu platzieren, drei, vier Mal hart mit dem Fuß drauf zu treten, und das Loch wäre genügend groß, um sie da hindurch runterzudrücken. Er müsste dann ihren Kopf gar nicht erst selbst in die Brühe tauchen, sondern einfach abwarten, bis sie ohnmächtig werden würde. Ein tragischer Unfall halt. Möglicherweise würde die Polizei denken, dass seine Ehefrau, die den Hof kannte, eigentlich nicht in die Jauchegrube fallen sollte. Aber eigentlich sind alle Unfälle, die täglich irgendwo passieren, tragisch. Kein Problem für Ruppen.

Alle würden verstehen, dass er diesen Schicksalsschlag nur überstehen würde, wenn er mit seiner kleinen Tochter von hier wegzog, um anderswo wieder bei null und unbelastet zu beginnen. Niemand würde etwas Böses dahinter vermuten.

Ruppen entriegelte die Tür. Das Licht brauchte er innen nicht einzuschalten, das hatten die beiden bereits getan. Sie hockten direkt dahinter auf dem Boden. Mit festem Griff packte er Lena am Oberarm und stellte sie auf die Beine.

»Du bleibst hier«, sagte er zur kleinen Tochter, »wir sind gleich zurück.«

Da Maria aber zu heulen begann, griff er zu einer List. Mit gestrecktem Zeigefinger befahl er: »Du bleibst hier und achtest gut darauf, dass kein Huhn oder Hase durch die offene Tür ins Lager eindringt.«

Tatsächlich hatte er mit seinem Ablenkungsmanöver Erfolg.

Das Loch über der Jauchegrube stach Lena sofort ins Auge, als er sie mit festem Griff darauf zuführte. Als kenne sie seinen Plan, schlug sie mit aller Kraft auf seinen Arm, um sich aus der Umklammerung zu lösen. Sie kratzte ihn mit den Fingernägeln, sie kickte ihn, sie ließ sich zu Boden fallen. Aber alles half nichts. Kleine Steine knirschten auf den Brettern, als er sie zum Loch schleifte. Lena wand sich wie ein Aal. Aber sie schrie nicht. Sie wusste, niemand würde sie hören.

Vor dem Loch angekommen, drückte er sie mit beiden Händen zu Boden und nahm auch ein Knie zu Hilfe, sodass sie sich nicht mehr regen konnte.

»Trenn dich von alten Sachen, war stets mein Motto.« Er drehte ihr den Arm auf den Rücken.

Erschreckt fuhr sein Kopf in die Höhe, als er ein unerwartetes Geräusch vernahm. Seine Bewegungen erstarrten. Er wusste sofort, woher der Lärm kam. So knarzte nur die große Holztür vom Schuppen neben seinem Lagergebäude. Seine Augen suchten sofort das gesamte Blickfeld ab. Angestrengt lauschte er.

Als er nichts weiter vernehmen konnte, sprang er blitzartig auf die Beine. Er ergriff die Schaufel, welche neben der Mistgabel an die Wand gelehnt stand. Er hatte sich gerade entschieden, zum Schuppen zu eilen, wo er den Eindringling vermutete, da durchbrach ein schriller Schrei die Stille.

Noch bevor Lena mit aller Kraft weiterkreischen konnte, drückte er sie durch das Loch. Zwar ruderte sie mit den Armen. Aber sie konnte nicht verhindern, dass sie kopfüber und lautlos in der Gülle versank.

KAPITEL 42

Als Palmer die schwere Holztür zur alten Lagerhalle aufgestemmte, erschrak sie durch das Quietschen der Scharniere fast zu Tode. Sie wusste, jeder auf dem Hof hatte sie gehört. Reflexartig trat sie ins Dunkel der Halle. Erst in der Finsternis wurde sie sich bewusst, dass dies die falsche Entscheidung war. Sie hätte sich ohrfeigen können, denn hier drin war sie gefangen. Und der Kerl musste jetzt wissen, wo sie war. Nun traute sie sich nicht mehr raus. Sie war sicher, er lauerte gleich draußen.

Der Türspalt war nicht genügend groß, um den Raum zu erhellen. Sie drückte sich reglos an die Wand, um Zeit zu gewinnen. Ihre Augen mussten sich erst an die Dunkelheit gewöhnen.

Über dem Gehöft lag der Geruch von Schweinegülle. Aber hier in diesem Schuppen schwallte ihr das abgestandene Aroma von Staub, gestampfter Erde und welken Äpfeln entgegen. Sie horchte. Noch während des Eindringens war ihr, als vernehme sie einen Schrei. Sie wusste nicht, aus welcher Richtung er kam. Als sie kein weiteres Geräusch vernahm und auch nichts Bestimmtes im Raum ausfindig machen konnte, wagte sie sich vorsichtig einige Schritte weiter in die Dunkelheit. Eine Taschenlampe hatte sie nicht. Und auf die Idee, ihr Handy als Lichtquelle zu benützen, kam sie in diesem Moment nicht. Nur schemenhaft erkannte sie abgestellte Landwirtschaftsmaschinen.

»Lena? Bist du hier?« Sie lauschte, vernahm aber keinen Mucks. Mit einem Mal beschlich sie ein mulmiges Gefühl. Sie musste hier raus. Behutsam tastete sie sich rückwärts. Beim Türspalt angekommen, sammelte sie alle Kräfte. Dann rannte sie raus. Sie spurtete an der Gebäudeseite entlang und stürzte um die Ecke. Hier verschnaufte sie. Als sie noch immer keine Geräusche vernahm, wagte sie einen zaghaften Blick in alle Richtungen. Keine Menschenseele. Sie wollte zum Wohnhaus. Sie hatte sich entschieden, dem Ursprung des Schreis nachzugehen.

Kein Lüftchen regte sich. Es war totenstill, bis auf das entfernte, dumpfe Surren einer Wespe. Palmer erschien's viel zu ruhig. Möglicherweise beschlich sie eine Vorahnung. Ihr war, als verspürte sie einen ungewöhnlichen Druck im Nacken.

Auf halbem Weg zum Wohnhaus hielt sie inne, im Schutze eines Baumstamms. Sie drehte den Kopf langsam nach beiden Seiten, um mit weit aufgesperrten Augen zu prüfen, ob ihr jemand gefolgt war.

Es knackte im Unterholz.

Sie schnellte herum und hielt die Luft an. Nur ihre Augen bewegten sich.

Nochmals ein Rascheln.

Etwas rannte fluchtartig ins dichtere Gebüsch.

Sie atmete durch den offenen Mund, um ihren Herzschlag zu beruhigen. In Gedanken ging sie die Szene von eben nochmals durch. Sie war sich ziemlich sicher, ein pelziges Tier gesehen zu haben, das sie vermutlich selber aufgeschreckt hatte.

Wachsam näherte sie sich dem Wohnhaus. Sie duckte sich hinter einen Strauch daneben. Sie beobachtete für einige Minuten die Eingangstür und den Seiteneingang.

Palmer entschied sich für die Seitentür. Sie vermutete, dass sie durch diese Tür einfacher reinkäme als durch den Haupteingang, denn dieser Teil lag etwas im Schatten und war von verschiedenen Seiten des Hofs her weniger gut sichtbar.

Als sie sich vor der Tür niederkauerte und sich am Schloss zu schaffen machte, stöhnte sie, denn sie erkannte, dass sie ihre Dietriche vor diesem Einsatz nicht gereinigt und geölt hatte. Nach einigen Minuten wischte sie sich den ersten Schweiß von der Stirn. Ihr war, als jucke es sie am ganzen Körper.

Sie spitzte die Ohren.

Zwar konnte sie auf der Straße niemanden erkennen, doch sie vernahm entfernte Geräusche eines langsam fahrenden Autos.

War dies eine Polizeipatrouille? Oder nahte ein Helfer von Ruppen?

Das Schloss bot noch immer Widerstand. Sie presste Luft durch die zusammengebissenen Zähne. Eigentlich hätte sie diese Aktion abbrechen müssen. Sie überlegte abzuhauen, sich nach Hause zu verdrücken. Nein, wenn sie schon mal hier war, wollte sie es noch an der Fronttür versuchen. Sie schlich zur Vorderseite des Hauses. Sie holte ihr Allzweckwerkzeug aus der Tasche und begann, damit am Schloss zu hantieren. Es öffnete sich auf Anhieb. Sie drückte die Falle und stieß die Tür einen Spalt breit in den Flur hinein. Dann verharrte sie angespannt und horchte, ob eine losheulende Alarmanlage sie begrüßte. Außer Stille vernahm sie nichts. Als sie das Haus betrat, klebte ihr die Bluse wie angeklatscht am nassen Rücken.

Ein süßlicher Geruch stieg in ihre Nase. Vielleicht verdorbenes Obst, dachte Palmer.

Sie war nicht hergekommen, um nach einem handfesten Beweis zu suchen, dass dieser Kerl tatsächlich hinter der Entführung von Juli steckte, wie die Ehefrau behauptet hatte. Palmer wusste innerlich, dass er es war. Sie war hier, um Lena zu befreien. Denn Palmer war sich sicher, dass Lena in Lebensgefahr schwebte. Aber wie sie ihn überwältigen sollte, darüber hatte sie sich keine Gedanken gemacht.

Wenn sie jedoch schon mal hier war, würde sie auch Beweise sichern, falls sie auf welche stieß. Leider hatte sie keine Gummihandschuhe dabei, um Fingerabdrücke zu vermeiden. Sie durchsuchte zügig das erste Zimmer. Es sah aus wie ein Aufenthaltsraum mit einem freistehenden Kühlschrank und einem Wandtablar voller Geschirr und einem Radio darauf. Vier Stühle standen rund um einen freistehenden Tisch, auf welchem ein Ordner lag und ein kleiner Stapel mit Prospekten. Palmer achtete ganz genau darauf, welche Dinge sie wo vorgefunden hatte und auch in welcher Lage, bevor sie diese anhob.

Dann eilte sie die Treppe hoch, die sich im hinteren Teil befand. Mit verzerrtem Gesicht blieb sie wie versteinert stehen, als eine Stufe knarzte. Ihr blieb der Atem weg. Sie lauschte, ob sich irgendwo im Haus etwas tat. Stille. Mit trockenem Mund stieg sie weiter, allerdings nicht in der Mitte der

Treppe, sondern so nah wie möglich an die Wand gedrückt, in der Hoffnung, dass dort das Holz weniger ächzte. Statt sich bloß zu verstecken, setzte sie die Suche fort.

In seinem Büro stieß sie auf einen abgeschlossenen Metallschrank. Palmer überlegte, ob sie es wagen sollte, den Schrank aufzubrechen. Nein, zu allererst musste sie Lena finden. Gerade als sie das Büro wieder verließ, vernahm sie das Zuschlagen der Haustür und erstarrte.

Aus dem Erdgeschoss vernahm sie ein weiteres Geräusch. Sofort war ihr klar, welch unglaublichen Fehler sie sich geleistet hatte. Sie hätte erst das Erdgeschoss absuchen müssen, bevor sie nach oben ging, in die Falle, aus welcher sie ihm nicht entfliehen konnte.

Sie zog sich in sein Büro zurück. Ihr Handy läutete. Palmer griff blitzschnell in die Hosentasche und stellte es ganz ab. Erst danach breitete sich der Schreck in ihren Gliedern aus. Sie verfluchte ihre Nachlässigkeit, nicht bereits vor dem Betreten des Hauses das Ding lautlos gestellt zu haben.

Die Spannung machte sie bereit zur Flucht.

Regungslos lauschte sie, was sich unten tat, denn er musste sie gehört haben, da war sie sich sicher, der Handyton war schreiend, sogar lauter als sonst.

Panisch suchte sie nach einem Versteck. Kurzentschlossen kroch sie hinter die Front eines alten Schreibtischs. Dort blickte sie sich weiter um. Vielleicht wäre der Wandschrank ein besserer Unterschlupf. Nein, da würde er als Erstes nachschauen. Wäre es besser, sich im Badezimmer auf der anderen Seite des Flurs zu verstecken? Zu spät. Sie würde diesen Raum nicht mehr verlassen können, ohne ihm womöglich in die Arme zu laufen.

So leise wie möglich hockte sie sich auf den Boden, drückte sich an die Rückseite der Abdeckung und tat alles, um sich möglichst klein und damit in der Dunkelheit unsichtbar zu machen.

Jemand stieg langsam die Treppe hoch.

Palmer hämmerte der eigene Herzschlag in den Ohren. Sie traute sich nicht mehr zu atmen. Sie spürte, wie der Schweiß durch ihr Haar sickerte.

Er blieb draußen im Korridor stehen.

Palmer zwang sich, gleichmäßig und langsam tief Luft einzuatmen. Sie vernahm, wie seine Schritte im Flur leiser wurden und nach hinten gingen.

Ein lauter Knall ließ Palmer instinktiv die Schultern hochziehen, um ihren Kopf dazwischen zu schützen. Es fühlte sich für sie an, als hätten sich ihre Haare wie Borsten aufgestellt. Die Bürotür war so stark aufgestoßen worden, dass sie mit Getöse an den danebenstehenden Schreibtisch knallte. Hinter dem Möbel versteckt, konnte sie ihn nicht sehen. Aber sie konnte seine Anwesenheit im Raum spüren.

An der Rückwand hellte ein Lichtband den Raum auf. Ein schattenhafter Umriss unterbrach die Helligkeit. Dieser verschwand ganz, als die Tür ins Schloss fiel. Das Licht ging an.

Palmers Augen schmerzten durch die plötzliche Helligkeit. Trotz Sternchen im Sehfeld fragte sie sich, ob sie ihn mit einem Angriff überraschen sollte. Oder war es besser, sich versteckt zu halten? Jetzt begannen die Augen auch noch zu brennen vom eindringenden Schweiß. Sie atmete flach in ihre Hand, um ihr Keuchen abzudämpfen. Sekunden dehnten sich zur Ewigkeit. Sie presste die Augen zu. Er konnte höchstens noch drei Schritte von ihr entfernt sein. Auf der andern Seite des alten Pults. Stille. Bewegungslos wartete sie. Und lauschte. Doch sie hörte nichts anderes als das Pochen ihres Herzens. Sie hatte Angst, es hämmere so laut, dass er es hören konnte. Doch nichts geschah. Hatte er sich verdrückt, ohne dass sie's mitbekommen hatte?

»Was machst du hier?«

Sie blickte langsam auf. Er stand gut einen Meter vor ihr, in der Hand einen Baseballschläger. Er grinste höhnisch. Offensichtlich war er sich seines Vorteils bewusst. Oder er erkannte in Palmers Augen Angst. Das schien ihm Spaß zu bereiten.

Er hob seine Keule und festigte mit beiden Händen den Griff. Er trat einen Schritt auf sie zu. Sie roch den Mief in seinen Kleidern.

»Was spionierst du mir nach? Suchst du nach etwas, womit du mich erpressen kannst? Ist es Geld, das dich antreibt?« Er zögerte. »Du willst für dein Schweigen kassieren? Du bist also nichts weiter als eine schmierige Erpresserin? Aber wie praktisch, dass du zu mir kommst. Als ich dich habe holen wollen, ist mir das nicht gelungen.«

Palmer antwortete nicht.

»Du meinst gescheiter zu sein als ich.« Behutsam trat er noch einen kleinen Schritt näher.

»Nein, ich bin die Frau mit der Pistole«, sagte Palmer. Mit der Rechten umklammerte sie in der Jackentasche die Dietriche, sodass es aussehen sollte, als ob sie dort eine Pistole auf ihn gerichtet hielt. »Lass deinen Schläger langsam zu Boden sinken.« Palmer reckte ihm ihr Kinn entgegen. »Wird's bald?«

Palmer nahm eine blitzschnelle Bewegung wahr.

Im linken Ellbogen spürte sie einen stechenden Schmerz, als er mit seinem Schläger voll zuschlug. Mit gequälter Miene und fassungslos blickte sie in seine weit aufgerissenen Augen. Sie spürte ihre Linke nicht mehr. Sie duckte sich, um dem zweiten Streich mit der Keule auszuweichen. Sie drehte und erhob sich. Sie rannte in den Flur und hetzte dann die Treppe runter.

Er warf den schweren Holzschläger nach ihr und traf sie am Unterschenkel.

Palmer verlor das Gleichgewicht und stürzte kopfüber die Treppe runter. Etwas polterte ihr hinterher. Ihr wurde schwarz vor Augen. Sie spürte noch, wie ihre Fäuste gegen seine stählernen Armmuskeln schlugen, um seinen harten Würgegriff zu lockern. Ihre Beine und ihr ganzer Körper gaben nach, aber ohne dass sie ohnmächtig wurde.

Er drückte sie zu Boden.

Sie lag auf dem Bauch. Er kniete sich mit vollem Gewicht auf ihren Rücken und presste ihr mit seiner Pranke die Kehle zu.

Sie brachte ihren Körper nicht so weit unter Kontrolle, um mit dem unverletzten Arm nach hinten zu greifen und ihn sich vom Rücken zu stoßen.

»Du hältst schön still. Beim leisesten Aufmucken bringe ich dich um«, drohte er und beobachtete, wie sie die Arme seitwärts schlaff auf den Boden legte. Aber sogleich spürte er einen stechenden Schmerz in der Nierengegend.

Palmer hatte eine Ferse an seinen Rücken hochgeschleudert.

Umso fester krallte er seine Finger um ihre Gurgel.

Sogleich gab Palmer nur noch japsende Geräusche von sich.

Nur mit Verzögerung lockerte er die Umklammerung. »Darüber zu sprechen ist nur halb so gut wie zu zeigen, was dir blüht, wenn du nochmal nicht gehorchst«, sagte er. »Wie gefällt dir das?« Er drückte mit voller Kraft zu, sodass sie nicht mal mehr ein Keuchen rausbrachte.

Eine zweite Aktion unterließ Palmer, als er den Griff endlich wieder lockerte.

»Falls du um dich trittst, zwick ich dir eins mit dem Elektroschocker. Der macht dich platt. Und er hinterlässt unschöne Narben.«

Sie erkannte ein Lächeln in seiner Stimme.

»Das wollen wir doch beide nicht. Hmmm…?« Hierbei presste er seine Hände wieder stärker um ihren Hals.

Als er diese nach einigen Augenblicken wieder löste, versuchte Palmer, so laut es eben ging, um Hilfe zu schreien. Aber alles, was sie rausbrachte, war ein jämmerliches Krächzen. Wäre jemand in der Nähe gewesen, hätte er es wohl nicht mal wahrgenommen. Und es verklang jäh.

Ein einziger Faustschlag reichte.

Sie spürte noch einen kurzen Moment lang den rauen Teppich auf der Wange und fiel dann in endlos tiefe Dunkelheit.

KAPITEL 43

Maria, Lenas kleine Tochter, war zeitlebens den harten Umgang ihres Vaters mit der Mutter gewohnt. Und sie hatte gelernt, den Befehlen ihres Vaters Folge zu leisten. Die Tür stand offen, mitten im Zugang saß sie im Schneidersitz auf dem hartgestampften Erdboden und achtete aufmerksam darauf, dass weder Huhn noch Hase durch die Türe rannten. Allerdings kam ihr dieser Befehl seltsam vor. Denn einerseits hatte sie hier noch nie Hasen gesehen, und andererseits hätte der Vater bloß die Tür zu schließen brauchen, damit kein Tier das Lager betrat. Noch während sie sich darüber den Kopf zerbrach und nach Fehlern in ihren Überlegungen suchte, drang ein kurzer Schrei an ihre Ohren.

Ihre Mutter.

Sie wusste, wie es klang, wenn ihre Mutter schrie. Es tönte jedoch anders als gewohnt. Wenn ihr Vater diese schlug, vernahm sie von ihrer Mutter eher ein lautes Wimmern. Dieser Schrei aber klang nach einem Hilferuf.

Maria überlegte.

Sie erhob sich und drückte die Holztür ins Schloss. Marie eilte dorthin, wo sie den Ursprung des Schreis vermutete. Aber vor der Scheune angekommen, fand sie die Mutter nicht.

Da war niemand.

Dumpfes Husten. Jetzt noch einmal.

Maria ging zögernd einige Schritte zur Lücke im Bretterboden.

Ätzender Geruch nach Jauche drang in ihre empfindliche Nase. Als sie sich abwenden wollte, erkannte sie, dass an diesem Ort etwas nicht stimmte. Vorsichtig beugte sie sich zum Loch. Dort unten bewegte sich etwas. Was war das? Maria erkannte es nicht. War das ihre Mutter? Sie war sich nicht mal sicher, ob es sich um einen Menschen handelte, der hier in stinkender Gülle steckte. Aber Maria war klar, dass dieses Lebewesen dort nicht reingehörte.

Sie sah sich hastig um und ergriff mit beiden Händen die vierzackige Mistgabel, die an der Wand angelehnt stand. Sie schleifte sie zum Loch. Vorsichtig ließ sie die Gabel runter. Maria achtete darauf, den Griff am Ende des Stiels nicht loszulassen. Gleichzeitig war sie darauf bedacht, das Lebewesen mit den Zacken nicht zu verletzen. Das war nicht leicht, denn es fuchtelte wild um sich.

Maria erkannte ihre Mutter.

In ihrer Panik ergriff Lena eine der spitzen Zacken. Sie zog so stark daran, wie sie nur konnte. Aber das kleine Mädchen war zu schwach, um der unbändigen Kraft von Lenas Überlebenswillen genügend Gegengewicht zu bieten.

Um sich nicht ins Loch ziehen zu lassen, löste Maria ihre Umklammerung. Die Gabel glitt aus den kleinen Händen und versank in der Gülle. Mitsamt der Mutter. Zwei Kinderaugen blickten entsetzt auf die schwappende Brühe.

Lena tauchte auf. Maria sah, wie ihre Mutter von Schreck ergriffen mit einer Hand wild um sich schlug. Den anderen Arm konnte Maria von oben nicht sehen.

Um nichts in der Welt hätte Lena ihren einzigen Schatz losgelassen.

Die Mistgabel.

Die freie Hand klatschte an die Wand. Sie fand Halt in einer dünnen Rille, bloß einige Zentimeter über der Oberfläche. Das war aber viel zu tief, als dass Lena sich daran hätte aus dem Loch ziehen können. Denn von der Rille bis zur Grubenkante maß der Abstand nach oben fast einen halben Meter. Aber Lena erkannte ihre Chance. Sie streifte mit den Zacken der Gabel an der Seitenwand entlang nach unten, bis sie auf Widerstand traf, und rammte die Gabel in den Boden. Jetzt zog sie ein Knie an und setzte den Fuß auf den T-Griff am Ende des Stiels. Sie stieß sich voller Kraft ab, warf gleichzeitig die Arme hoch. Als ihre Finger den Bretterrand erreichten, bohrten sich Holzsplitter in ihre Fingerspitzen und ein heftiger Schmerz durchzuckte sie. Langsam glitt sie zurück in die stinkende Pampe. Mit Schwimmbewegungen, lang gestrecktem Hals und zusammengepressten Lippen tat Lena alles, um nicht nochmals mit dem Kopf darin zu versinken. Sie atmete flach, um so wenig giftige Dämpfe wie möglich einzuatmen.

Trotz aller Bemühungen hustete sie, spie Gülle und kämpfte gegen den Würgereiz.

Lena spürte, wie die Kräfte aus ihrem Körper wichen. Das Denken fiel ihr schwer.

Panik ergriff sie.

Sie wusste, es gab für sie keine Rettung.

Sie stellte die Schwimmbewegungen ein.

Lena ließ sich in der Gülle schwebend treiben.

Von oben vernahm sie dumpf das verzweifelte Weinen ihrer Tochter.

Leiser und leiser.

Ihr Leben lief wie ein Film vor ihren geschlossenen Augen ab. Egal welche Szene durch ihren Kopf flimmerte, das Bild wurde dominiert vom Vater ihrer Tochter. Wie oft hatte sie sich gesagt, sie dürfe sich von ihm nicht unterkriegen lassen?

Wut stieg in ihr auf.

Der Adrenalinschub verlieh ihr die Kraft für ein letztes Aufbäumen.

Wild platzierte sie nochmals den Fuß auf dem Griff. Lena stieß sich in die Höhe. Gleichzeitig schwangen ihre Arme über den Kopf. Die Finger klatschten auf die Oberfläche der Bretterkante. Glitschige Gülle saftete unter ihren Fingern hervor. Sie fanden keinen Halt. Sie rutschten. Ihr Körper war zu schwer. Ihr Körpergewicht zog sie unerbittlich, wie in Zeitlupe, nach unten. In die Grube. Die Muskeln ihrer Unterarme verkrampften sich.

Ein neuer, tiefer Schmerz durchfuhr ihre Finger.

Sie hörte auf zu denken.

Höllenqualen. Wie Messerstiche. Ausgehend von ihren Händen.

Was war das?

Lenas Kopf sackte nach hinten. Sie zwang sich, die Lider zu öffnen. Durch die gräßliche Suppe in ihren Augen erkannte sie verschwommen zwei Schuhspitzen. Sogleich presste sie die Lider wieder zusammen. Die Gülle brannte in ihren Augen.

Ihre Gedanken waren von Gasen vernebelt. Sie hatte keine Ahnung, was ihr da widerfuhr. Sie verstand einzig, dass jemand mit vollem Gewicht auf ihren Händen stand.

»Ich hebe einen Fuß. Du ziehst dich hoch. Dann legst du den freien Unterarm auf den Boden«, befahl die kleine Tochter.

Mit letzter Kraft zog Lena sich hoch und wuchtete einen Unterarm auf die Bretter.

Sogleich patschte ihre Tochter mit dem freien Fuß drauf.

Lena spürte keinen Schmerz mehr. Das war nichts im Vergleich dazu, was sie in den Lungen spürte. Trotzdem gestand sie sich keine Verschnaufpause zu. Um sich mit den Armen nach oben zu ziehen, reichte ihr jedoch die Kraft nicht. Sie strampelte wie wild und schlug mit den Beinen um sich. Eine Schuhspitze fand Halt in der Rille. Sie wuchtete sich hoch und kriegte den ganzen Arm über die Bretter. Maria trat mit beiden Füßen auf Mutters Oberarm.

Den Kopf außerhalb der Grube, hustete Lena giftige Säfte aus den Lungen. Sie gönnte sich einige Sekunden, um Luft zu schnappen. Ihre Gedanken klarten geringfügig auf. Aber sie war platt. Sie hatte all ihre Kraft verbraucht.

Ein letztes Mal zog sie die Knie an. Mühsam zwang sie beide Fußspitzen in die Rille. Sie streckte den Körper durch, der totalen Erschöpfung nahe. Mit einer Handfläche stützte sie sich wacklig auf dem rutschigen Bretterboden ab.

KAPITEL 44

Palmer kam zu sich und zwang sich, die Augen zu öffnen. Als sie den Kopf drehte, strahlte diese Bewegung im Bereich ihres rechten Auges mit stechendem Schmerz in ihren Schädel aus. Bei aller Anstrengung sah sie durch dieses Auge nur wie durch einen waagrechten Schlitz. Doch trotz des eingeschränkten Sichtfelds konnte sie sich mit offenen Augen schneller orientieren. Sie hob den Kopf, wollte mit der Hand dranfassen. Bereits vom bloßen Gedanken durchfuhr sie beißender Schmerz.

Der Kerl hatte sie bewusstlos geschlagen.

Dass sie sich noch immer auf dem Hof mit Ruppens Lager befand, war ihr sofort klar. Es stank nach wie vor säuerlich nach Schweinegülle.

Ihre Augen suchten den Raum ab. Es war dunkel hier drin, da durch das vergitterte, schmutzige Fensterchen nur wenig Licht ins Innere drang. Sowohl die Fensteröffnung als auch die Holzdecke waren filmreif überzogen mit Spinnweben.

Palmer hob den Kopf, in dem es laut surrte, blickte über ihren ausgestreckten Körper und entdeckte neben der geschlossenen Tür einen kleinen Kompressor, von welchem ein Kabel zur Wand und von dort an die Decke führte. Palmer vermutete, dass er die Glühbirne mit Strom bediente, wenn er lief. Wenn sie den Kopf ganz zur Seite drehte, konnte sie im Augenwinkel gestampften Erdboden erkennen. Es war ihr, als bewegte sich dort etwas. Sie konzentrierte sich. Ihr Entsetzen legte sich ein wenig, als sie entgegen ihrer ersten Vermutung keine Ratte wahrnahm, die durch den Raum huschte. Noch nicht, schauderte sie. Aber ihr wurde sofort klar, dass Ratten in ihrer Situation das kleinste Problem wären. Vorsichtig legte sie ihren Kopf in den Nacken und erkannte, dass ihr ausgestreckter Arm am Handgelenk an das Bettgestell gebunden war, auf dem sie lag. Sie drehte ihren Kopf auf die andere Seite. Es wurde ihr etwas schwindlig und sie verspürte ein starkes Pochen im Auge. Auch ihre Linke war am Gestell fixiert. Auf einem abgewetzten Eisenbett hatte der Kerl sie fixiert. Bloß in Slip und Shirt. Da waren weder Decke noch Matratze. Sie lag direkt auf dem Geflecht aus Metallfedern, alle Viere von sich gestreckt, mit Klebeband an den Bettrahmen gefesselt.

Das Atmen fiel ihr schwer. Die Luft war staubig und hatte ihre Nase verstopft. Den Mund hatte er ihr satt zugeklebt. Nicht mal die Zungenspitze brachte sie zwischen den Lippen hindurch bis zum Klebeband.

Trotz allen Zerrens gelang es ihr nicht, auch nur eines der Glieder zu befreien. Aber sie musste hier raus. Sie rupfte und riss so stark daran, dass das Band in die Haut einschnitt. Auf die Verletzung am Arm konnte sie keine Rücksicht nehmen. Nach einigen Versuchen erkannte Palmer, dass etwas Blut unter den Fesseln der linken Hand hervortrat und auf den Boden tropfte.

Nun zerrte sie nicht mehr wie ein wildes Tier daran, sondern straffte und lockerte abwechslungsweise die Fessel, um sie zu dehnen. Die Wunde blutete stärker. Sie setzte die Praktik noch etliche Male fort und begann, ganz sachte den Arm zu drehen. Nach links und rechts, immer und immer wieder, gleichzeitig straffte und entspannte sie das Klebeband. Sie biss auf die Zähne, denn die Schürfungen schmerzten fürchterlich. Aber da musste sie durch, wollte sie nicht tatenlos auf ihren Peiniger warten.

Sie spürte, dass ihr nicht genug Zeit blieb, bis er zurückkam.

Allmählich begann sich das Blut unter dem Klebeband zu verteilen. Mut keimte in Palmer auf. Sie fuhr solange fort, bis ihre Haut nicht mehr unter dem Band klebte. Nun legte sie den Daumen und den kleinen Finger so nahe wie möglich zu einander und zog mit aller Kraft. Zerren und entspannen. Millimeterweise rutschte sie mit einer Hand aus der Schlaufe. Mit letzter Anstrengung glitschte ihre Hand heraus. Sie drehte sich auf die Seite und begann, mit den Fingernägeln die Fessel an der anderen Hand zu lösen. Als sie auch dies geschafft hatte, setzte sie sich auf und riss das Band von ihren Fußgelenken.

Palmer sank ermattet auf das Eisennetz und atmete einige Male so tief durch, wie es ging. Ihr Mund brannte unter dem Klebeband. Als sie es sich vorsichtig abzog, durchstrahlte ein Brennen ihre Lippen. Etwas Haut war daran haften geblieben. Sofort untersuchte sie die Stelle mit ihrer Zunge, was sie besser unterlassen hätte. Der Speichel in der Wunde vergrößerte ihre Qual. Als schließlich auch ein salziger Schweißtropfen von der Stirn in ihre Wunde an der Lippe floss, entfachte sich der Schmerz von Neuem. Aber die Freude darüber, dass sie sich von der Fessel lösen konnte, überwog bei Weitem.

Sie fragte sich, weshalb er sie hier alleine zurückgelassen hatte. Ein Gedanke tröstete sie. Hätte er sie töten wollen, hätte er dies bereits getan. Es sei denn, er wurde in seinem Vorhaben gestört und musste sich erst um ein anderes Problem kümmern. Das hieße aber, dass er danach zurückkäme und seine Tat vollendete. Diese Erkenntnis traf sie wie ein Hammerschlag.

Palmer musste weg von hier. Sie rüttelte an der Tür. Aber diese war von außen verriegelt. Und das Gitter vor dem Fenster war fest verankert. Die Öffnung in der Mauer wäre sowieso zu klein gewesen, um sich hindurch in die Freiheit zu zwängen.

Wo war ihr Handy? Sie suchte verzweifelt, erkannte aber rasch, dass er alles, Handy, Kleider, Schuhe und Tasche, aus diesem Verlies entfernt hatte. Ihr war einzig die Unterwäsche geblieben, die sie auf der Haut trug. Als sie darüber nachdachte, schwante ihr, dass das Handy hier hinter diesen dicken Mauern wohl sowieso keinen Empfang gehabt hätte. Sie schritt zurück zur Tür und rüttelte. Dann hämmerte sie dagegen, bis ihre Fäuste schmerzten. »Lass mich raus. Hilfe«, schrie sie mit schmerzender Kehle.

Palmer hielt inne und lauschte. Nichts. Geknickt ließ sie die Fäuste sinken und legte die schweißnasse Stirn an die Holztür. Sie steckte fest in diesem Gefängnis aus alten Natursteinmauern, gestampfter Erde und massiver Holztür.

Palmer durchforschte mit den Augen den Raum, suchte nach einem Weg in die Freiheit. Der linke Arm war noch immer halb taub. Aber mit der Rechten klopfte sie an verschiedene Steine der Mauer, hoffte, einen losen zu finden. Ohne Erfolg. Sie stampfte auf den Boden und horchte nach Hohlräumen oder dünnen Stellen. Nichts, kein offensichtlicher Schwachpunkt. Verzweiflung über ihre Aussichtslosigkeit machte sich breit. Die Erkenntnis, dass sie sich selbst in diese ausweglose Situation gebracht hatte, ließ einen unerträglichen Schmerz in ihrer Brust aufkommen. Stocker hatte sie gewarnt.

Entkräftet hockte sie auf das Federbett. Eine Träne löste sich und verklebte den Staub auf ihrer Wange. Sofort kullerte die nächste über dieselbe feuchte Bahn. In diesem Moment war sie sich sicher, dass sie sterben müsste.

Sie legte sich auf das Gitternetz und schlang schützend die Arme um den Kopf. Irgendwann siegte die Müdigkeit.

Sie schnellte auf. Sie war bloß für ein oder zwei Minuten weggedöst, aber diese kamen ihr vor wie mehrere Stunden. Langsam kehrten ihre Gedanken zurück und verdrängten die Gefühle der Ohnmacht.

Sie spürte Wut im Bauch und die unzähmbare Entschlossenheit, diesem Kerl nicht die Genugtuung ihrer Niederlage zu schenken.

Sie überlegte.

Ihr Plan war, ihn durch ihre Zurückhaltung in Sicherheit zu wiegen, sollte er wieder auftauchen. Sie wollte keine Stärke markieren. Beträte er das nächste Mal den Raum, musste dies der Zeitpunkt und die Stelle sein, wo diese Geschichte ihr Ende nahm.

Freiheit für sich und Rache für Juli.

Sie war sogar bereit, in diesem Kampf ihr Leben zu riskieren. Sie zog zwar ohne Waffe in die Schlacht, jedoch auch ohne Furcht.

In Gedanken spielte Palmer die freiheitbringende Szene durch. Sie würde sich wehrlos stellen. Wenn er genügend nahe beim Bett stünde, würde sie ihr Körpergewicht auf die Hüfte verlagern und sogleich den Fuß in die Höhe schnellen lassen gegen seinen Kehlkopf oder, falls er zurückwich, gegen sein Brustbein. Sie würde aus dem Bett springen und ihn mit gezielten Tritten und Kniestichen außer Gefecht setzen.

Entschieden stemmte sie sich vom Bett hoch.

Palmer suchte nach etwas, um es als Waffe einzusetzen. Ein vergessener Schraubenzieher, ein Stein, was auch immer. Das einzig Greifbare, das sie fand, war eine verlotterte Apfelkiste, die als Angriffswerkzeug gegen einen kräftigen Mann zwar nicht taugte, doch sie musste improvisieren.

Trotzig schob sie den Unterkiefer vor.

Palmer zog das Shirt aus, wickelte es um die rechte Faust, schritt zum kleinen Fenster, setzte die Faust aufs Glas und drückte es mit einer kurzen, kräftigen Bewegung ein. Sie klaubte eine spitze Scherbe vom Fenstersims und klemmte sie zwischen Daumen und Zeigefinger ihrer mit der vom Shirt umwickelten rechten Faust.

Nun war sie bereit für ihn. Sie legte sich hin, um auf ihn zu warten. Die Scherbe verbarg sie zwischen Arm und Hüfte für den Fall, dass er erst durch das Astloch in der Holztür reinschielte, bevor er reinkam.

In Gedanken spielte sie die Situation wieder und wieder durch. Ihre Faust schnellte hervor und die Glasklinge stieß in seine Brust. Um gleich danach mit Fuß und Knie nachzusetzen.

Nach einigen Minuten hörte sie draußen Schritte auf Kies näher kommen.

Stille.

Nichts geschah.

Hatte er ihren Plan entdeckt?

Das konnte nicht sein. Hier drin war es zu finster, um, vor allem von außen, Genaueres zu erkennen.

Endlich hörte sie seine Schritte, die sich aber wieder von der Tür entfernten. Dafür nahm sie wahr, wie er Richtung Fenster ging und davor stehen blieb.

Palmer sah den Lichtkegel seiner Taschenlampe über die Wände huschen, bis er auf ihr anhielt.

»Wie ist es dir bloß gelungen, dich zu befreien?«, fragte er.

Er schritt zurück zur Holztür. Mit seiner geballten Faust hämmerte er dagegen und schrie: »Wenn du willst, dass ich dir was zu Trinken bringe, dann machst du erst das Licht an. Ich will sehen, was hier drin vorgeht.« Er verstummte und blickte mit einem Auge angestrengt durch das Astloch. »Du kommst jetzt her zur Tür. Gleich daneben steht der Stromgenerator.

Oben an der rechten Seite findest du den Gummigriff. Diesen ziehst du mit aller Kraft heraus, damit die Maschine anspringt.«

Regungslos lag Palmer da und gab keinen Ton von sich.

»Ich geb dir noch zehn Sekunden, das Licht mit dem Kompressor anzumachen. Wenn du nicht gehorchst, komme ich in einer Woche wieder.«

Palmer überlegte, wobei sie auch auf ihre vertrocknete Kehle hörte.

»Neun, acht …«

Planänderung.

Das Bettgestell quietschte, als sie sich erhob und zur Tür schlich. Das schwache Tageslicht, das durch das kleine, zerbrochene Fenster fiel, half ihr, den Griff der Maschine zu finden. Sie legte Glassplitter und Shirt vorsichtig auf den Boden und riss voller Wut am Handgriff. Die Maschine ratterte. Sogleich erhellte die nackte Glühbirne den Raum. Das Ding war weniger laut, als Palmer erwartet hatte, sodass Ruppen von außen vermutlich ihren Husten wegen der stinkenden Abgase hören konnte. Sogleich ging Palmer in die Knie, wickelte sich wieder das Shirt um die rechte Hand und umfasste ihre Klinge. Ein kurzer Blick zur Tür bestätigte, dass er sie in diesem steilen Winkel durch das Astloch nicht sehen konnte.

»Komm rein«, rief sie.

»Leg du dich erst wieder aufs Bett. Ich will dich im Blickfeld haben.«

Palmer zögerte. Dann schlich sie zurück, jedoch gut darauf bedacht, mit ihrem Körper die rechte Hand abzuschirmen. Sie legte sich umständlich auf das Gitterbett.

Als er sie da liegen sah, hielt er inne. Denn etwas an der Situation störte ihn. Er wollte nicht gedankenlos reinstürmen. Er biss sich auf die Unterlippe und schätzte die Lage ein. Sein Instinkt sagte ihm, dass Palmer nicht freiwillig ihr Shirt abgelegt hätte.

Aber was sie im Schilde führte, erkannte er nicht.

Mit aufgerissenen Augen starrte er nochmals rein und suchte den Raum nach etwas Verdächtigem ab. Nichts. Er vergewisserte sich, dass die Tür noch immer verriegelt war, bevor er sich von ihr entfernte. An den Geräuschen vernahm sie, dass er draußen zielgerichtet noch einmal auf das kleine Fenster zuhielt und davor stehen blieb. Er starrte rein. Sie lag noch immer auf dem Bett, hatte ihren Kopf aber zu ihm gedreht und hielt stumm seinen Blicken stand.

Er wurde nicht klug aus der Situation, fingerte sich eine Zigarette aus der Brusttasche, zündete sie an und nahm einen tiefen Zug. Er fasste sich ans Kinn. Die Bartstoppeln knisterten, als Zeigefinger und Daumen darüber strichen. Er lächelte. Dann blies er den Rauch in den Raum.

»Du hältst mich wohl für blöd?«, zischte er. »Mädchen, du enttäuschst mich.«

So hatte sie das nicht geplant.

Es klirrte dumpf, als er mit Daumen und Zeigefinger die paar Scherben vorsichtig vom Sims hob und sie fallen ließ.

Er verstand, weshalb sie das Shirt ausgezogen hatte und was sie hinter ihrem Körper versteckt hielt.

»Du willst mich erstechen? Einen solchen Angriff würdest du nicht überleben. Und jetzt kommst du her und wirfst die Scherbe und das Shirt durch das Fenster nach draußen.«

Palmer bewegte sich nicht.

»Wenn du nicht willst, kann ich gehen und dir eine Woche Zeit lassen, es dir anders zu überlegen.«

Palmer wurde sich bewusst, dass sie dies nicht überleben würde. Nein, sie musste ihn irgendwie dazu bringen, die Tür zu öffnen. Sie wollte raus, also gehorchte sie und suchte in Gedanken fieberhaft nach einem anderen Plan.

»Willst du dir aussuchen, auf welche Art ich dich an den Fleischerhaken hänge?« Sein Kinn nickte Richtung des krummen, spitzen Eisendings, welches direkt über Palmer in der Mitte des Deckenbalkens prangte.

Ihr Atem stockte.

»Soll ich dich hochheben und den Haken hinter der Achillessehne hindurchstoßen, sodass du kopfunter hängst?« Er zuckte die Achseln. »Oder stecke ich ihn besser von unten durch deinen Unterkiefer?« Dann aber hatte er eine unverhoffte Eingebung. Seine Augen glänzten. »Nein. Ich drück ihn in eine Augenhöhle.« Sofort aber schüttelte er schmerzverzerrt den Kopf. »Quatsch, zu heikel. Dein Schädel würde von deinem Gewicht durchbrechen, sodass du mir am Ende noch zu Boden fällst und dich dabei verletzt. Oder dich schmutzig machst.« Er lachte. »Nein, erst will ich noch etwas Spaß haben mit dir. Ich besorge mir ein Seil. Das eine Ende versehe ich mit einer Schlaufe. Du wirfst das Seil über den Haken, steckst deinen Kopf durch die Schlaufe und ich zieh von außen das Seil so straff, dass du grad noch so viel Luft bekommst, dass du bis morgen überlebst, falls es dir gelingt, unter dem Haken so lange stehen zu bleiben.«

»Du drohst mir mit dem Tod?«, keifte Palmer. Sie eilte zum Fenster. »Du meinst, zu sterben sei für mich eine Strafe? Wenn ich tot bin, seh ich endlich meine Mutter wieder.«

»Tapferes Mädchen. Freu dich, gleich erlöse ich dich von deiner Wartezeit.«

Er drehte sich vom Fenster ab. Als sie hörte, wie sich seine Schritte entfernten, beugte sich Palmer von Krämpfen gebeutelt vornüber und verabschiedete sich von den Säften, die sich im Magen gesammelt hatten. Mit den Händen am Boden aufgestützt, verharrte sie einige Sekunden, bis das Schwindelgefühl neuen Gedanken Platz machte.

Palmer musste hier raus. Und sie wusste, falls sie nicht blitzschnell eine rettende Idee hätte, benötigte sie später gar keine mehr. Ihre Augen rasten durch den Raum.

Sie spürte ein dumpfes Pochen über der geschwollenen Wange, als ihr Blick auf dem Kompressor haften blieb.

Sie nickte, als sie sich zuredete, ihr Plan könnte mit etwas

Glück gelingen. Sie schnellte hoch und eilte zum Fenster, um sich zu vergewissern, dass er weg war. Sie entdeckte ihn im entfernten Teil des Areals. Aber er schritt direkt zu ihr zurück. In der einen Hand trug er eine Rolle, in der andern hielt er einen Kübel, aus welcher eine riesige Heckenschere herausragte.

Palmer hetzte zur Ecke und ergriff die verlotterte Apfelkiste. Sie jagte zur Mitte des Raums und platzierte das wacklige Ding direkt unter dem Haken, den Boden nach oben, die Schmalseite der Tür zugewandt.

Dann stürzte sie zur knatternden Maschine. Sie riss den dünnen Schlauch weg, welcher das Benzin zum Motor führte, entfernte mit einer Umdrehung den Tankdeckel und saugte mit dem Schlauch so viel Benzin in die Mundhöhle, wie sie reinkriegte. Der Geruch zwang sie, sich vornüber zu neigen, denn er löste Würgereiz aus.

Sie schlug beide Hände vor den Mund und presste dagegen. Es gelang ihr kaum, den natürlichen Drang, sich zu übergeben, zu unterdrücken. Ein dünnes Rinnsal lief zwischen ihren Lippen hervor und tropfte von ihrem Kinn zu Boden. Durch die Nase bekam sie kaum genug Sauerstoff in die Lungen. Mit letzter Willensanstrengung gelang es ihr, das Benzin zurückzuhalten. Sie hetzte zurück zur Raummitte. Direkt unter dem Haken stellte sie sich so hin, dass ihre Beine dem Täter von der Tür aus die Sicht auf die Apfelkiste verdeckten. Zumindest hoffte Palmer dies.

Ein genügend langes Seil hatte Ruppen offenbar nicht gefunden. Also kehrte er mit einem großen Rest der Drahtspule vom elektrischen Weidezaun zurück. Mittels einer Zange fertigte er am Ende eine verstellbare Schlaufe.

Er polterte mit dem Schuh gegen die Holztür, um seine Rückkehr zu bestätigen. In der Hand hielt er die Spule und drückte von außen mit dem Knie auf die verriegelte Tür, sodass sich an der unteren Ecke zwischen Tür und Rahmen ein kleiner Spalt öffnete. Er erhöhte den Druck so stark, dass er die

Schlaufe durch die Lücke zwängen konnte, wobei er die restliche Spule fest in Händen umklammert hielt.

Als er wieder aufrecht vor der Tür stand, rief er: »Wenn du willst, dass ich dir etwas zu trinken reinstelle, dann holst du jetzt den Draht und schlägst ihn über den Haken an der Decke.«

Palmer tat wie befohlen. Beim vierten Versuch gelang es ihr, die Metallschnur über den Haken zu werfen.

»Jetzt nimmst du die Schlinge am Ende und legst sie dir über den Kopf.« Er blickte durchs Astloch. »Zieh sie straff … Nein, noch straffer«, befahl er.

Von außen zog er nun so lange am Draht, bis sich dieser von ihrem Hals zum Deckenhaken straffte und von dort durch den Türspalt zu ihm raus. Außen wickelte er den Draht um den Doppelhaken neben der Tür und spannte so lange nach, bis er Palmer, die aufrecht unter dem Haken stand, die Luft abschnürte und sie auf Zehenspitzen tänzelte, um überhaupt noch atmen zu können. Die Strangulation alleine behinderte schon sehr ihre Sauerstoffzufuhr, doch fand sie erst recht kaum Luft, da sie nur durch die Nase und nicht durch den Mund atmen konnte. Ihr Bewusstsein war hellwach. Sie durfte sich auf keinen Fall verschlucken. Ihre Lungen brannten. Sie kämpfte gegen das übermächtige Verlangen an, durch den Mund Luft zu holen. Sie hielt sich zurück, die Finger unter den Draht zu zwängen, um damit den Zug auf ihren Hals zu entlasten. Denn nun wollte sie ihn. Sie wollte, dass er reinkam. Sie betete darum, die Benzindämpfe in der Luft würden ihm nicht auffallen.

Sein Schlüsselbund klimperte, als er das Vorhängeschloss entfernte. Mit dem Fuß schob er die Tür auf. Palmers Augen fixierten die aufglimmende Zigarette, als er sich einen Zug nahm, bevor er zwischen den Zähnen hindurch sein fieses Lachen ausstieß. Als er eintrat, schwenkte er die rostige Heckenschere auf Palmers Augenhöhe. Er schritt auf Palmer zu.

Dann ging alles sehr rasch.

Statt sich den Kerl mit abwehrenden Händen vom Leib zu halten, spie Palmer das ganze Benzin in ihrem Mund in sein Gesicht. Fast explosionsartig setzte die Zigarettenglut den Sprühnebel in Flammen. Ihm blieb keine Zeit, sich zu wundern. Auf Gesicht und Hals nahm er einen brennenden Schmerz wahr. Aber da war es zu spät. Sofort ließ er die Heckenschere fallen. Mit bloßen Händen versuchte er, seinen in Flammen stehenden Kopf zu schützen. Mit den Handflächen schlug er sich ins Gesicht, um das Feuer zu ersticken.

Allerdings loderten auch Flammen um Palmers Mund. Aber sie war drauf gefasst. Mit dem Shirt in ihrer Hand wischte sie sich das Feuer von den Lippen. Gleichzeitig tat sie einen gezielten Schritt nach hinten, indem sie auf die Apfelkiste stieg.

Der Draht entspannte sich.

Mit beiden Händen zog sie die Schlinge auseinander und streifte die gelockerte Schlaufe über den Kopf.

Palmer hüpfte von der Kiste. Nichts wie raus. Sie jagte nach vorne.

Ruppen hielt sich seine linke Armbeuge gegen sein Gesicht gepresst. Den anderen Arm warf er in jene Richtung, in welcher er Palmer vermutete. Die Finger seiner Rechten öffneten und schlossen sich wie zupackende Krallen. Durch die Flammen hindurch musste er Palmer gesehen haben. Er warf sich zur Seite. Wie ein Schraubstock umklammerten seine kräftigen Finger Palmers Oberarm.

Heftiger Schmerz durchfuhr sie, als er auf ihrer Bisswunde zudrückte.

Noch immer loderten Flammen in seinem Gesicht. Er zog Palmer zu sich her.

Sie wand sich und schlug ihm ihre Fingernägel ins Gesicht. Die Verbrennungen, welche sie sich dadurch zuzog, schütteten weiteres Adrenalin ins Blut, was ihre Kräfte steigerte.

Das Licht ging aus. Der fehlende Schlauch hatte die Benzinzufuhr vom Tank unterbrochen, das bereits in die Maschine geleitete Benzin war jetzt verbraucht.

Beide kämpften im Halbdunkel.

»Hab ich dich, Miststück«, krächzte er mit schmerzverzerrter Stimme.

Sie drehte sich. Blitzschnell winkelte sie ihr rechtes Bein an und rammte dem Mann ihr Knie so fest in den Magen, dass ihm kurz die Luft wegblieb.

Er krümmte sich, lockerte aber den stählernen Griff um ihren Arm keine Sekunde. Er zerrte sie wieder zu sich heran. Nun kämpfte er auch mit der anderen Hand gegen Palmer. Erst fuchtelte er mit der Pranke in der Luft herum. Dann schwang er blind seine linke Faust. Beim zweiten Versuch streifte er Palmer am Kopf. Er traf zwar nicht voll. Trotzdem zuckten Lichtblitze vor ihren Augen. Ihre Beine gaben nach. Sie sackte auf die Knie.

Er umklammerte nun ihre Arme mit seinen Pranken und drückte sie zu Boden.

Sie nahm alle Kraft zusammen, bäumte sich ungestüm auf. Sie wusste, ihre stärksten Waffen, Kniestöße und Fußtritte, konnte sie im Knien nicht einsetzen. Sie versuchte, ihm ihre Arme zu entreißen. Sie musste sich schnell lösen, bevor er sein ganzes Gewicht nach vorne warf und sie platt unter sich begrub.

Sie warf die Hände nach unten und stemmte sich vom Boden gegen sein Gewicht. Mit einer Hand strich sie über die gestampfte Erde. Egal, was sie fand, sie würde es als Waffe einsetzen.

Da war etwas. Sie bekam es zu fassen. Als sie begriff, was es war, umklammerte sie es auch mit der anderen Hand. Nun drehte sie sich kraftvoll um die eigene Achse. Gleichzeitig schwang sie die Heckenschere, sodass diese hart gegen seinen Hinterkopf krachte. Der Schlag war so heftig, dass er nach vorn kippte und mit dem Gesicht nach unten auf dem Boden aufschlug.

Noch bevor Palmer nachsetzen konnte, drückte er sich mit den Händen vom Boden ab und hob den Kopf. Eine Hand umklammerte sofort wieder Palmers Unterarm.

Nun schnellte sie den Oberschenkel hoch. Ihr Knie traf ihn voll an der Schläfe.

Er sackte zusammen. Mit dumpf klatschendem Geräusch schlug er mit dem Gesicht auf dem Boden auf. Reglos blieb er liegen.

Stille.

Palmer wusste, ihr Kniestoß war nicht tödlich. Doch für einige Momente hatte er seine Sinne verloren. Ein paar Sekunden Zeitgewinn für Palmer. Mit der Heckenschere als Waffe in der Hand stürzte sie zur Tür. Sie löste hastig den Draht vom Doppelhaken, dann rannte sie zu Ruppen zurück. Sie legte die Schlinge um seinen Hals, eilte zurück vor die Tür, wickelte den Draht so oft es ging um die beiden Haken, bis sie ihn gestrafft hatte. Dann stellte sie sich neben ihn und kickte ihn mit ihrer Zehenspitze in den Unterschenkel, weit weg von seinen Fäusten. Immer und immer wieder stieß sie ihn an, so lange, bis er aufwachte.

Noch bevor er die Augen öffnete, griff er sich an den Hinterkopf, wo er eine riesige Beule unter den Haaren ertastete.

Als er sich regte, hetzte sie nach draußen, riss am Draht und sorgte dafür, dass er gut gestrafft blieb, indem sie nachwickelte.

Er nahm seine Bewegungsunfähigkeit wahr. Aufgrund der Verbrennungen war sein Gesicht eine Blasen werfende, nässende Masse. Mit zusammengekniffenen Augen verfluchte er Palmer aufs Gröbste.

Jedesmal, wenn er seine Körperhaltung veränderte und sich das Seil dadurch auch nur geringfügig entspannte, führte Palmer draußen den Draht ein weiteres Mal um einen der Haken.

Erst setzte er sich auf den Boden, doch bald schon kniete er, denn je näher er seinen Hals Richtung Haken an der Decke verschob, desto stärker entlastete er den Zug. Aber immer nur so lange, bis Palmer nachstraffte. Mit einem Mal begriff er dieses Spiel und sprang auf die Beine. Tatsächlich lockerte sich der Würgedruck. Es gelang ihm, seine Finger unter die Schlinge zu zwängen. Sogleich zerrte er mit aller Kraft die Schlaufe auseinander.

Angsterfüllt nahm Palmer wahr, wie er sich jeden Moment befreien würde. Als er sich anschickte, sich den Draht vom Hals über den Kopf abzustreifen, machte sie einen Sprung zum Draht, der sich quer vom Haken zum Ausgang spannte. Sie warf sich bäuchlings mit dem ganzen Körpergewicht auf den Draht, sodass der Haken knarzte.

Sie plante nicht, ihn zu töten. Aber dass es den Täter einige Zentimeter gegen die Decke hochzog half ihr, sich zu schützen. Sie hätte gleich nach der Befreiung rauseilen, die Tür zuschmeißen und ihn einschließen können. Aber das war ihr zu wenig sicher. Wenn er bereits mit dem Knie die Tür aufstemmen konnte, gelänge es ihm vielleicht auch, wutentbrannt Bärenkräfte freizusetzen, um die Tür aus den Angeln zu reißen.

Dieses Spiel musste ein Ende haben.

Als sie ihren Kopf wandte, um nach ihm zu sehen, stand er mit fast schon blauem Gesicht und aus dem Hals ragenden Schlagadern unter dem Haken und rang nach Luft. Wie wild gestikulierte er und versuchte, seine Finger der andern Hand unter den Draht zu graben.

Palmer richtete sich auf und straffte ein letztes Mal nach. Sie eilte zu ihm. Sein einziges Anliegen bestand jetzt darin, Luft zu kriegen. Der Würgezug hatte ein klein wenig nachgelassen und ermöglichte ihm halbwegs einzuatmen.

Spucke triefte aus seinem Mund. Mit beiden Füßen hatte er festen Stand gefunden. Sogleich meldete sich sein Kampfgeist zurück. Im Stand wippte er auf die Zehenspitzen, in der Absicht, sich zu befreien. Die Entlastung war jedoch zu gering. In die Knie zu gehen, um dann genügend hoch zu springen, um sich die Schlaufe über den Kopf zu ziehen, war ihm nicht möglich.

Er lebte, konnte sich aber nicht befreien.

Palmer war noch immer so geschockt, dass sie sich nicht voll auf ihre Sinne verlassen konnte. Alles auf diesem Hof schien ihr nach Gülle und verbranntem Steak zu stinken.

Sie musste die Polizei rufen.

Ihr Handy hatte er entfernt. Vielleicht trug er selber eins bei sich. Aber sie wollte ihm besser nicht zu nahe kommen. Sie würde draußen nach ihrem suchen. Oder sie würde seinen Festnetzanschluss im Büro benutzen.

Palmer zog die Tür zu und verriegelte mit dem Vorhängeschloss, in welchem noch immer sein Schlüssel steckte.

Sie erschauerte.

Als sie sich abgedreht hatte, blickte sie direkt in ein Augenpaar.

Mit offenem Mund stand Lena da und hielt die kleine Maria an der Hand. Beide starrten zur Tür. Sie mussten gesehen haben, wie er hilflos unter dem Haken auf Zehenspitzen balancierte.

Nachdem Palmer wieder zu Atem gekommen war, drückte sie Lena die schwere Heckenschere in die Hand.

»Du bleibst hier und bewachst die Tür. Er darf nicht entkommen. Sollte er's irgendwie rausschaffen, dann zieh ihm damit eins über. Ich rufe die Polizei. Maria kommt mit mir. Falls er sich befreit, soll ihm deine Tochter nicht auch noch in die Hände fallen.«

Lena nickte langsam, ohne den Blick von der Tür abzuwenden. Dann sagte sie:

»Polizei ja, aber keine Ambulanz. Nicht für diesen Schweinehund.«

Palmer schwankte nach draußen und übergab sich. Einige Tropfen Benzin hatten den Weg in ihren Magen gefunden. Mit einer Hand auf dem Knie abgestützt, massierte sie ihren Hals.

Immerhin war jetzt alles überstanden.

Aber dann …

KAPITEL 45

Breitbeinig stellte sie sich vor ihn hin. Sie fühlte, wie ihr vor Hass die Galle emporstieg und im Hals brannte. Gut auf genügend Sicherheitsabstand achtend, näherte sie sich ihm. Bissig starrten sie sich gegenseitig in die Augen. Diese funkelten vor Hass. Er schnaubte, aber sie wusste nicht, ob vor Schmerz oder vor Wut darüber, dass sie ihn am Haken hatte, statt umgekehrt.

»Ein Leben lang hast du mir deinen Willen unter Gewalt aufgezwungen«, schrie Lena. »Dauernd hat es Schläge gesetzt. Einmal hast du mich wie einen Hund im Garten nackt angekettet.« Sie heulte. »Ich habe Höllenängste leiden müssen.« Ihre Atemzüge beschleunigten sich so stark, dass sie kurz davor stand, zu hyperventilieren. »Noch heute knöpfe ich keine Jacke bis oben hin zu. Nicht mal im Winter, auch nicht im heftigsten Platzregen. Der Kragen schnürt mir die Luft ab.« Sie blickte zu Boden. »Deine Tyrannei und sexuelle Ausbeutung haben meine Kinderseele zertreten.« Sie sah ihn lange an. »Du hast nie verstanden, wieso ich so klein und ausgemergelt bin. Ich will's dir sagen: Weil es dir nicht gelungen ist, mich zum Essen zu zwingen. Kraftlos und mager zu sein, war mein Wille, mein stiller Protest. Mein Körper ist nicht weiter gewachsen, weil ich es ihm verboten habe.«

Sie schritt auf den Draht zu, der sich quer durch den Raum

vom Haken an der Decke zum Ausgang spannte und schlug mit der flachen Hand darauf.

Er wimmerte vor Schmerz.

In Lenas Augen loderte Zorn. »Papa, ab jetzt hörst du auf, mich zu schlagen«, schrie ihm Lena ins Gesicht. Sie zerrte am Draht. Wie wild, vor und zurück.

Er stöhnte auf. Dann zog er mühsam Luft ein und röchelte: »Ich nehme mir … was mir gehört. Du undankbares … Luder. Jetzt lös … den Draht. Schnell … Ich befehl's dir.«

Selbstsicher stellte sie sich vor ihn hin und lächelte mitleidig.

Er versuchte es anders: »Du hast … nichts zu befürchten. Jetzt mach … den Draht ab … damit ich besser … atmen kann.«

Als sie sich nicht bewegte, fuhr er fort: »Es kann … nichts passieren … Ich habe … keine Waffe.«

»Du bist die Waffe«, blaffte sie und schlug wiederum mit der Hand auf den Draht.

Er verlor für eine Sekunde das Gleichgewicht. Der Draht schnitt in seinen Hals. Er würgte, fand aber seinen Stand gerade noch rechtzeitig.

»Jetzt mach … mich los«, befahl er. »Schau mich an … ja, so … Nimm deine Hand vom Draht … ja, gut … jetzt komm her … damit wir reden können … noch näher.«

Zögerlich bewegte sie sich auf ihn zu.

Doch dann hielt sie inne. Sie blickte wutentbrannt in seine Augen.

»Wieso hast du Mama verschwinden lassen und mich an ihrer Stelle genommen? Weil du ein selbstverliebtes Arschloch bist. Weil du dich selber über alles liebst. Deine Frau sollte nach deinem Abbild sein, aus deinem Fleisch und Blut.« Sie fiel auf die Knie und flennte verzweifelt.

Unvermittelt schnellte sie zurück auf die Beine, sprang in wenigen Schritten hinter ihn und boxte kraftlos in seinen Rücken. Blitzschnell drehte er sich. Mit einer Kickbewegung stieß er ihr die Schuhspitze in die Rippen. Sogleich musste er jedoch dafür büßen, denn die Bewegung schnürte ihm den Hals noch mehr zu. Aber sein Treffer blieb nicht ohne Erfolg.

Lena klatschte zu Boden. Sie atmete flach, mit leerem Blick.

Für ihn sah es aus, als habe sie den Verstand verloren. Er hatte ihr eine Rippe gebrochen. Langsam rann Blut aus der Wunde auf ihr Langarmshirt.

Nach einigen Minuten erhob sie sich umständlich und stellte sich gekrümmt neben ihn, auf genügend Sicherheitsabstand bedacht. »Du hast mich zur Frau genommen. Deine Tochter. Und um ein noch stärkeres Ebenbild von dir zu schaffen, hast du mir ein Kind gemacht. Sind wir nur deshalb nach Augsburg gezogen, weil du bereits damals geplant hattest, mich später, zurück in der Schweiz, als deine Frau auszugeben?« Sie spuckte vor seine Füße, aber sogleich zuckte sie vor Schmerz zusammen. »Vor der Rückreise hast du in Augsburg meine Mutter entsorgt. Nicht mal als vermisst hast du sie gemeldet. Du wusstest ja, wo du sie verscharrt hast.«

Er hob hilflos die Hände.

»In der Öffentlichkeit gibst du mich als deine Frau aus. In Luzern bin ich ganz offiziell angemeldet als deine Tochter, die bei dir lebt. Unsere gemeinsame Tochter sei mein Kind, das in Deutschland gezeugt worden ist. Vater unbekannt. Die Ämter haben ein Verfahren eingeleitet zur Vaterschaftsabklärung. Dieses hat man eingestellt, da ich unter deinem Druck nichts verraten habe.«

»Lass mich … runter!«, röchelte er.

»Für alle bin ich stets deine verhaltensgestörte, junge Frau gewesen. Niemand hat sich am Altersunterschied gestört. Alle haben gedacht, ich hätte mich nach einer Vaterfigur gesehnt. Zur Erklärung meiner jämmerlichen Erscheinung haben sich alle zufrieden gegeben mit deiner Lüge, ich würde unter psychischen Problemen leiden infolge von Brustkrebs.«

Sie stieß jedes Wort wie eine Explosion aus.

»Was hast du mit meiner Mutter angestellt? Ich will's wissen. Wie hast du sie beseitigt? Gib's zu, du Schwein. Du hast sie umgebracht.«

Ihre Beine gaben nach, sie sackte auf die Knie und heulte.

»Lass mich … runter«, kommandierte er.

»Stirb, du Monster.«

In ihren Augen erkannte er, dass sie es ernst meinte.

»Mich umzubringen … bringt dir keine Freiheit … Die werden … dich einlochen … für 20 Jahre.«

»Wenigstens wirst du mir dort nichts antun.«

»Ein Leben lang … wirst du zur Mörderin … gestempelt sein.« Er japste nach Luft. »Man wird dir … Maria wegnehmen.«

»Wegnehmen?«, fragte sie. Sie presste ihre dünnen Lippen aufeinander. Wie versteinert hockte sie da.

»Man wird dich … in die Psychiatrie stecken … bis du tot bist«, drohte er weiter.

Sie überlegte lange. Mit Mühe stand sie auf, schritt zum Draht und schlug wieder mit der flachen Hand drauf.

»Du redest von meinem Tod? Nein. *Du* sollst sterben, nicht ich.«

Erst fuchtelte er mit den Armen in ihre Richtung, dann versuchte er verzweifelt mit beiden Händen, den Würgegriff zu lockern. Aber er brachte nicht einmal einen Finger zwischen Draht und Hals.

Sie drückte die Metallschnur nach unten und beobachtete seine Lippen, welche stumme Worte formulierten. Er griff nach ihr, wollte sie zu fassen kriegen, war jedoch viel zu weit weg. Der Draht war so stramm gezogen, dass er taumelte. Mit jeder ruckartigen Bewegung seiner Arme würgte er sich mehr. Er rang nach Luft.

Sie beobachtete, wie die Schlinge sich immer weiter ins verbrannte Fleisch seines Halses grub. Er öffnete seinen Mund und japste.

Er kam ihr vor wie ein bissiger Köter, gebändigt von der gestreckten Kette.

Ihr Blick ging durch ihn hindurch ins Unendliche, ihre Augen wurden feucht, ihre Unterlippe zitterte. Dann durchkämmten ihre Augen den Raum. Hinter ihm blieben sie auf etwas haften. Sie brauchte einige Sekunden, um zu begreifen, was es war.

Entschlossen schritt sie um ihn herum und griff vorsichtig danach. Als sie die Obstkiste anhob, schoss Schmerz in ihre Rippen. Aber sie gab nicht auf. Sie stellte die Kiste hochkant in kurzer Entfernung vor ihn hin, gut darauf bedacht, ihm nicht so nahe zu kommen, dass er sie mit einem verzweifelten Fußtritt erreichte. Sie kauerte sich hin, stützte sich mit den Händen auf dem Boden ab und schob die Kiste mit gestrecktem Bein gerade so nah zu ihm hin, dass er diese mit seinem Fuß erreichen konnte. Lena vergrößerte den Abstand wieder, bevor sie sich behutsam erhob. Sie schritt nach draußen und drückte auf den Draht. Noch immer schafften es seine blutigen Fingerspitzen nicht, sich darunter zu graben. Als er dies erkannte, riss er schlagartig seine Hände vom Hals und ballte sie zu Fäusten, um seinen Kampfeswillen zu bekunden, was angesichts seiner Situation lächerlich aussah. Sofort bereute er diese Aktion und gab sich alle Mühe, sich nicht mehr zu bewegen. Der Draht durfte seinen Hals nicht weiter einschnüren. Die leichte Entlastung durch die erstarrte Haltung gestattete ihm tatsächlich mehr Luft. Mit erstickendem Keuchen zog er so viel davon in seine Lungen wie irgend möglich.

Seine Augen drohten aus den Höhlen zu springen, als sie sich gegen den Boden auf die Obstkiste richteten. Hier drauf wollte er sich stellen. Mit einem Fuß zog er sie vorsichtig zu sich her. Endlich war sie so nah, dass er sich daraufknien konnte. Sogleich versuchte er wieder, die Schlinge zu lockern, denn durch das Besteigen hatte sich der Zug verringert. Das war sein Plan.

Aber diese neue Position milderte seine Atemnot nur für einen Sekundenbruchteil, denn bereits schlang Lena den Draht nochmals über einen Haken und straffte nach. Er hob das eine Knie und stellte den Fuß auf die Kiste. Als er festen Stand hatte, schnellte er auch auf das andere Bein, sodass er wackelnd zum Stehen kam. Aber Lena war gewappnet. Sie wickelte den Draht so schnell sie konnte. Sie spannte sogar noch nach, als er sich auf den Zehenspitzen zur Decke streckte.

Lena lächelte zufrieden, denn hierauf hatte sie gewartet.

Doch dann zögerte sie. Sollte sie ihn am Leben lassen? Würde er sich bei ihr und ihrer Tochter entschuldigen und sie beide nicht mehr anrühren?

Mit geschlossenem Mund und zu Schlitzen verengten Augen schüttelte sie den Kopf.

»Müll zu entsorgen macht die Welt sauberer und erträglicher.« Sie überlegte kurz und nickte. »Es war immer ich, die den Dreck wegmachen musste.«

Vorsichtig ging sie zu ihm hin, hob ein Bein und setzte die Sohle an die Oberkante der Kiste. Angst vor einem Fußtritt brauchte sie keine zu haben. Er wusste, dass ihn dies um das Gleichgewicht und um sein Leben gebracht hätte.

»Gibt es etwas, das du mir als Letztes sagen willst?«

Er öffnete den Mund.

Aber noch bevor ein Wort über seine Lippen kam, stieß Lena mit voller Kraft die Kiste unter seinen Füßen weg. Er sackte einige Zentimeter ab. Der Draht dehnte sich mit einem Pling-Geräusch wie bei einer Geigensaite ins Maximum.

Er hing am Draht unter dem Haken.

Noch im Baumeln kämpfte er und versuchte, nach ihr zu treten. Er drehte sich schwankend am Draht. Seine Lippen schwollen zu einem dunklen Rot an. Einen kurzen Moment dachte sie, er wolle ihr einen Abschiedskuss senden. Sie erkannte in seinen Augen Entsetzen, aber auch tödliche Gewissheit. Sie verrieten Panik. Sie erflehten Hilfe von seiner Ehefrau. Nein, Tochter. Seine Wangen färbten sich dunkelblau. Seine Beine zuckten noch zwei, drei Mal und gaben ein knallendes Geräusch von sich, als die Absätze zusammenschlugen.

Dann hatte sie Ruhe.

Sie stand reglos daneben und beobachtete, wie das Leben ihn verließ.

Seine abgewetzten Lederschuhe pendelten vielleicht 40 Zentimeter über dem gestampften Lehmboden. Aus dem geöffneten Mund ragte ein schwarzer Klumpen, den sie als seine Zunge erkannte. Der senkrechte Draht zwang seinen Kopf in eine seltsame Neigung. Seine Augen standen aufgesperrt. Flehten sie um Gnade? Sie bewegten sich nicht.

Lena wollte sehen, wie das Licht in seinen Augen erlosch. Sie starrte durch sie hindurch, durch die Mauern, hinaus, hinauf in den Himmel, in die Unendlichkeit. Ihr war, als schlossen sich die Augenlider ganz langsam von selbst.

Eine eigenartige Leere umgab sie. War dies Traum oder Wirklichkeit? War dies das Ende ihres Schreckens? Oder der Anfang eines neuen Albtraums? Würde man sie fassen und ins Gefängnis stecken?

Erst als sie bemerkte, wie sich eine Fliege auf seine geöffneten Lippen hockte und er sie nicht mit einer Reflexbewegung verscheuchte, wandte sie sich ab.

So also sehen Tote aus.

Sie hatte sich dieses Bild in ihren Tagträumen anders vorgestellt.

Palmer stürzte in Ruppens Büro und wählte die Nummer der Polizei. Sie blickte in Marias teilnahmsloses Gesicht, als man sie mit Stocker verband. Er hielt sich nicht mit Begrüßungsfloskeln auf.

»Wo sind Sie?«, presste er hervor.

Noch während sie ihm zu erklären versuchte, was vorgefallen war, beobachtete sie aus der offenstehenden Tür, wie ein Zivilfahrzeug der Polizei im knirschenden Schotter zum Stehen kam.

»Sind Sie das?«, fragte Palmer.

Sie vernahm, wie er ohne zu antworten die Verbindung kappte. Sie legte auf und trat vor das Haus. Er erblickte sie, während er ausstieg.

Sie schritt zu ihm hin.

»Machen Sie keinen Blödsinn. Indem Sie hier rumschnüffeln, bringen Sie andere und sich selbst in Gefahr.«

»Ich hab ihn überwältigt. Das Paket ist geschnürt und zur Abholung bereit.« Palmer lächelte zufrieden. »Aber Sie haben insofern recht, als er mich töten wollte.«

»Vielleicht hat er sich bloß zur Wehr gesetzt, weil er in Ihnen eine Einbrecherin auf seinem Grundstück erkannt hat.«

»Er ist die treibende Kraft hinter Julis Entführung gewesen. Für Sie muss es doch ein Kinderspiel sein, ihm ein Geständnis zu entlocken.« Seinem Gesichtsausdruck entnahm sie, dass er ihrer Geschichte überhaupt nicht traute.

Palmer erklärte Stocker in wenigen Worten, was passiert war. Abschließend zeigte sie zum Schuppen. »Lena Ruppen ist dort drin und hält ihn in Schach.«

Noch bevor sie zu Ende gesprochen hatte, war er bereits auf dem Weg zum Schuppen. Vor dem Eingang kam ihnen Lena entgegen. Mit abwesendem Blick, völlig geschockt, hob sie bloß den Arm und deutete ins Innere.

Als Palmer sie vor dem Schuppen erblickte, rannte sie rein. Durch die offenstehende Tür erkannte sie im Halbdunkel Konrad Ruppen, am Draht von der Decke hängend. Neben seinen baumelnden Beinen eine umgekippte, leere Obstkiste.

Sofort stürzte Stocker zu Ruppen. Er umfasste mit den Armen seine Beine, hob ihn hoch und schrie um Hilfe. Zwei Polizisten jagten herbei. Während der eine Stocker half, wickelte der andere von außen die Drahtspule ab. Dann riss er sich das Funkgerät aus der Halterung und orderte die Ambulanz auf den Platz. Nachdem sie ihn vom Haken genommen hatten, taten sie alles, um ihn noch an Ort und Stelle wiederzubeleben.

Während die Ambulanz eintraf, wollte Stocker die ganze Geschichte hören. Durch Lenas Güllegeruch ließ er sich nicht beirren, als er sie befragte.

Lena hob zögernd ihr mit Gülle verdrecktes Shirt, welches ihr auf dem Leib klebte, und erzählte ihm folgende Geschichte. Als Palmer rausgestürmt sei, um die Polizei zu rufen, sei es Ruppen gelungen, sich zu befreien. Sie habe sich ihm in den Weg gestellt, aber er habe sie mit einem einzigen Fußtritt matt gesetzt.

Während Lena Stocker die Rippenverletzung vorführte, blickte sie mit flehenden Augen zu Palmer. Dann fuhr sie fort.

Anstatt das Weite zu suchen sei Ruppen unter der Tür erstarrt. Ihm sei vermutlich klar geworden, dass er Palmer nicht mehr zu fassen kriegte. Im Gegenteil sei ihm wohl bewusst geworden, dass Palmer jetzt die Polizei rufe und sein Treiben ein Ende habe. In seiner aussichtslosen Lage habe er sie nun um Verzeihung für alle seine Untaten angefleht. Sie habe ihn jedoch verflucht. Danach sei alles sehr schnell gegangen. Er sei auf die Kiste gestiegen, habe sich selber die Drahtschleife über den Kopf gestreift und sich vornüber von der Kiste gestürzt.

»Sind Sie sicher, dass es nicht anders war?«, fragte Stocker.

Lena erschauerte. Panisch bewegten sich ihre Augen von Stocker zu Palmer und wieder zurück.

Palmer starrte Lena einige Sekunden unverwandt an, während ihr das Offensichtliche dämmerte. Aber sie schwieg.

»War es nicht viel eher so, dass Sie Ruppen, als er wehrlos unter dem Haken in der gestrafften Schlinge stand, am Draht hochzogen und erhängten, während Palmer die Polizei rief?«

Lena stand noch immer reglos da. »Ich …, er wollte …«, schrie sie mit schriller Stimme. Sie schlug sich die Hände vors Gesicht.

»Kann nicht sein, Chef«, stellte der Polizist fest, welcher danebenstand und sich Notizen machte. »Diese Frau wiegt kaum 40 Kilo. Damit könnte sie nie und nimmer diesen 90 Kilo schweren Mann am Draht zur Decke hochziehen.«

Stocker nickte langsam. Dann ließ er sich die Ereignisse nochmals von Palmer schildern, bestand aber darauf, alle Einzelheiten zu erfahren. Dann inspizierten sie die verschiedenen Schauplätze auf dem Gehöft.

Zumindest jener Teil von Lenas Geschichte schien ihm glaubhaft, in welchem sie von Ruppen in die Jauchegrube gestoßen worden war. Er fand frische Absatzdellen auf den morschen Planken, als hätte sie jemand mit Absicht in Stücke getreten. Und freiwillig tauchte kaum jemand in die Güllegrube.

Das Monster war ausgeschaltet. Nicht einfach so gestorben oder gefasst durch den Freund und Helfer, sondern unschädlich gemacht durch eines seiner wehrlosen Opfer. Durch eine unscheinbare Frau, welche nach Jahren der Misshandlung die Kraft gefunden hatte, die Unterdrückung zu durchbrechen. Endgültig.

Palmer erkannte darin eine gewisse Poesie.

KAPITEL 46

Als Lena ihre Wohnungsklingel hörte, saß sie mit Palmer in der Küche und raffelte mit ihrer kleinen Tochter Karotten. Sie schritt zur Tür und Maria verdrückte sich ins Kinderzimmer.

Der Mann wies sich als Polizist aus und bat darum, reingelassen zu werden. Sie führte ihn in die Küche.

»Ihr Ehemann liegt im Krankenhaus«, erklärte er.

Lenas Blick verhärtete sich. Mit zusammengekniffenen Lippen und erhobener, flacher Hand gebot sie ihm zu schweigen. »Er. Ist. Nicht. Mein. Ehemann. Er. Ist. Mein. Vater«, presste sie hervor.

»Entschuldigen Sie bitte«, sagte der Polizist mit ausweichendem Blick und ergänzte nach einer kurzen Stille gütig: »Ich hab eine gute Nachricht. Ihr … Vater lebt. Er liegt zwar im Koma, aber er lebt.«

Lena ließ sich auf den Hocker fallen und schüttelte schweigend den Kopf. Ihr ganzes Leben spulte sich wie ein Film vor ihren Augen ab. Ihre Mundwinkel zuckten.

»Genaueres werden Ihnen die Ärzte berichten. Immerhin besteht Hoffnung. Allerdings wird er höchst wahrscheinlich bleibende Schäden davontragen, da sein Hirn längere Zeit ohne Sauerstoff geblieben ist.«

Lena zog sich die offene Jacke vor der Brust zusammen.

Was der Beamte ihr klarmachte, bedeutete, sie würde ihren Peiniger den Rest ihres oder seines Lebens pflegen müssen. Ihr Atem ging flach.

Dann holte sie tief Luft.

Ein Lächeln legte sich über ihre Lippen. Sie würde ihm all jene Liebe zurückgeben, die er ihr zuteil hatte werden lassen. Vor ihrem geistigen Auge sah sie ihn, wie er jeglicher Bewegung unfähig im Bett lag. Er, der ein Leben lang andern Leuten den Takt vorgegeben hatte.

Den Taktstock würde sie nun kraftvoll schwingen, sollte er überleben.

EPILOG

»Hallo, Palmer«, sagte Alex.

Palmer drückte sich wortlos das Handy ans Ohr.

»Heute hab ich in der Zeitung gelesen, dass die Spurensicherung einwandfrei nachweisen konnte, dass Fricker mit dem in Ruppens Lager gefundenen Gewehr niedergeschossen worden ist. Und dass nach Fricker nun auch Ruppen seinen Verletzungen erlegen ist, bevor er das Bewusstsein wieder erlangt hat.« Er zögerte. »Da hab ich an dich denken müssen.«

Da sie schwieg, fuhr er fort: »Lange nicht gesehen. Seit dem Abend mit deinem Vater um genau zu sein. Hab schon verstanden, dass du die ganze Geschichte erst verdauen wolltest. Aber vielleicht bist du jetzt soweit, dass du mit jemandem darüber reden willst. Lass uns doch mal essen gehen und du erzählst mir all die Einzelheiten, die in keiner Zeitung gestanden haben.« Nun schwieg er und war bereit, die jetzt aufkommende Stille nicht selber zu brechen. Als es ihm dann doch zu lange dauerte, unterbreitete er den Vorschlag: »Wie wär's mit jetzt gleich? Ich hol dich ab, wir gehen zum Chinesen.«

»Keinen Hunger. Hab eben ein Sandwich verdrückt«, sagte sie mit melodramatischem Augenrollen, das er natürlich nicht sehen konnte. »Aber lieb von dir, dass du angerufen hast.«

»Dann halt auf einen Kaffee?«

Wieder vergingen einige Sekunden, in welchen er nichts von ihr hörte. Er machte einen tiefen Seufzer. Als er noch immer kein Friedenszeichen vernahm, gab er sich geschlagen.

»Na dann«, sagte er. »Es war schön, deine Stimme mal wieder zu hören. Vielleicht sieht man sich irgendwann. Mach's gut.«

Noch während er sprach, überlegte sie und fragte: »Bloß auf einen Kaffee? Ohne Nachspeise?«

ENDE

DANKE

Einige Personen haben Bruno Heini mit Rat und Tat zur Seite gestanden für diesen Thriller. Dafür dankt er folgenden Leuten: Irene Greter und Urs Bösch (ewig unvergessen der Aufenthalt auf Chateau Val Croissant), Lilian Bachmann, Regine Weisbrod, Silvan Bucher, Peter Föhn, Bernadette Heim, Beni Heini, Edith Heini-Föhn, Pirmin Lötscher, Marco Meier, Carmen Sanchez, Sacha und Meike Willemsen, Bruno Zeder. Aber insbesondere Judith Heini, Annelies und Hans Heini.

Weitere Krimis finden Sie auf den folgenden Seiten und im Internet:

WWW.GMEINER-SPANNUNG.DE